Émile Zola

에밀 졸라 1840. 4. 2~1902. 9. 29

1840년 파리에서 이탈리아인 토목기사 아버지와 가난한 프랑스인 어머니 사이에서 태어나, 엑상프로방스에서 어린 시절을 보냈다. 7세 때 아버지를 여읜 후 1858년 파리로 돌아와, 어려운 환경 속에서 생루이 고등학교를 다녔다. 대학 입학 자격시험에 두 차례 낙방한 후 학업을 포기하고 힘겹게 생활하다 아셰트 출판사에 취직했다. 1863년부터는 신문에 콩트와 기사를 기고하며 차츰 이름을 알리기 시작했다.

1865년 자전적 중편소설 《클로드의 고백》을 발표하고, 이듬해부터 본격적인 비평가이자 작가로 활동하여 최초의 자연주의 소설 《테레즈 라캥》(1867), 《마들렌 페라》(1868) 등을 출간했다. 《마르세유의 신비》(1867)라는 통속적인 대작으로 발자크적인 사회 탐구를 시도한 후에는 발자크의 '인간극'에 영향을 받은 '루공-마카르' 총서를 구상했다. '제2제정하의 한 가족의 자연사와 사회사'라는 부제가 붙은 루공-마카르 총서는 5대에 걸친 루공 가와 마카르 가 사람들의 이야기를 총 20권의 연작소설로 그려낸 대작이다. 《루공 가의 운명》(1871)을 시작으로 거의 매년 한 편씩 발표되어 1893년 《파스칼 박사》를 끝으로 완결되었다. 총서에는 《목로주점》(1877), 《나나》(1880), 《제르미날》(1885), 《대지》(1887), 《인간 짐승》(1890) 등 졸라의 대표작들이 포함되어 있다.

1894년부터 3부작 소설 '세 도시 이야기'를 집필해나가는 한편, 유대인에 대한 편견과 반유대주의에 기인한 드레퓌스 사건이 일어나자 대통령에게 보내는 공개서한 형식의 〈나는 고발한다〉(1898)를 발표하여 진보 지식인으로서 진실과 정의를 수호하는 데 앞장섰다. 말년에는 연작소설 '네 복음서' 중 《풍요》(1899), 《노동》(1901) 등을 출간했다. 1902년 9월 29일, 파리에서 가스중독으로 사망했다. 드레퓌스 사건에서 영감을 얻은 '네 복음서'의 세 번째 권 《진실》(1903)은 사후 출간됐으며, 1908년 유해가 국립묘지 팡테옹으로 이장되었다.

SIGONGSA *design* 전경아

여인들의
행복 백화점

여인들의 행복 백화점

에밀 졸라 지음 박명숙 옮김

Au
Bonheur
des
Dames

ÉMILE ZOLA

시공사

일러두기

1. 이 책은 1883년 출간된 에밀 졸라의 《여인들의 행복 백화점(Au Bonheur des Dames)》을 우리말로 옮긴 것이다.

2. 번역 대본으로는 Collection Folio Classique 판(Henri Mitterand 편집, Gallimard, 2010)을 사용했다.

3. 주는 모두 옮긴이 주이며, 옮긴이 주를 달고 해설을 쓰는 데에는 갈리마르 (Gallimard)와 라루스(Larousse), 플라마리옹(Flammarion) 출판사에서 펴낸 2009 년 판 《Au Bonheur des Dames》과, 《Dream Worlds : Mass Consumption in Late Nineteenth-Century France》(Rosalind H. Williams, University of California Press, 1991), 《The Bon Marché: Bourgeois Culture and the Department Store, 1869~1920》(Michael B. Miller, Princeton University Press, 1981), 《아케이드 프로젝트 1 : 파리의 원풍경》(발터 벤야민, 새물결, 2008), 《백화점의 탄생》(가시마 시게루, 뿌리와 이파리, 2006) 등을 참조했다.

4. 책에 실린 도판은 《Zola et autour d'une oeuvre : Au bonheur des Dames》(Collectif, Bibliothèque Nationale de France, 2002) 등 다수의 책에서 선별해 실은 것이다.

5. 소설에 나오는 백화점 이름은 본래의 명칭에 따라 음역하는 것을 원칙으로 했지만, 소설의 제목으로 사용된 백화점 '오 보뇌르 데 담(Au Bonheur des Dames)'은 그 의미를 살리기 위해 우리말로 옮겨 사용했다. 또한 백화점 관련 사실 중 소설 속 이야기와 실제의 사실이 시기적으로 차이가 나는 것은, 소설적 필요에 의한 작가의 의도적인 '아나크로니즘(시대착오적 표기)'임을 밝혀둔다.

차례

제1장

드니즈는 자신의 두 남동생과 생 라자르 역에서부터 걸어왔다. 셰르부르에서 기차를 타고 3등칸의 딱딱한 나무 의자에서 밤을 지새운 후 파리에 막 도착한 참이었다. 드니즈는 한 손으로 어린 동생 페페를 꼭 잡고 있었고, 장이 그 뒤를 따라왔다. 기차 여행으로 인해 지칠 대로 지친 세 남매는 거대한 파리 한가운데서 헤매는 동안 겁을 잔뜩 집어먹은 채 높다란 건물들을 올려다보느라 머리가 빙빙 돌 지경이었다. 그들의 큰아버지 보뒤가 살고 있는 미쇼디에르 가로 가기 위해서는 교차로마다 멈춰 서서 길을 물어봐야만 했다. 그러다 마침내 가이용 광장으로 들어서게 되자 순박한 시골 처녀는 깜짝 놀라 멈춰 서면서 큰 소리로 외쳤다.

"오! 세상에, 저것 좀 봐, 장!"

아버지 장례식 때 입었던 낡은 검은색 옷을 수선해 입은 그들은 서로 몸을 꼭 붙인 채 그 자리에 얼어붙은 것처럼 서 있었다. 스무 살 처녀치고는 가냘픈 체구에 초라한 행색의 드니즈는 가진 것이라고는 단출한 보따리 하나가 전부였다. 그녀의 한쪽 팔에는 이제 겨우 다섯 살인 어린 동생이 매달려 있었고, 어깨 뒤로는 한창 물이 오른 열여섯 살 소년 장이 두 팔을 축 늘어뜨린 채 서 있었다.

"저건," 드니즈는 너무 놀란 나머지 말을 제대로 잇지 못했다. "백화점이잖아!"

그들의 눈앞에 있는 것은 미쇼디에르 가와 뇌브생토귀스탱 가가 만나는 곳에 위치한 거대한 백화점이었다. 최신 유행의 다양한 천들과 옷들을 진열해놓은 쇼윈도는 부드럽고 희뿌연 10월의 대기 속에서 생생하고 화려한 색깔들로 빛나고 있었다. 생로크 교회에서 8시를 알리는 종이 울렸고, 이른 아침의 거리에는 사무실로 출근하는 사무원들과 쇼핑을 하러 나온 주부들 같은 부지런한 이들만이 눈에 띌 뿐이었다. 점원 둘이 백화점 문 앞에 접이식 사다리를 놓고 올라가 쇼윈도에 모직으로 된 옷들을 걸고 있었다. 뇌브생토귀스탱 가에 면해 있는 쇼윈도 안에서는 또 다른 점원 하나가 등을 돌리고 무릎을 꿇은 채 푸른색 실크로 된 옷을 세심히 접고 있었다. 백화점 직원들만이 겨우 출근해 있을 뿐 아직 손님이 들지 않아 텅 비어 있는 백화점 내부는 마치 잠에서 깨어나는 벌통처럼 윙윙거렸다.

"정말 굉장하네!" 장은 감탄사를 뱉어냈다. "발로뉴*는 감히 명함도 못 내밀겠어. ……이제 보니 누나가 일하던 데는 대단한 곳이 아니었네."

드니즈는 수긍하듯 고개를 끄덕였다. 그녀는 고향에서 가장 알아주는 신상품점**인 코르나유에서 2년간 일했던 적이 있다. 그런데 느닷없이 그녀의 눈앞에 나타난 거대한 백화점은 말문

---

*프랑스 바스노르망디 주의 망슈 데파르트망에 위치한 소도시.

을 막히게 했다. 놀라움과 흥분으로 가슴이 벅차오른 드니즈는 그 순간 머릿속이 텅 비어버린 듯 아무것도 생각나지 않았다. 가이용 광장 쪽의 모서리를 깎아 만든 벽면에는 화려한 금박 장식들로 둘러싸인 유리 문이 중이층까지 높이 솟아 있었다. 그 위로는 우의적 인물상인 두 여인이 몸을 뒤로 젖히고 가슴을 드러낸 채 환한 웃음과 함께 '여인들의 행복 백화점'이라고 새겨진 간판의 양옆을 감싸고 있었다. 백화점의 쇼윈도는 미쇼디에르 가와 뇌브생토귀스탱 가를 따라 양쪽으로 길게 뻗어 있었다. 그들은 최근에 모퉁이 건물 외에도 양쪽으로 각각 두 채씩, 건물 네 채를 더 사들여 개조를 했다. 마치 끝없이 이어진 듯 보이는 건물 안으로는 1층의 진열대들과, 중이층의 투명한 유리창 너머로 매장 내부가 훤히 들여다보였다. 드니즈가 시선을 위로 향하자, 실크로 된 유니폼을 입고 연필을 깎고 있는 한 여성 판매원과 그 옆에서 벨벳 코트를 개고 있는 또 다른 판매원 둘이 보였다.

"'여인들의 행복 백화점'이라." 발로뉴에서 이미 연애 경험이 있던 미소년 장이 부드러운 미소를 띤 채 말했다.

"백화점 이름이 정말 근사하지 않아? 이름만 보고도 사람들이 구름처럼 몰려오겠는걸!"

드니즈는 정문 앞에 놓인 진열대를 바라보느라 넋을 잃고 있었다. 건물 밖 보도 위에까지 전시돼 있는 값싼 물건들이 산사태라도 일으키고 있는 듯 보였다. 수북이 쌓여 있는 미끼 상품들이 지나가는 행인들의 발길을 멈추게 하고 있었던 것이다.

**당시 신상품을 취급한다는 의미로 '마가쟁 드 누보테(magasin de nouveautés)'라고 불렸던 곳으로, 초기에는 바느질 도구를 비롯한 잡화와 보석류, 그리고 고급 란제리와 직물 등을 취급했다.

모직물과 나사(羅紗)*로 된 옷들, 메리노 양모, 체비엇 양털**, 멜턴***으로 짠 옷 등이 중이층에서부터 아래로 마치 깃발처럼 길게 늘어져 있었다. 청회색, 마린 블루, 올리브 그린 등의 중간 색조들 사이로 새하얀 가격표****가 두드러졌다. 그 옆에는 마찬가지로 정문을 에워싸듯 걸려 있는, 드레스 장식용의 가느다란 모피 끈과 띠, 러시아산 회색 다람쥐의 등 부분으로 만든 섬세한 모피, 순수한 눈을 닮은 백조의 배 부분 깃털로 만든 모피, 토끼털로 만든 인조 흰 담비와 담비 모피 등이 행인들의 눈길을 끌고 있었다. 그 아래에 놓인 테이블 위와 칸막이가 있는 바구니들 속에는 둘둘 말려 있는 떨이용 자투리 천들이 잔뜩 쌓여 있는 가운데 거저나 다름없는 양말과 내의, 편물류가 넘쳐났다. 털실로 뜨개질한 장갑과 여성용 세모꼴 숄, 어깨까지 내려오는 여성용 머리쓰개, 챙 넓은 여성용 모자, 조끼 등 다양한 색깔과 줄무늬, 핏빛처럼 얼룩덜룩해 보이는 겨울용 제품들이 가득 쌓여 있었다. 그중에서 45상팀*****짜리 체크무늬 모직 천과 1프랑짜리 아메리카산 밍크 띠, 손가락 끝 부분이 밖

---

*양털 또는 양털에 무명, 명주, 인조 견사 따위를 섞어서 짠 모직물을 가리킨다. 두꺼운 모직물을 통틀어 지칭하는 말이기도 하다.
**체비엇 양털로 만든 모직물은 조직이 치밀하고 부드러우며 전체적으로 광택이 있는 것이 특징이다.
***모직물의 하나로, 두껍고 전면에 짧은 털이 많으며 양복감과 코트감으로 많이 쓰인다.
****상품 가격을 표시하는 것은 당시 새로 도입된 상업 방식 중 하나였다. 소규모 상점들에서는 여전히 판매자와 구매자가 가격을 흥정했다.
*****이 소설의 시대 배경이던 제2제정하에서 통용되던 기본 화폐단위는 프랑이며, 1프랑은 100상팀이다. 1~10상팀까지는 동화, 25상팀~5프랑까지는 은화, 그리고 20프랑과 40프랑은 금화를 사용했다. 1860년 당시 파리의 노동자 하루 평균 임금은 5프랑이었다. 구 화폐단위인 1수는 5상팀에 해당하는데, 지금도 '돈' 또는 '소액'의 일상적인 의미로 사용되고 있다.

으로 나오게 돼 있는 5수짜리 여성용 장갑 등이 유독 드니즈의 눈길을 끌었다. 백화점은 거대한 풍물 장터를 방불케 하면서 배 속에 가득 든 것을 거리로 뱉어내고 있는 듯 보였다.

그들은 어느새 보뒤 큰아버지를 까맣게 잊고 있었다. 자기 누나의 손을 꼭 잡고 있던 어린 페페조차 눈을 동그랗게 뜨고 쳐다보느라 여념이 없었다. 그때 마차가 지나가는 바람에 그들은 광장 한가운데에서 비켜나야만 했다. 그리고 무심코 뇌브생토귀스탱 가로 접어들어서는 쇼윈도를 따라 걸어가면서 매 전시품마다 멈춰 섰다. 무엇보다도, 상품들의 파격적인 진열 방식이 그들을 매료시켰다. 위쪽으로는 우산들을 비스듬히 펴놓아 시골 오두막집의 지붕을 연상케 했다. 그 아래로는 가로 봉에 걸린 실크 스타킹들이 장딴지의 둥근 실루엣을 드러내 보여주었다. 장미꽃 다발 무늬를 비롯해 다양한 색조를 띤 것들과 구멍이 송송 뚫린 검은색 망사 스타킹, 귀퉁이에 수가 놓아진 빨간색 스타킹, 새틴처럼 매끄러운 감촉이 금발 여인의 피부를 연상시키는 살구색 스타킹이 모두 지마다의 자태를 뽐내고 있었다. 마지막으로, 두툼하고 부드러운 나사가 깔린 쇼윈도 선반 위에 비잔틴식 성모마리아의 손처럼 가냘프고 기다란 손바닥과 손가락으로 된 장갑 한 쌍이 대칭으로 진열돼 있는 게 보였다. 아직 한 번도 착용하지 않은 여성용 장신구에서 뻣뻣하고 수줍어하는 사춘기 소녀 같은 우아함이 느껴졌다. 하지만 유난히 그들의 눈길을 잡아끈 것은 건물 맨 끝에 위치한 쇼윈도였다. 그 속에 진열된 실크와 새틴, 벨벳으로 된 다양한 천들은 활짝 핀 꽃처럼 부드럽게 떨리는 듯한 색조의 극치를 보여주고 있었다. 맨 위에는 그윽한 검정색과 응고된 우유 같은 하얀색 벨벳이, 그 아래쪽으로는 선명하게 주름이 잡힌 채 은

은하게 점차 옅어지는 색조를 띤 분홍색과 파랑색 새틴이 보였다. 그보다 더 아래쪽에는, 무지개처럼 다양한 빛깔의 실크들이 노련한 점원의 손가락 끝에서 조개 모양으로 변신하거나, 날렵한 허리를 감싼 듯 주름이 잡힌 채 마치 살아 움직이는 것처럼 생생한 느낌을 주고 있었다. 다양한 모티브와 표현 방식으로 화려하게 꾸며진 진열대 사이로는 크림색 풀라르*로 불룩하게 주름 잡힌 경쾌한 리본 장식이 은밀히 지나가고 있었다. 바로 그 장식의 양 끝에는, 이 백화점이 독점권을 가지고 있는 두 종류의 실크가 거대한 산을 이루며 높이 쌓여 있었다. 직물의 역사에 있어 새로운 혁명을 일으킬 만큼 아주 특별한 '파리보뇌르'와 '퀴르 도르'**가 그것들이었다.

"오! 이 파유***가 5프랑 60상팀이래!" 파리보뇌르 앞에서 감탄을 금치 못하던 드니즈가 중얼거리듯 말했다.

그사이 싫증이 나기 시작한 장은 지나가는 행인을 불러 세우고 물었다.

"아저씨, 미쇼디에르 가가 어느 쪽인가요?"

하지만 첫 번째 나오는 오른쪽 길로 가면 된다는 것을 알게 되었음에도 그들은 여전히 백화점 주위를 빙빙 돌면서 그곳을 떠나지 못했다. 이제 다시 갈 길을 가려던 드니즈는 기성복

---

*오늘날 스카프나 머플러를 뜻하는 '풀라르'는 18세기 중반 무렵부터 스카프나 숄 등을 만드는 데 쓰이는, 견사나 면사로 짠 가벼운 천을 지칭하기 시작했다. 그 후 19세기 말경부터 지금의 의미로 쓰이게 되었다.
**'파리보뇌르(파리의 행복)'와 '퀴르 도르(황금 가죽)'는 이 소설의 모델 중 하나인 루브르 백화점에서 1882년부터 취급했던 실크 제품이다. 이 소설의 시대 배경은 1864~1869년이지만, 졸라는 종종 소설적인 필요성에 따라 이와 같은 '의식적인' 시대착오적 오류들을 범했다. 파리보뇌르는 가장자리가 푸른색과 은색으로, 퀴르 도르는 붉은색과 노란색으로 돼 있다.
***파유는 태피터보다 올이 굵은 견직물의 한 종류이다.

이 진열된 쇼윈도 앞에서 다시 걸음을 멈추었다. 그녀는 발로 뉴의 코르나유에서 기성복 매장을 맡아 일했다. 하지만 지금까지 한 번도 본 적이 없던 광경 앞에서 감탄을 금치 못하면서 그 자리에 얼어붙고 말았다. 쇼윈도의 안쪽으로는 적갈색을 띤 백색의 브루게 레이스로 된 값비싼 스카프가 제단 보처럼 커다랗게 양 날개를 활짝 펼친 채 진열돼 있었다. 알랑송 레이스로 만든 스커트 밑단용 장식들은 화환처럼 그 주위에 흩뿌려져 있었다. 말린*과 발랑시엔**, 베네치아산 레이스와 브뤼셀의 아플리케*** 장식 들이 눈이 내리듯 한 아름 가득 흘러내리면서 쇼윈도를 풍성하게 채우고 있었다. 쇼윈도의 양옆으로는 짙은 빛깔의 나사가 기둥처럼 높이 쌓여 있어 예배당의 신성한 감실(龕室)****을 더 멀어져 보이게 했다. 그리고 바로 그곳, 여인들의 우아함을 숭배하기 위해 세워진 예배당 한가운데서 여성용 기성복들이 저마다의 맵시를 경쟁적으로 뽐내고 있었다. 그 중앙에는, 은빛 여우 털 장식이 달린 벨벳 코트가 그 유일함을 자랑하고 있었다. 그 옆에는, 러시아산 회색 다람쥐 털 안감이 달린 실크 로통드***** 코트가 진열돼 있었다. 그 반대쪽 옆으로는 가장자리가 수탉의 깃으로 장식된, 길이가 짧막한 나사 코트가 놓여 있었다. 마지막으로, 새하얀 캐시미어나 흰색 누비 천으로 된 소르티드발******이 실크로 꼬아 만든 백조나 애벌레 모

*벨기에의 말린에서 생산되는, 무늬를 넣은 손뜨개 레이스. 메클린 레이스라고도 한다.
**프랑스 북부의 발랑시엔 또는 벨기에에서 생산되는 고급 레이스.
***바탕천 위에 다른 천이나 레이스, 가죽 따위를 여러 가지 모양으로 오려 붙이고 그 둘레를 실로 꿰매는 수예.
****가톨릭교회의 제단 한가운데 성체 등을 모셔둔 곳. 여기서는 백화점 쇼윈도를 예배당에 비유한 것과 더불어 신성함을 강조하는 은유법이 사용되었다.
*****'원형'을 의미하는 '로통드'는 둥근 주름 장식 깃이 달린 코트를 일컫는다.

양의 장식 끈과 함께 진열돼 있었다. 29프랑짜리 소르티드발에서 1800프랑짜리 가격표가 붙은 벨벳 코트까지 모든 사람의 입맛에 맞게 다양한 제품들이 지나가는 이들의 눈길을 잡아끌고 있었다. 전시된 마네킹의 풍만한 젖가슴은 옷의 천을 부풀게 하고, 불룩 튀어나온 엉덩이는 허리를 더 가늘어 보이게 했다. 비어 있는 머리 대신 목을 감싸고 있는 붉은색 플란넬*에는 큼지막한 가격표가 핀으로 꽂혀 있었다. 쇼윈도 양옆으로는 거울들을 교묘히 배치해놓아, 얼굴 대신 고액의 숫자를 과시하면서 누군가의 손길을 기다리는 아름다운 여인들이 거리를 끝없이 가득 메우고 있는 것처럼 보이게 했다.

"정말 굉장해!" 마네킹들을 한참 동안 응시하던 장은 엄청난 흥분을 표현할 수 있는 말을 달리 찾지 못하고 나지막이 중얼거렸다.

이번에는 그가 입을 벌린 채 그 자리에 얼어붙은 듯 보였다. 그의 눈앞에 펼쳐진 여인들의 화려함이 그를 은밀한 기쁨으로 발갛게 달아오르게 했다. 그는 자신의 누이에게서 훔친 듯한 여성적인 아름다움을 지녔다. 환히 빛나는 피부에 적갈색을 띤 곱슬곱슬한 금발과 다정함이 묻어나는 촉촉한 입술과 눈이 인상적인 소년이었다. 그의 옆에 서 있는 드니즈는 빛바랜 머리카락 아래로 벌써부터 지쳐 보이는 안색에다 갸름한 얼굴에 비해 지나치게 커 보이는 입에 놀라움마저 더해져 더욱더 가냘파 보였다. 그녀와 마찬가지로, 하지만 아직 어린아이의 밝은 금발을 지닌 페페는 쇼윈도의 아름다운 여인들로 인해 놀라움과

***** 야회복 위에 걸치는 보온용 옷을 가리킨다.
* 털실, 면, 레이온의 혼방사로 짠 능직 또는 평직물. 털이 보풀보풀 일어나고 촉감이 부드러우며, 셔츠나 양복감으로 많이 쓰인다.

두려움을 동시에 느끼면서 누이의 애정을 필요로 하듯 그녀 곁으로 더 바짝 몸을 붙였다. 초라한 검은색 옷차림을 한 채 길가에 우두커니 서 있는 세 명의 금발 아이들은 특이하고 흥미로운 볼거리를 제공하고 있었다. 귀여운 사내아이와 잘생긴 소년 사이에 슬퍼 보이는 얼굴을 한 젊은 여성이 함께 있는 광경에 지나가는 행인들은 뒤를 돌아보며 그들을 향해 미소 지었다.

그사이, 거리 맞은편에 있는 상점 입구에서는 한참 전부터 머리가 하얗게 세고 커다란 얼굴이 누렇게 뜬 뚱뚱한 남자가 그들을 지켜보며 서 있었다. 그는 '여인들의 행복 백화점'의 진열대를 바라보면서 흥분을 억누르지 못해 눈에는 핏발이 서고 입이 일그러져 있었다. 게다가 그 앞에서 감탄을 금치 못한 채 서성거리는 세 남매의 모습은 결정적으로 그의 화를 돋우었다. 저 멍청한 것들은 저 사기꾼 같은 것들의 진열대 앞에서 입을 헤벌린 채 대체 뭘 하고 있는 건가?

"참, 큰아버지는?" 드니즈는 갑자기 잠에서 깨어난 듯 소스라치며 물었다.

"여기가 미쇼디에르 가야. 이 근처가 분명해." 장이 대답했다.

그들은 고개를 들고 뒤를 돌아보았다. 그러자, 그들 바로 앞, 뚱뚱한 남자의 머리 위쪽에 있는 초록색 간판이 눈에 들어왔다. 비로 인해 빛이 바래긴 했지만 노란색으로 쓰인 글씨를 똑똑히 알아볼 수 있었다. '전통 엘뵈프* 전문점, 나사와 플란넬, 오슈코른의 계승자 보뒤'. 칠한 지 오래돼 벽에 녹이 슨 건물은 이웃해 있는 루이 14세 양식의 저택들 사이에서 몹시 초라해 보였다. 정면에는 창문이 세 개밖에 나 있지 않았고, 사각

*오트노르망디 주의 센마리팀 데파르트망에 위치한 엘뵈프는 나사의 주산지로 알려져 있다.

의 창문에는 덧창도 없이 철제 난간과 십자가 모양의 빗장 두 개가 달려 있을 뿐이었다. 하지만 아무런 장식도 없는 건물의 외양 가운데서 드니즈를 무엇보다 놀라게 한 것은 1층에 위치한 상점의 초라함이었다. '여인들의 행복 백화점' 쇼윈도들의 화려함을 여전히 눈 속에 담고 있던 그녀의 눈에 들어온 것은, 찌그러진 천장에 감옥을 연상시키는, 반원형의 창문이 달린 지나치게 낮은 중이층이었다. 간판처럼 짙은 초록색으로 칠해진 나무틀은 세월이 흐르면서 황갈색과 암갈색으로 변한 채, 문의 양옆으로 깊숙이 난 시커먼 두 개의 진열창을 에워싸고 있었다. 자욱이 먼지가 내려앉은 진열창 너머로는 천들이 차곡차곡 쌓여 있음을 어렴풋이 짐작할 수 있을 뿐이었다. 활짝 열려 있는 문은 어둡고 음습한 지하 저장고로 통하는 듯 보였다.

"바로 저기야." 장이 다시 말했다.

"그러네! 그럼 가야지. 자, 가자꾸나. 어서 와 페페야." 드니즈가 씩씩하게 외쳤다.

하지만 그들 세 남매는 여전히 어찌할 바를 모르고 머뭇거리며 그 앞을 서성거렸다. 그들의 아버지는 어머니가 열병으로 세상을 떠난 지 꼭 한 달 만에 똑같은 병으로 세상을 떠났다. 연이은 초상에 깊은 슬픔을 표시한 큰아버지 보뒤는 조카 드니즈에게 편지를 보내 파리에서 새로운 삶을 시작하고 싶으면 언제라도 자신의 집에 방을 내어주겠노라고 약속했다. 하지만 그 편지를 받은 것은 이미 1년 전의 일이었다. 드니즈는 그제야 비로소 큰아버지에게 미리 알리지도 않은 채 어느 날 갑자기 발로뉴를 떠날 결심을 했던 것을 후회했다. 그들의 큰아버지 보뒤는 아주 젊어서 고향을 떠나온 이후로 다시는 그곳에 발을 들여놓질 않아 그들을 한 번도 본 적이 없었다. 그는 나사

16

상인인 오슈코른 밑에서 점원으로 일하다가 그 딸과 결혼을 했다.

"혹시 무슈 보뒤이신가요?" 마침내 결심을 한 드니즈는 뚱뚱한 사내에게 말을 건넸다. 그는 그들의 태도에 의아해하면서 그들을 계속 지켜보던 중이었다.

"내가 보뒤가 맞긴 하다만." 그가 대답했다.

그러자 드니즈는 얼굴이 벌게져서는 더듬더듬 말했다.

"아! 안녕하세요! ⋯⋯전 드니즈예요. 이 아이는 장이고, 얘는 페페랍니다. ⋯⋯마침내 우리가 왔어요, 큰아버지."

그녀의 말에 보뒤는 기겁을 하며 당혹감을 감추지 못했다. 누런 얼굴에 핏발이 선 커다란 눈이 흔들리는 것과 동시에 느릿하게 나오는 말이 서로 엉켰다. 그에게 부양해야 할 새로운 가족이 생길 거라고는 꿈에서조차 생각지 못했던 게 분명했다.

"뭐라고! 아니 이럴 수가! 너희들이 어떻게 여길!" 그는 같은 말을 하고 또 했다.

"발로뉴에 있어야 할 아이들이 어떻게 여길! ⋯⋯어째서 발로뉴에 있지 않은 거지?"

드니즈는 다소 떨리는 목소리로 그에게 조곤조곤 상황 설명을 해야만 했다. 염색업을 하다가 마지막 한 푼까지 모두 날려 버린 그들의 아비가 세상을 떠난 후 그녀는 두 동생의 엄마 노릇을 해야만 했다. 하지만 그녀가 코르나유에서 일해서 버는 돈은 세 사람이 살아가기에는 턱없이 부족했다. 장 또한 오래된 가구를 수리하는 고급 가구 세공인 밑에서 일했지만 돈은 한 푼도 받지 못했다. 하지만 오래된 물건들을 다루는 것에 취미를 붙이면서 나무에 형상들을 새기기도 했다. 그러던 어느 날 장은 우연히 발견한 상아 조각에 사람 얼굴을 새겼다. 그런데 지나가던 한 남자가 우연히 그걸 보게 되었고, 바로 그가 상아 세공인의 작업장에 장을 위한 일자리를 마련해주면서 그들에게 발로뉴를 떠날 계기를 만들어주었던 것이다.

"그래서요, 큰아버지, 장은 내일부터라도 곧바로 새 주인어른 밑에서 수련을 할 수 있게 되었답니다. 제가 돈을 지불할 필요도 없이, 장을 재워주고 먹여주기까지 하신다고 했거든요. ……그러니까 페페하고 전 어떻게든 헤쳐나갈 수 있을 거라고 생각했어요. 아무려면 발로뉴에서보다 더 나빠지기야 하겠어요."

하지만 드니즈는 장의 애정 행각에 관해서는 일절 함구했다. 그는 마을의 한 귀족 집안의 딸에게 연서를 보내고 담장 너머로 그녀와 키스를 했다. 그리하여 온 마을이 시끄러워졌고, 그 일을 계기로 드니즈는 그곳을 떠나기로 마음먹었다. 무엇보다 모성적인 두려움에 사로잡힌 그녀는 모든 여자들이 좋아하는 잘생기고 쾌활한, 몸만 큰 아이 같은 자신의 남동생을 가까이에서 보살피기 위해 함께 파리행을 결심했던 것이다.

보뒤는 여전히 충격을 떨쳐버리지 못한 채 계속해서 똑같은 질문을 해댔다. 그러다 그녀의 동생들 얘기를 듣게 되자 비로소 드니즈에게 말을 편하게 놓았다.

"그러니까 네 아비가 너희들한테 유산을 한 푼도 남기지 않았다는 거냐? 그래도 난 설마 그가 그렇게까지 무일푼일 거라고 생각진 못했는데. 이런! 내가 분명 여러 차례 편지로 염색업에 뛰어들지 말라고 그토록 충고했건만! 네 아비가 사람은 좋은지 몰라도 장사에는 도무지 소질이 없긴 했지! ……그래서 네가 이 사내아이 둘을 책임지면서 지금까지 먹여 살렸단 말이지!"

그러면서 분노가 가득했던 그의 얼굴이 환히 밝아졌다. 조금 전까지 '여인들의 행복 백화점'을 노려보며 핏발이 서 있던 눈은 어느샌가 달라져 있었다. 그는 문득 자신이 문을 가로막고 있음을 깨달았다.

"안으로 들어오렴, 어쨌거나 여기까지 왔으니……. 자, 어서 들어와, 적어도 저 우스꽝스러운 것들 앞에서 어슬렁거리는 것보다는 나을 테니까."

그는 마지막으로 한 번 더 맞은편의 진열대들을 못마땅한 표정으로 흘끗 쳐다보고는 아이들에게 길을 내주었다. 그리고 가게 안으로 먼저 들어가면서 자신의 아내와 딸을 소리쳐 불렀다.

"엘리자베스, 주느비에브, 다들 이리 나와봐, 여기 반가운 사람들이 왔어!"

하지만 드니즈와 아이들은 가게의 깊은 암흑 속으로 선뜻 발을 들여놓지 못하고 계속 머뭇거렸다. 거리의 환한 빛 때문에 눈이 부셨던 그들은 낯선 구덩이 앞에 서 있는 것처럼 눈을 깜빡거렸다. 안으로 들어갔다가는 발을 헛디디게 될지도 모른다는 본능적인 두려움이 느껴져 한쪽 발로 바닥을 가늠해보기도 했다. 아이들은 막연한 두려움으로 인해 서로에게 더 가까이 다가갔다. 어린 동생은 여전히 누이의 치맛자락을 꼭 붙잡고 있었고, 큰 동생은 그녀의 뒤에 더 바짝 붙어 섰다. 그들은 불안한 마음을 감춘 채 순박한 미소를 지으면서 조심스럽게 안으로 들어갔다. 눈부신 아침 햇살에 그들이 입고 있는 검은 상복이 더욱더 두드러져 보였고, 비스듬히 비치는 한 줄기 광선이 그들의 금발을 더 환한 금빛으로 빛나게 했다.

"들어와, 어서들 들어오렴." 보뒤는 거듭 말했다.

그는 자신의 아내와 딸에게 간략하게 자초지종을 설명했다.

보뒤 부인은 오랫동안 앓아온 빈혈로 인해 쇠약해질 대로 쇠약해진 채, 머리와 눈, 입술까지도 온통 새하얗게 변해 있었다. 어미의 퇴행적 기질을 물려받아 상태가 더 나빠지고 있는 주느비에브는 그늘에서 자라는 키다리 화초처럼 쇠약하고 빛이 바래 보였다. 하지만 허약한 육체 속에서 기적처럼 자라난 듯 숱이 빽빽하고 풍성한 새카만 머리는 그녀에게 슬퍼 보이는 매력을 부여하고 있었다.

"들어와요." 이번에는 두 여자가 말했다.

"만나서 반가워요."

그들은 드니즈를 판매대 뒤쪽으로 앉게 했다. 그러자 페페는 즉시 누이의 무릎 위로 올라앉았다. 장은 그녀 가까이, 널을 붙인 벽에 기대섰다. 그들은 어둠에 차츰 익숙해짐에 따라 마음이 다소 진정이 된 듯 가게를 다시 둘러보았다. 그제야 주변이 제대로 보이는 듯했다. 나지막하고 연기에 그을린 것 같은 천장과 오래 써서 반들반들 윤이 나는 떡갈나무 판매대, 철제 부품으로 단단히 죄인 오래된 시렁들이 하나씩 눈에 들어왔다. 어두운 색깔의 제품 꾸러미들이 들보에 닿을 정도로 높이 쌓여 있었다. 시큼한 화학약품 같은 옷감과 염료 냄새가 바닥의 습기로 인해 더 강하게 느껴지는 듯했다. 가게 안쪽에서는 점원 둘과 젊은 여성 하나가 새하얀 플란넬 천들을 정리하고 있었다.

"우리 꼬마 신사께선 뭔가 마실 게 좀 필요하지 않을라나?" 보뒤 부인은 페페를 향해 미소를 지어 보이며 물었다.

"아뇨, 괜찮아요." 드니즈가 대답했다.

"역 앞에 있는 카페에서 우유를 마시고 왔거든요."

그녀는 자신이 바닥에 내려놓은 조그만 보따리를 물끄러미 바라보는 주느비에브를 보면서 서둘러 덧붙였다.

"트렁크는 역에 맡겨두었어요."

드니즈는 얼굴을 붉혔다. 남의 집에 이렇게 불쑥 찾아오는 건 예의가 아니라는 것을 그녀도 잘 알고 있었다. 이미 기차가 발로뉴를 떠난 직후부터 이런 자신의 행동에 대해 후회를 했던 터였다. 그래서 파리에 도착해서는 역에 짐을 맡겨놓고 동생들에게 아침을 먹게 했던 것이다.

"이제 우리 얘기 좀 할까. 서로 간단하고 솔직히 얘기하도록 하지." 보뒤는 불쑥 말을 꺼냈다.

"내가 너한테 편지를 보낸 건 사실이지. 하지만 그건 벌써 1년 전 일이고, 이젠 우리도 장사가 예전 같지 않아서……."

그는 감정이 복받쳐 목이 메는 것을 드러내지 않으려는 듯 얘기를 멈추었다. 보뒤 부인과 주느비에브는 체념한 것 같은 얼굴로 시선을 아래로 향하고 있었다.

"오! 물론 앞으로도 늘 이러진 않을 테니 특별히 걱정할 일은 아니고…… 다만, 그새 점원 수를 줄이다 보니 이젠 세 사람밖에 남아 있지 않단다. 이런 상황에서 한 사람을 더 쓴다는 건 힘들 것 같구나. 그래서 내가 너한테 얘기했던 대로 널 데리고 있을 수가 없을 것 같구나. 정말 안타깝게도 말이지."

드니즈는 너무나 당혹스러운 나머지 얼굴이 새하얗게 변한 채 아무 말 없이 듣고만 있었다.

"그러니까, 너나 우리 모두에게 피차 아무런 도움이 안 된다는 말이다."

"마음 쓰지 마세요, 큰아버지." 드니즈는 마침내 힘겹게 대답했다. "제가 어떻게 해볼게요."

보뒤 가족은 본래 심성이 나쁜 사람들이 아니었다. 다만 그들은 자신들이 운이 없었다고 불평을 늘어놓았다. 사업이 번창했을 때는 아들 다섯을 길러야만 했다. 그중 셋은 스무 살 무렵에 모두 세상을 떠났다. 넷째는 일이 잘 안 풀렸고, 군인인 다섯째 아들은 얼마 전에 대위가 되어 멕시코*로 떠났다. 이제 그들에게 남은 것은 주느비에브밖에 없었다. 그들은 가족의 생계를 유지하느라 이미 많은 돈을 쓴 데다가, 보뒤가 장인의 고향인 랑부예에 있는 허름한 저택을 사들이느라 결정적으로 파산을 자초하다시피 했다. 그리하여 집착에 가까운 자부심에 상처를 입은 노상인의 마음속에는 씁쓸함이 날로 커져갔다.

"당연히 미리 알려주었어야지." 그는 스스로의 매정함에 점차 화가 나는 것을 느끼면서 얘기를 계속했다.

"내게 미리 편지라도 썼으면, 절대로 네가 고향을 떠나는 일이 없도록 했을 거다. ……네 아버지가 죽은 걸 알았을 때는, 맙소사, 응당 그렇게 얘기해야 하는 거라고 생각했던 거고. 하지만 이렇게 느닷없이 불쑥 찾아오면…… 참으로 난처하기 이를 데 없구나."

그는 불편한 마음을 털어내려는 듯 목소리를 높였다. 그러는 동안 그의 아내와 딸은 결코 끼어들 권리가 없는 순종적인 사람들처럼 여전히 시선을 바닥으로 향하고 있었다. 그사이 장은 얼굴빛이 창백하게 변했고, 드니즈는 겁에 질린 페페를 가슴에 꼭 안았다. 그녀의 눈에서 두 방울의 굵은 눈물이 길게 흘러내렸다.

"괜찮아요, 큰아버지. 저흰 이제 그만 가볼게요." 드니즈는 그 말만을 반복했다.

그러자 보뒤는 입을 다물었다. 그리고 잠시 불편한 침묵이

---

*나폴레옹 3세는 1862년부터 멕시코로 군대를 보내 1864년에 멕시코를 점령하고, 오스트리아의 대공 막시밀리안을 황제로 내세웠다.

이어진 다음 퉁명스러운 어조로 다시 얘기했다.

"그렇다고 너희들을 거리로 내쫓을 생각은 없다. ……기왕 여기까지 왔는데, 오늘 밤엔 위층에서 자도록 해라. 그런 다음에 다시 생각해보도록 하자."

그러자, 서로 눈길을 주고받은 보뒤 부인과 주느비에브는 자신들이 무언가를 할 수 있음을 깨달았다. 모든 게 잘 해결될 수 있을 것 같았다. 장은 신경 쓸 필요가 없었다. 페페는 그라 부인에게 맡기면 딱 좋을 터였다. 그녀는 오르티 가의 커다란 단층 주택에 살고 있는 노부인으로 한 달에 40프랑을 받고 어린아이들을 전적으로 맡아 키워주고 있었다. 드니즈는 첫 달치를 지불할 돈이 있다고 얘기했다. 그러니까 이제 그녀가 머무를 곳을 정하기만 하면 되었다. 동네 어딘가에 분명 그녀를 위한 일자리 하나쯤은 있을 것이었다.

"뱅사르가 여점원을 구하고 있지 않았나요?" 주느비에브가 말했다.

"그래! 그랬었지!" 보뒤가 반색하며 소리쳤다.

"점심을 먹고 그 친구한테 당장 가봐야겠군. 쇠뿔도 단김에 빼랬다고."

그들이 가족 문제를 상의하는 동안 그들을 방해하는 고객은 단 한 사람도 없었다. 가게는 어둡고 텅 비어 있었다. 안쪽에서는 두 명의 점원과 젊은 여성이 휘파람을 불듯 나지막이 속삭이면서 일을 계속했다. 그러다 여성 고객 셋이 찾아와 드니즈는 잠시 혼자 남아 있어야 했다. 그녀는 곧 헤어져야 한다는 생각에 마음 아파하면서 페페에게 입맞춤을 했다. 새끼 고양이처럼 사랑스러운 아이는 아무 말도 하지 않고 그녀에게 머리를 파묻었다. 다시 돌아온 보뒤 부인과 주느비에브는 아이가 아주 얌전한 것 같다고 칭찬을 했다. 그러자 드니즈는 페페는 결코 말썽을 부리는 아이가 아니라고 보장하듯 말했다. 페페는 애정 표시를 해주는 것만으로도 몇 날 며칠이고 아무 말도 하지 않고 지낼 수도 있었다. 그러자 여자 셋은 점심을 먹기 전까지, 그동안 서로 잘 알지 못했던 탓에 다소 어색해하면서 짤막하고 모호한 말들로 아이들과 가사일, 파리와 시골에서의 삶 등에 관한 애기를 주고받았다. 그사이 장은 가게 입구에 꼼짝 않고 선 채 거리의 활기찬 모습을 흥미롭게 바라보면서 지나가는 매력적인 젊은 여성들을 향해 다정한 미소를 지어 보였다.

10시가 되자 가정부가 나타났다. 보통은 보뒤와 주느비에브 그리고 수석 점원이 먼저 식사를 했다. 그런 다음 11시에 다시 차려진 식탁에서 보뒤 부인과 또 다른 점원, 그리고 젊은 여성이 식사를 하는 식이었다.

"자, 식사들 하자고!" 나사 상인은 자신의 조카를 돌아보며 외쳤다.

가게 뒤쪽에 있는 비좁은 식당에 모두 자리를 잡고 앉자 보뒤는 아직 나타나지 않고 있는 수석 점원을 소리쳐 불렀다.

"콜롱방!"

청년은 플란넬을 마저 정리해야 한다면서 양해를 구했다. 그는 스물다섯 살로, 키가 크고 어깨가 떡 벌어진 건장한 체격에 영리함이 엿보이는 남자였다. 정직해 보이는 그의 얼굴은 유순하게 생긴 커다란 입과는 대조적으로 교활함이 번득이는 눈매를 지니고 있었다.

"이런! 그래도 먹을 건 먹어가면서 일해야 하는 거야." 보뒤는 본격적으로 자리를 잡고 앉아 차가운 송아지 고기를 자르기 시작했다. 주인으로서의 신중함과 능란함으로 잘라낸 얇은 조각들을 눈으로 가늠해보면서 단 1그램도 어긋나지 않게 자르려고 애썼다.

모두에게 고기를 나누어 준 그는 이번에는 빵을 잘랐다. 드니즈는 페페가 음식을 흘리지 않고 먹을 수 있도록 자기 옆에 앉혀놓았다. 하지만 어두컴컴한 식당은 그녀에게 왠지 모를 불안감을 안겨주었다. 고향의 단출하고 빛이 잘 드는 커다란 방들에 익숙해져 있던 드니즈는 주위를 둘러보면서 가슴이 짓눌리는 듯한 답답함을 느꼈다. 그곳에는 조그만 안뜰을 향해 달랑 창문 하나가 나 있을 뿐이었다. 안뜰은 어두컴컴하고 좁다란 통로로 바깥과 연결돼 있었다. 축축하고 악취가 풍기는 뜰은 수상쩍은 빛이 비치는 깊은 우물 속을 연상시켰다. 겨울에는 아침부터 저녁까지 가스등을 켜놓아야만 했다. 더 이상 불을 밝히지 않아도 되는 계절에는 더더욱 음산한 분위기가 풍겼다. 드니즈는 한참이 지나서야 겨우 어둠에 익숙해지면서 자신의 접시에 놓인 음식을 알아볼 수 있었다.

"식욕이 아주 왕성한 청년이군." 보뒤는 장이 송아지 고기를 후딱 먹어치운 것을 보고는 외쳤다.

"먹어치우는 것처럼 그렇게 일을 한다면 아주 쓸 만한 사내가 되겠는걸. ……그런데 넌, 애야, 넌 왜 먹지 않는 거지? ……그리고 말이 난 김에 궁금해서 그러는데, 넌 왜 발로뉴에서 결혼을 하지 않은 거냐?"

드니즈는 입으로 가져갔던 물컵을 내려놓으면서 말했다.

"오! 큰아버지, 결혼이라뇨! 당치도 않아요! ……동생들은 어떡하고요?"

그러고는 웃음을 터뜨렸다. 그녀에겐 결혼이라는 생각 자체가 그만큼 터무니없이 여겨졌기 때문이다. 게다가 어떤 남자가 그녀 같은 여자를 원할 것인가? 가진 돈도 없고 허약하기 짝이 없는 데다 아직 아름다운 여인의 모습도 채 갖추지 못한 자신을? 아니, 절대로 그럴 순 없다. 그녀는 결혼 같은 건 꿈도 꾸지 않을 것이었다. 그녀는 두 동생을 돌보는 것만으로도 충분했다.

"그건 네가 잘못 생각하는 거다." 보뒤는 거듭 강조했다.

"여자한테는 모름지기 남자가 있어야 하는 법이야. 네가 좋은 남자를 만났더라면, 너랑 네 동생들이 집시들처럼 파리의 거리를 헤매는 일은 없었을 거란 말이지."

그는 잠시 얘기를 중단하고는, 가정부가 가져온 베이컨을 곁들인 감자 요리를 또다시 정확하고 공평하게 나누었다. 그리고 숟가락으로 주느비에브와 콜롱방을 가리키면서 말했다.

"그래, 저 두 사람을 좀 보렴! 저 아이들도 봄에 결혼하기로 돼 있다 이 말이야. 겨울 장사가 잘 되어주기만 한다면."

그것은 가문의 오래된 관습에 따른 것이었다. 나사 전문점의 창립자인 아리스티드 피네는 자신의 딸 데지레를 그가 부리던 수석 점원인 오슈코른과 결혼시켰다. 보뒤로 말하자면, 그는 주머니에 달랑 7프랑만을 지닌 채 미쇼디에르 가를 찾아온 이후 오슈코른 어른의 딸인 엘리자베스와 결혼을 했다. 그리고 그 역시 사업이 다시 정상 궤도에 오르는 즉시 자신의 딸 주느비에브와 가게를 콜롱방에게 넘길 생각을 하고 있었다. 이미 3년 전부터 예정돼 있는 결혼을 이처럼 미루고 있는 것은 그의 고집스러운 양심과 자존심 때문이었다. 가게가 번성할 때 물려받은 그로서는 줄어든 고객과 장래가 불확실한 상태로 모든 것을 사위에게 떠넘길 수가 없었던 것이다.

보뒤는 얘기를 계속하면서 콜롱방이 자신의 장인과 동향인 랑부예 출신이라고 소개했다. 심지어 그들은 먼 친척이기도 했다. 그는 10년간 그들의 가게에서 열심히 일했고, 그 덕분에 빠른 시간에 지금의 지위까지 오를 수 있었다! 게다가 알고 보면 콜롱방은 뼈대 있는 집안의 후손이었다. 센에와즈 지역에서는 알아주는 수의사였던 그의 부친은 그 분야에서는 일가견이 있었지만, 놀기 좋아하고 탐욕스러운 기질 때문에 재산을 홀라당 날려먹고 말았던 것이다.

"얼마나 다행스러운 일인가 말이야!" 나사 상인은 결론짓듯 말했다.

"아비란 작자는 흥청망청 놀아나면서 여자들 꽁무니나 쫓아다니다가 인생을 망쳤는데, 그 아들은 여기서 돈의 가치를 배울 수 있었으니까."

그가 얘기하는 동안 드니즈는 콜롱방과 주느비에브를 유심히 살펴보았다. 두 사람은 식탁에서 서로 가까이 앉아 있었다. 하지만 서로 얼굴을 붉히거나 미소조차 짓지 않고 지극히 담담한 표정이었다. 콜롱방은 처음 이곳에 들어왔을 때부터 이 결혼에 대한 기대를 가지고 있었다. 그리고 그 후 여러 단계를 거쳐 지금에 이르렀다. 보조 점원에서 유급 점원을 거쳐 마침내 가족 간의 은밀함과 정을 나누는 사이로까지 발전했던 것이다. 이 모든 건 주느비에브를 존중할 만한 훌륭한 혼처로 점찍고, 인내를 가지고 시계처럼 한 치의 어긋남도 없는 삶을 살아오면서 획득한 것이었다. 그녀가 자신의 것이라는 확신이 들자, 그는 더 이상 그녀를 향한 욕망을 느끼지 못했다. 주느비에브 역시 그를 사랑하는 일에 점차 익숙해져갔다. 하지만 매일매일이 똑같은 지루한 삶 속에서 밖으로 드러나지 않는 진지함과 그녀 자신도 의식하지 못하는 깊은 열정을 동반한 채였다.

"서로 좋아하고, 그럴 여건만 된다면야 당연히 결혼해야죠." 드니즈는 예의상 무슨 말인가를 해야 할 것 같았다.

"네, 물론 결혼해야죠." 그때까지 한마디도 하지 않고 있던 콜롱방이 음식을 천천히 씹으면서 응수했다.

그러자 이번에는 주느비에브가 그를 지그시 바라보면서 말했다.

"먼저 서로 잘 통해야겠죠. 그러면 특별히 문제될 게 없으니까요."

그들의 애정은 지하의 포도주 저장고에서 피어난 꽃처럼 파리의 오래된 동네의 1층에 자리 잡은 가게에서 커나갔다. 10년 동안 주느비에브에게는 콜롱방이 삶의 전부였다. 두 사람은 가게의 어두컴컴한 안쪽 구석에 늘 변함없이 쌓여 있는 나사 더미 뒤에서 하루 진종일을 함께 보냈다. 그리고 아침저녁으로, 우물 속 같은 서늘함이 느껴지는 비좁은 식당에서 다시 만나 나란히 앉아 식사를 했다. 그들은 허허벌판이나 덤불숲 아래에서도 지금보다 서로를 더 멀게 느끼거나 자신을 더 잘 숨기진 못할 터였다. 오직 공모자 같은 어둠 속에서 느껴지는 한 줄기 의혹과 질투 어린 두려움만이 그녀로 하여금 자신이 텅 빈 마음과 삶의 권태로움 때문에 스스로를 영영 포기했음을 깨닫게 한 듯했다.

그사이 드니즈는 콜롱방을 흘끗거리는 주느비에브의 눈길 속에서 부쩍 커지는 불안감을 언뜻 느낄 수 있었다. 그리하여 애써 다정한 표정을 지어 보이며 대꾸했다.

"오! 사랑하는 사람들끼리야 당연히 서로 잘 통하는 거 아닌가요."

그러는 동안에도 보뒤는 여전히 식탁을 엄격히 살피고 있었다. 얇게 자른 브리 치즈를 나누어 준 그는 친척들과의 만남을 축하하고자 또 다른 디저트로 구스베리 잼을 가져오게 했다. 콜롱방은 평소에는 느끼지 못했던 그의 관대함에 놀란 듯보였다. 그때까지 지극히 얌전히 있던 페페는 잼 앞에서는 정신을 차리지 못했다. 장은 결혼에 관한 얘기가 오가는 중에 새삼 흥미를 느낀 듯 자신의 사촌 주느비에브를 유심히 바라보았다. 그가 보기에 그녀는 너무나 허약하고 창백해 보였다. 그는 마음속으로 그녀가 검은색 귀와 붉은색 눈을 가진 새하얀 어린 토끼와 닮았다고 생각했다.

"자, 이제 충분히 얘기들 했으면 다음 사람들한테 자리를 비워줘야지!" 나사 상인은 다들 식탁에서 일어나라는 신호와 함께 대화를 마무리했다.

"조금 호사를 부렸다고 해서 그걸 남용하면 안 되는 거라고."

그들이 물러나자 이번에는 보뒤 부인과 점원, 그리고 젊은 여성이 와서 자리를 잡고 앉았다. 또다시 혼자 남은 드니즈는 출입문 가까이 앉아 보뒤가 자신을 뱅사르에게로 데려가주기를 기다렸다. 페페는 그녀의 발밑에서 놀고 있었고, 장은 아까처럼 문간에 선 채 바깥을 살폈다. 드니즈는 한 시간 가까이 자신의 주위에서 일어나는 일들을 흥미롭게 지켜보았다. 간간이 고객들이 가게로 들어왔다. 한 여성이 찾아왔고, 그 후 두 사람이 더 들어왔다. 보뒤의 가게는 어둠침침하면서 퀴퀴한 냄새를 풍기고 있었다. 오랫동안 정직하고 순박한 방식으로 이어져 내려왔던 전통적인 상업이 방치된 채 눈물을 흘리고 있는 듯 보였다. 하지만 길 반대편에서는, 열려 있는 문 사이로 쇼윈도가 보이는 '여인들의 행복 백화점'이 그녀를 강렬히 끌어당기고 있었다. 하늘은 여전히 흐렸고, 계절에 어울리지 않게 비를 머금은 것 같은 미지근한 기운이 대기를 덥히고 있었다. 햇살이 분가루처럼 흩어지면서 새하얗게 날이 밝아오는 가운데 백화점은 생기를 되찾으면서 북적거렸다.

그러자 드니즈는 강력한 엔진으로 작동하는 거대한 기계*를 보고 있는 것 같은 착각에 사로잡혔다. 그 요란한 움직임이 진열대까지 들썩거리게 하는 듯했다. 이제 아침에 보았던 썰렁한 쇼윈도의 모습은 더 이상 찾아볼 수 없었다. 안에서부터 전해져오는 분주함으로 인해 활기를 띤 쇼윈도가 흥분으로 떨리고 있는 듯 보였다. 지나가던 사람들마다 시선을 그곳으로 향했고, 모두가 탐욕으로 인해 거칠어진 듯 그 앞에서 발길을 멈춘 여자들은 서로를 떼밀었다. 거리에서 느껴지는 뜨거운 열기 속에서 쇼윈도의 천들도 살아 움직이는 듯했다. 레이스 천이 가볍게 떨리면서 백화점 내부를 감추려는 신비한 베일처럼 아래로 길게 늘어져 있었다. 숨을 쉬고 있는 것 같은 두터운 사각의 나사는 유혹적인 숨결을 뱉어냈다. 팔토**를 걸친 마네킹은 마치 살아 있는 여인처럼 몸을 더 뒤로 젖혔다. 여유로운 크기의 벨벳 코트 역시 누군가가 실제로 입고 있는 것처럼 부드럽고 따뜻하게 가슴이 부풀어 오르면서 허리가 가볍게 씰룩거렸다. 하지만 백화점을 불타오르게 하는 공장 같은 열기는 무엇보다도 벽 너머로 느껴지는 판매대의 부산스러움과 엄청난 판매에서 비롯되었다. 쉬지 않고 힘차게 돌아가는 기계의 윙윙거림이 느껴지는 가운데, 전시된 상품들에 정신을 빼앗긴 고객들

---

*'기계'는 이 작품 속에서 반복해서 등장하는 가장 중요한 은유이자 라이트모티프로, 거대 상업자본주의의 상징인 백화점을 가리킨다.
**짤막한 외투나 모직으로 된 웃옷을 가리킨다.

이 화덕 속으로 뛰어들 듯 너도나도 매장 앞으로 몰려들었다가는 다시 서둘러 계산대로 향했다. 이 모든 건 기계 같은 정확함으로 계획되고 작동되고 있었다. 마치 온 나라의 여인들이 톱니바퀴 장치의 힘과 논리에 따라 움직이는 듯했다.

드니즈는 아침부터 엄청난 유혹을 느끼고 있었다. 한 시간 동안 지켜보았을 뿐인데 그녀가 코르나유에서 6개월 동안 본 것보다 더 많은 사람들이 드나드는 거대한 백화점은 그녀를 혼란스럽게 하면서 동시에 매료시켰다. 안으로 들어가 보고 싶다는 갈망 속에는 결정적으로 그녀를 유혹하는 막연한 두려움이 깃들어 있었다. 그와 동시에 그녀의 큰아버지 가게에서는 왠지 모를 불편함이 느껴졌다. 그것은 구태의연한 영업 방식이 유지되고 있는 음습하고 후미진 가게에 대한 본능적인 경멸과 반감 같은 것이었다. 그녀가 이곳에서 느꼈던 모든 것들, 그들 가게에 처음 발을 들여놓았을 때의 불안감, 친척들의 시큰둥한 대접, 지하 독방을 비추는 것 같은 빛 아래에서의 음울한 점심 식사, 몰락해가는 초라한 가게에서 느껴지는 나른한 고독감 속의 기다림 등은 그녀 안에서 그 모든 것들에 대한 은밀한 거부와 활기찬 삶과 빛을 향한 이끌림으로 귀착되었다. 그리하여 그녀의 선한 마음에도 불구하고 눈길은 자꾸만 '여인들의 행복 백화점'으로 향했다. 그녀 안에 잠재된 판매원의 기질이 엄청난 매출의 뜨거운 열기를 느끼며 되살아나고자 꿈틀거리는 듯했다.

"그래도 저긴 사람들이 몰려들긴 하네!" 드니즈는 무심코 내뱉고 말았다.

그러고는 바로 옆에 보뒤 부부가 있는 것을 보고는 그렇게 말한 것을 즉시 후회했다. 식사를 마치고 자리에서 일어난 보뒤 부인은 창백한 얼굴과 눈빛으로 괴물을 응시했다. 그녀는 체념한 듯 맞은편의 괴물을 바라볼 때마다 말없는 절망으로 눈두덩이 부풀어 올랐다. 주느비에브는 점차 커지는 불안감과 함께 흘끗거리며 콜롱방의 눈치를 살폈다. 그녀가 자신을 살피는 것을 눈치채지 못한 콜롱방은 백화점 중이층의 유리창 너머로 판매대가 보이는 기성복 매장의 판매원들을 넋을 잃고 쳐다보곤 했다. 보뒤가 할 수 있는 것이라고는 짜증스러워하는 얼굴로 퉁명스럽게 내뱉는 것뿐이었다.

"화려하게 보인다고 다 금은 아닌 게야. 좀 더 두고 봐야 아는 거라고!"

그들 가족은 물론 목구멍까지 계속해서 차오르는 분노를 애써 억누르고 있었다. 그들의 자존심이 바로 그날 아침에 당도한 어린 친척들 앞에서 속내를 쉽게 내비치지 못하도록 했던 것이다. 마침내 나사 상인은 맞은편의 뜨거운 판매 열기를 애써 외면하려는 듯 뒤를 돌아보며 말했다.

"자, 이제 뱅사르를 만나러 가자고. 그 자리를 탐내는 사람들이 많아서 내일이면 벌써 늦을지도 모르니까."

그는 가게를 나서기 전에 점원에게 기차역으로 드니즈가 맡겨둔 트렁크를 찾으러 가도록 일러두었다. 한편 드니즈는 보뒤 부인에게 잠시 동안 페페를 봐줄 것을 부탁했다. 그 틈을 이용해 보뒤 부인은 아이를 맡기는 것을 상의할 겸 아이와 함께 오르티 가에 사는 그라 부인을 찾아가 보기로 했다. 장은 자신의 누이에게 가게에서 꼼짝하지 않고 있겠다고 다짐했다.

"잠깐이면 충분해." 보뒤는 자신의 조카와 가이용 가를 내려가면서 말했다.

"뱅사르는 실크 전문점을 차려서 아직 그런대로 잘하고 있지. 오! 물론 그 친구도 다른 사람들처럼 어려움을 겪고 있긴 하지만 워낙 꾀가 많은 치라 아주 억척같이 꾸려나가고 있어. ……그런데 고질적인 류머티즘 때문에 장사에서 그만 손을 떼려고 하는 것 같더군."

뱅사르의 가게는 뇌브데프티샹 가의 파사주 슈아죌* 가까이에 위치하고 있었다. 깨끗하고 환한 그의 가게는 현대식으로 화려하게 꾸며져 있었지만 규모가 작았고, 진열된 상품들이 빈약하기 그지없었다. 보뒤와 드니즈가 그곳에 이르렀을 때 뱅사르는 두 남자와 열을 올리며 얘기를 하는 중이었다.

"오, 신경 쓰지 마시오." 나사 상인은 그를 향해 소리쳤다.

"우린 급하지 않으니까. 얼마든지 기다릴 수 있어요."

그리고 조심스럽게 문간으로 다시 돌아와서는 드니즈의 귀에 대고 속삭였다.

"저기 마른 사내는 '여인들의 행복 백화점'에서 부수석 구매상으로 일하면서 실크를 사들이는 사람이고, 뚱뚱한 남자는 리옹**의 제조업자란다."

드니즈는 뱅사르가 자신의 가게를 '여인들의 행복 백화점'의 구매상인 로비노에게 떠넘기려고 한다는 사실을 알게 되었다. 뱅사르는 솔직하고 소탈해 보이는 얼굴로, 맹세를 손바닥 뒤집기처럼 쉽게 생각하는 사람임을 과시하듯 자신의 명예를 내세워가며 설득 공세를 펴고 있었다. 그의 말에 의하면, 그의 가게

---

*프랑스어로 '통로'를 의미하는 파사주는 건물과 건물 사이의 길에 유리로 된 지붕을 씌워 보행자들의 통행과 쇼핑의 편리를 도모한 아케이드식 아치형 갤러리이다. 파리에는 현재 이런 파사주가 20여개 남아 있는데, 1827년에 문을 연 파사주 슈아죌은 그중 길이가 가장 긴 것(190미터)에 속한다.
**리옹은 견직물을 중심으로 하는 직물 산업이 발달해 있고, 동·서아시아에서 수입되는 생사는 거의 이곳에서 거래된다. 1730년 상업회의소에 의해 창립된 직물역사박물관이 있다.

는 황금알을 낳는 거위나 다름없었다. 겉보기에는 누구보다 건강해 보이는 뱅사르는 지긋지긋한 통증을 호소하며 걸핏하면 얘기를 중단했다. 그것 때문에 눈물을 머금고 어쩔 수 없이 다른 사람에게 가게를 넘겨야만 한다는 것이었다. 하지만 로비노는 불안하고 초조한 모습으로 뱅사르의 말을 자꾸만 가로막았다. 그는 이 업계가 겪고 있는 위기를 익히 잘 알고 있었다. 그러면서 '여인들의 행복 백화점'이 이웃에 문을 연 이후 망해버린 실크 전문점을 상기시켰다. 그러자 뱅사르는 격앙된 어조로 소리쳤다.

"이런 젠장! 그 멍청한 바브르가 망할 거라는 건 온 세상이 다 알고 있던 사실이었소. 그 마누라가 다 말아먹는 바람에……. 그리고 여긴 거기랑 500미터도 더 멀리 떨어져 있단 말이오. 바브르 그 친구 가게는 그 빌어먹을 백화점 바로 코앞에 있었지만."

그러자 실크 제조업자인 고장이 끼어들었다. 그들은 다시금 목소리를 낮추었다. 그는 백화점들이 프랑스의 제조업을 모두 죽이고 있다고 비난했다. 이미 서너 군데의 백화점들이 그에게 터무니없는 횡포를 부리면서 거래를 좌지우지하고자 했다. 그에 의하면, 그들을 견제할 수 있는 유일한 방법은 소상인들을 보호하는 것이며, 특히 프랑스 직물업의 미래가 달려 있는 직물 전문점들을 적극 육성해야 할 것이었다. 그런 이유로 그는 로비노에게 장기 신용거래로 물품을 대주기로 약속했다.

"'여인들의 행복 백화점'이란 곳이 당신한테 어떻게 했는지 생각해보란 말이오! 오랫동안 몸 바쳐 일한 대가로 돌아온 게 뭔지. 그들은 사람들을 이용해서 굴러가는 기계나 다름없다고! ……수석 구매상 자리는 이미 오래전부터 당신한테 약속된 것이었잖소. 그런데, 어느 날 갑자기 어디선가 불쑥 나타난 부트 몽이란 자가 단번에 그걸 꿰차다니 그런 법이 어디 있냔 말이오."

그런 부당함으로 인해 입은 상처에서는 아직도 피가 흐르고 있었다. 하지만 로비노는 자신의 가게를 여는 문제를 쉽사리 결정하지 못했다. 자본금이 그의 돈이 아니라는 이유 때문이었다. 6만 프랑이라는 유산을 물려받은 것은 그의 아내였고, 그는 엄청난 돈 앞에서 신중에 신중을 기해야만 했다. 그 돈을 불투명한 사업에 투자해서 날려버리느니 당장이라도 자신의 두 손목을 잘라버리고 말 터였다.

"아뇨, 아무래도 아직은 안 되겠어요." 마침내 그는 결론짓듯 말했다.

"좀 더 생각할 시간이 필요합니다. 나중에 다시 얘기하도록 하죠."

"좋으실 대로." 뱅사르는 실망을 안으로 감춘 채 여전히 사람 좋은 표정을 지어 보이면서 말했다.

"나도 뭐 가게를 팔고 싶어서 이러는 게 아니니까. 이놈의 통증만 아니라면……."

그리고 가게 한가운데로 나오면서 물었다.

"그런데 무슨 일이시죠, 무슈 보뒤?"

한쪽 귀로 그들의 말을 엿듣고 있던 나사 상인은 드니즈를 간략히 소개하면서, 그녀가 고향에서 2년간 판매원으로 일했던 사실을 강조했다.

"그래서, 여기서 마침 쓸 만한 점원을 찾고 있다는 얘기를 듣고……."

그러자 뱅사르는 과장된 표정으로 몹시 애석해하는 척하면서 소리쳤다.

"오! 이렇게 운이 나쁠 수가! 그래요, 일주일 동안이나 마땅한 점원을 찾았었지요. 하지만 불과 두어 시간 전에 한 사람을 채용하기로 해서 말입니다."

그의 말에 한동안 정적이 흘렀다. 몹시 낙담한 드니즈는 어쩔 줄 모르고 그 자리에 멍하니 서 있었다. 그러자 아까부터 그녀를 흥미롭게 바라보던 로비노는 그녀의 초라한 행색에 측은함을 느낀 때문인지 그녀에게 정보 하나를 귀띔해주었다.

"우리 백화점의 여성 기성복 매장에서 사람을 구하고 있는 걸로 알고 있습니다."

그러자 보뒤는 마음속 깊은 곳에서 우러나오는 외침을 억누르지 못했다.

"당신네 백화점이라니, 오! 안 돼, 그곳은 절대로 안 돼!"

그러고는 이내 당혹스러워하며 다시 입을 다물었다. 드니즈는 얼굴이 발갛게 달아올랐다. 저 굉장한 백화점에서 일을 하다니, 그녀로서는 감히 꿈도 꾸지 못할 일이 아닌가! 하지만 그 생각만으로도 뿌듯한 자부심이 느껴지는 것을 어찌할 수 없었다.

"왜 안 된다는 거죠?" 로비노가 의아해하는 얼굴로 물었다.

"오히려 아가씨한테는 좋은 기회가 될 텐데요. ……내일 아침에 수석 구매상 오렐리 부인을 찾아가 보세요. 만약 채용이 안 된다고 해도 손해 볼 건 없잖아요."

보뒤는 마음속에서 끓어오르는 반감을 감추려고 횡설수설하기 시작했다. 그는 오렐리 부인을 잘 알고 있었다. 아니, 그녀의 남편 롬므를 잘 아는 편이었다. 계산원으로 일하는 뚱뚱한 롬므는 승합마차에 치어 오른팔을 절단했다. 나사 상인은 얘기를 하던 중에 드니즈 얘기로 다시 돌아와 불쑥 내뱉듯 말했다.

"어쨌거나, 그건 내 조카가 결정할 일이지 내 문제가 아니니까…… 뭘 하든 이 아이 마음이 중요한 거 아니겠소."

그는 고장과 로비노에게 인사를 하고 밖으로 나왔다. 뱅사르는 거듭 유감을 표현하면서 문간까지 따라 나와 그를 배웅했다. 드니즈는 구매상에게서 좀 더 자세한 정보를 얻고 싶은 마음에 머뭇거리면서 여전히 가게 한가운데에 서 있었다. 하지만 차마 용기를 내지 못한 채 간단히 인사를 하고는 그곳을 나와야 했다.

"고맙습니다, 무슈."

돌아오는 동안 보뤼는 자신의 조카에게 한마디도 건네지 않았다. 자신의 생각에 이끌린 듯 걸음을 몹시 재촉하는 바람에 드니즈는 뛰다시피 그를 따라가야 했다. 미쇼디에르 가에 이르러 그가 자신의 가게 안으로 들어가려는 순간, 이웃에 있는 가게의 주인이 문간에 나와 있다가 손짓으로 그를 불렀다. 드니즈는 멈춰 서서 자신의 큰아버지를 기다렸다.

"무슨 일입니까, 부라 영감님?" 나사 상인이 물었다.

부라는 큰 키에 긴 머리와 수염이 더부룩이 난 모습이 구약성서에 나오는 선지자를 떠올리게 하는 노인이었다. 굵고 짙은 눈썹 아래로는 예리한 눈매가 번득였다. 그는 지팡이와 우산을 취급하는 상인으로, 수선도 하고 손잡이에 조각까지 함으로써 그 부근에서는 예술가로 명성이 자자했다. 드니즈는 가게의 진열창을 흘끗 쳐다보았다. 가지런히 잘 정렬돼 있는 우산과 지팡이 들이 눈에 들어왔다. 그리고 문득 고개를 든 그녀는 놀라지 않을 수가 없었다. '여인들의 행복 백화점'과 루이 14세 양식의 저택 사이에 끼어 있는 초라한 건물 때문이었다. 그 비좁

은 틈새에서 어떻게 자라났는지 의아할 정도로 찌그러진 3층
짜리 건물이 간신히 버티고 서 있었다. 오른쪽과 왼쪽에서 받
쳐주지 않았더라면 이미 한참 전에 무너져 내리고도 남았을 터
였다. 슬레이트로 된 지붕은 뒤틀린 채 썩어 있었고, 두 개의
창문이 난 정면에는 군데군데 균열이 생겨 있었다. 반 정도가
삭아버린 간판의 나무에는 녹물이 길게 흘러내려 있었다.

"그 인간이 기어코 여기 집주인한테 이 건물을 사들이고 싶
다는 편지를 보냈다네." 부라 영감은 분노가 가득한 눈빛으로
나사 상인을 응시하면서 말했다.

보뒤는 얼굴빛이 창백해지면서 어깨를 움츠렸다. 잠시 침묵
이 흐른 후, 두 남자는 얼굴을 마주한 채 서로를 뚫어지게 바라
보았다.

"이젠 항상 마음의 준비를 하고 있어야 할 것 같습니다." 마
침내 나사 상인이 나지막이 말했다.

그러자 노인은 억눌렸던 분노를 폭발시키듯 머리와 무성한
턱수염을 흔들면서 말했다.

"어디 건물을 살 테면 사보라지, 그것도 시세보다 네 배나
돈을 더 주면서! ……하지만, 내가 두 눈을 시퍼렇게 뜨고 살
아 있는 한 그는 벽돌 하나도 차지하지 못할 거요. 내 임대차
계약은 아직 12년이나 더 남아 있다고……. 어디 누가 이기나
두고 보라지, 해볼 테면 해보라지!"

그것은 선전포고나 다름없었다. 부라 영감은 둘 중 그 누구
도 입 밖으로 소리 내어 말하지 않은 '여인들의 행복 백화점'을
향해 돌아섰다. 보뒤는 잠시 말없이 고개를 저었다. 그리고 후
들거리는 다리로 길을 건너 자신의 가게로 들어서면서 반복해
중얼거렸다.

"오! 어떻게 이런 일이! ……오! 어떻게 이런 일이!"

그들이 하는 말을 조용히 듣고 있던 드니즈는 보뒤를 뒤따라갔다. 보뒤 부인 역시 페페와 함께 돌아와 있었다. 그녀는 즉시 그라 부인이 언제라도 아이를 맡아줄 수 있다고 했음을 전했다. 하지만 드니즈는 그사이 장이 어디론가 사라져버린 것을 알고는 걱정스러운 얼굴을 했다. 다시 돌아온 장은 생기 있는 얼굴로 자신이 본 대로의 풍경에 대해 열띤 어조로 얘기했다. 그러는 동안 드니즈가 슬픈 표정을 지으며 물끄러미 그를 바라보자 얼굴을 붉혔다. 그사이 점원은 그들의 트렁크를 찾아다 놓았고, 그들은 그날 밤 지붕 밑 방에서 잠을 잘 수 있었다.

"그런데 참, 뱅사르네 가게에 갔던 일은 어떻게 됐어요?" 보뒤 부인이 물었다.

나사 상인은 그곳에 가서 허탕을 친 얘기를 들려주고는, 누군가가 그들의 조카에게 일자리를 귀띔해주었다고 덧붙였다. 그러면서 '여인들의 행복 백화점'을 향해 경멸적인 몸짓으로 한 팔을 뻗으면서 이렇게 내뱉었다.

"그래! 바로 저기에!"

그러자 가족 모두가 마음이 상한 듯 보였다. 저녁이 되자 5시에 첫 번째 식탁이 차려졌다. 드니즈와 두 아이들은 보뒤, 주느비에브 그리고 콜롱방과 함께 자리를 잡았다. 음식 냄새가 짙게 풍기는 조그만 식당에는 가스등이 희뿌옇게 불을 밝히고 있었다. 디저트를 먹을 시간이 되자, 안절부절못하던 보뒤 부인은 가게를 떠나 자신의 조카 뒤쪽으로 와서 앉았다. 그러자 아침부터 억눌렸던 봇물이 터져 나오듯, 모두들 괴물을 향해 울분을 터뜨리며 가슴속에 있던 말들을 쏟아내기 시작했다.

"이건 물론 네 일이니까, 네가 좋을 대로 해야겠지." 보뒤는 먼저 그렇게 강조하면서 운을 떼었다.

"우린 너한테 이래라저래라 하고 싶은 생각은 없다. ……다만, 저들이 어떤 사람들인 줄 네가 알게 된다면!"

그는 통명스러운 말투로 예의 옥타브 무레*라는 인물에 관해 얘기하기 시작했다. 그는 참으로 기막히게 운이 좋은 사내였다! 어느 날 갑자기 남부에서 파리로 올라온 그는 매력적인 대담함을 지닌 모험가의 기질을 유감없이 발휘했다. 파리로 올라온 바로 그 이튿날부터 여자 문제를 일으키며 수많은 여인네들을 끊임없이 공략했고, 한번은 현장을 들켜버린 스캔들로 인해 아직까지 온 동네 사람들의 입에 오르내리고 있을 정도였다. 그러다 어찌된 영문인지 갑작스레 에두앵 부인의 마음을 사로잡아 그녀로부터 '여인들의 행복 백화점'을 물려받게 되었던 것이다.

"불쌍한 카롤린!" 이번에는 보뒤 부인이 그의 말을 가로막고 나섰다.

"그녀는 내 먼 친척뻘이기도 했지. 아! 그녀가 살아 있었더라면 일이 이렇게까지 되진 않았을 텐데. 절대로 그 인간이 우리 숨통을 조이도록 그냥 내버려두진 않았을 거라고……. 그가 그녀를 죽인 거나 다름없어. 그래, 그가 벌여놓은 공사 현장에서! 어느 날 아침, 공사 현장을 방문했던 카롤린이 그만 그곳에 파놓은 구덩이 속으로 떨어졌던 거야. 그리고 사흘 후에 세상을 뜨고 말았지. 그때까지 한 번도 아픈 적이 없었던 사람이, 그토록 건강하고 아름다웠던 그녀가! ……그러니까 저 건물의 초석 아래에는 그녀의 피가 흐르고 있는 거라고."

---

*프랑수아 무레와 마르트 루공의 아들로. 졸라의 이전 작품인 《살림(Pot-Bouille)》의 중심인물이며 에너지와 매력이 넘치는 인물로 그려져 있다.

그러면서 그녀는 핏기 없는 떨리는 손으로 벽 너머의 백화점을 가리켰다. 마치 동화 속에서나 나옴직한 이야기처럼 보뒤 부인의 말에 귀를 기울이고 있던 드니즈는 가벼운 전율을 느꼈다. 아침부터 자신을 지배했던 유혹 속에서 느껴졌던 일말의 두려움이 어쩌면 그 여인의 피로부터 비롯되었을지도 모른다는 생각이 들었다. 백화점 건물 지하를 이루고 있는 붉은색 모르타르 속에서 그녀의 피가 보이는 듯했다.

"그게 그에게 행운을 가져다준 건지도 모르지." 보뒤 부인은 무레를 꼭 집어 지칭하지는 않고 말했다.

하지만 나사 상인은 그런 식의 허무맹랑한 동화 같은 얘기에는 관심 없다는 듯 어깨를 으쓱해 보였다. 그리고 상업적인 관점에서 백화점에 얽힌 이야기를 들려주었다. '여인들의 행복 백화점'은 1822년에 들뢰즈 형제가 처음 문을 열었다. 장남이 세상을 떠나자 그의 딸인 카롤린은 직물 제조업자인 샤를 에두앵과 결혼을 했다. 그 후, 과부가 된 그녀는 예의 그 무레와 재혼을 했다. 그럼으로써 이미 그에게 백화점의 반을 안겨준 셈이었다. 그리고 그들이 결혼한 지 석 달 만에 그녀의 숙부인 들뢰즈가 자녀를 남기지 않은 채 세상을 떠났다. 따라서 카롤린마저 공사 현장에 뼈를 묻자, 무레가 유일한 상속인이 되었던 것이다. 그가 '여인들의 행복 백화점'의 유일한 소유주가 되었던 것이다. 이보다 더 큰 행운이 어디 있단 말인가!

"무레는 위험하고 엉뚱한 생각들로 가득 찬 인물이야. 저대로 계속하게 놔두었다가는 온 동네를 말아먹는 건 시간문제라고." 보뒤는 계속해서 열변을 토했다.

"다소 몽상가적인 기질이 있었던 카롤린 역시 그의 터무니없는 발상에 넘어가고 말았을 거라고……. 어쨌거나 무레는 그녀를 설득해 왼쪽과 오른쪽에 있는 건물들을 사들이도록 했던 거야. 그리고 나중에 혼자 남게 되었을 때 나머지 두 채를 더 사들였던 거고. 그렇게 해서 백화점이 지금처럼 커질 수 있었던 것이지. 그런데도 자꾸만 더 커지려는 욕심을 버리지 못해서, 이젠 우리 것까지 몽땅 먹어치우려고 하는 거야, 몽땅!"

그는 드니즈에게 말하는 것처럼 보였지만, 사실은 그 자신을 위해 얘기하고 있었다. 스스로를 납득시키려는 절실한 필요에 의해, 자신을 내내 따라다니며 괴롭히고 있는 사실을 되씹고 있었던 것이다. 가족 중에서 유일하게 다혈질인 그는 걸핏하면 두 주먹을 꼭 쥔 채 폭발 직전의 모습을 보이곤 했다. 보뒤 부인은 아무 말 없이 미동도 않고 의자에 앉아 있었다. 주느비에브와 콜롱방은 시선을 아래로 향한 채 무심코 빵 조각을 주워 먹었다. 비좁은 식당의 공기가 너무 탁하고 더운 탓에 페페는 식탁에 앉은 채로 졸았고, 장도 스르르 눈꺼풀이 감겼다.

"하지만 두고 보라지!" 보뒤는 벌컥 화를 내면서 외쳤다.

"그런 모사꾼들은 언젠가는 반드시 망하고 말 테니까! 무레가 지금 위기에 처해 있는 걸 모두가 다 알고 있다고. 그 작자는 미친 듯이 백화점을 확장하고 광고를 하는 데 모든 돈을 쏟아부은 게 분명해. 게다가 부족한 자본을 메우려고 대부분의 직원들로 하여금 자신에게 돈을 맡기도록 부추겼다는 얘기까지 들려오더군. 그러니까 지금 그는 밑천이 바닥난 게 분명해. 그의 예상대로 매출이 세 배로 뛰거나, 기적이라도 일어나지 않는다면 어떤 파국이 그를 기다리고 있을지는! ……오! 물론 그가 잘못되라고 신에게 빌진 않겠지만, 만약 그의 백화점이 문을 닫게 된다면 난 밖에다 그걸 기념하는 등을 내걸고 말겠어, 반드시!"

그는 분풀이를 하듯 열띤 목소리로 계속 떠들어댔다. 마치 '여인들의 행복 백화점'의 몰락이 벼랑 끝으로 내몰려 있는 소상인들의 위엄을 회복시켜주기라도 할 것처럼. 세상에 이런 우스꽝스러운 일이 또 어디 있단 말인가? 온갖 잡동사니들을 다 취급하는, 여자들만을 위한 백화점이라니! 저게 도떼기시장과 다를 게 무어란 말인가! 게다가 그곳에서 일하는 일꾼들의 수준은 또 어떠한가! 겉멋만 잔뜩 든 새파란 젊은 것들이 옷을 번지르르하게 차려입고 기차역에서처럼 고객과 상품들을 짐짝 다루듯 하고 있지 않은가! 그러면서 아무런 애정도 느끼지 못하고 예의범절과 필요한 기교도 갖추지 못한 채 말 한마디에 주인을 내팽개치거나, 그 반대로 쫓겨나기도 하는 일이 비일비재하지 않은가! 보뒤는 자신의 말을 뒷받침하려는 듯 불쑥 콜롱방을 증인으로 호출했다. 물론, 제대로 된 과정을 밟아서 지금의 자리까지 올라온 그로서는 이 직업이 요구하는 섬세함과 요령을 갖추려면 얼마나 오랫동안 인내하며 배워야 하는지를 잘 알고 있었다. 진정한 상인이 갖추어야 할 덕목은 많이 파는 것이 아니라 얼마나 비싸게 파는가 하는 것이었다. 게다가, 콜롱방은 그들이 그를 어떻게 대했는지를 잘 알고 있었다. 그가 어떻게 그들 가족의 일원이 될 수 있었는지, 그가 아팠을 때 그들이 그를 어떻게 돌봐주었는지도 결코 잊지 않았다. 그들은 그의 옷을 세탁하고 수선해주기도 했으며, 부모처럼 보살피고 사랑해주었던 것이다!

　　"지당한 말씀입니다." 콜롱방은 그의 주인이 소리칠 때마다 반복해 말했다.

　　"내겐 이제 자네밖에 없네, 사위." 보뒤는 감상에 젖은 목소리로 말했다.

"자네가 내 사업의 마지막 후계자가 될 걸세. ……날 이해해주는 사람은 자네밖엔 없어. 저런 천박하고 소란스러운 짓거리들을 장사라고 부르는 것을 난 도무지 용납할 수가 없단 말일세. 그럴 바엔 차라리 내가 이 일을 그만두고 말겠어."

주느비에브는 빽빽한 머리가 창백한 이마를 무겁게 짓누르기라도 하듯 고개를 옆으로 기울여 어깨에 기댄 채, 시종일관 미소를 짓고 있는 수석 점원을 조심스럽게 살피고 있었다. 그를 바라보는 그녀의 눈빛 속에는 그와 같은 찬사에 양심의 가책을 느낀 콜롱방이 혹시라도 얼굴을 붉히지나 않는지 확인하려는 의도가 엿보였다. 하지만, 노련한 장사꾼의 연기에 능숙한 그는 입가에 교활함을 드러내는 주름이 잡힌 채 조금도 흔들림 없이 여전히 순박해 보이는 얼굴을 하고 있었다.

그사이 보뒤는 목청을 한층 더 높이면서 맞은편에서 펼쳐지는 길거리 판매 행위를 비난했다. 먹고살기 위해서라면 서로를 망가뜨리는 것조차 서슴지 않는 야만인들 같은 행태는 결국 가족의 해체를 야기하기에 이르렀다. 그러면서 그는 지방에서 온 롬므 일가를 그 예로 들었다. 부부와 그 아들까지 세 사람이 한 건물 안에서 일하는 그들은 언제나 바깥에서 시간을 보내야만 했다. 그들은 보뒤 가족처럼 다 함께 가게 안에서 머무르는 것은 꿈도 꾸지 못했다. 집에서 식사를 하는 것도 오직 일요일에만 허락될 수 있었다. 그들은 허구한 날 호텔과 식당에서 잠자리와 식사를 해결해야만 했다! 물론, 보뒤의 식당은 크지도 않았고, 좀 더 빛이 잘 들고 환기가 잘 되지 못하는 것이 아쉽게 느껴질 수도 있었다. 하지만 적어도 그는 이곳에서 가족 간의 애정을 느끼며 지내고 있지 않은가. 그렇게 말하면서 그는 조그만 방을 재빨리 둘러보았다. 그러자 저 야만인들이 언젠가는 그의 가게를 망하게 하고, 아내와 딸과 함께 화목하게 살고 있는 이 보금자리에서 그를 내쫓을지도 모른다는 생각에 전율이 느껴졌다. 그는 겉으로는 큰소리를 치면서도, 막상 파산을 예고하는 말을 할 때는 마음속 깊은 곳에서 느껴지는 두려움을 떨쳐버릴 수가 없었다. 온 동네가 조금씩 잡아먹히고 잠식당하고 있음을 누구보다도 잘 알고 있었기 때문이다.

"너를 혼란스럽게 하려고 이런 말을 하는 건 아니다." 그는 냉철해지려고 애쓰면서 말했다.

"저길 들어가는 게 너를 위한 거라면, 누구보다도 내가 제일 먼저 그러라고 할 거야."

"물론 그러시겠죠, 큰아버지." 드니즈는 당혹스러움을 느끼면서 조그맣게 대꾸했다. 이 모든 소란 가운데서도 그녀의 마음속에서는 '여인들의 행복 백화점'에 속하고 싶다는 갈망이 점점 더 커져갔다.

보뒤는 식탁 위에 팔꿈치를 올려놓은 채 그녀를 줄곧 쏘아보면서 말했다.

"하지만, 이제 너하고도 상관이 있는 일이니 어디 한번 네 생각을 말해보거라. 단순한 직물점에서 온갖 잡동사니들을 다 판다는 게 이치에 맞는 일인가. 예전에 다들 정직하게 장사를 할 때는 직물점에서는 오직 옷감만 취급했다. 다른 건 팔지 않았어. 그런데 지금 저들의 머릿속은 온통 이웃을 짓밟고 먹어치우려는 생각만으로 꽉 차 있어. ……그래서 온 동네 사람들이 못마땅해하고 있는 거야. 저놈의 백화점 하나 때문에 우리 같은 소상인들이 다 죽게 생긴 거란 말이지. 저 무례란 작자가 모두를 망하게 하고 있는 거라고……. 그래! 가이용 가에서 편물점을 하는 베도레와 그 누이를 보라고. 그들은 이미 고객의 반을 잃었어. 파사주 슈아쥘에서 란제리 가게를 하는 마드무아젤 타탱도 가격을 엄청 낮춰 저들보다 염가로 팔면서 근근이 버티고 있다고 들었어. 이런 빌어먹을 재앙은 뇌브데프티샹 가에 있는 가게들에도 엄청난 타격을 주고 말았지. 거기서 모피상을 하는 방푸유 형제도 더 이상 버티기가 힘들 것 같다고 하더군. ······나사를 파는 점원들이 모피를 팔다니, 이거야말로 지나가던 개가 웃을 일이 아닌가 말이야! 이것 역시 저 무뢰라는 작자의 머리에서 나온 기막힌 발상이라고 하더군!"

"장갑은 또 어떻고요?" 보뒤 부인이 말했다. "정말 끔찍하지 않아요? 감히 장갑을 파는 매장을 신설할 생각을 하다니! ······어제는 뇌브생토귀스탱 가를 지나가는데 키네트가 가게 문간에 서 있더라고요. 그런데 어찌나 슬픈 얼굴을 하고 있던지 장사가 잘되는지 차마 묻지도 못하겠더군요."

"게다가 이젠 우산에까지 손을 댔으니 이거야말로 뻔뻔함의 극치가 아니고 뭐겠어." 보뒤는 계속해서 울분을 토해냈다.

"부라 영감은 무레 그 작자가 자신을 파산시키려고 수작을 부리는 거라고 믿고 있어. 생각해봐, 우산이 직물하고 무슨 상관이 있냐고? ······하지만 부라는 그렇게 호락호락한 사람이 아니야. 그냥 이대로 쉽게 물러나진 않을 거라고. 두고 봐, 언젠가는 우리가 이런 얘기를 하면서 다시 웃게 될 날이 올 테니까."

그는 또 다른 상인들 얘기를 하면서 온 동네를 도마 위에 올렸다. 그러면서 문득문득 자신의 속내를 드러냈다. 뱅사르가 가게를 팔려고 애쓴다면, 다른 상인들도 일찌감치 장사를 접을 생각을 하는 게 현명할 터였다. 뱅사르는 집이 무너질 것을 예측하고 미리 도망을 치는 쥐들과 같은 부류의 인물이었다. 그런 다음 보뒤는 즉시 자신이 한 말을 부인했다. 그가 바라는 것은 소상인들끼리 뜻을 모아 동맹을 이루어 거대 자본을 가진 상인에 맞서는 것이었다. 그는 한참 전부터 두 손을 비벼대고 신경질적으로 입을 씰룩거리면서 자신의 속내를 털어놓고 싶은 것을 애써 참고 있었다. 그리고 마침내 결심한 듯 주저리주저리 얘기를 쏟아내기 시작했다.

"난, 지금까진 별로 이렇다 할 불평불만 없이 살아왔어. 그런데 저 불한당 같은 놈이 나한테 불쑥 도전장을 던진 거야! 하지만 그는 아직까진 얇은 드레스용 나사와 좀 더 두터운 외투용 나사만을 취급하고 있을 뿐이라고. 사냥용 재킷과 제복을 위한 벨벳과 남성용 원단들을 구하려면 나를 찾아와야 한단 말이지. 게다가 플란넬과 멜턴에 관한 한 나만큼 완벽하게 구색을 갖춰놓은 사람 있으면 어디 나와보라고 해. ……다만, 무례 그 작자가 자꾸만 내 신경을 건드리는 게 마음에 안 들어. 내 가게 바로 맞은편에 떡하니 나사 매장을 신설하다니. 너도 그들의 진열대를 보았겠지? 주위에 나사 천들을 빙 둘러놓고는 그 가운데다 그럴싸한 기성복들을 진열해놓다니, 어릿광대가 선전 공연이라도 하듯 요란하게 여자들 눈길을 끌려고 수작을 부리는 게 아니냐고……. 난 절대로 그런 짓은 하지 않아! 감히 부끄러운 줄을 알아야지. 우리 '전통 엘뵈프'는 이미 100년 가까운 전통을 자랑하고 있어. 고객을 유혹하려고 그런 속임수 따윈 쓰지 않는다고. 내가 살아 있는 한 이 가게는 처음 물려받았을 때와 조금도 달라지지 않을 거야. 오른쪽과 왼쪽에 모두 네 점의 견본 상품을 진열하는 것으로 충분해, 그 이상은 필요 없다고!"

그러자 온 가족이 마음이 짠해지면서 분위기가 숙연해졌다. 잠시 침묵이 흐른 후 주느비에브가 용기를 내 아버지를 위로했다.

"고객들은 아직 우리를 잊지 않고 있어요, 아버지. 그러니까 희망을 버리시면 안 돼요. 오늘만 해도 데포르주 부인과 드 보브 부인이 찾아왔었는걸요. 마르티 부인도 플란넬을 주문해놓았고요."

"전 어제 부르들레 부인의 주문을 받아놓았어요." 콜롱방도 거들고 나섰다.

"그런데 부인이 맞은편에서 똑같은 영국산 체비엇을 우리보다 10수씩 싸게 판다는 얘길 하더군요."

"처음엔 겨우 손수건만 하던 가게가 어느새 저렇게 커져버리다니!" 보뒤 부인은 몹시 지친 것 같은 목소리로 나지막하게 말했다.

"정말이란다, 드니즈야. 들뢰즈 형제가 처음 저곳을 세웠을 때는 뇌브생토귀스탱 가로 겨우 진열창 하나가 나 있었을 뿐이었어. 조그만 벽장 같은 데에 사라사* 두 점과 캘리코** 세 점을 진열해놓으면 꽉 찼었지. 가게 안에서 몸을 돌리기도 힘들 정도로 작았다니까…… 그때 이미 60년도 더 전부터 있었던 우리 '전통 엘뵈프'는 지금 네가 보는 것만 했고…… 오! 그런데, 이젠 모든 게 달라졌어, 너무나 달라져버린 거야!"

보뒤 부인은 고개를 설레설레 흔들더니 느릿한 말로 자신이 살아온 이야기를 들려주었다. '전통 엘뵈프'에서 태어난 그녀는 그곳의 축축한 돌멩이들까지도 사랑했다. 그리고 그곳만

---

*인도에서 나는 사라사. 옥양목이나 명주에 꽃이나 새 따위의 무늬를 날염해 넣은 것. 인디아 친츠라고도 한다.
**인도의 캘리컷에서 생산되던 면포를 지칭하는 말로, 평직으로 짜서 표백한 면직물의 하나이다. 우리나라에서는 옥양목이라고 불렸다. 여기서는 상점(백화점)에서 옷이나 천(캘리코)을 파는 점원들을 가리키는 경멸적인 표현으로 쓰이기도 한다.

을 위해, 그곳에 의해서만 살아왔다. 예전에 그녀는 부근을 통틀어 가장 번창하고 가장 다양한 상품을 구비한 것으로 명성을 떨쳤던 가게로 인해 자부심을 느끼며 살았다. 하지만, 처음엔 하찮게 여겼던 경쟁 상대가 점차 자신들과 대등해지더니 급기야는 더 위세를 떨치면서 위협적인 존재로 커가는 것을 지켜보는 고통을 끊임없이 감수해야만 했다. 그것은 그녀에게는 상처에서 계속 피가 흐르고 있는 것이나 마찬가지였다. 그녀는 자신의 '전통 엘뵈프'가 당하는 모욕과 함께 조금씩 죽어가고 있었다. 그녀가 아직 살아 있는 것은, 그녀의 가게와 마찬가지로 그동안 축적돼온 힘으로 버티고 있는 것뿐이었다. 하지만 가게의 파국은 곧 그녀 자신의 죽음을 뜻하는 것이며, '전통 엘뵈프'가 문을 닫게 되는 날에는 그녀도 그와 함께 생을 마치게 될 것임을 잘 알고 있었다.

다시금 한동안 침묵이 흘렀다. 보뒤는 밀랍을 입힌 식탁보 위에서 손가락 끝으로 퇴각의 곡조*를 두드리고 있었다. 그는 또다시 자신의 속내를 드러내 보인 것에 나른한 피로감과 더불어 후회마저 느끼고 있었다. 무겁게 가라앉은 분위기가 짓누르는 가운데 그들 모두는 허공을 응시하면서 자신들의 쓸쓸한 인생 역정을 되돌아보았다. 생각해보면 그들의 삶은 불운의 연속이었다. 아이들이 어느 정도 크고 그들 앞에 탄탄대로가 열려 있다고 생각했을 때 느닷없이 경쟁 상대가 나타나 그들을 벼랑 끝으로 내몰았다. 물론 아직 랑부예의 집이 있긴 했다. 보뒤는 10년 전부터 그곳으로 물러나 사는 것을 꿈꾸었다. 헐값에 사들인 오래되고 낡은 집은 끊임없이 손을 봐야만 했기 때문에

---

*퇴각 중인 군대를 나타내는 음악. 여기서는 그들의 가게가 처해 있는 운명을 암시한다.

그는 마침내 그곳을 세놓기로 했다. 그런데 세입자들은 집세를 한 푼도 내지 않았다. 그가 마지막으로 모아두었던 돈들이 몽땅 그곳으로 흘러들어 갔다. 옛것만을 고집하면서, 꼼꼼한 성실함이 두드러지는 그에게 탓할 것이라곤 단지 그 잘못밖에는 없었음에도 불구하고.

"이런, 이제 그만 다른 사람들한테 자리를 내줘야지……." 그가 불쑥 말했다. "이런 얘기 백날 해봤자 무슨 소용이 있다고!"

그는 잠에서 깨어나는 듯 보였다. 조그만 방을 가득 메운 채음울하고 뜨거운 공기를 뿜어내고 있는 가스등에서 쉭쉭거리는 소리가 들려왔다. 모두들 우울한 침묵을 털어내듯 벌떡 자리에서 일어났다. 그사이 페페가 너무나 깊이 잠이 들어버리는 바람에 그들은 부드러운 플란넬 천을 깔고 그 위에 아이를 눕혔다. 늘어지게 하품을 하고 있던 장은 어느새 출입문 앞으로 다시 돌아가 섰다.

"마지막으로 한마디 덧붙이자면, 넌 그냥 네가 하고 싶은 대로 하면 되는 거다." 보뒤는 자신의 조카에게 거듭 강조했다.

"우린 단지 너한테 사실을 얘기해준 것뿐이니까……. 하지만 이 모든 건 너하곤 상관없는 거야."

그는 눈빛으로 압력을 넣으면서 그녀로부터의 결정적인 대답을 기다리고 있었다. 하지만 그들이 들려준 이야기는 '여인들의 행복 백화점'에 대한 드니즈의 관심을 줄어들게 하기보다는 오히려 더 커지게 만들었다. 그녀는 노르망디 출신 여성다운 고집스러운 의지를 안으로 감춘 채 시종일관 차분하고 다정한 표정을 지어 보였다. 그리고 간단한 말로 대답을 대신했다.

"천천히 생각해볼게요, 큰아버지."

그리고 동생들하고 일찍 올라가서 자고 싶다고 얘기했다. 세 사람 모두 몹시 피곤했기 때문이다. 하지만 아직 6시밖에 안 된 터라 드니즈는 좀 더 가게에 머물러 있고자 했다. 어느새 밤이 찾아와 어둑해진 거리가 해가 진 이후부터 줄기차게 내리고 있는 가느다란 비에 흠뻑 젖어 있었다. 드니즈의 눈에 비친 거리의 모습은 그녀에게 커다란 놀라움을 안겨주었다. 도로에는 순식간에 군데군데 물웅덩이들이 생겨났고, 도로 가장자리의 배수구에서는 더러운 물이 흘러넘치는 가운데, 행인들의 발에 달라붙은 질척거리는 진흙이 보도를 마구 더럽히고 있었다. 내리치는 빗줄기 아래 어둠 속에서는, 커다란 짙은 색 날개처럼 불룩하게 부풀어 오른 채 서로 떼밀듯 부산스럽게 움직이는 우산들의 행렬이 눈에 들어올 뿐이었다. 드니즈는 으스스한 추위를 느끼면서 뒤로 멈칫 물러섰다. 어두컴컴하다 못해 이젠 음산하기까지 한 가게 분위기로 인해 우울함이 더해지는 것 같았다. 거리로부터 습기를 머금은 축축한 바람에 실린 오래된 동네의 숨결이 전해져 왔다. 행인들의 우산에서 흘러내린 빗물이 판매대까지 스며들어 오는 듯했다. 진흙과 물웅덩이로 가득한 도로가 가게 안으로 밀려들어 와 오래된 건물 아래층을 새하얀 초석(硝石)*으로 뒤덮어놓은 듯 보였다. 드니즈는 물에 흠뻑 젖은 오래된 파리의 모습을 바라보며 몸을 떨었다. 이토록 얼음장처럼 춥고 이토록 초라한 대도시의 광경에 유감스러움과 놀라움을 금치 못하면서.

하지만 도로 맞은편의 '여인들의 행복 백화점' 안에서는 일렬로 늘어선 가스등이 환히 불을 밝히고 있었다. 드니즈는 불

*습기 찬 벽 따위에 생기는 질산칼륨의 한 형태.

이 환히 타오르는 화덕에 몸이 덥혀지듯 또다시 그곳에 이끌리는 것을 느끼면서 좀 더 가까이 다가갔다. 윙윙 소리를 내면서 여전히 활발히 작동하고 있는 거대한 기계는 마지막으로 포효하듯 새하얀 입김을 뿜어내고 있었다. 그사이 판매원들은 흐트러진 제품들을 접으며 정리하고, 계산원들은 그날 들어온 판매금액을 세고 있었다. 김이 서린 유리창 너머로, 한 덩어리처럼 보이는 희부연 불빛 아래 복잡한 공장의 내부를 닮은 실내를 어렴풋이 짐작해볼 수 있었다. 쉬지 않고 내리는 비의 장막 뒤로 멀리 흐릿하게 보이는 광경은 거대한 연소실을 연상시켰다. 시뻘건 불이 타오르는 보일러 위로 지나가는 시커먼 화부들의 그림자를 보는 듯했다. 이제 빗물에 가려진 쇼윈도들 너머로 보이는 것은 눈처럼 새하얀 레이스 천들뿐이었다. 가스등의 반투명 전구들에서 비치는 빛이 백색의 순결함을 더욱더 돋보이게 하고 있었다. 기성복들은 예배당과 같은 배경 속에서 생생히 살아 움직이는 듯했다. 머리가 없는 마네킹 여인은 은빛 여우 털로 장식된 넉넉한 벨벳 코트를 걸치고 몸을 뒤로 젖힌 채, 이 빗속에 신비스러운 파리의 어둠을 뚫고 어느 파티에라도 달려가는 것처럼 보였다.

드니즈는 자꾸만 이끌리는 마음을 주체하지 못한 채, 튀어오르며 몸을 적시는 빗방울에도 아랑곳없이 문간까지 더 바짝 나아갔다. 밤의 그 시각, '여인들의 행복 백화점'은 화덕처럼 뜨거운 불빛으로 그녀를 강력하게 끌어당겼다. 어둠과 정적에 파묻힌 채 내리는 비를 맞고 있는 광막한 도시, 그녀가 아직 알지 못하는 파리라는 도시에서 마치 등대처럼 불을 밝히고 있는 백화점은 그 자체만으로도 도시의 빛이자 삶인 것처럼 느껴졌다. 드니즈는 그곳에서의 자신의 미래를 그려보았다. 동생들을 키우기 위한 많은 일들을 할 수 있고, 아직 그녀가 알지 못하는 또 다른 많은 것들이 그녀를 기다리고 있는 듯했다. 막연한 그 어떤 것들에 대한 갈망과 두려움이 동시에 그녀를 전율하게 했다. 건물 아래에 뼈를 묻었다는 여인이 떠오르면서 두려운 생각이 들기도 했다. 번쩍거리는 불빛 속에서 언뜻언뜻 그녀의 피가 보이는 것 같았다. 그러다 레이스의 순결한 백색이 다시 마음을 진정시켜주면서 마음속에 새로운 희망과 기쁨에의 확신이 솟아올랐다. 그러는 사이, 공기 중으로 흩어지는 물보라가 그녀의 손을 차갑게 식히면서 여행으로 들떴던 열기 또한 차분히 가라앉혀주었다.

"저기, 부라 영감이잖아." 그녀의 등 뒤에서 누군가의 목소리가 들려왔다.

드니즈가 몸을 숙이자, 길 끝의 진열창 앞에서 꼼짝 않고 서 있는 부라 영감이 보였다. 그녀가 그날 아침에 보았던, 우산과 지팡이들을 기발하게 배치해놓은 바로 그 진열창이었다. 큰 키의 노인은 어둠 속에 몸을 숨긴 채 백화점의 의기양양한 진열대들의 모습을 눈에 가득 담고 있었다. 그는 고통으로 일그러진 얼굴로, 모자도 쓰지 않은 머리 위로 내려치는 빗줄기조차 의식하지 못하는 듯했다. 그의 새하얀 긴 머리를 따라 빗물이 길게 흘러내리고 있었다.

"노인이 제정신이 아니군. 저러다 죽고 말지."

그러자 비로소 뒤를 돌아본 드니즈는 또다시 보뒤 부부가 자기 뒤에 와 있음을 알게 되었다. 그들 역시, 그들이 제정신이 아니라고 비아냥거리는 부라 영감처럼 자꾸만 그곳, 그들을 상심케 하는 광경 앞으로 발길을 향하고 있었던 것이다. 심지어 고통을 자처하는 것처럼 보이기도 했다. 창백한 얼굴의 주느비에브는 콜롱방이 중이층의 유리창 너머로 언뜻언뜻 보이는 여성 판매원들의 모습을 유심히 살피고 있음을 알아차렸다. 보뒤가 숨이 막힐 정도로 힘겹게 분노를 억누르고 있는 동안, 그의 아내의 눈에는 소리 없이 눈물이 가득 고였다.

"내일 저기로 갈 거지, 그렇지?" 불안한 마음으로 내내 안절부절못하던 나사 상인은 드니즈에게 마침내 묻고 말았다. 자신의 조카 역시 다른 사람들과 마찬가지로 그곳에 흠뻑 매료돼 있음을 이미 감지하고 있던 터였다.

잠시 머뭇거리던 드니즈는 다정한 목소리로 대답했다.

"네, 큰아버지, 두 분이 너무 언짢아하시지만 않는다면요."

제2장

드니즈는 다음 날 아침 7시 30분에 일찌감치 '여인들의 행복백화점' 앞에 가 있었다. 멀리, 포부르 뒤 탕플의 언덕 위에 있는 주인집에 장을 데려다주기 전에 그곳에 먼저 들르고자 했다. 그런데 평소 일찍 일어나는 습관 때문에 너무 서둘러 집을 나섰던 것이다. 백화점 직원들도 겨우 하나둘씩 모습을 나타내고 있을 뿐이었다. 소심함을 떨쳐버리지 못한 드니즈는 그들의 눈에 우스꽝스러워 보일지도 모른다는 두려움 때문에 가이용 광장에서 서성이며 한참을 더 기다려야 했다.

그사이 불어온 차가운 바람으로 인해 도로에는 이미 물기가 모두 말라 있었다. 잿빛 하늘 아래 희부연 아침이 밝아오면서 사방으로 난 길에서 직원들이 속속 모여들었다. 그들은 겨울을 예고하는 것 같은 추위로 인해 몸을 떨면서 팔토 깃을 세운 채 두 손을 주머니에 찔러 넣고 종종걸음을 치고 있었다. 그들 대부분은 바로 옆에서 걸음을 재촉하고 있는 동료들에게 말을 걸거나 눈길 한 번 주는 일 없이 홀로 걷다가는 빨려들 듯 백화점 안으로 들어갔다. 어떤 이들은 두세 명씩 짝을 지어 도로를 온통 다 차지한 채 빠르게 얘기를 하면서 걸어가기도 했다. 그들 모두는 안으로 들어가기 전에 하나같이 똑같은 몸짓으로 배수구에 담배나 시가를 던져 넣었다.

드니즈는 그들 중 몇몇이 지나가면서 자신을 호기심 어린 눈으로 쳐다보는 것을 깨달았다. 그러자 한층 더 움츠러든 그녀는 그들이 모두 안으로 들어갈 때까지 기다리기로 마음먹었다. 그들의 뒤를 따라가서는 문간에서 우글거리는 남자들 틈을 뚫고 들어갈 생각만으로도 얼굴이 화끈거려왔기 때문이다. 하지만 행렬이 계속 이어지는 바람에 사람들의 시선을 피하고자 광장을 천천히 한 바퀴 돌았다. 그리고 다시 돌아와서는 키가 큰 청년 하나가 백화점 앞에서 꼼짝 않고 서 있는 것을 발견했다. 창백한 얼굴에 큰 키로 인해 휘청거리는 것 같은 그는 15분 전부터 그녀처럼 무언가를 기다리고 있는 듯했다.

"마드무아젤." 머뭇거리던 그는 더듬거리며 물었다.

"혹시 여기 백화점에서 판매원으로 일하시나요?"

드니즈는 낯선 남자가 자신에게 말을 거는 것에 너무나 가슴이 떨려와 처음엔 아무런 대답도 할 수 없었다.

"저는, 그러니까," 그는 더욱더 말을 더듬었다.

"혹시 여기서 일자리를 구할 수 있을까 해서 왔거든요. 그래서 제게 어떤 정보를 좀 알려주실 수 없을까 해서요."

그도 그녀만큼이나 소심해 보였다. 그는 드니즈가 자신처럼 떨고 있음을 느끼고는 그녀에게 다가갈 용기를 냈던 것이다.

"저도 그랬으면 좋겠네요, 무슈." 드니즈는 마침내 대답을 했다.

"하지만 저도 아는 게 별로 없어서요. 저도 그쪽하고 같은 처지거든요."

"아! 그러시군요." 그는 몹시 당황스러워했다.

소심한 두 남녀는 똑같이 벌게진 얼굴을 마주한 채 한동안 아무 말 없이 서 있었다. 그들은 자신들이 비슷한 상황에 처해 있다는 사실에 서로에게 측은함을 느끼면서도 감히 잘되길 바란다는 말을 소리 내어 하진 못했다. 그리고 서로 더 이상 아무런 할 말을 찾지 못하자 점점 더 어색해하면서 서툴게 인사를 하고는 얼마 떨어지지 않은 곳에서 각자 다시 기다리기 시작했다.

그러는 동안에도 안으로 들어가는 직원들의 발길은 계속 이어지고 있었다. 이제 그들은 드니즈의 곁을 지나치면서 비딱한 시선과 함께 그녀를 향해 농을 던지기도 했다. 그처럼 구경거리가 되는 것에 점점 더 당혹스러움을 느낀 드니즈는 기다리는 동안 30분 정도 부근을 산책하기로 마음먹었다. 그 자리를 막 떠나려던 그녀의 발길을 잠시 더 지체하게 한 것은 한 젊은 남자의 모습이었다. 그는 포르마옹 가 쪽에서 잰걸음으로 다가오고 있었다. 분명, 매장의 책임자쯤 되는 사람임이 틀림없었다. 직원들 모두가 그에게 깍듯이 인사를 했던 것이다. 그는 키가 크고 희멀건 피부에 말끔히 정돈된 수염이 인상적인 남자였다. 광장을 가로지르던 그는 벨벳처럼 부드럽고 오래된 금빛을 띤 눈으로 잠시 그녀를 응시했다. 그리고 이내 다시 무심한 표정으로 백화점 안으로 들어갔다. 그의 눈빛에 압도된 드니즈는 예사롭지 않은 느낌을 떨쳐버리지 못한 채 그 자리에서 미동도 없이 서 있었다. 그것은 매료되었다기보다는 불편한 느낌에 더 가까웠다. 결정적으로 두려움에 사로잡힌 그녀는 다시 용기를 낼 수 있기를 바라면서 천천히 가이용 가와 생로크 가를 따라 내려갔다.

그는 매장의 책임자 그 이상의 인물이었다. 다름 아닌 옥타브 무렵였던 것이다. 그는 간밤에 잠을 한숨도 자지 못했다. 증권 중개인의 집에서 파티를 마치고 나온 다음, 친구와 함께 조그만 극장의 무대 뒤에서 만난 두 여자를 데리고 밤을 보내러 갔던 것이다. 단추를 채워 입은 코트 속에는 어제 입었던 옷과 흰색 크라바트* 차림 그대로였다. 그는 재빨리 자신의 아파트로 올라가 세수를 하고는 옷을 갈아입었다. 그런 다음 중이층에 있는 그의 사무실 책상 앞에 앉았을 때는 다시 반짝거리는 눈빛과 생기 넘치는 피부가 돋보이는 건장한 모습으로 돌아와 있었다. 마치 침대에서 열 시간을 내리 잔 것 같은 모습이었다. 오래된 떡갈나무로 된 가구와 초록색 레프스**로 꾸며진 너른 그의 사무실에서 유일한 장식이라고는 아직도 그 지역 사람들의 입에 오르내리는 예의 에두앵 부인의 초상화가 전부였다. 그녀가 세상을 떠난 이후, 옥타브는 그녀를 향한 연민 어린 추억을 간직하고 있었다. 그녀가 자신과 결혼하면서 안겨준 엄청난 부를 떠올리며 감사하는 마음을 잊지 않고 있었던 것이다. 그리하여 그는 압지 위에 놓인 어음에 서명을 하기 전에는 언제나 그녀의 초상화를 향해 행복한 남자로서의 미소를 날리는 것을 거르지 않았다. 젊은 홀아비로서 잠깐 동안의 일탈을 즐긴 후, 쾌락에 대한 유혹을 뿌리치지 못하고 잠시 규방에서 시간을 보낸 후에는 언제나 그녀가 지켜보는 앞에서 일을 하러 되돌아오지 않는가?

그때 누군가가 노크를 하더니 기다리지도 않고 곧바로 안으

---

*프랑스어로 넥타이를 뜻하는 '크라바트'는 예전에는 넥타이처럼 매는 남성용 또는 여성용 스카프를 가리켰다.
**골이 지게 짠 천으로 주로 커튼이나 쿠션, 가구 포장 등의 실내 장식품용으로 쓰인다.

로 들어섰다. 키가 크고 마른 체격에, 입술이 얇고 코가 뾰족한 젊은 남자였다. 벌써부터 희끗한 머리카락들이 눈에 띄는 머리를 윤이 나게 매만진 단정한 모습이었다. 무레는 잠깐 눈을 들어 그를 쳐다보더니 서명을 계속하면서 물었다.

"잘 잤나, 부르동클?"

"네, 그럼요." 젊은 남자는 자기 집인 양 편안하고 빠른 걸음으로 사무실 안을 오갔다.

리모주 근교의 가난한 농부의 아들이었던 부르동클은 무레와 같은 시기에 '여인들의 행복 백화점'에서 일하기 시작했다. 조그만 규모로 문을 연 백화점이 가이용 광장의 한 모퉁이만을 겨우 차지하고 있을 때였다. 매우 영리하고 적극적인 성격의 그는 진지함이 결여된 그의 동료를 쉽게 제칠 수 있을 것처럼 보였다. 무레는 온갖 종류의 무모함과 경솔함, 부주의로 인한 실수 그리고 여자들과의 우려할 만한 스캔들로 얼룩진 인물이었다. 하지만 부르동클은 열정적인 프로방스 출신의 동료처럼 반짝이는 천재성과 대담함, 사람들을 압도하는 매력을 갖추지 못했다. 게다가, 그는 현명한 사람으로서의 본능이 이끄는 대로, 처음부터 조금의 갈등 없이 자신의 동료에게 엎드려 복종하는 모습을 보였다. 무레가 자신의 직원들에게 백화점에 돈을 투자하기를 권했을 때도 부르동클은 가장 먼저 솔선해서 모범을 보인 이들 중 하나였다. 심지어 자신의 백모로부터 물려받은 예상치 못했던 유산까지도 모두 무레에게 맡겼을 정도였다. 그리하여 그는 판매원과 실크 매장의 부수석 구매상, 수석 구매상 등의 모든 단계를 차례로 거쳐 마침내 사장이 가장 아끼며 가장 신임하는 오른팔 중 한 사람이 되기에 이르렀다. 부르동클을 포함한 여섯 명의 투자자들은 절대 권력을 지닌 군주

아래에 있는 각의(閣議)처럼 무레가 '여인들의 행복 백화점'을 이끌어나갈 수 있도록 그를 보좌했다. 그들은 각기 한 분야씩을 맡아 감독했고, 부르동클은 그중에서 총감독을 맡고 있었다.

"사장님은요?" 그는 다정하게 물었다.

"잘 주무셨나요?"

무레가 밤을 꼴딱 새웠다고 대답하자, 부르동클은 고개를 저으며 말했다.

"그러시면 건강에 좋지 않습니다."

"어째서?" 무레는 경쾌한 어조로 되물었다.

"내 눈엔 오히려 자네가 나보다 더 피곤해 보이는걸, 친구. 자넨 잠을 잘 자서 눈이 퉁퉁 부었군그래. 너무 진지하게 살려고 하다 보니까 오히려 축축 늘어지는 거라고……. 자네도 이젠 좀 즐기면서 살라고, 그게 정신 건강에도 좋을 걸세."

그들은 늘 이런 식으로 옥신각신했다. 부르동클은 예전에는 자신의 애인을 때리기도 했다. 여자들이 그를 도무지 잠들지 못하도록 한다는 게 그 이유였다. 이제 그는 여자들이 지긋지긋하다고 선언했다. 그러면서 밖에서 여자들을 만나는 것에 관해서는 얘기하려 들지 않았다. 그만큼 그의 삶에서 여자들이 차지하는 비중이 적었기 때문이다. 그는 백화점의 여성 고객들로부터 필요한 것을 얻어내는 것만으로도 충분히 만족할 수 있었다. 그러면서 하찮은 천 쪼가리들에 돈을 물 쓰듯 써대는 여자들의 경박함을 비웃었다. 그와는 반대로 무레는 여자들 앞에서는 언제나 황홀해하는 척하면서 다정하고 상냥한 태도를 잃지 않았다. 그러면서 끊임없이 새로운 사랑을 찾아다녔다. 그가 사랑에 빠지는 것은 자신의 사업을 선전하는 것과도 같았다. 사람들은 그가 모든 여자들을 홀려서 자신의 포로로 만들고자 애정을 남발하는 거라고 믿었다.

"간밤에 그 파티에서 데포르주 부인을 만났지." 무레는 얘기를 계속했다.

"참으로 매력적이더군."

"그러고 나서 두 분이 함께 있었던 게 아닌가요?" 그의 동업자가 물었다.

그러자 무레는 극구 항변을 했다.

"이런! 무슨 말을 그렇게 하나! 그녀는 아주 정숙한 여성이라네, 친구……. 아니, 난 엘로이즈와 함께 있었어. 왜, 그 폴리*의 조그만 여자 말일세. 좀 멍청하긴 하지만, 같이 시간을 보내기엔 아주 그만이지!"

그러면서 그는 또 다른 어음장을 집어 서명을 계속했다. 부르동클은 여전히 방 안을 여유롭게 오가고 있었다. 그러다 높이 달린 유리창 너머로 뇌브생토귀스탱 가를 흘끗 쳐다보고는 다시 돌아와 말했다.

"그러다 언젠가는 크게 당할 수도 있습니다."

"누구한테 말인가?" 그의 말을 건성으로 듣고 있던 무레가 물었다.

"여자들한테서 말입니다."

그러자 무레는 더 재미있어하면서 관능적인 열정 아래 감춰진 거친 이면을 드러내 보였다. 그리고 어깨를 으쓱해 보임으로써, 여자들을 이용해 자신이 원하는 바를 이룬 다음에는 빈 자루처럼 그녀들을 내팽개칠 것이라고 선언하는 듯했다. 부르동클은 차분한 표정으로 여전히 고집스럽게 반복해 말했다.

*음식을 들면서 다양한 쇼를 즐길 수 있는 카페콩세르 또는 극장, 사교장 등으로 쓰이던 교외의 호화로운 별장을 가리키는 말. 당시에는 이런 이름을 가진 곳이 많았다.

"언젠가는 여자들한테 크게 당할 수도 있다니까요. ……누군가 하나라도 그렇게 한다면, 그건 사장님께 치명적이 될 거란 말입니다."

"그런 걱정일랑 접어도 되네, 친구!" 무레는 프로방스식 억양을 과장하면서 소리쳤다.

"그 한 사람은 아직 태어나지도 않았을 테니까. 만약 그런 여자가 내 눈 앞에 나타난다면……."

그는 펜대를 치켜들어 흔들어 보이더니 허공을 향해 겨누었다. 칼로 보이지 않는 심장을 찌르려는 것처럼 보였다. 부르동클은 또다시 방 안을 오가면서 주인의 우월함 앞에 언제나처럼 경의를 표했다. 그러면서 한편으로는 그러한 천재성 속에 허점 또한 많다는 사실이 그를 당혹스럽게 했다. 매사에 분명하고 논리적이며 냉철한, 따라서 추락할 위험도 없는 그였지만 성공은 여자와 같은 속성이 있다는 사실을 깨닫지 못했다. 파리는 용감한 자에게만 키스를 허락한다는 것을.

그리고 잠시 침묵이 흐르는 동안 무레의 펜 끝이 사각거리는 소리만이 들려왔다. 그러다 그가 던지는 간단한 질문에 부르동클은 그 다음 주 월요일로 예정된 겨울 신제품의 빅 세일에 관한 사항을 브리핑했다. 그것은 백화점의 사활이 걸려 있는 매우 중대한 일이었다. 동네에서 떠도는 소문은 어느 정도 근거가 있는 이야기였다. 무레는 몽상가처럼 호사스럽게 엄청난 규모로 투기를 하는 성향이 있어, 언제라도 그 모든 게 무너져 내릴 것처럼 위태로워 보였다. 그런 속에는 사업에 대한 새로운 감각과 기발한 상업적 상상력이 담겨 있었다. 과거에도 에두앵 부인에게 불안감을 안겨주었던 그의 방식은 오늘날 초기의 성공에도 불구하고 여전히 투자자들을 아연실색케 했다.

그들은 그가 지나치게 앞서 가려 한다고 목소리를 낮추어 수군거렸다. 또한 고객이 충분히 늘어나리라는 확신이 서기도 전에 무리하게 백화점을 확장하는 사실을 비난하기도 했다. 무엇보다 준비금을 한 푼도 남기지 않고 도박을 하듯 단번에 모든 돈을 다 쏟아부어 판매대마다 제품을 가득 쌓아놓는 것을 보면서 두려움마저 느꼈다. 그리하여 공사 대금으로 석공들에게 지불한 상당한 금액을 제외하면, 이번 빅 세일로 인해 모든 자본이 바깥에 놓이게 되는 셈이었다. 또다시 죽느냐 사느냐 하는 문제에 봉착했던 것이다. 하지만 무레 그는 모두가 동요하는 가운데서도 여전히 의기양양한 경쾌함을 잃지 않은 채, 여인들로부터 끔찍이 사랑받는, 따라서 결코 배신당할 수 없는 남자로서의 자신감을 내비쳤다. 마침내 부르동클이 매출이 불안정한 매장들을 지나치게 확장하는 것에 대해 염려하는 시선들이 있음을 언급하자 무레는 자신감 넘치는 표정으로 호탕하게 웃어보이면서 소리쳤다.

"그 문제는 더 이상 신경 쓰지 말게, 친구. 백화점이 너무 작은 건 사실이잖나!"

그의 말에 부르동클은 대경실색하면서 노골적으로 두려움을 표명했다. 너무 작다니! 19개의 매장을 갖추고, 모두 303명의 직원이 일하고 있는 백화점이 너무 작다니!*

"그래서 아무래도 앞으로 1년 6개월 내로 다시 확장 공사를 해야 할 것 같아. ……지금 그 문제로 심각하게 고민 중이네.

*이 소설의 모델 중 하나인 봉 마르셰 백화점이 처음 문을 열던 1852년 당시에는 12명의 직원과 4개의 매장을 갖추고 45만 프랑의 총매출액을 기록했다. 이 소설이 출간된 1883년 무렵에는 2370명의 직원이 일하는 36개의 매장에서 1억 프랑의 총매출을 올렸다.

그러잖아도 간밤에 데포르주 부인이 내일 그녀의 집에서 사람을 하나 소개해주기로 했거든. ……어쨌거나 그에 관한 구체적인 계획이 서게 되면 그때 다시 얘기하도록 하지."

어음장에 서명하는 것을 마친 그는 자리에서 일어나 동업자의 어깨를 다정하게 두드렸다. 부르동클은 방금 받은 충격의 여파에서 아직 벗어나지 못하고 있는 듯했다. 무레는 자기 주변의 신중한 이들이 겁을 집어먹는 모습을 즐기는 듯 보였다. 그는 때로 가까운 주변 사람들에게 지나친 솔직함을 드러내 보이면서, 자신은 이 세상의 유대인들을 모두 합친 것보다 더 유대인다운 사람이라고 털어놓기도 했다. 그것은 그가 신체적으로나 정신적으로 많이 닮은 그의 아버지로부터 물려받은 기질이었다. 그의 부친은 돈의 가치를 아는 사람이었다. 무엇보다 그의 어머니로부터 풍부한 상상력을 일부 물려받은 것은 그의 가장 큰 행운에 속하는 것이었다. 그는 무엇이든 저지를 수 있는 대담함이 자신이 지닌 가장 강력한 무기임을 잘 알고 있었다.

"전 무슨 일이 있어도 사장님을 끝까지 믿고 따를 것입니다." 마침내 부르동클은 그의 앞에서 또다시 고개를 숙였다.

두 사람은 백화점으로 내려가 의례적인 점검을 하기 전에 함께 몇몇 세부적인 문제를 검토해야 했다. 그들은 매출 전표를 작성하기 위해 무레가 고안한 부본(副本)이 달린 조그만 장부책의 견본을 다시 꼼꼼히 살펴보았다. 그는 일명 밤꾀꼬리*라고 불리는 철 지난 재고품들이 판매원들에게 지급하는 성과급**이 많을수록 빨리 처분이 된다는 사실에 주목하고는 앞으

---

*결함이 있거나 철이 지나 팔리지 않고 남아 있는 재고품을 의미하는 프랑스 속어. 재고품들은 주로 손이 잘 닿지 않는 선반 꼭대기에 놓여 있는 사실을 높은 나뭇가지에 앉아 있는 새에 빗댄 표현이다.

로 모든 판매에 그러한 원칙을 똑같이 적용하기로 했다. 그리하여 이제부터는 모든 제품의 판매에 대해 해당 판매원들에게 일정한 퍼센티지에 해당하는 수당과 그에 따른 성과급을 지급하기로 했다. 그들이 판매하는 자투리 천이나 작은 물건 하나에도 그 원칙을 예외 없이 적용시키기로 했던 것이다. 이러한 시스템은 백화점에 대변혁을 일으킴으로써 직원들 사이의 생존을 위한 투쟁을 야기하여 주인들의 배를 불리는 데 일조를 했다. 게다가 그는 적자생존의 논리에 따른 이러한 투쟁을 그가 가장 중요시하는 조직 운영의 근본 원칙으로 삼아 모든 분야에 끊임없이 적용시켜 나갔다. 직원들을 부추기고 그들 사이에 알력과 경쟁을 조장함으로써 큰 고기가 작은 고기를 잡아먹게 만들면서 그 속에서 자신의 살을 찌워나갔던 것이다. 판매장부책의 견본은 이의 없이 채택되었다. 하나씩 뗄 수 있게 돼 있는 전표와 부본 위쪽으로는 담당 매장과 판매원의 일련번호가 적혀 있었다. 또한 양쪽으로 각각 제품의 치수와 명칭, 그리고 가격을 기록하는 난이 마련돼 있었다. 판매원은 거기에 서명을 해서 계산원에게 넘기기만 하면 되는 것이다. 각 부본은 해당 판매원이 보관토록 하고, 계산원이 모아 회계원에게로 넘긴 전표들을 대조하는 것으로 충분할 터였다. 그리하면 한눈으로 파악될 수 있을 만큼 편리하게 매장의 관리 감독이 이루어질 뿐만 아니라, 판매원들은 매 주마다 정확하게 자신들의 수수료를 챙길 수 있게 되는 것이다.

"이렇게 하면 어디론가 물건들이 새 나가는 것을 막을 수도

**성과급을 의미하는 '겔트'라는 표현은 '돈'을 뜻하는 독일어의 Geld에서 유래된 것으로 알려져 있다.

있겠군요." 부르동클은 만족스러워하는 표정으로 평을 했다.

"정말 획기적인 아이디업니다."

"그리고 간밤에 또 다른 생각이 하나 더 떠올랐다네." 무레는 얘기를 계속했다.

"그래, 맞아, 간밤에 여자랑 있는 동안…… 그게 뭐고 하면, 공제 부서에 있는 직원들에게 추가로 특별 수당을 지급하는 거야. 매출 전표를 대조하면서 잘못 기록된 것을 잡아내는 직원들에게……. 무슨 말인지 알겠나? 그렇게 하면 그들은 단 한 건의 착오도 소홀히 넘기지 않을 뿐만 아니라, 심지어 없는 것도 만들어내게 될 거란 말씀이야."

그러면서 그가 웃음을 터뜨리자 그의 파트너는 그를 감탄 어린 눈으로 바라보았다. 적자생존의 논리를 사업에 새롭게 적용하는 시도는 언제나 그를 즐겁게 했다. 옥타브 무레는 관리 시스템의 운용에 천재적인 감각을 지닌 인물이었다. 그는 자신의 야망을 완벽하고 안정적으로 충족시키고자 다른 이들의 욕망을 자극하고 부추기는 방향으로 백화점을 운영해나가기를 원했다. 다른 이들이 자신에게 모든 노력을 바치면서 정직성까지 갖추기를 바란다면, 무엇보다 먼저 그들에게 스스로 원하는 게 무엇인지를 알게 해주어야만 하는 것이다.

"자! 이제 그만 내려가 보자고. 이번 세일에 바짝 집중해야만 하네. ……실크는 어제 이미 도착했겠지? 부트몽이 검수처*에서 우릴 기다리고 있을 거야."

부르동클은 그를 뒤따랐다. 물류 센터 내의 검수처는 뇌브 생토귀스탱 가 쪽으로 난 지하층에 위치하고 있었다. 바로 그

---

*새로 입고된 물건의 규격, 수량, 품질 따위를 검사하는 곳을 가리킨다.

위 1층에는, 유리로 된 케이지*가 설치돼 있었다. 짐을 싣고 온 짐수레들은 그곳에 물건들을 내려놓았다. 무게를 잰 물건들은 빠르게 움직이는 컨베이어 벨트 위로 떨어져 내렸다. 컨베이어 벨트의 떡갈나무와 철제 부분은 짐 꾸러미와 상자들과의 마찰로 인해 매끄럽게 윤이 나 있었다. 이곳으로 도착하는 모든 물건들은 입을 크게 벌리고 있는 강하구(降下口)를 통과해 안으로 옮겨졌다. 강물이 흘러가듯 요란한 소리와 함께 천 뭉치들이 쉴 새 없이 밑으로 떨어져 내리면서 정신없이 안으로 빨려들어 갔다. 특히 빅 세일 기간에는 컨베이어 벨트 위에 각 처에서 보내온 다양한 물품들이 영원히 고갈되지 않는 물결처럼 흘러넘쳤다. 리옹에서 온 실크, 영국에서 보내온 모직물, 플랑드르에서 온 리넨** 제품, 알자스 지방의 캘리코, 루앙에서 온 인도 사라사 등이 모두 모여들었다. 때로는 짐수레들이 줄을 서서 기다리기도 했다. 짐 꾸러미들이 구멍 속으로 떨어질 때면 깊은 물속으로 돌멩이를 던져 넣을 때처럼 쿵 하는 둔탁한 소리가 들려왔다.

그곳을 지나가던 무레는 컨베이어 벨트 앞에서 잠시 걸음을 멈춰 섰다. 쉼 없이 작동하는 컨베이어 벨트 위에는 위쪽에서 보이지 않는 누군가가 밀어서 떨어뜨린 상자들이 줄줄이 이어지고 있었다. 위쪽에 있는 샘물로부터 소나기처럼 물이 쏟아지듯 저 혼자 아래로 떨어져 내린 것들처럼 보였다. 그다음에는 봇짐들이 나타나더니 구르는 돌멩이처럼 저절로 뒤집히기를 반복했다. 무레는 아무 말 없이 눈앞에서 펼쳐지는 광경들

*사람을 태워 나르거나 자재, 설비 등을 운반하는 보조 권양기.
**아마의 실로 짠 얇은 직물을 통틀어 이르는 말. 리넨 제품으로는 침대 시트, 식탁보, 냅킨, 베갯잇 등이 있다.

을 응시했다. 폭우가 쏟아지듯 그의 백화점으로 모여든 엄청난 물건들이 1분당 수천 프랑어치를 쏟아내며 물결을 이루는 광경은 그의 투명한 눈동자 속에 잠깐 동안 강렬한 불꽃을 번득이게 했다. 그는 지금까지 이토록 전투적인 도전 정신으로 불타오른 적이 없었다. 파리의 구석구석까지 그들의 제품을 전파시켜야만 했다. 그는 한마디도 하지 않은 채 시찰을 계속했다.

지하의 커다란 채광 환기창을 통해 들어오는 희끄무레한 빛 속에서 한 무리의 남자들이 들어오는 물건들을 받고, 또 다른 팀은 매장 책임자들이 지켜보는 가운데 상자들의 못을 빼내 뚜껑을 열고 봇짐 꾸러미들을 풀고 있었다. 건설 현장과 같은 부산함으로 가득한 지하층은 주철로 된 기둥들이 둥근 천장을 받치고 있고, 아무런 치장이 없는 맨 벽에는 시멘트가 발라져 있었다.

"물건은 다 제대로 온 건가, 부트몽?" 무레는 상자 속 내용물을 확인하고 있는 어깨가 떡 벌어진 젊은 남자에게로 다가가면서 물었다.

"네, 이 속에 다 들어 있을 겁니다. 하지만 모두 세어보려면 아침나절을 다 잡아먹게 생겼네요."

커다란 작업대 앞에 서 있던 매장 책임자는 송장을 흘끗 쳐다보았다. 그의 직원 중 하나가 상자에서 꺼낸 실크 제품을 하나씩 작업대 위에 올려놓고 있었다. 그들 뒤로는 줄지어 늘어선 또 다른 작업대들이 보였고, 한 무리의 구매상들이 그 위에 놓인 제품들을 살피고 있었다. 웅성거리는 목소리들이 들려오는 가운데, 짐을 풀고 천을 뒤집어가면서 꼼꼼히 살핀 다음 가격을 매기는 어수선한 광경이 연출되고 있었다.

그곳에서는 모르는 사람이 없을 정도로 유명한 부트몽은 쾌활해 보이는 둥그런 얼굴에 칠흑같이 새까만 수염과 매력적인 밤색 눈이 돋보이는 청년이었다. 몽펠리에 출신에 목소리가 크고 놀기 좋아하는 그는 판매에는 영 소질이 없었지만 구매에 있어서는 그를 따라갈 사람이 없었다. 그를 파리로 보낸 것은 몽펠리에에서 신상품점을 운영하는 그의 아버지였다. 그리고 부친이 그에게 이제 자신의 사업을 물려받아도 될 만큼 충분히 배운 것 같다고 말했을 때 부트몽은 고향으로 돌아가기를 단호히 거부했다. 그때부터 부자간에 경쟁 관계가 점차 심화되었다. 지방 소상인으로서의 뿌리 깊은 자부심을 갖고 있던 그의 아버지는 하찮은 구매상이 자신의 세 배를 번다는 사실에 분개했다. 그 아들은 고리타분한 아버지의 사업 방식을 두고 농담을 하면서, 고향에 갈 때마다 자신이 버는 돈을 과시하며 집안을 들썩거리게 했다. 그는 매장의 다른 매니저들처럼 3천 프랑의 기본급에 매출에 따른 수당과 성과급을 추가로 받았다. 깜짝 놀란 몽펠리에 사람들은 그에게 존경을 표하면서, 아들 부트몽이 그 전해에 1만 5천 프랑가량을 집으로 가져왔다고 수군거렸다. 그리고 그것은 시작일 뿐이었다. 그들은 자존심이 상한 아버지 부트몽에게 앞으로 아들의 수입은 더욱더 늘어날 것이라는 예측을 내놓았다.

그사이 부르동클은 실크 제품 하나를 집어 전문가답게 꼼꼼히 그 결을 살펴보았다. 그것은 가장자리가 푸른색과 은색으로 된 파유 제품으로, 무레가 결정적인 한 방을 노리고 있는 문제의 파리보뇌르였다.

"정말 좋긴 좋군." 부르동클이 중얼거리듯 말했다.

"실제보다 더 좋아 보이는 효과가 있죠." 부트몽이 거들고 나섰다.

"우리한테 이런 제품을 공급할 수 있는 사람은 뒤몽테유밖엔 없습니다. ……제가 지난번에 거길 갔을 때 고장하고 얘기가 잘 안 됐었지요. 그는 이 모델로 방직기 100대를 돌릴 수 있다고 하면서 미터당 25상팀씩을 추가로 더 요구하더군요."

부트몽은 거의 매달 리옹에 있는 제조 공장을 찾아가 며칠씩 그곳에서 머물다 오곤 했다. 특급호텔에서 머무르면서, 돈에 구애되지 말고 제조업자들을 최고로 대접하라는 지시와 함께였다. 게다가 그는 절대적인 자유를 누렸다. 그가 담당한 매장의 총매출이 매년 미리 정해진 비율로 증가할 수만 있다면 무엇을 사들이든지 아무 상관없었다. 그는 매출의 증가분에 따라 자신의 수당과 성과급을 지급받았다. '여인들의 행복 백화점'에서의 그의 위치는 다른 책임자들이나 동료들과 마찬가지로, 다양한 종목이 모여 있는 거대한 상업의 왕국에서 활동하는 전문상인 셈이었다.

"그럼, 이 건은 이렇게 하도록 하지요." 부트몽은 얘기를 계속했다.

"5프랑 60상팀으로 가격을 책정하겠습니다. ……그럼 거의 원가에 파는 거라고 보면 됩니다."

"좋아! 맘에 들어, 5프랑 60상팀이라." 무레는 신이 난 듯 외쳤다.

"내 맘대로 할 수만 있다면, 난 밑지고라도 팔 걸세."

그러자 매장 책임자는 큰 소리로 웃어젖혔다.

"오! 저도 사장님과 같은 생각입니다. ……그러면 매출이 세 배쯤 늘어날 것 같은데요. 제가 원하는 건 매상을 잔뜩 올리는 것뿐이니까요."

하지만 부르동클은 어두운 표정으로 입을 씰룩거렸다. 총수익에 대한 수당을 받고 있는 그로서는 제품의 가격을 낮추는 것이 전혀 달갑지 않았던 것이다. 그가 하는 감독 업무는, 부트몽이 총매출을 늘리려는 생각만으로 지나치게 적은 수익을 남기고 파는 것을 방지하기 위해 가격 책정에 관여하는 것이었다. 게다가 부르동클은 자신이 잘 알지 못하는 광고 전략들이 판을 치는 것을 보면서 또다시 오래전부터 느끼던 불안감에 사로잡혔다. 그리하여 용기를 내 자신의 불만을 솔직히 얘기했다.

"이걸 5프랑 60상팀에 팔면 밑지고 파는 것과 마찬가집니다. 엄청난 여타 비용들은 전혀 포함되지 않은 거니까요. ……다른 데서는 모두 7프랑을 받고 있고요."

그러자 무레는 벌컥 화를 내더니 손바닥으로 예의 실크를 두드리면서 신경질적으로 소리쳤다.

"그건 나도 잘 알고 있네, 그래서 우리 고객들한테 선물을 하려는 거란 말일세. ……자네는 말이지 친구, 여자들을 너무 몰라. 여자들은 이 실크를 서로 차지하려고 머리채를 잡고 싸우게 될 거야!"

"어쩌면 그럴지도 모르죠." 무레의 동업자는 여전히 자신의 주장을 굽히지 않았다.

"하지만 여자들이 서로 차지하려고 할수록 우린 더 손해를 보게 되는 거란 말입니다."

"제품 하나당 고작 몇 상팀 정도 손해를 보겠지, 그래. 그런데, 그다음을 생각해봤나? 그로 인해 수많은 여자들이 몰려와서는, 산더미처럼 쌓여 있는 우리 제품 앞에서 넋을 잃고 정신없이 지갑을 열게 된다면, 그건 반대로 우리한테 축복이 되는 기라고. 결코 손해 보는 장사가 아니란 말일세. 중요한 건, 친구, 여인들의 욕망에 불을 지펴야 하는 거라고. 그러기 위해서는, 고객들을 유혹하는 미끼 역할을 할 대박 상품이 필요하단 말일세. 그런 다음, 다른 제품들을 다른 데만큼 비싸게 받고 파는 거야. 그래도 고객들은 우리 백화점에서 더 좋은 가격으로 산다고 믿게 될 거라고. 그래, 우리의 주력 상품인 퀴르 도르를 보라고. 7프랑 50상팀짜리 이 태피터*는 다른 데서도 다 이 가격에 팔리고 있지. 그런데도 고객들은 여기서 훨씬 더 싸게 산다고 믿게 되는 거지. 그럼 파리보뇌르로 인한 손실쯤은 거뜬히 메울 수 있는 거라고……. 두고 보게, 내 말이 옳다는 걸 곧 알게 될 테니까!"

그는 목소리를 높여 열변을 토했다.

"이제 내 뜻을 이해하겠나! 난 일주일 안에 파리보뇌르가 우리 백화점에 일대 혁신을 일으키기를 원하네. 이건 우리의 생명줄이나 마찬가지야. 이게 우릴 구원해주고, 우리를 도약하게 해줄 거야. 모두들 파리보뇌르 얘기만 하게 될 거라고. 푸른색과 은색의 가두리 장식은 프랑스 전역에 알려지게 될 거야. ……그럼 우리 경쟁자들이 분노하며 신음하는 소리가 들려오겠지. 소상인들은 또다시 기가 꺾이게 될 것이고. 퀴퀴한 냄새가 나는 지하실에서 류머티즘으로 죽어가던 골동품 장수들은 모두 그대로 매장되고 마는 거라고!"

각처에서 보내온 물건들을 확인하던 주위의 직원들은 미소를 띤 채 그의 말에 귀를 기울였다. 달변인 그는 언쟁을 통해 자신의 주장을 관철시키기를 좋아했다. 부르동클은 다시금 자신의 주인에게 고개를 숙여야만 했다. 그사이 상자 하나가 비워졌고, 직원 두 사람이 또 다른 상자의 뚜껑을 열고 있었다.

*광택이 있는 얇은 평직 견직물로, 여성복이나 양복 안감, 넥타이, 리본 따위를 만드는 데에 쓰였다. 호박단이라고도 한다.

"하지만 제조업자들은 이런 상황을 전혀 반기지 않고 있습니다! 리옹에서는 모두들 사장님한테 잔뜩 화가 나 있어요. 사장님이 바겐세일을 하는 바람에 자기들이 모두 죽게 생겼다고 말이죠. ……특히 고장은 저한테 공공연히 전쟁을 선포하기까지 했어요. 그랬다니까요, 제가 제시하는 금액을 받아들이느니 차라리 소상인들한테 장기로 신용거래를 하겠다고 맹세까지 했다니까요."

그의 말에 무레는 어깨를 으쓱해 보이고는 차분한 어조로 대꾸했다.

"고장이 그렇게 막무가내로 나온다면, 그냥 자멸하도록 내버려둘 수밖에……. 대체 그들이 불평할 게 뭐가 있다는 거지? 우린 그들에게 즉각 대금을 지불할 뿐만 아니라, 그들이 생산하는 건 모두 사들이고 있어. 그런데 조금 싸게 물건을 넘긴다고 해서 문제될 게 뭐냐고……. 게다가 중요한 건, 많은 사람들이 혜택을 볼 수 있다는 사실이지."

직원이 두 번째 상자를 비워내고 있는 동안 부트몽은 송장을 대조해가면서 일일이 물건을 확인했다. 작업대 끝 쪽에 있던 또 다른 직원은 물건에 정가를 표시했다. 그런 다음 확인 절차가 모두 끝나면 매장 책임자가 서명한 송장을 중앙 회계 창구로 올려 보냈다. 무레는 한동안 그 자리에 머물면서, 지하를 모두 덮어버릴 것처럼 점차 늘어나는 짐들과 그 주위에서 분주히 일하는 직원들을 둘러보았다. 그리고 자신의 병사들에게 만족한 지휘관 같은 얼굴로 말없이 그 자리를 떠났다. 부르동클은 또다시 그의 뒤를 따랐다.

두 사람은 느린 걸음으로 지하를 가로질러 갔다. 군데군데 난 채광창에서 희미한 빛이 새어 들어왔다. 어두컴컴한 구석에 길게 난 좁다란 통로에는 가스등이 하루 종일 불을 밝히고 있었다. 바로 이 통로 양옆으로 나무 울타리로 칸막이를 해놓은 물품 보관 창고들이 있었고, 그곳에 각 매장의 재고들을 보관해두었다. 계속 걸어가던 무레는 월요일에 처음 작동시키기로 돼 있는 난방장치와, 새장처럼 생긴 금속 케이스 안에 커다란 가스계량기를 안전하게 넣어둔 소규모의 소화전을 재빨리 흘끗 쳐다보았다. 조리실과 구내식당, 예전에 지하 저장고로 쓰이던 것을 개조한 조그만 창고들은 왼쪽으로 가이용 광장 모퉁이를 향해 나 있었다. 그는 마침내 지하의 반대편 끝에 있는 발송 담당 부서에 도착했다. 고객들이 직접 가져가지 못하는 짐꾸러미들이 위쪽에서 아래로 내려오면, 그곳의 직원들이 작업대 위에서 그것들을 분류해 파리의 구역 이름이 표시된 칸막이 보관함 속에 넣어두었다. 그런 다음, 바로 '전통 엘뵈프' 맞은편으로 난 커다란 계단을 통해 보도 가까이에 대기 중인 마차에 실어 보냈다. '여인들의 행복 백화점'을 기계적인 기능의 측면에서 보자면, 뇌브생토귀스탱 가의 컨베이어 벨트를 통해 빨아들인 상품들이 거대한 톱니바퀴 장치의 일부인 위쪽의 판매대들을 통과한 다음, 다시 미쇼디에르 가의 계단을 통해 끊임없이 밖으로 쏟아져 나오고 있었던 것이다.

"캉피옹." 무레는 중사로 퇴역한 야윈 얼굴의 발송 부서 책임자를 향해 물었다.

"어째서 어제 오후 2시경에 어떤 부인이 구매한 시트 여섯 세트가 저녁까지 배달되지 않았던 건가?"

"어디 사시는 고객 말씀이신가요?" 직원이 물었다.

"리볼리 가, 알제 가 모퉁이에 사는…… 데포르주 부인일세."

이른 아침이라 분류용 작업대는 텅 비어 있었고, 칸막이에는 전날 밤에 배달되지 않은 몇몇 상품들만이 남아 있었다. 캉 피옹이 장부를 들여다본 다음 짐들을 뒤지는 동안 부르동클은 말없이 무레를 응시했다. 도무지 모르는 게 없는 이 무서운 남 자는 야식을 먹는 레스토랑의 식탁에서나, 함께 밤을 보내는 여자들의 규방에서조차도 모든 걸 신경 쓰고 있었던 것이다. 마침내 발송 부서 책임자는 잘못된 점을 찾아냈다. 계산대에서 잘못된 주소를 주는 바람에 배달된 상품이 되돌아왔던 것이다.

"어느 계산대에서 매출 전표를 끊은 건가?" 무레가 물었다.

"뭐? 10번 계산대라고……."

그는 자신의 동업자를 향해 돌아서며 물었다.

"10번 계산대면, 알베르가 맞지? ……그 친구한테 한마디 해야겠군."

하지만 매장을 돌아보기 전에 그는 먼저 통신 판매 담당 부 서에 들르기를 원했다. 통신 판매 부서는 백화점의 3층에 여 러 개의 방을 차지하고 있었고, 지방과 외국에서 오는 주문들 이 모두 그곳으로 모여들었다. 무레는 매일 아침 우편물을 확 인하러 그곳에 들렀다. 그들은 2년 전부터 점점 더 많은 수의 편지를 받았다. 그리하여 처음에는 열 명의 직원으로 시작했던 부서는 이제는 30명이 넘는 인력을 필요로 했다. 직원들은 테 이블 양끝에 각각 자리를 잡고 편지를 개봉하는 것과 읽는 것 을 나누어 하면서, 분류한 편지들에 각기 번호를 붙여 칸막이 가 된 해당 분류함에 넣었다. 그리고 다양한 매장으로 전달된 편지에 따라 매장에서 올려 보낸 주문 상품들을 해당 칸막이에 넣어두었다. 그런 다음에는 다시 확인 절차를 거쳤고, 그곳과 붙어 있는 옆방에서는 한 무리의 일꾼들이 아침부터 저녁까지 못질을 하고 끈으로 묶어 포장하는 일을 반복했다.

무레는 의례적인 질문을 건넸다.

"오늘 아침에는 편지가 얼마나 왔나, 르바쇠르?"

"모두 534통입니다. 사장님." 부서의 책임자가 대답했다.

"월요일에 세일 행사가 끝나면 이 인력으로 어떻게 일해야 할지 걱정입니다. 어제만 해도 겨우 일을 마쳤거든요."

부르동클은 만족스럽다는 듯 고개를 끄덕였다. 그는 화요일에는 534통 이상의 편지를 받기를 기대하고 있었다. 테이블 주위에 둘러앉은 직원들이 끊임없이 종이 구겨지는 소리를 내면서 편지를 뜯어서 읽고 있는 동안, 칸막이 분류함 앞에서는 물건들이 쉴 새 없이 오갔다. 이곳은 백화점에서 가장 복잡하면서도 가장 중요한 부서 중 하나였다. 이곳에서 일하는 직원들은 식을 줄 모르는 열기 속에서 치열한 하루를 보냈다. 규정상, 아침에 들어온 주문은 저녁까지 모두 발송을 마쳐야만 했기 때문이다.

"우린 그대들이 필요한 만큼 얼마든지 인원을 보충해줄 것이오." 무레는 부서가 잘 돌아가고 있음을 한눈으로 확인한 후 말했다.

"일이 있는 한, 우린 그대들에게 협조를 아끼지 않을 것이오."

꼭대기의 지붕 밑에는 여성 판매원들이 잠잘 수 있는 숙소가 마련돼 있었다. 무레는 위로 올라가는 대신 아래로 다시 내려와 그의 사무실 가까이 있는 중앙 회계 창구로 향했다. 그곳에는 유리창이 달린, 놋쇠로 된 쪽문이 나 있었다. 유리창 너머로는 벽에 고정된 거대한 금고를 언뜻 알아볼 수 있었다. 그곳에서 두 명의 계산원이 매일 저녁 매장의 수석 계산원인 롬므가 올려 보내는 판매 금액을 집계했다. 그런 다음 지불해야 할 경비를 처리했다. 제조업자와 직원을 비롯해 백화점으로 인해 먹고사는 집단에 속한 모든 이들에게로 나가는 돈이었다. 회계 창구와 붙어 있는 또 다른 방에는 초록색 서류함이 죽 늘어서 있었다. 그곳에서는 열 명의 직원들이 송장과 청구서를 확인하는 업무를 맡아 하고 있었다. 그 옆에 나란히 붙어 있는 또 다른 방은 공제 업무를 담당하는 곳이었다. 뒤쪽으로 장부책들이 쌓여 있는 속에서 여섯 명의 젊은이들이 상판이 비스듬히 기운 책상 위로 몸을 숙인 채 매출 전표를 대조해가며 판매원들에게 지급할 수당을 계산하고 있었다. 이제 막 출범한 이곳 부서는 아직 운영이 잘 되지 않는 편이었다.

무레와 부르동클은 회계 창구와 확인 담당 부서를 통과해 지나갔다. 그런 다음 공제 업무를 맡아 하는 사무실로 들어가자 빈둥거리며 시시덕거리던 직원들은 기겁을 하며 놀랐다. 그러자 무레는 그들을 꾸짖는 대신, 매출 전표에서 착오를 하나씩 찾아낼 때마다 그들에게 특별 수당을 지불할 생각임을 알렸다. 그런 다음 그가 밖으로 나가자, 웃음을 그친 직원들은 채찍이라도 얻어맞은 듯 매출 전표에서 착오를 찾아내고자 열정적으로 업무에 몰두했다.

백화점 1층으로 내려간 무레는 곧장 알베르 롬므가 담당하고 있는 10번 계산대로 향했다. 수석 계산원 롬므의 아들인 알베르는 고객이 없는 틈을 이용해 손톱을 열심히 다듬고 있었다. 백화점에서는 그들 가족을 공공연히 '롬므 왕조'라고 불렀다. 여성 기성복 매장의 수석 구매상인 오렐리 부인은 자신의 남편을 수석 계산원 자리까지 올려놓은 다음 자신의 아들이 소매 담당 계산원 자리를 꿰찰 수 있도록 힘을 발휘했다. 키가 크고 창백한 낯빛에 품행이 나쁘기로 소문이 자자한 알베르 롬므는 어디에도 적응하지 못하면서 부모에게 늘 엄청난 걱정거리만 안겨주는 청년이었다. 하지만 무레는 그의 앞에 직접 나서기를 원하지 않았다. 그는 마치 감시원처럼 직원에게 시시콜콜 따지고 듦으로써 자신의 고상한 이미지에 흠집을 내는 것을 극도로 꺼려했다. 개인적인 취향과 전략적인 계산에 근거한 관대한 신으로서의 역할을 고수하려는 의도에서였다. 그는 팔꿈치로 부르동클을 살짝 건드렸다. 무레에게는 꼭두각시나 다름없는 그의 동업자는 힘든 일은 대부분 대신 맡아 처리했다.

"무슈 알베르." 그는 엄격한 표정을 지으며 말했다.

"이번에도 고객의 주소를 잘못 써서 상품이 또 되돌아왔더군요. ……자꾸 이러면 정말 곤란합니다."

무언가 변명을 해야겠다고 생각한 계산원은 상품을 포장하고 있던 청년을 증인으로 내세웠다. 사환으로 일하는 조제프라는 청년 역시 롬므 왕조의 일원이었다. 그는 알베르의 젖형제로서, 오렐리 부인의 후광으로 지금의 일자리를 얻을 수 있었다. 알베르는 그가 고객의 잘못으로 착오가 있었던 것이라고 얘기해주기를 원했다. 조제프는 과거 군인으로서의 양심과 자신의 후원자들에 대한 고마움 사이에서 갈등하느라 흉터가 있는 얼굴을 더 길어 보이게 하는 턱수염을 비비 꼬면서 말을 더듬었다.

"애꿎은 조제프를 괴롭히는 일일랑 그만두게나." 부르동클은 마침내 큰소리를 냈다.

"앞으론 구차한 변명 같은 건 통하지 않을 걸세. ……그나마 능력 좋은 자네 어머니 때문에 우리가 참고 있다는 것만 알아두게!"

바로 그 순간 롬므가 부리나케 달려왔다. 출입문 가까이 위치한 그의 계산대에서는 장갑 매장에 속해 있는 아들의 계산대를 알아볼 수 있었다. 한군데만 머물러 있는 일을 하는 탓에 몸이 둔해지고 벌써부터 머리가 희끗해지기 시작한 그는 끊임없이 세어대는 돈에 반사돼 빛이 바랜 듯 얼굴에 윤기가 없고 축처져 보였다. 절단된 그의 팔은 그가 계산원 일을 하는 데 전혀 장애가 되지 못했다. 심지어 사람들은 호기심에서 그가 매상을 확인하는 것을 구경하러 가기도 했다. 놀랍게도 어음과 동전들은 눈 깜짝할 사이에 하나 남은 그의 왼손으로 옮겨졌다. 샤블리에서 징수관의 아들로 태어난 롬므는 파리로 와 포르토뱅*
상인의 부기 담당자로 채용돼 일을 시작했다. 그는 퀴비에 가에서 세 들어 살던 건물 관리인의 딸과 결혼을 했다. 자그마한 체격의 관리인은 알자스의 재단사 출신이었다. 그날 이후, 그는 놀라운 장사 수완으로 그를 감복시키는 아내에게 절대적인 복종심을 나타내왔다. 그녀는 기성복 매장에서 1만 2천 프랑 이상을 벌어들이는 반면, 그는 5천 프랑의 기본급밖엔 받지 못했다. 집안에 그토록 엄청난 돈을 벌어다 주는 아내에 대한 존중심은 그녀가 낳은 아들에게로까지 이어졌다.

"무슨 일입니까?" 그가 놀란 표정으로 조그맣게 물었다.

"알베르가 무슨 실수라도 했나요?"

그러자 무레는 평소에 하던 대로 무대에 등장해 선한 군주의 역할을 연기했다. 부르동클이 두려움의 대상으로 비춰질 때 그는 자신의 인기를 관리하고 있었다.

"바보 같은 실수를 했다오." 무레는 나지막이 대답했다.

"친애하는 롬므, 그대의 멍청한 아들 알베르는 그대의 본을 받아야 할 것이오."

---

*오늘날에는 더 이상 존재하지 않는 파리의 포도주 시장 이름. 부르고뉴 북쪽에 위치한 샤블리는 화이트 와인의 산지로 유명한 곳이다.

그러면서 즉시 화제를 바꾸어 애써 다정한 모습을 보였다.

"그런데, 요전 날 그 연주회는 어땠나요? ……자리가 괜찮았습니까?"

그러자 나이 든 계산원의 새하얀 뺨이 벌겋게 달아올랐다. 그는 한 가지에 지나치게 열중하고 있었는데, 그것은 바로 음악이었다. 극장과 연주회장, 독주회 등을 쫓아다니면서 남몰래 홀로 충족시키는 비밀스러운 열정이었다. 그는 한 팔이 잘려 나갔음에도 불구하고 놀랍게도 집게를 이용해 호른을 연주했다. 그의 아내는 시끄러운 소리를 질색했기 때문에 저녁에는 천으로 악기를 감싼 채로 연주를 했다. 그러면서 거기서 나오는 기이하게 둔탁한 소리에도 황홀경을 느낄 정도로 즐거워했다. 그는 콩가루가 되기 직전의 집안 분위기 속에서 음악을 자신만의 안식처로 삼았다. 그의 아내에 대한 존중심을 제외하면, 음악과 그가 맡고 있는 계산대의 돈이 그가 아는 세상의 전부였다.

"아주 좋았습니다." 그는 반짝거리는 눈빛으로 대답했다.

"베풀어주신 호의에 정말 감사드립니다, 사장님."

다른 사람들의 열정을 충족시키는 데서 희열을 느끼는 무례는 가끔씩 자선사업에 열심인 부인네들이 그에게 강제로 떠맡기는 표들을 롬므에게 선물하곤 했다. 그는 또다시 나이 든 계산원을 감탄하게 만드는 말로 대화를 마무리했다.

"아! 베토벤, 아! 모차르트…… 정말 놀라운 음악이 아닌가!"

그러고는 롬므가 미처 대답을 하기도 전에 곧바로 그곳을 떠나 이미 매장을 돌아보고 있는 부르동클과 합류했다. 백화점의 중앙 홀에는 유리를 씌워놓은 공간에 실크가 전시돼 있었다. 두 남자는 온통 새하얀 리넨 제품으로 장식돼 있는, 뇌브생토귀스탱 가 쪽의 갤러리*를 따라갔다. 특별한 문제점이 눈에 띄지 않은 터라, 그들은 정중히 인사를 하는 직원들 사이를 여유롭게 걸어갔다. 면직물 매장과 편물 매장을 돌아볼 때까지만 해도 아무런 문제가 없었다. 하지만 미쇼디에르 가와 직각으로 난 갤러리를 따라가던 중에 모직물을 판매하는 매장에 이르러 부르동클은 또다시 예의 엄준한 집행자의 역할을 자처하고 나서야 했다. 한 청년이 밤을 꼬박 새우고 초췌한 몰골을 한 채 판매대 위에 걸터앉아 있는 것을 발견했기 때문이다. 청년은 앙제에서 커다란 신상품점을 운영하는 부유한 상인의 아들이었다. 자신에게 쏟아지는 질책에 고개를 숙인 그는 그 이유를 털어놓았다. 쾌락을 추구하면서 게으르고 무사태평한 나날을 보내고 있던 그가 두려워하는 단 한 가지는 그의 아버지가 그를 다시 고향으로 불러들이는 것이었다. 그가 빌미가 되어 비난이 빗발치듯 쏟아지기 시작하면서 미쇼디에르 가의 갤러리에는 한바탕 폭풍우가 휩쓸고 지나간 듯했다. 나사 매장에서는, 매장에서 잠을 자면서 무보수로 일하는 신참 판매원 중 하나가 11시가 넘어서 돌아왔다. 바느질 도구 매장에서는 부수석 구매상이 지하층 구석에서 몰래 담배를 피우다가 발각되기도 했다. 하지만 가장 호된 비난을 감수해야 했던 것은 장갑 매장에서 일하는 잘생긴 미뇨라고 불리는 청년이었다. 그는 하프 교사인 어떤 여성의 사생아였으며, 백화점에서 일하는 얼마 되지 않는 파리 태생의 판매원들 중 하나였다. 그의 잘못은 구내식당에서 나오는 음식에 대해 불평을 제기한 것이었다. 그들에게는 모두 세 번의 점심 식사가 제공되었다. 첫 번째는 9시

*아케이드처럼 통로 형태로 매장들이 길게 이어져 있는 공간을 가리킨다.

30분, 두 번째는 10시 30분, 그리고 마지막은 11시 30분에 식탁이 차려졌다. 그는 세 번째 테이블에서 식사를 하는 터라 언제나 찌꺼기 소스와 터무니없이 적은 양의 음식을 제공받는다고 주장했던 것이다.

"뭐야! 우리 식사가 맘에 안 든다는 거야?" 마침내 입을 연 무레는 아무것도 모르는 것 같은 표정으로 물었다.

그는 주방장에게 하루에 일인당 1프랑 50상팀밖에 제공하지 않았다. 지독하기로 소문난, 오베르뉴 출신의 주방장은 그 속에서도 자신의 주머니를 불릴 방법을 찾았다. 따라서 식사는 정말로 끔찍했다. 하지만 부르동클은 어깨를 으쓱해 보였을 뿐이었다. 하루에 400명분의 점심과 저녁을, 그것도 세 번에 걸쳐서 준비해야 하는 주방장으로서는 섬세한 데까지 신경 쓸 겨를이 없는 게 당연했다. 무레는 또다시 직원들을 배려하는 선한 주인으로서의 한마디를 잊지 않았다.

"어쨌거나, 난 우리 직원들 모두가 위생적이고 충분한 식사를 하기를 원하네. ……주방장과 다시 얘기해보도록 하지."

그리고 미뇨의 주장은 없었던 일로 묻히고 말았다. 이제 무레와 부르동클은 처음 출발했던 곳으로 되돌아와 출입문 가까이 우산과 넥타이 부대 틈에 서 있었다. 백화점의 감시를 맡고 있는 네 명의 감독관 중 한 사람으로부터 그간의 보고를 받기 위해서였다. 해군 대위로 복무하면서 콩스탕틴*에서 훈장을 받은 전력이 있는 주브 감독관은 관능적으로 생긴 커다란 코와 위풍당당한 대머리로 인해 여전히 매력적으로 보이는 사내였다. 그의 단순한 훈계 한마디에 그를 '노망난 늙은이' 취급을

---

*알제리 콩스탕틴 주의 주도로 1837년에 프랑스에 의해 점령당했다.

한 판매원은 그의 보고로 즉각 해고 조치되었다.

그사이 아직 고객들이 들지 않은 백화점은 텅 비어 있다시피 했다. 동네 주부들 몇 명만이 휑한 갤러리들을 통과해 지나갈 뿐이었다. 문간에 서서 직원들의 출근 사항을 확인하던 감독관은 수첩을 닫고 지각한 사람들의 명단을 따로 적어두었다. 이제 새벽 5시부터 청소부들이 쓸고 닦아놓은 매장에 판매원들이 자리를 잡는 시간이었다. 모두들 아직 잠이 덜 깬 것 같은 희멀건 얼굴로 하품을 참으면서 모자와 외투를 걸었다. 어떤 이들은 주변을 둘러보며 서로 인사를 주고받으면서 자신들을 기다리고 있는 새 하루의 일과를 위해 몸을 푸는 듯 보였다. 또 어떤 이들은 서두르지 않고 느긋하게, 전날 밤에 개켜놓은 제품들 위에 씌워둔 초록색 서지* 커버를 벗겨냈다. 그러자 가지런히 잘 정돈된 옷감 더미들이 모습을 드러냈다. 또다시 매장들이 비좁고 숨 막히게 느껴질 만큼 리넨과 나사, 실크, 레이스 등이 흘러넘치면서 판매가 부산스럽게 이루어지기를 기다리는 동안, 깨끗이 잘 정돈된 백화점은 아침나절의 경쾌함 속에서 차분히 빛을 발했다.

환한 빛이 중앙 홀을 밝게 비추는 가운데, 실크 매장에서는 두 젊은이가 목소리를 낮추어 수군거리고 있었다. 작은 키에 몸매가 탄탄하고 발그레한 피부를 지닌 매력적인 한 청년은 제품 진열을 위해 실크의 색상들을 다양하게 맞춰보고 있는 중이었다. 위탱은 이브토에 있는 한 카페 주인의 아들로, 유연한 성격과 언제나 상대의 마음을 녹이는 부드러움을 십분 발휘한 덕분에 1년 6개월 만에 수석 판매원의 자리에 오를 수 있었다. 하

---

*짜임이 튼튼한 모직물로, 여기서는 더 비싼 천들을 보호하기 위해 사용되었다.

지만 그 이면에는 모든 것을 먹어치우고, 세상을 집어삼키고자 하는 맹렬한 욕망을 감추고 있었다. 그것도 배가 고파서가 아니라, 단지 자신의 쾌락을 충족시키기 위함이었다.

"이봐, 파비에, 나라면 그 인간한테 따귀라도 한 대 날렸을 거야. 진짜라니까!" 그는 키가 크고 마른 체격에 누렇게 뜬 우울한 얼굴을 하고 있는 또 다른 청년을 향해 말했다. 브장송이 고향인 청년은 방직공 출신 집안의 아들이었다. 매력이라곤 찾아보기 힘든 그는 담담해 보이는 얼굴 뒤로 불안스러운 의지를 감추고 있었다.

"그런 폭력을 쓴다고 달라질 게 뭐가 있겠나." 그는 차분히 대꾸했다. "때로는 기다릴 줄도 알아야 하는 거야."

두 남자는 로비노를 두고 얘기하는 중이었다. 부수석 구매상인 그는 수석 구매상이 지하에서 일을 보고 있는 동안 직원들을 감독하고 있었다. 위탱은 그를 밀어내고 그 자리를 차지하기 위해 오래전부터 은밀히 물밑 작업을 해온 터였다. 로비노에게 상처를 주어서 그를 스스로 물러나게 하기 위해, 로비노에게 약속되었던 수석 구매상 자리가 비었을 때 외부에서 부트몽을 영입할 생각을 한 것도 다름 아닌 위탱이었다. 하지만 그 모든 것에도 불구하고 로비노는 굳건히 버텼고, 이젠 매 시간 전쟁을 치르는 것과도 같았다. 위탱은 매장 전체를 선동해 로비노와 맞서게 하면서, 악의와 지속적인 괴롭힘을 동원해 그를 내쫓고자 했다. 게다가 위탱은 언제나 상냥한 매너로 공작을 펴나가면서, 무엇보다 자신의 바로 아래 서열에 속하는 판매원인 파비에를 부추기는 데 열을 올렸다. 하지만 파비에는 그의 말에 순순히 따르는 듯 보이다가도 불쑥불쑥 신중함을 내비치면서 말없이 홀로 무언가를 꾸미고 있다는 인상을 주었다.

"쉿! 17번*이 떴어!" 위탱은 자신의 동료를 향해 황급히 말했다. 자신들끼리 알고 있는 암호로 무레와 부르동클이 오고 있음을 알리기 위해서였다.

과연 두 남자는 홀을 가로지르면서 시찰을 계속하고 있었다. 그러다 멈춰 서서는 로비노에게 벨벳이 든 상자들이 테이블 위에 그대로 놓여 있는 이유를 물었다. 자리가 부족해서라는 대답에 무레는 웃으면서 소리쳤다.

"내가 뭐라고 했나, 부르동클. 백화점이 너무 작다고 하지 않았나! 언젠가는 슈아죌 가까지 담장을 허물고 매장을 넓혀야 할 거라고……. 두고 보게, 이제 다음 주 월요일이면 사람들이 구름처럼 몰려올 테니!"

그는 또다시 전 매장에서 준비하고 있는 빅 세일과 관련해 로비노에게 이것저것 물어보면서 지시를 내렸다. 그러면서 몇 분 전부터 얘기를 하는 내내 위탱이 작업하는 모습을 지켜보았다. 위탱은 회색과 노란색 실크 옆에 푸른색 실크를 배치하기를 망설이면서 색깔들이 서로 잘 어울리는지를 확인하기 위해 한 발 뒤로 물러서는 일을 반복했다. 그러자 무레가 불쑥 나서서 자신의 생각을 얘기했다.

"무엇 때문에 고객들의 눈을 배려하려고 애쓰는 건가? 두려워할 것 없네. 그들의 눈을 홀리란 말이야. ……자! 여기 이렇게 빨강! 초록! 노랑! 이렇게 해보라고!"

그는 실크 천들을 집어 던지고 과감하게 구기면서 현란한 색의 조합을 이끌어냈다. 그 광경을 지켜보던 이들은 모두 고개를 끄덕였다. 그들의 주인은 파리에서 제일가는 진열 전문가

---

*윗사람이 오고 있으니 조심하라는 속어적 표현. 오늘날에는 '22번'이라는 표현을 사용한다.

임에 틀림없었다. 쇼윈도 장식에 있어서 과감한 시도와 거대한 규모를 내세우는 학파를 창립한 혁명적 장식가라고 해도 과언이 아닐 터였다. 그는 찢어진 상자에서 천들이 우연히 떨어져 흘러내린 것처럼 보이게 하기를 원했다. 그러면서 각각이 더욱 더 생생히 돋보이도록 가장 뜨거운 색깔들로 불타오르기를 바랐다. 그리하여 백화점에서 나가는 고객들의 눈이 아파야만 했다. 하지만 그와는 정반대로 위탱은 뉘앙스 속에서의 균형과 선율을 중시하는 정통 학파의 신봉자였다. 그는 감히 반론을 제기할 엄두를 내지 못한 채, 그가 테이블 한가운데서 천으로 불을 지피는 것을 지켜보았다. 그러면서 그러한 과도함에 의해 예술가적 확신에 상처를 입은 것처럼 입을 꼭 다문 채 못마땅한 표정을 짓고 있었다.

"자, 이제 됐네!" 무레는 진열을 마치면서 소리쳤다.

"이렇게 놔둬보란 말이야. ……그리고 월요일 세일 때 여자들이 제대로 걸려드는지 얘기해주게."

그가 부르동클과 로비노에게로 다시 가려고 하는 순간, 어디선가 나타난 한 여자가 깜짝 놀라는 표정으로 잠시 동안 진열대 앞에서 멈춰 서 있었다. 드니즈였다. 엄청난 소심함에 사로잡혀 길거리에서 한 시간가량을 서성이던 그녀는 마침내 결심을 했던 것이다. 다만 머리가 너무나 빙빙 도는 나머지 아주 단순한 얘기조차도 잘 이해를 하지 못하는 게 문제였다. 오렐리 부인을 만나려면 어디로 가야 하는지 더듬거리며 묻는 드니즈에게 직원들이 중이층으로 올라가는 계단을 알려주면서 오른쪽으로 돌아가라고 하면, 그녀는 고맙다는 인사를 한 다음 왼쪽으로 돌아갔다. 그런 식으로 드니즈는 판매원들의 무뚝뚝한 무관심과 고약한 호기심 속에서 10여 분간 1층을 빙빙 돌면서 매장 전체를 누비고 다녔다. 그러는 동안 그곳에서 도망치고 싶다는 간절한 생각과 그곳에 속하고 싶다는 감탄 어린 갈망을 동시에 느꼈다. 무시무시한 괴물 같은 백화점 안에서 갈팡질팡하는 자신이 너무나 초라하게 느껴지면서, 아직은 휴식을 취하고 있는 듯 보이지만 벌써부터 그 떨림이 느껴지는 거대한 기계 속에 갇혀버리는 건 아닌지 두려운 생각이 들었다. '전통 엘뵈프'의 어두컴컴하고 비좁은 가게를 떠올리자, 거대한 백화점이 더욱더 커 보이면서 온통 번쩍거리는 빛으로 금박을 입힌 것처럼 보였다. 유적과 광장, 거리를 모두 갖춘 거대한 도시 같은 그 속에서 영원히 길을 잃고 헤매게 될 것만 같았다.

하지만 드니즈는 감히 실크 매장이 있는 홀까지 들어올 생각은 하지 못했다. 유리창이 달린 높은 천장과 화려한 판매대, 교회를 떠올리게 하는 분위기가 그녀를 주눅 들게 했기 때문이다. 그러다 리넨 매장 판매원의 웃음을 피해 무심코 그곳으로 들어서면서 무레의 진열대를 불쑥 코앞에서 마주하게 되었던 것이다. 그로 인한 당혹스러움에도 불구하고 내면의 여성이 깨어난 드니즈는 불타오르는 것 같은 실크들을 넋을 잃고 바라보느라 얼굴이 느닷없이 발갛게 달아올랐다.

"어라, 저게 누구지?" 위탱은 파비에의 귀에 대고 노골적으로 말했다.

"가이용 광장을 오가는 창녀 같은걸."

무레는 부르동클과 로비노의 얘기에 귀를 기울이는 척하면서 한편으로는 초라한 행색의 젊은 여성이 몹시 놀라는 것 같은 모습에 뿌듯함을 느꼈다. 그건 마치, 우아한 후작 부인이 지나가던 짐수레꾼의 동물적인 욕망에 혼란스러움을 느끼는 것과도 같았다. 하지만 고개를 든 드니즈는 더더욱 놀라지 않을 수가 없었다. 매장 책임자로 알고 있던 젊은 남자와 바로 코앞에서 다시 마주쳤기 때문이다. 그녀는 그가 자신을 엄격한 눈빛으로 바라보고 있다고 생각했다. 그러자, 그 자리를 어떻게 벗어나야 할지 갈피를 잡지 못하던 드니즈는 또다시 아무나에게 도움을 청할 수밖에 없었다. 그녀와 가장 가까이 있던 직원은 파비에였다.

"오렐리 부인을 만나려면 어디로 가야 하나요?"

불친절한 파비에는 퉁명스럽게 내뱉었다.

"중이층으로 가보세요."

한시바삐 수많은 남자들의 눈길에서 벗어나고 싶었던 드니즈는 서둘러 인사를 하고는 또다시 계단 반대편으로 향했다. 그러자 위탱은 자연스럽게 매너 좋은 남자로서의 본능을 발휘했다. 드니즈를 창녀 취급했음에도 불구하고 그는 잘생긴 얼굴에 한껏 상냥한 표정을 지으며 그녀를 불러 세웠다.

"아니, 이쪽입니다, 마드무아젤…… 절 따라오시면…….."

심지어 그는 드니즈보다 몇 걸음 앞서 나가서는 홀의 왼쪽에 있는 계단 아래까지 그녀를 안내했다. 거기서 그녀에게 고개 숙여 인사를 한 다음 미소를 지어 보였다. 그가 모든 여자들에게 남발하는 미소였다.

"위로 올라가서서 왼쪽으로 돌아가세요. ……바로 앞에 기성복 매장이 보일 겁니다."

깍듯한 예의를 동반한 그의 친절함은 드니즈의 마음속에 깊은 울림을 일게 했다. 그것은 그녀에게 형제처럼 다정한 도움의 손길을 내밀어준 것과도 같았다. 드니즈는 고개를 들어 잠시 동안 위탱을 응시했다. 그의 모든 것이 그녀의 마음을 끌었다. 잘생긴 얼굴과 두려움을 잊게 해주는 다정한 눈빛, 부드럽게 마음을 어루만져주는 것 같은 목소리. 그녀의 가슴은 그를 향한 고마움으로 한껏 부풀어 올랐다. 그리하여 그녀 또한 그에게 자신의 마음을 전하고자 했지만 떨리는 가슴으로 인해 간신히 몇 마디를 더듬거릴 수 있었다.

"당신은 정말 친절하시군요. ······이제 저 혼자 갈 수 있어요. ······정말 고맙습니다, 무슈."

어느새 파비에가 있는 곳으로 다시 돌아온 위탱은 또다시 노골적으로 조그맣게 말했다.

"봤지? 무슨 여자가 저렇게 멋대가리 없이 비쩍 말랐는지, 원!"

위층으로 올라간 드니즈는 곧바로 기성복 매장과 맞닥뜨렸다. 거대한 공간에 자리 잡고 있는 매장은 떡갈나무에 조각 장식이 된 높다란 옷장들로 사방이 둘려 있고, 미쇼디에르 가 쪽으로는 커다란 판유리로 된 창문들이 나 있었다. 실크 드레스 차림에 곱슬곱슬한 머리를 틀어 올린 대여섯 명의 판매원들이 크리놀린*을 뒤로 젖힌 채 수다를 떨면서 분주하게 오가는 모습이 그녀의 눈에 들어왔다. 키가 크고 호리호리한 체격에 얼굴이 지나치게 길쭉해서 도망쳐 나온 말을 떠올리게 하는 여자는 벌써부터 몹시 피곤해 보이는 모습으로 옷장에 등을 기대고 서 있었다.

"혹시 오렐리 부인이신가요?"

드니즈의 물음에 판매원은 아무런 대꾸 없이 그녀의 초라한

---

*스커트를 부풀게 하기 위해 입었던, 말총과 마를 섞어 짠 천으로 만든 딱딱한 페티코트나 버팀살을 넣은 스커트를 가리킨다. 19세기 중엽에 유행한 것으로, 허리가 잘록하게 꼭 끼고 스커트의 단이 극단적으로 퍼진 이 의복 양식은 크리놀린 실루엣으로 널리 알려졌다.

행색에 경멸적인 시선을 보냈다. 그리고 무심하고 시큰둥한 표정으로, 조그맣고 안색이 별로 좋아 보이지 않는 다른 판매원을 향해 외쳤다.

"마드무아젤 바동, 수석 구매상님이 지금 어디 있는지 알아?"

로통드 코트를 치수대로 나누어 정리하고 있던 판매원은 고개도 들지 않은 채 들릴 듯 말 듯한 목소리로 대답했다.

"아니, 마드무아젤 프뤼네르, 난 모르는데."

그리고 한동안 정적이 흘렀다. 드니즈가 그 자리에서 꼼짝하지 않은 채 기다리는 동안 더 이상 아무도 그녀에게 관심을 두지 않았다. 마침내 용기를 낸 드니즈는 정적을 깨고 다시 물어보았다.

"오렐리 부인이 곧 돌아오실까요?"

그러자 그때까지 드니즈의 눈에 띄지 않던 매장의 부수석 구매상이 옷장에서 가격표들을 확인하던 중에 소리쳤다. 과부인 그녀는 마르고 못생긴 데다 턱이 튀어나오고 머리카락이 억세 보였다.

"기다려요, 오렐리 부인한테 직접 얘기하기를 원하는 거라면."

그리고 다른 판매원을 향해 다시 소리쳤다.

"검수처에 가신 게 아닐까?"

"아뇨, 프레데릭 부인, 그런 것 같진 않아요. 아무 말씀도 없으셨거든요. 멀리 가시진 않았을 거예요."

그런 사실을 알게 된 드니즈는 여전히 선 채로 마냥 기다렸다. 그곳에는 고객들을 위한 의자들이 마련돼 있었다. 하지만 아무도 그녀에게 앉으라는 말을 하지 않은 터라, 긴장한 탓에 다리가 후들거리는데도 감히 앉을 생각을 하지 못했다. 물론 그곳의 여자들은 그녀가 판매원으로 일하기 위해 그곳을 찾아왔음을 이미 감지하고 있었다. 그러면서 호의라곤 조금도 느껴지지 않는 눈빛으로 그녀를 뚫어지게 쳐다보거나, 그녀의 옷을 벗기듯 홀끗거리며 아래위를 훑어보았다. 그들의 눈길 속에는, 식사를 하던 중에 새로 들어오는 배고픈 이들에게 자리를 내주려고 하지 않는 사람과 같은 은밀한 적대감이 느껴졌다. 점점 더 커지는 당혹감으로 어찌할 바를 모르던 드니즈는 마음을 진정시키기 위해 종종걸음으로 매장을 가로질러 가 창밖을 바라보았다. 바로 그녀의 눈앞에 보이는 것은 보뒤의 '전통 엘뵈프'였다. 그녀가 서 있는 곳의 화려하고 활기 넘치는 모습과는 정반대로 녹이 슨 건물의 정면과 생기를 잃은 진열창들이 더욱더 추하고 초라해 보였다. 그러자 안타까움과 자책감이 몰려오면서 드니즈의 마음을 몹시 아프게 했다.

"그런데, 저 여자가 신고 있는 부츠 봤어?" 키다리 프뤼네르가 조그만 바동에게 소곤거리며 물었다.

"아휴, 옷은 또 어떻고!" 바동이 조그맣게 맞장구를 쳤다.

여전히 바깥으로 시선을 향하고 있던 드니즈는 마치 그들의 먹잇감이 된 것 같은 기분이 들었지만 화가 나지는 않았다. 그녀 역시 그 여자들이 아름답다고 생각하지는 않았기 때문이다. 틀어 올린 적갈색 머리가 말처럼 기다란 목까지 늘어져 있는 껑다리 여자나, 상한 우유 빛깔 피부 때문에 납작한 얼굴이 마치 뼈가 없는 얼굴처럼 물러 보이는 작달막한 여자 모두 못생긴 걸로 따지자면 서로 우열을 가리기가 힘들었다. 부아 드비베의 나막신 제조업자의 딸인 클라라 프뤼네르는 샤토 드 마뢰이유의 백작 부인이 의상 수선을 위해 그녀를 고용했을 당시, 그곳의 하인들과 방탕한 생활에 빠져들었다. 그 후, 랑그르에 있는 상점에서 일했던 그녀는 아버지에게 엉덩이를 걷어차였던 것에 대한 분풀이를 파리에서 만나는 남자들에게 하며 지냈다. 그르노블 출신으로, 그곳에서 대대로 직물점을 하는 집안의 딸인 마르그리트 바동은 실수로 아이가 생긴 것을 감추기 위해 '여인들의 행복 백화점'으로 보내졌다. 그녀는 이곳에서 단정한 몸가짐으로 잘 지내다가, 나중에 다시 고향으로 돌아가 가업을 물려받은 다음 그녀를 기다리고 있는 사촌과 결혼을 할 예정이었다.

"어쨌거나, 우리가 신경 쓸 만한 아가씨는 아닌 것 같군!" 클라라가 다시 조그맣게 속삭였다.

그때 마흔다섯 살쯤 돼 보이는 여성이 매장에 나타나자 그녀들은 동시에 입을 다물었다. 오렐리 부인은 건장한 체격에 꽉 조여 맨 검은색 실크 드레스를 입고 있었다. 그러자 포동포동 살찐 너른 어깨와 풍만한 가슴으로 인해 코르사주*가 늘어나면서 갑옷처럼 번쩍거렸다. 그녀는 앞가르마를 탄 짙은 색 머리 아래로 움직임이 없는 커다란 눈과 엄격해 보이는 입을 지니고 있었고, 넓적한 뺨은 아래로 다소 늘어져 있었다. 두둑한 황제의 마스크처럼 부어오른 얼굴에서는 수석 구매상으로서의 위엄이 엿보였다.

"마드무아젤 바동," 오렐리 부인은 짜증이 묻어나는 목소리로 말했다.

"어째서 어제 수선실에 허리가 들어간 코트 샘플을 맡기지

---

*몸에 꼭 맞는 의상의 허리 윗부분을 가리킨다. 원래는 가슴에서 허리 근처까지 내려오는 거들처럼 몸에 꼭 맞는 의복의 허리 부분을 가리키는 말로, 옷의 맵시를 위하여 입는 속옷인 코르셋과 대비되는 겉옷을 가리키기도 한다.

않았죠?"

"손볼 게 좀 있어서요. 그래서 프레데릭 부인께 다시 드렸는데요."

그러자 부수석 구매상은 옷장에서 샘플을 꺼내와 해명을 늘어놓았다. 오렐리 부인이 자신의 권위를 내세워야겠다고 생각할 때는 모두가 그녀에게 복종하는 모습을 보여야만 했다. 허영기가 충만한 오렐리 부인은 그녀를 짜증나게 하는 롬므*라는 이름으로 불리기를 원치 않았다. 또한 자신의 아버지가 건물 관리인이라는 사실을 극구 부인하며 그를 양복점을 소유한 재단사로 소개하곤 했다. 그녀는 순종적이고 아부에 능하면서 자신 앞에서 감탄을 아끼지 않는 판매원들에게만 호의적으로 대했다. 예전에 직접 양장점을 운영하려고 했지만 끊임없이 불운이 닥치면서 씁쓸함을 맛봐야 했던 그녀는 자신이 감당해야 하는 삶의 무게에 짓눌리면서 계속 이어지는 실패에 지친 나머지 그 꿈을 접어야만 했다. 그 후, '여인들의 행복 백화점'에서의 성공과 1년에 1만 2천 프랑의 수입을 올리는 오늘날에까지도 여전히 세상에 대한 원망을 버리지 못하고 있었다. 그런 이유로 오렐리 부인은 예전에 세상이 자신에게 가혹했던 사실을 떠올리며 신참 판매원들에게도 엄격한 태도를 고수했다.

"변명은 그만해요!" 그녀는 화를 참지 못하고 쌀쌀맞게 쏘아붙였다.

"당신도 다른 애들이랑 별반 다를 게 없군요, 프레데릭 부인…… 당장 다시 수선을 하세요."

그녀들이 얘기를 하는 동안 드니즈는 바깥을 쳐다보는 것을

---

*롬므(Lhomme)는 프랑스어로 '남자'를 가리키는 'l'homme'와 발음이 같다.

그만두었다. 그 여인이 오렐리 부인이라는 것은 의심의 여지가 없었다. 하지만 그녀의 높아진 언성에 두려움이 더해져 감히 말을 붙일 엄두를 내지 못하고 여전히 선 채로 기다렸다. 판매원들은 매장의 책임자와 부책임자를 싸움 붙인 것을 내심 기뻐하면서 자신들은 전혀 상관하지 않는다는 듯한 표정으로 각자 자기 자리로 되돌아갔다. 그리고 또다시 몇 분이 지났지만 젊은 여성을 불편한 상황에서 구해주고자 하는 자비로움을 지닌 사람은 아무도 없었다. 마침내, 그녀를 먼저 알아보고, 그녀가 꼼짝 않고 서 있는 모습에 놀라며 무엇을 원하는지 물어온 것은 바로 오렐리 부인이었다.

"혹시, 오렐리 부인이신가요?"

"그래요."

드니즈는 채찍으로 맞을 것을 두려워하며 몸을 떨던 어린 시절에 그랬던 것처럼 입술이 바짝 메마르고 손이 차가워지는 것을 느꼈다. 더듬거리며 자신이 찾아온 용건을 얘기한 그녀는 상대방이 분명히 알아들을 수 있도록 똑같은 얘기를 반복했다. 오렐리 부인은 황제의 마스크에 일말의 연민조차 내색하지 않은 채 미동조차 않는 커다란 눈으로 그녀를 응시하면서 물었다.

"그런데 나이가 어떻게 되죠?"

"스무 살입니다, 부인."

"스무 살이라고요! 하지만 겨우 열여섯밖엔 안 돼 보이는데!"

그러자 판매원들이 또다시 고개를 들고 쳐다보았다. 드니즈는 서둘러 덧붙였다.

"오! 전 보기보다 아주 튼튼하답니다!"

오렐리 부인은 건장한 어깨를 으쓱해 보이더니 결심한 듯 말했다.

"어쨌거나, 일단 이름을 적어놓도록 하죠. 지원하는 사람들은 명단에 모두 기록해두거든요. ······마드무아젤 프뤼네르, 장부책을 가져오세요."

하지만 그들은 장부책을 금세 찾을 수가 없었다. 아마도 주브 감독관이 가지고 있는 듯했다. 껑다리 클라라가 장부책을 찾으러 가는 사이에 무레가 매장에 모습을 나타냈다. 언제나처럼 부르동클이 그 뒤를 따랐다. 그들은 중이층에 있는 매장들을 모두 돌아보고 오는 참이었다. 레이스, 숄, 모피, 가구, 란제리 매장들을 차례로 지나 마지막으로 기성복 매장에 도착했던 것이다. 오렐리 부인은 옆으로 비켜서서는 잠시 그들과 얘기를 나누었다. 그녀는 파리의 커다란 공급자 중 한 사람에게 코트를 주문할 생각이었다. 대개는 자신의 책임하에 직접 주문을 처리했지만, 규모가 큰 건에 대해서는 경영진과 상의하기를 원했다. 그런 다음, 부르동클이 그녀의 아들 알베르가 또다시 실수를 저질렀음을 알리자 오렐리 부인은 절망감을 감추지 못하는 듯했다. 그 아들은 언젠가는 그녀를 잡아먹고 말 터였다. 적어도 그 아버지는 능력은 부족했지만 행실만은 바른 남자였다. 누가 봐도 그녀가 명백한 수장임에 틀림없는 롬므 왕조는 때로 그녀의 머리를 몹시 아프게 했다.

그사이, 드니즈를 다시 보게 된 것에 놀란 무레는 몸을 숙여 오렐리 부인에게 저 젊은 여성이 여기서 뭘 하고 있는지를 물었다. 그리고 수석 구매상이 그녀가 판매원으로 지원했음을 알리자, 평소에 여성에 대한 경멸을 공공연히 나타내던 부르동클은 그런 생각에 어처구니가 없다는 듯 중얼거렸다.

"말도 안 돼! 설마 농담이겠지! 어떻게 저런 얼굴로 판매원을 하겠다고 나서는지 어이가 없군."

"솔직히 매력적이라고 말할 순 없겠군." 무레는 아래층 진열대 앞에서 황홀해하던 그녀로 인한 감동이 아직 남아 있음에도 불구하고 그녀를 두둔할 엄두를 내진 못했다.

그사이 장부책을 가져오자 오렐리 부인은 드니즈에게로 되돌아갔다. 확실히 그녀는 첫인상이 그리 좋지는 않았다. 검은색 모직으로 된 얇은 드레스를 입은 그녀는 매우 깔끔해 보였다. 사실 옷차림이 초라한 것은 문제될 게 없었다. 규정으로 정해져 있는 실크 드레스 유니폼이 제공되기 때문이었다. 다만, 그녀는 너무 허약해 보이고 우울한 낯빛을 띠고 있었다. 판매를 하기 위해서는, 미모까지는 바라지 않더라도 최소한 유쾌한 인상을 줄 수 있어야 했다. 농부들이 시장에서 흥정하는 암말처럼 자신을 뜯어보고 무게를 달아보는 것 같은 남자들과 여자들의 시선 아래서 드니즈는 결정적으로 침착함을 잃고 말았다.

"이름이 뭐죠?" 판매대 끝에서 한 손에 펜을 든 채 적을 준비가 된 수석 구매상이 물었다.

"드니즈 보뒤예요."

"나이는?"

"스무 살 하고도 4개월 지났어요."

무레를 매장 책임자라고 여긴 그녀는, 여러 번 계속 마주치게 되고 그때마다 자신을 당혹스럽게 만드는 그를 향해 고개를 들면서 거듭 힘주어 말했다.

"그렇게 보이진 않지만, 전 아주 건강하답니다."

그러자 그들은 미소를 지어 보였다. 부르동클은 초조한 듯 자신의 손톱을 바라보았다. 드니즈의 말이 끝나자 한동안 침묵이 이어지면서 그녀를 더욱더 곤혹스럽게 했다.

"파리에서는 어느 상점에서 일했죠?" 수석 구매상은 질문을 계속했다.

"아뇨, 부인, 전 발로뉴에서 왔는걸요."

그것은 또 하나의 커다란 걸림돌이 아닐 수 없었다. '여인들의 행복 백화점'에서는 의례적으로 판매원들에게 파리의 조그만 상점들 중 한 군데에서 1년간 실습을 한 경력을 요구했다. 그러자 드니즈는 절망감에 사로잡혔다. 동생들만 아니었다면 이런 무의미한 심문을 끝내고 속히 그곳을 떠나고 싶은 마음이 간절히 들었다.

"발로뉴에서는 어디서 일했죠?"

"코르나유에서요."

"내가 거길 잘 아는데, 좋은 곳이지." 무레는 무심코 자신의 생각을 얘기했다.

평소 그는 직원을 채용하는 일에는 결코 개입하는 일이 없었다. 그런 건 전적으로 매장 책임자의 소관이었다. 하지만 그는 여성에 대한 타고난 섬세한 감각으로, 이 젊은 여성에게 숨겨진 매력과, 그녀 자신조차 깨닫지 못하는 우아함과 다정함이 전해주는 힘이 있음을 느낄 수 있었다. 평판이 좋은 곳에서 일을 했었다는 사실은 매우 중요한 문제였다. 종종, 그 사실이 채용을 결정하게 하기도 했다. 오렐리 부인은 좀 더 부드러운 목소리로 질문을 계속했다.

"그런데 왜 코르나유를 그만두었나요?"

"가족 문제 때문입니다." 드니즈는 얼굴을 붉히면서 대답했다.

"부모님이 두 분 다 돌아가셨거든요. 그래서 전 제 동생들과 함께 파리로 와야 했답니다. ……그리고 여기 추천서도 있어요."

추천서는 아주 만족스러웠다. 드니즈는 다시 희망을 가지기 시작했다. 그때 마지막 질문이 그녀를 다시 곤혹스럽게 했다.

"파리에는 아는 사람이 있나요? ······지금 어디에 묵고 있죠?"

"큰아버지 집에요." 그녀는 그의 이름을 밝히기를 망설이면서 우물우물 말했다. 경쟁업자의 조카라는 사실을 알면 절대로 채용하지 않을지도 모른다는 두려움이 앞섰기 때문이다.

"보뒤 큰아버님 댁에 머물고 있어요, 저기 바로 맞은편에 있는."

그러자 무레는 그 즉시 두 번째로 끼어들었다.

"뭐라고, 아가씨가 정말 그 보뒤의 조카란 말이오! ······혹시 무슈 보뒤가 당신을 보낸 거요?"

"오! 절대로 아니에요, 무슈!"

그러자 드니즈는 웃음을 참을 수가 없었다. 그의 그런 생각이 너무나 엉뚱하게 느껴졌기 때문이다. 그러자 그리스도의 변용(變容)처럼 그녀의 모습이 너무나 달라 보였다. 발그스레한 얼굴에, 다소 커 보이는 입가에 띤 미소는 얼굴 전체를 활짝 피어나게 했다. 회색빛 눈동자는 부드럽게 불타오르는 듯했고, 양쪽 뺨에는 사랑스러운 보조개가 패었다. 빛이 바랜 것 같은 머리조차 그녀의 온몸에서 뿜어져 나오는 선함과 용기를 동반한 경쾌함 속에서 위로 날아오르는 듯 보였다.

"이제 보니까 아주 귀여운 데가 있는 아가씨로군!" 무레는 부르동클을 향해 나지막이 속삭였다.

그의 동업자는 지루해하는 몸짓으로 아무런 대꾸도 하지 않았다. 클라라는 입을 꼭 다물었고, 마르그리트는 못 들은 척 뒤돌아섰다. 오직, 오렐리 부인만이 고개를 끄덕이며 무레의 말에 동의를 표했다. 그러자 그는 얘기를 계속했다.

"아가씨 큰아버지가 당신을 직접 데리고 오지 않은 건 그의 잘못이오. 그의 말 한마디면 충분한 것을…… 그가 우리를 원망하고 있다는 사실을 잘 알고 있소. 하지만 우린 그보다는 더 관대한 마음을 가지고 있소. 그가 자신의 조카를 자기 가게에서 일하게 할 수 없다면, 그렇다면! 그 조카가 우리 백화점 문을 노크한다면 얼마든지 받아줄 수 있다는 말이오. ……아가씨 큰아버지에게 가서 전하시오. 난 지금도 그를 많이 좋아하고 있소. 그가 원망해야 할 것은 내가 아니라, 새로운 환경에 맞춰 변화한 상업 방식이라는 것을 얘기해주시오. 그렇게 고리타분한 옛것만을 고집하다가는 결국 침몰하고 말 것이라는 얘기도 꼭 전해주길 바라오."

드니즈의 얼굴이 다시 새하얗게 변했다. 그는 무레였다. 그 누구도 그의 이름을 입 밖으로 말하지는 않았지만, 그는 스스로 자신임을 밝힌 셈이었다. 그녀는 이제 그 사실을 알 수 있었다. 그리고 왜 이 젊은 남자가 길에서, 실크 매장에서 그리고 지금 여기에서까지 자신에게 그런 불편한 느낌을 불러일으켰는지를 비로소 이해할 수 있었다. 실체를 잘 알지 못하는 강렬한 느낌이 점점 더 무거운 무게로 그녀의 마음을 짓눌렀다. 그녀의 큰아버지가 들려준 이야기들이 다시 떠오르면서 무레의 존재가 점점 더 크게 느껴졌다. 그는 신화로 둘러싸인, 무시무시한 기계의 주인이었다. 아침부터 강철 이빨로 그녀를 물고 놓아주지 않으려 하는 거대한 톱니바퀴의 조종자였다. 그의 잘생긴 얼굴 뒤로, 잘 다듬어진 수염에서, 오래된 황금을 떠올리게 하는 눈 속에서 죽은 여인이 보이는 것 같았다. 피로 백화점의 돌들을 봉인한 예의 그 에두앵 부인이었다. 그러자 드니즈는 전날 밤에 느껴졌던 추위가 다시 엄습하는 것을 느꼈다. 그러면서 단지 자신이 그를 두려워하기 때문일 것이라고 생각했다.

그사이 오렐리 부인은 장부책을 닫았다. 그녀에게 필요한 것은 오직 한 사람뿐이었다. 그리고 지금까지 명단에 적힌 지원자는 열 명이나 되었다. 하지만 결정을 망설이기에는 사장에게 잘 보이고 싶은 그녀의 열망이 너무나 컸다. 그럼에도 불구하고 지원자는 의례적인 절차를 거쳐야만 할 것이었다. 주브 감독관이 그녀의 신상을 조회해본 다음 보고를 하면, 수석 구매상인 오렐리 부인이 최종 결정을 내리게 될 터였다.

"자, 이제 됐어요, 마드무아젤." 그녀는 자신의 권위를 드러내기 위해 위엄 있는 태도로 말했다.

"편지로 결정 사항을 통고할 것입니다."

여전히 당혹감을 떨쳐버리지 못한 드니즈는 잠시 동안 그 자리에서 움직이지 않았다. 그러면서 자신을 둘러싼 많은 사람들 틈에서 어느 쪽 발을 먼저 내딛어야 할지 망설였다. 마침내 오렐리 부인에게 인사를 했다. 그리고 무레와 부르동클 앞을 지나치게 되었을 때 그들에게도 인사를 했다. 하지만 이미 더 이상 그녀에게 신경을 쓰지 않고 있던 그들은 답례 인사조차 하지 않았다. 그들은 프레데릭 부인과 함께 허리가 들어간 코트의 샘플을 세심히 살피고 있었다. 클라라는 짜증스러워하는 몸짓과 함께 마르그리트를 쳐다보았다. 새로 들어오는 판매원이 매장에 별다른 보탬이 되지 않을 거라는 사실을 예고하는 듯했다. 드니즈 역시 자신의 뒤로 그러한 무관심과 악의적인 반응을 동시에 느낄 수 있었다. 계단을 내려올 때도 올라갈 때와 똑같은 혼란스러움이 느껴졌던 것이다. 그러면서 기이한 두려움에 사로잡힌 그녀는 자신이 이곳을 찾아온 것에 대해 절망해야 하는지 혹은 기뻐해야 하는지를 자문했다. 이곳에 일자리를 얻을 수 있는 것일까? 드니즈는 계속 자신을 따라다니는 불편한 느낌으로 인해 혼란스러운 가운데 또다시 회의적인 생각이 들기 시작했다. 이곳에서 받은 여러 가지 느낌 중에서 두 가지만이 끈질기게 남아 다른 것들을 점차 지워나갔다. 무레에게서 받은 강렬한 느낌이 그 첫 번째였다. 너무나 강렬한 나머지 두려움마저 느껴질 정도였다. 두 번째는 위탱의 상냥함에 대한 기억이었다. 드니즈는 아침나절에 느꼈던 유일한 기쁨이자, 그녀의 마음을 고마움으로 가득 채워준 그의 매력적인 다정함을 잊을 수가 없었다. 밖으로 나가기 위해 홀을 가로지르던 그녀는 그에게 다시 감사하다는 눈인사를 하기 위해 들뜬 마음으로 그를 찾았다. 하지만 그가 보이지 않자 실망을 금치 못했다.

"안녕하세요, 마드무아젤! 면접은 잘 치르셨나요?" 마침내 거리로 나선 그녀를 누군가 떨리는 목소리로 불러 세웠다.

뒤를 돌아본 드니즈는 창백한 얼굴에 큰 키로 인해 휘청거리는 것 같은 청년을 알아볼 수 있었다. 아침에 그녀에게 말을 걸었던 바로 그 남자였다. 그 역시 '여인들의 행복 백화점'에서 막 나오는 길이었다. 그는 드니즈보다 더 겁을 집어먹은 것처럼 보였다. 그녀처럼 면접을 치르면서 얼이 다 빠져버린 듯했다.

"글쎄요! 잘 모르겠어요." 드니즈가 대답했다.

"저도 그래요. 어찌나 빤히 쳐다보면서 말을 시켜대던지 정말 민망하더군요. 전 레이스 매장에 지원했거든요. 전에는 마유 가에 있는 크레브쾨르에서 일했었죠."

그들은 또다시 서로를 마주하고 섰다. 그리고 어떤 식으로 헤어져야 할지 몰라 동시에 얼굴을 붉혔다. 그러자 지금까지 소심함의 극치를 보여주던 청년은 무슨 말인가를 좀 더 하기 위해 선해 보이는 어색한 표정으로 용기를 내어 물었다.

"이름을 물어봐도 될까요, 마드무아젤?"

"전 드니즈 보뒤예요."

"전 앙리 들로슈라고 합니다."

이제 그들은 서로를 향해 미소를 지었다. 그리고 서로 똑같은 상황에 처해 있다는 동질감 속에서 서로에게 손을 내밀었다.

"행운을 빌어요!"

"그래요, 저도 행운을 빌어드릴게요!"

제3장

데포르주 부인은 매주 토요일 오후 4시에서 6시 사이, 그녀를 만나고 싶어하는 가까운 지인들에게 차와 케이크를 대접했다. 그녀의 아파트는 리볼리 가와 알제 가가 만나는 곳의 4층에 자리 잡고 있었다. 두 개의 응접실에 달린 창문을 열면 튈르리 정원이 한눈에 내려다보였다.

바로 그 토요일, 하인이 그를 큰 응접실로 안내하려고 하는 순간 무레는 대기실의 열려 있는 문틈으로 작은 응접실을 가로지르는 데포르주 부인을 발견했다. 그녀는 그를 보자 걸음을 멈추었다. 무레는 그곳으로 들어가 그녀에게 정중히 인사를 했다. 그리고 하인이 다시 문을 닫자 서둘러 젊은 여인의 손을 잡고는 애정 어린 입맞춤을 했다.

"이러면 안 돼, 누가 보면 어쩌려고!" 데포르주 부인은 손짓으로 큰 응접실의 문을 가리키면서 조그맣게 말했다.

"이 부채를 사람들한테 보여주려고 찾으러 갔었어."

그러면서 그녀는 장난스럽게 그의 얼굴에 부채질을 살짝 해보였다. 갈색 머리인 그녀는 다소 큰 체격에 질투 어린 커다란 눈을 지니고 있었다. 무레는 그녀의 손을 꼭 잡은 채로 물었다.

"그가 정말 올까?"

"그럴 거야. 나한테 약속했거든"

두 사람은 부동산 신용회사인 크레디 이모빌리에의 회장 아르트만 남작에 대해 얘기하는 중이었다. 국정 자문위원의 딸인 데포르주 부인은 증권 중개인이었던 남편을 잃고 과부가 되었다. 그가 그녀에게 남겨준 유산을 두고 어떤 이들은 별 볼 일이 없다고 하고, 또 어떤 이들은 상당할 것으로 추측하기도 했다. 들리는 소문에 의하면, 노련한 금융인이었던 아르트만 남작은 데포르주 부인의 남편이 살아 있을 때에도 그들 부부에게 보탬이 되는 조언을 아끼지 않았다. 데포르주 부인은 그런 그에게 늘 각별한 고마움을 느끼곤 했다. 그리고 훗날 그녀의 남편이 죽은 후에도 그들의 관계는 변함없이 지속되었다. 하지만 언제나 은밀하고 신중하게 이어졌고, 그로 인한 스캔들은 단 한 번도 없었다. 데포르주 부인은 결코 자신을 애써 드러내진 않았지만, 그녀가 속한 부르주아 상류층은 언제나 그녀를 반겼다. 회의주의적이고 예리한 은행가의 열정이 아버지 같은 단순한 애정으로 바뀐 지금, 아르트만 남작은 그녀가 또 다른 연인들을 만드는 것을 묵인하고 지냈다. 하지만 데포르주 부인은 애정 문제에 있어서도 언제나 사려 깊고 뛰어난 처세술로 자신이 속한 사회의 생리를 재빨리 파악하고 그것을 적절히 이용한 덕분에, 언제나 좋은 평판을 유지하면서 그 누구도 그녀의 정숙함을 공공연히 문제 삼는 일이 없게 했다. 그녀는 무레와 그녀 공동의 친구들 집에서 그를 처음 만났는데 그때는 그를 전혀 마음에 들어하지 않았다. 하지만 그 후, 그가 펼치는 저돌적인 애정 공세에 마음을 뺏겨 그에게 자신을 허락했다. 그리고 그가 그녀를 통해 남작을 만나고자 술수를 꾸미는 동안, 데포르주 부인은 점차 그를 향한 진실되고 깊은 애정을 느끼게 되었다. 그녀는 무레가 자신보다 젊다는 사실에 그를 잃게 될까 봐 절망하면서 자신의 나이를 스물아홉 살로 낮추어 얘기했다. 하지만 실제로는 이미 서른다섯 살이 된 그녀는 무르익은 여인의 원숙함으로 그를 열렬히 사랑했다.

"그도 알고 있소?" 무레가 다시 물었다.

"아뇨, 당신이 그분께 직접 설명하세요." 데포르주 부인은 그에게 다시 말을 높이면서 말했다.

그녀는 무레를 바라보면서, 자신을 통해 남작을 만나려는 걸 보면 그가 정말 아무것도 모르는 게 분명하다고 생각했다. 무레는 남작을 단순히 그녀의 오래된 지인쯤으로 생각하는 것처럼 행동했다. 그사이 그는 여전히 그녀의 손을 꼭 잡고 그녀를 자신의 수호천사 앙리에트라고 불렀다. 그러자 그녀는 심장이 녹아버릴 것만 같았다. 그리고 말없이 입술을 내밀어 그의 입술에 키스를 한 다음 조그맣게 속삭였다.

"쉿! 다들 기다리고 있어요. ……내가 먼저 들어간 다음에 뒤따라 들어와요."

큰 응접실로부터 경쾌한 목소리들이 장식용 벽걸이 천들에 부딪쳐 속삭이듯 들려왔다. 문을 밀고 안으로 들어간 데포르주 부인은 문을 활짝 열어둔 채 방 한가운데 앉아 있는 한 여인에게 부채를 건넸다.

"자! 이거예요. 엉뚱한 곳에 놔두는 바람에 한참 찾았지 뭐예요. 아마 내 하녀는 절대로 찾지 못했을 거예요."

그런 다음 돌아서면서 경쾌한 표정으로 덧붙였다.

"어서 오세요, 무슈 무레. 작은 응접실로 들어오세요. 우리끼리 격식 차릴 일 있나요."

무레는 이미 안면이 있는 여인들에게 인사를 했다. 꽃다발 무늬가 두드러지게 수놓인 화려한 실크와 금박을 입힌 청동으로 장식된 루이 16세풍의 가구들, 키 큰 초록색 화초들로 장식된 거실은 높다란 천장에도 불구하고 여성의 부드러운 내밀함을 느끼게 해주었다. 열려 있는 두 개의 창문으로는 튈르리 정원의 마로니에들을 감상할 수 있었다. 10월의 바람이 마로니에의 나뭇잎들을 흔들고 있었다.

"하지만 이 샹티이*는 조금도 싸구려 같지 않은걸!" 부채를 살펴보던 부르들레 부인이 외쳤다.

서른 살의 금발인 부르들레 부인은 아담한 체격에 섬세한 코와 생기 있는 눈빛을 지닌 여성이었다. 데포르주 부인과는 기숙학교 친구로 재무부의 차장과 결혼을 했다. 전통 있는 부르주아 가문 출신인 그녀는 현실적인 삶에 대한 세련된 감각으로 가정을 꾸려가면서 세 아이를 활기차고 우아하게 키워나갔다.

"그런데 이걸 25프랑밖에 주지 않았단 말이야?" 그녀는 레이스의 코를 하나씩 자세히 들여다보면서 물었다.

"정말로? 뤼크라는 고향의 레이스 제조업자한테서? ……아니, 절대 비싼 게 아니지, 이건 거저나 다름없어. ……그런데 여기에 테까지 둘렀네."

"당연하지." 데포르주 부인이 대답했다.

"테를 두르는 데만 200프랑이 들었어."

그러자 부르들레 부인이 웃음을 터뜨렸다. 그러면서 이걸

---

*파리 근교의 샹티이에서 18세기 초반부터 제작된 그물 조직의 전통적인 레이스지. 주로 꽃이나 과일 등의 무늬를 넣어 짰다. 19세기에는 대부분의 멋쟁이 여성들이 샹티이 레이스로 된 숄을 하고 다닐 정도로 대중적으로 인기 있었다.

싸게 샀다고 좋아하다니! 모노그램 하나 넣어서, 그것도 단순한 상아로 테를 두르는 데 200프랑이나 주다니! 그것도 고작 5프랑 싸게 산 샹티이 레이스 한 조각 때문에! 120프랑만 주면 이것과 똑같은 부채에 테까지 둘려 있는 것을 얼마든지 살 수 있었다. 그녀는 푸아소니에르 가에 있는 부채 가게를 알려주기까지 했다.

그사이 부채는 여인네들 사이를 돌고 있었다. 기발 부인은 한 번 흘끗 쳐다보았을 뿐이었다. 키가 크고 호리한 몸매의 그녀는 적갈색 머리에 얼굴에는 매사에 심드렁해하는 무심함이 가득했다. 하지만 초연해 보이는 회색빛 눈 속에는 때로 철저한 이기심이 번득였다. 그녀는 결코 남편을 동반하는 적이 없었다. 풍문에 의하면, 법조계에서 꽤 유명한 변호사인 그녀의 남편은 자신의 일과 즐거움에 파묻힌 채 자유분방한 삶을 살아가고 있었다.

"오! 난 여태껏 이런 건 두 개도 사본 적이 없어요." 그녀는 부채를 드 보브 부인에게로 넘기면서 중얼거렸다.

"누가 선물로 주는 것만도 처치 곤란이라니까요."

그러자 백작 부인은 교묘하게 냉소적인 어조로 대꾸했다.

"정말 좋으시겠어요, 그렇게 자상한 남편을 두셔서요."

그러고는 큰 키에 이제 스무 살 6개월이 된 자신의 딸을 향해 몸을 숙이면서 말했다.

"이 모노그램 좀 보렴, 블랑슈. 정말 근사하지 않니! ……분명 이것 때문에 테 값이 비쌌던 걸 거야."

갓 마흔을 넘긴 드 보브 부인은 여신을 연상시키는 우아한 목과 균형 잡힌 커다란 얼굴, 나른해 보이는 큰 눈이 돋보이는 매력적인 여성이었다. 종마 사육장에서 총감독관으로 일하는 그녀의 남편은 그녀의 아름다움에 반해 결혼했다. 드 보브 부인은 모노그램의 섬세함에 매료된 듯 보였다. 불현듯 느껴지는 욕망이 얼굴에서 핏기를 앗아 간 듯 눈빛마저 창백해 보였다. 그러더니 무레를 향해 불쑥 물었다.

"무슈 무레, 어떻게 생각하세요? 이만한 테가 200프랑이면 너무 비싼 건가요?"

무레는 다섯 명의 여인들 가운데 선 채 미소를 지으며, 그녀들이 흥미로워하는 것을 흥미롭게 지켜보고 있었다. 그는 부채를 집어 자세히 살펴보았다. 그리고 무슨 말인가 막 하려는 찰나, 하인이 문을 열고는 외쳤다.

"마르티 부인이십니다."

곧이어 마르고 못생긴 여성이 안으로 들어섰다. 그녀는 천연두로 인해 황폐해진 얼굴에도 불구하고 세심히 신경을 쓴 듯한 우아함으로 치장을 하고 있었다. 나이를 도무지 가늠하기 힘든 그녀는 변덕스러운 기분에 따라 서른다섯 살이 마흔 살 혹은 서른 살로 보이기도 했다. 그녀는 그날따라 오른손에 붉은색 가죽 가방을 꼭 쥐고 놓지 않았다.

"친애하는 부인, 이 가방을 들고 온 걸 이해해주세요." 그녀는 데포르주 부인에게 해명을 했다.

"그게 말이죠, 부인을 보러 오던 중에 '여인들의 행복 백화점'엘 잠시 들렀다가 또 질러버렸지 뭐예요. 그런데 이걸 마차 안에 그냥 놔둘 수가 없었답니다. 그랬다간 도둑맞기 십상이거든요."

그러다 무레를 알아본 그녀는 웃으면서 얘기를 계속했다.

"오! 무슈, 여기 계셨군요. 그렇다고 제가 무슈를 대신해서 광고를 하려던 건 아니었어요. 여기 계신지도 몰랐는걸요.

……말이 난 김에 하는 얘기지만, 정말 근사한 레이스들을 취급하고 계시더군요."

　그러자 모두의 관심이 부채에서 멀어지면서 무레는 부채를 조그만 원탁 위에 내려놓았다. 이제, 여인네들은 모두 마르티 부인이 산 것을 보고자 하는 호기심에 몸이 달아올랐다. 그녀가 유혹에 약하고 낭비벽이 심하다는 것은 이미 잘 알려진 사실이었다. 정숙하기로는 둘째가라면 서럽고 남자의 구애에도 절대 흔들림이 없는 그녀였지만, 조그만 천 조각 앞에서는 즉각 몸과 마음이 약해지면서 그 유혹에 굴복하곤 했다. 평범한 사무원의 딸인 그녀는 이제는 보나파르트 리세에서 제5학년* 과정을 가르치고 있는 남편을 파탄으로 내몰고 있었다. 그녀의 남편은 점점 늘어나는 생활비를 감당하기 위해, 1년에 6천 프랑의 수입을 두 배로 늘리기 위한 방편으로 출장 교습과 같은 가욋벌이를 끊임없이 찾아다녀야만 했다. 마르티 부인은 여전히 무릎 위에 올려놓은 가방을 두 손으로 꼭 움켜쥔 채 자신의 딸 발랑틴에 관해 얘기했다. 그녀는 자신의 허영기를 충족시키기 위해 열네 살짜리 딸에게 아낌없이 돈을 쏟아부었다. 유행이라면 어떻게든 따라 해야 직성이 풀리는 마르티 부인은 자신의 어린 딸을 자신과 똑같이 꾸미고 치장시켰다.

　"그거 알아요, 올 겨울에는 여자아이들을 위한 앙증맞은 레이스로 장식된 드레스가 유행일 거래요. ……그래서 아주 예쁜 발랑시엔 레이스가 있길래 당연히……."

*리세는 나폴레옹 시대에 설립된, 대학 진학자를 위한 중등학교를 뜻한다. 당시의 수업 연한은 7년이었고, 고전 교양의 학습에 중점을 두었다. 현재 프랑스의 교육제도는 중학교(콜레주) 4년, 고등학교(리세) 3년 과정으로 나뉘어져 있으므로 제5학년은 현재로 치면 중학교 2학년에 해당한다.

그러면서 그녀는 드디어 가방 안에 있는 것을 꺼내 보이기로 마음먹었다. 여자들이 목을 길게 빼고 침묵을 지키고 있을 때 대기실의 초인종 소리가 들렸다.

"남편일 거예요." 마르티 부인이 당황하며 더듬거렸다.

"수업이 끝나고 날 데리러 온다고 했거든요."

그녀는 본능적인 몸짓으로 재빨리 가방을 다시 닫고는 소파 아래로 집어넣었다. 그 광경에 여자들이 한꺼번에 웃음을 터뜨렸다. 그러자 마르티 부인은 자신의 성급함에 얼굴을 붉히면서 가방을 집어 도로 무릎 위에 올려놓았다. 그러면서 남자들은 결코 이해할 수 없을 것이며, 알 필요도 없다고 말했다.

"무슈 드 보브, 무슈 드 발라뇨스이십니다." 하인이 알렸다.

그러자 모두들 놀란 듯했다. 드 보브 부인은 자신의 남편이 나타날 거라고는 전혀 예상하지 못했다. 잘생긴 얼굴에 황제 수염을 하고 있는 드 보브는 튈르리 궁*에서 환영받을 만한 단정한 군인의 분위기를 풍기는 남자로 어렸을 적에 데포르주 부인을 자신의 아버지 집에서 처음 만나 알게 되었다. 그는 데포르주 부인의 손에 입맞춤을 한 다음 다른 방문객을 위해 옆으로 물러났다. 그러자 이번에는 가난한 명문가의 자제인 듯한, 큰 키에 희멀건 얼굴을 한 젊은 남자가 여주인에게 인사를 했다. 그리고 다시 대화가 이어지기가 무섭게 조그맣게 외치는 두 남자의 목소리가 들려왔다.

"이게 누구야! 자넨 폴이 아닌가!"

"아니! 자넨 옥타브잖아!"

무레와 발라뇨스는 반색을 하며 악수를 했다. 이번에는 데

---

*파리의 옛 궁전으로 1871년 파리 코뮌 때 대부분이 불타 없어지고 지금은 정원만이 남아 있다.

포르주 부인이 놀란 표정을 지어 보였다. 두 남자가 서로 알고 있었다는 말인가? 그랬다, 그들은 플라상*의 중학교에서 함께 자라난 사이였다. 그런데 지금까지 그녀의 집에서 한 번도 서로 마주치지 못했던 것이다.

두 남자는 여전히 손을 잡은 채 농담을 주고받으면서 작은 응접실로 건너갔다. 그때 하인이 은쟁반에 받친 도자기 찻잔에 차를 내와서는 데포르주 부인 가까이 있는 금속 테가 둘린 대리석 원탁 위에 내려놓았다. 여자들은 서로 바짝 다가앉아서는 목소리를 높여 수다를 떨었다. 상대방의 얘기가 미처 끝나기도 전에 누군가가 불쑥 끼어들기도 하면서 이런저런 얘기가 끝없이 이어졌다. 그녀들 뒤에 서 있던 드 보브는 가끔씩 몸을 숙여 고급 공무원의 품격에 걸맞은 의견을 한마디씩 내놓았다. 부드러우면서도 경쾌한 분위기의 가구들로 장식된 거대한 응접실은 여인네들의 웃음소리와 뒤섞인 수다스러운 목소리들로 더욱더 활기가 넘쳐흘렀다.

"아! 폴 자네를 여기서 다시 만나게 될 줄이야!" 무레는 감격에 겨운 듯 거듭 외쳤다.

그는 소파에서 발라뇨스와 바짝 붙어 앉아 있었다. 두 남자는 황금빛 실크로 우아하게 둘린 은밀한 규방과 같은 작은 응접실 안쪽 구석에서, 얼굴을 마주한 채 서로의 무릎을 치면서 히죽거렸다. 그들이 활짝 열린 문틈으로 여인네들을 홀끗거리는 동안 그들의 말을 엿듣거나 그들을 훔쳐보는 사람은 아무도 없었다. 오래전 그들이 함께 보낸 학창 시절의 기억이 새록새록 되살아났다. 플라상의 오래된 기숙학교, 두 개의 뜰, 습

*'루공-마카르' 총서의 요람이 되는 곳으로, 졸라가 어린 시절을 보낸 프랑스 남부의 엑상프로방스를 모델로 한 가상의 도시이다.

기 찬 교실들, 지겹도록 대구 요리가 나오던 구내식당, 자습 감독이 코를 골기가 무섭게 베개가 침대 사이를 날아다니던 공동 침실. 과거에 의원을 배출하기도 했었지만, 이제는 파산해 사회에 대한 불만을 안고 살아가는 소귀족 가문 출신인 폴은 작문에 유난히 능해 언제나 일등을 놓치지 않았다. 그럴 때마다 그의 담당 교사는 그를 전도유망한 모범적인 학생으로 치켜세웠다. 반면에, 학급에서 거의 맨 뒷자리를 맴돌던 옥타브는 열등생들과 어울리며 빈둥거리는 나날을 이어갔다. 그러면서 행복하고 통통하게 살이 오른 채 학교 밖에서 강렬한 즐거움을 쫓으면서 자신을 발산했다. 하지만 그처럼 전혀 다른 기질에도 불구하고 그들은 굳건한 우정으로 맺어진 채 바칼로레아를 치를 때까지 내내 붙어 다녔다. 그리고 한 사람은 우수하게 시험을 치렀지만, 다른 하나는 두 번의 고배를 마신 끝에야 겨우 바칼로레아를 통과할 수 있었다. 그 후, 삶의 소용돌이 속에서 각기 다른 길을 걸어왔던 그들은 10년이 지난 지금, 그때와는 전혀 달라진 모습으로 다시 만났던 것이다.

"그런데, 지금 뭐 하고 지내나?" 무레가 물었다.

"아무것도."

발라뇨스는 이 만남을 기뻐하면서도 줄곧 지치고 심드렁한 표정을 짓고 있었다. 그의 말에 놀란 무레는 재차 물었다.

"하지만, 그래도 뭔가 하고 있을 것 아닌가……. 직업이 뭔가?"

"정말 아무것도 안 한다니까."

무레는 웃음을 터뜨렸다. 하지만 아무것도 안 한다는 대답으로 만족할 그가 아니었다. 좀 더 자세히 이야기해줄 것을 채근하는 무레의 성화에 발라뇨스는 자신이 살아온 이야기를 조금씩 들려주었다. 그가 걸어온 길은 과거의 영광에 집착하는 대부분의 가난한 집 아들들의 그것과 별반 다르지 않았다. 태어날 때만 해도 자유로운 직업*을 택하게 될 것으로 믿었다가, 서랍에 가득한 학위증을 가지고 굶어 죽지 않는 것만 해도 다행으로 여기면서 허영심이 충만한 별 볼 일 없는 삶 속에 은거해 살아가는 부류였던 것이다. 그는 집안의 전통에 따라 법학을 공부했다. 그런 다음에는 과부가 된 그의 어머니에게 얹혀지냈다. 그의 어머니는 두 딸을 결혼시켜 내보낼 궁리만으로도 머리가 아픈 상황이었다. 그런 자신의 모습에 부끄러움을 느낀 발라뇨스는 세 여자를 얼마 남지 않은 유산으로 힘들게 살아가도록 내버려둔 채 내무부에 한직을 구해 그 속에서 두더지처럼 웅크린 채 살아가고 있었다.

"그래서 얼마나 벌고 있나?" 무레가 다시 물었다.

"3천 프랑."

"겨우! 아! 자네가 그렇게 사는 걸 보니 정말 가슴이 아프군. ……그게 말이 되냔 말이지! 자네처럼 똑똑한 친구가, 우리는 감히 쳐다볼 생각도 하지 못했던 자네가! 그런데 5년 동안 그렇게 죽어라고 공부하고는 겨우 3천 프랑밖에 못 벌다니! 아니, 이건 정말 말도 안 되는 거야!"

그러면서 그는 자신에 관한 얘기로 화제를 돌렸다.

"난, 일찌감치 공부하곤 담을 쌓았지만…… 혹시 내가 지금 뭐 하는지 알고 있나?"

"그래, 사업을 하고 있다고 들었네. 가이용 광장에 있는 커다란 백화점이 자네 거라면서?"

---

*건축가, 변호사, 의사 등의 전문직을 의미한다.

"그래 맞아. ……캘리코를 팔고 있지!"

고개를 치켜든 무레는 또다시 친구의 무릎을 두드리면서, 자신을 부유하게 만들어주는 직업에 한 점 부끄러움이 없는 남자로서의 자부심이 묻어나는 쾌활한 어조로 말했다.

"캘리코를 아주 많이 팔고 있지! ……사실 자네도 알다시피, 난 공부에는 별로 취미가 없었잖아. 물론, 하려고 마음만 먹었다면 남들보다 못할 것도 없었겠지만. 바칼로레아에 합격한 다음에는, 가족들이 바라는 대로 다른 친구들처럼 변호사나 의사가 될 수도 있었을 거야. 그런데 그런 직업들은 선뜻 내키지가 않았어. 생각보다 돈벌이가 시원찮다는 걸 익히 들어 알고 있었거든. ……그래서 결심했지! 바칼로레아 합격증서 같은 건 미련 없이 던져버리기로. 그리고 조금도 망설임 없이 사업에 뛰어든 거야."

발라뇨스는 곤혹스러운 표정으로 미소를 지어 보였다. 그리고 잠시 후 조그맣게 말했다.

"사실 옷감을 파는 데 자네 바칼로레아 합격증이 꼭 필요한 건 아니니까."

"절대 아니지!" 무레는 경쾌한 목소리로 맞장구를 쳤다.

"내가 바라는 건, 그런 게 나한테 짐이 되지나 않았으면 하는 거야. ……그런 걸 등에 업고 있으면 거추장스럽기만 하다니까. 아무 짐도 지고 있지 않은 사람이 홀가분히 미친 듯이 달려가는 동안, 난 거북이걸음으로 엉금엉금 기어가야 하거든."

친구의 얼굴 표정이 좋지 않은 것을 본 무레는 그의 두 손을 잡은 채 얘기를 계속했다.

"이보게, 자넬 언짢게 하려던 건 아니야. 하지만 솔직히 자네의 그 대단한 지식이 사는 데 별로 도움이 안 된 건 사실이잖

나. ……내가 부리는 실크 매장의 책임자가 올해 1만 2천 프랑이상을 받게 될 거라는 걸 아나? 그렇다니까! 머리도 특별히 좋지 않았고, 아는 거라곤 철자법하고 사칙연산밖엔 없었던 친구가…… 우리 백화점에서는 일반 판매원들도 1년에 삼사 천프랑을 벌어, 적어도 자네보단 더 많이. 게다가 그들은 자네처럼 돈을 들여 공부를 한 것도 아닌데. 자네처럼 세상을 정복하겠다는 야망을 품고 세상에 나선 것도 아니고……. 물론, 돈이다가 아니란 건 알고 있네. 하지만, 어설프게 배운 지식으로 배불리 먹지도 못하면서 자유로운 직업만을 꿈꾸는 불쌍한 인간들과, 자신의 일을 철저히 익히고 스스로를 단단히 무장한 채 삶과 맞서는 현실적인 친구들 사이에서 선택하라고 한다면, 맙소사! 난 조금도 망설이지 않을 걸세. 난 당연히 후자를 택할거라고. 그들은 적어도 자신들이 살고 있는 시대를 제대로 이해하고 있는 사람들이니까!"

그의 목소리는 점차 활기를 띠어갔다. 손님들에게 차를 따르던 데포르주 부인은 고개를 돌려 그를 쳐다보았다. 무레는 큰 응접실 안쪽에서 자신을 향해 미소를 보내는 그녀를 알아볼 수 있었다. 그리고 또 다른 여인 둘이 자신의 말에 귀를 기울이고 있음을 알고는 더 신이 나서 떠들어댔다.

"이것만은 알아두게, 친구. 캘리코를 팔면서 장사에 뛰어든 친구들은 이제 곧 백만장자가 되는 것도 시간문제라는 걸."

발라뇨스는 나른한 듯 소파에 몸을 기댄 채 피곤함과 경멸적인 태도가 엿보이는 자세로 지그시 눈을 감았다. 그의 가식적인 몸짓에서는 그와 같은 부류의 전형적 태도인 몹시 지친 기색이 느껴졌다.

"풉! 그렇게까지 힘들게 살 필요가 있을까. 어차피 재미있을 것도 없는 인생인데."

무레가 그의 말에 놀란 듯 멍한 얼굴로 쳐다보자 발라뇨스는 서둘러 덧붙였다.

"뭐든지 일어날 수도, 아무것도 일어나지 않을 수도 있는 거야. 그러니까 팔짱이나 끼고 구경이나 할 밖에."

그러면서 그는 자신의 염세주의와 무가치한 삶, 그로 인해 느껴지는 환멸에 대해 얘기했다. 그는 한때 문학을 꿈꾸었었다. 하지만 시인들과 어울린 끝에 남은 것은 보편적인 절망감뿐이었다. 그는 모든 노력은 불필요하며, 모든 순간은 권태롭고, 세상은 궁극적으로 아무런 가치가 없다는 사실을 결론짓듯 힘주어 얘기했다. 그러면서 즐거움을 향한 시도는 모두 실패로 돌아가고, 흥청망청 살아가는 것조차 아무런 쾌락을 느끼게 하지 못한다고 덧붙였다.

"그래서, 자넨 사는 게 즐겁나, 진정으로?" 마침내 그가 물었다.

그러자 무레는 어이가 없다는 듯 역정을 내며 소리쳤다.

"뭐라고! 나보고 사는 게 즐겁냐고! ……이런! 자네 지금 무슨 말을 하는 건가? 자네가 어쩌다가 이렇게까지 됐는지 정말! ……물론 즐겁지, 일이 잘 안 풀리는 것조차도 날 즐겁게 한다네. 난 일이 내 뜻대로 잘 안 되면 화가 나거든. 그걸 즐기는 거라고. 난 아주 열정적인 사람이야. 가만히 팔짱만 끼고 앉아 있는 건 내 취향이 아니라고. 어쩌면 그래서 사는 게 즐거운 건지도 모르지."

그는 응접실 쪽을 흘끗 쳐다보더니 목소리를 낮추어 말했다.

"솔직히 말하면, 여자들 때문에 신경이 좀 쓰일 때가 있긴 하지. 하지만 그러다 한 여자가 눈에 들어오면, 그땐, 꽉 잡고 절대 놓지 않는 거야. 그러면 절대 실패하는 일이 없어. 난 내 여자를 결코 남에게 뺏기지 않거든. 하지만 중요한 건 여자가 아니야. 나한테 여자는 그다지 중요한 존재가 아니거든. 알겠나, 중요한 건 의지를 가지고 적극적으로 행동하면서 무언가를 창조해내는 거야. ……무슨 아이디어가 떠오르면, 그것을 위해 싸우면서 사람들 머리 위에 대고 망치로 두드리듯 그 아이디어를 주입시키는 거지. 그렇게 하면 그 아이디어가 점점 퍼져나가서 마침내 승리를 이끌어내게 되는 거라고. ……그래, 친구, 난 사는 게 아주 즐겁다네!"

그의 말 속에서는 행동하는 즐거움과 삶의 기쁨이 넘쳐흘렀다. 무레는 스스로가 이 시대를 진정 이해하는 사람임을 강조했다. 그러면서, 온 세상이 미래를 향해 힘차게 돌진하고 있는 지금, 이토록 할 일이 넘쳐나는 시대에 일하기를 거부하는 사람은 정신이 나갔거나 머리나 팔다리가 병든 사람이 분명하다고 열변을 토했다. 그는 삶에 대해 절망적인 생각을 갖고 있거나 세상을 혐오하는 사람, 염세주의자들을 두고 비아냥거렸다. 또한 이 시대가 제공하는 거대한 작업장 속에서, 시인들처럼 약해빠진 모습을 보이거나, 회의주의자들처럼 입을 꼭 다문 모습으로 신흥 과학 따위에 심취한 사람들에 대한 반감을 드러냈다. 열심히 땀 흘려 일하는 사람들 앞에서 권태로워하며 하품이나 해대다니, 참으로 지적이고 근사하고 품위 있는 태도가 아닌가!

"다른 사람들 앞에서 하품하는 게 내 유일한 즐거움이라네!"

발라뇨스는 냉소적인 미소를 지으며 말했다.

그러자 단번에 김이 빠져버린 무레는 다시 다정한 투로 되돌아갔다.

"아! 이 친구 폴은 예전과 조금도 달라지지 않았군그래. 여전히 종잡을 수 없는 말만 하는 걸 보면……. 안 그런가? 하지만 우리가 언쟁이나 하려고 이렇게 다시 만난 건 아니잖아. 각자 자기 방식대로 살아가면 되는 거지. 언제 자네한테 우리 백화점을 꼭 보여주고 싶군. 자네도 보면 마음에 들 거야. ……그건 그렇고, 자네 식구들 소식이 궁금하군. 어머님하고 누이들은 다 잘 지내시지? 그런데, 자넨 6개월 전에 플라상에서 결혼하기로 돼 있지 않았나?"

그때 발라뇨스는 갑작스러운 손짓으로 친구의 말을 중단시켰다. 그러면서 응접실 쪽을 불안한 눈빛으로 살피자, 그를 따라 그곳으로 시선을 향한 무레는 마드무아젤 드 보브가 자신들을 계속 쳐다보고 있음을 알게 되었다. 키가 크고 건장한 체격의 블랑슈는 자신의 엄마를 꼭 닮았다. 다만, 그렇지 않아도 커다란 얼굴이 벌써부터 나쁜 기름으로 인해 부풀어 오른 듯 투실투실 살이 쪘다는 게 다른 점이었다. 은밀히 물어보는 친구의 물음에 폴은 아직 아무 일도 일어나지 않았고, 어쩌면 앞으로도 그럴 것이라고 대답했다. 발라뇨스는 작년 겨울에 데포르주 부인의 집을 자주 드나들 때 그곳에서 블랑슈를 처음 알게 되었다. 하지만 그 후로는 아주 가끔씩만 모습을 드러냈기 때문에 무레와 마주칠 기회가 없었던 것이다. 그런 다음에는 드 보브 가족이 그를 초대했다. 발라뇨스는 무엇보다 그 아버지를 마음에 들어했다. 과거에는 소문난 한량이던 그는 이제는 관리직으로 일하면서 조용히 지내고 있었다. 게다가 그들은 갖고 있는 재산도 얼마 없었다. 드 보브 부인은 자신의 남편에게 유노 여신을 닮은 미모 외에는 가져다준 게 없었고, 저당이 잡혀

118

있는 농장이 그들의 마지막 재산인 셈이었다. 그들 가족은 그곳에서 나오는 얼마 안 되는 수입에, 다행스럽게도 드 보브 백작이 종마 사육장의 총감독관으로 일하면서 받는 9천 프랑의 연봉을 더해 근근이 살아가고 있었다. 백작은 모녀로 하여금 쪼들리는 생활을 하게 해놓고 밖에서 애정 행각을 벌이는 데 그 돈을 탕진했다. 덕분에 그들 모녀는 자신들의 드레스를 직접 수선해야만 할 때도 종종 있었다.

"그런데 왜?" 무레는 단지 그렇게만 물었다.

"나도 모르겠네! 언제까지 이렇게 살 수는 없으니까." 발라뇨스는 지쳤다는 듯 눈을 껌뻑거렸다.

"사실, 기대하고 있는 게 하나 있긴 해. 그녀의 돈 많은 숙모가 빨리 세상을 뜨기를 기다리고 있다네."

그러는 동안, 기발 부인 옆에 바짝 붙어 앉아 있던 드 보브 백작에게서 눈을 떼지 않고 있던 무레는 친구를 돌아보며 매우 의미심장한 표정으로 눈을 찡긋해 보였다. 백작은 유혹에 한창 열을 올리는 남자처럼 다정한 미소를 띤 채 기발 부인의 환심을 사려고 애쓰고 있었다. 그 광경을 본 발라뇨스는 서둘러 덧붙였다.

"아니, 저 여잔 아니야. ……적어도 아직은……. 참으로 안타까운 건, 백작은 프랑스 전역에 퍼져 있는 종마 보급소에 업무를 보러 간다는 핑계로 수시로 집을 비울 수 있다는 거지. 지난달만 해도, 그의 부인은 그가 페르피냥에 가 있는 걸로 믿고 있었는데, 사실 그는 외딴 곳에 있는 호텔에서 웬 피아노 선생하고 함께 있었다는 거야."

그리고 잠시 침묵이 흘렀다. 백작이 기발 부인에게 추근거리는 것을 계속 지켜보던 발라뇨스가 조그맣게 속삭였다.

"맙소사, 이제 보니 자네 말이 맞는 것 같군. ……게다가 들리는 바에 의하면, 저 여잔 본래 유혹에 잘 넘어가는 편이라고 하더군. 예전에 어떤 장교하고 아주 재미있는 스캔들을 일으켰던 전력도 있고……. 그런데 백작이 무슨 짓을 하는지 잘 보라고! 정말 코미디가 따로 없군. 눈짓 한 번으로 여자의 마음을 빼앗다니! 저런 게 바로 옛 프랑스의 모습이라네, 친구! ……난 저 남자가 정말 맘에 들어! 내가 그의 딸과 결혼하게 된다면, 필시 백작 때문일 거라고 생각해도 좋네!"

무레는 아주 재미있어하며 웃음을 터뜨리더니 발라뇨스에게 또다시 질문을 했다. 그리고 자신의 친구와 블랑슈를 짝지어주고자 하는 생각을 처음 한 사람이 데포르주 부인이라는 사실을 알게 되자 그 문제에 더욱더 관심을 표명했다. 그의 친애하는 여자 친구 데포르주 부인은 사람들을 맺어주는 데서 과부로서의 즐거움을 맛보았다. 그렇게 신붓감들을 공급한 후에는, 이번에는 그 아버지들로 하여금 자신이 주관하는 사교 모임에서 여자를 고를 수 있도록 했다. 하지만 물론, 그 누구도 세간의 입방아에 오르내리는 일이 없도록 모두가 적절한 예법을 지켜나가도록 신경을 썼다. 그러자, 바쁘고 활동적인 남자로서 그녀의 애정을 수치화하는 데 익숙해져 있던 무레는 유혹에 대한 생각을 접고 순수한 동료애와 같은 우정으로 그녀를 바라보게 되었다.

그때, 두 친구가 미처 알지 못한 사이에 데포르주 부인이 예순 살쯤 돼 보이는 노신사를 동반한 채 작은 응접실의 문간에 나타났다. 큰 응접실로부터 간간이 자기 찻잔에 찻숟가락이 부딪치는 쨍그랑 소리와 더불어 날카로운 여인네들의 목소리가 들려왔다. 짧은 정적이 흐르는 가운데 때때로 대리석 원탁 위에 찻잔 받침을 성급히 내려놓는 소리가 들려오기도 했다. 그 사이, 커다란 구름 가장자리에 막 모습을 드러낸 석양이 튈르리 정원의 마로니에 꼭대기를 금빛으로 물들이면서, 응접실의 가구들을 장식하고 있는 실크 천과 청동 장식을 붉은색 금가루로 불타오르게 했다.

"이쪽으로 오세요, 남작님." 데포르주 부인이 말했다.

"이분은 무슈 옥타브 무레세요. 오래전부터 남작님을 존경하면서 꼭 만나 뵙고 싶어 하셨답니다."

그리고 옥타브를 돌아보며 덧붙였다.

"아르트만 남작이십니다."

노신사의 입가에 의미를 알 수 없는 야릇한 미소가 스치고 지나갔다. 알자스 출신인 그는 작은 키에 활력이 넘쳐 보였고, 입술을 씰룩거리고 눈을 깜빡거릴 때마다 두둑한 얼굴에 번득이는 지성이 엿보이는 남자였다. 그는 보름 전부터 무레를 만나달라는 데포르주 부인의 요청에 선뜻 대답을 하지 못했다. 부성적인 역할로 만족하고자 하는 냉철한 남자인 그가 주제넘은 질투를 느껴서가 아니라, 무레는 데포르주 부인이 그에게 소개시켜주려고 하는 세 번째 친구였기 때문이다. 그러다 보면 결국에는 자신이 우스운 꼴이 되지 않을까 하는 염려가 되었던 것이다. 따라서 그는 무레에게 다가가면서, 매력적이면서도 경계하는 눈빛을 지닌 부유한 후견인으로서의 신중한 미소를 지어 보였다.

"오! 남작님." 무레는 프로방스 출신 특유의 열정적인 태도로 인사를 건넸다.

"크레디 이모빌리에의 마지막 활약은 정말 놀랍더군요! 이렇게 남작님과 악수를 하다니, 정말 영광스럽고 기쁘기 그지없습니다."

"이렇게 고마울 데가, 무슈, 이렇게 고마울 데가." 남작은 여전히 미소를 띤 채 반복해 말했다.

데포르주 부인은 환한 눈빛으로 차분히 그들을 지켜보았다. 두 남자 사이에 선 그녀는 귀염성 있는 얼굴을 치켜들고 그들을 번갈아 쳐다보았다. 손목과 섬세한 목이 드러나 보이는 레이스 장식 드레스 차림의 그녀는 두 사람의 화기애애한 모습에 만족한 듯했다.

"그럼 전 두 분이 말씀 나누시도록 이만 물러날게요." 그런 다음 데포르주 부인은 옆에서 기다리고 있는 폴을 돌아보며 물었다.

"차 한잔 하시겠어요, 무슈 드 발라뇨스'?"

"좋죠."

두 사람은 함께 큰 응접실로 되돌아갔다.

소파에서 아르트만 남작 가까이 앉은 무레는 또다시 크레디 이모빌리에의 활약에 대해 입에 침이 마르도록 찬사를 늘어놓았다. 그런 다음, 그가 내내 마음에 두고 있던 문제를 단도직입적으로 치고 들어갔다. 그는 레오뮈르 가의 연장으로 새로 생겨날 도로에 관해 논의하기를 원했다. 디스 데상브르* 가라는 이름의 그 도로는 부르스 광장과 오페라 광장 사이에 조성될 예정이었다. 이미 18개월 전부터 그 대중적 필요성에 대한 합의가 이루어졌고, 수용 심사원단도 이미 정해졌으며, 부근에

---

* '12월 10일'이라는 의미로, 프랑스 최초의 대통령으로 선출된 나폴레옹 3세가 1851년 스스로 쿠데타를 일으켜 그 이듬해 제국을 선포하고 제2제정의 황제가 된 날이다. 훗날, 1870년에 제2제정이 붕괴되고 제3공화국이 선포된 날을 기념하는 '카트르 셉탕브르(9월 4일)'로 그 명칭이 바뀌었다.

사는 모든 이들이 그 거대한 공간에 지대한 관심을 기울이면서 공사 기간과 곧 철거가 예정돼 있는 집들을 화제에 올렸다. 무레는 이미 3년 전부터 공사가 시작되기를 기다려왔다. 그렇게 되면 모든 일들이 보다 적극적으로 추진되면서, 그가 은밀히 품어왔던 건물 확장에 관한 야망이 실현될 수 있을 거라는 기대 때문이었다. 그만큼 그의 꿈도 나날이 커져갔다. 디스 데상브르 가는 슈아죌 가, 미쇼디에르 가와 교차되게 돼 있었다. 따라서 무레는 '여인들의 행복 백화점'이 그 거리들과 뇌브생토 귀스탱 가 구역에 속한 건물들을 모두 차지한 채 우뚝 서 있는 광경을 눈앞에 그려보곤 했다. 그는 벌써부터 새 도로 위에 궁전 같은 백화점이 들어선 모습을, 정복된 도시 전체를 장악하고 통치하는 그 모습을 상상했다. 그 때문에 아르트만 남작을 만나고자 하는 절박한 바람이 생겨났던 것이다. 남작이 이끄는 크레디 이모빌리에는 행정당국과 계약을 맺고, 오래된 구역을 철거하고 디스 데상브르 가를 새로 조성하는 프로젝트를 맡아 진행하기로 했다. 그 대가로 그 가장자리 땅들의 소유권을 넘겨받는다는 조건과 함께였다.

"정말, 그들에게 하수구와 보도, 가스등을 모두 갖춘 완벽한 거리를 통째로 넘겨주실 생각인가요?" 무레는 애써 아무것도 모르는 것 같은 표정을 지으면서 거듭 물었다.

"그리고 그 모든 것에 대한 대가가 고작 가장자리 땅들을 넘겨받는 거라고요? 오! 정말 놀랍군요, 정말 놀라워요!"

마침내 그는 민감한 문제를 조심스럽게 꺼내들었다. 그는 크레디 이모빌리에가 은밀히 '여인들의 행복 백화점'과 인접한 건물들을 사들인다는 사실을 알게 되었다. 곧 철거돼 사라질 건물들뿐만 아니라, 그대로 남아 있게 될 것들까지를 포함해서였다. 그런 사실들로부터 그는 앞으로 어떤 새로운 건물이 들어설지도 모른다는 것을 감지했다. 막강한 위세로 인접 건물들을 모두 차지한 채 움켜쥐고 있는 강력한 기업과 맞서게 될지도 모른다는 불안감이 그를 두렵게 했던 것이다. 그런 것들이 그의 꿈을 키워나가게 해줄 건물 확장 계획에 걸림돌로 작용할 수 있었기 때문이다. 바로 그런 두려움 때문에 그는 가능한 한 빨리 남작과 한 여인과의 끈끈한 인연을 공유하고자 하는 생각을 하게 되었다. 물론 그는 금융가의 사무실로 직접 찾아가 자신이 제안하고자 하는 중요한 문제를 좀 더 편안히 논의할 수도 있었을 것이다. 하지만 그는 데포르주 부인의 집에 있을 때 자신이 더 유리할 것이라고 생각했다. 그들처럼 사랑에 익숙한 성향의 남자들 사이에선 한 여인을 공유한다는 사실이 얼마나 서로를 더 가깝고 친밀하게 느껴지게 하는지 잘 알고 있었기 때문이다. 그는, 여인의 사랑스러운 향기를 풍기며 상냥한 미소로 자신들을 설득할 준비가 된 그녀를 곁에 두고 있다는 사실을 그 무엇보다 확실한 성공으로 가는 열쇠로 여겼다.

"혹시 예전에 뒤비야르 호텔이었던 곳을 매입하시지 않으셨습니까? 우리 백화점과 붙어 있는 낡은 건물 말입니다." 마침내 그는 단도직입적으로 물었다.

잠시 머뭇거리던 아르트만 남작은 이내 부인을 했다. 그러자, 무레는 그를 정면으로 응시하더니 웃음을 터뜨렸다. 그리고 이제부터는 가슴에 손을 올려놓은 채, 자신이 하는 일을 솔직히 드러내놓는 정직한 청년의 역할을 하기로 마음먹었다.

"그게 말입니다, 남작님! 영광스럽게도 이렇게 뜻밖에 남작님을 뵙게 되었으니 제 얘기를 솔직히 들려드리고 싶습니다. ……오! 그렇다고 남작님도 저처럼 하시라는 건 절대 아닙니다. 다만, 남작님보다 더 현명한 조언자를 만나긴 힘들 것 같아서 어르신께 털어놓으려는 것뿐입니다. ……사실, 오래전부터 어르신을 찾아뵙고 조언을 구하고 싶었지만 용기가 나질 않았거든요."

과연 그는 자신의 속내를 털어놓기 시작했다. 어려웠던 사업 초기의 이야기부터 시작해서 한창 잘나가던 중에 겪었던 재정적 위기에 관한 것까지 자신이 지나온 과정을 낱낱이 까발렸다. 조금씩 단계를 밟아 백화점을 확장해나갔던 일, 수익을 끊임없이 재투자한 것, 그의 직원들이 돈을 투자해 자본금을 마련한 사실, 매번 카드 판을 벌이듯 모든 자본을 투자해 백화점의 사활이 걸린 대대적인 세일을 시도했던 것 모두를. 하지만 그가 원하는 것은 돈이 아니었다. 그는 자신의 고객들에게 광적인 믿음을 갖고 있었다. 그의 야망은 더 높은 곳을 향하고 있었다. 그는 남작에게 자신과 동맹을 맺을 것을 제의했다. 크레디 이모빌리에는 그가 꿈속에서 열망하던 거대한 궁전을 세울 수 있도록 해주고, 무레는 그의 뛰어난 사업 수완과 이미 다져진 사업 기반을 제공하는 조건이었다. 각자 얼마만큼의 투자를 할지 추산해보는 일만이 남아 있었다. 그에게는 이보다 더 쉬운 일은 없어 보였다.

"땅과 건물로 뭘 하실 겁니까?" 그는 남작에게 거듭 물었다.

"물론, 생각이 있으시겠지요. 하지만 제 생각보다는 못할 겁니다. 제 말씀을 한번 들어보십시오. 우리가 힘을 합쳐 쇼핑몰을 짓는 겁니다. 필요에 따라 건물들을 허물기도 하고 개조하기도 하면서요. 그래서 파리에서 가장 큰 백화점을 세우는 겁니다. 수백만 프랑을 벌어들일 거대한 시장을 만드는 거란 말입니다."

그러면서 그는 애통해하는 소리를 내뱉었다.

"아! 저 혼자서도 이런 일들을 해낼 수 있다면 얼마나 좋겠습니까! ……하지만 이젠 칼자루를 쥐고 있는 건 남작님이십니다. 게다가, 전 그에 필요한 자본금도 절대적으로 부족하고 말입니다. ……그러니 이만 저하고 협상을 하시지요. 우리가 힘을 합치면 떼돈을 버는 건 시간문제라니까요."

"참으로 급하시구려, 젊은 양반께서!" 아르트만 남작은 그렇게만 대구했을 뿐이었다.

"상상력도 풍부하시고!"

그는 고개를 젓고는 계속 미소를 짓고 있었다. 상대의 고백에 고백으로 되돌려주지는 않으리라고 결심한 듯 보였다. 크레디 이모빌리에의 계획은 디스 데상브르 가에 그랑 호텔*과 경쟁할 수 있는 호사스러운 호텔을 짓는 것이었다. 그리하여, 중심부에 위치하고 있는 유리한 입지를 내세워 외국 관광객들을 유치하는 게 그의 목표였다. 하지만 호텔은 단지 가장자리 땅만을 차지할 것이기 때문에 무레의 아이디어를 실현하는 데는 아무런 문제가 없었다. 여전히 거대한 면적을 차지하고 있는 주변 건물들만 가지고도 얼마든지 가능한 일이었기 때문이다. 그러나 이미 데포르주 부인의 두 친구에게 투자를 약속한 그는 관대한 후원자로서의 허울 좋은 역할에 조금씩 지쳐가고 있는 터였다. 적극적인 삶에 대해 열정을 갖고 있기에 똑똑하고 용기 있는 모든 젊은이들에게 아낌없이 후원을 해왔지만 무레의

*루브르 그랑 호텔(le Grand Hôtel du Louvre)은 오늘날의 루브르 호텔(L'Hôtel du Louvre)로, 제2제정하인 1855년 나폴레옹 3세의 지시로 세워진 프랑스 최초의 궁전식 호텔이다. 프랑스어 발음 규칙인 연음에 의하면, '그랑 호텔'의 발음은 '그랑 토텔'이 되어야하지만 여기서는 호텔 이름임을 분명히 하기 위해 연음을 따르지 않았다.

사업적 아이디어는 그를 매료시키기보다는 놀라게 했다. 그토록 거대한 백화점을 세울 생각을 하다니, 그거야말로 허무맹랑하고 경솔한 생각이 아니고 무어란 말인가? 일개 신상품점을 그토록 거대한 규모로 넓혀갈 생각을 하다니, 그건 결국 스스로 파산을 자초하는 것과 다를 바 없었다. 결론적으로 그는 믿지 않았고, 무레의 제안을 거절했다.

"물론, 아이디어는 솔깃하게 들리긴 하오만, 내가 보기엔 그건 몽상가가 꿈을 꾸는 것과 다를 바 없는 것 같소. ……그토록 거대한 성당 같은 곳을 채울 고객들을 대체 어디 가서 찾는단 말이오?"

무레는 남작의 거절에 충격을 받은 듯 잠시 말없이 그를 응시했다. 아니, 어떻게 이럴 수가? 남작처럼 뛰어난 후각을 지닌 사람이, 땅속 깊은 곳에 있는 돈의 냄새까지도 맡을 수 있는 사람이 그런 말을 하다니! 무레는 무언으로 웅변을 하듯 커다란 몸짓으로 응접실에 있는 여인들을 가리키면서 외쳤다.

"바로 저들 모두가 우리의 고객이지요!"

그사이 점점 더 스러져가는 석양으로 인해 태양의 붉은색 금가루가 옅은 금빛으로 변한 채 실크로 된 벽걸이 장식과 가구 들 위로 내려앉으며 하루의 작별을 고하고 있었다. 땅거미가 지기 시작하자, 더욱더 커진 친밀감이 큰 방을 가득 채우면서 부드럽고 따뜻한 기운이 모두를 감쌌다. 드 보브와 폴 드 발라뇨스가 창문 앞에 선 채 멀리 정원을 응시하며 담소를 나누는 동안, 여인네들은 응접실 한가운데서 치맛자락으로 촘촘한 원을 그리며 서로 바짝 다가앉아 있었다. 그 속에서 웃음소리와 나지막이 소곤거리는 소리, 열띤 질문과 대답들이 연이어 터져 나왔다. 돈을 써대는 일과 새로운 천이라면 사족을 못 쓰는 여인네들의 열기가 방 안을 후끈 달아오르게 했다. 화제가 의상으로 옮겨가자, 드 보브 부인은 자신이 본 야회복에 관해 설명했다.

"우선, 속이 살짝 비치는 연보랏빛 실크에다, 그 위에 30센티미터 폭의 알랑송 레이스* 밑단 장식이 달려 있는데 말이죠……."

"오! 정말 믿을 수가 없군요!" 마르티 부인이 끼어들며 감탄사를 내뱉었다.

"그런 옷을 입을 수 있는 여자들은 정말 복 받은 거라고요!"

아르트만 남작은 무레의 손이 가리키는 방향을 따라 활짝 열려 있는 문 사이로 여자들의 일거수일투족을 지켜보았다. 그가 한쪽 귀로 그녀들의 이야기를 훔쳐 듣는 동안, 그를 설득하고자 하는 열망으로 불타오른 무레는 더욱더 적극적으로 자신의 속내를 드러내 보이면서 새로운 유행품들을 취급하는 백화점의 메커니즘에 관해 설명했다. 이제 이 사업의 성패는 자본금을 빠르고 지속적으로 재투자하는 데 달려 있다고 해도 과언이 아니었다. 자본금을 1년 내에 가능한 한 자주 새로운 상품으로 전환시키는 방식이었다. 실제로 올해만 해도, 50만 프랑에 불과했던 그의 자본금이 네 번이나 재투자되면서 200만 프랑에 이르는 총매출을 발생시켰던 것이다. 게다가 그것은 아무것도 아니었다. 매출은 앞으로 10배도 더 넘게 늘어날 것이기 때문이다. 그는 앞으로 어떤 매장에서는 자본금의 15배 내지는

*프랑스의 알랑송에서 만들어져 17세기 이래로 명성을 얻게 된 니들 포인트 레이스. 육각형의 그물천에 정교히 만들어져 의복의 가두리 장식으로 주로 쓰였다. 푸앵 달랑송(point d'Alençon)으로도 알려져 있으며, '레이스의 여왕'으로 불리기도 한다.

20배가 넘는 매출을 올리게 될 것을 확신하고 있었다.

"아시겠습니까, 남작님. 모든 게 여기에 기반하고 있는 겁니다. 사실 알고 보면 아주 간단한 거지요. 다만, 그것을 먼저 생각해내는 사람이 이기는 게임인 것입니다. 유동 자본이 많이 필요하지도 않습니다. 우리가 해야 할 일은, 사들인 제품들을 가능한 한 빨리 처분하고 다른 것들로 채우는 것뿐입니다. 그렇게 해서 자본금이 회전되는 횟수만큼의 수익금을 발생시킬 수 있도록 하는 겁니다. 그런 방식으로 적은 수익으로도 만족할 수 있고요. 그러자면 총비용이 16프로까지 치솟는 데다, 제품에서 얻을 수 있는 수익은 20프로를 넘기기 힘들기 때문에 우린 기껏해야 4프로의 이윤을 남길 수 있을 뿐입니다. 하지만, 끊임없이 바뀌는 엄청난 양의 제품들을 취급하다 보면 결국에는 수백만 프랑의 수익금이 발생하게 되는 것이지요. 제 말을 이해하시겠지요? 알고 보면 이보다 더 쉬운 게 없다니까요."

하지만 남작은 또다시 고개를 가로저었다. 지금까지 황당하기 짝이 없어 보이는 책략들을 수용한 적도 있었고, 가스등 조명을 처음 시도할 때도 모두로부터 무모하다는 비웃음을 사면서도 강력히 밀어붙였던 그였다. 하지만 이번에는 거듭되는 무례의 설득 앞에서도 여전히 불안한 마음에 마음을 정하지 못하고 있었다.

"무슨 말인지 알 것 같군요. 그러니까, 많이 팔기 위해서 싸게 팔아야 하고, 싸게 팔기 위해서는 많이 팔아야 한다……, 그런 말 아니오? 다만 파는 게 문젠데, 아까 했던 질문으로 되돌아가자면, 그것들을 다 누구한테 팔 거요? 그렇게 엄청난 규모의 물건들을 대체 누구한테 팔아치우느냐 그 말이오."

그때 큰 응접실에서 갑작스럽게 들려오는 목소리가 무레의 설명을 가로막았다. 그것은 드레스의 앞부분에만 알랑송 레이스 밑단 장식이 달려 있었으면 한다는 기발 부인의 목소리였다.

"아니, 앞부분에도 레이스가 잔뜩 달려 있었다니까요. 알랑송 레이스가 그렇게 풍성하게 장식돼 있는 건 정말 처음 봤어요." 드 보브 부인의 열띤 설명이 이어졌다.

"오, 맙소사! 덕분에 생각났어요." 이번에는 데포르주 부인이 바통을 이어받았다.

"일전에 알랑송 레이스를 몇 미터나 사놓은 게 있거든요. ……그걸로 드레스에 장식을 해 달아야겠네요."

그리고 다시 목소리가 잦아들면서 웅성거림으로 변했다. 수치들이 난무하면서, 세일 중인 수많은 제품들이 여인네들의 욕망을 부추겼다. 그녀들은 레이스를 한 아름씩 사들이고 있었던 것이다.

"그거 말씀입니까?" 마침내 다시 얘기를 할 수 있게 된 무레가 대답했다.

"물건을 팔 줄 아는 사람은 자신이 팔고 싶은 걸 파는 겁니다! 그게 바로 우리의 성공 비결인 것이지요."

프로방스 출신다운 달변을 구사하는 그는 이미지를 떠올리게 하는 생생한 언어로 새롭게 시도되고 있는 판매 방식에 대해 설명했다. 무엇보다 그는 제품들을 한곳에 쌓아놓는 것으로 엄청난 파급효과를 거둘 수 있음을 강조했다. 그럼으로써 각아이템들이 서로를 돋보이게 하면서 판매를 촉진시킬 수 있었기 때문이다. 판매 공백이란 있을 수 없었다. 언제나 각 시즌의 주력 상품이 존재했다. 그리하여 덫에 걸려든 고객들은 매장에서 매장으로 옮겨 다니면서, 한쪽에서는 천을, 좀 더 떨어진 곳에서는 실을, 또 다른 곳에서는 코트를 구매함으로써 스스로에게 차례로 옷을 입혀나갔다. 그러다 예상치 못했던 제품들과 맞닥뜨리게 되면서 유혹적이고 쓸모없는 것들에 대한 욕구에 굴복하곤 했다. 그다음으로 무레는 상표에 정가를 표시하는 시스템에 대한 찬양에 열을 올렸다. 새로운 상업의 진정한 혁명은 바로 이런 혁신으로부터 시작되고 있었다. 낡은 상업과 소상인들이 죽어간다면, 그것은 가격표를 앞세운 저렴한 가격에 맞서 싸울 힘이 없었기 때문이다. 이제 업자들 간의 경쟁은 대중들의 바로 눈앞에서 이루어지고 있었다. 쇼윈도를 스쳐 지나가는 것만으로도 가격을 알 수 있었고, 각 상점들은 앞다투어 가격을 낮추면서 아주 적은 수익에도 만족했다. 속임수를 쓰거나, 제품 원가의 두 배를 받고 파는 식으로 단기간에 횡재를 노리는 상업 방식은 이제 더 이상 통하지 않았다. 그 대신, 매 아이템마다 일정한 비율로 고르게 이윤을 창출하는 꾸준한 판매가 이루어지고 있었다. 원활한 판매를 위해 자본금이 재투자되고 있으며, 매장 밖에서까지 판매가 이루어지는 만큼 그 규모 또한 더 클 수밖에 없었다. 이러한 판매 방식이야말로 정말 놀라운 시장의 혁신이 아닌가? 이는 시장의 판도뿐만 아니라, 파리 전체를 변화시켜놓고도 남을 만한 것이었다. 이러한 혁신은 여성의 피와 살로 이루어지는 것이었기 때문이다.

"내게는 여자들이 있단 말입니다. 다른 건 아무래도 상관없습니다!" 그는 스스로의 생각에 심취한 나머지 급작스러운 고백처럼 내뱉었다.

아르트만 남작은 무레의 열정적인 외침에 마음이 흔들린 듯 보였다. 이내 그의 얼굴에서 냉소적인 미소가 사라졌다. 점차 무레의 신념에 이끌리면서 그에게 호감을 느끼기 시작한 남작은 아버지 같은 시선으로 그를 바라보면서 속삭였다.

"쉿! 저들이 당신 말을 듣기라도 하면 어쩌려고 그러시오."

하지만 여인네들은 몹시 흥분한 채 동시에 떠들어대는 바람에 서로가 하는 말조차 제대로 알아들을 수가 없었다. 드 보브 부인은 아까 시작했던 야회복 얘기를 마저 하고 있었다. 튜닉처럼 낙낙히 늘어진 연보랏빛 실크 드레스는 레이스 매듭 장식으로 밑단을 조이는 형태였다. 코르사주는 가슴이 깊게 파였고, 어깨에도 레이스 매듭이 달려 있었다.

"난 말이죠, 나중에 새틴으로 그렇게 가슴이 푹 파인 코르사주를 만들어 입을 생각이에요."

"난요," 부르들레 부인은 드 보브 부인의 말을 가로막고 외쳤다.

"벨벳을 사고 싶었거든요. 오! 정말 거저나 마찬가지였어요!"

그러자 마르티 부인이 물었다.

"뭐라고요? 실크가 얼마라고요?"

그러자 모두가 동시에 목소리를 높여 떠들기 시작했다. 이제 기발 부인, 데포르주 부인, 블랑슈는 백화점을 약탈해 천들을 가늠하고 자르고 훼손시켰다. 호화스러움에 대한 갈망은 시샘하고 꿈꾸는 천들에 대한 수다로 끝없이 이어졌다. 여인들은 생존에 필요한 따뜻한 공기로 둘러싸이듯 수많은 천들의 홍수 속에 푹 파묻혀 지극한 행복을 느끼는 듯 보였다.

그사이 무레는 여인네들이 있는 응접실 쪽을 흘끗거렸다. 그리고 때로 남자들 사이에서 은밀히 행해지는 사랑 고백이라도 하듯 아르트만 남작의 귀에 대고 속삭이면서 대규모로 이루어지는 현대적 상업의 원리에 대한 설명을 마무리했다. 그러자 지금까지 얘기했던 그 어떤 것보다도 더 위쪽에, 여성이라는 존재를 깊이 파악하고 적극 활용하는 문제가 자리하고 있음이 드러났다. 자본금을 끊임없이 재투자하고, 물건들을 한군데로 집중시켜 쌓아두는 전략을 구사하며, 싼 가격으로 고객들을 유혹하고, 상표에 정가를 표시함으로써 그들에게 믿음을 주는 것. 이 모든 것들의 출발점에는 여성이 있었던 것이다. 그리하여 백화점은 앞다투어 경쟁적으로 여성의 마음을 빼앗고자 애썼다. 화려한 쇼윈도로 여성을 현혹시킨 다음, 사시사철 이어지는 바겐세일의 덫으로 그녀를 유혹했다. 그러면서 여성의 육체 속에 새로운 욕망을 주입시켰다. 그 모든 것은 여성이 필연적으로 굴복할 수밖에 없는 거대한 유혹으로 다가왔다. 처음에는 알뜰한 주부로서 구매를 시작했다가 점차 허영심이 발동하면서 마침내 유혹에 홀딱 넘어가고 마는 식이었다. 백화점은 엄청난 물량의 판매를 통해 호화스러움을 대중화시키고 무시무시한 세력으로 소비를 촉진했다. 그럼으로써 가정을 황폐화시키고, 날로 더 많은 대가를 치르게 하는 유행의 광기에 여성이 적극적으로 동참하게끔 부추겼다. 그들은 여성의 약점 때문에 더욱더 그녀를 사랑하고 친절과 배려를 남발했다. 사랑에 빠진 여왕처럼 그곳에서 군림하는 여성은 그들에게 이용당하면서, 변덕을 부릴 때마다 자신의 피로 그 대가를 치러야 했다. 여성을 지극히 사랑하는 것처럼 보이는 무리의 우아한 몸짓 뒤에는 여성의 살을 파운드로 떼어 팔고자 하는 유대인 상인의 잔인함이 숨겨져 있었다. 그는 여성을 위해 신전을 세우고, 수많은 직원들로 하여금 여성을 위한 향을 피우게 함으로써 새로운 숭배 의식을 만들어냈다. 또한 자나 깨나 오직 여성만을 생각했으며, 끊임없이 더 효과적이고 강렬한 유혹의 방식을 생각해내기에 바빴다. 그리하여 여성의 판단력을 흐려놓아 주머니를 모두 비워낸 다음에는 이내 뒤돌아서서, 바로 조금 전에 콧대 높은 정부와 마침내 잠자리를 같이하는 데 성공한 남자처럼 경멸적인 표정을 은밀히 지어 보였다.

"그러니까 여자들의 마음을 얻을 줄 알아야 하는 겁니다." 그는 대담한 웃음을 지어 보이면서 아주 조그만 소리로 덧붙였다.

"그럼 세상을 팔아치울 수도 있다니까요!"

남작은 비로소 이해할 수 있었다. 단 몇 문장만으로도 충분했다. 나머지는 짐작할 수 있었다. 여인들의 마음을 얻는 일이라는 말은 그의 마음을 후끈 달아오르게 하면서, 그에게 한량으로 지냈던 과거의 삶을 다시 떠올리게 했다. 남작은 잘 알겠다는 표정으로 눈을 찡긋하면서, 여성을 소진시키는 시스템을 생각해낸 인물을 향한 감탄을 금치 못했다. 무레는 정말 대단한 인물임이 분명했다. 남작은 부르동클이 했던 것과 똑같은 말을 했다. 그의 오래된 연륜에서 비롯된 말이었다.

"그러다 언젠가는 여자들한테 크게 당할 수도 있네."

하지만 무레는 오만하고 경멸적인 몸짓으로 어깨를 으쓱해 보였다. 모든 여자들은 그의 손아귀 안에 있었다. 그녀들은 그에게 속했지만, 그는 그 누구의 것도 될 수 없었다. 그는 여자들로부터 자신이 원하는 부와 쾌락을 모두 얻고 나면, 그녀들에게서 아직 무언가를 얻어낼 게 있는 이들을 위해 가차 없이 그녀들을 버릴 것이었다. 이 모든 건 투기꾼 기질을 지닌 남부 출신 남자의 치밀하게 계산된 자신만만한 행보였다.

"그래서 어쩌실 건가요, 남작님!" 그는 결론을 지으려는 듯 물었다.

"저와 함께하시겠습니까? 대지에 관한 제 제안을 받아들이

시겠습니까?"

남작은 이미 무레에게 반쯤은 설득당했음에도 불구하고 이런 식으로 덥석 그의 제안을 받아들일 것인지에 대해서는 여전히 마음을 정하지 못했다. 점차 그의 매력에 빠져듦을 느끼면서도 마음속에는 여전히 한 가닥 불안이 남아 있었기 때문이다. 그런 이유로 무레의 채근에 대답을 얼버무리려는 순간, 부인네들로부터의 급박한 호출 덕분에 그런 수고를 모면할 수 있었다. 경쾌한 웃음소리가 울려 퍼지는 가운데 여러 사람의 목소리가 반복해서 들려왔다.

"무슈 무레! 무슈 무레!"

대화가 중단되는 것에 짜증이 난 그가 못 들은 척하자, 조금 전부터 서 있던 드 보브 부인이 작은 응접실의 문간까지 와서 그에게 말을 건넸다.

"무슈 무레, 모두들 당신을 찾고 있어요. ……당신 같은 분을 이렇게 구석에서 사업 얘기나 하도록 방치해두다니 우리의 무심함을 용서하세요."

그러자 그는 생각을 바꾼 듯, 누가 봐도 우아한 태도와 반색하는 표정을 지어 보였다. 아르트만 남작은 그의 그런 모습에 경탄을 금치 못했다. 두 남자는 자리에서 일어나 큰 응접실로 건너갔다.

"아름다운 부인들께서 저를 찾으셨다고요?" 무레는 안으로 들어서면서 입에 한 가득 미소를 띤 채 말했다.

그러자 개선장군이 돌아오기라도 한 듯 잠시 동안 좌중이 소란스러워졌다. 무레는 앞으로 좀 더 나아가야 했다. 부인네들이 자신들 가운데에 그를 위한 자리를 마련했기 때문이다. 정원의 나무들 뒤로 해가 막 지고 밤이 찾아오면서, 부드러운 어둠이 차츰 거대한 응접실을 감싸며 번져나갔다. 이 시각은 파리의 아파트마다 석양으로 인한 감상적인 분위기 속에서, 점차 스러지는 거리의 빛과 찬방에서 불을 밝히고 있는 램프의 공백 사이에 관능적인 은밀함이 느껴지는 순간이었다. 계속 창가에 서 있던 드 보브와 발라뇨스의 그림자가 카펫 위에 길게 드리워졌다. 그사이, 몇 분 전에 슬그머니 들어온 마르티는 또 다른 창문으로 들어온 마지막 햇빛을 받으며 미동도 않고 서 있었다. 깨끗하지만 낡을 대로 낡은 프록코트를 입고 있던 그의 초라한 모습이 석양빛을 받아 더욱더 또렷이 드러났다. 하루 종일 수업에 지친 듯 핏기 없는 얼굴을 하고 있던 그는 여인네들의 옷에 관한 대화를 엿듣고는 큰 충격을 받은 듯 보였다.

"그 세일 날짜가 다음 수 월요일인 세 맞나요?" 그때 마침 미르티 부인이 무레에게 질문을 했다.

"그렇습니다, 부인." 그는 배우처럼 여자들과 얘기할 때만 쓰는 가느다란 고음의 목소리로 대답했다.

그러자 이번에는 데포르주 부인이 끼어들었다.

"그날 모두 같이 가기로 했거든요. ……우릴 깜짝 놀라게 할 만한 게 많다고 들었어요."

"오! 물론 기대하셔도 좋을 겁니다!" 그는 겸손을 가장한 오만한 표정으로 나직이 말했다.

"전 다만 저를 성원해주시는 부인들의 기대를 저버리지 않기 위해 노력할 뿐입니다."

여인네들은 계속해서 그에게 질문 공세를 펴댔다. 부르들레 부인, 기발 부인, 그리고 블랑슈까지 합세해서 더 많은 것을 알기를 바랐다.

"그러지 말고 좀 더 자세하게 알려주세요." 드 보브 부인은 끈질기게 물었다.

"궁금해서 죽을 것 같다니까요."

그러면서 그녀들이 무레를 빙 둘러싸자, 데포르주 부인은 그가 아직까지 차를 한 잔도 마시지 않았음을 지적했다. 그러자 모두들 심히 유감스러워하면서 네 여자가 동시에 그에게 차를 따라주겠다고 나섰다. 그런 다음 그가 대답을 해야 한다는 단서를 달고서였다. 마르티 부인이 들고 있는 찻잔에 데포르주 부인이 차를 따르는 사이, 드 보브 부인과 부르들레 부인이 서로 설탕을 넣겠다고 다투었다. 무레가 자리에 앉기를 사양하고 여자들 한가운데에 서서 천천히 차를 마시기 시작하자, 그에게 바짝 다가간 부인네들은 드레스 치맛자락으로 좁은 원을 그리며 그를 에워쌌다. 그리고 모두들 고개를 치켜든 채 반짝거리는 눈빛으로 그를 향해 미소를 날렸다.

"그 실크 말이에요, 파리보뇌르요. 신문마다 떠들썩하게 화제가 되고 있던데요?" 마르티 부인이 참지 못하겠다는 듯 다시 물었다.

"오! 그거야말로 정말 기막힌 물건이죠. 올이 굵으면서도 부드럽고 탄탄하고…… 곧 아시게 될 겁니다, 부인들. 그건 오직 우리 백화점에서만 구할 수 있는 것이랍니다. 우리가 전매권을 사들였거든요."

"정말요! 그렇게 멋진 실크가 겨우 5프랑 60상팀밖에 안 된다니! 정말 믿을 수가 없군요!" 부르들레 부인은 흥분을 감추지 못하고 외쳤다.

광고가 나간 이후 문제의 실크는 파리 여인네들의 일상에서 단연 화제의 중심으로 떠올랐다. 그녀들은 파리보뇌르를 향한 욕망과 반신반의 상태를 오가며, 그것을 반드시 갖고 말겠노라고 스스로에게 다짐하기도 했다. 호기심에 몸이 잔뜩 달아오른 여자들이 무레를 향해 퍼붓는 수다스러운 질문들 뒤로 그네들의 쇼핑객으로서의 독특한 취향들이 하나씩 드러나기 시작했다. 타고난 낭비벽을 주체하지 못하는 마르티 부인은 '여인들의 행복 백화점'의 진열대에서 눈에 띄는 것들을 닥치는 대로 사들였다. 기발 부인은 몇 시간이고 매장들을 어슬렁거리면서 자신의 눈을 즐겁게 하는 것만으로 만족하고 행복해할 뿐 지갑을 여는 일은 결코 없었다. 팍팍한 생활을 꾸려나가야 하는 드보브 부인은 언제나 엄청난 욕망에 시달리면서 자신의 것이 될 수 없는 물건들을 향해 원망 가득한 눈빛을 보내곤 했다. 현명하고 실용적인 주부로서의 감각을 갖춘 부르들레 부인은 알뜰한 살림꾼답게 차분히 비겐세일 제품들을 찾아 백화점들을 두루 누비고 다니면서 상당한 절약을 할 수 있었다. 마지막으로 데포르주 부인은 패션에 대한 안목이 매우 높은 나머지, 백화점에서는 단지 장갑이나 모자와 같은 소품이나 집에 필요한 리넨 제품들만을 구매했다.

"우리 백화점에는 엄청나게 싸면서도 놀라운 품질을 자랑하는 또 다른 제품들도 많답니다." 무레는 여전히 노래하는 듯한 목소리로 자화자찬을 계속했다.

"예를 들면, 눈이 부시게 할 만큼 번쩍거리는 태피터 제품인 퀴르 도르를 적극 추천해드리고 싶군요. ……요즘 한창 인기가 좋은 실크 제품들 중에는, 우리 구매상들이 수많은 것 중에서 신중히 선택한 세련된 디자인의 매력적인 상품들이 많답니다. 벨벳으로 말하자면, 어디서도 우리가 준비한 것들처럼 다양한 색조를 갖춘 완벽한 컬렉션을 찾아보기는 힘들 겁니다. ……그리고 이건 여러분들께만 미리 알려드리는 건데요, 올해는 특히 나사가 대유행을 하게 될 것입니다. 따라서 우리 백화점에서도 누빔으로 된 제품들과 체비엇 양털로 된 제품들을 많이 보시게 될 겁니다."

이제 여자들은 더 이상 그의 말을 가로막지 않았다. 그에게로 더 가까이 다가간 그녀들은 만면에 옅은 미소를 띠고 입을 반쯤 벌린 채, 자신을 유혹하는 남자를 향해 온몸으로 돌진하듯 얼굴을 바짝 들이밀고 있었다. 그러는 사이 눈빛은 흐릿해지고 목덜미가 파르르 떨려왔다. 반면 무레는 여인네들의 머리로부터 올라와 관능을 자극하는 향기 속에서도 정복자와 같은 냉정함을 유지할 줄 알았다. 그는 한 문장이 끝날 때마다 차를 한 모금씩 홀짝거렸다. 차향이 사향 냄새를 닮은 여인네들의 자극적인 향기를 완화시켜주었다. 아까부터 줄곧 무레를 지켜보고 있던 아르트만 남작은, 마음을 홀리는 여인의 유혹에도 전혀 흔들림 없이 여자를 자유자재로 다룰 줄 아는 자신만만함을 보여주는 젊은 사업가에 대해 감탄을 넘어선 존경심마저 느끼게 되었다.

"그럼, 이제 모직으로 된 옷들을 입을 수 있는 거예요?" 마르티 부인의 황폐한 얼굴이 호기심 충만한 허영기로 인해 활짝 피었다.

"꼭 보러 가야겠군요."

이번에는, 분위기에 휩쓸리지 않은 채 여전히 초롱초롱한 눈빛을 띠고 있던 부르들레 부인이 다짐하듯 물었다.

"무슈의 백화점에서 떨이 세일*이 목요일에 있는 거 맞죠? ……그때를 놓치지 말아야겠어요. 옷을 해 입힐 식구가 많거

*팔다 남은 자투리 천을 싸게 파는 것.

든요."

그리고 우아한 금발이 돋보이는 몸짓으로 집주인을 돌아보며 물었다.

"그런데 자긴 여전히 소뵈르한테 가서 옷을 지어 입는 거야?"

"오, 물론이지! 소뵈르가 다른 데보다 훨씬 비싸게 받는 건 사실이지만, 파리에서 그녀만큼 코르사주를 잘 뽑아내는 사람은 없거든. ……무슈 무레 앞에서 이런 말 하긴 좀 그렇지만, 소뵈르는 다른 어디서도 찾아볼 수 없는 예쁜 디자인의 천들을 많이 갖고 있기 때문이기도 하고. 난 길거리에 나하고 똑같은 옷을 입은 여자들이 돌아다니는 걸 상상도 하기 싫거든."

무레는 데포르주 부인의 말에 처음에는 조용히 미소를 지어 보이기만 했다. 그리고 소뵈르 부인 역시 그의 백화점에서 천들을 사간다는 사실을 은연중에 내비쳤다. 물론, 어떤 디자인은 그녀가 전매권과 함께 제조업자들로부터 직접 사들였을 수도 있다. 하지만 일례로 검정색 실크 같은 경우는, 소뵈르 부인이 '여인들의 행복 백화점'에서 바겐세일을 할 때를 기다렸다가 모조리 쓸어가서는 두세 배의 값을 붙여 되판 적도 있다고 설명했다.

"그래서, 그녀가 이번에도 사람들을 풀어 우리의 주력 상품인 파리보뇌르를 왕창 사들일 거라고 확신하고 있습니다. 굳이 제조업자에게까지 가서 우리한테보다 더 비싸게 값을 치르고 살 이유가 없지 않겠습니까? ……제 명예를 걸고 말씀드리지만, 우린 여러분들을 위해 기꺼이 손해를 감수하고 팔기로 한 것입니다!"

그의 말은 여자들에게는 결정적인 마지막 한 방과도 같았다. 물건을 밑지고 판다는 사실은 여성의 뿌리 깊은 냉담함마저도 흔들리게 하는 최후의 결정타였다. 상인에게서 물건을 훔치는 것 같은 느낌은 여성이 쇼핑에서 느낄 수 있는 기쁨을 배가시켜주는 것이었다. 무레는 그녀들이 그런 바겐세일의 유혹을 결코 뿌리칠 수 없음을 잘 알고 있었다.

"정말 모든 제품을 거의 원가로 판다니까요!" 그는 경쾌한 목소리로 외치면서 그의 뒤편 원탁 위에 놓여 있던 데포르주 부인의 부채를 집어 들었다.

"자! 이 부채랑 비교해서 얘길 해보자고요. ……이게 모두 얼마가 들었다고 하셨죠?"

"샹티이는 25프랑 줬고요, 테는 200프랑 들었어요." 데포르주 부인이 대답했다.

"좋습니다! 샹티이는 그 정도면 비싼 건 아닌 것 같군요. 하지만 우린 똑같은 것을 18프랑에 팔고 있지요. ……테로 말하자면, 부인, 솔직히 이건 파렴치한 강도짓이나 다를 바 없습니다. 나라면 이것과 똑같은 걸 90프랑 이상은 절대로 받지 않을 겁니다."

"그러게 내가 뭐라고 했어요!" 부르들레 부인이 소리쳤다.

"90프랑이라고!" 드 보브 부인은 한숨을 내쉬고는 나지막이 말했다.

"정말 돈 한 푼 없는 게 아니라면 안 사곤 못 배기겠어."

그녀는 부채를 집어 자신의 딸 블랑슈하고 다시 살펴보기 시작했다. 그녀의 균형 잡힌 커다란 얼굴과 나른해 보이는 커다란 눈망울 속에서, 갖고 싶은 것을 바로 눈앞에 두고도 결코 충족될 수 없음에 절망으로 변해버린 욕망의 불꽃이 번득이는 듯했다. 부채는 또다시 다양한 평가와 감탄사를 동반한 채 여인네들 사이를 한 바퀴 더 돌았다. 그사이, 드 보브와 발라뇨스는 창가를 떠나 여자들이 있는 곳으로 돌아와 있었다. 기발 부인 뒤쪽에 서 있던 드 보브가 깍듯하면서도 젠체하는 태도로 그녀의 코르사주를 흘끗거리며 훔쳐보는 동안, 청년은 블랑슈에게로 몸을 숙여 무언가 다정한 말을 건네고자 애썼다.

"마드무아젤이 보기엔 좀 우울해 보이지 않나요? 검정 레이스에 하얀색 테의 조합이?"

"오! 난요, 진주 빛깔에 새하얀 깃털이 달린 것도 보았는걸요. 마치 숫처녀를 보는 것 같았다니까요." 그녀는 부풀어 오른 듯한 얼굴을 조금도 붉히지 않으면서 진지한 표정으로 말했다.

드 보브는 자신의 아내가 상심한 눈빛으로 부채를 바라보는 것을 알아차린 듯 여자들의 수다에 한마디를 보탰다.

"이런 건 금세 부러져서 못 써요. 빈약하기 짝이 없게 생겼잖소."

"아휴, 말도 마세요!" 매력적인 적갈색 머리의 기발 부인은 예의 무심함을 가장하면서 입을 삐죽거렸다.

"부러진 것들을 다시 붙이느라 힘들어 죽을 뻔했다니까요."

한편 마르티 부인은 아까부터 여자들의 대화에 한껏 자극을 받은 듯, 무릎 위에 올려놓은 붉은색 가죽 가방을 신경질적으로 만지작거리고 있었다. 자신이 산 것을 아직 자랑하지 못했기 때문에, 그것들을 펼쳐놓고 모두에게 보여주고 싶은 욕심에 몸이 잔뜩 달아올라 있었다. 그녀에게 그것은 일종의 관능적인 욕구와도 같은 것이었다. 그러다 느닷없이 남편의 존재마저 까맣게 잊어버린 그녀는 마침내 가방을 열어 판지에 돌돌 말려 둥근 막대 같아 보이는 가느다란 레이스 뭉치를 꺼내 들었다.

"이건 우리 딸을 위해서 산 발랑시엔이에요. 폭이 3센티미터밖에 안 돼요. 정말 섬세하지 않나요? ……길이가 몇 미터나 되는데, 이만큼이 1프랑 90상팀밖에 안 된다니까요."

레이스가 여자들의 손에서 손으로 전해지는 동안 여기저기서 감탄사가 터져 나왔다. 무레는 이런 소소한 장식품들은 모두 원가로 판다고 거듭 확언했다. 그사이 마르티 부인은 재빨리 가방을 다시 닫았다. 남에게 보여줄 수 없는 것들을 감추려는 듯했다. 하지만 발랑시엔의 성공 앞에서 또다시 마음이 약해져 이번에는 손수건 하나를 꺼내 흔들었다.

"여기 이 손수건도 좀 보실래요. ……다들 놀라지 마세요, 브뤼셀의 아플리케랍니다. ……오! 이런 게 내 눈에 띄다니 정말 운이 좋았지 뭐예요! 게다가, 고작 20프랑밖에 안 된다니까요!"

그때부터 그녀의 가방은 화수분처럼 계속해서 물건을 뱉어냈다. 마르티 부인은 새로운 물건을 하나씩 꺼낼 때마다 알몸을 내보이는 정숙한 여인네처럼 당혹스러워했다. 그러면서 느껴지는 은밀한 쾌락으로 얼굴을 붉히는 모습이 그녀를 더 매력적으로 보이게 했다. 이번에는 에스파냐산 블롱드 레이스*로 된 30프랑짜리 크라바트였다. 그녀는 절대로 그것을 살 생각이 없었다. 하지만 매장의 판매원이 이제 그것이 마지막이며, 곧 가격이 인상될 것이라고 거듭 강조를 했던 것이다. 그다음으로 모습을 드러낸 것은 샹티이 레이스로 된 조그만 베일이었다. 이건 조금 비싼 50프랑이었다. 그녀가 사용하지 않으면 딸에게 줄 수도 있을 터였다.

"맙소사! 얼마나 예쁜 레이스들이 많은지 몰라요!" 그녀는

*에스파냐에서 처음 생산되었던 실크 레이스로, 원래 중국산 견사를 담황색(자연색) 그대로 사용한 데서 온 명칭이다. 후에는 은백색이나 흑색으로 된 것도 나타났는데 커다란 꽃무늬가 있는 게 특징이다.

홍분이 느껴지는 미소와 함께 힘주어 말했다.

"난 거길 갈 때마다 백화점을 통째로 사고 싶어진다니까요."

"이건 뭐죠?" 드 보브 부인은 기퓌르 레이스* 조각을 살피면서 물었다.

"이건 앙트르되**랍니다. ……모두 26미터나 돼요. 그런데 1미터에 1프랑밖에 안 해요, 믿겨지세요?"

"정말요!" 부르들레 부인은 깜짝 놀라면서 물었다.

"그런데 이걸로 뭘 할 건데요?"

"그거야, 나도 모르죠. ……하지만 무늬가 엄청 독특하잖아요!"

바로 그 순간, 고개를 든 마르티 부인은 바로 앞에서 잔뜩 겁에 질린 얼굴을 하고 있는 남편의 눈길과 마주쳤다. 그는 백짓장처럼 새하얗게 변한 얼굴로, 운명에 체념한 가난한 남자의 고뇌를 온몸으로 보여주고 있었다. 그토록 힘겹게 벌어들인 자신의 급여가 얼음이 녹듯 순식간에 모두 사라져버리는 것을 지켜보고 있었던 것이다. 새로운 레이스 한 조각은 그에겐 재앙과도 같았다. 그로 인해 힘겨운 수업과 출장 교습을 하며 보낸 나날들이 모두 탕진되고 먹혀버렸던 것이다. 그는 쉴 새 없이 밤낮으로 뛰어다니면서도 밖으로 드러낼 수 없는 고통과 지옥 같은 궁색한 삶을 떨쳐버리진 못했다. 점점 더 경악의 정도가 심해지는 것 같은 그의 시선 앞에서 마르티 부인은 손수건과 작은 베일, 크라바트를 도로 거두어들이고자 했다. 하지만 두 손을 정신없이 움직이는 와중에도 어색한 웃음을 지어 보이면서 거듭 강조하는 것을 빼먹지 않았다.

*천 바탕이 되는 그물눈이 없이 무늬를 직접 이어서 맞춘 레이스.
**'중간', '사이'라는 뜻으로, 천 중간에 대는 레이스나 자수로 된 띠를 가리킨다.

"여러분들 때문에 남편한테 한 소리 듣게 생겼네요. ……하지만 당신한테 분명히 말해두는데요, 이만하면 나로서는 아주 많이 참은 거라고요. 500프랑짜리 커다란 삼각 숄이 탐났지만 사지 않았거든요. 오, 정말 기막히더군요!"

"왜 사지 않으셨어요?" 기발 부인이 차분히 물었다.

"무슈 마르티가 그런 걸 가지고 뭐라고 하실 분이 아니잖아요."

마르티는 그 말에 동의하듯 고개를 숙이면서, 자신의 아내는 원하는 건 뭐든지 마음대로 할 수 있음을 확인시켜주어야만 했다. 하지만 커다란 삼각 숄이 초래했을 위기를 생각하자 등골이 서늘해지면서 소름이 끼쳤다. 바로 그 순간, 무레는 새로 생겨나는 백화점들이 중산층 부르주아 가정의 행복을 증진시켜주고 있음을 역설하고 있었다. 마르티는 그런 그를 무시무시한 눈빛으로 쏘아보았다. 그 속에는 감히 다른 사람의 목을 조를 엄두를 내지는 못하는 소심한 남자의 증오심이 번득이고 있었다.

어쨌거나, 여자들은 여전히 레이스들을 손에서 놓지 못했다. 마력에 이끌린 듯 도취된 여자들은 펼쳐진 레이스들을 서로 주거니 받거니 하면서 보고 또 보았다. 새털처럼 가벼운 천들이 여인네들을 서로에게 더 가깝게 다가가게 하면서 서로를 이어주었다. 그녀들은 레이스를 무릎 위에 올려놓은 채, 섬세하기 이를 데 없는 경이로운 천의 애무를 음미하느라 탐욕스러운 손길을 거둘 줄 몰랐다. 그러면서 무레를 더 바짝 에워싸고는 또다시 그에게 새로운 질문들을 퍼부어댔다. 날이 계속 어두워지고 있었기 때문에, 그는 때로 바느질 방식을 살펴보거나 디자인을 설명하기 위해 고개를 숙이다가 수염으로 여인들의 머리를 살짝 스치기도 했다. 하지만 석양이 느끼게 해주는 나른한 관능적 분위기와 여인들의 어깨에서 풍겨 나오는 달아오른 체취 속에서도, 환히 웃어 보이는 얼굴 뒤로 여전히 흔들림 없이 스스로를 통제할 줄 알았다. 그는 여자였다. 여인네들은 자신들의 깊숙한 내밀함을 간파해내는 섬세한 감각을 지닌 그에게 온통 까발려지고 지배당하는 듯했다. 그리하여 그에게 매료된 채 기꺼이 자신들을 내맡겼다. 반면 무레는 여자들이 자신의 손아귀에 있음을 확신한 순간부터 거친 태도로 그녀들 위에 군림하면서 천들을 지배하는 전제군주처럼 굴었다.

"오! 무슈 무레! 무슈 무레!"

커다란 살롱의 짙은 어둠 속에서 속삭이듯 웅얼거리는 목소리들이 들려왔다.

스러져가는 석양의 희부연 빛이 가구들의 금속 장식에서 마지막으로 그 수명을 다하고 있었다. 오직, 레이스들만이 어둑한 여인네들의 무릎 위에서 눈처럼 어슴푸레한 빛을 발하고 있었다. 젊은 남자를 에워싼 무리의 불분명한 모습이 그에게 경배하듯 무릎을 꿇고 앉아 있는 것처럼 보였다. 마지막 빛이 찻주전자의 옆구리를 비추면서, 차향으로 인해 훈훈해진 규방에서 타오르는 야등의 순간적인 강렬한 빛을 떠올리게 했다. 그러다 갑자기 하인이 램프 두 개를 들고 안으로 들어오는 순간 마법이 깨어지고 말았다. 그러자 응접실 전체가 다시 밝고 경쾌하게 깨어났다. 마르티 부인은 레이스들을 조그만 가방에 도로 깊숙이 집어넣었다. 드 보브 부인은 남아 있는 바바*를 마저 먹었다. 그사이 자리에서 일어난 데포르주 부인은 창가의 구석

*럼이나 버찌술을 섞은 설탕 시럽에 담가 만든 과자.

146

진 곳에서 남작과 조그만 소리로 담소를 나누었다.

"멋진 젊은이인 것 같군요." 남작이 말했다.

"정말 그렇죠?" 데포르주 부인은 자신도 모르게 사랑에 빠진 여인의 감탄사를 뱉어냈다.

아르트만 남작은 아버지 같은 인자함이 넘치는 눈길로 그녀를 바라보며 미소 지었다. 이렇게까지 사랑에 푹 빠져버린 그녀의 모습을 보는 것은 처음이었다. 하지만 그 사실로 인해 고통을 받기에는 너무나 자존심이 강한 그는 단지 연민의 감정을 느꼈을 뿐이었다. 데포르주 부인이 저토록 다정다감하고, 저토록 철저하게 냉철한 남자의 손아귀에 있다는 생각에 우려가 되었기 때문이다. 그러자 남작은 그녀에게 경고를 해줘야겠다는 의무감에 농담처럼 나직이 말했다.

"조심하는 게 좋을 거요, 부인. 저 남자가 언젠가는 그대들 모두를 삼켜버릴지도 모르니까."

순간, 데포르주 부인의 매력적인 눈 속에 질투의 불꽃이 번득였다. 어쩌면 그녀는 무레가 남작에게 접근하기 위해 자신을 이용한다는 사실을 이미 짐작하고 있었는지도 몰랐다. 그녀는 그가 자신을 미치도록 사랑하게 만들리라고 마음속으로 다짐했다. 옥타브 무레는 일에 미쳐, 사랑 따위는 허공에 대고 부르는 노래처럼 덧없는 것으로 여기는 남자였다.

"오!" 이번에는 그녀가 농담처럼 응수했다.

"하지만 결국에는 어린 양이 늑대를 잡아먹고 말지요."

그러자 남작은 매우 흥미롭다는 듯 고개를 끄덕이면서 그녀의 말에 동의를 표했다. 그녀는 어쩌면 모든 여성들을 대신해 앙갚음을 하러 온 여자일지도 모르지 않은가.

무레는 발라뇨스에게 자신의 굉장한 기계가 작동하는 것을 보여주고 싶다고 거듭 얘기하고는 남작에게 작별 인사를 하러 갔다. 그러자 남작은 칠흑 같은 어둠 속에 잠겨 있는 튈르리 정원이 내려다보이는 창가의 구석진 곳으로 그를 데리고 갔다. 남작은 마침내 무레의 유혹에 굴복하고 말았다. 뭇 여인네들에게 둘러싸여 있는 그를 보면서 믿음이 생겼던 것이다. 두 남자는 숨죽인 목소리로 잠시 동안 얘기를 나누었다. 그리고 은행가는 마침내 결심한 듯 선언을 했다.

"좋소! 그대의 제안을 진지하게 검토해보리다. ……월요일로 예정된 세일에서 그대가 정해놓은 목표치를 달성하게 된다면 그대의 제안을 받아들이겠소."

그들은 악수를 나누었다. 무레는 밝은 얼굴로 서둘러 그 자리를 떠났다. 그는 매일 저녁, '여인들의 행복 백화점'의 하루 매출액을 직접 확인하기 전에는 저녁을 제대로 먹지 못했다.

제4장

그 10월 10일 월요일에는 일주일 내내 파리의 하늘을 우중충하게 뒤덮고 있던 회색 구름을 뚫고, 승리를 예고하는 햇살이 환히 비쳤다. 간밤엔 밤새 보슬비가 내려 거리를 촉촉이 적셔놓았다. 하지만 새벽이 되면서 불어온 상큼한 바람이 묵직한 구름들을 몰고 가버리면서 먼지가 씻겨나간 거리는 어느새 물기가 말라 있었다. 파란색으로 맑게 갠 하늘에서는 봄날처럼 투명한 경쾌함이 느껴졌다.

그리하여 아침 8시부터 '여인들의 행복 백화점'은 겨울 신상품의 대대적인 세일 성공을 예감하듯 밝은 햇살 아래 화려하게 빛나고 있었다. 입구에는 깃발들이 펄럭였고, 이른 아침의 상쾌한 공기를 가르며 산더미처럼 쌓여 있는 모직 제품들이 축제 마당 같은 소란스러움으로 가이용 광장에 활기를 불어넣고 있었다. 양쪽 길로 늘어선 쇼윈도들이 조화로운 진열의 극치를 보여주고 있었고, 윤이 나게 잘 닦여진 유리들이 그 화려함을 더욱더 돋보이게 했다. 온갖 색들이 한꺼번에 거리로 뛰쳐나와 흥청거리듯 거리 전체가 흥겨움으로 들썩거렸다. 그곳은 누구나 와서 눈을 즐겁게 할 수 있도록 활짝 열려 있는 소비의 장이었다.

하지만 아직 백화점을 찾기엔 이른 시각이었다. 몇 안 되는 성급한 이들과 인근에 사는 주부들, 사람들이 밀려드는 오후 시간을 피해 일찌감치 서두르는 이들만이 가끔씩 눈에 띌 뿐이었다. 텅 비어 있는 백화점은 장식용 깃발처럼 보이는 천들 뒤로 전투태세를 갖춘 채 고객을 기다렸다. 왁스가 칠해진 바닥은 반들반들 윤이 났고, 매장마다 물건들이 넘쳐났다. 하지만 아침부터 바쁜 걸음을 재촉하는 사람들은 쇼윈도를 흘끗 쳐다보며 지나칠 뿐이었다. 마차들이 주차할 수 있는 뇌브생토귀스탱 가와 가이용 광장에는 9시에도 두 대의 삯마차밖에는 보이지 않았다. 동네 수민들과, 무엇보다 요란한 현수막과 깃털 장식 등에 심란해진 소상인들만이 가게 문 앞이나 보도 모퉁이에 삼삼오오 무리를 지어 모여들어 눈앞의 광경들을 지켜보며 씁쓸한 속내를 토로하고 있었다. 무엇보다 그들을 분노케 한 것은 미쇼디에르 가의 발송 부서 앞에 서 있는 마차였다. 그것은 무레가 이번 세일을 기해서 파리 전역으로 내보내기로 한 네 대의 마차 중 하나였다. 초록 바탕에 노란색과 붉은색으로 도드라지게 장식을 하고 광택제를 짙게 덧칠한 마차의 외판은 햇빛을 받으면 금빛과 자줏빛을 띠면서 반짝거렸다. 페인트칠을 새로 한 마차에는 각 면마다 백화점 이름이 선명히 새겨져 있었고, 위쪽에는 그날의 세일을 선전하는 현수막이 부착돼 있다. 풍채가 당당한 말이 이끄는 마차는 전날 미처 배달되지 못한 물건 꾸러미들을 싣는 작업이 끝나자마자 서둘러 그곳을 떠났다. 보뒤는 '전통 엘뵈프'의 문간에 선 채, 별처럼 광채를 발하면서 '여인들의 행복 백화점'이라는 증오스러운 이름을 파리 곳곳으로 전파하러 떠나는 마차가 대로 끝에서 더 이상 보이지 않을 때까지 내내 지켜보았다.

그사이 도착한 몇몇 삯마차들은 차례로 주차를 하고 기다렸다. 밝은 초록색 상하의와 노랑과 빨강 줄무늬 조끼의 제복 차림으로 높다란 정문 아래 정렬을 하고 있던 젊은 안내원들은 여성 고객이 하나씩 모습을 드러낼 때마다 신속히 움직였다. 퇴역 대위 출신의 주브 감독관도 프록코트와 하얀색 넥타이 차림으로 그곳을 지키고 서 있었다. 그는 오래된 성실함의 증표인 양 훈장을 가슴에 달고 엄숙하리만치 공손히 여성 고객들을 맞이하면서 그들에게 매장으로 가는 길을 알려주었다. 그런 다음 고객들은 동양 전시실로 탈바꿈한 입구의 홀로 들어섰다.

입구에서부터 눈이 휘둥그레진 여인들의 입에서 외침과 탄성이 앞다투어 터져 나왔다. 이런 특별전을 기획한 것은 무레였다. 그는 최초로 근동 지방으로부터 오래된 카펫과 새 카펫의 컬렉션을 좋은 조건으로 사들였다. 지금까지는 오직 골동품상들에게서만 아주 비싼 값을 주고서야 살 수 있었던 희귀한 것들이었다. 그는 백화점이 넘쳐나도록 카펫들을 쌓아놓고는 거의 원가로 팔아치웠다. 그의 진정한 의도는, 예술 애호가인 수준 높은 고객층을 끌어들이기 위해 그에 걸맞은 품격 있는 장식을 카펫으로 대신하려는 것이었다. 무레의 지시에 따라 포르티에르*와 카펫으로만 채워진 동양 전시실은 가이용 광장 중앙에서도 한눈에 알아볼 수 있었다. 우선, 붉은색 바탕에 복잡한 문양이 돋보이는 스미르나**산 카펫이 천장으로부터 길게 드리워져 있었다. 그리고 초록과 노랑, 주홍색 줄무늬로 이루

*문에 치는 커튼이나 휘장을 가리킨다.
**터키의 항구도시 이즈미르의 옛 이름.

어진 케르만*과 시리아산 포르티에르 들이 사방에 늘어져 있었다. 그보다 좀 더 평범해 보이고, 손으로 만져보면 양치기의 겉옷처럼 촉감이 거친 디야르바키르**산 포르티에르도 눈에 띄었다. 벽걸이 천으로도 쓰일 수 있는 카펫들로는, 이스파한과 테헤란, 케르만샤에서 온 기다란 카펫과 그보다 폭이 넓은 슈마카와 마드라스***산 카펫 들이 있었다. 마음껏 상상의 나래를 펼칠 수 있는 꿈속의 정원처럼, 활짝 핀 모란과 종려나무가 환상적으로 어우러진 풍경이 사방에서 펼쳐졌다. 바닥에는 더 톡톡하게 짜인 카펫들이 잔뜩 널려 있었다. 중앙에는, 흰색 바탕에 연푸른색으로 된 폭넓은 가두리가 둘려 있는 아주 특별한 아그라****산 카펫이 전시돼 있었다. 그 위에는, 보랏빛이 감돌면서 지극히 섬세한 상상력을 보여주는 문양들이 새겨져 있었다. 그밖에도, 보는 이들의 감탄을 자아내는 놀라운 제품들이 사방에 널려 있었다. 벨벳처럼 윤기가 흐르는 메카산 카펫, 상징적 디자인이 새겨진 다게스탄의 기도용 카펫, 활짝 핀 꽃들이 가득한 쿠르디스탄***** 카펫 들이 모두의 눈을 즐겁게 해주었다. 마지막으로 한쪽 구석에는, 15프랑부터 시작하는, 거저나 다름없는 염가로 내놓은 구르디스, 쿨라 그리고 키르시어산 카펫 들이 주인을 기다리고 있었다. 이 화려한 파샤******의

---

*이란 남동부의 도시.
**터키 남동부에 위치한 디야르바키르 주의 주도.
***이스파한은 이란 중부의 옛 도읍으로, 옛 페르시아 도시의 모습이 가장 잘 보존돼 있는 곳이다. 케르만샤는 이란 서부에 있는 도시이고, 마드라스는 인도 남동부의 항구도시로, 현재 이름은 '첸나이'이다.
****인도 중부 뉴델리 남쪽에 있는 도시.
*****다게스탄은 카스피해에 면한 러시아 연방 자치 공화국이고, 쿠르디스탄은 터키, 시리아, 이란, 이라크에 걸친 산악 지대다.
******예전에 터키에서 장군, 사령관 등의 신분이 높은 사람에게 주던 영예의 칭호.

텐트에는 소파와 디방*들까지 갖춰져 있었다. 낙타털로 짠 직물로 만들어져, 다양한 색의 마름모꼴 문양이나 소박한 장미꽃 무늬들로 장식된 것들이었다. 터키, 아라비아, 페르시아 그리고 인도가 그곳에 모두 모여 있었다. 궁전을 모두 비워내고, 모스크와 바자르**를 약탈이라도 해온 듯했다. 낡은 옛날 카펫들 속에는 황갈색을 띤 금빛이 주된 색조를 이루고 있었고, 퇴색한 빛깔들은 불 꺼진 화덕의 잔해처럼 어두운 열기를 간직하고 있었다. 나이 든 대가의 그림 속에서처럼 그윽하면서도 섬세한 느낌을 전해주는 색조들이었다. 태양과 해충의 나라에서 온 오래된 양털이 간직한 강렬한 내음이 너른 공간을 가득 메운 가운데, 야성적인 예술이 과시하는 화려함 뒤로 동양의 꿈들이 허공을 떠돌고 있었다.

바로 그 월요일에 첫 출근을 하게 된 드니즈는 아침 8시에 동양 전시실을 가로질러 가면서 너무나 놀란 나머지 매장 입구를 찾지 못하고 한동안 멍하니 서 있었다. 백화점 입구의 홀에 꾸며진 하렘 장식은 그녀를 결정적으로 혼란에 빠뜨렸다. 사환 하나가 드니즈를 지붕 밑 방들이 있는 곳으로 안내하자, 숙소의 청소와 감독을 맡고 있는 관리인 카뱅 부인은 그녀를 7호실로 데리고 갔다. 그곳에는 이미 그녀의 트렁크가 올려져 있었다. 망사르드*** 지붕에 경첩이 달린 조그만 천창이 난 단출한 방에는 1인용 침대와 호두나무로 된 옷장, 화장대와 의자 두 개가 달랑 놓여 있을 뿐이었다. 노란색으로 칠해진 기숙학교

---

*등받이와 팔걸이가 없는 긴 의자를 일컫는다. 페르시아에서 기원한 것으로, 프랑스에서는 19세기에 이국적 취향이 고조되면서 널리 유행되었다.
**이슬람 문화권의 재래시장을 가리키는 말.
***채광창이 달린 이중 경사면 지붕.

식 복도 양옆으로 똑같이 생긴 스무 개의 방들이 일렬로 나 있었다. 백화점에서 일하는 35명의 여성 판매원들 중에서 파리에 연고가 없는 스무 명이 그곳에서 잠을 잤다. 나머지 15명은 밖에서 머물러야 했다. 그중에는 숙모나 사촌이라고 주장하는 사람의 집에서 기거하는 이들도 있었다. 드니즈는 즉시 입고 있던 얇은 모직 드레스를 벗었다. 그것은 그녀가 발로뉴에서 가지고 온 유일한 옷으로, 잦은 솔질로 인해 나달나달했고 소매에는 기워 입은 자국이 보였다. 드니즈는 그녀에게 맞게 수선해서 침대 위에 올려놓은 매장 유니폼인 검은색 실크 드레스를 입었다. 유니폼은 그녀에게는 여전히 크고 어깨가 지나치게 넓었다. 하지만 드니즈는 흥분을 억누르지 못한 채 허둥대느라 맵시를 부리는 데 필요한 세세한 것에는 미처 신경을 쓸 겨를이 없었다. 지금까지 그녀는 실크로 된 옷을 입어본 적이 한 번도 없었다. 그래서 화사하게 차려입고 아래층으로 내려가는 동안, 자신의 드레스가 반짝거리며 윤이 나는 것을 바라보면서 어색한 기분을 느꼈다. 움직일 때마다 천에서 바스락거리는 소리가 요란하게 나는 것도 몹시 당혹스러웠다.

아래층에 도착한 드니즈가 매장으로 막 들어서는 순간, 누군가가 서로 다투는 소리가 그녀의 주의를 끌었다. 무언가를 따지는 듯한 클라라의 날카로운 목소리가 들려왔다.

"부인, 분명히 제가 먼저 도착했어요."

"아니에요. 그렇지 않아요." 마르그리트가 응수했다.

"쟤가 입구에서 날 떼밀어서 그런 거예요. 하지만 매장에 먼저 발을 디딘 건 분명 저라니까요."

그들은 그날의 판매 순서를 결정짓는 출석판에 이름을 올리는 순서를 두고 옥신각신하던 참이었다. 판매원들은 매장에 도착하는 순서대로 슬레이트 판 위에 자신의 이름을 적어 넣었다. 그리고 고객을 하나씩 응대할 때마다 명단 끝에 자신의 이름을 다시 적어 넣는 식이었다. 오렐리 부인은 이번에는 마르그리트의 손을 들어주었다.

"부인은 왜 맨날 쟤만 두둔하는지 몰라!" 클라라는 골이 잔뜩 나서 씩씩거렸다.

하지만 드니즈의 출현은 두 여자를 금세 화해하게 만들었다. 동시에 그녀를 쳐다본 그들은 서로를 향해 씩 웃어 보였다. 어떻게 저렇게 촌스러울 수가 있담! 드니즈는 서툰 몸짓으로 출석판으로 다가가 맨 끝에 이름을 적어 넣었다. 그사이 오렐리 부인은 입을 꼭 다문 채 그녀의 옷차림을 살폈다. 그러더니 마침내 자신의 생각을 솔직히 얘기했다.

"아가씨 같은 사람은 그 속에 둘이 들어가고도 남겠군. 옷을 좀 줄여야겠어. ……그리고 보아하니 옷을 제대로 입을 줄을 모르는 것 같군. 이리 따라와요, 내가 좀 봐줄 테니."

그러면서 오렐리 부인은 드니즈를 높다란 거울 앞으로 데리고 갔다. 기성복들이 들어 있는 옷장에는 나무로 된 문과 커다란 거울로 된 문이 번갈아 붙어 있었다. 이 거대한 매장은 장식이 새겨진 높다란 떡갈나무 옷장들과 거울들로 빙 둘려 있고, 바닥에는 커다란 당초문으로 장식된 붉은색 카펫이 깔려 있어, 고객들이 끊임없이 분주히 오가는 호텔의 여느 홀을 떠올리게 했다. 여성 판매원들의 존재는 그런 풍경을 완성시켜주었다. 실크 유니폼 차림의, 고객의 눈길을 끄는 우아한 몸짓으로 매장을 오가는 그녀들은 오직 고객을 위해서만 마련돼 있는 열두 개의 의자에는 결코 앉을 수 없었다. 그녀들 모두는 코르사주에 난 두 개의 단춧구멍 사이에 커다란 연필을 하나씩 꽂고 있었다. 뾰족한 끝을 위로 한 채 오뚝 서 있는 연필이 가슴을 찌를 것처럼 보였다. 유니폼의 주머니를 반쯤 비집고 나와 있는 판매 장부책의 흰색 면도 눈에 띄었다. 여성 판매원들 중에는 반지, 브로치, 목걸이 같은 보석으로 멋을 내고자 대담한 시도를 하는 이들도 있었다. 하지만 그녀들이 무엇보다 신경을 쓰는 것은 헤어스타일이었다. 일률적인 유니폼으로 강제된 단조로움에 맞서 머리에 호사를 부렸으며, 서로 앞다투어 끊임없이 다양한 변신을 시도했다. 풍성한 맨머리를 그대로 드러낸 채 단정히 빗어 넘기거나 곱슬곱슬 컬을 넣거나 길게 늘어뜨리기도 했다. 그래도 성이 안 차면 땋거나 틀어 올려서 변화를 주기도 했다.

"이렇게 벨트를 앞으로 당기라고. 그럼 적이도 등짝이 불룩 튀어나오는 일은 없을 테니까……." 오렐리 부인은 지적을 계속했다.

"그리고 이 머리 말인데, 어떻게 이렇게 엉망이 되게 할 수가 있지! 잘만 손질하면 그런대로 봐줄 만할 것 같은데."

과연 머리는 드니즈가 내세울 수 있는 유일한 아름다움이었다. 잿빛이 감도는 금발은 발목까지 늘어질 정도로 치렁치렁했다. 그러다 보니 머리를 빗을 때마다 어떻게 처리해야 할지 몰라, 둘둘 말아 틀어 올린 다음 뿔빗의 강력한 톱니로 고정시키는 것으로 만족해야 했다. 다듬어지지 않은 아름다움을 보여주듯 어설프게 고정된 드니즈의 머리에 심히 난감함을 느낀 클라라는 어색한 웃음을 지었다. 그리고 얼굴이 크고 상냥해 보이는 란제리 매장의 판매원에게 잠깐 건너오라는 신호를 보냈다. 바로 붙어 있는 두 매장은 언제나 라이벌 관계에 있었다. 하지만 때로 사람들을 놀릴 때는 의기투합하는 모습을 보여주기도 했다.

"마드무아젤 퀴뇨, 이렇게 사자 갈기 같은 머리 본 적 있어?"
클라라의 말에 마르그리트는 그녀를 팔꿈치로 쿡쿡 찌르면서
우스워죽겠다는 시늉을 했다.

하지만 란제리 매장의 판매원은 전혀 농담할 기분이 아니었
다. 그녀는 아까부터 드니즈를 지켜보면서 자신이 매장에서 근
무했던 처음 몇 달간의 몹시 힘들었던 기억을 떠올렸다.

"그래서, 뭐가 어쨌다고? 그렇게 탐스러운 머리를 아무나
가질 수 있는 줄 아나!"

그녀는 다른 두 여자를 머쓱해지게 만든 다음 란제리 매장
으로 되돌아갔다. 그녀들이 주고받는 말을 들은 드니즈는 고마
움이 가득한 눈빛으로 그녀를 좇았다. 그사이 오렐리 부인은
드니즈에게 그녀의 이름이 적힌 판매 장부책을 건넸다.

"자, 내일부터 옷차림에 좀 더 신경을 쓰도록 해. ……그리
고 지금부터 매장이 어떻게 돌아가는지 하나하나 익히면서 판
매 순서를 기다리도록. 오늘은 아주 힘든 하루가 될 거야. 자네
가 할 수 있는지 어디 한번 보여주라고."

하지만 매장은 아직 텅 비어 있었다. 이렇게 이른 시각부터
기성복 매장에 올라오는 고객은 드물었다. 판매원들은 정신없
이 바빠질 오후를 대비해 힘을 아끼려는 듯 똑바로 선 채 느릿
느릿 움직였다. 그녀들이 자신의 첫날을 주시하고 있다는 사실
에 주눅이 든 드니즈는 태연한 척하기 위해 연필을 깎았다. 그
런 다음 다른 판매원들처럼 코르사주의 두 개 단춧구멍 사이
에 꽂았다. 그러면서 스스로에게 용기를 낼 것을 주문했다. 이
곳에서 반드시 자신의 살길을 찾아야만 했다. 전날, 그들은 그
녀를 오 페르*로 고용한다는 사실을 분명히 했다. 그것은 즉,

기본급 없이 자신의 판매 실적에 따른 수당과 성과급만을 받게 된다는 의미였다. 드니즈는 그렇게 해서 1년에 1200프랑까지 벌 수 있기를 바랐다. 열심히 하면 수완 좋은 판매원들은 2천 프랑까지도 수입을 올린다는 것을 들어서 알고 있었다. 그렇게만 된다면 빠듯하게나마 예산을 맞춰나갈 수 있을 것 같았다. 한 달에 100프랑이면, 페페의 보육료와 아직 한 푼도 벌지 못하는 장의 용돈 정도는 대줄 수 있을 터였다. 그리고 그녀 자신도 가끔씩 필요한 옷과 속옷 등을 살 수도 있을 것이었다. 다만, 그런 엄청난 금액에 도달하기 위해서는 부지런하고 강해져야만 했다. 주위에서 자신을 괴롭히는 사람들 때문에 마음 아파해서도 안 되며, 필요하다면 동료들과 싸워서라도 자신의 몫을 챙길 수 있어야 했다. 드니즈가 이처럼 스스로에게 전의를 다지고 있을 때, 매장 앞을 지나던 키 큰 청년 하나가 그녀를 보며 미소 지었다. 그는 전날 레이스 매장으로 입사한 들로슈였다. 그의 인사에서 좋은 전조를 느낀 드니즈는 친구를 다시 만난 것에 기뻐하면서 그에게 미소로써 응답했다.

9시 30분이 되자, 첫 번째 점심 식사를 알리는 종이 울렸다. 그리고 또다시 두 번째 식탁을 위한 종이 울렸다. 하지만 고객은 여전히 코빼기도 비추지 않았다. 우울한 과부의 엄격함을 드러내며 매사에 부정적인 생각을 즐기는 부수석 구매상 프레데릭 부인은 몇 마디로 간단히 그날 세일은 망했다고 단언했다. 아무리 기다려봤자 개미 새끼 한 마리도 구경하기 힘들 테니, 차라리 옷장을 닫고 집으로 가는 게 낫겠다는 것이었다. 그러자, 그 어느 때보다도 돈을 벌고자 하는 의욕이 넘쳤던 마르

*수습 직원.

158

그리트의 밋밋한 얼굴이 금세 어두워졌다. 도망쳐 나온 말을 닮은 클라라는 백화점이 망하면 베리에르 숲으로 피크닉을 떠날 생각에 벌써부터 들떠 있었다. 황제의 마스크처럼 엄숙한 얼굴을 한 오렐리 부인은 전투의 승리와 패배를 책임지는 장군처럼 아무 말 없이 텅 빈 매장을 오갔다.

11시가 가까워오자 몇몇 여자들이 모습을 나타냈다. 그리고 마침내 드니즈의 판매 순서가 되었을 때 한 고객이 매장으로 들어섰다.

"저 뚱뚱한 부인은 지방에서 오는 고객이야." 마르그리트가 조그맣게 말했다.

마흔다섯 살쯤으로 보이는 여성은 외진 시골에 살면서 가끔씩 파리에 올라왔다. 그녀는 그런 순간을 위해 몇 달 동안 알뜰히 돈을 모았다. 그리고 기차에서 내리자마자 '여인들의 행복 백화점'으로 곧장 달려와서는 가진 돈을 몽땅 써버렸다. 우편으로 주문을 하는 경우는 거의 없었다. 직접 보고 제품을 만져보는 즐거움을 누리기 위해서였다. 그녀는 한 번 올 때마다 바늘까지 빠짐없이 골고루 쇼핑을 했다. 그녀가 사는 조그만 시골 마을에서는 그런 것조차 엄청나게 비쌌기 때문이다. 백화점에서는 그녀를 모르는 사람이 없을 정도였다. 하지만 그녀가 부타렐 부인으로 불리며 알비라는 곳에 산다는 사실 외에는, 뭘 하는 사람인지 어떻게 살고 있는지 등에 관해서는 아무것도 알려진 바가 없었다.

"잘 지내셨어요, 부인?" 오렐리 부인이 그녀에게로 다가가면서 상냥히 인사를 건넸다.

"오늘은 뭐가 필요하신가요? 뭐든지 말씀만 하세요."

그리고 뒤를 돌아보며 소리쳤다.

"아가씨들!"

그 즉시 드니즈가 앞으로 나서려는 찰나 클라라가 재빨리 먼저 뛰어나갔다. 클라라는 평소에는 돈 버는 일에는 관심이 없다는 식으로 판매에 적극적이지 않은 편이었다. 밖에서는 여기에서보다 힘을 덜 들이고 돈을 더 벌 수 있었기 때문이다. 하지만 확실한 고객을 신참 판매원에게 뺏길 수 없다는 생각이 그녀를 자극했다.

"미안하지만 이번엔 내 차례예요." 드니즈는 언짢은 표정으로 말했다.

그러자 오렐리 부인은 엄격한 눈빛으로 그녀를 비켜나게 하면서 나직이 말했다.

"순서 같은 건 없어. 여기선 그런 선 오직 나만이 결정할 수 있는 거야. ……단골손님을 응대하려면 좀 더 배우면서 기다리도록 해."

드니즈는 뒤로 물러섰다. 그 순간 눈물이 왈칵 솟구치자, 자신의 지나치게 민감한 면을 들키지 않으려고 몸을 돌려 창가에서 밖을 내다보는 척했다. 저들은 어째서 자신에게 판매를 하지 못하게 하는 것일까? 이곳에 있는 사람들 모두가 한통속이되어 자신에게서 중요한 판매를 가로채려는 것은 아닐까? 그런 생각이 들자 미래에 대한 불안감이 엄습하면서, 이해관계가 난무하는 그곳 분위기에 마음이 짓눌리는 것 같았다. 드니즈는 그들로부터 소외당했다는 쓸쓸함에 차가운 유리창에 이마를 기댄 채 정면에 보이는 '전통 엘뵈프'를 응시했다. 어쩌면 자신의 큰아버지한테 그곳에 머물러 있게 해달라고 좀 더 간청을 했어야 했을지도 모른다는 생각이 들었다. 그랬다면 그도 어쩌면 생각을 바꿨을지도 모르지 않은가. 어제만 해도 그 역시 심경이 몹시 착잡해 보였던 것이다. 이제 그녀는 철저히 혼자였다. 아무도 그녀를 좋아하지 않는 이 거대한 백화점에서 상처받고 길을 잃고 헤매는 기분이었다. 지금까지 그녀 품을 떠나본 적이 없던 페페와 장은 낯선 이들과 함께 살고 있었다. 그런 현실은 드니즈에게 크나큰 상실감을 안겨주었다. 아까부터 두 눈 가득 머금고 있는 눈물로 인해 눈앞의 거리가 안개 속에 잠긴 듯 춤을 추고 있었다.

그러는 동안 뒤쪽으로부터 웅성거리는 목소리들이 들려왔다.

"이걸 입으면 목이 파묻혀 보이잖아요." 부타렐 부인이 투덜거렸다.

"절대 그렇지 않아요." 클라라는 강력히 부인했다.

"이렇게 어깨가 완벽히 맞는걸요. ……그럼, 이 코트 말고 펠리스*를 좀 보여드릴까요?"

그 순간 드니즈는 소스라치며 몸을 떨었다. 누군가가 그녀의 팔에 손을 올려놓았기 때문이다. 오렐리 부인이었다. 그녀는 딱딱하게 굳은 얼굴로 드니즈를 꾸짖었다.

"이런! 이젠 아예 아무것도 하지 않고 한가히 지나가는 사람들 구경이나 하시겠다? ……오! 이런 식은 곤란하지!"

"부인께서 저한테 고객 응대를 하지 못하게 하셔서요."

"자넨 그것 말고도 할 일이 많다는 걸 몰라? 신참이면 신참답게 초보적인 것부터 시작할 생각을 해야지. ……이러고 서 있지 말고 펼쳐놓은 옷들이라도 정리하도록."

그들은 그사이 다녀간 고객들에게 제품을 보여주느라 옷장

*안에 털을 덧댄 코트를 가리킨다.

을 한바탕 뒤집어놓은 터였다. 매장의 오른쪽과 왼쪽에 하나씩 놓여 있는 기다란 떡갈나무 테이블 위에는 코트와 펠리스, 로통드 그리고 온갖 종류와 크기의 옷들이 뒤죽박죽으로 쌓여 있었다. 드니즈는 아무런 대꾸 없이 그것들을 분류한 다음 꼼꼼히 개어서 다시 옷장 안에 넣어두었다. 이 모든 건 신참 판매원이면 누구나 거쳐야 하는 가장 기본적인 업무였다. 드니즈는 더 이상 아무런 이의도 제기하지 않았다. 그들이 그녀에게 요구하는 것은 수동적으로 복종하는 것임을 깨닫고, 수석 구매상이 처음에 의도했던 대로 그녀에게 판매를 허락해주기를 기다리기로 했다. 무레가 그곳에 나타났을 때도 드니즈는 여전히 옷을 개던 중이었다. 그녀는 무레를 다시 보면서 충격을 받은 듯 얼굴이 화끈거려오면서 또다시 예의 기이한 두려움에 사로잡혔다. 그러면서 그가 자신에게 말을 걸어올 거라고 생각했다. 하지만 그는 그녀에게 눈길조차 주지 않았다. 그는 한순간의 호감으로 인해 자신이 나서서 도와주었던 자그마한 소녀 같은 여자를 더 이상 기억조차 못하는 듯했다.

"오렐리 부인!" 그는 퉁명스러운 목소리로 불렀다.

그는 얼굴은 다소 창백했지만 맑고 단호한 눈빛을 띠고 있었다. 백화점을 둘러보는 동안 텅 빈 매장들을 확인하자, 행운만을 고집스럽게 생각하던 그의 머릿속에 패배의 가능성이 불현듯 스쳐 지나갔다. 물론, 이제 겨우 11시를 알리는 종이 울렸을 뿐이었다. 그리고 경험상 오후가 되어야 사람들이 몰려오기 시작한다는 것도 알고 있었다. 하지만 몇몇 조짐들이 그를 불안하게 했다. 다른 세일에서는 아침부터 어떤 움직임이 감지되었다. 그런데 오늘은 맨머리의 여성들*이나 이웃으로서 백화점에 들르는 동네 아낙들조차 찾아볼 수 없었다. 이 순간 그는, 평소에 행동가로서의 역량을 충분히 인정받았음에도, 전투에 나서려고 하는 순간 미신적인 나약함에 사로잡히고 마는 사령관들을 닮아 있었다. 이건 있을 수 없는 일이었다. 그 이유를 말할 수는 없었지만, 그는 패배한 게 분명했다. 그는 지나가는 여인네들의 얼굴에서조차 자신의 패배를 읽을 수 있다고 생각했다. 바로 그때, 늘 무언가를 샀던 부타렐 부인이 빈손으로 떠나면서 하는 말이 그의 귓전을 때렸다.

"아뇨, 오늘은 마음에 드는 게 없네요. ……좀 더 둘러보고 생각을 좀 해봐야겠어요."

무레는 그녀가 떠나는 것을 지켜보았다. 그리고 오렐리 부인이 그의 호출에 달려오자 그녀를 옆쪽으로 데리고 갔다. 두 사람은 재빨리 무슨 말인가를 주고받았다. 오렐리 부인은 유감스러워하는 몸짓으로, 판매가 활기를 띠지 않음을 분명히 밝혔다. 두 사람은 잠시 동안, 전장의 장군이 병사들에게는 감추고 싶어 하는 회의에 사로잡힌 모습으로 서로를 마주 보며 서 있었다. 잠시 후 무레는 당당한 표정으로 소리 높여 말했다.

"혹시라도 사람이 더 필요하면 수선실에 있는 아가씨를 데려다 쓰시오. ……조금은 도움이 될 거요."

그런 다음 그는 절망적인 기분으로 시찰을 계속했다. 그는 아침부터 부르동클과 마주치는 것을 피하고 있었다. 동업자의 회의적인 생각들이 그의 심기를 몹시 거슬렀기 때문이다. 무레는 판매가 더욱더 저조한 란제리 매장을 돌아보고 나오는 길에 불안감에 얼굴을 잔뜩 찌푸리고 있는 부르동클과 마주쳤다. 그러자 그는 자신의 동업자에게 대놓고 꺼져버리라고 소리를 질

*맨머리의 여성들은 모자 차림의 상대적으로 부유한 여성들과 대조되는 서민층 여성들을 가리킨다.

렀다. 그는 일이 잘 안 풀릴 때는 지위가 높은 직원에게조차 거친 말들을 서슴지 않고 내뱉는 습성이 있었다.

"날 좀 그냥 내버려두란 말이야! 다 잘될 거라고 했지. ……재수 없는 말이나 하는 소심한 것들은 모두 여기서 내쫓아 버릴 테니까 그런 줄 알게."

무레는 홀의 난간 옆에 홀로 서 있었다. 그곳에서 그는 백화점을 내려다보며 군림했다. 그의 주위로는 중이층의 매장들이 보였고, 아래로는 1층의 매장들이 모두 한눈에 들어왔다. 텅비어 있는 위층의 매장들을 보자 속이 몹시 쓰려왔다. 레이스매장에서는 한 노부인이 아무것도 사지 않으면서 상자들을 모두 비워내게 했다. 란제리 매장에서는 할 일 없는 여자들 셋이고작 18수짜리 옷깃들을 고르느라 한참 동안을 미물렀다. 지붕이 씌워진 아래층 갤러리에는 유리창을 통해 햇빛이 비치는 가운데 점차 고객들이 늘어나는 게 보였다. 그들은 서서히 움직이는 행렬처럼 띄엄띄엄 빈 공간을 만들면서 판매대 앞을 느릿느릿 거닐었다. 바느질 도구 매장과 모자와 양말을 파는 매장에는 캐미솔*을 입은 부인네들이 모여들었다. 하지만 리넨과모직물 매장에는 아직 개미 새끼 한 마리도 구경하기 힘들었다. 커다란 금속 단추가 달린 초록색 유니폼 차림의 안내원들은 두 팔을 축 늘어뜨린 채 사람들을 기다리고 있었다. 그러는사이 때때로 하얀색 넥타이를 맨 감독관이 근엄한 표정에 뻣뻣한 몸짓으로 지나갔다. 무엇보다도 홀의 죽은 듯한 고요함은무레의 가슴을 미어지게 했다. 불투명한 유리로 된 천장을 통과해 들어오는 햇빛이 걸러져 뿌얀 먼지처럼 흩어지면서 허공

*코르셋 위에 입는 여성 옷의 하나. 가슴과 허리둘레가 꼭 맞게 되어 있다.

에 정지돼 있는 듯 보였다. 그 아래쪽에 있는 실크 매장은 예배당의 서늘한 침묵 속에서 잠들어 있는 듯했다. 직원의 발걸음 소리와 속삭이는 말들, 홀을 가로지르는 여인네의 치마가 스치면서 내는 미세한 소리들이 난방장치의 열기 속으로 잦아들었다. 그사이 마차가 하나둘씩 도착하는 소리가 들려오기 시작하더니, 말들이 급작스럽게 멈춰 서고 마차의 문이 쾅 하고 다시 닫히는 소리가 났다. 바깥에서는 쇼윈도 앞에서 서로 떼미는 호기심 많은 구경꾼들의 웅성거림과 가이용 광장에 주차하는 삯마차들 소리 그리고 군중이 몰려오는 것 같은 소리가 아득히 전해져왔다. 무레는 잠시 겁을 집어먹고 나약한 모습을 보인 자신에 대해 역정이 났다. 그러다 할 일 없는 계산원들이 계산대 뒤로 기지개를 켜는 모습과, 끈 뭉치와 푸른색 포장지 두루마리만 잔뜩 쌓인 채 텅 비어 있는 포장 테이블을 목격하자, 그의 거대한 기계가 발밑에서 가동을 멈춘 채 차갑게 식어가고 있음을 느낄 수 있었다.

"이봐, 파비에." 위탱이 조그맣게 중얼거렸다.

"저기 사장을 좀 봐, 저 위에 말이야. ……별로 신이 나 보이지 않는걸."

"오늘 장사는 망쳤어!" 파비에가 인상을 쓰며 쏘아붙였다.

"아직 개시도 못했다는 게 말이 되냐고!"

두 사람은 고객이 나타나는지를 살피면서 서로 얼굴을 쳐다보지 않고 재빨리 소곤거렸다. 매장의 또 다른 판매원들은 로비노의 지시에 따라 파리보뇌르를 쌓아 올렸다. 조그만 소리로 마른 체격의 한 젊은 여성과의 대화에 한창 열을 올리던 부트몽은 중요한 주문을 받고 있는 듯했다. 그들 주위로는 약해보이는 우아한 외관의 선반들 위에 기다란 크림빛 종이 커버로 싼 실크가 특이한 형태의 소책자들처럼 차곡차곡 쌓여 있었다. 또한 판매대에 넘쳐나는 최신 유행의 실크와 물결무늬 천, 새틴과 벨벳 등은 화단에 떨어진 꽃들과도 같은 광경을 연출했다. 섬세하고 귀한 천들을 수확한 듯 보였다. 이곳은 우아함이 지배하는 매장이자 진정한 살롱이었다. 공기처럼 가벼운 천들이 화려한 가구처럼 그곳을 장식하고 있었다.

"일요일까지 100프랑이 필요해." 위탱이 다시 속삭였다.

"하루에 12프랑 정도씩 벌지 못하면 난 끝장이라고……. 그러니까 저것들을 반드시 팔아치워야 한단 말이야."

"오, 맙소사! 100프랑이라, 좀 힘들긴 하겠군." 파비에가 응수했다.

"난 뭐 오륙십 프랑만 있어도 족하지만……. 혹시 근사한 여자를 낚을 돈이라도 필요한 건가?"

"전혀 아냐, 친구. 아주 바보 같은 짓을 했어. 내기를 해서 잃었거든. ……그래서 무려 다섯 사람한테 저녁을 사게 생겼지. 남자 둘과 여자 셋한테……. 이런 젠장! 누구든지 첫 번째로 걸려드는 여자한테 파리보뇌르를 20미터쯤 안겨버리고 말 거야!"

그들은 한동안 더 수다를 떨면서 전날 했던 일과 일주일 후의 계획을 서로에게 들려주었다. 파비에는 승마에 내기를 걸었고, 위탱은 보트를 타고 카페콩세르의 가수들과 잡담을 하면서 즐거운 시간을 보냈다. 하지만 돈에 대한 욕망이 그들을 똑같이 채찍질했다. 그들은 오직 돈만을 생각했고, 월요일부터 토요일까지는 돈을 벌기 위해 발버둥 치다가 일요일에는 모든 것을 탕진해버리는 생활을 반복했다. 백화점에 있는 동안에는 그것만이 그들의 절대적 관심사였고, 휴식이나 동정이 끼어들 여지가 없는 싸움의 목적이었다. 저 약삭빠른 부트몽은 소뵈르 부인이 보낸 마른 여자의 엄청난 주문을 자신이 혼자 독차지했던 것이다. 소뵈르 부인은 보통 12필짜리 천을 두세 묶음씩이나 주문하곤 할 정도로 통이 큰 재단사였다. 그 직전에는 로비노 역시 파비에한테서 고객을 가로채려고 했다.

"오! 저 인간은 언젠가 한번 본때를 보여줘야 한다니까." 위탱은 로비노의 자리를 가로채기 위해 매장의 판매원들을 선동할 수 있는 기회를 호시탐탐 엿보고 있는 터였다.

"아니, 수석 구매상하고 부수석 구매상이란 자들이 직접 판매를 한다는 게 말이 되냐고! ……난 말이지 친구, 내 이름을 걸고 맹세컨대, 내가 부수석 구매상이 될 수만 있다면 무조건 자네들 편에서 일할 생각이야."

작지만 탄탄한 체구의 위탱은 노르망디인의 기질을 한껏 발휘해 다정하고 인정 많은 호인의 면모를 아낌없이 보여주었다. 그의 그럴듯한 말에 마음이 움직인 파비에는 그를 흘끗 쳐다보았다. 하지만 이내 평소 우울한 남자로서의 명성에 걸맞게 간결하게 대꾸하는 것으로 그쳤다.

"그래, 물론 그렇겠지. ……그렇게만 된다면야 나야 뭐 더 바랄 게 있겠어."

그는 한 여성이 다가오는 것을 보고는 목소리를 낮추어 덧붙였다.

"저길 봐! 자네 고객이야."

과연, 노란색 모자에 붉은색 드레스를 입고 코에는 붉은 반점이 난 여성이 매장을 향해 걸어오는 게 보였다. 위탱은 즉시 그녀가 아무것도 사지 않을 거라는 걸 알 수 있었다. 그는 잽싸게 판매대 뒤로 몸을 감춘 채 신발 끈을 매는 척하면서 중얼거렸다.

"오! 맙소사, 난 절대 못해! 다른 사람보고 가져가라고 해. ⋯⋯난 됐다고, 차라리 내 순서를 포기하고 말겠어!"

그러는 사이 로비노는 그의 이름을 계속 불러댔다.

"이번엔 누구 차례지? 무슈 위탱인가? ⋯⋯무슈 위탱이 왜 안 보이지?"

위탱이 끝내 아무런 대답을 하지 않자, 그다음으로 등록한 판매원이 붉은 코의 고객을 응대했다. 과연 그녀는 천의 샘플과 가격에 대한 정보만을 알고자 했다. 그러면서 10분도 더 넘게 판매원을 붙들고 있으면서 온갖 질문을 퍼부어댔다. 그녀가 떠나자 부수석 구매상은 위탱이 판매대 뒤에서 몸을 일으키는 것을 발견했다. 그리하여 새로운 고객이 나타나자 서둘러 그녀에게로 다가가는 위탱을 엄격한 표정으로 가로막고 나섰다.

"자네 차례는 이미 지나갔네. ⋯⋯자넬 여러 번 불렀지만 판매대 뒤에 숨어서 나타나지 않았기 때문에⋯⋯."

"하지만 전 듣지 못했는데요."

"변명은 그만하게! ⋯⋯맨 마지막으로 다시 이름을 올리게. ⋯⋯무슈 파비에, 이번 고객은 자네가 맡게."

파비에는 일이 돌아가는 형국에 아주 재미있다는 반응을 보이면서 미안해하는 눈빛으로 자신의 동료를 흘끗 쳐다보았다. 위탱은 창백해진 입술을 깨물면서 고개를 돌렸다. 무엇보다 그를 화나게 하는 것은 그가 그 고객을 잘 알고 있다는 사실이었다. 그녀는 매장에 종종 들르는 미모의 금발 여성이었다. 판매원들은 그녀의 이름조차 모르면서 그녀를 단지 '어여쁜 부인'이라고만 지칭했다. 그녀는 쇼핑을 잔뜩 한 다음, 대기하고 있는 자신의 마차에 짐들을 싣게 하고는 곧바로 그곳을 떠났다.

키가 크고 세련된 매력을 지닌 우아한 여성으로, 아주 부유하면서 상류층에 속한 듯 보였다.

"그래서! 그 화류계 여인과는 잘 끝났나?" 파비에가 고객을 계산대까지 동행한 다음 다시 돌아오자 위탱이 빈정거리듯 물었다.

"오! 화류계 여자라니. 절대 아니야, 얼마나 기품이 있는 여성인데. 분명 증권 중개인이나 의사 부인 정도 되는 사람일 거야. 적어도, 뭐 그런 비슷한 거 말이지."

"웃기는 소리 말라고! 내가 장담하건대, 그 여잔 화류계 여자가 분명해. ……요즘 겉으로만 고상한 척하는 여자들이 얼마나 많은데!"

파비에는 자신의 판매 장부책을 들여다보면서 말했다.

"아무려면 어때! 그 여자한테 무려 293프랑어치나 팔았는데. 나한테 떨어지는 수당이 3프랑 가까이 된다고."

위탱은 입술을 깨물면서 자신의 유감을 장부책에다 쏟아부었다. 왜 쓸데없이 이런 걸 만들어서 자신들의 주머니만 더 복잡하게 만드는지! 그들 사이에는 눈에 보이지 않는 알력이 항상 존재했다. 지금까지 파비에는 비록 뒤에서는 위탱을 험담할지라도 표면적으로는 그의 우위를 인정하는 척하며 죽은 듯이 지내왔다. 따라서 위탱은 자신보다 아래에 있다고 생각하는 판매원이 힘 하나 안 들이고 3프랑을 낚아채갔다는 사실에 분해서 어쩔 줄 몰라 했다. 참으로 아름다운 날이었다! 이런 식으로라면, 그가 초대한 이들에게 탄산수를 살 돈조차 마련하지 못할 게 뻔했다. 그는 점점 열기가 고조되기 시작하는 전장에서 발톱을 감춘 채 자신의 먹잇감을 찾아 판매대들 앞을 어슬렁거렸다. 마른 몸매의 젊은 여인을 배웅하는 자신의 상관 역시 그의 경쟁 상대 중 하나일 뿐이었다. 부트몽은 그 여인에게 무언가를 거듭 다짐하고 있었다.

"좋아요! 그렇게 하도록 하죠. 제가 사장님께 잘 말씀드려서 이번 건을 꼭 성사시키겠노라고 부인께 전해주세요."

이미 한참 전에 무레는 중이층 홀의 난간 옆을 떠났다. 이번에는 갑자기 1층으로 통하는 중앙 계단 꼭대기에 모습을 드러냈다. 그곳에서도 그는 또다시 백화점 전체를 굽어보았다. 차츰 백화점에 들어차기 시작한 인파를 지켜보는 그의 얼굴에 다시 화색이 돌아오면서 그는 다시 전의를 가다듬었다. 오후가 되자, 잠시 초조해하면서 느꼈던 좌절감을 보상이라도 하듯 그가 예상했던 고객들이 몰려들기 시작했던 것이다. 모든 직원들은 제자리를 지켰고, 세 번째 점심 식사가 종료되었음을 알리는 종이 막 울린 터였다. 어쩌면 아침 9시경에 내린 소나기 탓이었을지도 모르는, 오전 영업의 공백으로 인한 손실 역시 어렵지 않게 메울 수 있을 듯했다. 하늘은 그새 승리의 나팔을 울리듯 다시 파랗게 개어 있었다. 이제 중이층의 매장들도 다시 활기를 띠어가면서, 무레는 몇 명씩 무리를 지어 란제리 매장과 기성복 매장으로 올라가는 여인네들이 지나갈 수 있도록 뒤로 물러서야 했다. 그의 뒤쪽에 있는 레이스와 숄을 파는 매장에서는 액수가 큰 금액이 오가는 소리가 들려왔다. 하지만 무엇보다 결정적으로 그의 마음을 놓이게 한 것은 1층의 갤러리에서 펼쳐지는 광경이었다. 바느질 도구 매장과 리넨 매장, 모직물 매장 앞은 몰려든 사람들로 발 디딜 틈이 없을 정도였다. 이제 모자를 쓴 차림의 여인들이 대부분이었고 뒤늦게 보닛을 쓴 주부들이 더해져 구매자들은 서로 몸을 바짝 붙여야만 했다. 실크 제품이 진열된 홀에서는 여자들이 장갑을 벗고 파리보뇌르를 조심스럽게 만져보면서 소곤거렸다. 이제 무레는 밖에서 들려오는 소리를 분명히 구분할 수 있었다. 삯마차가 굴러가는 소리, 마차의 문을 여닫는 소리, 점점 커지는 군중의 웅성거림 등이 모두 뒤섞여 들려왔다. 그는 자신의 발밑에서 거대한 기계가 힘차게 작동하기 시작하면서 점차 달아오르고 되살아나는 것을 느낄 수 있었다. 지하에서 나는 우르릉 소리가 백화점 전체를 울리게 하는 가운데, 금화 소리가 들리는 계산대부터 사환들이 물건을 포장하느라 바쁜 손길을 놀리는 포장 작업대, 위에서 내려보낸 꾸러미들이 차곡차곡 쌓여가는 발송 부서에 이르기까지 부산한 움직임이 고스란히 느껴지는 듯했다. 주브 감독관은 고객들 중에 숨어 있는 절도범을 찾아내기 위해 딱딱하게 굳은 얼굴로 붐비는 인파 사이를 누비고 다녔다.

"아니, 이게 누구야! 자네가 여긴 어쩐 일인가!" 무레는 안내원이 데리고 온 폴 드 발라뇨스를 알아보고는 놀라 소리쳤다.

"아니, 아니야, 전혀 방해되지 않아. ……게다가 마침 때맞춰 잘 왔네. 우리 백화점 구경을 제대로 하고 싶으면 날 따라다니기만 하면 되거든. 오늘은 나도 하루 종일 쉴 틈이 없을 것 같으니까."

그는 아직 불안감을 모두 떨쳐내지는 못하고 있었다. 분명 사람들이 몰려들고는 있지만, 과연 기대하는 만큼의 목표를 달성할 수 있을 것인가? 하지만 그는 겉으로는 그런 속내를 전혀 내색하지 않은 채, 폴과 함께 웃으면서 기분 좋게 그를 안내했다.

"아까보다 좀 나아지는 것 같긴 하네." 위탱이 파비에게 말했다.

"하지만 난 아무래도 오늘은 운이 안 따라주는 것 같아. 이런 날들이 있다니까, 젠장맞을! ……또 루앙에 다녀왔지 뭔가.* 저 여자가 한참 뒤적거리기만 하고는 아무것도 사지 않고 가버리는 바람에……."

그러면서 그는 펼쳐놓은 모든 천마다 못마땅한 시선을 던지고는 그냥 가버린 한 여성을 턱짓으로 가리켰다. 아무것도 팔지 못한다면, 1년에 1천 프랑의 기본급만으로 힘겹게 살아가야 한다는 것을 의미했다. 평소 위탱은 하루 평균 칠팔 프랑의 수당과 성과급에 기본급을 더한 10프랑 정도의 수입을 올렸다. 파비에는 잘해야 8프랑을 넘기지 못했다. 그런데, 그렇게 무능력하고 별 볼 일 없는 그가 자신의 몫을 가로챈 것으로도 모자라 또다시 드레스 한 벌을 더 팔아치웠던 것이다. 여성 고객을 즐겁게 해주는 재주도 부릴 줄 모르고 차갑기 그지없는 주제에! 이거야말로 열 받고도 남을 일이 아닌가!

"편물쟁이들과 실쟁이들은 아주 돈을 긁어모으고 있군그래." 파비에는 편물 매장과 바느질 도구 매장의 판매원들을 바라보며 중얼거렸다.

그때, 백화점을 눈으로 샅샅이 훑고 있던 위탱이 불쑥 물었다.

"자네 혹시 데포르주 부인이라고 아나, 사장님 애인이라고 소문난? ……저길 좀 봐! 장갑 매장에서 미뇨가 장갑을 끼워주고 있는 갈색 머리 여자 말이야."

그는 잠시 입을 다물었다가는 미뇨에게서 줄곧 눈을 떼지 않은 채 목소리를 더 낮추어 속삭였다.

---

*'루앙에 다녀오다'는 고객에게 물건을 팔지 못했음을 의미한다. 면직공업의 중심지인 루앙에 큰 타격을 준 면직물의 위기에 빗대어 생겨난 표현이자, 프랑스어의 '아무것도 아님'을 의미하는 '리엥(rien)'을 연상시키는 일종의 말장난이기도 하다.

"그래 그거야, 친구. 손가락을 부드럽게 어루만지는 거야. 여자가 유혹을 뿌리치지 못하도록 말이지. 자네의 그 대단한 능력을 맘껏 발휘해보라고!"

그와 장갑 판매원 사이에는 누가 여성 고객들을 더 잘 유혹하는지를 두고 잘생긴 남자끼리의 공공연한 경쟁 심리가 존재했다. 하지만 둘 중 그 누구도 실제로 성공한 사례를 자랑하지는 못했다. 미뇨는 그에게 홀딱 반한 경찰서장 부인의 일화를 두고두고 우려먹었다. 한편 위탱은 부근의 수상쩍은 호텔들을 배회하는 것에 지친 장식 천 제조업자 여성의 마음을 빼앗았다는 얘기를 떠벌리고 다녔다. 하지만 그들은 쇼핑을 하는 사이에 짬을 내어 만나는 백작 부인의 이야기 같은 흥미로운 연애담을 그럴 듯하게 지어내는 것뿐이었다.

"자네가 오늘 저 부인을 벗겨먹으면 되겠네." 파비에는 눈 하나 까딱하지 않고 천연덕스럽게 말했다.

"그것 참 맘에 드는 생각이군!" 위탱이 소리쳤다.

"이쪽으로 오기만 해보라지. 내가 아주 쥐어짜버릴 테니까. 100수 정도는 뜯어내고 말 거야!"

장갑 매장에는 여인네들이 초록색 벨벳이 깔리고 모퉁이가 니켈로 된 좁다란 판매대 앞에 일렬로 길게 앉아 있었다. 미소를 띤 남성 판매원들은 서류 정리함의 라벨이 붙은 서랍처럼 생긴 선명한 분홍색의 납작한 상자들을 판매대 아래에서 꺼내 고객들 앞에 차곡차곡 쌓아 올렸다. 미뇨는 인형처럼 귀염성 있게 생긴 얼굴을 가까이 들이밀면서 달콤하게 속삭이는 듯한 파리 토박이의 전형적인 말투로 여인들의 환심을 사고자 애썼다. 그는 이미 데포르주 부인한테 새끼 염소 가죽으로 만든 장갑 열두 켤레와 백화점의 명물인 보뇌르 장갑 등을 팔아치운 바 있었다. 그녀는 그 후에도 스웨이드로 만든 장갑 세 켤레를 더 주문했다. 그리고 이젠 작센산 장갑을 사기 위해 사이즈가 맞는지 확인하는 중이었다.

"오! 아주 기막히게 잘 맞는군요, 부인!" 미뇨는 감탄사를 연발했다.

"부인처럼 가냘픈 손에 6과 3/4 사이즈는 너무 크답니다."

그는 판매대 위에 반쯤 엎드린 자세로 데포르주 부인의 손을 잡고 손가락을 하나하나 매만진 다음 힘주어 꼼꼼히 어루만지듯 장갑을 끼웠다. 그리고 그녀의 얼굴에 마치 까무러칠 것처럼 관능적 기쁨*이 넘쳐흐르는 것을 확인하려는 듯 그녀를 바라보았다. 하지만 데포르주 부인은 벨벳 가장자리에 팔꿈치를 기대고 손목을 치켜든 채 담담한 얼굴로 그에게 자신의 손을 내맡기고 있었다. 하녀에게 자신의 부츠 버클을 채우게 하려고 발을 내밀고 있는 것과 다를 바 없었다. 그녀에게 그는 남자가 아니었다. 그녀는 다만 하인들을 대할 때처럼, 그에게 눈길 한 번 주지 않은 채 늘 그러듯 경멸적 태도로 내밀한 용도에 그를 부리고 있을 뿐이었다.

"제가 혹시 아프게 해드리고 있진 않나요, 부인?"

데포르주 부인은 아니라는 대답 대신 고개를 가로저었다. 평소, 야수의 냄새에 사향으로 달콤함을 더한 것 같은 작센산 장갑의 향기는 종종 그녀의 마음을 흔들어놓곤 했다. 그리하여 그녀는 때로 웃음을 터뜨리면서, 젊은 처자의 가루 분첩에 빠

---

*졸라의 작가 노트에 의하면, 장갑 매장은 백화점에서 고객과 판매원 사이에 '관능적'인 느낌을 주고받을 수 있는 유일한 곳이었다. 장갑 매장의 주 고객이 주로 젊은 여성들이었으며, 고객과 판매원 사이에 유일하게 신체적 접촉이 이루어졌던 곳이기 때문이다.

져 흥분한 짐승이 풍기는 냄새처럼 야릇한 그 향기를 좋아한다
고 고백한 적도 있었다. 하지만, 이 평범하기 짝이 없는 판매대
앞에서는 장갑에서 아무런 향기도 맡을 수 없었다. 단지 직무
를 수행 중인 하찮은 판매원과의 사이에서는 어떤 관능적인 온
기도 느껴지지 않았던 것이다.

"더 필요한 건 없으신가요, 부인?"

"아뇨, 됐어요. ……이걸 10번 계산대로 갖다 주세요, 데포
르주 부인 앞으로, 그럼 다 된 거죠?"

그녀는 백화점의 단골손님답게 계산대에 자신의 이름을 대
고는, 쇼핑하는 물건들을 직원의 도움 없이 모두 그곳으로 보
냈다. 그녀가 멀어지자 미뇨는 옆에 있는 판매원을 돌아보며
눈을 찡긋했다. 무슨 특별한 일이 일어나기라도 한 것처럼 믿
게 하려는 듯했다.

"봤지?" 그는 애써 음탕한 어조로 나직이 말했다.

"저런 고객은 맘만 먹으면 머리부터 발끝까지 장갑으로 두
르게 할 수 있다니까!"

그러는 사이 데포르주 부인은 쇼핑을 계속했다. 우선, 왼편
에 있는 리넨 매장에서 행주로 쓰기 위한 천을 좀 샀다. 그런
다음 빙 돌아 갤러리 안쪽에 있는 모직물 매장으로 향했다.

자신의 요리사가 마음에 든 데포르주 부인은 그녀에게 옷을
하나 선물하고자 했다. 모직물 매장은 빽빽이 들어찬 인파로
비집고 들어갈 틈이 없어 보였다. 그곳으로 몰려든 서민층 여
인네들은 머릿속으로 계산을 하면서 말없이 천들을 만지작거
렸다. 데포르주 부인은 잠시 앉아 휴식을 취해야만 했다. 판매
원들은 칸막이로 나뉜 선반 위에 쌓여 있는 묵직한 천들을 어
깨에 세게 힘을 주어가면서 하나씩 내려놓았다. 그들 모두는

점차 뒤섞이면서 쏟아져 내리는 천들에 파묻혀 버린 판매대로 인해 서로를 알아보기도 힘든 지경이었다. 중성적 색조들이 바다를 이루며 밀물처럼 몰려오는 것 같았다. 철흑색, 황회색, 청회색 등의 옅은 색조를 띤 모직 천들 가운데서 군데군데, 알록달록한 색의 스코틀랜드산 타탄체크와 붉은색 핏빛 바탕의 플란넬이 두드러져 보였다. 또한 제품들마다 부착된 하얀색 라벨은 12월의 어두운 대지 위에 드문드문 내려앉은 새하얀 눈송이들을 떠올리게 했다.

리에나르는 포플린* 더미 뒤에서 키가 큰 맨머리 차림의 젊은 여성과 농담을 하며 시시덕거리고 있었다. 그녀는 여주인의 지시로 물품이 부족한 메리노 양모를 사기 위해 온 동네 가게의 점원이었다. 리에나르는 그를 지치게 하는 특별 세일 기간을 진저리가 날 정도로 싫어했다. 자신의 아버지로부터 넉넉히 보조를 받는 그는 판매에 연연하지 않고 힘든 일은 요리조리 피해 다녔다. 겨우 백화점에서 쫓겨나지 않을 정도로만 일을 하는 척할 뿐이었다.

"그러지 말고 내 말 좀 들어봐요, 마드무아젤 파니. 아가씬 왜 맨날 그렇게 바빠요. ……일전에 사간 능직** 라마 모(毛)는 잘 나가나요? 아무래도 난 그쪽 가게에서 성과급을 받아야 할 것 같은데."

하지만 여점원이 웃으면서 그에게서 빠져나가는 바람에 그녀를 뒤쫓아 가던 리에나르는 데포르주 부인과 정면으로 마주

*양털과 명주실로 짠 섬유로, 부드러우며 광택이 난다. 셔츠, 블라우스, 드레스를 만드는 데 주로 사용된다.
**날실과 씨실을 둘이나 그 이상으로 건너뛰어 무늬가 비스듬한 방향으로 도드라지게 짜는 방법이나 그런 방법으로 짠 천을 일컫는다.

치게 되어 어쩔 수 없이 응대를 해야만 했다.

"무엇을 도와드릴까요, 부인?"

데포르주 부인은 비싸지는 않으면서 튼튼한 옷을 원했다. 늘 그랬듯이, 자신의 팔을 혹사하고 싶은 마음이 추호도 없었던 리에나르는 그녀에게 이미 판매대 위에 펼쳐져 있는 천들 중에서 택하라고 부추겼다. 그곳에는 캐시미어와 서지, 라마 모가 놓여 있었다. 그는 이보다 더 좋은 선택은 있을 수 없으며, 그것들은 닳는 일도 결코 없다고 단언했다. 하지만 그 어떤 것도 그녀의 마음에 들지 않는 듯했다. 그러다 데포르주 부인은 칸막이 진열대 안에서 푸르스름한 능직 서지를 발견했다. 그러자 리에나르는 마음을 고쳐먹고 서지를 내려서 펼쳐 보였다. 하지만 데포르주 부인은 너무 거칠다는 이유로 퇴짜를 놓았다. 그다음으로는 체비엇, 능직 천, 회색빛 천들을 비롯한 온갖 종류의 모직 천을 단지 만져보는 즐거움을 위해 모두 꺼내 놓게 했다. 그러면서 사실은 아무것이나 상관없다고 이미 마음을 정한 터였다. 그리하여 판매원은 가장 높은 곳에 있는 칸막이까지 모두 비워내야 했다. 그의 어깨가 삐걱거리는 사이, 캐시미어와 포플린의 부드러운 결과 체비엇의 다소 거친 털, 라마 모의 부드러운 솜털에 가려져 이제 판매대는 보이지도 않았다. 온갖 종류의 천들과 다양한 색조들이 모두 거기에 꺼내졌다. 심지어 데포르주 부인은 사고 싶은 생각이 전혀 없으면서도 그레나딘*과 샹베리의 거즈**까지 모두 꺼내 보이게 했다.

---

*실의 꼬임 방법의 명칭이자 결이 거친 얇은 직물을 가리킨다. 견·면·모 등의 여러 가지 섬유로 만들어지며, 드레스·깃 장식·트리밍 등에 쓰인다.
**18~19세기에 유행했던, 투명 장식이 된 얇은 천으로 면, 아마, 양모 또는 금사나 은사로 직조되었다.

그리고 실컷 보고 난 후에야 속마음을 털어놓았다.

"오! 맙소사! 아무래도 맨 처음에 본 게 젤 나은 것 같군요. 우리 요리사 옷을 해줄 거라서요. ……그래요, 물방울무늬가 있는 서지로 말예요, 2프랑짜리."

그런 다음, 리에나르가 부글부글 끓어오르는 화를 애써 억누르느라 새하얘진 얼굴로 천을 자르고 나자 이렇게 말했다.

"이걸 10번 계산대로 갖다 줘요. ……물론, 데포르주 부인 이름으로."

다른 곳으로 가려던 그녀는 근처에 있던 마르티 부인과 그녀의 딸 발랑틴과 맞닥뜨렸다. 키가 크고 마른 체격에 대담한 발랑틴은 열네 살의 나이에 어울리지 않는 여인의 욕망 어린 시선으로 진열된 제품들을 흘긋거리고 있있다.

"아니! 이게 누구예요, 부인 아니세요?"

"어머나, 반가워요. ……놀랍지 않아요? 이 많은 사람들 좀 보세요!"

"오! 말도 마세요, 숨 막혀 죽을 뻔했다니까요. 정말 굉장하지 않아요? ……그런데 동양 전시실은 둘러보셨어요?"

"그럼요, 정말 기막히더군요! 그런 건 정말 생전 처음 봤다니까요!"

값싼 모직 천들을 향해 거세게 달려드는 소시민 주부들에게 떠밀리고 서로 팔꿈치를 부딪치는 와중에서도 두 여자는 카펫 전시에 관해 입에 침이 마르도록 감탄사를 쏟아냈다. 마르티 부인은 외투를 만들기 위한 천을 찾는 중이라고 설명했다. 하지만 아직 결정한 것은 없고, 모직으로 된 패딩 코트를 염두에 두고 있을 뿐이었다.

"제발요, 엄마." 발랑틴이 조그맣게 말했다.

"이건 너무 평범하잖아요."

"같이 실크 매장으로 가요." 데포르주 부인이 말했다.

"여기서 제일 유명한 파리보뇌르를 놓칠 순 없죠."

마르티 부인은 잠시 머뭇거렸다. 그러다 보면 또다시 돈을 많이 쓰게 될 게 뻔했다. 남편한테 앞으로는 쇼핑을 절제하겠다고 공공연히 맹세까지 했는데! 그녀는 한 시간 전부터 물건을 사들이고 있었다. 이미 다양한 품목들이 그녀의 쇼핑 목록을 채워가는 중이었다. 그녀 자신을 위해서는 방한용 토시와 주름 장식을, 딸을 위해서는 스타킹을 샀다. 그녀는 마침내 결심한 듯 자신에게 패딩 코트를 보여주는 판매원에게 말했다.

"아무래도 안 되겠어요. 실크로 하는 게 낫겠어요. ……이건 내가 원하는 게 아니에요."

판매원은 그녀가 산 물건들을 들고 그녀들 앞에서 걸어갔다.*

실크 매장 역시 여인네들로 대성황을 이루었다. 특히 위탱이 진열하고 무레가 대가의 숨결을 불어넣은 내부 진열대 앞에는 진귀한 제품들을 앞다투어 구경하려는 여자들로 발 디딜 틈이 없었다. 홀 가운데 마련된 전시장에서는, 유리 천장을 받치고 있는 조그만 쇠기둥 주위를 감은 천들이 폭포수처럼 아래로 흘러내려 표면에 거품이 이는 물웅덩이를 이루며 바닥으로 넓게 퍼져 나가고 있었다. 우선, 밝은 색상의 새틴과 부드러운 실크가 샘물처럼 넘쳐흘렀다. 샘물 같은 진주 빛의 여왕 새틴과 르네상스 새틴과 크리스털처럼 투명하고 새털처럼 가벼운 실크, 나일 강의 초록빛, 인도의 하늘빛, 오월의 장미, 다뉴브 강의 푸른빛을 띤 실크 들이 있었다. 그다음으로는, 짜임새가 좀

*당시 백화점에서는 고객이 물건을 사면 판매원이 그것을 들고 다음 매장까지 함께 가게 되어 있었다.

더 쫀쫀해 보이는 천들이 펼쳐졌다. 따뜻한 색조를 띤 근사한 새틴과 공작 부인 실크가 부푼 파도처럼 넘실댔다. 마지막으로 맨 아래쪽에는, 수반(水盤) 속에 잠들어 있는 듯한 묵직한 천들이 눈길을 끌었다. 무늬를 넣어 짠 실크와 다마스크*, 브로케이드** 그리고 진주 빛 실이나 금실, 은실로 장식된 실크 들이, 실크와 새틴 바탕에 짜인 검정과 흰색, 다양한 빛깔의 벨벳들로 이루어진 아늑한 침상 한가운데 놓여 있었다. 살아 움직이는 듯한 천들의 색조와 무늬가 고요한 호수를 이루면서, 그 속에 비친 하늘과 풍경이 춤을 추듯 홀 전체에 잔잔한 파동을 일으켰다. 주체하기 힘든 욕망으로 얼굴이 창백해진 여인네들은 몸을 숙여 그 모든 것들을 좀 더 가까이에서 보고자 했다. 그들은 쏟아져 내리는 폭포수 같은 광경을 마주하면서, 그와 같은 화려함의 격류에 휘말릴 것을 두려워하는 속내를 감춘 채 다른 아무것도 생각지 않고 그 속으로 뛰어들고 싶다는 강렬한 욕망에 부대끼고 있었다.

"어머나, 자기가 여긴 웬일이야!" 데포르주 부인은 한 판매대 앞에 앉아 있는 부르들레 부인을 발견하고는 반색을 했다.

"어머나! 안녕!" 부르들레 부인도 반가워하며 두 여자의 손을 잡았다.

"응, 근처를 지나던 길에 구경이나 좀 할까 하고 들어와 봤지."

"굉장하지? 이 엄청난 물건들 좀 봐! 마치 꿈을 꾸는 것 같

*올이 치밀한 자카드 직의 천. 같은 올로 짜도 한 쪽 면에는 광택이 있고 다른 면은 어둡게 되어 무늬가 도드라져 보인다. 주로 이브닝드레스, 식탁보, 커튼 등에 쓰인다.
**꽃무늬가 있는 자카드 직의 피륙. 무늬를 돋보이게 하거나 색채 대비로 강조한다. 이브닝드레스나 칵테일드레스 등 화려한 의상에 주로 쓰인다.

아. ……근데 동양 전시실 가봤어?"

"그래, 정말 벌어진 입이 안 다물어지더라니까!"

하지만 의심할 여지없이 결정적으로 그날의 하이라이트를 장식하게 될 여인네들의 열광적 반응에도 불구하고 부르들레 부인은 알뜰한 주부로서의 냉정을 유지하고 있었다. 그녀는 파리보뇌르를 꼼꼼히 살펴보았다. 그녀가 이곳에 온 것은 오직 특별 염가로 판매 중인 그 실크를 구매하기 위해서였다. 물론 정말로 그럴 만한 가치가 있는지 직접 확인해봐야만 했다. 그러더니 만족스러운 듯 25미터를 달라고 했다. 그걸로 그녀 자신을 위한 드레스와 어린 딸을 위한 팔토를 만들 생각이었다.

"아니! 벌써 가려고?" 데포르주 부인이 놀라는 표정으로 물었다.

"우리하고 한 바퀴 돌아보지도 않고?"

"아니, 난 집에서 아이들이 기다리고 있어서 가봐야 해. ……이렇게 정신없는 데에 아이들을 데려올 순 없잖아."

부르들레 부인은 구매한 실크를 들고 가는 판매원을 따라 10번 계산대로 향했다. 그곳을 담당하는 젊은 계산원 알베르는 밀려드는 계산서로 인해 정신을 차리지 못하고 있었다. 마침내 그에게 가까이 다가갈 수 있게 된 판매원이 연필로 자신의 장부책에 판매 내역을 기록한 다음 그 내용을 소리쳐 알리자 계산원은 그것을 장부에 받아 적었다. 그리고 이번에는 계산원이 소리쳐 그 내용을 재확인한 다음 판매 장부책에서 떼어낸 부본을 영수증용 스탬프 옆에 있는 쇠꼬챙이에다 꽂았다.

"모두 140프랑입니다." 알베르가 말했다.

부르들레 부인은 계산을 한 다음 주소를 알려주었다. 그녀는 걸어서 온 터라 두 손 가득 짐을 들고 갈 생각이 없었다. 계산대 뒤에서는 벌써 조제프가 실크를 포장하고 있었다. 그런 다음 바퀴가 달린 바구니 속으로 던져진 짐 꾸러미는 발송 부서를 향해 돌진했다. 백화점의 모든 물건들이 수문으로 빨려들어 가는 것처럼 요란한 소리를 내며 그곳으로 던져지기를 갈망하는 듯했다.

그사이 실크 매장이 너무나 붐비는 바람에 데포르주 부인과 마르티 부인은 자신들을 도와줄 직원을 찾지 못하고 있었다. 그리하여, 넋을 잃고 천들을 만져보면서 머뭇거리느라 몇 시간째 그 자리를 떠나지 못하고 있는 여인네들 틈에서 마냥 기다려야만 했다. 엄청난 성공의 전조가 파리보뇌르를 에워싸고 있었다. 그것을 둘러싸고 급작스럽게 끓어오르는 뜨거운 열기가 단 하루 만에 새로운 유행을 창조해내고 있었던 것이다. 모든 판매원들이 오직 그 화제의 실크만을 잘라대느라 숨도 제대로 못 쉴 지경이었다. 그들은 구리 막대에 매달려 있는 떡갈나무 자들을 따라 아래위로 끊임없이 손을 놀려댔다. 길게 펼쳐진 실크들이 뿜어내는 희미한 광택이 여인네들의 모자 위에까지 빛을 발하고 있었다. 제품들을 하나씩 풀어헤칠 때마다 천을 덥석 물어 자르는 가위 소리가 연속적으로 들려왔다. 가위는 고객들이 탐욕스럽게 내미는 손을 충족시켜줄 팔이 모자라거들고 나선 또 다른 팔처럼 보였다.

"이런 실크가 5프랑 60상팀이면 정말 괜찮은 거네요." 판매대 가장자리에 놓인 실크 한 자락을 간신히 집어 든 데포르주 부인이 만족스럽다는 표정으로 말했다.

마르티 부인과 딸 발랑틴은 대단히 실망한 얼굴을 하고 있었다. 신문에서 너무나 떠들어대는 바람에 좀 더 강력하고 화려한 무언가를 기대했던 것이다. 그사이 데포르주 부인을 알아본 부트몽은 그의 주인에게 막강한 영향력을 발휘하는 것으로 소문이 난 아름다운 여인에게 환심을 사고자 했다. 그는 다소 과격한 친절함을 드러내며 그녀에게로 다가갔다. 아니, 이럴 수가! 부인에게 신경을 쓰는 사람이 아무도 없다니! 어떻게 이런 일이 있을 수 있단 말인가! 하지만 부인이 너그러이 이해를 해주어야만 했다. 그들 모두가 경황이 없었기 때문이다. 그러면서 그는 옆쪽에 있는 여인네들의 드레스 자락을 헤치고 그녀 일행에게 의자를 찾아 대령하면서 사람 좋아 보이는 웃음을 지어 보였다. 데포르주 부인은 여자에게 노골적인 추파를 던지는 듯한 그의 태도에 불쾌해하지는 않았다.

"저것 좀 봐." 칸막이 진열대로 벨벳 상자를 가지러 가던 파비에가 위탱의 뒤에서 속삭였다.

"부트몽이 자네 단골손님을 가로챈 것 같군."

위탱은 그사이 데포르주 부인을 까맣게 잊고 있었다. 한 노부인이 그를 15분이나 붙들고 있다가 코르셋 용도의 새틴 1미터만을 달랑 사고 가버리면서 그를 열 받게 했기 때문이다. 다들 정신없이 바쁠 때는 출석판에 따른 판매 순서 따위에는 아무도 신경을 쓰지 않았다. 판매원들은 그때그때 되는대로 고객을 응대했다. 위탱은 부타렐 부인의 질문에 답하고 있던 중이었다. 그녀는 '여인들의 행복 백화점'에서 오전에 3시간을 보낸 다음 이제 오후의 쇼핑을 마치려던 참이었다. 위탱은 파비에의 경고에 소스라쳐 놀랐다. 사장의 애인을 저대로 그냥 가게 할 수는 없었다. 그에게는 100수가 반드시 필요했다. 그녀에게서 그 돈을 끌어내지 못한다면 그보다 더한 불운이 없을 터였다. 그는 백화점을 꽉 채운 여인네들의 행렬에도 불구하고 아직 3프랑도 채 벌지 못하고 있었던 것이다.

그때 마침 부트몽이 큰 소리로 거듭 외쳤다.

"다들 뭐 하는 거야, 이봐, 누구 여기로 좀 오지!"

그러자 위탱은 한가해 보이는 로비노에게 부타렐 부인을 떠맡기다시피 했다.

"죄송합니다! 부인, 부수석 구매상께 좀 물어봐 주세요. ……저보다 대답을 더 잘 해주실 겁니다."

그리고 서둘러 달려가서는, 데포르주 부인 일행을 응대하던 모직 담당 판매원에게 마르티 부인이 구매한 물건들을 자신이 맡겠노라고 얘기했다. 그날은, 전반적으로 들뜬 분위기에다 신경이 예민해져 있어 그의 예민한 후각이 잠시 무뎌진 게 분명했다. 대개는 여자를 흘끗 한번 보기만 해도 그녀가 물건을 살 것인지 아닌지, 얼마나 살 것인지를 알아맞힐 수 있었다. 그는 자신만만한 태도로 고객을 압도하면서, 고객이 필요한 천에 대해서는 그녀보다 자신이 더 잘 알고 있다는 논리로 선택을 강요하다시피 했다. 그런 다음, 고객을 서둘러 다른 판매원에게로 넘기고 또 다른 고객을 응대하는 것이 그의 영업 방식이었다.

"어떤 실크를 보여드릴까요, 부인?" 그는 더없이 정중한 태도로 물었다.

그리고 데포르주 부인이 입을 채 열기도 전에 다시 말했다.

"알겠습니다, 부인 마음에 꼭 들 만한 게 있답니다."

그가 다른 실크들이 잔뜩 쌓여 있는 판매대의 비좁은 한구석에 파리보뇌르를 펼치자 마르티 부인과 딸이 가까이 다가갔다. 그러자 조금 불안한 마음이 든 위탱은 그제야 쇼핑을 하려는 건 바로 그녀들이라는 사실을 깨달았다. 나직한 목소리가 오가는 가운데 데포르주 부인이 자신의 친구에게 충고를 하는 소리가 들렸다.

"오! 물론이죠. 5프랑 60상팀짜리 실크를 15프랑짜리에, 아니 10프랑짜리하고도 견줄 순 없는 거죠."

"하긴 너무 빈약해 보이긴 해요." 마르티 부인도 그녀의 말에 맞장구를 쳤다.

"절대로 외투를 해 입을 만큼 튼튼해 보이진 않는군요."

그녀가 말하는 중에 판매원이 끼어들었다. 그는 결코 틀린 판단을 하지 않는 사람처럼 과장된 깍듯함을 드러내며 말했다.

"하지만 부인, 유연성이야말로 이 제품의 가장 큰 장점이랍니다. 절대로 구겨지지 않거든요. ……바로 부인께 꼭 필요한 것이죠."

그의 그런 자신감에 압도된 여자들은 더 이상 아무 말도 하지 않았다. 그리고 다시 실크를 집어 들어 꼼꼼히 살펴보고 있을 때 누군가가 어깨를 툭 쳤다. 기발 부인이었다. 그녀는 한 시간 전부터 산책하듯 백화점 안을 거닐면서, 밀집된 부를 감상하는 즐거움을 스스로에게 선사하고 있었다. 하지만 결단코 캘리코 한 자락도 사는 일이 없었다. 여자들은 또다시 끝없는 수다 속으로 빠져들었다.

"어머나! 이게 누구예요!"

"반가워요, 그런데 정신이 좀 없네요."

"그렇죠? 정말 사람이 많네요. 꼼짝할 수가 없다니까요. ……그런데 동양 전시실은 보셨어요?"

"그럼요, 정말 멋지더군요!"

"그렇죠! 굉장하죠! ……여기 좀 더 있으실 거죠? 같이 위층으로 올라가요."

"아니에요, 방금 거기서 오는 길이랍니다."

위탱은 그의 입가를 떠나지 않는 미소 뒤로 초조함을 감춘

채 기다렸다. 그녀들은 대체 그를 얼마나 오래 붙들고 있을 작
정이란 말인가? 여자들은 정말 아무런 거리낌이 없는 듯했다.
그의 시간을 빼앗는 것은 그의 지갑에서 돈을 훔치는 것과 다
를 바 없었다. 마침내 기발 부인은 매료된 얼굴로 실크가 전시
된 화려한 진열대를 천천히 둘러보며 산책을 계속해나갔다.

"나라면 차라리 기성복 외투를 사겠어요." 데포르주 부인은
다시 파리보뇌르 얘기로 돌아갔다.

"그게 훨씬 돈이 적게 들 거라고요."

"하긴 장식 달고 만드는 품삯 드는 거 생각하면 그게 낫겠네
요. 게다가 마음대로 고를 수도 있고 말이죠."

그러면서 세 여자는 자리에서 일어났다. 데포르주 부인은
위탱을 향해 말했다.

"여성 기성복 매장으로 좀 안내해주겠어요?"

평소 그러한 패배에 익숙하지 않은 위탱은 잠시 멍하니 서
있었다. 아니! 이 갈색 머리 여자가 아무것도 사지 않다니! 이
젠 그의 후각마저 그를 저버렸단 말인가! 그는 마르티 부인 쪽
을 포기하고 데포르주 부인에게 유능한 판매원으로서의 영향
력을 발휘하고자 마음먹었다.

"그런데 부인께 우리 새틴이나 벨벳을 좀 보여드리면 어떨
까요? ……아주 좋은 조건으로 구매하실 수 있는 기회거든요."

"아뇨, 다음에 볼게요." 데포르주 부인은 미뇨에게 그랬던
것처럼 그에게 눈길조차 주지 않으면서 담담히 대꾸했다.

위탱은 마르티 부인이 산 물건들을 집어 들고 여자들을 기
성복 매장으로 안내하기 위해 앞장서서 걸어갔다. 그러면서 로
비노가 부타렐 부인에게 실크를 잔뜩 파는 것을 보면서 다시
한 번 더 속이 쓰려왔다. 그는 감각을 잃어버린 게 분명했다.

이러다가는 한 푼도 벌지 못하는 불상사가 생길지도 몰랐다. 더없이 정중하고 예의 바른 태도의 이면에는 자신의 몫을 다른 경쟁자에게 빼앗긴 사람으로서의 분노가 끓어오르고 있었다.

"2층으로 올라가시면 됩니다." 그는 얼굴에 계속 미소를 띤 채 말했다.

이제 계단을 올라가는 것은 더 이상 쉬운 일이 아니었다. 갤러리 아래로 빽빽이 들어찬 인파가 강물처럼 넘치면서 홀 중앙까지 밀려들었다. 백화점은 치열한 전쟁터로 변해가고 있었고, 수많은 여인들을 좌지우지하는 판매원들은 가능한 한 신속히 그들을 다른 판매원에게로 넘겼다. 오후가 되자, 바야흐로 달아오를 대로 달아오른 기계가 여인들을 춤추게 하면서 그녀들의 살에서 돈을 쥐어짜내는 대혼란의 순간이 도래했던 것이다. 특히 실크 매장에서는 광적인 분위기가 고조되면서 파리보뇌르가 선동하는 엄청난 사람들로 인해 위탱은 몇 분간 한 발자국도 앞으로 나아갈 수 없었다. 숨이 막힐 것 같아 고개를 든 데포르주 부인은 계단 위쪽에서 무레를 발견했다. 그는 자신의 승리를 한눈에 확인할 수 있는 그곳으로 수시로 되돌아왔다. 데포르주 부인은 그가 내려와 자신을 데리고 가주기를 기대하면서 그에게 미소를 지어 보였다. 하지만 그는 무리 속에서 그녀를 알아보지도 못했다. 여전히 발라뇨스와 함께 있으면서 그에게 자신의 백화점을, 승리의 빛나는 얼굴을 과시하기에 바빴기 때문이다. 이제, 내부의 혼란스러움이 바깥의 소리들을 숨죽이게 하고 있었다. 삯마차들이 굴러가는 소리나 문들이 여닫히는 소리는 더 이상 들리지 않았다. 오직 엄청난 판매로부터 야기되는 웅성거림 너머로 거대한 파리의 존재가, 언제라도 고객들을 공급해줄 수 있는 도시의 거대함만이 느껴질 뿐이었다.

정지돼 있는 것 같은 공기 속에서, 숨막히게 하는 난방장치의 열기가 천들의 냄새를 미지근하게 데우는 가운데 온갖 종류의 소음들이 합쳐진 왁자지껄한 소리가 점차 커져갔다. 끊임없는 발소리와 판매대 주위에서 수없이 반복해 들려오는 똑같은 말들, 지갑들이 난무하는 틈에서 놋쇠로 된 금전등록기에 부딪히는 금화 소리, 물건 꾸러미가 한가득 실린 바퀴 달린 바구니들이 입을 크게 벌린 지하로 쉴 새 없이 떨어지는 소리 등이 모두 뒤섞여 들려왔다. 이젠 뽀얀 먼지 아래 모든 게 흐릿해져 매장조차 잘 구분이 되지 않았다. 저 아래쪽에 있는 바느질 도구 매장은 인파에 파묻혀 버린 듯했다. 좀 더 멀리 있는 리넨 매장에서는, 뇌브생토귀스탱 가로 난 유리창을 통해 들어오는 한 가닥 햇살이 마치 눈밭에 박힌 황금 화살처럼 보였다. 좀 더 가까이 있는 장갑 매장과 모직물 매장에서는 여인들의 모자와 틀어올린 머리가 시야를 가렸다. 심지어 그들의 드레스조차 보이지 않았고, 오직 깃털과 리본으로 알록달록 장식된 머리와 모자만이 허공에 둥둥 떠다니는 듯 보였다. 몇몇 남자들의 모자가 검은색으로 변화를 주는 가운데, 피로와 열기로 인해 창백해진 여인들의 얼굴이 동백꽃처럼 투명해 보였다. 위탱은 마침내 팔꿈치에 힘을 주어가며 길을 낸 다음 여자들 앞에 서서 걸어갔다. 데포르주 부인이 계단을 올라갔을 때 이미 무레는 어디에도 보이지 않았다. 엄청난 성공의 열기를 몸으로 직접 느끼고 싶은 마음과, 발라뇨스를 결정적으로 놀라게 하고 싶은 마음에 친구를 이끌고 군중 한복판으로 사라져버렸던 것이다. 그에게는 인파를 헤치고 지나가느라 숨이 차는 것조차 감미롭게 느껴졌다. 그럴 때면, 그의 모든 고객들이 그의 몸을 오랫동안 우아하게 감싸 안는 것 같았다.

"왼쪽입니다, 부인들." 위탱은 점점 더 짜증이 심해졌지만 여전히 상냥한 어조를 잃지 않았다.

위층도 붐비기는 마찬가지였다. 평소에는 조용하기 그지없는 가구 매장에까지도 사람들이 넘쳐났다. 숄과 모피, 란제리 매장도 발 디딜 틈이 없기는 마찬가지였다. 레이스 매장을 가로질러 가던 그녀들은 또다시 아는 얼굴들과 마주쳤다. 드 보브 부인이 딸 블랑슈와 함께 들로슈가 보여주는 제품들 속에 푹 파묻혀 있었던 것이다. 위탱은 또다시 손에 물건들을 든 채 잠시 기다려야 했다.

"안녕하세요! ······그러지 않아도 왜 안 보이시나 했어요."

"안 그래도 나도 그쪽을 찾았답니다. 그런데 이 많은 사람들 틈에서 어떻게 만날 수 있겠어요?"

"정말 굉장하죠?"

"놀랍다는 말밖엔 할 수 없네요. 똑바로 서 있기도 힘들 지경이라니까요."

"뭘 좀 사셨나요?"

"오! 아니에요, 그냥 구경하는 중이에요. 잠시 앉아서 쉬는 중이랍니다."

드 보브 부인은 실제로 지갑에 마차 삯밖에 가지고 있지 않으면서도 단지 구경하면서 만져보는 즐거움만을 위해 상자 속에서 온갖 종류의 레이스들을 꺼내 보이게 했다. 그녀는 들로슈의 서툴고 굼뜬 몸짓에서 그가 신참 판매원이라는 사실을 단번에 간파했다. 그리하여 고객의 변덕스러움에도 감히 언짢은 표정을 지어 보일 수 없는 그의 소심한 친절을 이용해 30분씩이나 그를 붙들고 있으면서 계속 새로운 제품을 보여줄 것을 요구했다. 그러고는 판매대가 넘쳐나도록 쌓아놓은 기퓌르, 말린, 발랑시엔, 샹티이 등으로 이루어진 레이스의 바다에 두 손을 풍덩 담근 채 은밀히 끓어오르는 욕망으로 손가락을 가늘게 떨었다. 그러는 동안 그녀의 얼굴은 관능적 즐거움으로 점차 달아올랐다. 옆에서 지켜보던 블랑슈 역시 똑같은 욕망에 시달리느라 얼굴이 새하얘지면서 피부가 더욱더 물러지고 부풀어 오른 듯 보였다.

그사이에도 여자들의 수다는 그칠 줄 모르고 계속되었다. 그녀들의 즐거움을 위해 그 자리에 꼼짝 않고 선 채 기다리던 위탱은 할 수만 있다면 그녀들에게 따귀라도 한 대 갈기고 싶은 마음이 굴뚝같았다.

"어머나! 내가 산 것과 비슷한 크라바트와 베일을 보고 계시는군요."

사실 그랬다. 드 보브 부인은 지난 토요일 마르티 부인이 산 레이스들을 보고 난 후부터 안절부절못하다가 적어도 비슷한 것들이라도 만져봐야겠다는 충동을 더 이상 이겨내지 못했던 것이다. 그녀의 남편이 주는 빠듯한 생활비로는 그런 것들을 산다는 건 엄두조차 내지 못했다. 그녀는 살짝 얼굴을 붉히면서, 블랑슈가 에스파냐 블롱드 레이스로 된 크라바트를 보길 원해서라고 둘러대고는 서둘러 물었다.

"기성복 매장에 가실 거라고 했죠. ……그래요, 그럼 좀 이따가 다시 만나요. 동양 전시실에서 보는 건 어때요?"

"그래요, 동양 전시실에서 봐요. ……거기 정말 굉장하지 않아요?"

그녀들은 염가로 판매 중인 앙트르되와 조그만 장식들 주위로 몰려든 사람들 틈에서 한껏 즐거워하면서 헤어졌다. 들로슈는 다시 할 일이 생긴 것에 기뻐하면서 또다시 엄마와 딸 앞에 상자들을 비워내기 시작했다. 그사이 주브 감독관은 보란 듯이 훈장을 가슴에 단 채 군인 같은 걸음걸이로 천천히 매장 사이를 누비고 있었다. 그들이 취급하는 섬세하고 비싼 제품들은 소맷자락 안쪽에 숨기기에는 안성맞춤이었다. 드 보브 부인 뒤쪽을 지나던 그는 레이스의 물결 속에 두 팔을 담그고 있는 그녀를 발견하고는 허둥대는 듯한 그녀의 손을 날카로운 시선으로 쏘아보았다.

"이제 오른쪽으로 가시면 됩니다." 위탱은 다시 걸어가면서 말했다.

그는 열이 잔뜩 뻗쳐 있는 상태였다. 아래층에서 그의 장사를 망쳐놓은 것만으로 충분하지 않다는 건가? 여자들은 백화점 모퉁이를 돌아갈 때마다 그를 지체하게 했다! 게다가 그를 화나게 하는 것 중에는, 오래된 경쟁 관계인 직물 매장과 기성복 매장 간의 적대감이 포함돼 있었다. 그들은 가능한 한 더 많은 수당과 성과급을 챙기기 위해 서로 더 많은 고객을 차지하고자 늘 다투었다. 특히 실크 매장 직원들은 태피터와 파유를 실컷 구경한 후에 기성복 외투로 마음을 정한 고객을 기성복 매장으로 안내해야 할 때마다 몹시 분노했다.

"마드무아젤 바동!" 마침내 매장에 도착하자 위탱은 있는 대로 짜증이 난 목소리로 소리쳤다.

하지만 그녀는 급히 처리해야 할 건을 신경 쓰느라 그의 말을 듣지 못하고 그대로 지나쳤다. 매장의 너른 홀은 사람들로 꽉 차 있었다. 홀의 한쪽 끝에서는, 사람들이 줄을 지어 매장을 통과하고 있었다. 기성복 매장의 양옆에 붙어 있는 레이스 매장과 란제리 매장으로부터 사람들이 줄줄이 들어오고 나갔다. 매장 안쪽에서는 외투를 벗은 여자들이 거울 앞에서 허리를 뒤로 젖혀가면서 새 옷들을 입어보고 있었다. 붉은색 카펫이 발소리를 숨죽이게 하는 가운데, 아래층에서 아득히 들려오는 큰 소리들이 잦아들었다. 오직, 몰려드는 여인들로 인해 더욱더 답답하게 느껴지는 홀의 열기 속에서 은밀한 웅얼거림만이 들려올 뿐이었다.

"마드무아젤 프뤼네르!" 위탱이 다시 소리쳤다.

하지만 그녀 역시 멈추지 않고 그대로 지나치자, 그는 아무에게도 들리지 않게 나직이 내뱉었다.

"망할 계집들 같으니라고!"

그는 특히 기성복 매장의 여자들을 못마땅하게 여겼다. 낑낑거리면서 힘들게 계단을 올라와 그들에게 고객들을 안겨주고, 자신의 몫이 되어야 할 수당까지 그들에게 빼앗기다니 이게 대체 뭐하는 짓이란 말인가. 판매원들은 남녀 할 것 없이 모두가 은밀한 암투 속에서 서로 한 치도 물러서려 하지 않았다. 피차 하루 종일 서 있어야 하고 온몸이 쑤셔오는 피곤한 나날을 보내다 보니 서로를 향한 이성으로서의 느낌 같은 것은 사라진 지 오래였다. 이제 그들 사이에는 치열한 경쟁으로 인해 점점 더 깊어진 골과 함께 상반된 이해관계만이 존재할 뿐이었다.

"이봐요, 여기 아무도 없어요?" 위탱이 다시 물었다.

그러다 드니즈가 그의 눈에 들어왔다. 그들은 그녀에게 아침부터 내내 펼쳐져 있던 옷들을 정리하는 일만 하게 하면서, 가끔 골치가 아플 것 같은 판매를 떠맡겼다. 물론, 판매는 이루어지지 않았다. 테이블 위에 잔뜩 쌓인 옷들을 정리하느라 여념이 없는 그녀를 발견한 위탱은 한달음에 달려갔다.

"이봐요, 마드무아젤! 저기 기다리고 있는 고객들이 안 보여요?"

그러면서 그는 지금까지 끌고 다녔던 마르티 부인의 물건들을 그녀의 팔에 덥석 떠안겼다. 동시에 그의 얼굴에 미소가 되돌아왔다. 그 미소 뒤에는 자신이 고객과 신참 판매원 여성을 난처하게 만든다는 것을 잘 아는 노련한 판매원으로서의 심술이 감추어져 있었다. 하지만 드니즈는 전혀 기대하지 않았던 판매 기회가 자신에게 주어진 것에 몹시 감격했다. 아직 잘 알지도 못하는 위탱이 또다시 다정한 형제처럼 그녀 앞에 불쑥 나타났던 것이다. 마치 어딘가에 몸을 감춘 채 언제라도 그녀를 구원해줄 수 있는 기회를 엿보고 있었던 것처럼. 드니즈는 고마움을 담은 촉촉한 눈빛으로, 빨리 자신의 매장으로 되돌아가기 위해 팔꿈치로 길을 내는 그를 한참 동안 지켜보았다.

"외투를 좀 봤으면 하는데요." 마르티 부인이 말했다.

그러자 드니즈가 물었다. 어떤 종류의 외투 말인가요? 하지만 마르티 부인은 아무런 대답도 할 수 없었다. 아무것도 아는 게 없이 단지 매장에 있는 모델을 모두 보기를 원했다. 드니즈는 정신없이 몰려오는 사람들 틈에서 벌써부터 지치고 머리가 빙빙 돌던 참이었다. 발로뉴의 코르나유에서 일할 때는 가끔씩만 고객이 들었다. 그녀는 아직 다양한 모델의 개수와 그것들이 어느 옷장에 들어 있는지조차 제대로 파악하지 못했다. 그리하여 계속 질문을 해대는 두 여자에게 명확한 대답을 하지 못하고 자꾸만 말을 더듬거렸다. 그때 데포르주 부인을 알아본 오렐리 부인이 재빨리 달려와 물었다. 고객과 자신의 주인과의 관계를 알고 있는 게 분명했다.

"부인들께 누가 신경을 써드리고 있나요?"

"네, 저기서 찾고 있는 아가씨가요." 데포르주 부인이 대답했다.

"그런데 뭐가 어디 있는지도 잘 모르는 것 같군요. 도무지 찾지를 못하네요."

그러자 즉시 드니즈에게로 달려간 수석 구매상은 조그맣게 속삭이면서 단번에 그녀의 기를 꺾어버렸다.

"자신이 아무것도 모른다는 걸 이제야 알겠나? 제발 좀 나서지 말란 말이야."

그리고 소리쳐 불렀다.

"마드무아젤 바동, 여기 외투 좀 보여드려요!"

마르그리트가 다양한 모델을 소개하는 동안 드니즈는 그 자리에 가만히 서 있었다. 마르그리트는 퉁명스러움이 느껴지는 공손한 목소리로 고객을 응대했다. 실크 드레스 유니폼을 입고 온갖 우아한 여인들을 상내해오면서 자신도 모르는 새에 그녀들에게 질투와 앙심을 품고 있는 탓이었다. 마르티 부인이 외투에 200프랑 이상을 쓰고 싶지 않다고 하자 그녀는 딱하다는 표정을 지어 보였다. 오! 좀 더 돈을 써야만 할 것이다. 200프랑으로는 부인에게 어울릴 만한 것을 절대 찾을 수가 없을 것이다. 마르그리트는 '이렇게 조잡한 것들을 어떻게 입으시겠어요!'라고 말하는 듯한 몸짓으로 평범한 외투들을 판매대 위로 던져버렸다. 마르티 부인은 감히 그것들이 마음에 든다고 말할 수가 없었다. 그녀는 몸을 숙여 데포르주 부인의 귀에 대고 조그맣게 속삭였다.

"그런데 말이죠, 남자 판매원하고 얘기하는 게 더 나은 것 같지 않나요? ……난 그쪽이 훨씬 더 편한 것 같군요."

마침내 마르그리트는 흑옥 장식이 달린 외투를 조심스럽게 들고 왔다. 그러자 오렐리 부인은 드니즈를 향해 쏘아붙였다.

"뭐라도 좀 쓸모 있는 사람이 돼보라고요, 그러고 섰지만 말고…… 이리 와서 이 옷을 걸쳐봐요."

　백화점에서 결코 성공할 수 없을 거라는 절망감에 휩싸인 드니즈는 두 팔을 축 늘어뜨린 채 미동도 하지 않았다. 그들은 이제 곧 자신을 해고할 것이고, 그러면 동생들은 당장 밥을 굶게 될지도 모를 일이었다. 드니즈는 머릿속이 사람들의 수군거림으로 꽉 차서 곧 쓰러질 것처럼 비틀거렸다. 종일 수많은 옷들을 들어 올리느라 두 팔이 떨어져 나갈 것처럼 아파왔다. 그녀로서는 지금까지 한 번도 해보지 않았던 힘든 일이었다. 하지만 군말 없이 순순히 따라야만 했다. 마르그리트는 그녀를 마네킹처럼 다루면서 외투를 입혔다 벗기기를 반복했다.

　"좀 똑바로 서 있지 못하겠어요." 오렐리 부인이 또다시 쏘아붙였다.

　그리고 그녀들은 드니즈를 즉시 잊어버렸다. 무레가 발라뇨스와 부르동클과 함께 매장으로 들어왔던 것이다. 그가 여자들에게 인사를 하자, 그녀들은 그에게 성공적인 겨울 신제품 전시에 관한 찬사를 늘어놓았다. 그리고 당연한 것처럼 동양 전시실에 대해 저마다 한마디씩 하는 것을 잊지 않았다. 무레와 함께 매장들을 모두 돌아본 발라뇨스는 감탄보다는 놀라움을 더 많이 표명했다. 염세주의자적인 그의 무심함으로 볼 때는 그 모든 것들은 결국 캘리코를 잔뜩 쌓아둔 것과 다를 바 없어 보였기 때문이다. 부르동클은 자신이 백화점 식구라는 사실조차 잊어버린 듯 자신의 주인에게 축하 인사를 건넸다. 아침에 그의 앞에서 보여주었던 회의와 불안으로 가득 찬 자신의 모습을 잊게 하려고 기를 쓰는 듯 보였다.

　"그래요, 그래, 이만하면 괜찮은 편이죠. 저도 만족합니다." 무레는 데포르주 부인의 애정 어린 눈길에 미소로써 답하면서 환한 얼굴로 말했다.

"그런데 제가 숙녀들을 방해한 것 같군요."

그러자 모든 시선이 드니즈에게로 쏠렸다. 그녀는 마르그리트의 손에 자신을 내맡긴 채 그 자리에서 천천히 돌고 있었다.

"어때요? 괜찮은 것 같나요?" 마르티 부인이 데포르주 부인에게 물었다.

"괜찮은데요, 재단 방식도 특이하고요. ……다만, 허리가 그다지 우아하게 빠지진 않은 것 같네요."

그러자 오렐리 부인이 끼어들었다.

"오! 부인께서 직접 입어보시면 전혀 다른 느낌이 날 거예요. 이렇게 마른 아가씨가 입으니까 별로 태가 나지 않는 거랍니다. ……그러니까 마드무아젤, 몸을 쭉 펴고 똑바로 좀 서보라니까."

모두들 그녀를 보고 웃었다. 그러자 드니즈의 얼굴에서 핏기가 가셨다. 사람들이 요모조모 살펴보면서 짓궂은 농담을 서슴지 않는 한낱 기계가 돼버린 것 같은 생각에 수치심이 몰려왔다. 자신과 반대 성향의 사람들에게 반감을 가지고 있는 데포르주 부인은 젊은 여성의 앳된 모습에 질투심을 느끼면서 심술궂게 덧붙였다.

"그런데, 저 아가씨의 드레스 통이 지금보다 좀 좁으면 한결 나을 것 같지 않나요."

그러면서 촌스러운 시골 여자의 차림새가 무척 우스꽝스럽다고 말하는 듯한 파리 여인의 눈빛으로 무레를 바라보았다. 무레는 애정 어린 손길로 자신을 어루만지는 듯한 그녀의 시선 속에서 스스로의 아름다움과 세련됨에 만족하는 여인의 자부심을 느낄 수 있었다. 따라서 그녀에게 사랑받는 남자로서 그 또한 그녀의 편에서 무슨 말인가를 보태야만 할 것 같았다. 바람둥이 기질이 충만한 그가 드니즈라는 신참 판매원에게 근거를 알 수 없는 호감과 매력을 느끼고 있음을 드러낼 수는 없는 노릇이었다.

"그리고 머리도 좀 정돈할 필요가 있을 것 같군." 그는 혼잣말을 중얼거렸다.

그의 한마디는 결정타였다. 사장마저 그들의 빈정거림에 동참하는 모습을 보이자 판매원들 모두가 동시에 참았던 웃음을 터뜨렸다. 마르그리트는 자신의 감정을 억제할 줄 아는 기품 있는 여성으로서 숨죽여 킥킥거렸다. 클라라는 마음 놓고 즐거워하느라 판매 순서를 놓치기까지 했다. 심지어 소란스러운 분위기에 호기심이 발동한 란제리 매장의 판매원들까지도 구경꾼 대열에 합류했다. 그들은 세상의 이치를 꿰고 있다는 듯한 얼굴로 눈앞의 광경을 좀 더 조심스럽게 즐기고 있었다. 오직 황제 같은 분위기의 오렐리 부인만이 웃지 않고 있었다. 신참 판매원의 야성미 넘치는 풍성한 머리와 처녀의 가냘픈 어깨가 자신이 이끄는 매장의 위엄을 훼손시키고, 자신의 명예를 실추시킨다고 생각하는 듯했다. 드니즈는 자신을 비웃는 이들에게 둘러싸인 채 더욱더 창백한 낯빛을 띠었다. 마치 무방비 상태에서 강간당하고 벌거벗겨진 느낌이었다. 그녀가 대체 무슨 잘못을 했길래 지나치게 가냘픈 몸매와 지나치게 무거운 머리로 인해 이토록 공격을 받아야 하는 것인가? 하지만 그녀는 무엇보다도 무레와 데포르주 부인의 비아냥거림에 크나큰 상처를 받았다. 본능적으로 그들이 서로 한통속이라는 것을 느끼자 알 수 없는 고통으로 가슴이 찢어지는 것처럼 아파왔다. 아무런 잘못도 하지 않은 가엾은 어린 여성한테 그렇게 함부로 말하는 것을 보면 데포르주 부인이 좋지 못한 사람이라는 것만은 분명히 알 수 있었다. 무례로 말하자면, 그는 드니즈로 하여금 다른 모호한 감정들을 모두 깊이 묻어버리게 할 정도로 결정적으로 그녀를 두려움으로 얼어붙게 만들었다. 그러자 그녀는 버림받은 하층민의 절절한 외로움 속에서, 여자로서의 가장 은밀한 수치심에 상처 입고 부당함에 분노를 느끼면서도 곧 터져 나올 것 같은 오열을 힘겹게 억눌러야만 했다.

"사장님도 그렇게 보셨습니까? 내일은 머리를 제대로 좀 빗고 나오게 하시오. 판매에 지장 생기는 일 없도록." 드니즈를 처음 봤을 때부터 그녀를 못마땅하게 여기면서 그녀의 작고 여린 손발에 경멸적인 시선을 보내던 무시무시한 부르동클은 한술 더 떠서 오렐리 부인에게 다짐받듯 거듭 말했다.

수석 구매상은 마침내 드니즈의 어깨에서 외투를 벗기면서 다른 사람들이 듣지 못하도록 조그맣게 말했다.

"축하해, 마드무아젤! 참으로 멋진 시작이야. 혹시라도 그쪽 능력을 보여줄 생각이었다면…… 이보다 더 한심한 꼴을 보이긴 힘들 것 같군."

눈물이 솟구칠까 봐 두려웠던 드니즈는 자신이 판매대 위로 옮겨놓고 정리하던 옷들이 있는 곳으로 서둘러 되돌아갔다. 적어도 그곳에서는 다른 사람의 눈에 잘 띄지 않았고, 몸을 피곤하게 굴리다 보면 다른 생각을 할 겨를이 없었다. 하지만 드니즈는 바로 옆에 아침에 그녀를 두둔했던 란제리 매장의 판매원이 서 있는 것을 알게 되었다. 지금까지 줄곧 모든 광경을 지켜보았던 그 판매원은 드니즈의 귀에 대고 속삭였다.

"딱한 친구, 그렇게 민감하게 받아들일 필욘 없어. 저것들한테 그런 모습 보여주지 마. 안 그러면 저들은 자기한테 또다시 그런 짓을 반복할 거야. ……있잖아, 난 샤르트르에서 왔어. 그래, 이름은 폴린 퀴뇨라고 해. 우리 부모님은 고향에서 제분업을 하셔. ……난 말이지, 처음부터 저것들한테 대차게 맞서지 않았더라면 아마도 산 채로 잡아먹히고 말았을 거야. ……자, 힘내! 우리 악수나 하자. 난 자기가 원하면 언제라도 같이 얘기할 수 있어."

드니즈는 그녀 앞에 내미는 손을 보면서 더욱더 혼란스러움을 느꼈다. 그리고 다른 사람이 볼세라 얼른 악수를 하고는 서둘러 쌓여 있는 팔토들을 집어 들었다. 그녀에게 친구가 생긴 것을 알면, 또다시 잘못을 저지른 양 질책을 당하게 될 것이 두려웠기 때문이다.

그사이 오렐리 부인은 마르티 부인에게 직접 외투를 입어보게 했다. 그러고는 감탄사를 연발했다. 오! 정말 잘 어울려요! 근사해요! 그러자 일사천리로 일이 진행되었다. 데포르주 부인 역시 그것이 최선의 선택임을 강조했다. 여기저기서 찬사가 터져 나왔다. 무레는 인사를 하고 그 자리를 떠났고, 레이스 매장에서 드 보브 부인과 딸을 발견한 발라뇨스는 즉시 그 엄마에게 팔을 내밀며 에스코트할 것을 자청했다. 재빨리 중이층의 계산대 앞으로 향한 마르그리트는 마르티 부인이 산 여러 가지 품목을 하나하나 호명했다. 마르티 부인은 계산을 하고 자신이 타고 온 마차에 짐들을 싣도록 지시했다. 데포르주 부인은 10번 계산대에 맡겨놓은 물건들을 찾으러 갔다. 그런 다음 모두들 동양 전시실에서 다시 만났다. 여인네들은 백화점을 나서면서도 호들갑스럽게 감탄사를 연방 뱉어냈다. 기발 부인마저도 흥분을 감추지 못한 듯 보였다.

"오! 세상에, 너무 멋져요! ……실제로 저런 곳에 가 있는 것만 같아요!"

"그렇죠, 정말 하렘에라도 와 있는 것 같죠? 게다가 비싸지도 않고 말이죠!"

"저 스미르나 카펫을 좀 보세요, 오! 정말 스미르나 거예요! 저 우아한 색조하며 섬세한 짜임새라니!"

"이 쿠르디스탄 거는 또 어떻고요! 꼭 들라크루아* 그림 같지 않나요!"

이제 군중은 서서히 흩어지고 있었다. 1시간 간격으로 울리는 종소리는 이미 두 번의 저녁 식사 시간을 알렸다. 이제 곧 마지막 식사를 앞두고 있는 시각에는, 점차 한산해지는 매장들마다 왕성한 소비 욕구로 시간마저 잊은 몇몇 고객들만이 귀가를 지체하고 있을 뿐이었다. 밖에서는, 하루 종일 리넨과 나사, 실크와 레이스를 배 터지게 먹고 소화를 시키느라 꾸르륵 소리를 내고 있는 식인귀 같은 파리의 끈적거리는 목소리가 들려오는 가운데 마지막 삯마차들이 굴러가는 소리만이 아득히 들려왔다. 안에서는, 석양 속에서 타오르면서 빅 세일의 절정의 순간을 밝혀주었던 가스등 불빛 아래, 살육당한 천들이 아직 열기가 남아 있는 전쟁터의 광경을 연출하고 있었다. 기진맥진한 판매원들은 성난 폭풍우가 휩쓸고 지나간 듯 엉망이 돼버린 판매대와 진열대 선반 사이에서 진을 치고 있었다. 아래층의 갤러리는 여기저기 널려 있는 의자들이 통로를 막고 있는 탓에 지나가기가 힘들 정도였다. 장갑 매장에서는 미뇨 주위에 쌓여 있는 상자들로 만들어진 바리케이드 위를 성큼 넘어가야 했다. 모직물 매장은 아예 지나갈 엄두조차 내지 못했다. 리에나르는

---

*낭만주의 회화의 창시자 외젠 들라크루아(1798~1863)는 북아프리카나 동방을 소재로 한 그림을 그린 것으로 잘 알려져 있다.

천 조각들의 바다 위에서 꾸벅꾸벅 졸고 있었다. 반쯤 무너져 내린 채 버티고 서 있는 모직 천 더미는, 범람한 강물이 휩쓸고 지나간 집들의 잔해처럼 보였다. 그다음으로 보이는 리넨 매장에서는 바닥에 새하얀 눈이 내려앉아 있었다. 그곳을 지나가기 위해서는 떠다니는 얼음 조각들 같은 냅킨에 발부리가 걸려서 바닥에 쌓인 눈송이 같은 손수건들 위를 걸어가야 했다. 위쪽의 중이층에 있는 매장들도 황폐해져 있기는 마찬가지였다. 모피들은 바닥에 흩어져 있고, 여성 기성복들은 전쟁을 마친 군인들의 군용 외투처럼 무더기로 쌓여 있었다. 레이스와 란제리는 펼쳐진 채 구겨져서 여기저기 내던져져 있는 모양새가 충동적인 욕망에 이끌려 거침없이 옷을 벗어던졌을 여인네들을 떠올리게 했다. 한편 백화점 지하의 발송 부서는 여전히 활동 중인 채 과열된 기계의 마지막 꿈틀거림처럼 넘쳐나는 짐 꾸러미들을 마차에 실어 보내고 있었다. 그중에서도 고객들이 떼를 지어 몰려든 곳은 실크 매장이었다. 고객들이 매장을 깨끗이 비워낸 덕분에 그곳은 걸리는 것 없이 자유롭게 지나다닐 수 있었다. 홀은 텅 비어 있었고, 엄청나게 쌓여 있던 파리보뇌르는 마치 탐욕스러운 메뚜기 떼가 훑고 지나간 것처럼 갈기갈기 찢기고 쓸려나가 버렸다. 그렇게 텅 비어버린 매장 가운데서 위탱과 파비에는 치열한 전투 끝에 숨을 헐떡거리며 판매 장부책을 뒤적여 자신들이 받을 수당을 계산하고 있었다. 파비에는 15프랑을 벌었고, 13프랑밖에 챙기지 못한 위탱은 그날의 결정적인 패배 앞에서 자신의 불운에 대한 분노를 금치 못했다. 그들의 눈은 이득에 대한 욕망으로 빛나고 있었다. 그들 주위의 매장들마다 살육의 밤이 선사하는 과격한 즐거움이 넘쳐나는 가운데, 저마다 똑같은 열기로 불타오르면서 숫자를 외쳐대고 있었다.

"어떤가, 부르동클! 이래도 여전히 두렵다고 할 텐가?" 무레가 소리쳤다.

그는 그가 가장 좋아하는 장소인 중이층의 계단 꼭대기 난간 옆으로 다시 돌아와 있었다. 그리고 그의 발밑에 펼쳐진 천들의 대학살 광경 앞에서 승리의 웃음을 지어 보였다. 그는 아침나절에 가졌던 두려움과, 그 누구도 결코 알아서는 안 될, 용서받지 못할 나약함의 순간을 떠올리면서 눈앞의 승리를 요란하게 과시할 필요성을 느꼈다. 이제 군사작전은 그의 결정적인 승리로 끝났다. 동네의 소규모 상점들은 모두 섬멸되었고, 엄청난 자본력과 토지를 소유한 아르트만 남작은 그에게 완전히 설복당했다. 장부를 들여다보며 숫자들의 긴 줄을 더하고 있는 계산원들을 굽어보는 무레의 귓가에 놋쇠 금전등록기로 떨어지는 금화 소리가 들려왔다. 그의 눈앞에는, 벌써부터 홀을 확장하고 갤러리를 디스 데상브르 가까지 길게 연장해 엄청나게 커져 있는 '여인들의 행복 백화점'이 보이는 듯했다.

"그래, 이젠 우리 백화점이 너무 작다는 걸 인정할 수 있겠나? ……확장을 하게 되면 지금보다 두 배 이상의 매출을 올리는 것도 문제없다고."

부르동클은 자신의 생각이 틀린 것을 기뻐하면서 주인의 말을 겸허히 받아들였다. 그러다 두 사람은 눈앞에서 벌어지는 광경에 동시에 숙연해졌다. 여느 마감 때처럼 수석 계산원인 롬므는 각 계산대의 개별 매출액을 한데 모으고 있었다. 그것들을 모두 더해 총매출액을 적은 종이를 쇠꼬챙이에 꽂았다. 그리고 통화의 종류에 따라 돈을 서류 가방이나 자루에 나누어 넣은 다음 중앙 회계 창구로 올려 보냈다. 그날은 대부분이 금화와 은화였기 때문에 그는 커다란 자루 세 개에 그 돈들을 나누어 담고 천천히 계단을 올라갔다. 팔꿈치 아래쪽이 잘려 나간 오른팔 때문에 자루들을 가슴에 대고 왼팔로 꼭 껴안아야 했다. 자루 하나는 미끄러지는 것을 막기 위해 턱으로 받쳐야 했다. 그의 거친 숨소리는 멀리서도 들을 수 있었다. 그는 자신에게 경의를 표하는 직원들 사이를 힘겨우면서도 당당한 태도로 통과해 지나갔다.

"모두 얼만가, 롬므?" 무레가 물었다.

수석 계산원은 또박또박 큰 소리로 대답했다.

"8만 742프랑 10상팀입니다!"

그러자 환호하는 웃음소리가 '여인들의 행복 백화점' 전체를 들썩이게 했다. 숫자는 입에서 입으로 급속도로 퍼져 나갔다. 그것은 지금까지 어느 백화점도 달성한 적 없는 가장 높은 일일 매출액이었다.

그날 밤, 잠을 자러 올라간 드니즈는 함석지붕 아래 있는 좁다란 복도의 벽에 잠시 몸을 기대서야 했다. 방에 들어가서는 문을 닫자마자 침대 위로 그대로 엎어졌다. 다리가 너무나 아파 꼼짝할 수가 없었다. 그녀는 멍한 얼굴로 천천히 방 안을 둘러보았다. 가구라고는 화장대와 조그만 옷장 하나가 전부였다. 초라한 여인숙을 떠올리게 하는 그곳이 이제 그녀가 앞으로 살아가야 하는 곳이었다. 백화점에서의 끔찍했던 첫날이 끝없이 길게 이어지고 있었다. 그녀는 그런 하루를 절대로 다시 시작할 수 없을 것 같았다. 그리고 문득 자신이 실크로 된 드레스를 입고 있다는 것을 깨달았다. 그 유니폼은 그녀를 더욱더 우울하게 만들었다. 그러자 트렁크의 짐을 풀기 전에 의자 팔걸이에 걸쳐놓았던 자신의 낡은 모직 드레스를 다시 입고 싶다는 어린애 같은 생각이 들었다. 하지만 자신의 초라한 옷을 다시 입자 목이 메어오면서 아침부터 참았던 오열이 터져 나왔다. 뜨거운 눈물이 두 뺨을 타고 하염없이 흘러내렸다. 드니즈는 다시 침대 위로 엎어져서는 자신의 두 동생을 생각하며 흐느꼈다. 피로와 슬픔으로 지칠 대로 지친 그녀는 신발조차 벗을 기운이 없이 끊임없이 흐르는 눈물에 자신을 내맡겼다.

제5장

다음 날, 드니즈가 매장에 내려온 지 30분도 채 되지 않았을 때 오렐리 부인이 쏘아붙이듯 말했다.

"마드무아젤, 사장님 호출이야."

드니즈가 안으로 들어가자, 무레가 초록색 레프스로 장식된 널따란 사무실에 홀로 앉아 있는 것이 보였다. 그는 부르동클의 표현대로 '머리도 안 빗는 여자'를 막 떠올린 참이었다. 평소 감시원 같은 역할을 극도로 꺼려하는 그였지만, 신참 판매원이 여전히 촌스러운 차림새를 하고 있다면 그녀에게 다소 자극을 줄 생각으로 그녀를 호출했던 것이다. 전날, 농담처럼 말하긴 했지만, 데포르주 부인 앞에서 자신이 부리는 판매원의 차림새가 거론되는 것에 자존심이 상했기 때문이었다. 그러면서 그는 연민과 분노가 뒤섞인 것 같은 혼란스러운 감정을 느꼈다.

"마드무아젤," 그는 얘기를 시작했다.

"우리가 당신을 채용한 건 당신 큰아버지를 존중했기 때문이었소. 그러니 당신을 내보내야만 하는 난처한 입장에 처하게 하지 마시……"

그는 하려던 얘기를 그만두었다. 그의 책상 건너편으로 그와 마주 보이는 곳에 드니즈가 창백하고 딱딱하게 굳은 얼굴로 서 있었다. 그녀의 실크 드레스는 더 이상 너무 커 보이지도 않았고, 젊은 여성의 순수함이 느껴지는 어깨를 부드럽게 감싸면서 허리의 굴곡을 잘 드러내고 있었다. 굵게 땋아 내린 머리는 여전히 여성적이긴 했지만 적어도 제자리를 지키려고 애쓰고는 있었다. 울다 지쳐 옷을 입은 채로 잠이 들었던 드니즈는 새벽 4시경에 깨어나서는 자신이 지나치게 예민하게 굴었다는 생각에 부끄러움을 느꼈다. 그리고 즉시 드레스의 품을 줄이고, 조그만 거울 앞에 서서 한 시간 동안 머리를 매만졌다. 하지만 그녀가 원했던 것처럼 더 단정해 보이게 하지는 못했다.

"아! 다행이군!" 무레는 안도하듯 내뱉었다.

"오늘 아침에는 한결 낫군. ……다만, 저 거추장스러운 머리는 어떻게 좀 안 되나!"

그는 자리에서 일어나 드니즈의 머리를 다시 매만지고자 했다. 전날 오렐리 부인이 똑같은 시도를 했을 때처럼 익숙한 몸짓이 느껴졌다.

"자! 이렇게 귀 뒤로 넘겨보란 말이오. ……머리를 너무 높이 틀어 올렸잖소."

드니즈는 한마디도 하지 않고 그의 손길에 자신을 내맡겼다. 그녀는 강해지자고 스스로에게 다짐을 했음에도 그의 사무실에 들어올 때는 바짝 얼어붙어 있었다. 그가 자신을 해고하기 위해 호출하는 것으로 믿었기 때문이다. 그녀는 무레가 보여주는 호의적인 태도에도 마음을 놓을 수가 없었다. 그와 가까이 있기만 하면 두려움과 함께 왠지 모를 불편함이 느껴졌다. 그녀는 그런 혼란스러운 느낌을 자신의 운명을 손안에 쥐고 있는 강력한 남자 앞에서 느껴지는 지극히 당연한 감정이라고 여겼다. 무레는 그녀의 목덜미를 스치는 자신의 손길에 떨고 있는 드니즈를 보면서 자신이 그녀를 배려하는 모습을 보인 것을 후회했다. 무엇보다 자신의 권위가 실추될 것이 염려되었던 것이다.

"어쨌거나, 마드무아젤," 그는 또다시 책상을 사이에 두고 얘기를 이어갔다.

"앞으로는 용모에 좀 더 신경을 쓰도록 하시오. 여긴 발로뉴가 아니니, 파리 여인네들을 잘 관찰하란 말이오. ……이곳에 들어올 때는 당신 큰아버지 이름만으로 충분했을지 모르지만, 앞으로는 내가 당신한테서 엿보았던 가능성을 충분히 보여줄 수 있길 바라오. 유감스럽게도 이곳 사람들 모두가 나와 생각이 같지는 않다는 것을 명심하길……. 이젠 그대도 상황을 충분히 파악했을 거라 생각하오, 안 그렇소? 부디 날 거짓말쟁이로 만들지 말길 바라오."

무레는 그녀를 어린아이처럼 다루고 있었다. 불쌍하고 서툴기 짝이 없는 한 여자아이에게서 어렴풋이 느껴지기 시작하는 여성적인 매력에 이끌리면서도 호감보다는 동정심에 더 가까운 감정으로 그녀를 대했다. 드니즈는 그가 훈계를 늘어놓는 동안, 금빛 테두리 액자 속에서 균형 잡힌 아름다운 얼굴로 엄숙히 미소 짓고 있는 에두앵 부인의 초상화를 바라보았다. 그러자 그녀는 자신에게 용기를 북돋아주고자 하는 그의 말에도 불구하고 또다시 알 수 없는 두려움에 사로잡힌 채 전율했다. 무레가 얘기를 계속하는 동안, 드니즈는 온 동네 사람들이 수군거리던 얘기를 떠올렸다. 그들은 액자 속 여인을 죽게 한 것은 무례였으며, 백화점은 그녀의 피로 세워졌다고 했다.

"자, 이제 그만 가보시오." 얘기를 끝낸 무레는 다시 자리에 앉아 중단했던 문서 작업을 계속했다.

밖으로 나온 드니즈는 복도에 혼자 있게 되자 깊은 안도의 한숨을 내쉬었다.

그날부터 그녀는 크나큰 용기를 보여주었다. 이따금씩 감정적으로 흔들릴 때도 있었지만, 그 이면에는 끊임없이 스스로를 다잡게 하는 이성과, 홀로 살아가는 나약한 존재로서 당당하고 즐겁게 스스로에게 부과한 임무를 완수하고자 하는 끈기가 자리하고 있었다. 또한 평소에는 죽은 듯 조용히 지내면서, 필요할 때면 온갖 장애물을 넘어서서 곧장 자신의 목표를 향해 나아갔다. 그럴 때면 디없이 우직하고 자연스러워 보였다. 드니즈의 가장 큰 매력은 바로 그런 강인한 부드러움에 기인하고 있었다.

무엇보다 그녀를 힘들게 한 것은 매장에서 쌓이는 엄청난 피로를 극복해내는 일이었다. 하루 종일 옷 뭉치들을 들었다 놓았다 하다 보면 팔이 떨어져 나갈 것처럼 아파왔다. 처음 6주간은 어깨에 멍이 들고 기진맥진한 채 밤새도록 몸을 뒤척이면서 신음 소리를 냈다. 하지만 그보다 더 그녀를 고통스럽게 한 것은 그녀의 구두였다. 돈이 없어 발로뉴에서부터 신었던 커다란 구두를 좀 더 가벼운 부츠로 바꾸질 못하고 계속 신고 다녀야 했던 것이다. 아침부터 저녁까지 계속 종종걸음 치면서, 잠시 옷장에라도 몸을 기대 쉴라 치면 여지없이 질책을 당하다 보니 발은 언제나 퉁퉁 부어 있게 마련이었다. 마치 다리를 죄는 나무 형틀에 짓눌린 어린 소녀의 발 같았다. 발뒤꿈치는 화끈거리며 열이 나고, 발바닥은 물집으로 뒤덮였으며, 벗겨진 살갗은 스타킹에 달라붙었다. 팔다리와 몸속까지 극심한 피로감에 시달리다 보니 몸 전체가 쇠약해지면서 그로 인해 급격히 생겨난 생리적 변화가 피부를 창백해 보이게 했다. 수많은 여성 판매원들이 원인을 알 수 없는 병에 걸려 하나둘씩 백화점을 떠나는 동안에도 더없이 가냘프고 허약해 보이는 드니즈는 굳건히 버텨나갔다. 기꺼이 고통을 참아내고 꿋꿋이 어려움을 이겨내는 강인함 덕분에 그녀는 남자들조차 쓰러뜨릴 정도로 힘든 일 앞에서도 언제나 미소를 띤 얼굴로 똑바로 서 있을 수 있었다.

그다음으로 드니즈에게 괴로움을 안겨준 것은 매장 전체가 그녀에게 등을 돌리고 있다는 사실이었다. 매장 동료들의 은근한 박해는 신체적 고통과 합세해 그녀를 끊임없이 괴롭혔다. 그녀는 두 달이 넘도록 인내하며 상냥한 태도로 그들을 대했음에도 그들의 경계심을 사라지게 하지는 못했다. 누구보다도 따뜻한 정을 필요로 했던 드니즈는 동료들의 모욕적인 말과 비열한 짓거리, 그리고 그들로부터 따돌림을 당하는 사실에 크나큰 상처를 받았다. 그들은 그녀의 불운했던 시작을 두고두고 놀림감으로 삼았다. '나막신', '빗자루 머리' 같은 말들이 그들 사이를 돌아다녔다. 또한 드니즈를 동네북 취급하며, 판매를 성사시키지 못한 판매원은 즉시 '발로뉴로 보내버려야 한다'고 비아냥거렸다. 시간이 지나면서 백화점의 속성을 파악하기 시작한 그녀가 유능한 판매원으로 인정받게 되자 그들은 경악과 분노를 금치 못했다. 그리하여 서로 작당해서 그녀가 중요한 고객을 응대하지 못하도록 조직적으로 방해했다. 마르그리트와 클라라는 본능적인 증오심을 드러내며 사사건건 그녀를 괴롭혔다. 경멸로 가장했지만 사실은 두려운 존재인 이 신참 판매원에게 자신들의 자리를 빼앗기지 않기 위해 서로 간의 연대를 더욱 긴밀히 했다. 한편 오렐리 부인은 시골 출신 신참 판매원의 당당한 태도에 자존심이 몹시 상했다. 드니즈는 그녀에게 잘 보이려고 애쓰면서 그녀 주위를 맴돌지 않았기 때문이다. 따라서 오렐리 부인은 자신의 궁정에서 자신이 총애하는 여자들이 드니즈를 제물로 삼는 것을 방치하고 묵인했다. 권위적이며 억센 오렐리 부인은 자신의 존재감을 확인받기 위해 끊임없이 자기 앞에 무릎을 꿇은 채 자신의 비위를 맞추려고 애쓰는 사람들을 필요로 했다. 잠시, 부수석 구매상인 프레데릭 부인만은 그들의 음모에 동참하지 않는 듯 보였다. 하지만 그것은 그녀의 생각이 짧았던 탓이었다. 인간적으로 친절히 구는 것이 자신에게 적을 만드는 것이라는 사실을 깨닫자마자 그녀 역시 드니즈에게 등을 돌렸던 것이다. 그러자 드니즈는 모두에게 완벽하게 버림을 받게 되었다. 모두가 '머리도 안 빗는 여자'를 집요하게 괴롭히는 가운데 그녀는 매장에서의 매 순간을 전쟁을 치르듯 보내야 했다. 그녀가 할 수 있는 것이라고는, 용기를 잃지 않기 위해 끊임없이 자신을 추스르면서 그날그날을 간신히 버텨나가는 것뿐이었다.

이제, 그것이 그녀의 삶이었다. 드니즈는 자신의 것이 아닌 실크 드레스를 입고 항상 미소를 띤 얼굴로 용감한 척, 우아한 척해야만 했다. 극심한 피로로 곧 쓰러질 것 같으면서도 제대로 먹지도 못한 채 동료들에게 괴롭힘을 당하면서, 언제라도 해고당할 수 있다는 지속적인 위기감 속에서 하루하루를 지냈다. 그녀에게는 자신의 방이 유일한 도피처였다. 몹시 힘들었던 날이면 그곳에서 실컷 울기라도 할 수 있었다. 그러다 12월이 되자, 이번에는 눈 쌓인 함석지붕에서 전해지는 살을 에는

듯한 추위로 인해 너무나 고통스러운 나날이 계속되었다. 조금
이라도 추위를 잊기 위해서는, 침대에서 몸을 잔뜩 웅크린 채
몇 개 안 되는 옷가지를 몸에 덮고 그 속에서 눈물을 흘려야 했
다. 그러지 않으면 눈물이 얼어붙어 얼굴이 갈라질지도 몰랐기
때문이다. 무레는 더 이상 그녀를 아는 체하지 않았다. 드니즈
는 일하는 중에 부르동클의 엄격한 시선과 마주칠 때마다 두려
움으로 몸을 떨었다. 그가 아주 작은 실수조차 결코 용납하지
않을 자신의 천적처럼 느껴졌기 때문이다. 그런데, 이렇듯 팽
배한 적대적 분위기 속에서 그녀에게 유난히 관대한 주브 감독
관의 태도가 드니즈를 놀라게 했다. 그는 그녀가 혼자 있는 것
을 볼 때마다 그녀에게 웃어 보이면서 다정한 말을 건넸다. 심
지어 두 번씩이나 질책을 면하게 해주기도 했다. 하지만 드니즈
는 그가 자신에게 베푸는 호의에 감동받기보다는 당혹감이 더
컸기 때문에 그에게 감사하다는 인사조차 제대로 하지 못했다.

　어느 날 저녁, 식사를 마친 드니즈는 다른 판매원들과 함께
옷장을 정리하던 중에 조제프로부터 어떤 청년이 백화점 앞에
서 자신을 기다린다는 전갈을 받았다. 그녀는 몹시 걱정스러운
얼굴로 아래로 내려갔다.

　"오호!" 클라라가 놀란 얼굴로 말했다.

　"머리도 안 빗는 여자한테 애인이 있었다는 거야?"

　"여자한테 엄청 굶주린 남잔가 보지." 마르그리트는 시큰둥
한 얼굴로 비아냥거렸다.

　백화점 밖으로 나간 드니즈는 문 앞에 서 있는 동생 장을 발
견했다. 그녀는 그에게 이렇게 불쑥 백화점으로 찾아오지 말
것을 단단히 일러둔 터였다. 자칫하면 그로 인해 안 좋은 소문
이 돌 수도 있었기 때문이다. 하지만 드니즈는 동생을 꾸짖을

엄두조차 내지 못했다. 모자도 쓰지 않은 채 포부르 뒤 탕플에서 숨을 헐떡거리며 바람처럼 달려온 것을 보면 제정신이 아닌 듯했다.

"누나 혹시 10프랑쯤 가진 거 있어?" 장은 더듬거리며 물었다.

"10프랑만 줘, 안 그럼 난 죽은 목숨이나 마찬가지야."

계집아이처럼 얼굴이 곱상한 말썽꾸러기 청년 장은 머리가 엉망이 된 채 멜로드라마에서나 나올 법한 우스꽝스러운 얘기들을 늘어놓았다. 그가 돈 얘기로 드니즈를 불안하게 하지만 않았다면, 그녀는 아마도 사랑스러운 동생의 모습에 빙그레 미소를 지어 보였을 것이다.

"너 지금 뭐라고 했니, 10프랑을 달라고? 대체 무슨 일인데 그래?"

그러자 그는 얼굴을 붉히면서 한 동료의 여동생을 만난 얘기를 변명처럼 늘어놓았다. 드니즈는 그의 당혹감이 자신에게도 옮아오는 것을 느끼면서 그의 말을 가로막았다. 더 이상 알 필요도 없었다. 그는 이미 두 번씩이나 이런 식으로 돈을 빌리러 온 전력이 있었던 것이다. 하지만 첫 번째는 25수, 두 번째는 30수에 불과했다는 게 지금과는 다른 점이었다. 그럴 때마다 그는 여자 문제를 들먹였다.

"난 너한테 10프랑을 줄 수가 없어. 페페의 이달 치 보육료도 아직 주지 못했다고. 지금 가지고 있는 돈으로 그걸 지불하고 나면 간신히 부츠를 살 돈밖엔 남아 있지 않아. 지금 나한테 그게 얼마나 필요한지 넌……. 어쨌거나, 넌 정말 대책 없는 아이로구나, 장. 대체 왜 그러고 다니는지 난 도무지 이해가 안 가."

"그럼 난 이제 죽었어." 그는 비장한 몸짓으로 말했다.

"내 말 좀 들어봐, 누나. 머리가 갈색에다 늘씬한 여잔데, 그 오빠랑 같이 셋이서 카페엘 간 거야. 그런데 난 정말이지 음료수 값이 그렇게 많이 나올 줄은……."

드니즈는 또다시 그의 말을 가로막아야 했다. 그리고 철없는 동생의 눈에 눈물이 맺히는 것을 보자 지갑에서 10프랑짜리 동전을 꺼내 그의 손에 쥐어주었다. 그러자 그는 즉시 웃음을 터뜨렸다.

"누나가 줄 줄 알았다니까……. 하지만, 맹세할게! 앞으로 다시는 이런 일 없을 거야! 다시 또 그러면 정말 나쁜 놈이지."

그는 드니즈의 양쪽 뺨에 열렬히 입맞춤을 하고는 다시 바람처럼 사라졌다. 그러자 그 광경을 지켜보던 판매원들의 눈이 휘둥그레졌다.

그날 밤, 드니즈는 제대로 잠을 이루지 못했다. '여인들의 행복 백화점'에 들어온 이후로 돈은 그녀의 가장 큰 걱정거리였다. 그녀는 여전히 기본급을 받는 정식 직원이 아닌 수습 직원 상태로 머물고 있었다. 게다가 매장의 다른 판매원들이 계속 그녀의 판매를 방해했기 때문에, 드니즈는 그들이 별로 신경 쓰지 않는 고객들만을 상대하면서 겨우 페페의 보육료를 지불할 정도의 수입밖에는 올리지 못하고 있었다. 그런 사실은 그녀에게는 암흑 같은 빈곤함, 실크 드레스 뒤에 감추어진 빈곤함으로 이어졌다. 그녀는 종종 속옷을 기워 입거나 레이스로 된 슈미즈를 꿰매기도 하면서 빈약한 옷가지를 수선하느라 밤을 꼬박 새우기도 했다. 또한 구두 수선공 못지않게 능숙한 솜씨로 구두에 조각들을 덧대기도 했다. 대야에서 빨래를 감행하기도 했다. 그런데 무엇보다도 그녀의 모직 드레스가 문제였다. 갈아입을 다른 옷이 없었기 때문에, 저녁마다 유니폼

을 벗고 그것을 다시 입느라 옷이 낡을 대로 낡아 있었던 것이
다. 그러다 보니 얼룩이 조금만 묻어도 머리가 지끈거리고, 어
디가 찢어지기라도 하면 세상이 무너지기라도 한 것처럼 얼굴
에 수심이 가득했다. 게다가 그녀 자신을 위한 돈은 한 푼도 남
아 있지 않았다. 여자에게 필요한 사소한 것들을 살 돈조차 없
었다. 필요한 실과 바늘을 사기 위해서는 아직 보름을 더 기다
려야 했다. 따라서 갑자기 나타난 장이 여자 문제를 핑계로 가
계를 거덜 낸 것은 그녀에게는 크나큰 재앙이 아닐 수 없었다.
1프랑만 없어져도 큰 차질이 생겼다. 그런데 다음 날까지 10프
랑을 어디서 마련한단 말인가. 지금 당장은 생각하고 싶지도
않은 일이었다. 드니즈는 새벽까지 악몽을 꾸느라 잠을 설쳐야
했다. 꿈에서 페페는 거리로 내쫓기고, 그녀는 혹시 돈이 떨어
져 있지 않은지 살펴보느라 손가락에 멍이 들 때까지 보도블록
을 파헤치고 있었다.

  하지만 다음 날이 되자 드니즈는 또다시 실크 드레스에 걸
맞은 판매원으로서의 역할을 충실히 해내기 위해 한껏 미소를
지어 보여야만 했다. 매장에 단골손님들이 찾아오면 오렐리 부
인은 새로운 스타일의 코트를 돋보이게 하기 위해 수시로 그녀
를 불러 옷을 대신 입어보게 했다. 드니즈는 패션을 주도하는
여인처럼 우아하게 몸을 뒤로 젖히면서도 머릿속으로는 그날
저녁에 지불하기로 약속한 페페의 보육료를 떠올리고 있었다.
부츠를 사는 일은 이번 달에도 또다시 미룰 수 있었다. 하지만
그녀에게 남아 있는 30프랑에 그동안 따로 한푼 두푼 모아둔 4
프랑을 합치더라도 모두 34프랑밖에 되지 않았다. 부족한 나머
지 6프랑을 당장 어디서 구한단 말인가. 그 생각만으로도 불안
해서 미칠 것만 같았다.

"보시다시피 어깨도 편안하게 움직일 수 있답니다." 오렐리 부인이 말했다.

"아주 기품이 있으면서도 활동성이 좋은 옷이지요. ……마드무아젤, 이제 두 팔을 교차해봐요."

"오! 물론이죠." 드니즈는 여전히 밝은 표정으로 말했다.

"어찌나 가벼운지 옷을 입은 것 같지도 않답니다. ……부인 마음에 꼭 들 거예요."

드니즈는 지난 일요일에 페페를 그라 부인 집에서 데리고 나와 샹젤리제에 데리고 갔던 것을 후회하고 있었다. 가엾은 어린 동생은 그녀와 함께 외출을 한 적이 거의 없었다. 그날 페페에게 생강 빵과자와 장난감 삽을 사주고 인형극을 보여주는 데 모두 29수를 써야 했다. 어찌하여 장은 어리석은 짓을 저지르면서 어린 동생은 전혀 생각지 않는 것일까. 결국 그 모든 게 그녀의 부담으로 돌아왔다.

"혹시 이게 마음에 안 드시면……" 수석 구매상이 다시 얘기했다.

"그래요! 마드무아젤, 이 로통드를 걸쳐봐요. 부인께서 보고 판단하시도록."

드니즈는 로통드를 입고 작은 보폭으로 빠르게 걸어 보이면서 말했다.

"이 코트는 보온성이 아주 좋답니다. ……올해 유행하고 있는 스타일이죠."

드니즈는 저녁이 될 때까지 직업상 우아하게 웃음을 띠고 있으면서도 속으로는 부족한 돈을 채우는 문제로 내내 고통받았다. 그날따라 다들 정신없이 바빴기 때문에 매장의 다른 판매원들은 그녀에게 중요한 고객을 응대하도록 내버려두었다.

하지만 이제 겨우 화요일이었다. 일주일 치 수당을 받으려면 아직 나흘을 더 기다려야 했다. 드니즈는 저녁 식사를 마친 후 그라 부인 집에 가기로 한 것을 다음 날로 미루기로 마음먹었다. 다른 일 때문에 가지 못했다고 핑계를 대면 될 터였다. 그때까지 어쩌면 부족한 6프랑을 구할 수 있을지도 모르니까.

평소 드니즈는 조금이라도 돈을 쓰지 않기 위해 일과가 끝나자마자 지붕 밑 방으로 일찍 자러 올라갔다. 그러지 않으면 돈 한 푼 없이 밖에서 뭘 할 수 있겠는가? 여전히 그녀를 두렵게 하는 거대한 도시에서 아는 곳이라고는 백화점 주변의 길밖에 없는 데다, 제대로 꾸미지도 않은 촌스러운 모습으로 말이다. 고작해야, 어쩌다 용기를 내서 팔레루아얄 부근까지 바람을 쐬러 갔다가 속히 돌아와 방에 틀어박혀 바느질을 하거나 빨래를 하는 게 그녀가 할 수 있는 전부였다. 백화점 꼭대기 층에 길게 이어진 복도를 따라 난 방들은 혼잡한 병영을 연상케 했다. 그곳에서 잠을 자는 여자들은 종종 단정치 못한 모습으로 변기 물이나 더러운 속옷에 관해 쑥덕공론을 하곤 했다. 그들을 둘러싼 삶의 신산함은 끊임없는 다툼과 화해로 이어졌다. 게다가 낮 동안에는 그곳에 올라가는 게 금지돼 있었다. 그들은 그곳에 살고 있는 게 아니었다. 밤에 잠시 그곳에서 묵는다는 게 맞는 표현일 터였다. 밤에 통행금지 시간이 다 되어서야 돌아와서는, 아침이 되면 아직 잠이 덜 깬 채로 후다닥 씻고 그곳을 빠져나가는 게 그들의 일상이었다. 밤이 되면, 끊임없이 복도를 쓸고 지나가는 차가운 바람과 하루 13시간의 노동에서 오는 극심한 피로 탓에 그들은 숨소리조차 내지 않고 침대로 곧바로 뛰어들었다. 그리하여 지붕 밑 방들은 긴 여행에 지쳐 몹시 피곤하고 우울한 얼굴을 한 여행자 무리들이 잠시 스쳐 지나가는 여인숙이나 다름없었다. 드니즈에게는 친구가 없었다. 수많은 판매원들 중에서 단 한 사람 폴린 퀴뇨만이 그녀에게 호감을 표명했을 뿐이었다. 그것조차, 기성복 매장과 란제리 매장은 나란히 붙어 있으면서도 공공연한 경쟁 관계에 있는 터라, 두 젊은 여성 사이의 우정은 스쳐 지나가듯 간간이 주고받는 말에 머무르는 게 고작이었다. 폴린은 드니즈가 묵는 방의 바로 오른쪽 옆방에 머물고 있었다. 하지만 그녀는 저녁 식사가 끝나자마자 사라져서는 11시가 다 되어서야 돌아왔기 때문에 드니즈는 그녀가 잠자리에 드는 소리만을 들을 수 있을 뿐이었다. 따라서 업무 시간 외에는 서로 마주칠 일이 없었다.

그날 밤, 드니즈는 또다시 구두 수선공이 되어야 했다. 구두를 들고 꼼꼼히 살펴보면서 월말까지 버티려면 어떻게 해야 할지를 궁리했다. 그녀는 마침내 곧 갑피에서 떨어져 나갈 것처럼 보이는 밑창을 굵은 바늘로 다시 꿰매기로 했다. 그사이 드레스의 깃과 소매는 비누를 가득 푼 대야에 담가놓았다.

그곳에서는 매일 저녁 똑같은 소리들이 반복해서 들려왔다. 하나둘씩 여자들이 돌아오기 시작하면, 속삭이듯 잠깐 동안 대화하는 소리, 웃음소리, 그리고 숨죽여 다투는 소리가 차례로 이어졌다. 그런 다음 침대가 삐걱거리는 소리, 하품 소리가 났다. 그리고 방들은 이내 무거운 잠 속으로 빠져들었다. 드니즈의 왼쪽 옆방에 머무는 여자는 자는 동안 종종 큰 소리로 잠꼬대를 해서 그녀를 겁먹게 했다. 어쩌면 다른 여자들도 그녀처럼 규율을 어겨가며 옷가지를 수선하느라 밤을 새우고 있을지도 몰랐다. 하지만 그러려면 무척 조심을 해야만 했다. 드니즈 역시 신경을 곤두세운 채 느릿한 몸짓으로 어디라도 부딪혀서 소리를 내는 일이 없도록 주의를 기울였다. 굳게 닫힌 문들 뒤에서는 으스스한 정적만이 새어 나오고 있었다.

11시를 알리는 종이 울린 지 10분쯤 지났을 때 드니즈는 어디선가 들려오는 발소리에 고개를 들었다. 또 누군가가 늦게 들어오는 모양이었다! 그러다 옆방 문이 열리는 소리를 듣고서야 그것이 폴린이라는 것을 알았다. 그런데 놀랍게도 란제리 매장의 판매원은 살그머니 되돌아와서는 드니즈의 방문을 노크했다.

"나야, 얼른 문 좀 열어줘."

판매원들 사이에는 서로의 방을 방문하는 것이 금지돼 있었다. 따라서 드니즈는 폴린이 규율의 엄격한 준수를 관리하고 있는 카뱅 부인에게 들키지 않도록 재빨리 문을 열었다.

"부인한테 안 들켰겠지?" 드니즈는 문을 닫으면서 물었다.

"누구? 카뱅 부인? 오! 난 그 여잔 하나도 겁 안 나. ……100수만 주면 아무 소리 안 하거든!"

그러면서 폴린은 이어 말했다.

"한참 전부터 자기랑 얘길 하고 싶었어. 아래층에서는 그럴 시간이 없잖아. ……그런데 오늘, 저녁을 먹는데 자기 얼굴에 수심이 가득해 보이더라고."

드니즈는 친구의 착한 심성에 감동하며 고맙다는 인사와 함께 앉을 것을 권했다. 그녀는 갑작스러운 방문에 당황한 나머지 꿰매던 구두를 내려놓을 생각을 못하고 계속 들고 있었다. 폴린의 시선은 그 구두로 향했다. 그녀는 고개를 끄덕이더니 주위를 둘러보다가 대야에 담겨 있는 소매와 깃을 발견했다.

"딱한 친구 같으니라고, 내 이럴 줄 알았다니까." 폴린은 얘기를 계속했다.

"힘내! 나도 그랬었으니까. 샤르트르에서 처음 왔을 때 우리

아버지는 나한테 한 푼도 보내주지 않았어. 그래서 나 역시 슈미즈를 빨아 입어야 했지! 그래, 그랬다니까, 매일 세탁해야 했어! 슈미즈가 두 개밖에 없어서 하나는 늘 대야에 담가두어야 했거든."

급히 오느라 숨이 찼던 폴린은 그제야 자리에 앉았다. 반짝거리는 작은 눈과 다정해 보이는 큰 입은 선이 굵고 커다란 그녀의 얼굴을 매력적으로 보이게 했다. 폴린은 내친 김에 자신의 애기를 모두 들려주었다. 방앗간에서 어린 시절을 보낸 그녀는 소송 때문에 파산한 아버지가 돈을 벌어 오라며 준 20프랑만을 달랑 가지고 파리로 왔다. 그렇게 해서, 처음에는 바티뇰에 있는 한 상점에서 판매원으로 일하다가 '여인들의 행복 백화점'으로 오게 되었던 것이다. 그녀 역시 온갖 상처와 결핍에 시달려야 했던 고통스러운 시작을 경험했다. 그리고 이젠 한 달에 200프랑의 수입을 올리며 그날그날을 아무런 걱정 없이 즐기는 삶을 살고 있었다. 도발적으로 허리를 조인 그녀의 짙은 남색 나사 드레스에 보석과 브로치, 체인 시계가 반짝거리며 돋보였다. 그녀는 커다란 회색 깃으로 장식한 벨벳 토크*를 쓴 채 환히 미소를 지어 보였다.

"나도 그랬었다니까!" 폴린은 거듭 힘주어 말했다.

"편히 생각해, 내가 나이도 더 많잖아. 난 스물여섯 살 반이라고, 그렇게 보이진 않겠지만……. 이제 자기 애길 좀 해봐."

잠시 머뭇거리던 드니즈는 그토록 거리낌 없이 먼저 손을 내미는 우정 앞에서 마침내 자신을 내보이기로 했다. 그녀는 낡은 숄을 어깨에 두른 채 페티코트** 차림으로 우아하게 차려

*테가 없는 둥글고 작은 여성용 모자. 장식은 깃이나 베일로 한다.

입은 폴린 옆에 앉아 얘기를 시작했다. 방 안은 몸을 꽁꽁 얼어붙게 할 정도로 추웠다. 망사르드 지붕의 경사를 따라 교도소 감방처럼 휑한 방으로 차가운 기운이 끊임없이 스며들었다. 하지만 두 여자는 자신들의 손끝이 얼어붙는 것도 느끼지 못하는 듯 서로의 얘기에 열중했다. 드니즈는 장과 페페에 대한 얘기와 자신이 돈 문제로 얼마나 고통받고 있는지를 솔직하게 털어놓았다. 그러다 보니 자연스럽게 기성복 매장의 판매원들에게로 화제가 옮아갔다. 폴린은 속에 담고 있던 말을 뱉어냈다.

"오! 몹쓸 것들 같으니라고! 같이 일하는 동료로서 자길 조금만 배려해줬다면 한 달에 100프랑 넘게 벌 수 있었을 거야."

"왜 다들 날 미워하는지 모르겠어." 드니즈는 참았던 눈물을 쏟아내면서 말했다.

"무슈 부르동클은 꼬투리를 잡아 날 괴롭힐 생각만 하고 있는 사람 같아. 나한테 무슨 악감정이라도 있는 것처럼……. 딱한 사람, 주브 감독관님만이……"

폴린은 그녀의 말을 가로막고 말했다.

"오, 그 원숭이 같은 교활한 감독관! 이 순진한 친구야, 그런 사람은 절대 믿으면 안 돼. ……있잖아, 그렇게 코가 큰 남자들은 특히 조심해야 하는 거야! 훈장을 달고 우쭐거리고 다니지만, 란제리 매장에서 있었던 스캔들을 자기가 알게 되면……. 어쨌거나, 그런 정도 일로 이렇게 마음 아파하는 걸 보면 자긴 아직 순진한 것 같아! 아무튼 마음이 여린 게 문제라니까! 하지만 기운 내! 그런 일쯤은 누구나 겪는 거라고. 신고식을 톡톡

**스커트 밑에 받쳐 입는 속치마. 원래는 서양 여성복이 15세기 말에 상의와 하의가 분리된 결과, 스커트에 대하여 붙여진 명칭인데 19세기 이후에는 부인이나 소녀의 속 스커트만을 지칭하게 되었다.

히 치르는 거라고 생각하란 말이야."

그녀는 연민에 사로잡혀 드니즈의 두 손을 꼭 움켜쥐고는 입을 맞추었다. 하지만 돈 문제는 더 심각한 일이 아닐 수 없었다. 그녀처럼 아무것도 가진 것 없는 젊은 여자가 다른 판매원들이 신경 쓰지 않는 판매에서나 나오는 변변찮은 수입을 가지고 어린 동생의 보육료와 큰 동생의 애인들에게 맛난 음식까지 대접해가면서 두 동생을 책임진다는 것은 불가능에 가까운 일이었다. 드니즈는 3월이 되어서 경기가 다시 좋아지기 전까지는 기본급을 받지 못할 가능성이 컸기 때문이다.

"내 말 잘 들어, 이런 식으로는 절대 오래 버틸 수 없어." 폴린이 말했다.

"내가 자기라면⋯⋯"

그녀는 복도에서 무슨 소리가 들려오자 입을 다물었다. 어쩌면 마르그리트일지도 몰랐다. 그녀가 밤에 슈미즈 바람으로 다른 여자들이 잠자는 것을 살피고 다닌다는 소문이 있었던 것이다. 친구의 두 손을 여전히 꼭 잡고 있던 폴린은 한쪽 귀를 곤두세운 채 한동안 말없이 드니즈를 응시했다. 그리고 부드러우면서도 강한 확신이 느껴지는 표정으로 나직하게 속삭였다.

"내가 자기라면, 누군가를 찾아보겠어."

"그게 무슨 말이야, 누군가라니?" 친구의 말을 즉각 이해하지 못한 드니즈가 조그맣게 물었다.

그리고 마침내 그 의미를 깨닫자 얼른 두 손을 거두고는 충격을 받은 듯 멍한 얼굴을 했다. 지금까지 한 번도 생각해본 적이 없던 것에 관한 친구의 얘기는 그녀의 심기를 몹시 불편하게 했다. 드니즈는 폴린이 자신에게 왜 그런 충고를 하는지 이해하지 못했다.

"아니! 싫어!" 드니즈는 단지 그렇게만 대꾸했다.

"그럼, 절대 이 상황을 벗어날 수 없을 거야, 먼저 겪어본 사람으로서 분명히 말하지만! ……계산해보면 금세 알 수 있잖아. 꼬마한테 40프랑이 들어가고, 큰애한테 시시때때로 100수짜리 동전을 뜯기잖아. 그럼 자긴? 언제까지 이렇게 옷 한 벌 못 사 입고 초라한 행색으로 지낼 건데? 그 여자들이 자기 구두를 두고 얼마나 놀려대는 줄 알아? 게다가 이 발을 보라고. 이런 상태로 언제까지 버틸 수 있을 것 같아? ……내 말대로 누군가를 만나봐. 그럼 사는 게 한결 나아질 거야."

"싫어." 드니즈는 완강하게 버텼다.

"참내! 왜 그렇게 막무가내로 고집을 부리는지 모르겠네. ……이건 어쩔 수 없는 거야, 지극히 자연스러운 거라니까! 우리도 다 그렇게 살아왔다고. 그래, 날 봐! 처음엔 나도 자기처럼 수습부터 시작했어. 가진 거라곤 한 푼도 없었고. 물론, 여기서 먹여주고 재워는 주지. 하지만 치장도 해야 하고, 돈이 없어서 허구한 날 방 안에만 갇혀서 파리 날아가는 거나 지켜보는 게 어디 사는 거냐고. 그러니까, 고집부리지 말고 그냥 되는 대로 편하게……."

그러면서 폴린은 소송 대리인의 서기였던 자신의 첫 번째 애인에 관한 얘기를 들려주었다. 그는 뇌동으로 나들이를 갔을 때 알게 된 남자였다. 그다음에는 한동안 우체국 직원과 어울려 다녔다. 그리고 작년 가을부터는 '봉 마르셰 백화점'*의 판매원과 만나고 있었다. 키도 크고 아주 자상한 청년으로, 그녀는 남는 시간을 모두 그와 함께 보냈다. 물론, 한 번에 한 남자씩밖에 만나지 않았다. 그녀는 정숙한 여자였고, 아무 남자에게나 선뜻 자신을 허락하는 그런 여자하고 그녀를 비교하면 발끈 화를 냈다.

"절대로 자기한테 함부로 막 살라는 얘기가 아니야!" 폴린은 다시 열을 올리며 말했다.

"내가 왜 자기네 매장의 클라라하고는 절대 어울리지 않으려는 줄 알아? 사람들이 나도 그 여자처럼 난잡하게 노는 줄 알까 봐 그러는 거야. 하지만 누군가와 조용히 만날 때는 아무런 문제가 될 게 없는 거야. ……자기가 보기엔 그게 그렇게 잘못된 일인 것 같아?"

"아니, 그냥 나한테 맞지 않는 것뿐이야. 그래서 그러는 거야."

드니즈의 말에 또다시 침묵이 이어졌다. 냉기가 감도는 조그만 방에서 나직한 소리로 얘기를 주고받는 것에 마음이 훈훈해진 두 여자는 서로를 향해 웃어 보였다.

"그리고, 먼저 누군가한테 좋은 감정을 느껴야 하는 거잖아." 드니즈는 얼굴을 붉히면서 말했다.

그 말에 폴린은 무척 놀라는 듯했다. 그리고 웃음을 터뜨리더니 친구에게 다시 입맞춤을 하고는 말했다.

"하지만 누군가를 만나다 보면 자연스레 서로 호감을 느끼게 되고 그러는 거지! 자긴 정말 재미있는 친구야! 아무도 자기한테 그런 걸 강요하지 않아. ……말이 났으니 말인데, 일요일에 보제한테 어디 야외라도 좀 데려가달라고 얘기해볼까?

*프랑스 최초의 대형 백화점이었던 '봉 마르셰'의 본래 명칭은 '오 봉 마르셰(Au Bon Marché)'였다. 1852년, 최초 설립자였던 비도 형제(1838년 봉 마르셰의 전신이 되는 마가쟁 드 누보테를 열었다)로부터 그 권리를 사들인 부시코 부부는 정가제 실시와 다양한 물품을 대량으로 과감히 진열하는 식의 현대적인 진열 개념을 도입하고 건물을 확장해 오늘날 대형 백화점의 전형을 보여주었다. 1989년, 설립된 지 151년 만에 '르 봉 마르셰'로 그 명칭이 바뀌었다.

그이 친구도 한 사람 데려오고."

"아니." 드니즈는 부드러우면서도 고집스럽게 대답했다.

그러자 폴린도 더 이상 얘기하지 않았다. 누구나 자기가 원하는 대로 살 권리가 있는 법이니까. 그녀는 친구를 걱정하는 마음으로 그런 얘기를 한 것뿐이었다. 자신의 동료가 그토록 힘들게 지내는 것이 진정으로 마음 아팠기 때문이다. 이제 곧 자정을 알리는 종소리가 울릴 시간이 되자 폴린은 자기 방으로 돌아가기 위해 일어섰다. 하지만 그곳을 나서기 전에 그녀는 드니즈에게 부족한 6프랑을 부담 갖지 말고 받아줄 것을 부탁했다. 나중에 지금보다 더 벌게 되면 그때 갚아도 된다는 말과 함께.

"이제 촛불을 끄도록 해. 어떤 문이 열리는지 알지 못하도록……. 그리고 나중에 다시 켜는 게 좋을 거야."

촛불이 꺼지자 두 여자는 또다시 서로의 손을 꼭 잡았다. 그리고 폴린은 미끄러지듯 밖으로 나가 자신의 방으로 돌아갔다. 모두들 피곤에 짓눌린 채 죽은 듯이 잠들어 있는 가운데 그녀의 드레스 자락이 스치는 소리만이 들려올 뿐이었다.

드니즈는 잠자리에 들기 전에 구두 수선을 마저 끝내고 빨래를 하기로 했다. 밤이 깊어갈수록 추위가 더 맹위를 떨쳤다. 하지만 폴린과의 수다로 마음이 따뜻해진 덕분에 추위조차 느껴지지 않았다. 드니즈는 친구의 말에 언짢은 생각은 들지 않았다. 다만, 자신처럼 혼자 자유롭게 살아가는 사람은 자신이 원하는 대로 살아갈 권리가 있는 것이다. 드니즈는 결단코 그런 나약한 생각을 가져본 적이 없었다. 그녀는 올곧은 정신과 건전한 심성을 지닌 덕분에 어려움 속에서도 정숙함을 지키며 살아갈 수 있었다. 마침내 그녀는 1시가 가까워오는 시각에야 잠을 청할 수 있었다. 아니, 그녀의 마음속에는 아직 아무도 없었다. 그런데 무엇 때문에 자신의 삶에 혼란을 초래하고, 두 동생에게 쏟는 모성적인 헌신에 흠집을 낸단 말인가? 그날 밤 그녀는 제대로 잠을 이룰 수 없었다. 뜨끈한 전율이 등줄기를 따라 목덜미까지 전해져 오면서, 불분명한 형체들이 차례로 그녀의 눈앞을 지나다가는 차츰 어둠 속으로 스러져버렸다.

그날 이후 드니즈는 매장 판매원들의 연애담에 귀를 기울이기 시작했다. 아주 바쁠 때만 제외하고는 여자들은 남자에 대한 끊임없는 관심 속에서 살아갔다. 쑥덕공론과 험담이 일상이 되다시피 한 가운데 남의 연애담을 도마 위에 올려놓고 일주일 내내 즐겼다. 스캔들이라면 클라라를 따라갈 사람이 없었다. 공공연한 소문에 의하면, 그녀에게는 세 명의 물주가 있었고, 잠시 스쳐 지나가는 애인들은 그녀 뒤로 줄을 설 정도였다. 그런 그녀가 다른 데서 더 편히 돈을 벌 수 있음에도 판매원 일을 그만두지 않는 이유는 가족으로부터 자신의 사생활을 보호받기 위함이었다. 그녀의 아버지 프뤼네르는 언제라도 파리에 나타나 나막신을 신은 발로 그녀의 팔과 다리를 부러뜨리겠다고 수시로 위협을 했다. 클라라와는 달리 마르그리트는 조신한 삶을 이어가고 있었다. 그 누구도 그녀가 남자와 만나는 것을 본 적이 없었다. 그 사실은 모두를 놀라게 했다. 그녀가 몰래 아이를 낳기 위해 파리로 왔다는 사실은 공공연한 비밀이었다. 그녀가 그렇게 순결한 여자인 게 사실이라면 아이는 어떻게 만들었단 말인가? 어떤 여자들은 그건 우연히 생긴 거라고 하면서, 그녀는 이제 그르노블에 사는 사촌만을 생각하며 스스로를 절제하면서 살고 있다고 덧붙였다. 판매원들은 프레데릭 부인도 그냥 지나치지 않았다. 그녀가 높은 지위의 사람들과 은밀한 관계를 이어가고 있다는 주장을 내세우기도 했다. 하지만 실제로는 그녀의 연애담에 관해 아는 사람은 아무도 없었다. 프레데릭 부인은 일과를 마치면 우울한 과부의 경직된 얼굴로 서둘러 어디론가 사라지곤 했다. 하지만 그녀가 어디로 그토록 급히 달려가는지는 아무도 알지 못했다. 오렐리 부인의 연애담으로 말하자면, 그녀가 고분고분한 젊은 남자들한테 눈독을 들인다는 이야기는 사실일 리가 없었다. 그건 그녀에게 불만을 가진 판매원들이 웃자고 지어낸 이야기였을 것이다. 어쩌면 수석 구매상이 예전에 아들 친구에게 지나치게 엄마 노릇을 하려고 했던 게 와전된 것일지도 몰랐다. 하지만 이젠 백화점에서 높은 지위를 차지하고 있는 만큼 더 이상 그런 유치한 짓거리로 시간을 보낼 수는 없었다. 저녁이 되면 판매원 중 열에 아홉은 백화점 문 앞에서 남자가 기다리고 있었다. 가이용 광장과 미쇼디에르 가와 뇌브생토귀스탱 가를 따라 길게 늘어선 남자들은 삼삼오오 무리를 지어 꼼짝 않고 선 채 흘끗거리며 입구를 살폈다. 그러다 행렬이 시작되면, 하나씩 팔을 내밀고 자신의 여자를 에스코트하면서 서로 부부처럼 당당히 얘기하며 멀어져갔다.

하지만 드니즈는 무엇보다 콜롱방의 비밀을 알게 된 것에 혼란스러워했다. 그가 길 건너편의 '전통 엘뵈프' 문간에서 수시로 기성복 매장의 여자들을 뚫어져라 쳐다보는 것을 알게 되었던 것이다. 그녀가 자신을 살피고 있는 걸 알아차린 콜롱방은 얼굴을 붉히면서 고개를 돌렸다. 드니즈가 '여인들의 행복 백화점'에서 일하게 된 이후로 보뒤 가족과는 전혀 왕래가 없었음에도 그녀가 그 사실을 사촌인 주느비에브에게 일러바칠 것을 두려워하는 듯 보였다. 처음에는 그가 절망적인 짝사랑을 하는 소심한 남자의 얼굴을 하고 있는 걸 보면서 드니즈는 그가 마르그리트에게 반한 것으로 생각했다. 마르그리트는 조신한 여자인 데다 백화점에서 지내고 있어서 시간을 내기가 힘들었기 때문이다. 그러다 콜롱방의 뜨거운 눈길이 클라라를 향하고 있음을 확신한 드니즈는 기겁을 했다. 그는 그렇게 몇 달 동안 자신의 마음을 고백할 용기도 내지 못한 채 맞은편 보도에서 몸이 달아 애를 태우고 있었던 것이다. 그것도 헤프기로 소문난 여자 때문에! 루이르그랑 가에 살고 있어서, 매일 저녁 새로운 남자의 품에 안겨 어디론가 가버리기 전에 말이라도 걸어볼 수 있었을 여자 때문에! 하지만 정작 클라라는 자신이 한 남자의 마음을 빼앗았음을 전혀 눈치채지 못하고 있는 듯했다. 드니즈는 새로이 알게 된 사실로 인해 혼란에 휩싸이며 고통스러워했다. 사랑이 이토록 어리석은 것이었단 말인가? 어떻게 이런 일이 있을 수 있는가! 모든 걸 다 가진 것 같은 전도유망한 청년이 창녀나 다름없는 여자를 성녀처럼 여기면서 자신의 인생을 망치려 하고 있다니! 그때부터 드니즈는 '전통 엘뵈프'의 푸르스름한 진열창 뒤로 병색이 짙은 창백한 주느비에브의 모습을 볼 때마다 가슴이 미어지는 것 같았다.

드니즈는 매일 저녁 동료 판매원들이 애인과 팔짱을 낀 채 사라지는 것을 지켜보면서 그런 생각들을 했다. '여인들의 행복 백화점'에서 잠을 자지 않는 여자들은 다음 날 아침 드레스 자락에 바깥세상의 향기를 묻힌 채로 돌아왔다. 그것은 불안함을 야기하는 낯선 향기였다. 드니즈는 때로 폴린이 다정한 고갯짓으로 건네는 인사에 미소로써 답했다. 폴린의 애인 보제는 8시 30분이면 어김없이 가이용 분수 모퉁이에서 그녀를 기다렸다. 드니즈는 맨 마지막으로 백화점을 나가 언제나 홀로 짧은 산책을 한 다음 가장 먼저 돌아왔다. 그리고 그녀가 알지 못하는 파리에서의 삶에 대한 호기심을 잔뜩 품은 채 상상의 나래를 펼치며 일을 하거나 잠을 청했다. 물론 드니즈는 다른 여자들에게 질투를 느끼는 것은 아니었다. 그녀는 자신의 고독과 은신처에 틀어박힌 것처럼 방 안에 갇혀 살아가는 무미건조한 삶에 별다른 불만은 없었다. 하지만 그녀 앞에서 수없이 되풀이되는 얘기를 들으면서 점차 이야기 속의 낯선 세상들을 상상해보게 되었다. 카페와 레스토랑, 극장, 강가와 댄스홀에서 보내는 일요일에 관한 이야기들을 듣노라면 그 광경들이 머릿속으로 그려지면서 그 속에서 맛보는 즐거움이 느껴지는 듯했다. 그러다 보면 갈망과 나른함이 뒤섞이면서 정신적인 피로가 느껴졌다. 한 번도 경험헤본 적이 없는 유흥에 벌써부터 싫증이 나는 것 같았다.

하지만 고된 노동으로 이어지는 삶 속에서는 그처럼 위험스러운 공상을 즐길 여유가 없었다. 하루에 13시간을 서서 일해야 하는 혹독한 일과 중에 남성 판매원과 여성 판매원 사이에 애정이 싹튼다는 것은 불가능에 가까운 일이었다. 수당을 조금이라도 더 가져가기 위한 끊임없는 전쟁이 남녀의 구분을 완전히 없애버리지는 않는다고 하더라도, 하루 종일 쉴 새 없이 서로 부대끼며 머리와 온몸을 혹사시키는 것만으로도 이성에 대한 갈망을 없애버리기에 충분했다. 남녀 판매원들 사이의 적대감과 연대감, 촘촘히 붙어 있는 매장들 사이에서 수시로 몸을 부딪치는 속에서 생겨날 수 있는 연애 사건은 한 손으로 꼽을 정도였다. 그들 모두는 각자의 개성을 포기한 채 요란하게 움직이는 기계에 맞물려 돌아가는 톱니바퀴에 지나지 않았다. 강력하고 몰개성적인 팔랑스테르*에 단지 그들의 힘을 보태는 것뿐이었다. 오직 백화점 밖에서만, 다시 깨어나 급작스레 불타오르는 사랑의 정념과 함께 개인적 삶을 기대할 수 있었다.

하지만 드니즈는 어느 날 수석 구매상의 아들인 알베르 롬므가 무심한 얼굴로 란제리 매장을 여러 번 지나친 끝에 한 여성 판매원의 손에 쪽지를 쥐여주는 것을 목격했다. 이제 백화점은 12월부터 2월까지 이어지는 비수기로 접어들었다. 덕분에 그녀는 얼마간 숨을 돌릴 수 있었다. 그럴 때면 내내 선 채로 멍하니 백화점 안쪽을 바라보면서 고객을 기다렸다. 기성복 매장의 여성 판매원들은 무엇보다 레이스 매장의 남성 판매원들과 바로 이웃하고 있었다. 하지만 그로 인해 강요된 친밀감은 조그만 소리로 주고받는 농담 이상으로 발전하지는 않았다. 레이스 매장에서 근무하는 한 남성 판매원은 클라라가 가는 곳마다 쫓아다니면서 차마 입에 담기 힘든 음란한 애기들을 늘어놓는 것으로 소문이 나 있었다. 하지만 그것은 단지 웃자고 하는 애기일 뿐이며, 사실 그는 그녀를 밖에서 만날 생각 같은 건 조금도 하지 않았다. 대부분이 그런 식이었다. 매장과 매장 사이, 남녀 판매원들 사이에서는 그들끼리만 알아들을 수 있는 말들과 공감하는 눈빛이 오갔다. 때로는 무시무시한 부르동클의 눈을 속이기 위해 반쯤은 등을 돌린 채로 생각에 잠긴 척하면서 은밀한 농담들을 주고받기도 했다. 들로슈는 처음에는 드니즈와 눈이 마주칠 때마다 빙그레 웃기만 했을 뿐이었다. 그후 차츰 대담해진 그는 그녀 옆을 지나칠 때마다 한마디씩 다정한 말을 건넸다. 오렐리 부인의 아들이 란제리 매장 판매원에게 쪽지를 건네는 것을 드니즈가 목격하던 날에, 그녀에게

---

*프랑스의 공상적 사회주의자 샤를 푸리에(1772~1837)가 주창한 사회주의적 공동 생활체를 가리킨다.

관심을 표명하고 싶었던 들로슈는 달리 할 말을 찾지 못하고 단지 점심 식사를 잘 했는지 물어보는 것으로 만족해야 했다. 그러다 알베르가 다른 사람의 눈에 띌세라 재빨리 쪽지를 전해 주는 장면을 동시에 목격한 두 남녀는 자신들 앞에서 행해지는 음모에 함께 얼굴을 붉혔다.

하지만 드니즈는 그녀 안에 움츠리고 있는 여성을 조금씩 일깨우는 뜨거운 숨결들이 오가는 가운데서도 여전히 어린아이 같은 평온함을 간직하고 있었다. 오직, 위탱과의 만남만이 그녀의 심장을 조금씩 뛰게 할 수 있었다. 게다가 그것조차 그녀의 눈에는 그에게 느끼는 감사의 표현일 뿐이었다. 드니즈는 자신이 다정다감한 젊은 남자의 친절함에 감동받아서 그런 거라고 생각하면서 *스스로*를 다잡았다. 그런데도 그가 그녀의 매장에 고객을 데려올 때마다 얼굴이 화끈거려왔다. 계산대에 갔다가 매장으로 돌아올 때는 두근거리는 가슴으로 자신도 모르게 걸음이 실크 매장 쪽을 향했다. 그녀는 언젠가 오후에 굳이 그곳을 가로질러 가는 자신을 웃으면서 지켜보는 무레를 발견했다. 그는 이제 더 이상 그녀에게 신경을 쓰지 않았다. 어쩌다가 한 번씩 그녀의 차림새에 관해 충고를 하거나 농담을 하기 위해 말을 거는 게 고작이었다. 그는 그녀를 마치 남자 같은 기질을 지닌, 다듬어지지 않은 선머슴처럼 다루었다. 스스로 여자를 잘 안다고 믿는 남자의 노련함에도 불구하고 그녀만은 결코 교태를 부리는 여인으로 변화시킬 수 없을 거라고 믿는 듯했다. 그러면서 심지어 그런 얘기를 하면서 웃거나 짓궂은 장난을 치기까지 했다. 하지만 우스꽝스러운 머리를 한 조그만 판매원이 그의 마음속에 혼란스러운 감정을 불러일으키고 있음을 결코 인정하려고 하지 않았다. 한편 드니즈는 말없이 자신을 향해 미소 짓는 그를 보면서 자신이 무슨 잘못이라도 저지른 것처럼 몸을 떨었다. 그는 자신이 실크 매장을 가로질러 간 이유를 알고 있다는 건가? 그녀 스스로도 그 이유를 잘 설명하기 힘든데 말이다.

게다가 위탱은 드니즈의 고마워하는 눈빛에 관심조차 두지 않는 듯했다. 백화점의 판매원 여자들은 그의 취향이 아니었다. 그는 그녀들을 무시하는 척하면서, 여성 고객들과의 특별한 연애담들을 떠벌리기에 바빴다. 그의 매장에 찾아온 남작 부인은 그에게 첫눈에 반했고, 한 건축가의 부인은 길이를 잘못 잰 천 때문에 그가 그녀의 집으로 찾아갔던 날 그의 품 안으로 뛰어들었다. 이러한 노르망디 출신다운 허풍은 맥주홀이나 카페콩세르에서 만난 평범하기 짝이 없는 여자들의 존재를 감추는 용도로 쓰였다. 그는 백화점에서 일하는 대부분의 청년들처럼 돈을 쓸 때는 미친 듯이 써댔다. 일요일마다 경마장이나 레스토랑, 댄스홀 같은 데서 물 뿌리듯 돈을 쓰기 위해 일주일 내내 매장에서 악착같이 일하며 구두쇠처럼 돈을 모았다. 저축을 하거나 가불을 하는 일도 결코 없었다. 일주일 치 급여는 받자마자 즉시 모두 써버렸다. 그들에게 내일은 존재하지 않았다. 하지만 파비에는 그런 부류에 속하지 않았다. 백화점에서는 내내 붙어 지내는 그들이었지만, 일과가 끝난 후 백화점 문 앞에서 인사를 하고 나면 더 이상 서로 아는 체도 하지 않았다. 하루 종일 서로 부대끼며 지내는 대부분의 판매원들도 그들처럼 거리로 발을 내딛는 순간 서로의 삶에 대해 아무것도 아는 게 없는 이방인처럼 지냈다. 위탱이 유일하게 가깝게 지내는 사람은 모직물 매장에서 일하는 리에나르였다. 그들은 둘 다 생탕 가에 있는 스미른 여관에 머물렀다. 대부분 그들 같은 판매원들이 머무는 우중충한 여관이었다. 그들은 아침마다 함께 출근했다. 저녁에는, 판매대에 흐트러진 천들의 정리가 먼저 끝난 사람이 생로크 가에 있는 생로크 카페로 가서 동료를 기다렸다. '여인들의 행복 백화점'에서 일하는 직원들 대부분은 그곳에 모여 큰 소리로 떠들면서 술을 마시거나, 파이프 담배를 피우면서 카드놀이를 하기도 했다. 두 남자는 종종 새벽 1시경, 주인이 지쳐 그들을 내쫓을 때까지 그곳에서 빈둥거리며 시간을 보냈다. 그리고 한 달 전부터는 일주일에 사흘은 몽마르트르의 음악이 있는 싸구려 카페에서 저녁 시간을 보냈다. 그들은 그곳으로 동료들을 몰고 가서는 끝내주는 가수인 마드무아젤 로르에게 함께 열광적인 환호를 보냈다. 그녀는 위탱이 가장 최근에 정복한 여인으로 소문이 나 있었다. 그들은 그녀의 재능에 지팡이와 고함 소리로 너무나 요란하게 찬사를 보내다가 두 번씩이나 경찰의 제재를 받아야 했다.

그런 식으로 겨울이 지나갔고, 드니즈는 마침내 연 300프랑의 기본급을 받게 되었다. 그것은 구원의 손길과도 같은 돈이었다. 낡디낡은 커다란 구두로는 더 이상은 버틸 재간이 없었던 것이다. 지난 한 달간은 구두가 갑자기 터져버릴 것이 두려워 아예 외출을 하지 않았다.

"맙소사! 마드무아젤, 신발에서 웬 소리가 그렇게 나는 거야!" 오렐리 부인은 종종 짜증스러워하는 얼굴로 지적을 했다.

"정말 봐줄 수가 없을 지경이네……. 발에 무슨 문제라도 있는 거 아냐?"

어느 날, 드니즈가 5프랑을 주고 산, 천으로 된 부츠를 신고 내려가자 마르그리트와 클라라는 깜짝 놀라며 그녀가 들을 수 있을 만큼 조그만 소리로 수군거렸다.

"어머나! 머리도 안 빗는 여자가 드디어 그 고물 같은 구두를 버렸나 봐."

"저런! 가슴이 많이 아팠겠네…… 자기 엄마한테 물려받은 것 같던데."

게다가 매장 전체에 드니즈에 대한 반감이 팽배했다. 그들은 그녀가 폴린과 가깝게 지낸다는 사실을 알고는 경쟁 매장 판매원에 대한 그녀의 우정을 자신들을 향한 도발로 간주했다. 기성복 매장의 판매원들은 배신을 운운했고, 드니즈가 자신들이 한 말을 옆 매장에 모두 고자질한다며 비난했다. 란제리 매장과 기성복 매장 간의 전쟁은 점차 그 도를 더해가면서 전례 없는 격렬함을 띠었다. 차갑고 퉁명스러운 말들이 오갔고, 심지어 저녁에 슈미즈 상자 뒤에서 누군가가 뺨을 때리는 소리도 들려왔다. 어쩌면 그들의 해묵은 다툼은 기성복 매장의 판매원들은 실크 드레스를 입는 반면, 란제리 매장의 판매원들은 모직 드레스를 입는 사실에서 비롯된 것인지도 몰랐다. 어쨌거나, 란제리 매장의 여자들은 정숙한 여자들로서 이웃 여자들의 방종함을 들먹이며 흥분을 감추지 못했다. 밖으로 드러난 사실이 그들의 말이 옳다는 것을 증명했다. 그들은 실크 드레스 차림이 기성복 매장 여자들의 방탕한 삶에 영향을 미친 것이라고 믿었다. 클라라는 그녀 뒤에 줄을 섰던 남자들 때문에, 마르그리트는 아이 문제로, 프레데릭 부인은 비밀스러운 연정으로 또다시 구설수에 올랐다. 이 모두가 드니즈라는 재수 없는 계집 때문이었다!

"다들 상스러운 말은 삼가도록 해. 이럴수록 처신을 바르게 하란 말이야!" 오렐리 부인은 그녀의 작은 부족을 휩쓸고 지나가는 분노의 폭발 속에서 엄숙한 얼굴로 말했다.

"그대들이 누군지를 보여주라고."

그녀는 이런 하찮은 일들에 개입하는 것을 좋아하지 않았다. 언젠가 무레의 질문에 답하면서 솔직히 털어놓았던 것처럼, 그녀가 보기에 매장의 여성 판매원들은 누가 더 나을 것도 없이 모두가 똑같았다. 하지만 어느 날, 그녀 역시 느닷없이 흥분하며 목소리를 높이기 시작했다. 부르동클이 지하층 구석에서 그녀의 아들이 란제리 매장의 판매원에게 키스하는 것을 목격했다고 통고한 게 그 발단이었다. 알베르가 남몰래 쪽지를 건네준 바로 그 판매원이었다. 이것이야말로 결코 있을 수 없는 파렴치한 행동이었다. 오렐리 부인은 문제의 판매원이 자신의 아들 알베르를 함정에 빠뜨리려고 했다고 공공연히 비난했다. 그랬다, 이건 그녀를 모함하려는 수작이 틀림없었다. 그녀의 매장에 흠잡을 데가 하나도 없다는 것을 알고, 아무런 경험도 없는 순진한 청년을 꾀어서 그녀의 명예를 실추시키려는 것이었다. 사실 오렐리 부인은 진실을 은폐하기 위해 일부러 더 열을 냈던 것이다. 그녀는 자신의 아들에 대해 어떤 환상도 갖고 있지 않았다. 그가 온갖 어리석은 짓을 다 하고 다닐 수 있는 위인이라는 것을 누구보다도 잘 알고 있는 터였다. 잠깐 동안, 장갑 매장의 미뇨가 연관이 있는 것으로 소문이 나면서 문제가 더 심각해질 뻔했다! 알베르의 친구인 미뇨는 알베르가 보내는 여자들에게 특별 대우를 해주고는 했다. 대부분 몇 시간이고 물건이 든 상자를 뒤적거리기만 하고 아무것도 사지 않는 궁색한 여자들이었다. 게다가, 미뇨가 문제의 란제리 매장 판매원에게 스웨이드 장갑을 그냥 주었다는 확인되지 않은 소문이 무성했다. 마침내 무레조차도 함부로 대하지 않는 기성복 매장 수석 구매상의 체면을 고려해 스캔들은 없던 일로 무마되었다. 그로부터 일주일 후 부르동클은 남자에게 키스를 허락한 죄를 저지른 여성 판매원을 다른 핑계를 만들어내 해고하는 것으로 사건을 마무리했다. 그들은 판매원들이 밖에서는 어떤 방탕한 생활을 하든지 상관하지 않았지만, 백화점 내에서는 아주 작은 추문을 일으키는 것조차 결코 용납하지 않았다.

그 일로 가장 고통을 겪은 것은 드니즈였다. 오렐리 부인은 모든 상황에 대해 잘 알고 있었음에도 불구하고 그녀에게 은근한 앙심을 품고 있었다. 그리하여 그녀가 폴린과 함께 웃는 것만 봐도 즉시 자신에 대한 도발로 간주하면서, 아들의 여자 문제에 대한 험담을 늘어놓는 것으로 생각했다. 그러면서 매장에서 더욱더 철저히 그녀를 따돌렸다. 오렐리 부인은 오래전부터 일요일에 자기 매장의 판매원들을 랑부예 근처의 레 리골로 초대하려고 마음을 먹고 있었다. 10만 프랑이 모이자 가장 먼저 그곳에 집을 사놓았던 것이다. 그러다 갑자기 결심을 한 오렐리 부인은 드니즈를 벌하기 위해 그녀를 의도적으로 배제했다. 판매원 중에서 오직 드니즈만이 초대를 받지 못했던 것이다. 매장에서는 보름 전부터 피크닉에 관해 이야기꽃을 피웠다. 그들은 5월의 햇볕이 내리쬐는 따사로운 하늘을 바라보면서, 당일에 무엇을 할 것인지 매 시간 단위로 계획을 세웠다. 그러면서 당나귀 타기, 우유와 흑빵* 먹기 등의 다양한 즐거움을 상상했다. 게다가 오직 여자들끼리만 가는 피크닉이라니 정말 기대되지 않는가! 오렐리 부인은 대개 그런 식으로 여자들과 함께 산책을 하거나 시간을 죽이면서 휴일을 보냈다. 가족들과 함께 있는 시간이 몹시 불편하게 느껴졌기 때문이다. 어쩌다 집에서

*호밀 가루로 만들어져 회색빛을 띤 빵.

남편과 아들 사이에서 저녁을 먹게 될 때면 너무나 낯설어하면서 가족들을 놔두고 레스토랑에서 혼자 식사를 하고 싶어 했다. 그러면 롬므는 다시 독신처럼 살 수 있게 된 것을 기뻐하며 어디론가 사라졌다. 알베르 역시 안도의 한숨을 내쉬며 평소 알고 지내는 창녀들에게로 쏜살같이 달려갔다. 그렇게 가정이라는 울타리에 적응하지 못하는 세 사람은 일요일마다 서로의 존재를 불편해하고 지루해하면서 마치 밤에만 묵는 호텔에 와 있는 것처럼 아파트 안을 계속 서성였다. 오렐리 부인은 랑부예로 가는 피크닉에 알베르가 따라가는 것은 예법에 어긋나며, 그 아버지 역시 스스로 사양하는 것이 현명한 처신일 것이라고 통고하듯 말했다. 물론 두 남자는 그녀의 생각을 열렬히 반겼다. 그시이, 행복한 그날이 다가오고 있었다. 매장 판매원들은 그날 무슨 옷을 입을 것인지와 같은 화제로 얘기를 그칠 줄 몰랐다. 누가 보면 여섯 달쯤 먼 곳으로 여행을 떠나는 줄 알 정도였다. 그러는 동안 드니즈는 홀로 소외된 채 창백한 얼굴로 말없이 그들이 하는 말을 모두 듣고 있어야만 했다.

"어때? 저 여자들 때문에 화가 나 미치겠지?" 어느 날 아침 폴린이 그녀에게 물었다.

"내가 자기라면 가만있지 않을 거야! 저것들이 나를 빼놓고 신나게 놀면, 나는 나대로 그렇게 놀면 되는 거야! ……일요일에 우리하고 같이 가. 보제가 주앵빌에 데리고 가준다고 했거든."

"아니, 난 생각 없어." 드니즈는 차분하고 고집스럽게 대답했다.

"대체 왜 싫다는 거야? ……누가 자길 납치라도 할까 봐 무서워서 그러는 거야?"

그러면서 폴린은 활짝 웃어 보였다. 드니즈 역시 미소로써 답했다. 그녀는 대개 어떤 식으로 남녀가 처음 만나게 되는지 잘 알고 있었다. 백화점 여자들이 처음으로 남자를 사귀게 된 것은 대부분 그런 나들이를 통해서였다. 우연을 가장해 데리고 온 친구와 만났던 것이다. 그녀는 그런 것을 원치 않았다.

"이런 고집불통 같으니라고." 폴린이 거듭 말했다.

"보제가 아무도 데려오지 않을 거라고 맹세할 수 있어. 우리 세 사람만 갈 거라니까……. 나도 자기가 그렇게까지 싫어하는데 억지로 누굴 소개시켜줄 생각은 없다고."

드니즈는 잠시 머뭇거리는 동안 야외로 나가고 싶은 간절한 마음에 두 뺨이 발갛게 물들기까지 했다. 그러지 않아도 그녀의 동료들이 전원에서의 즐거움을 얘기할 때마다, 광활한 하늘과 어깨까지 파묻혀 버릴 것처럼 높이 자라난 풀들, 그녀 위로 상쾌한 물처럼 서늘한 그림자를 드리우는 거대한 나무들을 그려보며 숨이 막힐 것만 같던 차였다. 코탕탱의 무성한 초목들 가운데서 보낸 어린 시절의 기억이 태양에 대한 갈망과 함께 그녀 안에서 깨어나는 듯했다.

"알았어! 그럼 같이 갈게." 드니즈는 마침내 승낙을 했다.

그리고 모든 게 예정대로 진행되었다. 보제는 아침 8시에 가이용 광장으로 두 여자를 데리러 오기로 했다. 그곳에서 삯마차를 타고 함께 뱅센 역으로 가기로 돼 있었다. 드니즈는 매달 받는 25프랑의 기본급이 모두 아이들에게로 들어가는 터라, 낡은 검정색 모직 드레스에 체크무늬 포플린을 어슷하게 덧대 수선을 해 입었다. 그리고 실크를 씌우고 푸른색 리본을 달아 보닛처럼 생긴 모자를 직접 만들어 썼다. 이처럼 소박한 차림새는 그녀를 조숙한 소녀처럼 어려 보이게 했다. 그녀는 빈곤함으로 인한 깔끔한 옷차림과 대조를 이루듯, 아무런 장식도 없는 모자를 비집고 나올 것처럼 무성한 화려함을 자랑하는 머리로 인해 부끄러움과 당혹스러움을 느껴야만 했다. 드니즈와는 대조적으로 폴린은 보라색과 흰색 줄무늬의 화사한 봄나들이용 실크 드레스를 차려입고 그에 어울리는 깃으로 장식된 토크를 썼다. 그리고 부유한 상인의 아내처럼 목과 손에 온통 보석으로 치장을 했다. 일요일에 실크로 된 드레스로 성장을 하는 것은 힘겹게 보낸 지난 일주일에 대한 복수나 마찬가지였다. 폴린은 매장에서 모직 드레스만을 입을 수 있었기 때문이다. 그녀와는 반대로 드니즈는 월요일부터 토요일까지는 실크로 된 유니폼만을 입다가, 일요일이면 그녀의 빈곤한 삶을 말해주듯 다시 초라한 모직 드레스로 갈아입어야 했다.

"저기 벌써 보제가 와 있네." 폴린은 분수대 옆에 서 있는 큰 키의 청년을 가리키며 말했다.

그녀가 자신의 애인을 소개하자 드니즈는 즉시 마음이 편안해졌다. 보제는 아주 선해 보이는 인상의 남자였다. 플랑드르 출신인 그는 경작 중인 소처럼 느릿한 힘이 느껴지는 거구에, 기다란 얼굴에는 아무 욕심 없어 보이는 눈이 어린아이처럼 순수한 미소를 띠고 있었다. 덩케르크에서 식료품점의 막내아들로 태어난 그는 그를 무능한 바보로 여긴 그의 아버지와 형에게 쫓겨나다시피 파리로 오게 되었다. 하지만 그는 '봉 마르셰 백화점'에서 연 3500프랑의 수입을 올리고 있었다. 그는 바보였지만, 리넨에 관해서만은 일가견이 있었다. 게다가 여자들에게도 인기가 좋았다.

"마차는?" 폴린이 물었다.

마차를 타기 위해서는 대로까지 걸어가야 했다. 벌써부터 햇볕이 뜨거워지기 시작하면서, 아름다운 5월의 아침이 거리를 향해 미소 짓고 있었다. 하늘에는 구름 한 점 보이지 않았고, 크리스털처럼 투명한 푸른 하늘 위로 날아오른 경쾌함이 사방으로 퍼져 나갔다. 드니즈는 자신도 모르게 살짝 미소를 지으면서 한껏 심호흡을 했다. 6개월 동안 꽉 막혀 있었던 가슴이 뻥 뚫리는 것 같았다. 그러자 '여인들의 행복 백화점'의 육중한 건물에 갇혀 있을 때 느꼈던 답답함과 무거움이 더 이상 느껴지지 않았다! 이제 그녀 앞에는 탁 트인 자연에서의 하루가 기다리고 있었다! 그런 생각을 하자, 몸이 다시 건강해지는 것 같으면서 무한한 기쁨이 샘솟았다. 드니즈는 어린 소녀 같은 상큼한 느낌으로 하루를 시작했다. 그러다 마차 안에서 폴린이 애인의 입술에 진한 키스를 하는 것을 보자 당황하면서 고개를 돌렸다.

"저기 좀 봐!" 드니즈는 여전히 얼굴을 문 쪽으로 향한 채 외쳤다.

"저기, 무슈 롬므가 어디론가 가고 있어. ……엄청 빨리 걷네!"

"그 애지중지하는 호른을 껴안고 있군." 몸을 숙여 바깥을 내다본 폴린이 말했다.

"정말 정신 나간 늙은이 같아! 누가 보면 여자라도 만나러 가는 줄 알겠네!"

과연 그는 호른 케이스를 팔 아래 끼고 얼굴을 앞으로 내민 채 짐나즈 극장*을 따라 걷고 있었다. 그러다 때로 자신을 기다리는 즐거운 시간을 떠올리며 히죽히죽 웃었다. 그는 조그만

*1820년에 세워진 극장으로, 파리 10구의 본누벨 대로에 위치해 있다. 주로 희극과 드라마, 보드빌을 상연했다.

극장의 플루트 연주자인 친구 집에서 하루 종일 시간을 보내기로 돼 있었다. 일요일마다 그곳에서 음악 애호가들이 모여 카페오레를 마시고는 함께 실내악을 연주했다.

"그것도 아침 8시부터! 미치지 않고서야 어떻게 저럴 수 있냐고!" 폴린이 다시 말했다.

"오렐리 부인은 자기 패거리를 끌고 6시 25분에 출발하는 랑부예 기차를 탔을 텐데……. 어쨌거나, 저 부부가 서로 마주칠 일은 없겠어."

두 여자는 랑부예의 피크닉을 도마 위에 올려놓고 열을 올렸다. 그들은 다른 여자들이 있는 곳에 비가 내리기를 원하진 않았다. 그랬다가는 자신들 역시 하루를 망칠 것이기 때문이었다. 하지만 주앵빌까지 물이 튀지는 않고 그곳에만 집중호우가 쏟아진다면 과히 나쁠 것 같진 않았다. 그런 다음에는 클라라에게로 화제가 옮아갔다. 그 낭비벽 심한 여자는 자기 애인들의 돈을 제대로 쓸 줄도 몰랐다. 한꺼번에 부츠를 세 켤레나 사서는, 다음 날 발에 물집이 잔뜩 잡혔다는 이유로 그것들을 가위로 잘라 던져버리다니 그 얼마나 한심한 짓거리인가. 게다가 흥청망청 돈을 써대기로 말하자면 백화점의 여자들도 남자들과 조금도 다를 바 없었다. 그들은 모든 걸 먹어치우면서 저축이라고는 한 푼도 하지 않았다. 한 달에 이삼백 프랑의 돈이 하찮은 옷들과 주전부리로 탕진되었다.

"하지만 저 무슈 팔 하나가 없잖아!" 보제가 느닷없이 소리쳤다.

"그런데 어떻게 호른을 연주하지?"

그는 롬므에게서 줄곧 눈을 떼지 않고 있었다. 때로 순진한 그를 놀려먹기를 즐기는 폴린은 악기를 벽에 대고 연주하는 거라고 둘러댔다. 그 말을 곧이곧대로 믿은 보제는 아주 기막힌 방법이라며 고개를 끄덕였다. 그러자 폴린은 미안해하면서 롬 므가 팔의 절단 부분에 어떤 식으로 집게를 장착해 손처럼 사용하는지를 설명해주었다. 하지만 보제는 반신반의하는 표정으로 고개를 저으면서 그런 허무맹랑한 말을 믿을 자신이 아니라고 당당히 말했다.

"당신은 정말 바보 같아!" 폴린은 웃음을 터뜨리면서 말했다.

"그래도 상관없어, 난 그런 당신이 좋으니까."

그들이 탄 마차는 계속 달려가 간신히 기차 시간에 맞춰 뱅센 역에 도착했다. 마차 삯은 보제가 지불했다. 드니즈는 자신도 비용을 부담할 것임을 분명히 밝혔다. 계산은 저녁에 한꺼번에 하기로 했다. 세 사람이 이등칸에 오르자 다른 객차들로부터 웅성거리는 흥겨움이 전해져 왔다. 노장(Nogent)에 정차하자 신랑신부와 그 일행이 시끌벅적한 웃음소리와 함께 기차에서 내렸다. 마침내 그들은 주앵빌에서 내려 점심을 주문하기 위해 즉시 섬으로 건너갔다. 그곳에서 제방을 따라 마른 강가에 늘어선 높다란 포플러 나무 아래를 거닐었다. 나무 그늘은 선선했고, 내리쬐는 햇볕 아래 서늘한 미풍이 불어왔다. 건너편 제방 너머로는, 투명한 순수함을 간직한 듯한 경작지가 멀리까지 펼쳐져 있었다. 드니즈는 서로의 허리에 팔을 두르고 걷는 폴린과 그녀의 애인 뒤에서 조금 떨어져 걸어갔다. 그러면서 미나리아재비를 한 움큼 꺾기도 하고, 강물이 흘러가는 것을 행복한 마음으로 바라보았다. 그러다 보제가 고개를 숙여 폴린의 목덜미에 키스하는 것을 보고는 숨이 멎을 것처럼 놀라며 얼른 고개를 숙였다. 그러자 느닷없이 눈물이 솟구쳤다. 드니즈는 자신이 불행하다고 생각하지 않았다. 그런데 어째서 이처럼 목이 메는 것일까? 광활한 전원 속에서 가벼운 마음으로 시간을 보낼 것을 스스로에게 다짐했는데 이처럼 모호하고 아련한 그리움에 사로잡히는 이유가 대체 무어란 말인가? 점심 식사를 하는 동안에는 폴린의 요란한 웃음소리에 머리가 멍해질 정도였다. 붐비는 댄스홀의 혼탁한 공기와 가스등을 사랑하는 뜨내기 배우만큼이나 한적한 야외를 사랑하는 폴린은 서늘한 바람에도 아랑곳없이 아치형으로 된 정자 아래서 식사를 하고 싶어 했다. 그러다 갑작스레 불어온 바람으로 식탁보가 뒤집히자 재미있다며 깔깔대고 웃었다. 그러다 아직 휑한 정자를 보고 또다시 까르르 웃음을 터뜨렸다. 색깔을 다시 칠한 격자 구조물의 다이아몬드 무늬가 그들의 식기에 또렷이 비쳤다. 폴린은 백화점에서 제대로 먹지 못해 굶주린 여자처럼 게걸스럽게 먹어댔다. 그녀는 밖에 나가기만 하면 자신이 좋아하는 음식을 절제하지 못했다. 그게 그녀의 단점이었다. 그녀의 돈은 케이크나 샐러드, 쉬는 시간에 재빨리 먹어치우는 간식들로 모두 탕진되었다. 드니즈는 달걀과 감자튀김 그리고 치킨 소테를 잔뜩 먹은 터라 더 이상은 먹을 수가 없었다. 싱싱한 딸기를 먹고 싶었지만 아직은 비싼 맏물이라 감히 주문할 엄두를 내지 못했다. 비용이 너무 올라갈 것이 염려되었기 때문이다.

"이제 뭘 하지?" 커피까지 마시고 나자 보제가 물었다.

대개 폴린과 그는 오후에는 파리로 돌아와 저녁을 먹고 극장에서 하루를 마무리했다. 하지만 이번에는 드니즈의 바람대로 주앵빌에서 계속 머물기로 했다. 이런 기회에 전원 풍경에 흠뻑 취해보는 것도 좋을 것 같았다. 그들은 오후 내내 시골길을 헤매고 다녔다. 잠시, 보트를 타고 바람을 쐬는 것에 대해 논의를 했지만 곧 없던 애기로 하기로 했다. 보제는 노 젓는 일에는 젬병이었다. 하지만 발길 닿는 대로 오솔길을 누비고 다니다 보면 자꾸만 마른 강가로 되돌아오곤 했다. 그러자 이번에는 강에서의 삶에 관심을 갖게 되었다. 뱃머리가 둥글게 솟은 작은 배와 경주용 배를 탄 무리들과 뱃놀이 하는 사람들이 강을 가득 메웠다. 해가 뉘엿뉘엿 기울기 시작하자 세 사람은 주앵빌을 향해 걷기 시작했다. 그때 경주용 배 두 척이 물살을 따라 쏜살같이 내려오면서 그 속에 탄 사람들이 서로에게 욕설을 퍼붓는 광경이 눈에 들어왔다. 욕설 중에서도 '카불로'*와 '캘리코'**라는 말이 가장 자주 반복적으로 들려왔다.

"저길 봐! 무슈 위탱이야." 폴린이 소리쳤다.

"그래, 저번에 봤던 그 마호가니 배네." 보제는 손바닥으로 햇볕을 가리면서 말했다.

"다른 배에 타고 있는 건 학생들인 것 같아."

그는 학생과 상점의 점원 사이의 오래된 반목 관계에 대해 설명해주었다. 위탱의 이름이 들리자 드니즈는 가던 걸음을 멈춰 섰다. 그리고 길고 날렵하게 생긴 배를 눈으로 좇으면서 노를 젓는 사람들 중에서 그를 찾았다. 하지만 하얀 점처럼 보이는 여자 두 명 외에는 아무도 알아볼 수 없었다. 배의 키 앞에 앉아 있는 여자는 붉은색 모자를 쓰고 있었다. 그들의 거친 목소리는 요란하게 흘러가는 강물 속으로 잠겨들었다.

"물에 빠져 뒈져라, 카불로들!"

"캘리코 놈들, 물귀신이나 돼라!"

저녁이 되자 그들은 섬의 레스토랑으로 되돌아갔다. 그사

---

*싸구려 카페나 술집을 가리키는 말로, 그곳을 드나드는 학생들을 빗댄 말이다.
**캘리코를 파는 상점의 점원들을 빗댄 말이다.

이 날씨가 너무 추워져서 안에 있는 방 두 개 중 한군데에서 식사를 해야 했다. 막 세탁을 한 깨끗한 식탁보에 겨울처럼 느껴지는 습한 공기가 배어들었다. 6시경에는 산보객들이 발걸음을 재촉하면서 쉴 곳을 찾느라 테이블이 부족해지기 시작했다. 웨이터들은 서둘러 의자와 긴 의자를 더 많이 갖다놓았고, 식기를 바짝 붙여놓으면서 사람들을 차곡차곡 끼워 넣다시피 했다. 그러자 이젠 숨이 막혀오면서 창문을 열어야 했다. 밖에는 날이 점차 어두워지면서 포플러 나무로부터 푸르스름한 땅거미가 내리고 있었다. 순식간에 어둠이 찾아온 탓에 실내에서의 식사에 미처 대비하지 못한 레스토랑 주인은 식탁마다 램프 대신 초를 켜놓아야 했다. 웃음소리, 누군가를 부르는 소리, 식기들이 부딪히는 소리가 한데 뒤섞여 귀를 먹먹하게 했다. 그러다 열린 창문으로 갑자기 불어온 바람에 놀란 초들이 촛농을 떨어뜨렸다. 때로 차가운 바람이 불어와 서늘한 기운을 더하는 가운데, 나방들이 날개를 펄럭이며 고기 냄새로 덥혀진 공기 속을 날아다녔다.

"저 사람들 말이야, 뭐가 저리도 재미있을까?" 기막히게 맛있다며 마틀로트*를 열심히 먹어대던 폴린이 몸을 숙이면서 물었다.

"그런데 저기, 무슈 알베르 아냐?"

과연 조금 떨어진 곳에 수상쩍은 차림새의 여자 셋에 둘러싸여 있는 젊은 롬므가 보였다. 노란색 모자를 쓴 나이 든 여자는 천박한 포주 같은 인상을 풍겼고, 열서너 살밖에 안 돼 보이는 두 소녀는 보기에도 역겨울 정도로 대담하게 엉덩이를 흔들

---

*생선에 적포도주와 양파를 넣어 익힌 요리.

어댔다. 이미 취할 대로 취한 그는 빈 잔으로 식탁을 두드리면서 즉시 술을 더 가져오지 않으면 웨이터를 혼내주겠다고 소리를 지르고 있었다.

"세상에 맙소사! 이보다 더한 콩가루 집안은 없을 거야!" 폴린이 어이없다는 표정으로 말했다.

"엄마란 여자는 랑부예에, 아버지는 파리에, 그리고 그 아들은 주앵빌에서 각자 노느라 정신들이 없다니, 쯧쯧…… 절대로 서로 얼굴 부딪힐 일은 없어서 좋겠군."

드니즈는 시끄러운 소리를 무엇보다 싫어하면서도, 그런 소란스러움 속에서는 생각을 하지 않아도 된다는 사실에 즐거워하며 미소를 지어 보였다. 하지만 느닷없이 바로 옆방에서 목소리들이 한꺼번에 터져 나오면서 다른 소리를 모두 덮어버렸다. 고함 소리에 뒤이어 누군가가 뺨을 때린 듯, 서로 밀치면서 의자가 넘어지는 소리와 함께 격렬한 싸움이 벌어지자 강가에서 들었던 낯익은 욕설이 다시 들려왔다.

"캘리코 놈들, 물귀신이나 돼라!"

"물에 빠져 뒈져라, 카불로들!"

레스토랑 주인이 나서서 큰 소리로 소란을 가라앉히자 어디선가 불쑥 위탱이 나타났다. 붉은색 경주용 셔츠를 입고 머리 뒤로 토크를 젖혀 쓴 그는 온통 하얀색으로 차려입은 키 큰 여자와 팔짱을 끼고 나타났다. 배의 키 앞에 앉아 있던 여자는 배의 색깔을 상기시키듯 개양귀비 꽃 한 묶음을 귀 뒤로 꽂고 있었다. 사람들은 환호와 박수갈채로 그들을 맞이했다. 위탱은 환히 웃어 보이면서 가슴을 쑥 내밀고 선원처럼 몸을 좌우로 흔들면서 걸었다. 그는 자신이 사람들의 주목을 받는다는 사실에 뿌듯해하면서 주먹에 맞아서 시퍼렇게 멍든 뺨을 자랑스럽게 내밀었다. 함께 배를 탔던 무리가 그들을 뒤따라 들어왔다. 위탱 일행이 식탁 하나를 요란하게 차지하고 앉자 소란이 극에 달했다.

"그게 어떻게 된 거냐면." 뒤에서 주고받는 얘기를 엿들은 보제가 설명을 했다.

"학생들이 예전에 이 동네에 살던 위탱의 여자를 알아본 것 같아. 저 여잔 지금 몽마르트르에 있는 싸구려 카페에서 노래를 하는 모양이야. 그래서 여자 때문에 서로 치고받고 한 거지. ……저런 학생 나부랭이들은 여자한테 절대로 돈을 쓰지 않거든!"

"어쨌거나, 어쩜 저렇게 못생겼는지." 폴린은 못마땅한 표정으로 말했다.

"저 홍당무 같은 머리하며…… 사실 말이지, 무슈 위탱이 저런 여자들을 어디서 주워 오는지는 모르겠지만, 하나같이 더럽기 짝이 없다니까."

그러자 드니즈는 얼굴이 새하얗게 질렸다. 몸 전체에 얼음장 같은 추위가 느껴졌다. 마치 심장의 피가 한 방울씩 빠져나가는 것 같았다. 사실, 강둑 위에서 빠르게 지나가는 배를 볼 때부터 몸이 떨렸었다. 그리고 이젠 더 이상 의심의 여지가 없었다. 이 여자는 위탱과 함께 있었던 그 여자가 분명했다. 드니즈는 목이 메고 손이 떨려서 더 이상 아무것도 삼킬 수가 없었다.

"자기 왜 그래?" 폴린이 물었다.

"아무것도 아니야. 좀 더워서 그래." 드니즈는 더듬더듬 말했다.

하필 위탱이 바로 옆 식탁에 앉아 있었던 것이다. 평소 알고 지내던 보제를 알아본 그는 계속 사람들의 관심을 끌기 위해

카랑카랑한 목소리로 대화를 이끌어갔다.

"그런데, 자네 '봉 마르셰 백화점'에서는 여전히 고결하게들 사시나?" 그가 소리쳐 물었다.

"별로 그렇지도 않아." 위탱의 말에 보제는 얼굴이 벌겋게 달아올랐다.

"무슨 소리야! 거기서는 처녀들만 뽑는 데다, 그 여자들한테 눈독을 들이는 남자들을 위한 상설 고해실까지 마련해둔 걸 다 아는데……. 결혼까지 시켜주는 백화점*이라니, 정말 감동적이지 뭐야!"

그의 얘기에 여기저기서 웃음이 터져 나왔다. 그러자 그와 같이 배를 탔던 리에나르가 한술 더 떠서 덧붙였다.

"아무려면 '루브르 백화점'**만 하겠어……. 거긴 여성 기성복 매장 옆에 산파가 항상 대기하고 있다고 하던데. 정말이라니까!"

그러자 다들 우스워죽겠다는 듯 박장대소했다. 폴린도 함께 웃음을 터뜨렸다. 그녀가 듣기에도 산파 얘기는 정말 기발한 것 같았다. 하지만 보제는 자신이 일하는 백화점의 도덕성을 들먹이며 비아냥거리는 데 기분이 상해 위탱에게 쏘아붙였다.

"그러는 자네들은 '여인들의 행복 백화점' 같은 데서 일할 수 있어서 참으로 좋겠군! 말 한마디만 잘못하면 단번에 해고당하기로 악명이 높은 데서 말이지! 게다가 자신의 고객들하고

---

*졸라의 관련 메모에 의하면, 당시 봉 마르셰 백화점은 도덕적으로 평판이 좋았고, 직원들 간의 사내 결혼도 종종 있었다고 한다.
**디종의 오 포브르 디아블 백화점의 점원이었던 알프레드 쇼샤르는 경쟁사 봉 마르셰 백화점보다 3년 늦은 1855년, 리볼리 가의 루브르 그랑 호텔의 1층을 빌려 루브르 백화점의 전신인 '갤러리 뒤 루브르'의 영업을 처음 시작했다. 루브르 백화점의 본래 명칭은 '그랑 마가쟁 뒤 루브르(Grand magasin du Louvre)'이며 1974년 문을 닫았다.

놀아나는 사장은 또 어떻고!"

하지만 위탱은 그의 말에는 관심조차 두지 않고 '플라스 클리시 백화점'에 대한 찬사를 늘어놓기 시작했다. 그가 잘 아는 그곳의 한 여성 판매원은 조신하기로 소문이 자자해 고객들조차 행여 그녀의 마음을 상하게 할까 봐 함부로 말을 건네지 못한다는 것이었다. 그런 다음 그는 접시를 끌어당기면서, 그 주에 115프랑을 벌었다고 자랑했다. 오, 정말 기막힌 한 주였다! 파비에는 출석판이 꽉 채워지는 동안 고작 52프랑의 수입밖에 올리지 못했다. 게다가 척 보면 알 수 있지 않은가? 그는 돈을 먹고 있는 셈이었다. 그리고 그 115프랑을 모두 먹어치우기 전까지는 잠자리에 들지 않을 작정이었다. 취기가 오른 그는 이번에는 로비노에 관한 험담을 늘어놓기 시작했다. 혼자 고고한 척하는 작달막한 부수석 구매상은 길을 갈 때도 자신이 부리는 판매원 누구하고도 나란히 걸으려고 하지 않았다.

"그 입 좀 그만 닥치지 못하겠나." 리에나르가 옆에서 그의 말을 가로막았다.

"오늘은 말이 너무 많은 것 같군, 친구."

레스토랑 안의 열기가 점점 더해가면서 포도주 얼룩이 묻은 식탁보 위로 촛농이 흘러내렸다. 식사하는 사람들 소리가 갑자기 잦아들 때면, 열린 창문들을 통해, 캄캄한 정적 속에 잠든 강물과 키다리 포플러 나무들이 속삭이는 소리가 한참 동안 아득하게 들려왔다. 보제는 얼굴이 새하얘진 드니즈가 울음을 참느라 턱에 경련까지 일으키는 것을 보고는 계산서를 요구했다. 하지만 웨이터가 금방 나타나지 않아 그녀는 요란하게 떠들어대는 위탱의 목소리를 더 참고 들어야 했다. 그는 이번에는 자신이 리에나르보다 더 멋진 남자라며 자화자찬을 하고 있었다.

리에나르는 그의 아버지가 보내주는 돈으로 먹고 있지만, 자신은 스스로 머리를 써서 번 돈으로 먹는다는 이유에서였다. 마침내 보제가 계산을 하자 두 여자는 밖으로 나갔다.

"저 여잔 '루브르'에서 온 여자가 틀림없어." 첫 번째 방을 지나가던 폴린은 외투 차림의 늘씬하고 키가 큰 여자를 흘끗거리면서 중얼거렸다.

"당신은 저 여잘 알지도 못하잖아. 아무것도 모르면서……." 보제가 말했다.

"모르긴 왜 몰라! 저 옷 입은 스타일 좀 보라고! ……산파가 딸린 매장에서 일하는 게 분명하다니까! 혹시 내 말을 들었으면 오히려 좋아할지도 모르지!"

그들은 밖으로 나왔다. 그제야 드니즈는 안도의 한숨을 내쉴 수 있었다. 시끄러운 소리와 숨 막히는 열기 속에서 죽을 것만 같았다. 그녀는 현기증이 이는 것을 공기가 탁해서 그런 거라고 둘러댔다. 이제야 비로소 숨을 제대로 쉴 수 있었다. 별이 총총한 하늘 아래 밤공기가 더없이 상쾌하게 느껴졌다. 두 여자가 레스토랑의 뜰을 막 나서려고 할 때 어둠 속에서 수줍은 목소리 하나가 조그맣게 인사를 건넸다.

"안녕하세요, 아가씨들."

들로슈였다. 그들은 그가 첫 번째 방의 구석에 앉아서 홀로 식사를 하는 것을 보지 못했다. 그는 재미 삼아 파리에서부터 일부러 걸어서 왔다. 여전히 고통스러워하던 드니즈는 친구의 낯익은 목소리에 무심코 도움을 청했다.

"무슈 들로슈, 우리하고 같이 가요. 팔을 좀 빌려주세요."

폴린과 보제는 이미 앞서서 걸어가고 있었다. 그들은 뜻밖의 상황에 놀라움을 금치 못했다. 이런 식으로, 그것도 저 남자와 이렇게 될 줄은 전혀 예상치 못했던 것이다. 어쨌거나 기차를 타려면 아직 한 시간이나 남은 터라 그들은 커다란 나무들 아래로 강둑을 따라 섬 끝까지 걸어갔다. 그러는 도중에 폴린과 보제는 때때로 뒤를 돌아보면서 나직이 말했다.

"두 사람은 대체 어디로 간 거야? 아! 저기 있네. ……참 재미있지 않아?"

드니즈와 들로슈는 처음 한동안은 서로 아무 말도 하지 않았다. 서서히 잦아든 레스토랑의 소란스러움이 밤의 짙은 어둠 속에서 달콤한 음악 소리처럼 전해져 왔다. 그들은 후끈거리는 열기가 채 식지 않은 몸으로 서늘한 냉기를 뿜어내는 나무들 속으로 계속 걸어 들어갔다. 나뭇잎들 뒤로 레스토랑의 초들이 하나씩 꺼지는 게 보였다. 그들 앞에는 암흑으로 이루어진 벽이 가로막고 서 있는 듯했다. 너무나 짙은 어둠 때문에 오솔길을 전혀 알아볼 수 없었다. 하지만 그들은 아무런 두려움 없이 천천히 앞으로 나아갔다. 그러다 차츰 어둠에 익숙해지면서 오른쪽으로 시커먼 기둥처럼 서 있는 포플러 나무의 몸통을 알아볼 수 있었다. 그 위로 둥근 지붕처럼 보이는 나뭇가지들 사이로는 별들이 쏟아져 내렸다. 오른쪽으로는, 어둠 속에서 강물이 때때로 주석으로 된 거울처럼 반짝였다. 바람마저 잦아들자, 강물 흘러가는 소리만이 짙은 정적을 깨뜨릴 뿐이었다.

"당신을 이렇게 만나다니 정말 꿈만 같군요." 마침내 들로슈는 먼저 얘기를 하기로 마음먹고 더듬더듬 말했다.

"나하고 산책하는 걸 허락해주어서 내가 얼마나 기뻤는지 모를 겁니다."

한참 동안 당혹스러운 말들을 쏟아내던 그는 어둠에 힘입어 그녀에게 사랑한다는 고백을 했다. 그는 오래전부터 그 사실을 편지로 전하고 싶었다. 이처럼 둘이 함께하는 아름다운 밤과 노래하듯 흘러가는 강물, 그리고 나뭇잎 커튼으로 그들을 감싸주는 나무들이 없었다면 아마도 그녀는 그 사실을 결코 알지 못했을 것이다. 하지만 드니즈는 아무런 대꾸 없이 계속 그의 팔짱을 낀 채 여전히 고통스러운 걸음으로 걸어갔다. 그리고 그가 그녀의 얼굴을 쳐다보려는 순간 조그맣게 흐느끼는 소리가 들려왔다.

"오, 맙소사! 지금 우는 건가요, 마드무아젤, 울고 있는 건가요? ……내가 당신을 그토록 아프게 했나요?"

"아뇨, 그런 게 아니에요." 드니즈는 조그맣게 대답했다.

그녀는 울음을 참으려고 했지만 그럴 수가 없었다. 레스토랑에 있을 때부터 가슴이 터져버릴 것만 같았다. 그런데 이제 어둠 속에 있게 되자 더 이상 참지 못하고 한꺼번에 터져 나오는 오열로 인해 숨이 막혀왔다. 만약 들로슈가 아닌 위탱이 이자리에서 그런 사랑의 고백을 했다면 그녀는 아마 단 1초도 버티지 못했을 것이다. 드니즈는 마침내 자신의 마음을 스스로에게 고백하고 나자 당혹스러움을 감추지 못했다. 마치 이 나무들 아래서, 자신이 꿰찬 여자들을 자랑하던 바람둥이 남자의 품에 안기기라도 한 것처럼 얼굴이 화끈거리며 달아올랐다.

"당신을 모욕할 생각은 조금도 없었어요." 들로슈도 곧 울음을 터뜨릴 것처럼 울먹이면서 말했다. "아니에요, 그런 게 아니라고요." 드니즈는 여전히 떨리는 목소리로 말했다.

"절대로 당신한테 화가 나서 그러는 게 아니에요. 다만, 제발 부탁인데요, 방금 했던 그런 말은 다시는 하지 마세요. ……난 당신이 나한테 바라는 것을 절대 들어줄 수 없어요. 오! 당신이 좋은 사람이라는 건 잘 알아요. 그래서 난 당신하고 친구가 되고 싶어요. 하지만 그 이상은 안 돼요. ……아시겠어요, 우린 서로에게 좋은 친구일 뿐이라고요!"

들로슈는 가볍게 몸을 떨었다. 그리고 말없이 몇 걸음 더 걸어가서는 더듬거리며 물었다.

"그러니까, 당신은 나를 좋아하지 않는군요?"

드니즈가 잔인하게 거절함으로써 그에게 상처 주는 것을 피하고자 머뭇거리는 동안 그는 고통스러운 목소리로 차분히 얘기했다.

"사실, 난 그런 줄 이미 알고 있었어요. ……지금까지 살면서 한 번도 운이 좋았던 적이 없었거든요. 난 결코 행복해질 수 없다는 걸 잘 알아요. 고향 집에 있을 때는 늘 두드려 맞고 지냈죠. 파리에 온 뒤로는 어디서나 놀림감이 되었어요. 그래요, 다른 사람들 애인을 빼앗을 능력도 없고 그들만큼 돈도 벌지 못할 바에는, 그래요! 차라리 아무도 안 보는 데서 당장 죽어버리는 게 나을지도 몰라요. ……오, 아무 걱정하지 마요, 나 때문에 신경 쓰일 일은 없을 테니까요. 하지만 내가 계속 당신을 좋아하도록 허락해줄 수는 있겠죠? 그냥, 아무것도 바라지 않고 당신을 좋아하기만 할게요, 동물처럼……. 괜찮아요! 모두들 나한테서 도망치기만 했거든요. 나란 놈의 인생은 그렇게 생겨먹은 것 같아요."

그리고 이번에는 그가 울음을 터뜨렸다. 드니즈는 그를 위로했고, 그들은 친구로서 서로를 위로하던 중에 자신들이 동향 사람이라는 사실을 알게 되었다. 그녀는 발로뉴, 그는 그곳에서 13킬로미터 떨어진 브리크베크 출신이었다. 그 사실은 그들을 새롭게 이어주는 또 하나의 인연이었다. 가난하고 별 볼 일 없는 집행관이었던 들로슈의 아버지는 아내에 대한 병적인 질투심으로 걸핏하면 그를 사생아 취급하며 두드려 패기 일쑤였다. 기다랗고 창백한 얼굴과 그의 금발 머리가 자신의 핏줄임을 의심케 한다는 이유에서였다. 두 사람은 산울타리로 둘러싸인 너른 목초지와 느릅나무 나뭇잎이 만든 지붕 아래로 끝없이 이어지는 오솔길, 그리고 공원 산책로처럼 잔디가 깔린 길들에 관해 두런두런 얘기를 주고받았다. 그러는 동안 그들 주위로 어둠이 차츰 옅어지면서, 강둑의 골풀과 반짝이는 별들 아래 검정색 레이스처럼 어른거리는 무성한 나뭇잎들이 하나둘씩 눈에 들어오기 시작했다. 그러자 그들의 마음속에도 점차 평온이 찾아왔고, 서로의 불운으로 가까워진 두 남녀는 좋은 동료로서의 우정 속에서 각자의 아픔을 잊을 수 있었다.

"그래, 어떤 것 같아?" 마침내 역에 다다르자 폴린은 드니즈를 옆으로 끌고 가서는 불쑥 물었다.

드니즈는 친구의 미소와 호기심 어린 목소리에서 질문의 의미를 이해할 수 있었다. 그러자 벌겋게 달아오른 얼굴로 손사래를 치며 대답했다.

"아니야, 절대로 그런 거 아니야! 난 그런 거 싫다고 분명히 얘기했잖아! ……저 사람은 나랑 같은 고향 사람이야. 그래서 발로뉴 얘길 한 것뿐이야."

그녀의 말에 폴린과 보제는 자신들의 예상이 완전히 빗나간 것에 놀라며 더 이상 무슨 말을 믿어야 할지 난감해했다. 들로슈는 바스티유 광장에서 그들과 헤어졌다. 수습 직원으로 일하는 다른 젊은이들처럼 그 역시 백화점에서 숙식을 해결하는 터라 늦어도 11시까지는 돌아가야 했다. 그와 함께 가는 모습을 보이고 싶지 않았던 드니즈는 폴린과 함께 보제의 집으로 가기로 했다. 극장에 갔다가 늦게 귀가해도 좋다는 허가를 맡아

놓았던 것이다. 보제는 자신의 애인과 가까이 있기 위해 생로 크 가로 이사를 했다. 세 사람이 삯마차를 타고 오는 동안 드니 즈는 자신의 친구가 보제의 집에서 밤을 지낼 것이라는 사실 을 알고 무척 놀란 얼굴을 했다. 백화점에 늦게 돌아가는 것은 전혀 문제될 게 없었다. 카뱅 부인의 입막음을 하는 데는 5프 랑이면 충분했다. 게다가 다른 여자들도 다 그렇게 하고 있었 다. 보제는 그의 아버지가 보내준 제1제정풍의 오래된 가구로 장식된 방을 보여주었다. 그는 드니즈가 자신의 몫을 내겠다고 하자 처음에는 화를 냈지만, 결국엔 그녀가 서랍장 위에 올려 놓은 15프랑 60상팀을 받는 데 동의했다. 그리고 그녀에게 차 를 대접하려고 에탄올로 데우는 주전자와 한참 동안 씨름을 하 다가는 설탕을 사러 다시 내려가야 했다. 그가 잔을 채우자 자 정을 알리는 종이 울렸다.

"이제 가봐야 해." 드니즈가 석성스러운 얼굴로 말하자 폴 린이 말했다.

"조금 더 있다가 가도 돼. ……극장은 이렇게 일찍 문 닫지 않거든."

드니즈는 처음 들어와보는 젊은 남자 방에서 어떻게 처신해 야 할지 몰라 몹시 거북해했다. 그녀는 친구가 페티코트와 코 르셋 차림으로 침대의 시트를 젖혀 잠자리를 마련하고 맨살이 드러난 팔로 베개를 다독거리는 것을 지켜보아야 했다. 사랑의 밤을 준비하는 부부가 할 법한 소소한 행위들은 드니즈를 혼란 에 빠뜨리면서 수치심마저 불러일으켰다. 상처받은 그녀의 마 음속에 다시금 위탱의 기억이 떠올랐기 때문이다. 이런 식으로 하루를 보내는 것은 그녀의 삶에 전혀 보탬이 되지 않았다. 마 침내 자정에서 15분이 더 지나자 드니즈는 그들과 헤어졌다.

하지만 그녀가 단지 순수하게 건넨 잘 자라는 인사에 폴린이 무심코 이렇게 소리치자 또다시 당혹스러워하면서 그곳을 떠났다.

"고마워, 근사한 밤이 될 거야!"

무례의 아파트와 다른 스태프들의 방으로 통하는 문은 뇌브 생토귀스탱 가 쪽으로 나 있었다. 카뱅 부인은 조그만 줄을 잡아당겨 드니즈에게 문을 열어준 다음, 돌아오는 누가 또 있는지 확인하기 위해 바깥을 재빨리 둘러보았다. 드니즈는 야등이 희미하게 불을 밝히고 있는 입구로 들어섰다. 그리고 희미한 빛 속에서 불안한 마음으로 서성거렸다. 길모퉁이를 돌면서 언뜻 문을 닫고 들어가는 남자의 그림자를 본 것 같았기 때문이다. 사장이 밖에서 저녁 시간을 보내고 들어오는 길인 듯했다. 그녀는 어쩌면 그가 그곳, 어둠 속에서 자신을 기다리고 있을지도 모른다는 생각에 또다시 이유를 알 수 없는 두려움과 함께 혼란스러운 감정에 휩싸였다. 2층에서 누군가가 돌아다니면서 부츠가 삐걱거리는 소리가 들려왔다. 그러자 그녀는 어쩔 줄 몰라 하면서 백화점으로 통하는 문을 밀었다. 순찰을 위해 열어두는 문이었다. 그녀가 들어선 곳은 면직물 매장이었다.

"맙소사! 이제 어디로 가야 하지?" 그녀는 당황하며 혼자 중얼거렸다.

순간, 위층에 지붕 밑 방으로 통하는 또 다른 사잇문이 있다는 생각이 떠올랐다. 다만, 그곳으로 가기 위해서는 백화점 전체를 가로질러 가야만 했다. 하지만 그녀는 갤러리를 뒤덮고 있는 칠흑 같은 암흑에도 불구하고 이 여행이 더 편하게 느껴졌다. 가스등은 모두 꺼져 있었고, 샹들리에의 가지들에 띄엄띄엄 매달려 있는 석유램프가 불을 밝히고 있었다. 어둠에 잠식당한 채 노르스름한 얼룩처럼 드문드문 비치는 빛이, 마치 시커먼 탄광 속에 매달아놓은 초롱처럼 보였다. 커다란 그림자들이 떠다니는 가운데, 무너져 내린 기둥이나 몸을 웅크린 짐승들, 또는 어딘가에 잠복하고 있는 도둑들처럼 무시무시한 형상을 띤 제품들 더미들은 뭐가 뭔지 분간이 잘 되지 않았다. 그런 속에서 어디선가 들려오는 아득한 숨소리만이 어둠을 더 짙게 느껴지게 하는 무거운 정적을 가끔씩 흔들 뿐이었다. 이제 드니즈는 길을 찾아나가기 시작했다. 왼쪽으로는, 새하얀 리넨 제품들이 여름날의 하늘 아래 빛바랜 거리의 집들처럼 창백한 빛으로 길게 이어졌다. 그러자 그녀는 즉시 홀을 가로지르려다가 사라사 더미에 부딪치면서 편물 매장과 모직물 매장을 따라가는 것이 더 낫겠다고 판단했다. 그곳을 지나가던 그녀는 천둥소리 같은 커다란 소리에 기겁을 했다. 장례용 제품 더미 뒤에서 잠을 자던 판매원 조제프가 요란하게 코를 골았기 때문이다. 드니즈는 유리 지붕에서 흐릿한 빛이 새어 들어오는 홀을 향해 걸음을 더 빨리 재촉했다. 깊이 잠든 칸막이 선반들과 뒤집어진 십자가처럼 보이는 커다란 자들이 밤의 교회에서와 같은 오싹함을 느끼게 하는 가운데 휑한 홀이 여느 때보다 훨씬 더 넓어 보였다. 이제 그녀는 달아나다시피 앞으로 계속 걸어갔다. 바느질 도구 매장과 장갑 매장에서도 하마터면 잠들어 있는 판매원들을 뛰어넘을 뻔했다. 그러다 마침내 계단에 이르러서야 비로소 마음을 놓을 수 있었다. 하지만 위층의 기성복 매장 앞에서 급작스러운 두려움이 그녀를 엄습했다. 초롱 하나가 불을 깜빡거리면서 걸어가는 것을 발견했기 때문이다. 순찰을 돌던 소방관 두 사람이 계기판에 확인이 끝났음을 기록하고 있었던 것이다. 무슨 일인지 미처 깨닫지 못한 드니즈는 잠시 동안 그들이 숄 매장에서 가구 매장, 그리고 란제리 매장으로 차례로 자리를 옮겨가는 것을 멍하니 바라보았다. 그러면서 그들의 특이한 몸짓과 삐걱거리며 열쇠가 돌아가는 소리, 철판 뚜껑이 엄청나게 요란한 소리를 내며 아래로 젖혀지는 소리에 겁을 잔뜩 집어먹었다. 그들이 가까이 다가오자 그녀는 레이스 매장 안쪽으로 몸을 숨겼다. 하지만 누군가가 그녀를 부르는 소리에 즉시 다시 그곳에서 나와 사잇문이 있는 곳까지 있는 힘껏 뛰어갔다. 그녀가 들은 것은 들로슈의 목소리였다. 매일 저녁 그는 매장에 손수 설치한 조그만 철제 침대에서 잠을 잤다. 그날 밤 그는 아직 잠을 이루지 못하고 뜬눈으로 달콤했던 저녁 시간을 다시 음미하고 있었다.

"이게 누구요! 바로 당신이었군, 마드무아젤!" 계단에서 조그만 휴대용 초를 손에 든 채 그녀 앞을 가로막고 선 것은 바로 무레였다.

당황한 드니즈는 말을 더듬거리면서 매장에 무언가를 찾으러 갔다 오는 길이라고 둘러댔다. 하지만 그는 전혀 언짢아하는 기색 없이 아버지같이 다정하고 호기심 어린 얼굴로 그녀를 바라보며 물었다.

"극장 출입 허가를 받고 다녀오는 길인가 보군요?"

"네, 사장님."

"그래서 즐거웠나요? ……어느 극장엘 갔었소?"

"사장님, 전 교외로 나들이를 다녀오는 길이랍니다."

무레는 드니즈의 말에 활짝 웃어 보였다. 그리고 말 한마디마다 힘을 주어가며 물었다.

"혼자서 말이오?"

"아뇨, 여자 친구하고요." 그가 엉뚱한 상상을 하고 있을지도 모른다는 생각이 들자 드니즈는 수치심으로 두 뺨이 발갛게 달아올랐다.

그러자 그는 더 이상 묻지 않았다. 그리고 꼭 끼는 검정색 드레스를 입고, 달랑 푸른색 리본 하나로 장식한 모자를 쓰고 있는 그녀를 계속 응시했다. 이 다듬어지지 않은 야생녀가 언젠가는 아름다운 여인이 될 수 있을까? 야외의 신선한 공기를 쐬고 온 그녀에게서는 좋은 향기가 났다. 겁먹은 듯 이마로 흘러내린 아름다운 머리카락은 그녀를 매력적으로 돋보이게 했다. 6개월 전부터 그는 그녀를 어린아이처럼 다루어오면서, 때로는 그녀에게 자신의 세속적인 노련함에서 비롯된 충고를 해주기도 했다. 그 충고는 한편으로는 한 여자가 파리라는 도시에서 어떻게 성장하고 타락해가는지를 보고자 하는 짓궂은 호기심에서 비롯된 것이었다. 그는 이제 더 이상 웃지 않았다. 뭐라고 형언할 수 없는 놀라움과 두려움에 연민이 뒤섞인 것 같은 감정이 느껴졌기 때문이다. 그녀를 이토록 아름답게 변모시킨 것은 필시 그녀의 연인일 터였다. 그런 생각이 들자, 그는 자신이 가장 애지중지하던 새가 부리로 자신의 살을 쪼아 먹는 느낌이 들었다.

"안녕히 주무세요, 사장님." 드니즈는 그가 미처 대답도 하기 전에 계단을 올라가면서 혼잣말처럼 말했다.

무레는 아무 말 없이 그녀가 멀어지는 것을 지켜보다가 자신의 아파트로 되돌아갔다.

제6장

여름철 비수기가 되자 '여인들의 행복 백화점'에는 한바탕 광풍이 휩쓸고 지나갔다. 무더운 칠팔 월 두 달 동안 고객이 빠져나가 매장이 텅 비자, 마치 비로 쓸어내듯 무더기로 직원들을 해고하는 공포의 행진이 이어졌던 것이다.

무레는 매일 아침 부르동클과 시찰을 하면서 매장의 책임자들을 따로 불러 지시를 했다. 그는 겨울에는 충분한 판매 인원을 확보하기 위해 필요 이상으로 판매원을 고용하라고 부추겼다. 그런 후에 다시 남는 인력을 쳐내면 되었다. 이젠 경비를 줄여야만 했다. 그러자면 약육강식의 논리에 의해 경쟁에서 밀려난 판매원들을 다시 거리로 내모는 수밖에 없었고, 그 숫자는 전체 직원의 3분의 1에 이르렀다.

"이봐요, 당신 매장에서 판매 성적이 신통찮은 사람들이 있을 것 아니오. ……그들이 여기서 두 팔을 축 늘어뜨린 채 허송세월하는 걸 그냥 보고만 있을 순 없지 않겠소."

매장 책임자가 누구를 희생시켜야 할지 몰라 머뭇거리면 그는 가차 없이 이렇게 쏘아붙였다.

"결심을 하시오, 이 매장에는 판매원 여섯이면 충분할 테니까. ……그랬다가 10월에 다시 고용하면 되는 거요. 일할 사람은 거리에 널려 있으니까!"

게다가 그 일을 집행하는 것은 언제나 부르동클의 몫이었다. 그는 가느다란 입술 사이로 도살용 도끼를 내리치듯 무시무시하게 "창구로 가시오!"*라는 말을 거침없이 내뱉었다. 그에게는 아무리 사소한 것이라도 장애물을 제거하는 핑계로 쓰일 수 있었다. 저지르지도 않은 잘못을 지어내기도 하고, 아주 사소한 부주의도 그냥 지나치는 법이 없었다. "당신이 의자에 앉아 있는 걸 봤소, 무슈. 창구로 가시오!" "지금 나한테 말대꾸를 한 것 같은데. 창구로 가시오!" "구두를 반들반들 닦지 않았군. 창구로 가시오!" 그리하여 가장 잘나가는 판매원들조차 그가 저지르는 대학살의 광경 앞에서 두려움에 몸을 떨었다. 부르동클은 단두대만으로는 성에 차지 않자, 아예 덫을 놓아 미리 선고를 했던 판매원들을 단 며칠 만에 힘들이지 않고 무더기로 처단했다. 그는 아침 8시부터 손에 시계를 들고 백화점 정문 앞에 버티고 서서 기다렸다. 그리고 3분만 늦으면 가차 없이 "창구로 가시오!"를 외치면서 아직 숨을 헐떡거리는 젊은이들의 숨통을 끊어놓았다. 그 모든 것은 신속하고 깔끔하게 처리되었다.

"당신은 얼굴이 왜 그 모양이지, 당신 말이오!" 어느 날 그는 비뚤어진 코가 마음에 안 든다는 이유로 불쌍한 청년 하나를 해고하기도 했다. "창구로 가시오!"

그러한 피바람 속에서 살아남은 판매원들은 2주간의 무급

*"창구로 가시오!"라는 표현은 해고를 당한 노동자가 회계 창구에서 급료를 정산받는 것을 의미한다.

휴가를 할당받았다. 그것은 좀 더 인간적으로 경비를 절감할 수 있는 방법이었다. 그런데도 판매원들은 경쟁 시스템의 요구와 관습의 굴레를 벗어나지 못하고 불안정한 자신들의 처지를 체념하고 받아들였다. 그들 대부분은 파리에 발을 디딘 후부터 여기저기를 떠돌면서, 이쪽에서 일을 배우기 시작해서는 저쪽에서 마치는 식으로 수습 기간을 거쳤다. 그리고 고용주들의 이해관계에 따라 느닷없이 해고를 당하거나 스스로 그만두는 일이 되풀이되었다. 공장이 문을 닫으면 노동자들은 더 이상 빵을 먹을 수 없게 된다. 아무런 감정 없이 돌아가는 기계도 그와 똑같다. 더 이상 쓸모가 없게 된 톱니바퀴는 조용히 어디론가 치워지고 만다. 사람들은 쇠로 된 바퀴에 아무런 고마움을 느끼지 못하는 법이다. 하물며 자신의 몫을 챙길 줄 모르는 사람들에게 동정의 여지란 있을 수 없다!

이제 매장에서는 더 이상 다른 얘기는 하지 않았다. 매일 새로운 사연들이 전해졌다. 그들은 마치 역병이 돌 때 죽은 자들의 숫자를 헤아리듯 해고당한 판매원들의 이름을 입에 올렸다. 그중에서도 무엇보다 큰 타격을 입은 곳은 숄과 모직물을 파는 매장이었다. 일주일 만에 일곱 명의 판매원이 자취를 감추었던 것이다. 어느 날 란제리 매장에서는 큰 소동이 일었다. 한 여성 고객이 판매원이 마늘을 먹고 자신을 응대한 탓에 현기증이 났다고 소란을 피웠던 것이다. 그러자 문제의 여성 판매원은 그 자리에서 즉시 해고되었다. 그녀는 먹을 것이 부족해 늘 굶주리면서, 여기저기서 주워 모은 빵 부스러기들을 매장 한구석에서 몰래 먹곤 했다. 고객으로부터 불평이 제기될 경우에는, 그것이 아무리 사소한 것일지라도 경영진은 즉각 해당 판매원에게 엄격한 조치를 내렸다. 어떤 변명도 용납되지 않았고, 문제를 일으킨 직원은 무조건 잘못이 있는 것으로 간주되면서 성공적인 판매를 가로막는 결함이 있는 도구처럼 내쳐졌다. 그러면 다른 판매원들은 고개를 숙인 채 감히 동료를 두둔할 엄두조차 내지 못했다. 무섭게 휘몰아치는 돌풍 속에서 그들 각자는 자신의 안위를 걱정할 뿐이었다. 언젠가 미뇨는 규율을 어기고 자신의 프록코트 속에 꾸러미를 숨긴 채 밖으로 나가다가 하마터면 들킬 뻔했던 적이 있었다. 그때 그는 당장 쫓겨나는 줄 알고 오금이 저려왔다. 게으르기로는 매장 전체에서 둘째라면 서러울 리에나르가 아직 쫓겨나지 않은 것은 신상품점을 운영하는 그의 아버지의 후광 덕분이었다. 어느 날 오후 부르동클은 그가 영국 벨벳 더미 사이에서 선 채로 자고 있는 것을 발견한 적도 있었다. 누구보다도 롬므 부부는 매일 아침 아들 알베르가 해고당했다는 소식이 들려올까 봐 늘 불안에 떨어야 했다. 경영진은 그가 계산대를 관리하는 방식에 강한 불만을 표시해왔다. 게다가 여자들이 수시로 들락거리며 그의 일을 방해했다. 오렐리 부인은 아들 문제로 두 번씩이나 그들에게 관대함을 구걸해야 했다.

그사이 드니즈는 대량 해고의 광풍 속에서 극도로 불안해하면서, 조만간 끔찍한 사태가 닥칠 것 같은 예감 속에서 하루하루를 버티고 있었다. 정신적으로 무너지지 않기 위해 애써 밝은 표정으로 냉정을 유지하면서 용기 있게 버텨보려고 해도 아무 소용이 없었다. 일과가 끝나고 지붕 밑 방으로 돌아가면 문을 닫자마자 눈물이 왈칵 솟구치며 눈앞을 가렸다. 거리로 쫓겨나 어디로 가야 할지 막막해하는 자신의 모습이 떠오를 때마다 절망감이 몰려왔다. 부양해야 할 두 동생에 모아놓은 돈은 한 푼도 없는데, 이제 와서 오래전에 사이가 틀어진 자신의 큰

아버지를 다시 찾아갈 수도 없는 노릇이었다. 백화점에서 처음 일하던 때의 힘들었던 기억들이 하나하나 다시 떠오르면서, 자신이 마치 강력한 맷돌 아래 깔려 있는 한 톨의 좁쌀 알갱이와 다를 바 없다는 생각이 들었다. 아무 상관 없다는 듯 무심히 그녀를 짓누르는 거대한 기계 속에서 자신이 너무나 미미한 존재임을 느낀 드니즈는 절망적인 자포자기의 심경이 되었다. 분명한 건, 여성 기성복 매장에서 판매원 하나를 내보내야 한다면 그녀가 가장 유력한 후보라는 사실이었다. 랑부예로 야유회를 갔던 다른 판매원들이 오렐리 부인에게 그녀에 관한 험담을 늘어놓은 게 틀림없었다. 그날 이후부터 수석 구매상은 드니즈에게 더 엄격히 대했다. 마치 그녀에게 무슨 대단한 앙심이라도 품고 있는 사람처럼 보였다. 게다가 그들은 그녀가 주앵빌에 갔던 사실을 결코 용서하지 않았다. 경쟁 매장의 판매원과 함께 밖에서 공공연히 나다닌 것을, 자신들 모두를 대놓고 조롱하는 하나의 반역 행위처럼 여겼던 것이다. 드니즈는 매장에서 그 어느 때보다도 따돌림을 심하게 당했고, 이젠 그들과 잘 지낼 수 있을 거라는 모든 기대를 버려야만 했다.

"저것들이 뭐라고 떠들어대더라도 신경 쓰지 마!" 폴린은 그녀를 위로했다.

"닭대가리들처럼 멍청한 주제에 거들먹거리는 꼴이라니!"

하지만 바로, 교양 있는 여인네들을 흉내 내는 그들의 허세가 드니즈를 주눅 들게 했던 것이었다. 매일같이 부유한 고객들을 상대하다 보니 대부분의 여성 판매원들은 자신도 모르게 우아한 몸짓이 몸에 배면서 노동자와 부르주아 계층 사이를 오가는 모호한 부류에 속하게 되었다. 이들의 옷 입는 방식과 남들을 따라 하며 익힌 몸짓과 말들의 이면에는 종종 피상적인 지식과 삼류 신문들에서 본 것, 연극 대사와 같은, 파리의 거리에 떠도는 온갖 잡다한 것들이 자리하고 있었다.

"머리도 안 빗는 여자한테 글쎄 애가 있더라고." 어느 날 아침 매장에 도착한 클라라가 말했다.

그 말에 모두들 놀란 얼굴을 하자 그녀는 재빨리 덧붙였다.

"엊저녁에 그 여자가 아이를 산책시키는 걸 분명히 봤다니까! ……어딘가에 아이를 숨겨두고 있는 게 분명해."

그로부터 이틀 후, 저녁 식사를 마치고 올라온 마르그리트는 호들갑을 떨면서 새로운 소식을 전했다.

"어떻게 이럴 수가, 내가 방금 머리 안 빗는 여자의 애인을 봤다는 거 아냐. ……직공이라니, 이게 말이 되냐고! 그래, 머리는 노랗고, 조그맣고 몰골이 꾀죄죄한 직공이었어. 쇼윈도 너머로 그 여자를 찾고 있더라니까."

그때부터 그것은 기정사실이 되었다. 드니즈는 별 볼 일 없는 직공을 애인으로 두고, 부근에 아이를 숨겨놓고 키우고 있었다. 그들은 그녀에 관해 악의적인 음란한 말들을 쏟아냈다. 처음 그 사실을 알게 된 드니즈는 얼토당토않은 추문의 끔찍함 앞에서 얼굴이 새하얗게 질렸다. 그녀는 경악을 금치 못하고 더듬더듬 해명을 하고자 했다.

"하지만 그 아이들은 내 동생들이라고요!"

"오, 세상에! 동생들이래!" 클라라는 그녀의 말에 콧방귀를 뀌었다.

그러자 오렐리 부인이 끼어들었다.

"조용히들 하지 못하겠어! 다들 이럴 시간 있으면 옷 라벨이라도 바꾸든지……. 마드무아젤 보뒤의 바깥 행실이 나쁘든 말든 그건 그녀의 자유야. 최소한, 여기서라도 일을 제대로 한다면 말이지!"

　이런 식의 냉소적인 옹호는 드니즈를 단죄하는 것이나 마찬가지였다. 그들은 그녀가 무슨 큰 죄라도 저지른 것처럼 그녀를 노골적으로 비난했다. 드니즈는 숨이 막힐 것처럼 힘겹게 사실을 설명하고자 했지만 그들은 비아냥거리는 웃음과 함께 어깨를 으쓱해 보일 뿐이었다. 그 일은 그녀에게 오랫동안 아물지 않는 큰 상처로 남게 되었다. 소문을 들은 들로슈는 몹시 분개하면서 기성복 매장 여자들의 뺨이라도 때려 그들을 혼내주고 싶어 했다. 하지만 그랬다가는 오히려 드니즈에게 해가 될까 봐 자제할 수밖에 없었다. 주앵빌의 그 밤 이후, 그는 충견 같은 시선으로 그녀를 바라보면서 그녀에게 순종적인 사랑과 경건하게까지 느껴지는 우정을 간직해왔다. 하지만 그 누구에게도 그들의 관계를 눈치채게 해서는 안 되었다. 그랬다가는 모두의 조롱과 질시의 대상이 될 게 뻔했다. 하지만 그 누구라도 그의 앞에서 그녀를 괴롭히는 것을 보게 되면, 주먹이라도 한 방 날려 대신 앙갚음을 하고 싶다는 과격한 생각이 드는 것을 막을 수는 없었다.

　이제 드니즈는 더 이상 아무런 대꾸도 하지 않았다. 무엇보다 끔찍한 것은, 아무도 그녀의 말을 믿으려고 하지 않는다는 사실이었다. 그녀가 할 수 있는 것이라고는, 누군가가 그 문제에 새로운 사실을 보태 또다시 추문을 퍼뜨릴 때마다 담담하고 슬픈 표정으로 자신의 동료를 응시하는 것뿐이었다. 게다가 그녀에게는 그보다 더 큰 또 다른 고민거리가 있었다. 단 하루도 돈 문제로 시달리지 않는 날이 없었던 것이다. 아직까지 정신을 못 차린 장은 계속 여기저기서 말썽을 일으키고 다녔다. 그는 드니즈에게 온갖 지어낸 이야기들을 적은 네 장짜리 편지를 한 주도 거르지 않고 보냈다. 그녀는 백화점의 우편 담당자가 전해주는, 커다란 글씨로 쓴 간절한 내용의 편지들을 서둘러 주머니 속에 감춰야만 했다. 그럴 때마다 다른 판매원들은 웃으면서 음란한 말들을 흥얼거렸다. 드니즈는 핑계를 대고 백화점 구석으로 가서 편지를 읽을 때마다 매번 기겁을 하며 놀랐다. 편지의 내용대로라면 불쌍한 장은 이제 끝장난 것처럼 보였다. 아주 특별한 연애담을 비롯해서 그의 머릿속에서 나온 모든 이야기들이 그녀에게 먹혀들었다. 거기엔 그런 일들에 관해 전혀 알지 못하는 그녀의 무지가 그 위급함을 부풀린 면도 있었다. 장은 어떤 여자의 질투에서 벗어나기 위해 40수가 필요했고, 어떤 불쌍한 여자의 명예를 회복시켜주기 위해 오류 프랑이 필요한 적도 있었다. 그 돈이 없으면 그녀의 아버지가 여자를 죽이고 말 터였다. 자신의 급여와 수당으로는 그 모든 것을 충당할 수 없었던 드니즈는 일과 시간 외에 할 수 있는 작은 일거리를 찾아봐야겠다는 생각이 들었다. 그녀는 뱅사르의 가게에서 처음 봤을 때부터 자신에게 호의적이었던 로비노에게 사정 얘기를 해보기로 마음먹었다. 그리하여 그는 드니즈에게 넥타이 매듭을 꿰매는 일을 주선해주었다. 12개 한 묶음에 5수를 받을 수 있었다. 그녀는 매일 밤 9시부터 새벽 1시까지 여섯 묶음을 꿰매면서, 초를 사는 데 드는 4수를 제하고 남는 26수를 손에 쥘 수 있었다. 그 때문에 잠이 턱없이 부족했지만 자신의 신세를 한탄한 적은 없었다. 드니즈는 그 26수로 장에게 들어가는 비용을 댈 수 있었고, 또 다른 돌발 사태가 그녀의 가계를 엉망으로 만들어놓지만 않는다면 그것만으로도 감사하다고 생각하며 지냈다. 그리고 보름 만에 두 번째 삯을 받기로 한 날, 넥타이 납품업자 여인을 찾아간 드니즈는 그곳이 파산을 해서 문이 닫혀 있는 것을 발견했다. 18프랑 30상팀은 그녀에게는 엄청나게 큰돈으로, 그녀는 일주일 전부터 그 돈을 받기만을 기다려온 터였다. 그동안 매장에서 숱하게 겪었던 어려움들도 이 대재앙 앞에서는 아무것도 아닌 것처럼 느껴졌다.

"얼굴이 왜 그래? 기운이 하나도 없어 보이네." 가구 갤러리 앞에서 우연히 그녀와 마주친 폴린이 물었다.

"자기 뭐 필요한 거 있지, 그렇지?"

하지만 친구에게 이미 12프랑을 빚지고 있던 드니즈는 억지로 웃어 보이면서 대답을 얼버무렸다.

"아니, 걱정해줘서 고마워. ……간밤에 잠을 잘 못 자서 그런 것뿐이야."

때는 7월 20일이었고, 대량 해고의 공포가 절정에 달해 있었다. 부르동클은 400명의 직원 중에서 이미 50명을 거리로 내몰았다. 곧 또다시 한바탕 해고 바람이 불 것이라는 소문도 나돌았다. 하지만 드니즈는 지금 자신에게 닥칠 위기를 염려할 겨를이 없었다. 그녀의 머릿속은 온통 그 어느 것보다도 끔찍한 장의 여자 문제와 관련된 두려움으로 가득 차 있었다. 바로 그날, 그녀에겐 15프랑이 필요했다. 그 돈을 보내야만 마누라에게 속은 남자의 복수로부터 장을 구해낼 수 있었다. 전날 그녀는 그 비극적인 사건을 설명하는 장의 첫 번째 편지를 받았다. 그리고 연이어 두 통을 더 받았다. 폴린을 만난 건 그중 마지막 편지를 막 다 읽었을 때였다. 그 편지에서 장은 그날 저녁까지 15프랑을 구하지 못하면 자신은 죽은 목숨이라며 으름장을 놓았다. 드니즈는 머리를 쥐어짜야 했다. 이미 이틀 전에 지불한 페페의 보육료에서 돈을 끌어 쓸 수는 없었다. 불운은 한꺼번에 닥치는 법이라는 말은 진리인 듯했다. 드니즈는 로비노에게 얘기하면, 그가 넥타이 납품업자 여인을 찾아내 밀린 삯을 받아낼 수 있을지도 모른다는 기대를 가졌다. 하지만 2주간의 무급 휴가를 떠나 전날 복귀하기로 돼 있던 로비노는 아직 돌아오지 않고 있었다.

그사이 폴린은 드니즈에게 걱정스러운 얼굴로 거듭 물었다. 두 사람이 이처럼 가끔씩 멀리 떨어진 매장 한구석에서 만나게 될 때는 주위를 살피면서 잠깐씩 수다를 떨었다. 폴린은 얘기하던 중에 갑자기 가버릴 것 같은 제스처를 취했다. 숄 매장에서 나오는 감독관의 흰색 넥타이가 언뜻 눈에 띈 때문이었다.

"아! 괜찮아, 주브 감독관이야." 그녀는 안심했다는 듯 중얼거렸다.

"그런데 저 늙은 영감탱이는 왜 우리가 같이 있는 것만 보면 의미심장하게 웃는지 모르겠단 말이야. ……내가 자기라면 저 작자를 조심할 거야. 내가 보기에 자기한테 지나치게 친절한 것 같아서 그래. 성격도 지랄 맞고 개뿔도 없으면서도, 아직도 자기 부하들한테 얘기하듯 한다니까!"

그녀의 말대로, 주브 감독관은 백화점의 판매원들 모두가 치를 떨 정도로 인정사정 보지 않는 엄격함으로 악명이 높은 인물이었다. 해고자의 반 이상이 그의 보고서에 의해 운명이 결정되었다. 방탕한 전직 대위의 커다란 붉은색 코는 여성 판매원들이 일하는 매장에서만 인간적인 모습을 띠었다.

"그런데 내가 왜 조심을 해야 해?" 드니즈가 물었다.

"왜냐고!" 폴린은 웃으면서 대답했다.

"어쩌면 자기한테 잘 봐준 대가를 요구할지도 모르거든. ……판매원들 중에는 저 영감한테 잘 보이려고 애쓰는 여자들도 있어."

주브는 두 사람을 못 본 척하면서 멀어져 갔다. 그리고 잠시 후, 뇌브생토귀스탱 가에 쓰러져 있는 말을 쳐다봤다는 이유로 그가 레이스 매장의 남성 판매원을 호되게 질책하는 소리가 들려왔다.

"그런데 참, 어제 무슈 로비노를 찾고 있지 않았어? 돌아온 것 같던데." 폴린이 생각났다는 듯 말했다.

드니즈는 다시 살아난 것 같았다.

"고마워, 그럼 난 실크 매장으로 돌아서 가야겠네. ……하는 수 없지 뭐! 난 지금 저 위의 수선실에 옷을 손질하러 가 있는 거야."

그들은 각자 갈 길을 갔다. 드니즈는 마치 무슨 계산 착오를 찾아내려는 듯 분주한 표정으로 계산대를 돌아다니는 척하다가 계단으로 가서 아래층 홀로 내려갔다. 시각은 10시 15분 전을 가리키고 있었고, 첫 번째 점심 식사 테이블이 차려졌음을 알리는 종이 막 울린 터였다. 후텁지근한 햇볕이 계속해서 쇼윈도를 달구면서, 회색 천으로 된 블라인드를 쳤음에도 불구하고 고요한 공기 속으로 더운 열기가 퍼져 나갔다. 때로 사환들이 바닥에 물을 조금씩 흩뿌려 시원한 기운을 올라오게 했다. 매장들마다 평소보다 더 넓어 보이는 텅 빈 공간에서 나른함과 여름날의 낮잠 같은 휴식이 느껴졌다. 마치 마지막 미사를 마친 예배당에서 그림자들이 잠들어 있는 듯했다. 판매원들이 우두커니 서 있는 가운데, 얼마 되지 않는 여성 고객들이 뜨거운 열기로 인해 몹시 지쳐 보이는 발걸음으로 갤러리를 따라 걷거나 홀을 가로질러 갔다.

드니즈가 아래로 내려갔을 때, 파비에는 전날 남부에서 올라온 부타렐 부인을 위해 경쾌한 분홍색 물방울무늬가 새겨진 드레스용 실크의 치수를 재고 있었다. 이달 초부터 노랑 숄과 초록색 드레스를 촌스럽게 차려입고 지방에서 우르르 몰려온 부인네들이 온통 매장을 휘젓고 다녔다. 판매원들은 시큰둥한 표정을 지으며 데면데면한 태도로 그들을 응대했다. 부타렐 부인을 바느질 도구 매장으로 안내하고 돌아온 파비에는 위탱을 보며 투덜거렸다.

"어제는 오베르뉴에서 여자들이 한꺼번에 몰려오더니, 오늘은 온통 프로방스 여자들뿐이군……. 머리가 빙빙 돌 지경이라니까."

하지만 위탱은 그의 말이 미처 끝나기도 전에 총알처럼 뛰쳐나갔다. 이번에는 그의 차례였던 것이다. 그가 응대할 고객은 모두가 '어여쁜 부인'이라고 지칭하는 금발 여성이었다. 그녀에 관해서는 이름을 비롯해 아무것도 알려진 게 없었지만, 모두들 그녀를 보고 미소 짓기 바빴다. 그녀는 단 한 주도 거르지 않고 언제나 혼자 '여인들의 행복 백화점'에 들러 쇼핑을 하는 최고의 고객이었던 것이다. 그런데 이번에는 네다섯 살로 보이는 어린 남자아이를 데리고 왔다. 그러자 너도나도 질세라 입방아를 찧어대기 시작했다.

"그러니까 뭐야, 결혼을 했다는 거야?" 위탱이 그녀에게 공작 부인 새틴 30미터를 팔고 계산대에서 매상 전표를 작성하고 돌아오자 파비에가 혼잣말처럼 말했다.

"그럴 수도 있지. 저 아이만 보고 단정 지을 수는 없지만. 친구 아들일 수도 있는 거니까……. 하지만 확실한 건, 저 여자가 울었다는 사실이야. 저 슬픈 표정하고 벌게진 눈을 보면 알 수 있다니까!"

그리고 침묵이 흘렀다. 두 남자는 백화점의 먼 곳을 멍하니 바라보았다. 파비에가 다시 느릿한 목소리로 말했다.

"만약 결혼을 한 거라면, 분명 남편이 따귀를 때린 걸 거야."

"그럴 수도 있지. 아니면, 정부가 여자를 버리고 떠났을 수도 있고."

잠시 말이 없던 위탱은 결론짓듯 말했다.

"그러거나 말거나 내가 알 게 뭐야!"

그때, 실크 매장을 가로지르던 드니즈는 로비노를 찾느라 걸음을 늦춰 주위를 둘러보고 있었다. 하지만 그가 보이지 않자 리넨 갤러리로 갔다가는 또다시 실크 매장을 가로질러 갔다. 그사이 두 남자는 그녀가 오가는 것을 계속 지켜보고 있었다.

"저기 또 왔군, 말라깽이 여자 말이야!" 위탱이 조그맣게 말했다.

"저 여잔 지금 로비노를 찾고 있는 거야." 파비에가 설명했다.

"오! 별로 흥미로울 건 없고, 로비노는 그런 면에서는 워낙 젬병이거든. ……내가 듣기로는, 그가 저 여자한테 부업으로 넥타이 꿰매는 일을 대줬다고 하더라고. 눈물 나게 감동적이지 뭐야! 안 그래?"

위탱은 드니즈에게 짓궂은 장난을 치기로 마음먹고는 가까이 지나는 그녀를 불러 세웠다.

"혹시 절 찾고 있는 건가요?"

그러자 드니즈의 얼굴이 발갛게 달아올랐다. 그녀는 주앵빌로 나들이를 다녀온 이후 혼란스러운 감정들이 서로 충돌하는 자신의 마음속을 들여다볼 용기가 나지 않았다. 자꾸만 붉은색 머리의 여자와 함께 있는 그의 모습이 떠올랐기 때문이다. 아직도 그의 앞에서 가슴이 떨리는 것은 그런 불편함이 느껴지기 때문일 터였다. 그녀는 그를 사랑했던 것일까? 그리고 지금도 여전히 사랑하고 있는 것일까? 드니즈는 자신을 고통스럽게 하는 것들을 새삼 끄집어내고 싶어 하지 않았다.

"아뇨, 무슈." 그녀는 당황한 얼굴로 대답했다.

위탱은 그녀의 당혹스러움을 즐기는 듯했다.

"원하시는 걸 우리가 찾아드려도 된다면…… 파비에, 무슈 로비노를 마드무아젤에게로 가져다 드리게."

드니즈는 동료들이 그녀에게 상처 주는 말들을 할 때와 마찬가지로 담담하고 슬픈 눈빛으로 그를 응시했다. 아! 그가 이렇게 나쁜 사람이었다니! 다른 사람들과 똑같이 자신을 아프게 하고 있지 않은가! 그녀 안에서 무언가가 찢겨 나가면서 마지막 끈마저 끊어져 버리는 것 같았다. 드니즈의 얼굴에서 절망적인 고통이 느껴지자, 평소 다정함과는 거리가 먼 파비에가 그녀에게 도움의 손길을 내밀었다.

"무슈 로비노는 물품 보관소에 갔을 겁니다. 아마도 점심을 먹으러 돌아올 거예요. ……그에게 할 말이 있으면, 오늘 오후에는 만날 수 있을 겁니다."

드니즈는 그에게 고맙다는 인사를 하고 기성복 매장으로 되돌아갔다. 오렐리 부인은 잔뜩 벼르면서 그녀가 오기만을 기다리고 있었다. 이게 대체 뭐하는 짓인가! 30분씩이나 자리를 비우다니, 대체 어딜 갔다 온 건가? 정말로 수선실에 갔던 것은 아니겠지, 물론? 드니즈는 고개를 푹 숙인 채 연이어 닥치는 불운을 떠올렸다. 오후에 로비노를 만나지 못하면 정말 끝장이었다. 그녀는 무슨 일이 있어도 아래로 다시 내려가리라 마음먹었다.

로비노의 복귀는 실크 매장을 온통 술렁거리게 했다. 판매원들은 그로 인해 끊임없이 분란이 이는 것에 못마땅해하면서 차라리 그가 돌아오지 않기를 바랐다. 사실 로비노는 한 순간, 뱅사르의 끈질긴 압박에 못 이겨 그의 가게를 인수할 뻔했던 적도 있었다. 수개월 전부터 위탱이 부수석 구매상의 발밑으로 땅굴처럼 파들어 갔던 은밀한 공작이 마침내 표면으로 떠오를 순간이 다가왔던 것이다. 로비노가 휴가를 보내고 있는 동안 수석 판매원의 자격으로 그를 대신했던 위탱은 매장 책임자들이 로비노에 대해 부정적인 생각을 가지게끔 공작을 꾸몄다. 그리고 온갖 수단과 방법을 동원해 그들에게 잘 보임으로써 그의 자리를 꿰차고자 했다. 백화점 운영의 소소한 불합리한 점들을 찾아내 문제화하고, 판매에 관한 개선책을 제출하거나 새로운 디자인을 제안하기도 했다. 그를 비롯해 매장의 정식 판매원이 되고자 하는 수습 직원부터, 경영진의 위치까지 올라가고 싶어 하는 수석 판매원에 이르기까지 그들 모두의 머릿속은 오직 한 가지 생각으로 꽉 차 있었다. 그들은 한 단계를 더 올라가기 위해 바로 위에 있는 동료를 밀어내고, 누구라도 장애가 된다면 동료를 먹어치우는 것도 서슴지 않았다. 이러한 욕망의 대립과 서로를 밟고 올라서는 행위는, 거대한 기계가 순조롭게 작동하면서 판매를 촉진시키고, 파리 전체를 놀라게 하는 성공의 불꽃을 지피는 데 반드시 필요한 것들이었다. 위탱의 뒤에는 파비에가 있고, 파비에의 뒤로는 또 다른 이들이 길게 늘어서 있었다. 괴물 같은 기계가 거대한 아가리로 요란하게 씹어 삼키는 소리가 들려왔다. 로비노는 이미 끝장난 목숨이었다. 모두들 벌써부터 앞다투어 그의 뼛조각을 하나씩 차지했다. 그러다 그가 매장에 다시 나타나자 여기저기서 불만이 터져 나왔다. 이젠 정말 결론을 내려야 했다. 로비노를 향한 판매원들의 태도가 지극히 위협적인 것을 목격한 매장 책임자는 경영진이 결정을 내리는 동안 그를 물품 보관소에 가 있게 했다.

"그 작자를 내쫓지 않으면 우리가 나가는 거야." 위탱이 선언하듯 말했다.

부트몽은 이 일로 인해 골머리를 앓았다. 천성이 밝은 그는 매장이 시끄러워지는 것을 원치 않았다. 주변에서 온통 인상을 찌푸리고 있는 얼굴들만 봐야 한다는 것은 그에겐 몹시 고통스러운 일이었다. 하지만 그는 공평히 처신하고자 했다.

"다들 왜 이러는 거요, 그 친굴 좀 가만 내버려두지 않고. 무슈 로비노가 그대들한테 무슨 해를 입히는 것도 아니지 않소."

그러자 여기저기서 불만들이 터져 나왔다.

"뭐라고요! 그가 우리한테 아무 짓도 안 한다고 하셨나요? ……그 사람 성격이 얼마나 더럽고 신경질적인지 아직 모르신단 말입니까? 이대로 그냥 놔두면 수석 구매상님을 짓밟고 올라서려고 할지도 모른단 말입니다!"

매장 판매원들의 가장 큰 불만은 바로 그것이었다. 여자처럼 소심한 로비노는 더 이상 봐줄 수 없을 정도로 융통성이 없고 과민한 성격이었다. 그러면서 그들은 수많은 일화들을 쏟아냈다. 그에게 시달리다가 병까지 난 어린 사환과 그의 무례한 지적에 모욕감을 느낀 여성 고객들에 관한 것까지 모두를.

"하지만 여러분, 내가 결정할 문제는 아닌 것 같군요. ……일단 경영진에게 알렸으니 조금 있다가 다시 얘기하게 될 겁니다."

그때 지하로부터 두 번째 식사 테이블이 차려졌음을 알리는 둔탁한 종소리가 백화점의 무겁게 가라앉은 공기 속으로 아득히 울려 퍼졌다. 위탱과 파비에는 아래로 내려갔다. 각 매장에서 하나둘 모여든 판매원들이 주방 통로의 비좁은 입구로 포개

지듯 밀려들었다. 축축하게 습기가 찬 통로에는 가스등이 하루 종일 불을 밝히고 있었다. 허기진 무리는 웃거나 말하는 법 없이, 점점 가까이 들려오는 식기 소리와 허기를 자극하는 음식 냄새에 서둘러 앞으로 나아갔다. 그러다 통로 끝에 이르자 창구 앞에서 줄이 갑자기 멈췄다. 그곳에서, 양쪽 옆에 접시를 쌓아놓고 놋쇠로 된 커다란 냄비에 포크와 숟가락을 꽂아놓은 채 주방장이 음식을 나눠주고 있었다. 그가 옆으로 비켜서자 하얀 앞치마를 두른 그의 뒤로 불타오르는 듯한 주방이 보였다.

"어디, 오늘은 메뉴가 뭔지 볼까!" 위탱은 중얼거리면서 창구 위쪽에 걸려 있는 칠판에 적힌 메뉴를 들여다보았다.

"매운 소스를 곁들인 소고기하고 홍어라……. 이 빌어먹을 곳에서는 구운 고기는 눈을 씻고 봐도 없군! 찐 고기나 생선 같은 것만 먹고 몸이 배겨나냐고, 젠장!"

게다가 생선은 그다지 인기가 없는 듯 냄비에 아직 한 가득 남아 있었다. 그런데도 파비에는 홍어를 선택했다. 그의 뒤에 서 있던 위탱은 몸을 숙이면서 말했다.

"매운 소스 소고기요."

주방장은 기계적인 몸짓으로 고기 한 덩어리를 집어 그 위에 소스 한 스푼을 뿌려 그에게 건넸다. 창구에서 올라오는 뜨거운 열기에 숨이 막힌 위탱이 재빨리 접시를 가지고 가버리기가 무섭게 그의 뒤로 "매운 소스 소고기요……, 매운 소스 소고기요……"라는 말이 신도들의 기도문처럼 줄줄이 이어졌다. 주방장은 규칙적인 시계처럼 신속하고 리드미컬한 몸짓으로 쉴 새 없이 고기를 집어 소스를 뿌린 다음 기다리는 사람들에게 건넸다.

"생선이 식어빠졌잖아." 손에 온기가 느껴지지 않자 파비에가 투덜거렸다.

이젠 모두들 서로 부딪칠 것을 염려해 팔을 죽 내민 채 접시를 똑바로 들고 줄을 따라 앞으로 나아갔다. 조금 더 떨어진 곳의 또 다른 창구 앞에는 간이 바가 마련돼 있었고, 반들거리는 주석으로 된 긴 테이블 위에는 마개가 없는 조그만 병들이 놓여 있었다. 막 씻어낸 듯 보이는 병에는 물기가 아직 남아 있었으며, 각각의 병에는 한 사람 몫의 포도주가 담겨 있었다. 그들은 그 앞을 지나치면서 빈손으로 병을 하나씩 받아들고는, 그때부터는 양손의 균형을 맞추느라 진지해진 표정으로 각자의 식탁으로 향했다.

위탱은 나직한 소리로 투덜거렸다.

"제길, 맨날 무슨 묘기 대행진을 하는 것도 아니고 이게 뭐 하는 짓인지!"

그와 파비에는 통로 끝에 있는 맨 안쪽 식당의 식탁에서 식사를 했다. 모두가 비슷하게 생긴 식당들은 가로세로가 각각 4미터, 5미터로, 예전에 포도주 저장고로 쓰이던 것을 시멘트를 발라 구내식당으로 개조한 것이었다. 하지만 습기로 인해 칠이 벗겨지면서, 노란색 벽에는 군데군데 푸르스름한 얼룩이 생겨나 있었다. 보도와 같은 높이로 난 채광 환기창의 비좁은 구멍에서 새어 들어오는 희부연 빛이 식탁을 비추었고, 그 위로는 거리를 오가는 행인들의 그림자가 유령처럼 춤을 추고 있었다. 7월에는 12월과 마찬가지로 인접한 주방에서 역겨운 냄새가 밴 더운 수증기가 풍겨와 숨을 턱턱 막히게 했다.

위탱은 제일 먼저 식당으로 들어갔다. 한쪽 끝을 벽에 붙이고 방수 천을 씌운 식탁 위에는 각자의 자리를 표시하는 유리잔과 포크와 나이프가 놓여 있었다. 식탁 양끝에는 교환용 접시들이 잔뜩 쌓여 있었고, 가운데에는 칼자루를 위로 향한 채 나이프가 꽂혀 있는 커다란 빵이 길게 놓여 있었다. 위탱은 포도주 병과 접시를 내려놓았다. 그리고 벽의 유일한 장식물인 칸막이 선반에서 자신의 냅킨을 꺼내 자리에 앉으면서 한숨을 내쉬었다.

"이렇게 먹어도 난 왜 늘 배가 고픈 거냐고!" 그가 중얼거렸다.

"원래 그런 거지." 파비에는 그의 왼쪽에 자리를 잡으면서 말했다.

"배가 고파 죽을 것 같을 때는 먹을 게 더 없는 법이잖아."

22인분의 식기가 놓여 있는 식탁은 빠르게 채워졌다. 처음에는 요란한 포크 소리밖에 들을 수 없었다. 건장한 젊은이들은 하루에 13시간의 노동으로 허기진 배를 채우기 위해 허겁지겁 정신없이 먹어댔다. 예전에는, 한 시간의 식사 시간이 주어진 판매원들은 밖에서 커피를 마실 수 있었다. 그래서 그들은 밖으로 나가고 싶은 마음에 서둘러 20분 만에 식사를 마쳤다. 하지만 그러다 보면 정신이 흐트러진 채 돌아와서는 판매에 지장을 초래했다. 그래서 경영진은 그들이 밖으로 나가는 것을 금지하기로 했다. 대신 커피를 마시고 싶은 이들에게는 3수에 커피를 제공했다. 그러자 그들은 이제는 시간이 되기 전에 미리 매장으로 올라가지 않기 위해 일부러 시간을 질질 끌면서 식사를 했다. 많은 이들이 음식을 입에 한가득 넣은 채 신문을 접어 병에 기대놓고 읽었다. 어떤 이들은 급한 허기를 달랜 후에는 큰 소리로 떠들어대기 시작했다. 그럴 때마다, 빈약한 식단과 그들이 번 돈, 지난 일요일에 한 것과 다음 일요일에 할 것 등이 변함없이 화제에 오르내렸다.

"아 참, 자네 매장 부수석 구매상 로비노 일은 어떻게 됐나?" 한 판매원이 위탱에게 물었다.

실크 매장의 판매원들과 부수석 구매상 사이의 알력은 이미 전 매장에서 모르는 사람이 없을 정도였다. 그들은 매일 생로크 카페에 모여 자정이 될 때까지 그 문제를 두고 언쟁을 벌였다. 고기하고 씨름하는 데 정신이 팔려 있던 위탱은 동료의 질문에 건성으로 대답했다.

"아! 다시 돌아왔네, 로비노 그치가."

그리고 갑자기 불같이 화를 내면서 소리쳤다.

"이런 젠장, 이건 당나귀 고기가 분명해. ……맙소사, 역겹기 그지없군. 이런 걸 먹으라고 주다니!"

"아무려면 나보다 더 어이가 없겠어!" 이번에는 파비에가 언성을 높였다.

"멍청하게 홍어 같은 걸 집을 생각을 하다니……. 이건 썩은 냄새가 진동을 한다니까."

그러자 모두들 동시에 떠들어대면서, 불만을 터뜨리거나 농을 주고받았다. 벽 쪽으로 향해 있는 식탁 구석에서는 들로슈가 조용히 식사를 하고 있었다. 결코 채워지지 않는 엄청난 식욕은 그를 늘 괴롭혔다. 하지만 수입이 얼마 되지 않는 그로서는 추가분을 지불할 여력이 없었다. 대신, 빵을 엄청나게 크게 자르고, 남들이 거들떠보지 않는 음식도 게걸스럽게 먹어치우면서 허기를 채워나갔다. 그러자 모두들 한목소리로 그를 놀려댔다.

"파비에, 자네 홍어를 들로슈에게 주지그래. 저 친구는 그런 것도 감지덕지할 거야."

"위탱, 자네 고기도 주지 그러나. 들로슈가 디저트로 먹고 싫어 하는 것 같은데."

하지만 불쌍한 청년은 아무런 대꾸도 하지 않고 어깨를 으쓱해 보일 뿐이었다. 항상 배가 고픈 것이 그의 잘못은 아니지 않은가. 게다가 모두들 맛없다고 투덜대면서도 꾸역꾸역 잘도 먹어치웠다.

그러다 누군가가 조그맣게 휘파람을 불자 갑자기 웅성거림이 잦아들었다. 통로에 무레와 부르동클이 나타났던 것이다. 얼마 전부터 직원들의 불만이 거세지자, 경영진은 아래로 내려와 직접 음식의 질을 판단하는 시늉을 하기로 했다. 그들은 주방장에게 1인당 하루 30수씩을 지급했다. 그 돈으로 주방장은 음식과 석탄, 가스, 부리는 일꾼에 들어가는 비용 모두를 충당해야 했다. 그러면서도 그들은 음식이 썩 먹을 만하지 않다는 것에 매우 놀라는 표정을 지어 보였다. 그날 아침만 해도 그 문제로 각 매장에서 판매원 한 사람씩을 대표로 뽑았고, 미뇨와 리에나르가 판매원들을 대신해 모두의 뜻을 경영진에게 전달하기로 돼 있었다. 그리하여 그들 모두는 갑작스러운 침묵 속에서 무레와 부르동클이 막 들어간 옆 식당에서 들려오는 목소리에 귀를 기울였다. 부르동클은 소고기가 맛이 아주 좋다고 선언했다. 그러자 미뇨는 그의 태연한 확언에 기막히다는 표정으로 즉각 반박하고 나섰다. "한번 씹어 먹어보시고 다시 얘기하시죠." 리에나르는 홍어를 문제 삼으면서 완곡한 어조로 말했다. "사장님, 생선에서 악취가 납니다!" 그러자 무레는 의례적인 다정한 말들을 쏟아내기 시작했다. 그는 직원들의 복지를 위해 모든 노력을 기울일 것이며, 그들의 아버지와 같은 존재로서 그들에게 제대로 된 음식을 먹이지 못할 바에는 차라리 자신이 맨빵만을 먹겠노라며 비장한 말투로 얘기했다.

"내 이 문제를 반드시 검토해보겠다고 그대들에게 약속하겠소." 마침내 그는 통로 끝에서 끝까지 다 들릴 수 있도록 목소리를 높이면서 마무리를 했다.

경영진의 실사가 끝나자 다시 포크 소리가 요란하게 나기 시작했다. 그러자 위탱이 혼잣말로 말했다.

"그래, 믿고 싶은 멍청이들만 믿어라 그거지! ······언제나 감언이설로 얼렁뚱땅 넘어가려는 심보가 아니고 뭐냐고! 신발깔창 같은 걸 먹으라고 던져 주면서, 쓸모가 없어지면 언제라도 개처럼 내쫓고 마는 더러운 인간들 같으니라고!"

그때 아까 그에게 질문을 했던 판매원이 또다시 물었다.

"그러니까 자네 매장의 로비노 부수석 구매상이······?"

하지만 그의 목소리는 요란한 접시 소리에 묻혀버리고 말았다. 그들이 접시를 새것으로 바꾸기 시작하자 식탁 양끝에 쌓여 있던 접시 더미가 점차 줄어들었다. 그리고 주방장 보조가 커다란 양철 쟁반을 들고 오자 위탱이 소리쳤다.

"라이스 그라탱이라, 아주 완벽하군!"

"2수짜리 풀치곤 괜찮아 보이는걸." 파비에가 그라탱을 접시에 덜면서 말했다.

어떤 이들은 그라탱을 마음에 들어 했고, 너무 끈적거린다고 인상을 찌푸리는 이들도 있었다. 연재소설을 읽느라 조용히 신문에 코를 박은 채 기계적으로 음식을 삼키는 이들도 눈에 띄었다. 비좁은 식당이 불그레한 증기로 가득 차자 모두들 이마의 땀을 닦아내기에 바빴다. 그사이, 무질서하게 흩어진 식기들 위로 검은색 막대처럼 보이는 행인들의 그림자가 끊임없이 지나갔다.

"여기 들로슈한테 빵 좀 더 줄 사람 없나?" 누군가가 짓궂게 외쳤다.

그러자 저마다 빵 한 조각씩을 잘라서는 나이프를 자루 부분까지 푹 찔러 넣었다. 그리고 손에서 손으로 빵을 전달했다.

"누가 내 그라탱하고 디저트를 바꿀 사람 없나?" 이번에는 위탱이 소리쳐 물었다.

날렵하게 생긴 조그만 청년과 거래를 성사시킨 그는 이번에는 포도주마저 팔고 싶어 했다. 하지만 아무도 나서지 않았다. 모두들 포도주에서 고약한 냄새가 난다며 눈살을 찌푸렸다.

"그러니까 아까도 얘기했지만, 로비노 그치가 다시 돌아왔단 말이지." 위탱은 웃음소리와 말소리가 교차되는 가운데 얘기를 계속했다.

"오! 이건 정말 심각한 문제가 아닐 수 없다고…… 심지어 그는 여성 판매원들에게 직무 유기까지 조장하고 있다니까! 그래, 그 여자들한테 넥타이 매듭 꿰매는 일을 대준다는 거야!"

"쉿, 조용히 좀 해봐!" 파비에가 조그맣게 말했다.

"지금 그 작자 문제를 논의하는 중인 것 같으니까."

그는 통로에서 무레와 부르동클 사이에서 걸어가고 있는 부트몽을 눈짓으로 가리켰다. 세 남자는 무언가에 몰두한 듯 나지막하지만 열띤 어조로 얘기를 하고 있었다. 매장 책임자와 부수석 구매상들이 함께 식사를 하는 식당은 바로 그들이 지나는 곳의 맞은편에 위치하고 있었다. 무레 일행이 지나가는 것을 본 부트몽은 마침 식사를 마친 터라 자리에서 일어나 그들과 합류했다. 그리고 자신의 매장에서 일어나는 일들을 보고하면서 난처한 자신의 입장을 전달했다. 두 사람은 부트몽의 말에 귀를 기울이면서도 여전히 로비노를 희생시키기를 원치 않았다. 그는 에두앵 부인 시절부터 그들과 함께 일해온 일급 구매상이었던 것이다. 하지만 부트몽이 넥타이 사건을 언급하자 부르동클은 불같이 화를 냈다. 여성 판매원들에게 부업을 주선해주다니, 그 친구가 제정신이 아니고서야 어떻게 그럴 수 있단 말인가? 그들은 판매원들의 시간에 대해 이미 충분한 보수를 지불하고 있었다. 그런데 사적인 이유로 밤에 다른 추가적인 일을 한다면, 그로 인해 판매에 지장을 초래하게 될 것은 자명한 일이었다. 따라서 그런 행동들은 그들의 돈을 도둑질하는 것과 마찬가지였다. 게다가 그런 판매원들은 자신들의 것만이 아닌 건강까지 해칠 위험을 무릅쓰고 있지 않은가. 밤은 잠을 자라고 있는 것이다. 밤에는 무조건 자야만 한다. 그러지 않으면 밖으로 내쫓는 수밖에 없다!

"분위기가 점점 달아오르고 있군." 위탱이 만족스러운 듯 말했다.

세 남자가 느릿한 걸음으로 각 식당 앞을 지날 때마다 판매원들은 그들의 일거수일투족을 지켜보며 저마다 한마디씩을 보탰다. 그러느라 조금 전에 한 계산원이 라이스 그라탱에서 바지 단추를 발견한 사실조차 잊어버렸다.

"저들이 '넥타이'라고 말한 걸 분명히 들었어." 파비에가 말했다.

"자네들도 그 말에 부르동클 얼굴이 갑자기 새하얗게 변하는 걸 똑똑히 보았겠지."

무레도 동업자와 의견을 같이하며 노여워하고 있었다. 밤에까지 일을 하는 판매원은 그에게는 '여인들의 행복 백화점'의 조직에 반기를 드는 인물로 간주되었다. 판매 수당만으로 자족할 줄 모르는 멍청한 판매원이 대체 누구란 말인가? 하지만 부트몽이 드니즈의 이름을 언급하자 그는 금세 태도를 누그러뜨리면서 그녀를 두둔하고 나섰다. 아! 그 조그만 아가씨 얘기였군. 아직 미숙한 데다 아마도 부양가족이 있어서 그런 게 아닐까. 그러자 부르동클은 그의 말을 가로막으면서 즉시 그녀를 해고해야 한다고 주장했다. 그렇게 못생긴 여자는 백화점에 아무런 보탬이 되지 않는다고 그가 진작부터 얘기하지 않았던가. 그는 마치 해묵은 원한이라도 쏟아내고 있는 듯 보였다. 그러자 무레는 당황하면서 애써 웃어 보였다. 맙소사! 그렇게까지 야박하게 굴 게 뭐가 있겠는가. 한번쯤 용서해줄 수도 있지 않은가. 잘못을 저지른 판매원을 불러서 단단히 질책을 하면 될 것이 아닌가. 게다가 모든 책임은 전적으로 로비노에게 있었다. 백화점의 규정을 잘 알고 있는 오래된 직원으로서 그녀가 그런 실수를 하지 않도록 미리 일러주었어야 했다.

"저런! 사장님이 이젠 웃기까지 하네!" 다시 문 앞을 지나가는 무레 일행을 본 파비에가 놀라며 말했다.

"이런 젠장!" 위탱의 입에서 욕설이 튀어나왔다.

"만약 로비노를 내쫓지 않으면, 우리도 가만있진 않을 거라고!"

부르동클은 잠시 무레의 얼굴을 빤히 쳐다보았다. 그리고 자신도 그의 말을 이해했으며, 조금 전에 한 자신의 말이 지나쳤다는 듯 별일 아니라는 몸짓을 해 보였다. 그러자 부트몽은 다시 문제점들을 열거하기 시작했다. 판매원들은 백화점을 떠나겠다는 엄포를 놓는 것도 서슴지 않고 있으며, 그중에는 실적이 우수한 이들도 포함돼 있었다. 하지만 무엇보다 두 남자의 신경을 거스른 것은 로비노가 고장과 가까이 지낸다는 사실이었다. 들리는 소문에 의하면, 고장은 로비노에게 인근에 그의 가게를 내라고 부추기고 있었다. '여인들의 행복 백화점'에 타격을 입히기 위해 그에게 장기 신용거래로 물건을 대주겠다는 제안을 하기도 했다. 그 말에 잠시 침묵이 이어졌다. 아! 철석같이 믿었던 로비노가 우리와 맞붙을 생각을 하다니! 무레는 충격을 받은 듯 심각한 표정을 지었다. 하지만 이내 대수롭지 않다는 듯 부트몽의 말을 무시하는 척하면서 어떤 결정을 내리는 것을 피했다. 좀 더 알아본 다음 당사자와 얘기를 해봐야 할 터였다. 그는 즉시 그저께 몽펠리에에서 올라온 부트몽의 아버지 얘기로 화제를 돌렸다. 몽펠리에에서 조그만 신상품점을 운영하는 부트몽의 아버지는 자신의 아들이 책임자로 있는 매장의 거대한 홀에 들어서자 놀라움과 질투로 숨이 막힐 뻔했다. 그들은 그런 그의 모습을 떠올리면서 입가에 미소를 띠었다. 부트몽의 아버지는 이내 남부 출신으로서의 당당함을 되찾고는 백화점을 깎아내리면서 그들은 곧 망하게 될 것이라고 힘주어 말했다.

"마침 저기 로비노가 오는군요." 매장의 책임자인 부트몽이 말했다.

"골치 아픈 일이 생길까 봐 물품 보관소에 가 있게 했거든요. ……자꾸만 성가시게 해드려서 죄송하지만, 워낙 사태가 심각해서 이젠 정말 무언가 조치를 취하지 않으면 안 될 것 같습니다."

막 식당으로 들어온 로비노는 그들 옆을 지나치면서 인사를 하고는 자기 식탁으로 가서 앉았다.

무레는 아까와 같은 말을 반복했다.

"알았소, 내 생각해보리다."

그런 다음 그들은 그곳을 떠났다. 위탱과 파비에는 그들이 언제 다시 나타날지 몰라 계속 기다렸다. 그러다 그들이 더 이상 보이지 않자 그제야 안도를 했다. 경영진은 이젠 식사 시간마다 내려와서 자신들이 얼마나 먹는지를 확인할 작정인가? 밥조차 마음 편히 먹지 못하게 된다면 그야말로 지옥이 따로 없을 터였다! 사실 그들을 더 불안하게 만든 것은, 자신들이 일으킨 분규에도 불구하고 로비노가 돌아오는 것을 본 사장의 기분이 좋아 보인다는 사실이었다. 그들은 목소리를 낮추면서 새로운 시빗거리를 찾았다.

"젠장맞을, 배는 왜 이리 고픈 거야!" 위탱은 큰 소리로 떠들었다.

"어찌된 영문인지 이놈의 음식들은 먹고 나면 더 허기가 진다니까!"

하지만 그는 디저트로 나온 잼도 이미 두 개나 먹어치운 터였다. 그의 것에다가 라이스 그라탱과 바꾼 것까지 몽땅. 그는 갑자기 소리쳤다.

"까짓것! 추가분 정돈 나도 사 먹을 수 있다고! ……빅토르, 여기 잼 하나 더 갖다 주게!"

사환은 디저트 서빙을 마치고 커피를 가져왔다. 커피를 마시고 싶은 사람은 그에게 즉시 3수를 지불했다. 몇몇 판매원들은 담배를 피우기 위한 으슥한 구석을 찾느라 긴 통로를 따라 어슬렁거렸다. 어떤 이들은 끈적거리는 접시들로 가득한 식탁 앞에서 나른한 얼굴로 계속 자리를 지켰다. 그리고 빵의 속살을 뜯어 둥글게 말면서 했던 얘기를 하고 또 했다. 그러는 동안, 귀까지 발갛게 달아오르게 하는 찜통 같은 열기 속에서 느끼한 음식 냄새조차 더 이상 느껴지지 않았다. 벽에서는 물기가 배어 나왔고, 곰팡이가 슬어 있는 둥근 천장으로부터 묵직한 공기가 아래로 내려오면서 숨이 턱턱 막혀왔다. 빵으로 배를 잔뜩 채운 들로슈는 벽에 등을 기댄 채 환기창으로 시선을 향하고 조용히 소화를 시키고 있었다. 매일 점심 식사 후에, 이처럼 분주히 보도를 오가는 행인들의 발의 행렬을 구경하는 것이 그의 유일한 낙이었다. 발목까지만 보이는 발들과 커다란 구두, 우아한 부츠, 여인들의 세련된 편상화* 등, 머리도 몸통도 없이 살아 움직이는 발들이 끊임없이 오가는 것을 지켜보는 것은 참으로 흥미로웠다. 그러다 비가 오는 날이면 그 모든 것이 아주 지저분하게 변했다.

"뭐야! 벌써!" 위탱이 소리쳤다.

통로 끝에서 세 번째 테이블의 차례가 되었음을 알리는 종이 울렸다. 몇몇 사환들이 미지근한 물이 든 양동이와 커다란 스펀지를 가지고 와서 식탁에 묻은 더러운 것들을 닦아냈다. 서서히 하나둘씩 식당을 빠져나간 판매원들은 무거운 걸음으로 계단을 올라가 각자의 매장으로 돌아갔다. 주방에서는 주방장이 다시 창구 앞의 자기 자리로 돌아가 서 있었다. 그는 홍어와 소고기, 소스가 든 냄비 사이에서 포크와 숟가락으로 무장한 채 또다시 규칙적인 시계처럼 리드미컬한 몸짓으로 접시들을 채울 태세를 갖추고 있었다.

금세 자리를 뜨지 않고 꾸물대고 있던 위탱과 파비에는 식사를 하러 내려오던 드니즈와 마주쳤다.

"무슈 로비노가 돌아온 것 같더군요, 마드무아젤." 수석 판매원은 과장되게 친절한 태도로 말을 건넸다.

"지금 식사 중이십니다." 파비에가 덧붙였다.

"하지만 아주 급한 거라면 들어가 봐도 괜찮을 겁니다."

*신의 등에서부터 목까지 긴 끈으로 얽어매게 되어 있는, 목이 조금 긴 구두를 일컫는다.

드니즈는 그들에게 눈길조차 주지 않고 아무런 대꾸 없이 계단을 계속 내려갔다. 하지만 매장 책임자들과 부수석 구매상들이 있는 식당 앞을 지날 때는 그곳을 쳐다보고 싶은 마음을 억누를 수 없었다. 과연 그곳에 로비노가 있었다. 드니즈는 오후에 기회를 봐서 그에게 얘기를 해야겠다고 마음먹었다. 그리고 안쪽에 있는 자신의 식탁으로 가기 위해 계속 앞으로 나아갔다.

여자들은 여성 전용 식당 두 군데에서 따로 식사를 했다. 드니즈는 그중 첫 번째로 들어갔다. 그곳 역시 예전에 포도주 저장고로 쓰이던 곳을 식당으로 개조한 것이었다. 하지만 남성용 식당보다는 좀 더 안락하게 꾸며져 있었다. 중앙에 배치한 타원형 식탁 위에는 15인분의 식기가 널찍한 간격으로 놓여 있었고, 포도주는 유리 물병에 담겨 있었다. 홍어와 매운 소스 소고기 요리는 식탁 양끝에 놓여 있었고, 새하얀 앞치마를 두른 사환들이 직접 음식을 나눠 주었다. 여자들이 주방 앞에서 줄을 서서 음식을 받아 와야 하는 번거로움을 덜어주기 위한 배려였다. 경영진은 이렇게 하는 것이 더 품격 있다고 생각했다.

"그래서 한 바퀴 돌아보고 온 거야?" 먼저 자리를 잡은 폴린이 빵을 자르면서 물었다.

"응." 드니즈를 얼굴을 붉히면서 말했다.

"고객 한 분을 안내하느라고."

그녀는 거짓말을 했다. 그 말을 들은 클라라는 옆에 있던 판매원을 팔꿈치로 쿡 찔렀다. 저 머리도 안 빗는 여자가 오늘 대체 왜 저러는 거지? 참으로 이상해 보이지 않는가 말이다. 자기 애인의 편지를 연달아 받더니 실성한 여자처럼 백화점을 누비고 다니질 않나. 게다가 수선실에 간다는 핑계를 둘러대고 어딜 갔다 온 건지, 수상한 점이 한두 가지가 아니었다. 무슨 일인가 일어나고 있는 게 틀림없었다. 상한 비계까지 먹었던 전력이 있는 클라라는 홍어를 아무렇지도 않은 듯 먹어치우면서 신문마다 떠들어대는 끔찍한 치정 사건에 대해 얘기했다.

"그거 알아? 면도칼로 정부의 목을 베어 죽인 남자 얘기?"

"물론이지!" 자그마한 체격에 여리고 순한 얼굴의 란제리 매장 판매원이 맞장구를 쳤다.

"여자가 다른 놈이랑 있는 걸 발견하고 눈이 뒤집힌 거지. 나라도 그랬을 거야."

하지만 폴린은 발끈하며 소리쳤다. 뭐라고! 자기를 더 이상 좋아하지 않는다고 여자 목을 베어 죽이다니! 오! 세상에 그런 법이 어디 있단 말인가! 그녀는 사환을 돌아보며 말했다.

"피에르, 난 이 고기 도저히 못 먹겠어요. ……이거 대신 오믈렛을 하나 만들어서 갖다 줘요. 있잖아요, 가능한 한 부드럽게 해서요!"

폴린은 기다리는 동안 주머니에서 초콜릿 사탕을 꺼내 빵과 함께 먹기 시작했다. 그녀는 주머니에 항상 주전부리를 가지고 다녔다.

"아, 물론 그 남자가 잘했다는 건 아니고." 클라라는 하던 얘기를 계속했다.

"하지만 질투심에 불타는 남자가 얼마나 많은 줄 알아! 언젠가는, 한 직공이 자기 마누라를 우물에 던져 넣은 적도 있었다니까!"

클라라는 얘기하는 중에도 드니즈에게서 눈길을 떼지 않았다. 그러면서 그녀의 얼굴이 창백해지는 것을 보고는 자신이 제대로 알아맞혔다고 생각했다. 저 정숙한 체하는 가식적인 여자는 자신의 애인을 속이고, 그것 때문에 뺨 맞을 것을 두려워하고 있는 게 분명했다. 만약 그녀가 두려워하고 있는 것처럼 그가 백화점 안에까지 그녀를 쫓아온다면 참으로 볼 만한 구경거리가 될 것 같았다. 하지만 어느새 화제는 다른 데로 옮겨가 있었다. 한 판매원은 벨벳을 돋보이게 하는 비결을 알려주었다. 그런 다음에는 게테 극장에서 공연 중인 연극에서 어린 무희들이 성인 무용수들보다 춤을 더 잘 춘다며 감탄을 늘어놓았다. 너무 익어버린 오믈렛을 보고 잠시 시무룩했던 폴린은 맛을 보고 난 후 다시 기분이 좋아진 듯했다.

"포도주 좀 이리 줄 테야? 자기도 오믈렛을 시켜 먹었으면 좋을 텐데." 그녀는 드니즈를 향해 말했다.

"난 소고기만으로도 충분한걸." 드니즈는 돈을 아끼기 위해 아무리 역겹더라도 구내식당 음식으로 만족해야 했다.

주방장 보조가 라이스 그라탱을 가져오자 여자들은 거세게 항의를 했다. 지난주에도 똑같은 것을 손도 대지 않은 채로 남겨두면서, 같은 메뉴를 식탁에서 다시 보지 않을 수 있기를 바랐던 것이다. 오직 드니즈만이 클라라의 얘기를 듣고 장의 문제로 불안해하면서 기계적으로 꾸역꾸역 먹었을 뿐이었다. 그러자 모두들 역겹다는 표정으로 그녀를 바라보았다. 그녀들은 너도나도 질세라 추가분을 주문하면서 잼으로 배를 잔뜩 채웠다. 심지어 그것은 그녀들의 품격을 나타내는 행위처럼 여겨졌다. 모름지기 사람은 자신의 돈으로 음식을 사 먹어야 하는 법이다.

"다들 들었지. 남자들이 맛이 없어서 식사를 못하겠다고 투덜대니까 사장님이 약속을……" 가냘프게 생긴 란제리 매장의 판매원이 얘기를 시작했다.

그러자 다들 웃음을 터뜨리는 바람에 잠시 얘기가 중단됐다
가, 다시 경영진에 관한 얘기가 한참 동안 이어졌다. 그사이 모
두들 커피를 주문했다. 드니즈만이 몸에 받지 않는다는 이유로
마시지 않았다. 여자들은 커피 잔을 앞에 두고 쉬이 자리를 떠
날 생각을 하지 않았다. 모직 드레스를 입은 란제리 매장의 판
매원들은 프티부르주아 계층 여인네들의 소박한 차림새를 떠
올리게 했다. 실크 드레스 차림의 기성복 매장 판매원들은 얼
룩이 묻을까 봐 턱에 냅킨을 받치고 먹는 본새가, 하녀와 함께
찬방에서 식사를 하는 우아한 상류층 여인네들을 연상시켰다.
그들은 숨 막히게 하는 역겨운 냄새가 밴 공기를 환기시키기
위해 채광 환기창의 유리창을 열어두었다. 하지만 마차 바퀴가
식탁 위로 지나가는 것 같아 즉시 다시 문을 닫아야 했다.
　"쉿!" 갑자기 폴린이 목소리를 낮추어 말했다.
　"저기 늙은 늑대가 지나가네!"
　그것은 주브 감독관이었다. 그는 이처럼 매번 식사가 끝날
무렵이면 여성 판매원들 가까이에서 어슬렁거렸다. 게다가 그
들이 식사를 하는 것을 살피는 것 또한 그의 임무에 속했다. 그
는 눈가에 미소를 띠고 식당 안으로 들어가 식탁을 한 바퀴 둘
러보았다. 때로는 여자들에게 말을 걸면서 맛있게 식사를 했는
지 묻기도 했다. 하지만 모두들 그를 싫어하고 두려워했기 때
문에 그가 나타나면 서둘러 자리를 떴다. 식사 시간이 끝났음
을 알리는 종이 아직 울리지 않았는데도 제일 먼저 사라진 클
라라의 뒤를 이어 모두들 하나둘씩 식당을 나섰다. 그러자 드
니즈와 폴린만 남게 되었다. 폴린은 커피를 마신 다음 초콜릿
사탕을 마저 끝냈다.
　"참! 사환한테 오렌지를 좀 사다 달라고 부탁할 건데…… 같

이 안 갈래?" 그녀는 자리에서 일어나면서 드니즈에게 물었다.

"난 좀 더 있다가 갈게." 빵 껍질을 조금씩 깨물어 먹고 있던 드니즈는 맨 마지막에 올라가면서 로비노와 얘기를 할 생각이었다.

하지만 주브와 혼자 있게 되자 왠지 모를 불편함이 느껴졌다. 난처해진 그녀는 마침내 식탁에서 일어났다. 하지만 주브는 문으로 향하는 그녀의 앞을 가로막으면서 말했다.

"마드무아젤 보뒤……."

드니즈 앞에 버티고 선 그는 아버지 같은 표정으로 미소를 지어 보였다. 커다란 회색빛 콧수염과 짧게 깎은 머리*는 그를 명예로운 군인처럼 보이게 했다. 그는 붉은색 훈장을 단 가슴을 보란 듯이 더 앞으로 내밀었다.

"무슨 일이신가요, 무슈 주브?" 드니즈는 다시 마음을 놓으며 물었다.

"오늘 아침에도 위층 카펫 매장 뒤에서 두 사람이 함께 있는 걸 봤소. 그러는 게 규정에 위배된다는 걸 잘 알고 있겠지? 내가 만약 보고를 한다면……. 그 판매원 여성이 그대를 몹시 좋아하는 것 같더군, 마드무아젤 폴린 말이오."

그의 황소 같은 욕망을 드러내듯 콧수염이 씰룩거리면서, 날카롭게 휜 커다란 매부리코가 불타오르듯 벌겋게 달아올랐다.

"그렇지 않소? 대체 여자 둘이서 왜 그렇게 죽고 못 사는 거지?"

드니즈는 자신에게 무슨 일이 일어나고 있는지 분명하게 깨닫지 못한 채 또다시 불편한 느낌에 사로잡혔다. 주브는 더 가

---

*앞서 82쪽에서는 주브가 대머리인 것으로 묘사되고 있다. 작가의 실수로 추측된다.

까이 다가와 그녀의 얼굴에 자신의 얼굴을 바짝 들이대며 얘기했다.

"우리가 얘기를 했던 건 사실입니다, 무슈 주브." 드니즈는 더듬더듬 변명을 했다.

"하지만 얘기만 조금 한 건데 그리 문제될 건 없지 않나요. ……그동안 저한테 친절히 대해주신 것은 진심으로 고맙게 생각하고 있답니다."

"난 원래 친절을 베풀어서는 안 되는 사람이오. 오직, 법대로 처리할 뿐이니까……. 하지만, 그대처럼 아름다운 여성을 보게 되면……"

그러면서 그는 더 가까이 다가갔다. 그러자 드니즈는 새파랗게 겁에 질린 채 그동안 폴린이 했던 말과 함께 백화점에 나도는 소문들을 떠올렸다. 주브 감독관을 두려워하면서 그의 호의에 대가를 지불해야 했던 여성 판매원들 얘기였다. 하지만 그는 백화점 내에서는 대수롭지 않아 보이는 행동들을 할 뿐이었다. 그의 살찐 손가락으로 고분고분해 보이는 여자들의 뺨을 살짝 꼬집거나, 그들의 손을 잡고 놓아주는 걸 잊어버린 듯한참 동안 그대로 있기도 했다. 그때까지는 아버지처럼 인자해 보이던 그는 밖에서는 전혀 다른 모습으로 돌변했다. 무아노가에 있는 그의 집으로 버터 타르틴*을 먹으러 오라는 초대를 여자들이 받아들이는 순간 한 마리 황소처럼 본색을 드러내곤 했던 것이다.

"이러지 마세요." 드니즈는 뒤로 물러서면서 조그맣게 말했다.

"이봐 아가씨, 그대를 항상 배려해주는 친구한테 이렇게 쌀

*버터나 잼 등을 바른 빵 조각을 가리킨다.

292

쌀맞게 굴면 안 되지. 이러지 말고 오늘 저녁에 내 집으로 오라고. 타르틴을 차하고 같이 먹으면 맛이 기막히거든. 친구로서 초대하는 거야."

드니즈는 이제 발버둥을 치다시피 했다.

"아뇨! 안 돼요!"

식당은 텅 비어 있었고, 사환은 다시 나타나지 않았다. 주브는 어디서 발소리가 들리지 않는지 귀를 쫑긋 세우고는 주위를 재빨리 둘러보았다. 몹시 흥분한 그는 평소의 아버지 같은 친근한 모습을 벗어던진 채 그녀의 목에 키스를 하려고 덤벼들었다.

"아, 이 못된 계집, 사나운 계집 같으니라고. ……이런 탐스러운 머리를 가진 여자가 이렇게 멍청히 굴다니! 그러지 말고 오늘 저녁에 내 집으로 와, 같이 즐거운 시간을 보내면 좋잖아."

하지만 드니즈는 그의 달아오른 얼굴이 거친 숨결과 함께 점점 더 가까이 다가오자 극도의 두려움에 사로잡혀 숨이 막힐 것만 같았다. 그리하여 있는 힘을 다해 그를 거칠게 떼밀자 주브는 비틀거리다가 식탁 위로 넘어질 뻔했다. 하지만 다행스럽게도 의자에 주저앉는 것으로 그쳤다. 그러면서 그 충격으로 포도주가 담긴 병이 넘어지는 바람에, 그의 하얀색 넥타이와 붉은색 훈장에 포도주가 튀고 말았다. 그는 드니즈의 급작스러운 거친 행동 앞에서 열에 받쳐 씩씩거리느라 닭을 생각조차 하지 않고 그대로 앉아 있었다. 어떻게 이런 무례한 행동을 할 수 있단 말인가! 그는 그녀에게서 아무것도 기대하지 않았고, 완력을 쓰지도 않았을 뿐만 아니라 단지 호의를 보였던 것뿐인데!

"오! 마드무아젤, 반드시 후회하게 될 거야! 두고 봐!"

드니즈는 몸을 부들부들 떨면서 정신없이 그 자리를 빠져나왔다. 바로 그때 식사 시간이 끝났음을 알리는 종이 울렸고,

여전히 혼란스럽고 두려웠던 그녀는 로비노를 까맣게 잊어버린 채 매장으로 다시 올라갔다. 그리고 다시 내려갈 엄두를 내지 못했다. 뜨거운 햇볕이 오후 내내 가이용 광장 쪽의 건물 정면을 달구는 바람에, 블라인드를 내렸음에도 불구하고 중이층에 있는 매장들은 찜통을 방불케 했다. 몇몇 고객들이 잠시 들르긴 했지만, 판매원들을 땀에 흠뻑 젖게 해놓고는 아무것도 사지 않고 가버렸다. 오렐리 부인의 커다란 눈이 졸면서 지켜보는 가운데 매장의 판매원들 모두가 무기력증에 빠져 연방 하품을 해댔다. 마침내 3시경 수석 구매상이 꾸벅꾸벅 조는 것을 확인한 드니즈는 슬그머니 매장을 빠져나와 다시 분주한 모습으로 백화점을 누비기 시작했다. 그녀는 호기심 가득한 눈길로 자신을 지켜보는 이들을 따돌리기 위해 곧바로 실크 매장으로 내려가는 것을 피했다. 우선 레이스 매장으로 가서 들로슈에게 무언가를 물어보았다. 그런 다음 아래층으로 내려가, 면직물 매장을 가로질러 넥타이 매장으로 들어서다가 기겁을 하며 그 자리에 멈춰 섰다. 장이 그녀 앞에 서 있었던 것이다.

"아니! 네가 여길 어떻게?" 드니즈는 얼굴이 새하얘지면서 조그만 소리로 물었다.

장은 작업복 차림 그대로 모자도 쓰지 않은 채였다. 게다가 금발은 엉망으로 흐트러진 채 소녀처럼 뽀얀 얼굴 위로 구불구불한 머리카락이 흘러내려 있었다. 그는 가느다란 검정 넥타이가 진열된 칸막이 선반 앞에 선 채 곰곰 생각에 잠긴 듯 보였다.

"대체 여기서 뭐하고 있는 거야?"

"뭐하냐고! 당연히 누날 기다렸지. ……누나가 절대로 여기 오면 안 된다고 했잖아. 그래서 안에 들어와서도 아무에게도 말하지 않았어. 오, 정말이라니까. 그런 건 걱정하지 않아도 돼. 누나가 원하면 날 아는 체하지 않아도 된다니까."

하지만 판매원들은 진작부터 놀란 표정으로 그들을 지켜보고 있었다. 장은 목소리를 낮추어 말했다.

"있잖아, 그녀가 나랑 같이 오고 싶어 했거든. 그래, 지금 광장 분수 앞에서 날 기다리고 있어. ……얼른 15프랑을 줘야해. 그러지 않으면 우린 둘 다 죽은 목숨이야. 이건 저 하늘에 떠 있는 해만큼이나 분명한 사실이라고!"

그러자 드니즈는 더 큰 혼란 속으로 빠져들었다. 주위에서는 그들의 얘기를 엿듣고 있던 판매원들이 킥킥거리며 웃어댔다. 그녀는 넥타이 매장 뒤쪽으로 지하로 통하는 계단이 있는 것을 보고는 거기로 동생을 밀치면서 얼른 아래로 내려가게 했다. 지하로 내려간 장은 드니즈가 자신의 말을 믿지 않을까 봐 잔뜩 찌푸린 얼굴로 해명하기에 바빴다.

"여자한테 돈을 주려는 게 아니라니까. 그녀는 절대로 그런 여자가 아니야. ……그리고 그녀 남편은, 오! 맙소사, 그깟 15프랑쯤은 돈으로도 안 칠 거야! 그 남잔 억만금을 준다고 해도 자기 아내를 허락할 남자가 아니거든. 풀 제조업자라고 내가 얘기했었나? 아주 부자라니까……. 아니, 그 돈은 아주 비열한 놈 때문에 필요한 거야. 그녀가 친구처럼 알고 지내던 놈이 있는데, 그놈이 우리가 함께 있는 걸 봤거든. 그러니까 만약 그놈한테 15프랑을 주지 못하면, 오늘 저녁에 난……"

"제발 입 좀 닥치지 못하겠니?" 드니즈가 나직이 말했다

"조금 있다가 다시 얘기하자고……. 우선 걷기나 하란 말이야!"

그들은 발송 부서가 있는 곳으로 향했다. 비수기인 탓에 거대한 지하층마저 환기창의 희끄무레한 빛 속에서 잠들어 있는

듯 보였다. 둥근 천장 아래 정적이 감돌면서 서늘한 냉기마저
느껴졌다. 하지만 배달 사원 하나가 칸막이 박스에서 마들렌
구역으로 보낼 꾸러미들을 꺼내는 게 보였다. 부서 책임자인
캉피옹은 널따란 분류용 작업대 위에 앉아 눈을 크게 뜬 채 두
다리를 건들거리고 있었다.

장은 하다 만 얘기를 다시 시작했다.

"남편이 이렇게 큰 칼을 가지고……"

"계속 가라니까!" 드니즈는 그의 등을 떼밀면서 앞으로 계속
갈 것을 채근했다.

그들은 가스등이 하루 종일 불을 밝히고 있는 비좁은 통로
를 따라갔다. 그들의 양옆으로는 컴컴한 창고 안쪽에 쌓여 있
는 재고들이 나무 울타리 뒤쪽으로 시커먼 그림자를 이루고 있
었다. 마침내 드니즈는 걸음을 멈추고 나무 울타리에 몸을 기
댔다. 이곳까지 올 사람은 없을 터였다. 하지만 자신이 금시
된 행동을 하고 있다는 생각에 몸이 떨려왔다.

"만약 그 망할 놈이 발설을 하면, 커다란 칼을 가지고 있는
그녀 남편이……" 장은 다시 얘기를 시작했다.

"넌 내가 어디서 15프랑을 구할 수 있을 거라고 생각하니?"
절망감에 사로잡힌 드니즈가 소리쳤다.

"이제 제발 정신 좀 차리고 살 수는 없니? 왜 너한테는 그렇
게 별난 일들만 자꾸 일어나는 거냐고!"

그러자 장은 주먹으로 자신의 가슴을 쳤다. 자꾸만 소설 같
은 얘기를 만들어내다 보니 그 자신도 더 이상 어디까지가 진
실인지를 정확히 알지 못했다. 다만, 돈이 절실히 필요함을 극
적으로 과장할 뿐이었다. 그리고 그 이면에는 언제나 다급히
돈이 필요한 일이 있었다.

"내가 하늘을 두고 맹세하는데, 정말이라니까…… 내가 그 여자를 이렇게 안고 있었는데, 나한테 키스를 하더라고……"

드니즈는 또다시 그의 말문을 가로막고는, 정말 진저리가 난다는 듯 화를 내며 말했다.

"그런 건 더 이상 알고 싶지도 않아. 그 따위 얘기는 너 혼자만 알고 있으란 말이야. 더러워서 들어줄 수가 없으니까! …… 넌 날 매주 괴롭히고 있잖아. 내가 너한테 돈을 대주기 위해 얼마나 힘들게 사는지 알기나 해? 그래, 밤에도 잠도 못 자고 일을 하면서 말이지. ……게다가 넌 네 어린 동생이 먹을 빵까지 축내고 있다는 걸 알아야지."

장은 핏기가 가신 얼굴로 입을 헤벌린 채 그녀를 바라보았다. 뭐라고! 자신이 더럽다고? 그로서는 이해가 되지 않았다. 그는 어린 시절부터 누나를 친구처럼 생각하면서, 그녀에게 자신의 속내를 털어놓는 것을 당연히 여겼다. 하지만 무엇보다 그의 가슴을 아프게 한 것은, 누나가 자기 때문에 밤을 지새운다는 사실이었다. 자신이 누나를 그토록 힘들게 하고, 페페가 먹을 것까지 축낸다는 사실이 그를 혼란스럽게 했다. 급기야 장은 울음을 터뜨렸다.

"누나 말이 맞아, 난 아주 몹쓸 놈이야." 그는 훌쩍거리면서 얘기를 계속했다.

"하지만 그래도 더러운 건 아니야, 절대로! 오히려 그 반대라고! 그래서 자꾸만 또 이러는 거야. ……있잖아, 이 여잔 벌써 스무 살이야. 근데 내가 겨우 열일곱 살밖에 안 된 걸 알고는 날 보고 웃는 거야. ……나도 정말 나 자신한테 화가 나 죽겠다고! 내 뺨이라도 때리고 싶다니까!"

그는 드니즈의 두 손을 움켜잡고 입을 맞추면서 손등에 눈물을 떨어뜨렸다.

"난 그 15프랑이 꼭 필요해. 이번이 정말 마지막이야, 맹세할게. ……아니면, 그래! 나한테 아무것도 주지 마, 차라리 내가 죽는 게 낫겠어. 여자 남편이 날 죽이면, 누난 내가 없어져서 더 편하고 좋을 거 아냐."

그 말에 이번엔 드니즈가 울음을 터뜨리자 다소 가책을 느낀 장이 얼른 다시 얘기했다.

"물론 말이 그렇다는 거지, 사실 나도 잘 몰라. 어쩌면 그 남자가 아무도 죽이지 않을 수도 있는 거니까. 우리가 어떻게 해볼게, 누나. 그럼 난 이만 갈게, 안녕, 정말 간다."

그때 통로 끝에서 들려오는 발소리가 그들을 갑작스러운 불안감에 휩싸이게 했다. 드니즈는 재고 창고의 구석으로 장을 데리고 가서 숨죽인 채 서 있게 했다. 잠시 동안, 그들 가까이에 있는 가스등이 뱉어내는 쉭쉭거리는 소리 외에는 아무 소리도 들리지 않았다. 잠시 후, 발자국 소리가 점점 가까이 들려왔다. 조심스럽게 고개를 내민 드니즈는 통로 입구에 막 들어선 주브 감독관의 경직된 얼굴을 알아볼 수 있었다. 우연히 이곳을 지나던 길일까? 아니면, 문을 지키고 있던 다른 감시인이나 연락병이 그에게 일러바친 것일까? 드니즈는 극도의 두려움에 사로잡혀 안절부절못했다. 그녀는 함께 숨어 있던 곳에서 장을 나오게 해서는 앞으로 밀치면서 더듬더듬 말했다.

"가! 얼른 가란 말이야!"

그들은 뒤에서 빠르게 쫓아오는 주브 감독관의 거친 숨소리를 들으며 정신없이 달리기 시작했다. 그리고 또다시 발송 부서를 가로질러 가서는 계단 아래에 이르렀다. 유리창이 달린 계단통은 미쇼디에르 가로 통하고 있었다.

"얼른 가! 얼른! ……내가 어떻게든 15프랑을 마련해서 보내줄 테니까."

장은 어리벙벙해하며 정신없이 그곳에서 도망쳤다. 뒤늦게 숨을 헐떡거리면서 그곳에 도착한 주브 감독관은 흰색 작업복 끝자락과 바람에 흩날리는 곱슬곱슬한 금발 머리카락을 언뜻 알아볼 수 있었을 뿐이었다. 그는 잠시 숨을 돌리면서 흐트러진 매무새를 가다듬었다. 란제리 매장에서 새로 산 새하얀 넥타이의 커다란 매듭이 하얀 눈처럼 빛났다.

"오! 정말 뻔뻔스럽기가 그지없군, 마드무아젤." 흥분한 그는 입술을 덜덜 떨면서 말했다.

"이렇게 역겨울 데가, 어떻게 이렇게 역겨운 짓을……. 지하에서 이런 추잡한 짓거리를 하다니. 내가 그냥 넘어갈 거라는 기대는 하지 않는 게 좋을 거야."

그는 드니즈가 목이 메어 한마디 항변할 생각도 하지 않고 떨리는 가슴으로 백화점으로 올라가는 동안 등 뒤에서 거듭 외쳤다. 이제 그녀는 달아났던 것을 후회하고 있었다. 왜 자신의 동생임을 떳떳하게 밝히면서 해명할 생각을 하지 않았을까? 그들은 그녀에 대해 더욱더 황당한 얘기들을 지어낼 게 틀림없었다. 아무리 아니라고 해도 아무도 그녀를 믿지 않을 터였다. 그녀는 또다시 로비노에게 용건이 있었던 것을 잊어버린 채 곧바로 매장으로 돌아갔다.

주브는 더 이상 지체하지 않고 보고를 하기 위해 무레의 사무실로 향했다. 하지만 사환은 사장이 부르동클과 로비노와 함께 있다고 알려주었다. 세 사람은 15분 전쯤부터 얘기를 하고 있었다. 게다가 문도 열려 있었다. 무레는 경쾌한 목소리로 부수석 구매상에게 휴가를 잘 다녀왔는지 물었다. 해고라는 말은 언급조차 되지 않았다. 그 반대로 매장에서 취하게 될 몇몇 조치에 관한 얘기가 오가는 중인 듯했다.

"무슨 할 말이 있는 거요, 무슈 주브? 들어오시오." 무레가 소리쳤다.

하지만 주브 감독관은 직감적으로 잠시 머뭇거렸다. 그때 부르동클이 밖으로 나오자, 주브는 그에게 모든 걸 얘기하기로 했다. 두 남자는 나란히 숄 매장이 있는 갤러리를 따라 천천히 걸어갔다. 한 남자가 고개를 숙인 채 귓속말을 속삭이는 동안, 다른 한 남자는 표정 변화가 전혀 감지되지 않는 경직된 얼굴로 그의 말에 귀를 기울였다.

"무슨 말인지 잘 알겠소." 마침내 부르동클이 말했다.

그리고 마침 여성 기성복 매장 앞에 이르자 곧장 안으로 들어갔다. 바로 그 순간, 오렐리 부인은 때맞춰 드니즈를 호되게 질책하고 있었다. 도대체 자릴 비우고 어딜 갔다 온 건가? 이번에도 수선실에 올라갔다 왔다는 핑계를 대진 못하겠지. 걸핏하면 어디론가 사라지곤 하는 행태를 더 이상은 봐줄 수가 없었다.

"오렐리 부인!" 부르동클이 그녀를 불렀다.

그는 강력히 밀어붙이기로 마음먹었다. 무레에게 얘기했다가는 또다시 머뭇거릴 것 같아 알리지 않기로 했다. 그는 수석 구매상과 무슨 말인가를 속닥거렸다. 매장의 판매원들 모두가 곧 재앙이 닥칠 것을 감지하고는 숨을 죽인 채 그들을 주시했다. 마침내, 오렐리 부인이 엄숙한 얼굴로 돌아서며 말했다.

"마드무아젤 보뒤……."

두둑한 황제의 마스크 같은 그녀의 얼굴에서는 가차 없는 절대 권력자의 얼굴처럼 아무런 감정의 동요도 엿보이지 않았다.

"창구로 가시오!"

예의 무시무시한 문장이 고객이 들지 않은 텅 빈 매장의 천장까지 커다랗게 울려 퍼졌다. 드니즈는 숨조차 쉬지 못하고 새하얗게 질린 얼굴로 꼼짝 않고 서 있었다. 그리고 더듬거리며 힘겹게 말했다.

"저 말인가요? 제가 왜요? ……왜죠? 제가 뭘 잘못했나요?"

부르동클은 그건 누구보다도 그녀 자신이 잘 알고 있을 것이며, 자신에게 해명을 요구하지 않는 게 좋을 거라며 경고하듯 말했다. 그리고 넥타이 건을 언급하면서, 여성 판매원들이 모두 그녀처럼 지하에서 몰래 남자를 만난다면 참으로 가관일 것이라고 덧붙였다.

"하지만 그 아인 내 동생이라고요!" 드니즈는 능욕당한 처녀처럼 고통스러운 분노로 일그러진 얼굴로 소리쳤다.

마르그리트와 클라라는 키득거리며 웃어댔다. 평소 남의 일에 잘 끼어들지 않는 프레데릭 부인도 못 믿겠다는 듯 고개를 저었다. 또 그 타령이군, 허구한 날 동생이라고 둘러대다니! 참으로 무모한 행동이 아닌가 말이다! 그러자 드니즈는 그들을 차례로 둘러보았다. 부르동클은 처음부터 그녀를 노골적으로 못마땅해했다. 주브는 여차하면 증언을 하기 위해 계속 그곳에 머물러 있었다. 어차피 그에게서는 어떤 공정함도 기대할 수 없었다. 매장의 여자들로 말하자면, 9개월간 온갖 수모를 견디며 그들과 친해지려고 노력했지만, 그들은 그녀에게 가까이 다가갈 여지조차 주지 않았다. 심지어 드니즈를 거리로 내몰게 된 것을 반기는 듯한 미소마저 짓고 있었다. 그런데 더 이상 발버둥 치면서 애쓸 필요가 있을까? 아무도 자신을 좋아하지 않는데, 그들에게 인정받고자 하는 노력 따위가 무슨 소용이란 말인가? 드니즈는 한마디 변명도 하지 않은 채 그 자리를 떠났다. 자신이 오랫동안 투쟁해왔던 매장에 마지막 눈길조차 주지 않은 채.

하지만 홀의 난간 앞에 홀로 서 있게 되자 격렬한 고통으로 가슴이 터질 것만 같았다. 이곳에서는 그녀를 원하는 사람이 아무도 없었다. 그러다 갑자기 무레가 떠오르면서 이대로 체념할 수는 없다는 생각이 들었다. 아니! 이런 식으로 해고를 당할 수는 없었다. 어쩌면 그 역시 이 말도 안 되는 이야기를 정말 믿을지도 모르지 않은가. 지하에서 그녀가 정말로 어떤 남자를 몰래 만났다고 생각할지도 몰랐다. 그런 생각이 들자 드니즈는 수치심에 견딜 수가 없었다. 지금까지 한 번도 겪어보지 못했던 고통이 가슴을 옥죄어왔다. 그녀는 무레를 찾아가 그에게 모든 걸 사실대로 설명하고 싶었다. 단지 그에게 있는 그대로의 진실을 알려주기 위해서. 그런 다음에는 그곳을 떠나도 상관없었다. 예전에 그의 앞에서 그녀를 얼어붙게 만들었던 두려움이 이제는 그를 꼭 만나야겠다는 절실함이 되어 그녀를 괴롭혔다. 그녀는 다른 어떤 남자에게도 자신을 허락하지 않았음을 그에게 말하지 않고는 백화점에서 한 발자국도 나서지 않으리라 다짐했다.

오후 5시가 가까워오면서, 백화점은 선선해진 저녁 공기 속에서 다소 활기를 되찾고 있었다. 드니즈는 그 즉시 사장의 집무실로 향했다. 하지만 막상 문 앞에 서자 또다시 절망적인 슬픔이 몰려왔다. 그에게 무슨 말을 해야 할지 아무런 생각도 떠오르지 않았다. 무거운 삶의 무게가 그녀의 가녀린 어깨를 짓누르는 듯했다. 그 역시 그녀의 말을 믿지 않고, 다른 사람들처럼 그녀를 비웃을 게 분명했다. 그런 생각만으로도 몸이 떨려오면서 정신이 아득해지는 것 같았다. 이젠 모든 게 끝이었다. 차라리 홀로 어디론가 가서 죽어버리는 게 나을 터였다. 드니즈는 들로슈나 폴린에게 인사조차 하지 않고 곧바로 창구로 향했다.

"마드무아젤, 이달엔 22일을 일했군요." 회계 창구의 직원이 말했다.

"그러니까 18프랑 70상팀에다가 7프랑의 수당과 성과급을 더하면 되는 거죠? 금액이 맞는지 확인해보시겠어요?"

"네, 맞아요, 무슈⋯⋯. 고맙습니다."

드니즈는 정산된 급여를 받아 들고 백화점을 나서다가 로비노와 마주쳤다. 이미 그녀가 해고된 것을 알고 있던 그는 넥타이 납품업자 여인을 찾아보겠다고 약속했다. 그리고 나지막한 소리로 그녀를 위로하면서 부당한 처사에 분개했다. 이렇게 기막힌 삶이 또 어디 있단 말인가! 저들의 끊임없는 변덕에 좌지우지되면서, 언제 내쫓길지 모르는 불안한 나날을 이어가야 하다니! 그러다 한 달 치 급여조차 온전히 받지 못한 채 거리로 내몰려야 하다니! 드니즈는 위로 올라가 카뱅 부인에게 저녁에 다시 와서 트렁크를 가지고 가겠다고 말했다. 그리고 5시를 알리는 종이 울렸을 때 그녀는 삯마차와 군중이 분주히 오가는 가이용 광장의 보도에 멍하니 서 있었다.

그날 저녁, 집으로 돌아온 로비노는 경영진으로부터 온 편지 한 통을 발견했다. 그 속에는, 내부 사정으로 인하여 부득이하게 그의 서비스를 포기할 수밖에 없다는 얘기가 단 몇 줄로 간단히 적혀 있었다. 그는 7년간 백화점을 위해 쉬지 않고 일해왔다. 그날 오후만 해도 그들과 함께 이런저런 얘기를 나누었다. 그런데 이런 편지를 받다니, 마치 망치로 뒤통수를 얻어 맞은 느낌이었다. 실크 매장의 위탱과 파비에는 기성복 매장의 마르그리트와 클라라가 의기양양한 미소를 짓고 있는 것만큼 이나 요란하게 승리를 외치고 있었다. 참으로 속 시원하지 않은가! 거추장스러운 것들을 모두 쓸어내니 십 년 묵은 체증이 싹 내려간 것 같았다! 매장의 어수선함 속에서 마주친 들로슈와 폴린은 그토록 다정하고 진실한 드니즈를 더 이상 보지 못하게 된 것을 안타까워하며 상심 어린 말들을 주고받았다.

"어떻게 이런 일이!" 들로슈가 탄식하듯 말했다.

"그녀가 만약 다른 곳에서 성공한다면, 반드시 이곳으로 다시 돌아와서 저 재수 없는 여자들의 코를 납작하게 해주었으면 좋겠어요!"

이번 일에서 무레가 받은 커다란 충격의 여파를 견뎌야 했던 것은 부르동클이었다. 무레는 드니즈가 해고되었다는 사실을 알게 되자 안절부절못하며 역정을 냈다. 평소 그는 인사 문제에는 거의 관여하지 않았다. 하지만 이번에는 부르동클의 처사가 그의 권한을 침해하고, 그의 권위에서 벗어나려는 시도라며 불같이 화를 냈다. 사장인 그의 허락도 없이 마음대로 직원을 해고하다니, 그가 더 이상 이곳의 주인이 아니란 말인가? 모든 것이 그가 지켜보는 앞에서 이루어져야 했다, 하나도 예외 없이 모든 것. 그의 명령에 거역하는 사람은 누구든지 가차 없이 짓밟아버리고 말 터였다. 그는 공공연하게 초조하고 불안한 마음을 드러내면서 직접 그 일의 자초지종을 알아본 후 더욱더 격노하며 펄펄 뛰었다. 그 불쌍한 여자는 거짓말을 한 게 아니었다. 그 청년은 분명 그녀의 동생이었다. 캉피옹이 그를 분명하게 알아보았다고 증언을 했던 것이다. 그런데 왜 그녀를 내보낸 것인가? 심지어 그는 그녀를 다시 불러들일 것처럼 얘기하기까지 했다.

그사이, 수동적인 저항에 능한 부르동클은 몰아치는 돌풍 앞에서 몸을 납작 엎드리고 있었다. 그러면서 무레의 눈치를 살폈다. 그러다 마침내 무레가 좀 잠잠해지자, 그제야 조심스럽지만 단호한 어조로 말했다.

"모두를 위해서 그 판매원을 내보낼 수밖에 없었습니다."

무레는 머쓱해하며 얼굴이 벌게져서는 웃어 보였다.

"음, 어쩌면 자네 말이 맞을지도 모르겠군. ……판매가 어떻게 되고 있는지 내려가 보자고. 다시 좋아지고 있는 것 같으니까. 어제만 해도 10만 프랑 가까운 매출을 올렸다네."

제7장

드니즈는 망연자실한 채 오후 5시에도 여전히 뜨거운 햇볕이 내리쬐는 보도에 한동안 서 있었다. 7월은 개울물들을 덥혔고, 백토(白土)같이 새하얀 파리의 여름은 눈을 멀게 할 정도로 강렬한 빛을 뿜어냈다. 너무나 급작스럽게 닥친 재앙에 아무런 대책 없이 거리로 내팽개쳐진 드니즈는 어디로 갈지, 무엇을 해야 할지 몰라 한 손으로 주머니 속의 25프랑 70상팀을 무심하게 만지작거렸다.

그녀는 끊임없이 오가는 삯마차들로 인해 '여인들의 행복 백화점' 앞을 쉽게 벗어나지 못했다. 그러다 마차들 사이를 간신히 뚫고 나와서는 루이르그랑 가로 가려던 것처럼 가이용 광장을 가로질러 갔다. 그러다 다시 생각을 바꾼 듯 생로크 가를 향해 내려갔다. 하지만 여전히 아무런 계획이 없기는 마찬가지였다. 뇌브데프티샹 가 모퉁이에서 멈춰 선 드니즈는 잠시 머뭇거리면서 주위를 둘러보다가 마침내 그 길을 따라 내려갔다. 그러다 파사주 슈아죌이 나타나 안으로 들어가 걷다 보니, 어찌된 영문인지 몽시니 가를 지나 다시 뇌브생토귀스탱 가로 돌아오게 되었다. 머릿속에서 윙윙거리는 소리가 어지럽게 들려오면서, 짐꾼을 보자 자신이 놓고 온 트렁크 생각이 났다. 하지만 대체 그걸 어디로 옮긴단 말인가? 드니즈는 불과 한 시간 전까지만 해도 밤에 몸을 누일 곳이 있던 자신이 어쩌다가 이런 지경에 처하게 되었는지 도무지 이해가 되지 않았다.

그녀는 눈을 들어 주위의 건물들을 둘러보면서 창문들을 살펴보았다. 곳곳에 붙어 있는 현수막들이 차례로 눈앞을 지나갔다. 하지만 혼란스러운 마음 때문에 모두가 마구 뒤섞여 보였다. 어떻게 이런 일이 가능한 것일까? 순식간에 이 낯설고 거대한 도시에서 갈 곳을 잃고 혼자가 되다니, 의지할 곳도, 돈도 한 푼 없이! 하지만 어떻게든 먹고 잠잘 곳을 찾아야 했다. 그녀는 차례로 나오는 물랭 가와 생탄 가를 발길이 닿는 대로 누비고 다니다가는 다시 뒤로 돌아 자신이 가장 잘 알고 있는 교차로로 되돌아오기를 수차례 반복했다. 그러다 갑자기 아연실색하며 당혹감을 감추지 못했다. 어느새 또다시 '여인들의 행복 백화점' 앞에 서 있는 자신을 발견했던 것이다. 그녀는 그러한 강박 상태에서 벗어나기 위해 미쇼디에르 가를 따라 잰걸음으로 걷기 시작했다.

다행히 보뒤는 가게 문 앞에 나와 있지 않았다. '전통 엘뵈프'는 시커먼 진열창 뒤로 죽어 있는 것처럼 보였다. 드니즈는 큰아버지를 찾아갈 엄두조차 내지 못했다. 그는 이제 그녀를 모르는 사람 취급했다. 더군다나 그가 그녀에게 경고했던 불행을 당한 꼴로 그에게 짐이 될 수는 없었다. 그런데 길 건너편에 보이는 누런색 벽보 하나가 그녀의 걸음을 멈추게 했다. '가구 딸린 방 세 놓음'. 드니즈는 처음으로 겁을 집어먹지 않을 수 있었다. 건물이 몹시 낡고 초라해 보였기 때문이다. 그녀는 곧 그 건물을 알아보았다. '여인들의 행복 백화점'과 예전에 뒤비야르 호텔이었던 건물 사이에 끼어 있는 나지막한 3층짜리 건물은 정면이 녹슨 것처럼 보였다. 우산 가게의 문 앞에서 선지자처럼 긴 머리에 수염이 덥수룩하게 난 부라 영감이 안경을 코에 걸고 상아로 된 지팡이 손잡이를 살피고 있었다. 건물을 통째로 빌린 그는 임대료 부담을 줄이기 위해 두 개 층의 방들에 가구를 딸려 세를 놓았다.

"빈방이 있나요, 무슈?" 드니즈는 순간적인 직감에 이끌린 듯 물었다.

부라 영감은 더부룩하게 난 눈썹 아래 커다란 눈을 들어 흘끗 보고는 몹시 놀란 듯했다. 백화점에서 일하는 여자들을 대부분 알고 있는 그는 몸에 꼭 맞는 깔끔한 드레스를 입은 단정한 용모의 드니즈를 아래위로 살펴본 다음 말했다.

"있긴 하지만 아가씨한테 어울리는 방이 아니오."

"방값이 얼만데요?" 드니즈가 다시 물었다.

"한 달에 15프랑이오."

드니즈는 방을 보길 원했다. 하지만 그가 조그만 가게에서 여전히 놀란 얼굴로 그녀를 뚫어지게 바라보는 바람에, 자신이 백화점을 그만두었으며, 그 일로 큰아버지에게 부담이 되고 싶지 않다는 얘기를 해야만 했다. 그제야 노인은 가게 뒷방의 선반 위에 놓인 열쇠를 찾으러 갔다. 그는 어두컴컴한 그곳에서 음식을 해 먹고 잠을 잤다. 먼지가 뽀얗게 낀 유리창 너머로, 폭이 2미터 정도밖에 안 돼 보이는 안뜰에 푸르스름한 빛이 비치는 게 보였다.

"혹시 넘어질지 모르니까 내가 먼저 가리다." 부라 영감은 가게 옆으로 난 음습한 샛길로 들어서며 말했다.

그러다 계단에 발이 부딪치자 드니즈에게 거듭 주의를 주면서 계단을 올라갔다. 조심하시오! 난간은 벽에 붙어 있었고, 층계참에는 구멍이 나 있어서 세입자들이 때로 그곳으로 쓰레기 봉지를 던지기도 했다. 칠흑 같은 어둠 속에서 아무것도 구분할 수 없었던 드니즈는 단지 습기 찬 낡은 회반죽벽이 뿜어내는 서늘함을 느낄 수 있었을 뿐이었다. 하지만 2층으로 올라가자, 안뜰로 난 창문에서 새어 들어오는 빛으로 인해 고여 있는 물속을 들여다보듯, 휘어진 계단과 시커멓게 때가 낀 벽, 갈라지고 칠이 벗겨진 문들이 어슴푸레 눈에 들어왔다.

"여기 있는 방 둘 중 하나라도 비어 있다면 좋을 텐데! 아가씨가 지내기 딱 좋거든. ……하지만 다른 여자들이 계속 머물고 있어서."

3층으로 올라가자, 햇빛이 점점 더 많이 비치면서 건물의 곤궁함이 노골적으로 모습을 드러냈다. 방 두 개 중 첫 번째에는 빵집에서 일하는 청년이 세 들어 살고 있었다. 비어 있는 것은 구석에 있는 방이었다. 방문을 연 부라 영감은 드니즈가 방을 살펴볼 수 있도록 층계참에 머물렀다. 침대가 문 바로 뒤에 놓여 있어 한 사람이 겨우 지나갈 수 있는 공간밖에 남아 있지 않았기 때문이다. 안쪽으로는, 조그만 호두나무 서랍장과 검게 변한 전나무 식탁 그리고 의자 두 개가 놓여 있었다. 방에서 취사를 하기도 했던 세입자들은 점토로 만든 화덕이 놓여 있는 벽난로 앞에 쪼그리고 앉아야 했다.

"아, 물론 비싼 방들 같지는 않지. 하지만 그래도 창문이 있는 게 어디야. 거리를 오가는 사람들도 구경할 수 있고." 노인은 변명하듯 말했다.

무심코 위를 올려다본 드니즈는 침대 위쪽의 천장 구석에 웬 이름이 씌어 있는 것을 발견했다. 그곳에 잠시 묵었던 여자가 촛불의 검댕으로 에르네스틴이라는 자신의 이름을 써 넣은 것이었다. 드니즈가 놀라는 것을 본 노인은 순박한 표정으로 덧붙였다.

"여길 깨끗이 수리하려면 방값을 더 받는 수밖에 없어서……. 아무튼, 지금으로선 빈방은 이것밖에 없소."

"저한테는 딱 좋은걸요." 드니즈는 그 방에 세 들기로 했다.

그리고 한 달 치 방세를 선물로 지불하면서 시트 두 장과 수건 두 장을 요청했다. 그녀는 밤에 잘 곳이 생겼다는 사실에 크게 안도하고 행복해하면서 지체하지 않고 침대를 정돈했다. 그리고 한 시간 후, 짐꾼을 보내 트렁크를 찾아오게 해서 짐 정리를 모두 끝냈다.

그 후 두 달간은 엄청나게 곤궁한 나날의 연속이었다. 더 이상 페페의 보육료를 지불할 수 없었던 드니즈는 동생을 데려와 부라 영감이 빌려준 낡은 안락의자에서 재웠다. 그녀에게는 매일 적어도 30수가 필요했다. 방세를 포함해서, 그녀 자신은 맨빵만으로 지내면서 동생에게 약간의 고기를 먹이는 데 필요한 최소한의 비용이었다. 처음 보름간은 그런대로 버틸 만했다. 그녀는 남은 돈 10프랑을 가지고 살림을 꾸려나갔다. 그리고 운 좋게도 넥타이 납품업자 여인을 찾아내 18프랑 30상팀을 받아낼 수 있었다. 하지만 그 돈이 다 떨어진 후부터는 처절하게 빈곤한 삶의 무게가 그녀를 짓눌렀다. '플라스 클리시', '봉 마르셰', '루브르' 같은 백화점 문들을 아무리 두드려봐도 그 어디에서도 일자리를 얻을 수 없었다. 비수기는 모두를 침체의 늪으로 빠트렸고, 가는 곳마다 드니즈에게 가을에 다시 오라는 말만을 되풀이했을 뿐이었다. 그녀처럼 해고되어 갈 곳 없이 거리를 헤매는 판매원들만 5천 명이 넘는 실정이었다. 그리하여 그녀는 자잘한 일거리들을 아무거나 닥치는 대로 찾아다녀야만 했다. 다만, 파리 물정에 어두운 그녀로서는 어디에 도움의 손길을 청해야 할지 막막했다. 따라서 주로 돈이 제대로 지급되지 않는 일들만을 맡아 하다 보니 주머니가 늘 비어 있긴 마찬가지였다. 어떤 날 저녁에는, 페페에게 수프를 차려주면서 자신은 밖에서 먹었다고 둘러대기도 했다. 그러고 나서 잠을 청하려고 하면, 또다시 머릿속에서 윙윙거리는 소리가 들려오고 두 손이 화끈거릴 정도로 열이 나면서 그로 인해 잠시나마 배고픔을 잊을 수 있었다. 이런 비참한 곤궁함을 목격한 장은 자신을 나쁜 놈이라며 자책했다. 장이 너무나 격하게 절망스러워하는 바람에 드니즈는 어쩔 수 없이 거짓말을 해야만 했다. 심지어 자신에게 아직 저축한 돈이 남아 있음을 입증하기 위해 힘들게 마련한 40수를 그에게 주기도 했다. 하지만 그녀는 동생들 앞에서는 결코 눈물을 보이는 법이 없었다. 어쩌다 일요일에 벽난로 앞에 쪼그리고 앉아 송아지 고기 한 조각이라도 익힐 수 있을 때면, 좁아터진 방 안에는 삶의 곤궁함과는 상관없는 듯한 아이들의 웃음소리가 맑게 울려 퍼졌다. 그러다 장이 주인집으로 돌아가고 페페가 잠들고 나면, 드니즈는 다음 날을 또다시 살아내야 하는 두려움에 끔찍한 밤을 보내야 했다.

그리고 그녀를 잠 못 이루게 하는 또 다른 두려움들이 있었다. 2층에 사는 여자들의 집에는 밤늦게 남자들이 찾아왔다. 그러다 때로 방을 잘못 찾은 남자가 드니즈의 방 문을 주먹으로 두드리기도 했다. 부라 영감은 당황하는 드니즈에게 대답하지 않으면 된다고 태연하게 말했고, 그녀는 욕설을 듣지 않기 위해 베개 속으로 얼굴을 파묻었다. 그녀의 이웃인 빵집 청년 역시 그녀를 괴롭혔다. 아침에야 집으로 돌아오는 그는 그녀가 물을 가지러 갈 때를 기다렸다. 심지어 칸막이벽에 구멍을 뚫어 그녀가 씻는 것을 훔쳐보기도 했다. 그 때문에 그녀는 벽에 바짝 붙어 선 채 옷을 갈아입어야 했다. 하지만 드니즈를 더욱더 고통스럽게 한 것은 거리를 지나가는 행인들로부터 끊임없이 추근거림을 당해야 하는 것이었다. 진흙투성이의 보도에는 오래된 동네의 방탕한 기운이 맴돌았다. 드니즈가 초라도 사기 위해 밖으로 나갈라치면 목덜미 뒤에서 탐욕으로 끈적끈적해진 뜨거운 숨결과 상스러운 말들이 들려왔다. 남자들은 그녀가 사는 건물이 몹시 불결하고 낡아빠진 것에 더 자극을 받아 컴컴한 샛길 안쪽까지 그녀를 뒤따라왔다. 이런데도 왜 애인을 만들지 않는 거지? 참으로 놀랍고 우습기조차 하지 않은가. 하지만 언젠가는 유혹에 굴복하고 말 것이다. 배고픔의 위협과 주위를 온통 달구는 뜨거운 욕망이 어지럽게 뒤섞여 있는 속에서 매일매일을 어떻게 버티고 있는지 그녀 스스로도 의아할 정도였다.

어느 날 저녁, 페페의 수프를 만들기 위한 빵조차 없을 때 훈장을 가슴에 단 남자가 드니즈를 뒤따라왔다. 남자는 샛길로 들어서자 과격한 행동을 했고, 그녀는 극심한 역겨움을 드러내며 그의 코앞에서 현관문을 세게 닫아버렸다. 그리고 위층으로 올라와 자리에 앉아 두 손을 벌벌 떨었다. 페페는 잠들어 있었다. 동생이 잠에서 깨어 먹을 것을 달라고 하면 뭐라고 대답할 것인가? 눈 딱 감고 고개를 끄덕이기만 하면 되었다. 그러면 이런 비참한 생활을 끝내고, 돈과 아름다운 드레스, 깨끗한 방을 가질 수 있었다. 그건 아주 쉬운 일이었다. 다들 그렇게 살아간다고 하지 않는가. 파리라는 도시에서 여자가 자신의 일만으로 살아가는 건 불가능했기 때문이다. 하지만 그녀 마음속의 무언가가 그렇게 하는 것을 거부하고 있었다. 다른 여자들을 향한 분노는 아니었다. 단지, 추하고 온당치 않은 것들을 받아들일 수 없었던 것뿐이었다. 드니즈는 이치에 맞고 지혜롭고 용기 있는 삶을 살고 싶었다.

드니즈는 여러 번 이런 생각을 한 적이 있었다. 어느 날 문득 오래된 연가가 떠오르면서 머릿속에 노랫소리가 들려왔다. 선원의 약혼녀가 그를 기다리는 동안 그의 사랑이 그녀를 지켜주었다는 내용이었다. 발로뉴에서 그녀는 인적이 드문 거리를 바라보면서 감상적인 후렴구를 흥얼거리곤 했다. 그녀도 혹시 마음속에 품은 누군가가 있어서 그렇게 당당할 수 있는 것은 아닐까? 드니즈는 아직도 위탱을 떠올릴 때마다 마음 한구석에 불편함이 느껴졌다. 그녀는 매일같이 그가 자신의 창문 아래를 지나다니는 것을 지켜보았다. 이제 매장의 부수석 구매상으로 승진한 그는 일반 판매원들의 인사를 받으며 홀로 길을 갔다. 그가 고개를 들어 위를 쳐다보는 일은 결코 없었다. 드니즈는 그의 눈에 띌 것을 두려워할 필요 없이 그를 계속 눈으로 좇으면서, 그의 오만한 태도 때문에 자신의 마음이 아픈 거라고 믿었다. 하지만 그와 마찬가지로 매일 저녁 그 앞을 지나는 무레를 보게 되면 얼른 몸을 감추었다. 그럴 때마다 온몸이 떨리고 가슴이 쿵쾅거려왔다. 자신이 어디에 사는지 그가 굳이 알 필요는 없지 않은가. 드니즈는 이토록 누추한 곳에 살고 있는 자신이 부끄럽게 생각되었다. 그가 자신에 대해 어떻게 생각할지 두려웠다. 비록 그들이 다시 만날 일은 없을지라도.

게다가 드니즈는 여전히 '여인들의 행복 백화점'의 반경 안에서 살고 있었다. 빈약한 벽 하나가 그녀의 방과 예전에 그녀가 일했던 매장을 갈라놓고 있을 뿐이었다. 따라서 그녀는 아침마다 그 리듬에 맞춰 하루 일과를 시작했다. 사람들이 몰려오면서 판매가 점차 활기를 띠는 게 느껴졌다. 백화점에서 들려오는 조그만 소음조차도 거인의 옆구리에 바짝 붙어 있는 낡은 누옥을 여지없이 흔들어놓았다. 그럴 때마다 그녀 자신이 그 거대한 맥박 속에서 함께 고동치고 있는 것처럼 느껴졌다. 게다가 그곳 사람들과의 만남을 무조건 피하는 것은 불가능했다. 드니즈는 이미 두 번이나 폴린과 마주쳤다. 폴린은 드니즈가 몹시 힘들게 지내는 것을 알고는 그녀에게 어떤 식으로든 도움을 주고자 했다. 심지어 드니즈는 폴린이 자신의 집을 방문하는 것을 막거나, 일요일에 보제의 집으로 오라는 초대를 거절하기 위해 거짓말을 지어내기도 했다. 하지만 들로슈의 절망적인 애정 표현을 거부하는 것은 참으로 어려운 일이었다. 그는 드니즈를 몰래 줄곧 지켜보면서 그녀의 어려움을 모두 파악하고 있었다. 문간에서 언제나 그녀를 기다리던 그는 어느 날 저녁 그녀에게 30프랑을 빌려주고 싶어 했다. 그리고 벌겋게 달아오른 얼굴로 더듬더듬 말하면서 자신의 형이 모아둔 돈이라는 설명을 덧붙였다. 이러한 만남들로 인해 드니즈는 끊임없이 백화점에서 보냈던 시간들을 그리워하며 지냈다. 마치 그곳을 한 번도 떠난 적이 없는 것처럼, 여전히 그곳의 삶에 관심을 가졌던 것이다.

하지만 평소 드니즈의 방까지 올라오는 사람은 아무도 없었다. 그런데 어느 날 오후, 그녀는 누군가가 문을 두드리는 소리에 소스라쳐 놀랐다. 그는 콜롱방이었다. 그녀는 문간에 선 채로 그를 맞이했다. 그는 몹시 거북해하면서 더듬거리며 그녀의 안부를 묻고는 '전통 엘뵈프' 얘기를 늘어놓았다. 어쩌면 보뒤 큰아버지가 자신이 너무 매정하게 굴었던 것을 후회하면서 그를 보낸 것일지도 몰랐다. 보뒤는 자신의 조카가 극도로 곤궁한 지경에 처해 있음을 잘 알면서도 여전히 그녀를 아는 체조차 하지 않았다. 하지만 드니즈가 콜롱방에게 분명하게 용건을 묻자 그는 더욱더 난처한 표정을 지어 보였다. 아니, 그런 게 아니었다. 주인이 그를 보낸 게 아니었다. 마침내 그는 클라라의 이름을 언급하면서, 단지 그녀에 관한 얘기를 하고 싶어 했다. 그리고 점점 더 대담함을 드러내면서 드니즈에게 조언을 구하기까지 했다. 자신이 클라라에게 접근하는 데 그녀의 동료였던 드니즈가 도움이 될 수 있을 것으로 생각했기 때문이다. 드니즈는 클라라처럼 하찮은 여자 때문에 주느비에브에게 상처를 주려는 그를 나무랐지만 아무 소용이 없었다. 그 후에도 콜롱방은 또다시 그녀를 보러 왔고, 그것은 하나의 습관처럼 굳어져 갔다. 그의 소심한 사랑은 그것만으로도 충분했다. 그는 자신도 모르게 늘 똑같은 얘기를 끊임없이 반복했다. 그러면서 클라라와 가까이 지냈던 여자와 함께 있다는 것만으로도 기뻐서 어쩔 줄 몰라 했다. 그 때문에 드니즈는 한층 더 '여인들의 행복 백화점'에서 살고 있는 것처럼 느끼게 되었다.

그러다 9월 말경 드니즈는 처절한 가난의 밑바닥을 경험하게 되었다. 페페가 지독한 감기로 앓아누웠던 것이다. 그에게 죽이라도 먹여야 했지만 드니즈에게는 빵을 살 돈조차 없었다. 어느 날 저녁, 지칠 대로 지친 그녀는 지독한 우울증에 빠져, 젊은 여자들을 개울이나 센 강으로 뛰어들고 싶게 만드는 절망감 속에서 하염없이 흐느꼈다. 그때 부라 영감이 조용히 문을 노크했다. 그는 우유 깡통에 가득 담아 가지고 온 죽과 빵을 드니즈에게 내밀었다.

"자, 받으시오! 아이한테 먹여요." 그는 퉁명스러운 어조로 말했다

"그렇게 큰 소리로 울지 마요. 다른 세입자들이 싫어하니까."

드니즈는 그에게 고맙다는 인사를 하면서 또다시 울음을 터뜨렸다.

"어허, 조용히 하라니까! 내일 나한테 와요. 그쪽한테 맡길 일거리가 있으니까."

부라는 '여인들의 행복 백화점'에서 우산과 양산을 파는 매장을 새로 개설한 이후 크나큰 타격을 받아 더 이상 여직공을 부리지 않았다. 경비를 줄이기 위해 청소, 수선, 바느질을 포함한 모든 걸 직접 하고 있었다. 게다가 고객이 급격히 줄어드는 바람에 때로는 그가 할 일조차 없었다. 따라서 그는 다음 날, 가게 한 귀퉁이에 드니즈를 자리 잡게 하고는 그녀를 위한 일거리를 일부러 만들어야 했다. 자기 집에서 사람들이 굶어 죽는 것을 팔짱 끼고 지켜볼 수만은 없었기 때문이다.

"하루에 40수씩 주리다. 앞으로 더 좋은 일자리가 나타날 때까지만 여기서 일하도록 해요."

드니즈는 그에게 막연한 두려움을 갖고 있었다. 그래서 일을 너무나 빨리 해치우는 바람에 부라는 난감해하며 그녀에게 또 다른 일거리를 주었다. 주로, 실크로 된 양산의 천들을 꿰매거나 레이스를 수선하는 일이었다. 드니즈는 처음 며칠간은 고개를 제대로 들 생각조차 하지 못했다. 늙은 사자의 갈기 같은 덥수룩한 머리와 휘어진 코, 뻣뻣하고 짙은 눈썹 아래 예리한 눈매를 지닌 부라 노인의 존재를 바로 가까이에서 느끼는 게 못내 불편했기 때문이다. 그의 거친 목소리와 사나운 몸짓 때

문에 동네 부인네들은 아이들을 혼내줄 때 경관 대신 그를 불러올 거라는 말로 으름장을 놓기도 했다. 하지만, 아이들은 그를 겁내기는커녕 그의 가게 앞을 지날 때마다 큰 소리로 그에게 상스러운 말들을 해댔다. 하지만 그는 그런 것에는 전혀 개의치 않았다. 오직, 개들조차 사용하려고 하지 않을 조악하기 짝이 없는 물건들을 헐값으로 팔아넘기면서 그의 직업의 명예를 더럽히는 파렴치한들을 향해서만 광적인 분노를 표출할 뿐이었다.

그가 격노하며 그녀 앞에서 소리를 지를 때마다 드니즈는 겁에 질려 몸을 떨었다.

"예술은 죽어버렸어, 다 죽어버렸다고! ……이젠 품위 있는 우산 손잡이는 어디에도 없어. 그들이 파는 건 한낱 막대일 뿐이라고. 진정한 손잡이의 시대는 끝난 거야! ……어디 나한테 제대로 된 손잡이를 가져와 보라고 해. 그럼 내가 20프랑을 줄 테니까!"

그것은 그가 지닌 장인으로서의 자부심의 발로였다. 파리에서 그처럼 가볍고 튼튼한 손잡이를 만들 수 있는 기술자는 그 어디에서도 찾을 수 없었다. 그는 기발한 상상력을 발휘해 둥그런 모양의 우산 손잡이에 조각을 새겼다. 수시로 테마를 바꿔가면서, 꽃과 과일, 동물, 다양한 얼굴 등을 생생하고 자유롭게 표현해냈다. 주머니칼 하나면 충분했다. 그는 하루 종일 안경을 코에 걸친 채 회양목이나 흑단을 깎으며 시간을 보냈다.

"무식하기 짝이 없는 것들 같으니라고! 우산살에 실크 천 쪼가리만 떡하니 붙여놓으면 되는 줄 알다니! 그것들은 손잡이를 무더기로 사들이지. 몽땅 똑같이 찍어낸 것들을……. 그러니까 그 값밖에 못 받는 거라고! 내 말 알겠어? 예술은 이제 다 죽어버린 거야!"

드니즈는 마침내 부라 노인에 대한 두려움을 떨쳐버릴 수 있었다. 그는 페페가 가게에 내려와서 놀도록 했다. 그는 아이들을 사랑했다. 아이가 네발로 가게를 휘젓고 다니면 그들은 옴짝달싹 못했다. 드니즈는 구석 자리에 앉아 수선을 했고, 그는 진열창 앞에서 주머니칼로 나무를 조각했다. 이젠 그들 사이에 매일같이 똑같은 일과와 똑같은 대화가 되풀이되었다. 부라 영감은 작업을 하는 동안 '여인들의 행복 백화점'에 관해 얘기하는 것을 하루도 거르지 않았다. 그와 백화점 간의 치열한 투쟁이 어디까지 와 있는지를 지칠 줄 모르고 끊임없이 드니즈에게 들려주었다. 그는 1845년부터 이 건물에서 살고 있었다. 1년에 1800프랑씩의 집세를 지불하기로 하고 30년간 임대차계약을 맺었던 것이다. 그리고 가구 딸린 방 네 개를 세놓아 1천 프랑을 충당했기 때문에 그는 가게에 대한 800프랑만을 지불하면 되었다. 그것은 얼마 되지 않는 금액이었고, 그밖에는 따로 들어가는 경비가 없는 터라 그는 앞으로도 오랫동안 그곳에서 머물 수 있었다. 그의 말대로라면 그의 승리는 의심할 여지가 없었고, 그는 괴물을 집어삼키고도 남을 듯했다.

그는 갑자기 하던 얘기를 멈추고 물었다.

"개 얼굴이 이렇게 생겼던가?"

그리고 자신이 개의 얼굴을 제대로 새기고 있는지를 판단하기 위해 안경 너머로 두 눈을 껌뻑이면서 개 흉내를 냈다. 입술을 위로 젖힌 채 이빨을 밖으로 내밀면서 실감나게 으르렁거렸다. 그러자 그 모습에 넋이 나간 페페는 몸을 일으켜 노인의 무릎 위에 조그만 두 팔을 기대고 섰다.

"어떻게든 꾸려나갈 수만 있다면 다른 건 아무래도 상관없

318

어." 노인은 칼끝으로 세심하게 개의 혀를 조각하면서 다시 얘기했다.

"저 망할 놈들은 내게서 고객을 모두 빼앗아 갔어. 하지만 벌이가 예전 같진 않아도, 아직 다 잃은 건 아니라고. 어차피 난 잃을 게 별로 없으니까. 난 말이야, 저들한테 굴복하느니 차라리 이곳에 내 뼈를 묻고 말 거야."

그는 들고 있던 주머니칼을 흔들어 보였다. 격렬한 분노로 인해 그의 새하얀 머리가 위로 날아올랐다.

"하지만 그 사람들이 영감님께 합리적인 금액을 제시한다면 받아들이시는 게 낫지 않을까요?" 드니즈는 바늘에서 눈을 떼지 않은 채 조심스럽게 말을 꺼냈다.

그러자 또다시 그의 서슬 퍼런 고집스러움이 폭발했다.

"절대로 그런 일은 없을 것이야! ……목에 칼이 들어온다고 해도 난 결코 허락할 수 없어, 절대로! ……내 임대차계약은 아직도 10년이나 더 유효해. 저들이 아무리 발악을 해도 10년이 지나기 전에는 결코 이곳을 차지하지 못할 거라고. 내가 텅 빈 가게에서 굶어 죽는 한이 있더라도……. 그놈들은 벌써 두 번씩이나 날 설득하러 왔었어. 그러면서 내게 권리금 조로 1만 2천 프랑과 앞으로 남은 임대차계약에 대한 보상으로 1만 8천 프랑, 그러니까 모두 3만 프랑을 제시했어. ……하지만 5만 프랑을 준대도 난 절대 받아들일 수 없어! 그러니까 내가 저들을 손아귀에 꽉 쥐고 있는 셈이지. 난 저것들이 내 발 아래 꿇어앉아서 땅바닥을 핥는 꼴을 반드시 보고야 말 거야!"

"3만 프랑이면 결코 적은 돈이 아닌데요." 드니즈가 말했다.

"그 돈으로 여기서 좀 떨어진 곳에서 다시 자리를 잡으시는 게 좋을 것 같은데요. ……그러다 그 사람들이 건물을 사버리면 그땐 어쩌시려고요?"

부라는 잠시 아무 말도 하지 않고 개의 혀를 마무리하는 데 몰두했다. 그사이 하느님을 연상시키는, 눈처럼 창백한 그의 얼굴 위로 어린아이 같은 천진한 웃음이 희미하게 번졌다. 그는 다시 목소리를 높였다.

"건물은 끄떡없어! ……그들은 작년에도 여길 8만 프랑에 사들이겠다고 했지. 지금 시가의 두 배를 치르면서. 하지만 건물 주인은 그들에게 더 많은 돈을 요구했어. 그 인간도 저들하고 하나도 다를 바 없는 불한당이거든. 예전엔 고작 과일이나 팔던 치가. 게다가 저들은 날 경계하고 있어. 내가 결코 쉽게 물러서지 않을 거라는 걸 잘 알고 있거든. ……절대로 그럴 순 없어! 절대로! 목에 칼이 들어오는 한이 있어도 이곳을 결코 떠날 수 없다고! 황제가 대포를 몽땅 끌고 온다고 해도 여기서 날 내쫓진 못할 거야."

드니즈는 더 이상 어떤 말도 할 수 없었다. 그녀는 노인이 주머니칼로 나무를 조각하는 사이사이에 한마디씩 하는 동안 바늘을 계속 잡아당겼다. 이제 시작일 뿐이었다. 그들은 나중에 더 기막히게 멋진 것을 보게 될 터였다. 그의 머릿속에는 저들의 우산 매장을 단번에 쓸어버릴 신선한 아이디어가 가득했다. 그의 고집스러움 속에는 하찮은 시장 물건들이 대량으로 몰려오는 것에 분연히 맞서고자 하는 소상인의 분노가 끓어오르고 있었다.

그사이 페페는 부라 영감의 무릎 위로 기어올랐다. 그리고 개의 머리를 향해 안달이 난 두 손을 내밀면서 보챘다.

"주세요, 할아버지."

"조금 있다가, 꼬마야." 노인은 누그러든 목소리로 말했다.

"아직 눈이 없거든. 이제 눈을 만들어야 해."

그는 공들여 눈을 만들면서 또다시 드니즈를 향해 역정을 내듯 말했다.

"자네한테도 들리나? ……옆에서 저들이 내는 우르릉거리는 소리 말이야! 저게 날 가장 미치게 만드는 거라고, 맙소사! 등 뒤에서 기관차 소리 같은 게 끊임없이 들려온다고 생각해봐."

그로 인해 그가 작업하는 조그만 테이블까지 흔들릴 지경이었다. 심지어 가게 전체가 흔들리는 것처럼 느껴질 때도 있었다. 그러면 그는 오후 내내 고객은 코빼기도 보지 못한 채, '여인들의 행복 백화점'에 몰려드는 사람들로 인한 소란스러움을 견뎌야만 했다. 판매 성적이 좋았던 날에는 벽 뒤에서 요란하게 박수 소리가 들려왔다. 실크 매장에서 1만 프랑쯤 매상을 올린 게 분명했다. 그는 어떤 때는 코웃음을 치기도 했다. 벽 너머가 조용한 걸 보면, 갑자기 내린 비 때문에 매출이 뚝 떨어진 듯했다. 이처럼 그곳에서 들려오는 아주 작은 소리나 희미한 숨결조차도 그에게 끝없는 화젯거리를 제공해주었다.

"저런, 누가 미끄러져서 넘어진 모양이군. 오! 이참에 다들 넘어져서 엉덩이뼈라도 부러지면 딱 좋겠구먼! ……오, 이런, 이번엔 여자들끼리 서로 티격태격하는 소리가 들리는군. 좋아! 잘하고 있는 거야! ……어때! 자네도 꾸러미들이 지하로 떨어지는 소리가 들리나? 이런, 정말 역겹기 그지없군!"

드니즈는 그의 말에 조금도 왈가왈부할 수 없었다. 그러면 그는 즉시 그들이 그녀를 얼마나 비열하게 내쫓았는지를 여지없이 상기시켰기 때문이다. 게다가 드니즈는 똑같은 얘기를 수없이 반복해 들려줘야 했다. 그녀가 어떻게 그곳의 기성복 매장에 들어가게 되었는지, 초기에 당했던 수모와 고통, 불결한 지붕 밑 방들, 냄새 나는 음식들, 판매원들 간의 끊이지 않는 세력 다툼 등에 관해서. 그렇게 두 사람 다 아침부터 저녁까지 백화점 얘기만 하다 보니, 그들이 숨 쉬는 공기 속에서 매 시각 백화점을 들이마시는 것 같았다.

"주세요, 할아버지." 페페는 여전히 두 손을 앞으로 내민 채 거듭 애원했다.

개의 얼굴이 완성되자, 부라는 장난스러운 몸짓으로 으르렁거리며 그것을 앞뒤로 흔들어 보였다.

"조심해, 널 물지도 모르니까……. 자, 재미있게 놀렴, 가능하면 부서뜨리지는 말고."

그리고 또다시 강박관념에 사로잡힌 사람처럼 벽을 향해 주먹을 휘두르며 말했다.

"이 건물이 무너지나 어디 한번 있는 힘껏 밀어보시지……. 온 동네를 다 차지해도 이곳만은 절대로 니들 맘대로 안 될 테니까!"

드니즈는 이제 매일 빵을 먹을 수 있었다. 그녀는 노상인에게 진심으로 고마워하고 있었다. 과격하고 괴팍해 보이는 겉모습 뒤에 감춰진 그의 선한 마음을 느낄 수 있었던 것이다. 하지만 그녀가 간절하게 바라는 것은 다른 곳에서 일자리를 구하는 것이었다. 그가 매일 자신을 위해 조그만 일감들을 만들어낸다는 것을 알게 되었기 때문이다. 그의 가게가 점점 악화 일로를 걸으면서 그에게는 더 이상 직공이 필요하지 않았다. 그는 단지 자비로운 마음에서 그녀를 데리고 있었던 것이다. 그렇게 6개월이 지나고 다시 겨울철 비수기로 접어들게 되었다. 드니즈는 3월 전까지는 일자리를 알아볼 수 없다는 사실에 절망했다. 그러던 1월의 어느 날 저녁, 문간에서 그녀를 살피고 있던 들로슈가 그녀에게 귀띔해주었다. 로비노의 가게에 한번 찾아가 보면 어떨까. 어쩌면 사람이 필요할지도 모르지 않은가?

지난 9월, 로비노는 아내의 돈 6만 프랑을 날리게 될 것을 두려워하면서도 뱅사르의 사업체를 인수하기로 마음먹었다. 그는 실크 업체에 4만 프랑을 지불하고 남은 2만 프랑으로 자리를 잡았다. 빈약한 자본이었지만, 그의 뒤에는 그를 장기 신용거래로 밀어줄 것을 약속한 고장이 버티고 있었다. '여인들의 행복 백화점'과 사이가 틀어진 이후 그는 거인에게 도전장을 던질 기회만을 엿보고 있었다. 백화점 가까운 곳에 고객들이 매우 다양한 제품을 선택할 수 있는 직물 전문점을 연다면 충분히 승산이 있다고 믿었던 것이다. 오직, 뒤몽테유 같은 리옹의 부유한 제조업자들만이 백화점들의 조건을 충족시킬 수 있었다. 그들은 백화점 주문을 받아 방직기를 계속 돌릴 수 있는 것만으로도 만족했다. 그런 다음, 규모가 더 작은 상인들에게 물건을 팔아 이윤을 남기면 되는 것이다. 하지만 고장은 뒤몽테유처럼 든든한 자본력을 갖추고 있지 못했다. 오랫동안 단순한 중개인이었던 그는 겨우 오륙 년 전에야 자신의 방직기를 갖추었고, 여전히 많은 가공업자들을 부리고 있었다. 그들에게 원료를 제공하고, 미터당 계산한 삯을 지불하는 식이었다. 따라서 원가가 높아질 수밖에 없는 시스템으로는 파리보뇌르를 공급하는 데 있어 뒤몽테유와 경쟁이 되지 않았다. 그 사실에 분개하던 그는 백화점들이 프랑스의 제조업을 망친다는 명목으로, 그들과의 결정적인 싸움을 위한 좋은 도구로 로비노를 점찍었던 것이다.

드니즈가 그의 가게를 찾아갔을 때는 로비노 부인 혼자 가게를 지키고 있었다. 사업과는 거리가 먼 그녀는 토목국의 현장 감독관의 딸로, 블루아에 있는 수녀원의 기숙생 시절의 순수함을 여전히 간직하고 있는 듯했다. 짙은 갈색 머리에 무척이나 귀여움 있는 모습과 발랄하고 온화한 성품은 그녀를 한층 더 매력적으로 느끼게 해주었다. 그녀는 남편을 무척 사랑했고, 그 사랑만으로 살아가고 있었다. 드니즈가 자신의 이름을 남기고 그곳을 나서려는 순간 돌아온 로비노는 즉석에서 그녀를 채용했다. 마침 전날, 그의 판매원 하나가 '여인들의 행복 백화점'으로 가기 위해 갑작스레 일을 그만두었던 것이다.

"그 사람들 때문에 괜찮은 점원조차 구하기가 어려워요. 하지만 당신이라면 마음을 놓을 수 있을 것 같소. 당신도 나처럼 저들한테 유감이 있을 테니까……. 내일부터 당장 일을 시작하도록 해요."

그날 저녁, 드니즈는 부라 영감에게 그를 떠나겠다는 사실을 어떻게 알려야 할지 몰라 곤혹스러웠다. 아니나 다를까, 그는 그녀에게 배은망덕하다며 불같이 화를 냈다. 드니즈는 눈에 눈물이 글썽한 채 자신의 입장을 설명했다. 그러면서, 그가 그동안 자비로운 마음에서 자신에게 일감을 준 것을 다 알고 있다고 말하자, 이번에는 부라 영감이 마음이 약해지면서 더듬더듬 변명을 했다. 그에게는 일거리가 많으며, 마침 새로운 우산을 발명해서 일이 더 많아지려는 시점에 그녀가 자신을 떠나는 것이라는 얘기였다.

"그럼 페페는 어떡하고?" 그가 물었다.

그러지 않아도 아이는 드니즈의 가장 큰 고민거리였다. 그라 부인에게 다시 맡길 처지가 아니다 보니, 아침부터 저녁까지 아이를 혼자 방 안에 내버려둘 수도 없는 노릇이었다.

"걱정하지 말게, 내가 잘 데리고 있을 테니까." 노인이 다시 말했다.

"다행히 녀석이 우리 가게에서 잘 노니까……. 밥도 같이 해 먹으면 될 테고."

노인을 성가시게 할까 봐 염려가 된 드니즈가 조심스럽게 사양의 말을 비추자 그가 버럭 소리를 질렀다.

"이런 젠장! 날 못 믿어서 그러나 본데…… 안심하라고, 자네 동생을 잡아먹진 않을 테니까!"

드니즈는 로비노의 가게에서 '여인들의 행복 백화점'에서 일할 때보다 훨씬 마음 편히 지낼 수 있었다. 그곳에서는 한 달에 60프랑밖에 안 되는 급여에, 오래된 상점들이 그렇듯이 판매에 대한 수당도 없이 오직 식사가 제공되었을 뿐이었다. 하지만 그들 부부는 그녀에게 더없이 친절했고, 무엇보다 언제나 미소를 띤 채 계산대를 지키고 있는 로비노 부인은 그녀를 따뜻하게 대해주었다. 걱정이 많아 늘 신경이 곤두서 있는 듯한 로비노는 가끔씩 과격한 행동을 보일 때도 있었다. 한 달쯤 지나자 그들은 드니즈를 한 가족처럼 여기게 되었다. 그곳에는 그녀 외에도, 폐병을 앓고 있는 조그맣고 말 없는 또 다른 여점원이 있었다. 그들은 드니즈 앞에서 아무런 거리낌이 없었다. 식탁에서나 너른 뒤뜰에 면해 있는 가게 뒷방에서나 그녀 앞에서 사업 문제를 논의하는 것도 예사였다. 그러던 어느 날 저녁, 그들은 마침내 '여인들의 행복 백화점'에 본격적인 도전장을 던지기로 결심했다.

그날은 고장이 함께 저녁 식사를 하기로 돼 있었다. 그는 소박한 양고기 구이를 먹는 동안 그 문제를 들고 나왔다. 리옹 출신인 그의 단조로운 목소리에는 론 강의 안개가 짙게 끼어 있는 듯했다.

"이젠 이대로는 더 이상 버티기가 힘들 것 같소. 저들이 뒤몽테유를 찾아가 새 디자인의 독점 판매권과 함께 단번에 300 필을 사들였다고 하는군요. 미터당 50상팀씩 깎아줄 것을 요구하면서 말이오. 게다가, 현금으로 지불하면서 추가로 18프로의 할인까지 받았다고 하니……. 사실 그런 식으로 하면 뒤몽테유는 20상팀도 남기지 못할 때가 많아요. 단지 그의 방직기를 놀리지 않기 위해 그런 거래를 받아들이는 것뿐이지. 놀고 있는 방직기는 이미 죽은 방직기나 다름없으니까……. 그런데, 몇 대 되지도 않는 방직기에다 가공업자들까지 둔 우리 같은 소규모 제조업자들이 어떻게 그들과의 싸움에서 버틸 수 있겠냔 말이오."

로비노는 멍하니 생각에 잠긴 채 먹는 것조차 잊어버린 듯했다.

"300필이라고요!" 그는 혼잣말처럼 중얼거렸다.

"난 12필만 가지고도 몸이 벌벌 떨릴 지경인데. 그것도 석 달간 신용거래로 구매하면서……. 그들은 우리보다 일이 프랑씩 얼마든지 싸게 가격을 매길 수 있어요. 내가 계산해보니까, 카탈로그에 나와 있는 품목들이 우리보다 적어도 15프로씩이나 싸더군요. ……이러니 우리 같은 소상인들이 모두 죽을 수밖에요."

로비노는 풀이 죽은 채 몹시 우울한 얼굴을 했다. 남편이 염려된 그의 아내는 애정 어린 표정으로 그를 바라보았다. 사업에는 젬병인 그녀는 숫자들만 봐도 머리가 지끈거리며 아파왔다. 욕심을 내지 않고도 얼마든지 서로 사랑하고 웃으면서 살 수 있는데 무엇 때문에 그런 고민을 사서 하는지 도무지 이해가 되지 않았다. 하지만 그녀에겐 남편이 이기고 싶어 한다는 사실만이 중요했다. 그녀는 그와 함께 몸을 던질 각오가 돼 있었고, 남편을 위해서라면 계산대에서 죽는 것도 두렵지 않았다.

"그런데 왜 모든 제조업자들이 한데 뜻을 모으지 않는 거죠?" 로비노는 격렬한 어조로 언성을 높였다.

"더 이상 저들의 일방적인 횡포에 휘둘리지 말고, 힘을 모아 본때를 보여주면 되지 않느냔 말입니다."

고장은 양고기 한 조각을 더 청해서는 천천히 씹어 삼켰다.

"아! 왜, 왜냐고……. 아까도 말했지만, 방직기를 쉬지 않고 돌려야 하기 때문이오. 가르, 이제르 같은 지역을 포함해서 리옹 근처만 보더라도 방직공장들이 숱하게 있는 마당에 방직기를 하루라도 놀렸다간 막대한 손해를 보게 될 테니까……. 그나마 우리처럼 열댓 개의 방직기만을 가지고 가공업자들을 함께 부리는 경우에는 재고 조절을 마음대로 할 수 있지만, 대규모 제조업자들은 끊임없이 판로를 개척해야만 하는 입장인 거요. 그것도 가능한 한 대규모로, 가능한 한 빠르게……. 따라서 백화점들의 요구에 순순히 응할 수밖에 없는 처지인 것이오. 제조업자 서넛이 그 문제를 두고 언쟁을 벌였는데, 그들은 백화점으로부터 주문만 받을 수 있다면 기꺼이 손실을 감수하겠다고 했어요. 그러면서 여기처럼 소규모 사업장에서 그 손해를 만회하려는 심산이지. 그렇소, 그들은 백화점 같은 대규모 거래처들 덕분에 명맥을 유지해나가면서, 돈벌이는 당신 같은 소상인들을 통해서 하려는 거요. ……문제는, 이 위기가 어떻게 결말이 날지는 아무도 예측할 수 없다는 것이오!"

"이건 우리보고 다 죽으란 얘기가 아니고 뭐냔 말입니다!" 로비노는 울분을 토해내듯 큰 소리로 외쳤다.

그사이 드니즈는 아무 말 없이 그들의 얘기를 듣고 있었다.

순리와 삶을 본능적으로 사랑하는 그녀는 마음속으로는 백화점 편에 서 있었다. 하지만 아무런 내색 없이 통조림에 든 껍질 콩을 먹었다. 그러다 조심스럽게, 하지만 유쾌한 어조로 자신의 생각을 말했다.

"하지만 소비자들한테는 좋은 일이죠!"

그 말에 로비노 부인이 조그맣게 웃음을 터뜨리자 그녀의 남편과 고장은 동시에 얼굴을 일그러뜨렸다. 사실, 소비자들로서는 반기지 않을 이유가 없을 것이다. 인하된 가격의 혜택을 입는 건 결국 그들일 테니까. 다만, 같이 살 수 있어야 하지 않겠는가? 모두의 행복을 위한다는 허울 좋은 미명 아래, 생산자를 죽이면서 소비자의 배만 불린다면 세상이 어떻게 되겠는가? 그러자 열띤 토론이 벌어졌다. 드니즈는 농담처럼 말하면서 탄탄한 논거들을 제시했다. 제조업체의 대리인, 출장 판매원, 판매 대행업자 등과 같은 중개인들은 더 이상 존재하지 않는다. 그러다 보니 자연스럽게 가격이 내려갈 수밖에 없는 것이다. 게다가 이제 제조업자들은 백화점을 떠나 홀로 살아갈 수가 없게 되었다. 백화점이 고객을 잃으면 그들 또한 파산하게 되는 것은 불 보듯 뻔한 일이었다. 결정적으로, 상업의 방식이 필연적으로 변화하고 있음을 받아들여야 하는 것이다. 자연스러운 세태의 흐름에 따른 변화를 막을 수는 없는 게 아닌가. 좋건 싫건 모두가 그 흐름에 동참하고 있기 때문이다.

"그러니까, 아가씨는 자신을 거리로 내쫓은 사람들 편이라는 거요?" 고장이 물었다.

드니즈는 얼굴이 화끈거리는 것을 느꼈다. 그러면서 자신이 그토록 격렬한 논쟁을 벌이는 것에 놀라고 있었다. 대체 무슨 연유로 그토록 열을 올리는지 스스로도 잘 이해가 되지 않았다.

"오! 아니에요. 그런 게 아니에요. 어쩌면 제 생각이 틀렸을 수도 있고요. 저보다 당연히 더 잘 아실 테니까요. ……전 다만 제 생각을 말했을 뿐이랍니다. 예전에는 50여개의 상점에 의해 상품의 가격이 정해졌다면, 오늘날에는 네다섯 군데의 대규모 백화점이 엄청난 자본과 충성스러운 고객 덕분에 가격을 낮출 수 있게 된 거니까요. ……어쨌거나 소비자들에게는 잘된 일이라고 생각하고요!"

로비노는 더 이상 역정을 내지 않았다. 대신, 심각한 얼굴로 식탁보를 뚫어지게 응시했다. 그 역시 새로운 상업의 바람이 불어오는 것을 느끼면서, 드니즈가 얘기한 변화의 조짐을 감지하고 있던 차였다. 그러다 주변이 좀 더 명확하게 보일 때면, 자신이 왜 모든 것을 앗아 가 버릴 수도 있는 강력한 힘을 지닌 물살에 맞서고자 하는지 자문해보기도 했다. 로비노 부인 역시 생각에 잠긴 남편을 보면서, 다시 조용히 침묵을 지키고 있는 드니즈를 향해 그녀의 말에 동의한다는 듯한 눈빛을 보냈다.

"자, 자," 고장은 가라앉은 분위기를 바꾸고자 했다.

"그런 얘긴 다 이론일 뿐이고…… 이제 진짜 우리 사업 얘기나 합시다."

치즈를 먹고 나자 가정부가 잼과 배를 내왔다. 고장은 달콤한 것이라면 사족을 못 쓰는 뚱뚱한 남자의 잠재된 식탐을 드러내며 잼을 숟가락으로 양껏 떠먹었다.

"이제부터 내 말을 잘 들어요. 당신이 해야 할 일은, 올해 그들에게 대성공을 안겨준 그들의 전략 상품인 파리보뇌르를 공략하는 것이오. ……난 이미 리옹의 동업자들 몇 명과 뜻을 모았소. 당신에게 검정 실크 제품인 파유를 아주 파격적인 가격으로 공급해주기로 말이오. 당신은 그걸 5프랑 50상팀에 파는 거요. ……저들은 같은 제품을 5프랑 60상팀에 팔고 있는 걸로 알고 있소, 안 그렇소? 그렇다면, 그들 것보다 2수가 더 싼 셈이지. 그런 조건이라면, 그들을 박살 내고도 남을 거라 생각하오."

로비노의 눈이 다시 반짝거리기 시작했다. 그는 끊임없이 신경질적인 고통에 시달리면서 이처럼 종종 두려움과 희망 사이를 오갔다.

"샘플은 가져오셨습니까?" 그가 물었다.

고장이 그의 서류철에서 조그만 사각의 실크 샘플을 꺼내자, 로비노는 흥분을 감추지 못하고 소리쳤다.

"이건 파리보뇌르보다 더 아름답잖아요! 어쨌거나, 더 돋보이고 올도 더 굵고요. ……당신 말이 맞아요. 시도는 해봐야죠. 그래요! 두고 보십시오! 내가 이번에는 기필코 그들을 내 발밑에 꿇어앉히고 말 테니까. 그러지 않으면 난 끝장이라고요!"

로비노 부인도 그의 열광적인 감탄을 함께 나누면서 실크가 정말 근사하다고 추어올렸다. 드니즈 또한 그들의 성공을 굳게 믿었다. 그리하여 그들은 저녁 식사를 유쾌하게 마무리할 수 있었다. 그러는 동안, 벌써 '여인들의 행복 백화점'이 망하기라도 한 것처럼 큰 소리로 떠들어댔다. 잼 한 병을 깨끗이 비워낸 고장은 그런 천을 그렇게 싼 값에 넘기기 위해서는 그와 그의 동료들이 얼마나 큰 희생을 치러야 하는지를 힘주어 얘기했다. 그들은 파산을 하는 한이 있더라도 백화점들을 문 닫게 하고 말겠다고 맹세를 했던 것이다. 커피를 내왔을 때 뱅사르가 들어오면서 분위기는 더 왁자지껄해졌다. 부근을 지나가던 그는 자신의 후임자에게 안부를 전하기 위해 잠시 들른 것이었다.

"근사하군!" 그는 문제의 실크를 만져보면서 소리쳤다.

"이거라면 그들의 코를 납작하게 꺾어놓을 수 있을 거요, 내

장담하리다! ……잘되면 나한테 크게 한턱내야 하오. 내가 뭐
랬소, 여긴 금광이나 다름없다고 하지 않았소."

그는, 얼마 전 뱅센에 레스토랑을 사들였다. 쫄딱 망하기 전
에 자신의 사업체를 처분하지 못할까 봐 전전긍긍하면서 실크
들과 씨름하는 동안 은밀하게 키워온 오랜 꿈을 실행에 옮겼던
것이다. 그는 얼마 남지 않은 자본을, 마음 편하게 남의 돈을
훔칠 수 있는 장사에 투자하기로 굳게 마음먹고 있었다. 레스
토랑을 열겠다는 생각은 한 사촌의 결혼식에 참석한 후에 떠오
른 것이었다. 음식 장사는 불황을 몰랐다. 구정물에 국수 가닥
몇 개를 띄워놓고는 10프랑씩 받아먹는 식이었다. 그는 곤경에
처해 있는 로비노 부부를 보고, 자신이 그토록 처분해버리고
싶어 했던 망해가는 가게를 잘 떠맡겼다는 안도감에 건강하다
못해 터져버릴 것 같은 얼굴로 환하게 웃었다. 그러자 그의 둥
근 눈과 정직해 보이는 큰 입이 더욱더 커 보였다.

"그런데 아프신 데는 좀 어떠세요?" 로비노 부인이 공손하게
물었다.

"엥? 아픈 데라니요?" 그는 놀란 얼굴로 되물었다.

"왜, 여기 계실 때 류머티즘 때문에 고생하셨잖아요."

그제야 생각난 듯 뱅사르는 얼굴을 약간 붉히면서 말했다.

"아! 아직도 여전히 안 좋아요. …… 하지만 아무래도 시골
은 여기보다 공기가 좋으니까……. 어쨌거나, 이제 두 분은 곧
돈을 긁어모으게 될 겁니다. 이놈의 류머티즘만 아니었다면,
난 10년 안에 일을 그만두고 1년에 1만 프랑씩 연금을 받으면
서 살 수 있었을 겁니다. ……정말입니다!"

그리고 2주일 후, 로비노와 '여인들의 행복 백화점' 간의 싸
움이 시작되었다. 그 사실은 한동안 파리의 시장판을 들썩이게

할 정도로 뭇사람들의 입에 오르내렸다. 로비노는 자신의 적수
가 즐겨 쓰던 수법대로 신문에 대대적인 광고를 냈다. 거기다
가 진열에 몹시 정성을 기울여 진열창에 예의 실크를 산더미처
럼 쌓아놓았다. 5프랑 50상팀이라는 가격을 눈에 확 띄는 큼지
막한 글씨로 적어 넣은 커다란 흰색 현수막도 내걸었다. 바로
그 숫자가 여인들의 마음을 뒤흔들어 놓았던 것이다. '여인들
의 행복 백화점'보다 2수나 싼 데다 제품도 더 튼튼해 보였다.
그러자 첫날부터 고객들이 물밀듯이 몰려왔다. 마르티 부인은
돈을 절약한다는 핑계로 필요하지도 않은 드레스를 샀다. 부르
들레 부인은 천이 아름답다고 하면서도, 곧 무슨 일이 벌어질
것을 감지한 듯 좀 더 기다리고자 했다. 과연, 그 다음 주가 되
자 무레는 파리보뇌르를 무려 20상팀이나 인하한 5프랑 40상
팀에 내놓았다. 그는 부르동클을 비롯한 동업자들과 열띤 논쟁
을 벌이며 그들을 설득한 끝에 원가보다 밑지고 파는 한이 있
더라도 도전장을 받아들이는 것으로 결론지었다. 그렇게 해서
인하된 20상팀은 그들로서는 순수한 손실이었다. 그들은 이미
파리보뇌르를 원가에 팔고 있었기 때문이다. 그들의 그러한 조
치는 로비노에게는 커다란 충격으로 다가왔다. 그는 자신의 경
쟁자도 자신처럼 가격을 낮출 것이라고는 전혀 예상하지 못했
다. 이처럼 자살행위나 다름없는 경쟁과 손실을 감수하고 판매
를 하는 것은 전례가 없던 일이기 때문이었다. 조금이라도 더
싼 가격의 유혹을 떨치지 못한 고객들은 그 즉시 뇌브데프티샹
가의 상점을 떠나 뇌브생토귀스탱 가로 우르르 몰려갔다. 그러
자 리옹에서 고장이 즉시 달려왔고, 당황한 그들은 긴급 비밀
회담 끝에 장렬한 결단을 내리기에 이르렀다. 제품의 가격을
또다시 낮춰 5프랑 30상팀에 팔기로 했던 것이다. 미치지 않고

서야 그 이하로 가격을 내린다는 것은 있을 수 없는 일이었다. 그리고 바로 그 다음 날, 무레는 5프랑 20상팀으로 또다시 가격 인하를 단행했다. 그때부터는 거의 미쳐 돌아가는 형국이었다. 로비노가 5프랑 15상팀으로 응수하자, 무레는 5프랑 10상팀으로 맞섰다. 그들은 대중에게 선물을 할 때마다 엄청난 손실을 감수하면서 1수를 두고 서로 치열하게 다투었다. 고객들은 그들이 자신들을 기쁘게 하기 위해 서로에게 엄청난 타격을 가하면서 결투를 벌이는 것에 반색하고 감격하면서 환호를 보냈다. 마침내 무레는 5프랑까지 내려가는 모험을 감행했다. 그러자 백화점의 경영진은 그의 무모한 도전에 아연실색하며 얼굴이 새하얗게 질렸다. 기겁을 한 로비노는 숨을 헐떡거리며 그 역시 5프랑에서 멈춰 섰다. 차마 더 이상 아래로 내려갈 용기를 내지는 못했다. 이제 그들은 초토화된 제품들의 잔해에 둘러싸인 채 서로를 예의주시했다.

이와 같은 제 살 깎아 먹기 식의 경쟁은 서로에게 체면은 유지하게 해주었지만, 로비노로서는 그 치명타로 인한 여파를 고스란히 떠안아야 했다. '여인들의 행복 백화점'은 매상의 균형을 맞춰주는 선불금과 충실한 고객들을 확보하고 있었다. 하지만 기댈 데라고는 고장 한 사람밖에 없는 그로서는 다른 제품들로 손실을 메울 수도 없는 실정이었다. 이제 진이 빠져버린 그는 매일 조금씩 파산의 나락으로 굴러떨어졌다. 우여곡절을 겪으며 싸우는 동안 많은 고객을 끌어모았음에도 불구하고 자신의 무모함으로 인해 죽어가고 있었던 것이다. 그의 말 못하는 고통 중의 하나는, 고객들의 마음을 사로잡기 위해 쏟아 부은 엄청난 돈과 노력에도 아랑곳없이 그들이 조금씩 다시 '여인들의 행복 백화점'으로 되돌아가는 것을 무기력하게 지켜봐야만 한다는 사실이었다.

그러던 어느 날 그는 급기야 자제심을 잃고 말았다. 드 보브 부인이 그의 가게로 외투를 보러 왔을 때였다. 로비노는 실크와 함께 여성 기성복 판매대를 갖춰놓았다. 한참을 구경하면서도 마음을 정하지 못한 드 보브 부인은 천의 질에 관해 불평을 늘어놓았다. 그러다 마침내 이렇게 말했다.

"'여인들의 행복 백화점'에서 파는 파리보뇌르는 이것보다 훨씬 더 탄탄해요."

로비노는 끓어오르는 분을 애써 삭이며 상인으로서의 예의를 갖추어 그녀가 잘못 알고 있는 것이라고 단언했다. 그는 자칫 꾹꾹 억누르고 있는 반발심이 폭발할까 봐 더욱더 공손하게 고객을 응대했다.

"하지만 이 로통드의 실크 천을 좀 보세요. 이건 거미줄처럼 약하게 생겼잖아요. ……아무리 그렇게 말해도 소용없어요. 백화점에서 파는 5프랑짜리 실크는 이것에 비하면 가죽이나 다름없다고요."

로비노는 화끈거리는 얼굴로 입을 앙다문 채 고객의 불평에도 아무런 대꾸를 하지 않았다. 그는 기성복을 만들어 팔기 위해 경쟁자가 파는 실크 천을 사들이는 기발한 방법을 생각해냈다. 그렇게 하면 손해를 보는 것이 그가 아닌 무레였던 것이다. 로비노는 그렇게 사들인 파리보뇌르의 가장자리를 모두 잘라냈다.

"정말로 그 사람들이 파는 파리보뇌르가 이것보다 더 튼튼해 보이나요?" 그가 조그만 소리로 물었다.

"오! 백배는 더요." 드 보브 부인은 확신에 찬 어조로 말했다.

"이거하곤 절대 비교가 안 되죠."

제품을 비하하는 고객의 부당함은 로비노의 분노를 돋우었다. 드 보브 부인은 못마땅한 표정으로 로통드를 자꾸만 뒤집었고, 그러던 중에 안감 아래쪽에서 가위질에서 살아남은 푸른색과 은색 가장자리가 살짝 드러났다. 그러자 더 이상 참을 수 없었던 그는 사실을 모두 털어놓았다. 그 결과가 어찌되든 상관없었다.

"정말 그럴까요, 부인! 이 실크가 바로 파리보뇌르랍니다. 제가 직접 구매했거든요, 직접 말이죠! ……보세요, 여기 이 가장자리를!"

드 보브 부인은 발끈하며 그곳을 떠났다. 다른 고객들도 줄줄이 그를 떠났고, 소문은 빠르게 퍼져 나갔다. 로비노는 파산의 와중에서 내일에 대한 두려움이 몰려올 때면 오직 아내만을 걱정했다. 평온하고 유복하게만 살아온 그녀는 가난하게 사는 게 어떤 것인지를 알지 못했다. 끝내 파국이 닥쳐 빚을 떠안고 거리로 내몰리게 된다면 그녀가 어떻게 감당할 것인가? 이건 전적으로 그의 잘못이었다. 아내에게 속한 6만 프랑에는 절대 손을 대지 말았어야 했다. 하지만 그의 아내는 도리어 그런 생각을 하는 그를 위로했다. 그 돈은 그의 것이기도 하지 않은가? 그는 그녀를 끔찍이 사랑했고, 그녀는 그것으로 충분했다. 그녀는 그에게 모든 것을 줄 수 있었다, 그녀의 마음과 목숨까지도. 그리고 그들이 가게 뒷방에서 키스하는 소리가 들려왔다. 차츰 가게는 안정을 되찾는 듯 보였다. 결정적인 파국을 늦추듯 매달 조금씩 완만한 비율로 손실이 늘어갔다. 오직 집요한 희망만이 그들을 버티게 해주었다. 그들은 '여인들의 행복 백화점'이 망하는 건 시간문제라고 입버릇처럼 얘기했다.

"괜찮아! 우린 아직 젊잖아, 우린 그래도…… 미래는 우리 것이라고." 로비노는 그렇게 말했다.

"아무려면 어때요? 당신이 하고 싶은 걸 했다는 사실이 중요한 거죠." 그의 아내는 그렇게 응수했다.

"당신이 좋으면 나는 무조건 좋아요, 내 사랑."

서로를 위하는 그들의 지극한 사랑에 감동을 받은 드니즈는 필연적인 파국이 다가옴을 느끼며 두려움에 떨면서도 더 이상 한마디도 할 수 없었다. 바로 그곳에서 그녀는 새로운 상업의 위력을 깨닫고, 파리를 변모시키는 힘에 깊은 호기심을 갖게 되었다. 또한 생각이 원숙해지는 것과 동시에, 발로뉴 출신의 미성숙한 소녀 같은 모습 대신 무르익은 여인의 성숙함을 풍겼다. 게다가 피곤하고 여전히 쪼들리긴 했지만 그런대로 평온한 나날을 보냈다. 하루 종일 서서 일을 한 후에는 속히 집으로 돌아가 다행스럽게도 부라 영감이 계속 봐주고 있는 페페를 돌봐야 했다. 그밖에도 잔뜩 쌓여 있는 일들이 드니즈를 기다리고 있었다. 그녀는 잠시도 가만있지 않는 아이 때문에 정신없으면서도 슈미즈를 빨거나 셔츠를 꿰매야 했다. 그러다 보면 자정 전에 잠자리에 드는 일이 드물었다. 일요일에는 그동안 밀린 일들을 모두 해치워야 했다. 방을 청소하거나 몸을 씻기도 하면서 분주한 하루를 보내다 보면 오후 5시쯤에야 겨우 머리를 빗을 수 있었다. 그러면서도 가끔씩 의무적으로라도 동생을 데리고 외출해 뇌이 부근까지 한참을 걸어갔다 왔다. 그럴 때마다 그들의 유일한 낙은 젖소 사육자의 뜰에서 잠시 앉아 쉬면서 우유를 한 잔씩 마시는 것이었다. 장은 그런 식의 나들이에는 관심이 없었다. 그는 주중 저녁에 잠깐씩 얼굴을 비추었다가는 다른 약속이 있다고 하면서 이내 가버렸다. 더 이상 예전처럼 돈을 요구하진 않았지만, 때로 몹시 우울한 얼굴로 나타나곤 해서 염려가 된 드니즈는 그를 위해 따로 모아둔 100수짜리 동전을 손에 쥐어주었다. 그러면 그는 비로소 활짝 웃어 보였다.

"오, 100수씩이나!" 장은 매번 그렇게 소리쳤다.

"맙소사! 누난 정말 천사야! ……그러지 않아도 요즘 지물상 부인을 만나는데……"

"그런 얘기라면 그만둬." 드니즈는 그의 말을 가로막았다.

"난 아무것도 알고 싶지 않으니까."

하지만 장은 허풍쟁이로 취급받는 게 억울하다는 듯 계속 떠들어댔다.

"정말 지물상 부인이라니까! ……오! 정말 멋진 여자야!"

그렇게 석 달이 흘러갔다. 봄이 되자, 드니즈는 보제와 함께 또다시 주앵빌로 바람을 쐬러 가자는 폴린의 제안을 거절했다. 그녀는 로비노의 가게에서 나오는 길에 이따금씩 생로크 가에서 그들과 마주쳤다. 그러던 어느 날 폴린은 어쩌면 자기 애인과 결혼하게 될지도 모른다고 그녀에게 털어놓았다. 아직 마음을 정하지 못하고 있는 건 폴린이었다. '여인들의 행복 백화점'에서는 결혼한 여성 판매원을 달가워하지 않기 때문이었다. 갑작스러운 결혼 얘기에 놀란 드니즈는 친구에게 어떤 충고를 할 엄두를 내지 못했다. 언젠가는 드니즈가 분수 옆을 지나던 중에 콜롱방이 그녀를 붙들어 세우고는 또다시 클라라 얘기를 하고자 했다. 그때 마침 클라라는 광장을 가로질러 가던 중이었다. 드니즈는 핑계를 둘러대고 서둘러 그 자리를 떠났다. 콜롱방이 그녀에게 클라라가 자신과 결혼해줄 수 있는지 물어봐 줄 것을 간청했기 때문이다. 모두들 대체 왜 그러는 것일까? 왜들 그렇게 마음고생들을 사서 하는 것인지? 드니즈는 자신에게 사랑하는 사람이 없는 게 참으로 다행이라고 생각했다.

"소식 들었소?" 어느 날 저녁 드니즈가 부라 영감의 가게로 들어섰을 때 그가 물었다.

"아뇨, 영감님."

"어떻게 이럴 수가! 그 불한당 같은 놈들이 뒤비야르 호텔마저 사버렸다는군. ……난 이제 완전히 포위된 거나 다름없어!"

분노에 가득 찬 그가 커다란 두 팔을 흔들어대자 사자 갈기 같은 새하얀 머리가 위로 풀풀 날아올랐다.

"그 작자들이 대체 무슨 꿍꿍이를 꾸미는 건지! 그 호텔은 크레디 이모빌리에의 회장인 아르트만 남작이 소유하고 있던 거였다고. 그런데 그가 그 망할 무레 놈한테 그걸 넘겨준 거야. ……이제 난 오른쪽과 왼쪽, 그리고 뒤쪽까지 몽땅 둘러싸이고 만 거라고. 이렇게, 내 주먹에 꽉 쥐여 있는 지팡이 손잡이처럼!"

그의 말은 사실이었다. 그들은 바로 전날 매매 계약서에 서명했다. 부라 영감의 가게가 세 들어 있는 조그만 건물은 벽의 갈라진 틈새에 낀 제비집처럼 '여인들의 행복 백화점'과 뒤비야르 호텔 사이에서 아슬아슬하게 버티고 있었다. 언젠가 백화점이 호텔까지 세를 확장하게 되면 그 틈새에서 단번에 찌그러져버릴 것만 같았다. 그리고 결국 그날이 오고야 말았다. 거인은 미미한 장애물을 우회하며 물건을 엄청나게 쌓아 올려 주위를 에워쌌다. 그리고 어마어마하게 강력한 흡인력으로 그것을 집어삼킬 듯 보였다. 부라 영감은 그들이 사방에서 그의 가게를 죄어오는 것을 느낄 수 있었다. 그리하여 그는 가게가 점점 더 쪼그라들까 봐, 그러다가 마침내는 그 자신마저 빨려들어 갈까 봐 두려움에 몸을 떨었다. 시시각각으로 무시무시한 소리를 내는 거대한 기계에 휩쓸려 그의 우산과 지팡이와 함께 벽의 반대편으로 넘어갈 것만 같았다.

"저거 말이야! 자네도 저 소리 들리지?" 그가 소리쳤다.

"마치 벽을 갉아먹고 있는 것 같지 않나! 우리 집 지하실에서도, 다락방에서도, 어디를 가든 석고를 갉아먹는 톱질 소리가 들려와. ……하지만 아무리 그래도 소용없어! 저놈들이 날종잇장처럼 납작하게 찌그러뜨리진 못할 테니까. 놈들이 내 집지붕을 날려버려서 내 침대 위로 비가 마구 쏟아지더라도 난여기서 한 발자국도 움직이지 않을 거라고, 절대로!"

바로 그 무렵 무레는 부라에게 또다시 새로운 제안을 해왔다. 이번에는 보상금을 더 늘려서 권리금과 임대차계약을 합쳐 5만 프랑을 제시했다. 그러자 노인은 더욱더 분노하며 욕설을 퍼부으면서 단칼에 제안을 거절했다. 1만 프랑도 되지 않는 것에 5만 프랑씩이나 지불하려 하다니, 저것들은 도둑질로 돈을 번 게 분명했다! 그는 정숙한 처녀가 스스로에 대한 존중심과 명예를 위해 정절을 지키듯 자신의 가게를 지켜내고자 했다.

드니즈는 부라 영감이 보름간 무언가에 정신이 팔려 있음을 알게 되었다. 그는 열에 들뜬 듯 건물 주위를 돌아보거나 벽들의 길이를 재고, 건축가 같은 표정으로 길 한가운데서 건물을 살폈다. 그러던 어느 날 아침 일꾼들이 몰려왔다. 그것은 선전포고나 마찬가지였다. 그는 자신의 건물을 현대적으로 화려하게 변모시킴으로써 '여인들의 행복 백화점'을 물리치겠다는 무모한 전략을 세웠던 것이다. 그에게 가게가 칙칙하다고 불평을 늘어놓았던 고객들도 완전히 새로워진 모습을 본다면 분명 다시 돌아올 터였다. 먼저, 벽들의 갈라진 틈을 메우고 건물 정면을 다시 하얗게 칠했다. 진열창의 나무 테두리도 연초록색으로 산뜻하게 칠했다. 심지어 간판에 금박을 입히기까지 했다. 부라가 비상금으로 따로 모아둔 3천 프랑이 모두 그 속으로 들어갔다. 한편 주변의 모든 것들은 더 급격하게 변해갔다. 사람들은 화려하게 변한 건물들 한복판에서 갈피를 잡지 못한 채 우왕좌왕하는 그를 보면서 안타까움을 느꼈다. 번쩍거리는 배경과 부드러운 색깔들, 그 속에서 겁먹은 듯 앉아 있는 기다란 수염과 덥수룩한 머리의 노인은 낯설기 짝이 없었다. 이제 맞은편 보도로 지나가던 행인들은 깜짝 놀라며 그 자리에 멈춰 서서는 그가 두 팔을 흔들며 손잡이를 조각하는 것을 지켜보았다. 그러면 그는 흥분을 감추지 못하고 주위를 더럽히지 않도록 극도로 조심하면서, 그로서는 뭐가 뭔지 잘 알지 못하는 화려한 상업의 세계 속으로 더욱더 깊이 빨려들어 갔다.

그러는 동안 부라는 로비노가 그랬던 것처럼 '여인들의 행복 백화점'에 대항하는 싸움을 전개했다. 그는 훗날 대중화된 주름 잡힌 우산을 처음으로 개발해 판매하기 시작했다. 그러면 '여인들의 행복 백화점'은 그 즉시 더 새로운 모델을 내놓았다. 그러자 이번에는 가격을 두고 경쟁이 벌어졌다. 부라는 절대 닳지 않는다는 광고 문구가 붙은 금속 테와 가벼운 방수 천으로 된 우산을 1프랑 95상팀에 사들여 판매했다. 하지만 그는 무엇보다도 자신이 개발한 손잡이로 경쟁자의 코를 납작하게 해주고 싶어 했다. 대나무, 산수유나무, 올리브 나무, 도금양, 등나무 등으로 만들어진 다양한 손잡이들이 등장했다. 그보다는 예술적인 면에서 뒤처지는 '여인들의 행복 백화점'은 천에서 그 다양함을 꾀했다. 그리하여, 알파카와 모헤어, 서지와 정련한 태피터 등의 우수함을 강조하고 나섰다. 그러자 승리의 여신은 그들의 손을 들어주었다. 절망한 노인은 예술은 죽었다고 탄식하면서, 자신은 이제 판매에 대한 기대를 버린 채 단지 즐거움만을 위해 손잡이를 조각한다고 말하기에 이르렀다.

"이 모두가 정신 나간 이 늙은이의 잘못인 게야!" 그는 드니 즈를 향해 목소리를 높였다.

"저런 쓰레기들을 1프랑 95상팀이나 주고 사들일 생각을 하다니……. 저들이 말하는 새로운 아이디어라는 게 결국 이런 것이었어. 그런 날강도 같은 것들을 따라 하려고 했으니 망해 도 싸지, 암 싸고말고!"

7월은 몹시 더웠다. 슬레이트 지붕 아래 있는 조그만 방은 찜통을 방불케 했다. 그 때문에 드니즈는 일이 끝나면 부라 영 감의 가게에서 페페를 찾아 곧바로 방으로 올라가는 대신 튈르 리 정원으로 향했다. 그곳에서 문 닫을 때까지 산책을 하면서 잠깐씩 숨을 돌렸다. 그러던 어느 날 저녁, 마로니에가 있는 쪽 으로 향하던 그녀는 그 자리에 얼어붙은 듯 멈춰 섰다. 몇 걸음 바로 앞에서 자신을 향해 곧장 걸어오는 위탱을 본 것 같았기 때문이다. 그러자 갑자기 그녀의 가슴이 격렬하게 뛰기 시작했 다. 그는 무레였다. 센 강의 좌안에서 저녁 식사를 마치고 데포 르주 부인의 집으로 서둘러 걸어가던 참이었다. 그는 자신과 마주치는 것을 피하려는 젊은 여성의 급작스러운 몸짓에 놀라 그녀를 쳐다보았다. 그사이 어둠이 내리기 시작했지만 그는 그 녀를 단번에 알아보았다.

"아, 당신이었군, 마드무아젤."

그가 자신 앞에 멈춰 선 것에 당황한 드니즈는 아무런 대답 도 하지 못했다. 무레는 자애로운 보호자 같은 표정 뒤로 서먹 한 느낌을 감추며 미소를 지어 보였다.

"지금도 파리에 살고 있나요?"

"네, 사장님." 그녀는 조그맣게 대답했다.

그리고 산책을 계속하기 위해 조금씩 뒤로 물러나며 그에게 인사를 하고자 했다. 하지만 무레는 가던 길을 멈추고 뒤돌아서서 아름드리 마로니에의 짙은 그림자 아래로 그녀와 함께 나란히 걸어갔다. 어둠 속에서 서늘한 기운이 느껴졌고, 멀리서 굴렁쇠를 굴리면서 까르르 웃는 아이들의 웃음소리가 들려왔다.

"이 꼬마가 당신 동생이 맞죠, 안 그렇소?" 무레는 페페에게서 눈을 떼지 않고 다시 물었다.

아이는 낯선 신사의 출현에 겁을 집어먹은 듯 자기 누이의 손을 꼭 잡은 채 딱딱하게 굳은 얼굴로 걸어갔다.

"네, 사장님." 드니즈는 여전히 짧게 대답했다.

그녀는 얼굴이 발갛게 달아올랐다. 마르그리트와 클라라가 지어낸 끔찍한 이야기들이 떠올랐기 때문이다. 무레는 그런 그녀의 마음을 꿰뚫어 본 것처럼 서둘러 덧붙였다.

"그러지 않아도 진작 당신한테 사과를 하고 싶었소. ……그래요, 우리가 당신한테 저지른 잘못에 대해 무척 유감스럽게 생각하고 있다는 것을 좀 더 일찍 말할 수 있었으면 좋았을 거요. 우리가 너무 경솔했었소. ……이미 엎질러진 물이긴 하지만, 이젠 우리 모두가 당신이 동생들을 얼마나 아끼는지 다 알고 있다는 걸 꼭 말해주고 싶었소."

그는 평소 '여인들의 행복 백화점'의 여성 판매원들이 그에게서 상상하기조차 힘든 깍듯하고 공손한 태도로 얘기를 계속했다. 드니즈는 점점 더 커지는 당혹감 속에서도 한없는 기쁨으로 가슴이 터질 것만 같았다. 그러니까, 자신이 아무에게도 자신을 허락지 않았다는 것을 그가 알고 있었다는 게 아닌가! 두 사람은 걸어가는 동안 아무 말도 하지 않았다. 무레는 아이의 작은 걸음에 자신의 보폭을 맞추면서 드니즈의 옆을 계속 지켰다. 멀리서 전해져 오던 파리의 부산스러움이 커다란 나무들의 검은 그림자 아래로 점차 잦아들었다.

"그대에게 저지른 잘못을 보상할 수 있는 길은 딱 한 가지밖에는 없는 것 같소." 무레는 다시 얘기를 꺼냈다.

"물론 당신이 우리 백화점으로 다시 돌아오기를 원한다면……"

드니즈는 무레의 말을 가로막으면서 서둘러 거절의 뜻을 표했다.

"사장님, 전 그럴 수 없습니다. ……말씀은 고맙지만, 이미 다른 일을 구했거든요."

그도 그 사실을 이미 알고 있었다. 얼마 전에 그녀가 로비노의 가게에서 일하고 있다는 것을 전해 들었던 것이다. 무레는 개인적인 감정에 치우침이 없이 차분히 로비노에 관해 얘기했다. 객관적으로 그를 평가해보았을 때, 로비노는 예리한 영리함을 지닌 젊은이지만 너무 성급한 게 문제였다. 이런 식으로 가다가는 망하고 말 것이라는 건 자명한 사실이었다. 고장은 로비노가 감당하지 못할 지나치게 무거운 짐을 그에게 지워주었고, 종국에는 둘 다 파산을 면치 못할 터였다. 그러자 무레의 친근한 태도에 다소 긴장이 풀린 드니즈는 좀 더 편안한 마음으로 자신의 생각을 얘기할 수 있었다. 그러면서 자신이 백화점과 소상인 간의 싸움에 있어서 백화점의 입장에 서 있음을 은연중에 내비쳤다. 점차 활기를 띤 그녀는 여러 가지 예를 들어가며, 그 문제에 관해 잘 알고 있을 뿐만 아니라, 앞날을 내다볼 줄 아는 통찰력과 새로운 아이디어로 가득 차 있음을 보여주었다. 무레는 그런 그녀의 모습에 반색하며 놀란 얼굴로 그녀의 말에 진지하게 귀를 기울였다. 그러면서 몸을 돌려 깊어가는 어둠 속에서 그녀의 모습을 자세히 살펴보았다. 그녀는 예전과 변함없이 여전히 수수한 옷에 온화해 보이는 얼굴을 하고 있었다. 하지만 자신을 드러내지 않는 겸손한 몸짓에서 풍겨 나오는 강렬한 향기는 무레의 마음을 사로잡기에 충분했다. 어쩌면 파리에서의 삶에 익숙해짐에 따라 점차 순박한 소녀티를 벗고 성숙한 여인으로 변모했기 때문일 것이다. 그녀는 사랑스럽기 그지없는 아름다운 머리와 함께 사리 밝고 분별 있는 모습으로 무레의 마음을 흔들어놓았다.

"그런데 우리를 지지하면서 왜 적의 집에 머물고 있는 거요?" 그는 웃으면서 말했다. "내가 듣기로는 부라 영감 집에 세 들어 산다고 하던데 말이오."

"부라 영감님은 아주 좋은 분이세요." 드니즈는 조그맣게 말했다.

"오, 천만에! 기어코 내 손으로 그 노인네를 거리로 내쫓을 거요. 한마디로, 정신 나간 늙은이지. 내가 마음만 먹는다면 돈으로 얼마든지 그를 내보낼 수도 있단 말이오! ……무엇보다 그곳은 당신 같은 여자가 있을 곳이 못 되오. 소문에 의하면, 그 집에 사는 여자들은……."

그는 자신의 말이 드니즈를 당혹스럽게 했음을 깨닫고는 서둘러 덧붙였다.

"물론 어디 살든 자기가 처신하기 나름이겠지만. 더구나 어려운 환경 속에서도 바르게 살아간다면 더 칭찬받아 마땅할 거고……."

두 사람은 다시 말없이 앞으로 몇 걸음 더 나아갔다. 페페는 조숙한 아이처럼 진지한 얼굴로 그들의 말에 귀를 기울이는 듯했다. 그러다 이따금 눈을 들어 자기 누이를 쳐다보았다. 그녀의 뜨거운 손이 가끔씩 가볍게 떨리는 게 의아했기 때문이었다.

"그래, 그게 좋겠군!" 무레는 무언가가 생각난 듯 경쾌한 어조로 말했다.

"그대가 내 사절이 되어주겠소? 내일 난 부라 영감에게 배상액을 더 높여서 제안을 할 생각이오. 8만 프랑에 말이오. ……그 사실을 그에게 가장 먼저 말해주시오. 스스로의 자살 행위는 하지 말라고 말이오. 어쩌면 그가 당신 말은 들을지도 모르니까. 그 노인이 당신을 무척 좋아하는 것 같더군. 그러니까 이번에 그에게 제대로 보답을 할 수 있는 기회가 될 거요."

"그럴게요!" 드니즈도 미소를 지으면서 대답했다.

"시키시는 대로 전할게요. 하지만 영감님이 제 말을 들으실지 잘 모르겠네요."

그리고 다시 침묵이 흘렀다. 그들은 더 이상 서로 할 말이 생각나지 않았다. 무레는 잠시 보뒤 얘기를 하려다가 드니즈가 불편해하는 것을 보고는 그만두었다. 그들은 한동안 나란히 산책을 계속했다. 그리고 마침내 리볼리 가 쪽으로 난 조그만 길 입구에 이르렀다. 나무들의 어둠 속에서 빠져나와 아직 빛이 남아 있는 곳에 이르자 그들은 갑자기 잠에서 깨어난 듯 보였다. 무레는 더 이상 드니즈를 붙들어둘 수 없다는 것을 깨달았다.

"만나서 반가웠소."

"저도요, 안녕히 가세요."

하지만 그는 곧바로 자리를 뜨지 않았다. 시선을 위로 향하자, 그의 앞쪽으로 알제 가 모퉁이에 그를 기다리고 있는 데포르주 부인의 불 밝혀진 창문이 보였다. 그는 다시 드니즈에게로 시선을 향했다. 이젠 희미한 빛 속에서 그녀를 좀 더 자세히 볼 수 있었다. 그녀는 데포르주 부인에 비하면 작고 연약하기 그지없었다. 그런데 어떻게 자신의 마음을 이토록 뜨겁게 덥힐 수 있단 말인가? 이건 단지 자신의 어리석은 변덕일 뿐이었다.

"꼬마가 피곤해하는 것 같군요." 그는 또다시 뭐라도 말하기 위해 덧붙였다.

"다시 말하지만, 우리 백화점이 언제나 그대를 기다리고 있다는 것을 잊지 말길 바라오. 당신은 언제라도 와서 문을 두드리기만 하면 되는 것이오. 내가 뭐든지 원하는 대로 보상을 해 주리다. ⋯⋯잘 가시오."

"안녕히 가세요, 사장님."

무레가 가버리자 드니즈는 다시 마로니에 아래 어둠 속으로 잠겨들었다. 그리고 한참 동안 어디로 가는지도 알지 못한 채 아름드리나무들 사이를 걸어 다녔다. 얼굴은 화끈거리고, 머릿속은 혼란스러운 생각들로 어지러웠다. 여전히 누이의 손을 잡고 있던 페페는 그녀를 따라가기 위해 조그만 발을 한껏 벌려야 했다. 그녀는 동생의 존재마저 잊은 듯했다. 페페는 숨을 헐떡거리면서 말했다.

"너무 빨리 가지 마, 누나."

그러자 드니즈는 벤치에 앉아 잠시 쉬어 가기로 했다. 지친 아이는 그녀의 무릎에 누워 이내 잠이 들었다. 그녀는 깊은 어둠 속에 잠긴 허공을 응시하면서 순결한 처녀의 가슴에 어린 동생을 꼭 껴안았다. 그리고 한 시간 후 다시 페페와 함께 천천히 미쇼디에르 가로 향할 때는 평소의 차분하고 이성적인 모습으로 돌아와 있었다.

"오, 어떻게 이럴 수가!" 부라는 멀리서 그녀를 알아보자마자 소리쳤다.

"결국 이렇게 되고 말았어. ……그 망할 무레 놈이 이 건물을 사들이고 말았다고."

그는 제정신이 아닌 듯 보였다. 가게 한가운데 서서 진열창을 부숴버리기라도 할 것처럼 거친 몸짓으로 혼자 허우적거리고 있었다.

"아! 이 천하의 불한당 같으니라고! ……과일 장수 그놈이 내게 편지를 보냈어. 내 건물을 얼마에 판 줄 아나? 무려 15만 프랑이야, 원래 시세의 네 배나 받아 처먹은 거라고! 이놈도 뻔뻔하기 짝이 없는 도둑놈인 건 똑같아! ……게다가 더 기막힌 게 뭔 줄 아나? 건물을 새것처럼 수리한 사실을 강조했다는 거야. 그래, 내가 피 같은 내 돈 들여 새걸로 만들어놓은 것을 마치 제 놈이 그런 것처럼 말이지. 그러면서 돈을 더 요구한 거라고……. 놈들이 작당을 해서 날 조롱거리로 만드는 게 아니고 뭐냐고 이게."

그는 자신의 돈으로 도료를 바르고 칠을 한 것이 건물 주인을 덕 보게 했다는 사실에 분노를 감추지 못했다. 이제 무레가 그의 주인이 되었던 것이다. 이제부터는 무레에게 집세를 지불해야만 했다! 부라는 자신이 끔찍이 싫어하는 경쟁자의 집에 세 들어 사는 형국이었다! 그런 생각은 더욱더 그의 분노를 돋우었다.

"난 그놈들이 벽에 구멍을 내는 소리를 다 듣고 있었어. ……이제 그들은 이곳에 와 있는 거야. 내 접시에 담긴 음식마저 모두 먹어치우고 있는 거라고!"

그러면서 그가 주먹으로 계산대를 내려치자 가게 전체가 흔들리면서 우산과 양산이 춤을 추었다.

드니즈는 망연자실하여 한마디도 꺼낼 수 없었다. 그 자리에 꼼짝 않고 선 채 소란이 끝나기만을 기다렸다. 그사이 몹시 지친 페페는 의자 위에서 잠이 들었다. 마침내 부라 영감이 다소 진정한 듯 보이자 그녀는 무례의 전갈을 전하기로 마음먹었다. 노인이 역정이 난 것은 분명하지만, 폭발할 것 같은 분노와 궁지에 몰린 그의 처지가 그로 하여금 순간적으로 제안을 받아들이게 할지도 모르지 않은가.

"그러지 않아도 조금 전에 누굴 만났거든요." 드니즈는 얘기를 시작했다.

"네, 맞아요. '여인들의 행복 백화점'에서 일하는 사람인데요, 이 일에 관해 아주 잘 알고 있더라고요. ……그런데, 내일쯤 그쪽에서 영감님께 8만 프랑을 제안할 거라고 했답니다."

부라는 그녀의 말을 가로막으면서 무시무시한 목소리로 외쳤다.

"8만 프랑! 8만 프랑이라고! ……이젠 100만 프랑을 준대도 절대 안 돼!"

드니즈는 그를 설득하고자 했다. 하지만 그 순간 가게 문이 열리자 멈칫하더니 창백해진 얼굴로 말없이 뒤로 물러섰다. 그녀의 큰아버지인 보뒤가 들어왔던 것이다. 얼굴이 누렇게 뜨고, 늙어 보이는 모습이었다. 그를 보자 한층 더 흥분한 부라 영감은 그의 웃옷 단추를 움켜잡고는 그에게는 말 한마디 할 틈도 주지 않은 채 속사포처럼 쏘아댔다.

"저들이 나한테 감히 얼마를 제안했는지 아시오? 자그마치 8만 프랑이오! 저 도적놈들이 이젠 이 지경까지 온 거요! 내가 나 자신을 한낱 더러운 계집처럼 자신들에게 팔아넘길 거라고 믿다니……. 아! 저놈들이 이 건물을 샀으니 이젠 날 손아귀에 쥐었다고 생각하겠지! 천만에, 이젠 모두 끝났어, 저들은 결코 이곳을 차지하지 못할 것이오! 난 그들의 제안에 응할 수도 있었소. 하지만 이젠 이곳을 저들이 사버렸으니, 어디 한번 여기서 날 내쫓아보라지!"

"그러니까, 그 얘기가 사실인 겁니까?" 보뒤는 느릿한 목소리로 말했다.

"사람들한테서 그 얘길 전해 듣고 직접 확인하러 온 겁니다."

"8만 프랑이라고 했네!" 부라는 거듭 소리쳤다.

"왜 10만 프랑은 아니지? 날 화나게 하는 건 바로 저들의 돈이라고! 내가 자신들의 돈에 현혹되어서 어리석은 짓을 저지를 거라고 믿다니……. 그들은 절대 날 내쫓지 못할 걸세, 맹세코! 절대, 절대로!"

마침내 드니즈는 침묵을 깨고 차분한 표정으로 말했다.

"영감님의 임대차계약이 끝나는 9년 후에는 그 사람들 마음대로 할 수 있겠죠."

그녀는 자신의 큰아버지가 지켜보는 앞에서 노인에게 제안을 받아들일 것을 간청했다. 이제 더 이상의 싸움은 불가능했다. 그는 자신보다 훨씬 더 강력한 힘에 맞서고 있는 것이며, 미치지 않고서야 그와 같은 거액의 제안을 거절할 수는 없었다. 하지만 부라는 여전히 고집스럽게 고개를 저었다. 그로서는 9년 후에 그런 꼴을 보지 않기 위해 그 전에 죽을 수 있기를 바랄 뿐이었다.

"당신도 똑똑히 들었겠지요, 무슈 보뒤? 당신 조카도 그들과 한편이란 말이오. 저놈들이 이 아가씨를 시켜서 날 망치려고 하는 거요. ……자네가 어떻게 저 날강도 같은 놈들과 함께, 오 맙소사!"

그때까지 보뒤는 드니즈를 못 본 척했다. 그러다 그녀가 그의 가게 앞을 지날 때마다 가게 문간에서 일부러 그랬던 것처럼 무심한 몸짓으로 고개를 들었다. 그리고 천천히 몸을 돌려 그녀를 응시했다. 그의 두툼한 입술이 가늘게 떨렸다.

"나도 잘 알고 있습니다." 그는 나지막이 대꾸했다.

그러면서 여전히 그녀에게서 눈길을 떼지 않았다. 드니즈는 가슴이 뭉클해지면서 왈칵 솟구치는 눈물을 애써 억누르고 그를 바라보았다. 그간 많은 어려움을 겪은 탓인 듯 그는 무척 늙어 보였다. 자신의 피붙이를 외면했던 것을 후회하면서 그동안 그녀가 겪었을 고통을 떠올리고 있는지도 몰랐다. 그는 어수선한 중에도 의자 위에서 곤하게 잠든 페페의 모습에 마음이 누그러진 듯 다정하게 말했다.

"드니즈야, 내일 동생을 데리고 우리 집에 저녁을 먹으러 오거라. ……네 큰어머니와 주느비에브가 널 만나면 꼭 그렇게 전하라고 했단다."

얼굴이 발갛게 달아오른 드니즈는 그의 볼에 입맞춤을 했다. 보뒤가 그곳을 떠나려고 하자, 부라는 그들이 화해한 것에 흐뭇해하면서 그를 향해 소리쳤다.

"이 아가씨를 잘 타일러보시오, 근본은 착한 친구니까……. 난, 이 건물이 무너져 내리면 그 밑에 깔려 죽을 거요."

"집들은 이미 무너지고 있습니다, 영감님." 보뒤는 어두운 얼굴로 말했다.

"우린 모두 그 밑에 깔려 죽고 말 겁니다."

제8장

그사이 온 동네는 새로운 오페라*에서 부르스**까지 이어지게
될, 디스 데샹브르라는 이름으로 새로 뚫리는 대로에 관한 얘
기로 떠들썩했다. 수용에 대한 판결이 내려지자마자 두 무리의
철거반이 대로의 양끝에 위치한 건물들을 철거하기 시작했다.
한쪽에서는 루이르그랑 가의 낡은 호텔들을, 또 다른 한쪽에서
는 오래된 보드빌 극장***의 허술한 벽들을 무너뜨렸다. 점점
더 가까이 들려오는 곡괭이 소리에 슈아쾰 가와 미쇼디에르 가
의 주민들은 철거될 건물들을 떠올리며 흥분을 감추지 못했다.
이제 보름도 채 지나지 않아, 도로가 관통해 지나가는 곳의 건
물들이 사라지면서 새로 난 공간에는 요란한 소음과 햇빛이 가

---

*파리 센 강 우안의 오페라 광장에 있는 오페라 극장을 가리킨다. 나폴레옹 3세가
통치하던 1861~1875년 사이에 건축되었으며, 건축가인 샤를 가르니에의 이름을
따서 '오페라 가르니에' 또는 '팔레 가르니에'라고도 불린다. 19세기 말의 부르주아
계층이 선호했던 '제2제정 양식'의 전형이자 완성을 보여주는 대표적인 건축물이다.
**파리 2구의 카르티에 비비엔에 위치한 지금의 '팔레 브롱냐르'를 가리킨다. 1826
년에 개장한 건축물로, 과거에는 '팔레 드 라 부르스'로 불리며 파리의 증권거래소
로 사용되었다.
***1840년에 문을 연 극장으로 증권거래소 맞은편에 위치해 있었다.

득 차게 될 터였다.

하지만 그들 동네를 더욱더 요동치게 한 것은 '여인들의 행복 백화점'이 벌이는 대대적인 공사였다. 대규모의 확장 공사가 끝나면, 미쇼디에르 가와 뇌브생토귀스탱 가 그리고 몽시니가에 위치한 건물 세 곳이 하나로 합쳐져 거대한 백화점으로 재탄생하는 것이었다. 소문에 의하면, 무레는 크레디 이모빌리에의 회장인 아르트만 남작과 계약을 맺고 자신의 백화점 주변 건물들을 몽땅 사들였다. 남작이 장차 그랑 호텔과 경쟁할 건물을 짓고자 하는 디스 데상브르 가의 부지만 그 명단에서 빠져 있었다. 그는 곳곳에서 임대차계약을 다시 사들였고, 그 바람에 상점들은 문을 닫고 세입자들은 다른 곳으로 옮겨 가야 했다. 그 후 텅 비어버린 건물들마다 한 무리의 일꾼들이 석고 가루가 풀풀 날리는 속에서 건물의 보수 공사를 진행했다. 이러한 대혼란 속에서 오직 부라 영감의 비좁은 누옥만이 석공들로 뒤덮인 양쪽 벽의 틈새에 고집스럽게 낀 채 요지부동으로 버텼다.

다음 날, 드니즈가 페페를 데리고 보뒤 큰아버지 집으로 향할 무렵 거리는 구 뒤비야르 호텔 앞에 벽돌을 내려놓는 짐수레들의 행렬로 가로막혀 있었다. 보뒤는 자신의 가게 문간에 서서 생기 없는 눈빛으로 그 광경을 지켜보았다. '여인들의 행복 백화점'이 점점 더 커질수록 '전통 엘뵈프'는 점점 더 쪼그라드는 듯했다. 드니즈가 보기에도, 나지막한 중이층 아래의 진열창은 예전보다 더 짓눌리고 더 시커메진 듯했다. 반원형의 창문은 감옥을 연상시켰고, 낡은 초록색 간판은 습기 때문에 빛깔이 더 바랬으며, 납빛으로 더 쪼그라든 것 같은 건물 앞면에서는 절망이 뚝뚝 묻어났다.

"너희들 왔구나. 조심해라! 저 무지막지한 놈들이 너희들을 덮칠지도 모르니까." 보뒤가 소리쳤다.

가게로 들어가자 드니즈는 또다시 가슴이 미어졌다. 몰락을 앞둔 무기력에 빠져든 그곳은 예전보다 더 어두워 보였다. 텅 빈 구석들마다 암흑의 웅덩이가 패어 있는 듯했다. 판매대와 상자들 위에는 먼지가 수북이 쌓여 있었고, 이제 아무도 건드리지 않는 옷감 더미에서는 지하실의 초석 냄새가 풍겨 나왔다. 보뒤 부인과 주느비에브는 아무도 방해하러 오지 않는 고독한 독방에 있는 것처럼 꼼짝 않고 말없이 계산대를 지키고 있었다. 엄마는 냅킨 가장자리를 둘둘 말고 있었고, 딸은 두 팔을 무릎 위에 축 늘어뜨린 채 눈앞의 허공을 응시했다.

"큰어머니, 안녕하셨어요?" 드니즈가 말했다.

"다시 뵙게 되어서 기뻐요. 제가 잘못한 게 있다면 너그러이 용서해주세요."

보뒤 부인은 몹시 감격해하며 그녀의 볼에 입을 맞추었다.

"가엾은 것, 내가 다른 근심이 없었다면 지금보다 훨씬 더 기쁜 마음으로 널 맞이했을 텐데."

"안녕, 주느비에브." 드니즈는 먼저 주느비에브의 뺨에 입맞춤을 했다.

주느비에브는 막 잠에서 깨어난 것처럼 소스라치며 놀랐다. 그리고 답례로 아무 말 없이 드니즈의 뺨에 입을 맞추었다. 모녀는 작은 두 팔을 내밀고 있는 페페를 품에 꼭 안았다. 이제 완벽한 화해가 이루어졌다.

"자! 벌써 6시군, 다들 식탁에 앉자. 그런데 왜 장은 같이 안 온 거냐?" 보뒤가 물었다.

"올 거예요." 드니즈는 당황하며 조그맣게 대답했다.

"그러지 않아도 오늘 아침에 봤거든요. 그때 꼭 온다고 약속

했는데……. 오! 기다릴 필욘 없어요. 어쩌면 주인어른이 못
가게 붙들었을지도 모르거든요."

그녀는 장이 또 무슨 기막힌 사연을 둘러댈지도 모르니 미
리 변명을 해두는 게 낫겠다고 생각했다.

"그럼 우리끼리 먼저 먹자꾸나." 보뒤가 말했다.

그리고 어두컴컴한 가게 안쪽을 돌아보며 말했다.

"콜롱방, 우리하고 같이 식사를 해도 될 것 같네. 더 이상 올
사람이 없으니까."

드니즈는 그제야 그를 알아보았다. 보뒤 부인은 그녀에게
또 다른 점원과 젊은 여성을 내보내야 했던 그간의 사정을 설
명했다. 장사가 너무나 안되어서 콜롱방만으로도 충분했기 때
문이다. 그마저도 할 일이 없다 보니 축 늘어져 눈을 뜬 채 졸
고 있기가 다반사였다.

해가 긴 여름날인데도 불구하고 비좁은 식당에는 가스등이
타오르고 있었다. 드니즈는 안으로 들어가면서 벽에서 전해지
는 냉기에 어깨를 움츠리며 가볍게 몸을 떨었다. 그곳엔 예전
처럼 방수 천이 깔린 둥근 식탁 위에 식기들이 놓여 있었다. 조
그만 안뜰로 이어지는 어두컴컴하고 좁다란 통로에서 창문을
통해 퀴퀴한 냄새와 희미한 빛이 전해져 왔다. 드니즈는 그 모
든 것들이 '전통 엘뵈프'처럼 예전보다 한층 더 어두운 빛을 띤
채 눈물을 흘리는 것처럼 느껴졌다.

"아버지." 주느비에브는 드니즈에게 미안해하며 말했다.

"창문 좀 닫아도 돼요? 냄새가 나서요."

그는 아무것도 느끼지 못한 듯 그녀의 말에 놀라며 선뜻 대
답을 하지 못했다.

"네가 정 닫고 싶으면 닫으렴." 그는 마지못한 듯 대답했다.

"하지만 숨이 좀 막힐 거다."

과연 그의 말대로 숨이 막혀왔다. 그들은 가족 간의 아주 소박한 식사를 했다. 포타주*를 먹은 후, 가정부가 삶은 고기를 내오자 보뒤는 결국 맞은편 사람들 이야기를 꺼냈다. 그는 처음에는 매우 관대한 모습을 보이면서 드니즈에게 자신과 생각이 달라도 상관없다고 말했다.

"물론, 저 불한당 같은 백화점을 편드는 건 네 자유다. ……각자 생각이 다른 거니까. ……저놈들한테 비열하게 내쫓기고도 아무렇지 않다면, 그건 네가 그들을 좋아할 만한 무슨 대단한 이유가 있어서일 테니까. 그리고 말이다, 네가 그곳으로 다시 돌아간다고 해도 난 조금도 널 원망할 생각이 없다. ……안그래? 여기 있는 그 누구도 널 원망하지 않을 게다."

"오! 그럼요." 보뒤 부인이 조그만 소리로 맞장구를 쳤다.

드니즈는 로비노 앞에서 그랬던 것처럼 차분한 어조로 자신의 생각을 얘기했다. 상업의 필연적인 진화와 새로운 시대의 요구, 백화점들의 거대한 상권, 그 모든 것으로 인해 대중에게 돌아가는 혜택이 증가하는 사실 등에 관한 얘기를 논리적으로 펼쳐나갔다. 눈을 크게 뜨고 입을 꼭 다문 보뒤는 정신적으로 긴장한 모습이 완연한 채 드니즈의 얘기에 귀를 기울였다. 그리고 그녀가 얘기를 모두 마치자 고개를 가로저으며 말했다.

"그런 건 모두 헛소리일 뿐이야. 장사는 그냥 장사일 뿐이라고, 다른 건 있을 수가 없는 거야. ……오! 저들이 성공했다는 건 인정해줄 수 있어, 하지만 그것뿐이야. 난 오랫동안 그들이 망하고 말 거라고 믿어왔지. 그래, 난 그런 날을 기다려온 거

---

*수프의 한 종류. 체에 거른 야채, 생선, 고기, 곡식 따위의 여러 재료로 만든다.

야, 참고 또 참으면서. 그건 너도 잘 알지 않니? 그런데, 그게 아니었어. 요즘은 도둑놈들이 활개 치는 시대인 것 같더구나. 정직하게 일하는 사람들은 거적때기 위에서 굶어 죽고 말이지. ……어쨌거나, 이젠 이 지경까지 오고 말았으니 현실을 인정할 수밖에. 그래, 받아들여야지 어쩌겠나, 맙소사! 받아들여야지……."

그러면서 마음속으로부터 점차 분노가 치밀어 오른 그는 갑자기 포크를 앞으로 휘두르면서 소리쳤다.

"하지만 우리 '전통 엘뵈프'는 결코 물러나지 않을 거라고! ……난 부라 영감한테 이렇게 말했어. '영감님, 당신은 저 엉터리 같은 것들하고 타협을 한 겁니다. 이렇게 천박한 색들로 가게를 엉망으로 만들다니 수치스러운 줄 아십시오'라고."

"애야, 얼른 먹으렴." 보뛰가 그처럼 흥분하자 보뛰 부인이 걱정스러운 얼굴로 끼어들었다.

"아니, 잠깐 기다려. 난 내 조카가 내 삶의 신조를 분명히 알길 원해. ……내 말 잘 들어라, 애야. 난 이 물병과 같아. 여기서 절대 움직이지 않을 거라고. 그들이 성공하는 것처럼 보여도 결국엔 파멸을 자초하게 될 거야! 그러니까 난 끝까지 버틸 거야, 아무리 힘들어도!"

이번에는 가정부가 구운 송아지 고기를 가져왔다. 보뛰는 떨리는 손으로 고기를 잘랐다. 이제 그에게서는 더 이상 예전처럼 정확하게 음식을 나누는 예리한 눈썰미도 권위도 느낄 수 없었다. 그는 자신이 패배자라는 사실을 자각하면서 존중받던 주인으로서의 당당함마저 잃어버렸다. 그러자 폐폐는 큰아버지가 화가 난 줄 알고 울음을 터뜨렸고, 보뛰는 즉시 디저트와 자신의 접시 앞에 놓여 있던 비스킷을 줘서 아이를 달래야 했다. 이제 보뤼는 목소리를 낮춰 화제를 바꾸었다. 그는 잠시 철거에 관해 언급하면서 디스 데샹브르 가를 새로 내는 데 찬성의 뜻을 표했다. 길이 새로 뚫리면 동네 상권 확장에 도움이 될 수 있을 것이기 때문이었다. 하지만 그는 이내 '여인들의 행복 백화점' 얘기로 되돌아갔다. 마치 병적인 강박관념에 사로잡힌 것처럼 그의 이야기는 언제나 그리로 통했다. 사방에 석고 가루가 풀풀 날리고, 건축 자재를 실은 짐수레들이 길을 가로막기 시작한 후부터 그의 가게에는 사람들의 발길이 뚝 끊겨버렸다. 어쨌든 무조건 큰 것만 좋아하다가는 우스꽝스러운 일이 벌어질 수도 있는 것이다. 고객들이 그 속에서 길이라도 잃으면 어쩌려고 그러는가. 그럴 바엔 왜 아예 레 알*처럼 거대하게 만들지는 못하는가? 그는 아내의 애원하는 눈빛과 얘기를 자제하고자 하는 스스로의 노력에도 불구하고, 공사 문제에서 이번에는 백화점의 매상 문제로 넘어갔다. 정말 기막히지 않은가? 그들은 4년도 채 안 되어 그 숫자를 다섯 배로 불렸다. 그전에는 800만 프랑이었던 연간 총매출액이, 마지막 재고 조사에 의하면 무려 4천만 프랑으로 불어난 것이다. 이건 한마디로 미쳤다고밖에 달리 표현할 길이 없었다. 이런 일은 전례가 없는 것으로, 이제 거기에 맞서서 싸운다는 것은 아무런 의미가 없었다. 그러면서도 그들은 계속 몸집을 키워나갔고, 이제 1천여 명의 직원들과 28개의 매장을 보유하고 있었다. 무엇보다 그를 분노케 한 것은 28개라는 매장의 숫자였다. 물론 그중에는 하나의 매장을 둘로 나눈 것들도 있지만, 나머지 매장들은 완전히 새로운 것들이었다. 한 예로, 가구 매장과 잡화 매장이

---

*졸라의 '루공-마카르' 총서의 세 번째 작품인 《파리의 배 속》의 배경이 된 거대한 중앙 시장으로, 1971년 철거돼 파리 외곽의 렁지스로 이전되었다.

라는 게 있다. 이런 게 이해가 되는가? 잡화를 파는 매장이라니! 그들은 정말 자존심도 없는 사람들이 아닌가 말이다. 그러다간 나중엔 백화점에서 생선까지 팔게 될지도 모를 일이었다. 보뒤는 드니즈의 생각을 존중해주는 척하면서, 실은 그녀에게 자신의 생각을 강요하고 있었다.

"솔직히 말해서, 난 네가 그런 사람들을 편든다는 게 도무지 이해가 안 되는구나. 내가 명색이 나사를 파는 사람인데, 여기다 냄비를 갖다 놓고 판다는 게 말이 된다고 생각하니? 안 그래? 그랬다간 너도 날 보고 미쳤다고 하겠지. ⋯⋯적어도 내 앞에서는, 저들을 대단하게 생각하지는 않는다고 솔직하게 말하려무나."

드니즈는 이성적으로 그를 설득하는 게 불가능하다는 것을 깨닫고 어색한 웃음을 지어 보이는 것으로 대답을 대신했다. 보뒤는 아랑곳하지 않고 얘기를 계속했다.

"그래 좋아, 난 네가 그들 편이라는 걸 잘 안다. 그러니까 더 이상 서로 그런 얘긴 하지 말도록 하자. 우리가 또다시 반목할 필욘 없을 테니까. 저것들이 내 가족과 나 사이까지 끼어드는 꼴은 난 절대로 못 본다! ⋯⋯그리고 네가 원하면 저들한테로 다시 가도 좋다. 하지만 앞으로는 절대 그놈들 얘기로 내 신경을 건드리지 마라, 알겠니?"

그리고 침묵이 이어졌다. 그가 예전에 보여주었던 과격함은 이제 열에 들뜬 듯한 체념으로 수그러들어 있었다. 가스등이 뿜어내는 열기가 비좁은 식당을 채워 모두들 숨막혀하자, 가정부는 다시 창문을 열어야 했다. 조그만 안뜰에서 풍겨오는 습한 악취가 식탁 위로 내려앉았다. 가정부가 감자튀김을 내오자 모두들 한마디도 하지 않은 채 천천히 덜어 먹었다.

"그래, 저 둘을 좀 보렴." 보뒤는 들고 있던 나이프로 주느비에브와 콜롱방을 가리키며 다시 얘기를 시작했다.

"저 아이들한테 네 '여인들의 행복 백화점'을 좋아하는지 물어보거라."

콜롱방과 주느비에브는 12년 전부터 하루에 두 번씩 어김없이 만나서는 똑같은 자리에 나란히 앉아 절도 있는 몸짓으로 식사를 했다. 그들은 서로 한마디도 하지 않았다. 그는 사람 좋아 보이는 표정을 애써 과장하며, 축 처진 눈꺼풀 아래로 내면에서 끓어오르는 불꽃을 감추고 있는 것 같았다. 그녀는 지나치게 무거운 머리 때문인 듯 고개를 자꾸만 숙이면서 은밀한 고통으로 황폐해진 자신을 감추려는 듯했다.

"작년은 아주 힘든 한 해였지." 보뒤는 그들 얘기를 계속했다.

"그래서 두 사람의 결혼식을 또다시 미뤄야만 했어. ……그래, 재미 삼아 어디 한번 저 아이들한테 네 친구들을 어떻게 생각하는지 물어보란 말이다."

드니즈는 그의 마음을 편하게 해주기 위해 두 사람에게 질문을 했다.

"난 그 사람들을 좋아하지 않아, 드니즈." 주느비에브가 대답했다. "하지만 걱정 마, 다른 사람들도 다 나처럼 생각하는 건 아니니까."

그러면서 주느비에브는 골똘히 생각에 잠긴 듯한 얼굴로 빵의 속살을 말고 있는 콜롱방을 돌아보았다. 그는 자신의 얼굴로 향하는 그녀의 눈길을 느낀 듯 느닷없이 거친 말들을 뱉어냈다.

"더러운 백화점 놈들! ……모두가 하나같이 비열하기 짝이 없는 치들이야! ……아무튼, 저놈의 백화점은 동네에 화근이 될 뿐입니다!"

"들었지! 너도 분명히 들었지!" 보뒤는 환해진 얼굴로 소리 쳤다.

"그들이 절대로 매수하지 못할 사람이 여기 있었던 거야! ……장하네! 자넨 진정한 사낼세. 자네처럼 올바른 생각을 지 닌 청년은 앞으로 어디서도 찾지 못할 걸세!"

하지만 주느비에브는 어둡고 슬픔이 가득한 얼굴로 콜롱방 에게서 시선을 떼지 못했다. 그녀가 자신의 마음속까지 꿰뚫어 보는 듯하자 당황한 콜롱방은 더 심한 독설을 퍼부어댔다. 그 들 맞은편에 앉아 있던 보뒤 부인은 불안한 눈빛으로 말없이 두 사람을 번갈아 바라보았다. 마치 그들에게서 새로운 불행의 싹을 감지한 듯했다. 얼마 전부터 딸의 얼굴에 가득한 슬픔은 그녀를 두렵게 했다. 딸이 죽어가고 있음을 느꼈기 때문이다.

"가게가 비어 있잖아." 그녀는 언쟁을 끝내기 위해 식탁에서 일어서면서 말했다.

"가봐요, 콜롱방, 누가 온 것 같아."

모두들 식사를 마치고 자리에서 일어났다. 보뒤와 콜롱방은 주문을 받으러 온 중개인과 얘기를 하러 갔다. 보뒤 부인은 페 페를 데리고 가 그림책을 보여주었다. 가정부는 재빨리 식탁을 치웠고, 드니즈는 창가에서 조그만 뜰을 응시하면서 잠시 생각 에 잠겼다. 그러다 뒤를 돌아보자, 주느비에브가 여전히 식탁 에 앉은 채 행주질 때문에 아직 젖어 있는 방수 천을 뚫어지게 바라보는 게 보였다.

"혹시 어디가 아픈 거야?" 드니즈가 물었다.

주느비에브는 아무런 대꾸 없이 방수 천의 찢어진 틈을 고 집스럽게 살폈다. 내면에서 끊임없이 꿈틀거리는 어떤 생각에 푹 빠져 있는 듯했다. 그러다 힘겹게 고개를 든 그녀는 자신을 걱정스럽게 내려다보는 다정한 얼굴과 마주쳤다. 다른 사람들은 모두 가버린 건가? 그런데 자신은 이 의자에 앉아서 뭘 하고 있는 거지? 울컥 눈물이 솟구치면서 목이 멘 주느비에브는 식탁 끝에 머리를 떨군 채 눈물에 소맷자락이 흠뻑 젖도록 흐느꼈다.

"맙소사! 왜 그래?" 당황한 드니즈가 소리쳐 물었다.

"누굴 불러올까?"

주느비에브는 신경질적으로 드니즈의 팔을 붙잡았다. 그리고 그녀를 붙든 채 더듬더듬 말했다.

"아니, 안 돼, 그냥 있어. ……절대 엄마가 알면 안 돼! ……넌 알아도 상관없지만. 하지만 다른 사람은 아무도 알아서는 안 돼, 절대로 안 된다고! ……이러려던 건 아닌데, 정말이야. 내 곁엔 아무도 없는 것 같아서……. 잠깐만, 이젠 괜찮아, 이제 울지 않을 거야."

그리고 이내 다시 흐느끼면서 가냘픈 몸을 마구 떨었다. 그러자 새카만 머리 타래가 주느비에브의 목덜미를 짓누르는 듯 보였다. 그녀가 두 팔에 얼굴을 기댄 채 아픈 머리를 비벼대자, 핀 하나가 빠지면서 무성한 머리카락이 목덜미로 흘러내렸고, 그녀는 캄캄한 암흑 속으로 묻혀버렸다. 그사이 드니즈는 다른 사람들이 눈치채지 못하도록 조용히 그녀를 진정시키고자 했다. 주느비에브의 드레스 후크를 끄르던 드니즈는 고통으로 인해 야윌 대로 야윈 그녀의 몸을 확인하고는 안타까움을 금치 못했다. 주느비에브의 가슴은 빈혈에 잠식당한 처녀의 소멸을 보여주듯 어린아이의 가슴처럼 납작해져 있었다. 드니즈는 주느비에브의 기를 빨아먹고 자라는 것 같은 머리를 두 손 가득 움켜쥐었다. 그리고 그녀가 좀 더 편하게 숨을 쉴 수 있는 공간을 만들어주기 위해 머리를 굵게 땋았다.

"고마워, 넌 정말 친절하구나." 주느비에브가 말했다.

"아! 내가 좀 마르긴 했지? 예전엔 이렇지 않았는데, 이젠 모두 지난 얘기지만⋯⋯. 후크를 다시 채워줘, 엄마가 내 어깨를 보면 안 되니까. 될 수 있는 대로 감추고 있거든. ⋯⋯오, 맙소사! 죽을 것 같아, 정말 죽을 것 같아."

잠시 후 다소 진정이 된 주느비에브는 의자에 축 늘어진 채 자신의 사촌을 뚫어지게 바라보았다. 그리고 한동안 침묵이 흐른 후 드니즈에게 물었다.

"사실대로 말해줘, 그이가 그 여자를 사랑하는 거야?"

드니즈는 얼굴이 화끈거렸다. 주느비에브가 콜롱방과 클라라 얘기를 하고 있음을 너무나 잘 알고 있기 때문이었다. 하지만 드니즈는 놀라는 시늉을 하면서 되물었다.

"지금 누구 얘길 하는 거야?"

주느비에브는 다 알고 있다는 표정으로 고개를 저으며 말했다.

"제발 부탁인데, 나한테 거짓말할 생각일랑 하지 마. 부디 내가 진실을 알 수 있도록 도와달란 말이야. ⋯⋯넌 분명 알고 있을 거야, 틀림없이. 그래, 넌 그 여자와 같은 데서 일했잖아. 그리고 난, 콜롱방이 널 뒤따라가서 네게 무슨 얘긴가를 소곤거리는 걸 똑똑히 봤어. 너한테 그 여자에게 무슨 말인가를 전해달라고 부탁을 한 게 분명해. 아니야? ⋯⋯오! 제발 내게 진실을 말해줘, 그럼 내 마음이 한결 나아질 거야."

드니즈는 이제껏 이처럼 당혹스러웠던 적이 없었다. 그녀는 아무런 대꾸도 할 수 없었다. 주느비에브는 늘 침묵을 지키면서도 모든 걸 알고 있는 듯했다. 하지만 드니즈는 용기를 내서 다시 한 번 더 그녀를 속이기로 했다.

"하지만 그가 좋아하는 사람은 너라고!"

그러자 주느비에브는 체념한 듯한 몸짓으로 말했다.

"됐어, 사실대로 말해주기 싫은 것 같으니까……. 게다가 아무래도 상관없어. 내가 그들을 봤으니까. 콜롱방은 수시로 밖으로 나가서 그 여자를 쳐다봤어. 그 여자는 위에서 내려다보면서 천박하게 웃고 있었고……. 물론 두 사람은 밖에서도 만났겠지."

"아니, 그건 아니야. 그건 절대로 아니야!" 드니즈는 그녀에게 적어도 이런 위안만이라도 주고 싶다는 생각으로 자신이 했던 말을 잊은 채 소리쳤다.

주느비에브는 크게 심호흡을 했다. 그리고 옅은 미소를 띤 채 회복기의 환자처럼 가냘픈 목소리로 말했다.

"물 좀 한 잔 갖다 줄 수 있어? ……미안해, 귀찮게 해서. 저기, 찬장에 있어."

주느비에브는 물병을 움켜쥐더니 큰 잔에 물을 따라 단숨에 마셔버렸다. 그러면서 탈이 나지 않을까 염려하는 드니즈를 손짓으로 비켜나게 했다.

"아니, 괜찮아, 내버려둬. 난 항상 목이 마르거든! ……밤에 자다가도 일어나서 마시는데 뭐."

또다시 침묵이 이어졌다. 잠시 후 주느비에브는 차분한 목소리로 다시 얘기를 시작했다.

"10년 전부터 내가 이 결혼을 얼마나 기다려왔는지 넌 모를 거야. 난 짧은 드레스를 입었을 때부터 콜롱방을 내 남자로 생각해왔어. ……그래서 어떻게 여기까지 왔는지 잘 기억나지도 않아. 우린 그냥 죽 함께 살아오면서, 이곳에 갇혀 지내다시피 한 채 늘 서로의 옆에 나란히 앉아 있었지. 그러면서 서로 다른 데 한눈파는 일도 없었어. 그래서 난 때가 되기도 전에 그를 내 남편으로 생각했던 거야. 내가 그 사람을 진정으로 사랑했는지 그런 건 잘 몰라. 난 어느새 그의 아내가 되어 있었으니까. 그런데 지금, 그가 다른 여자랑 가버리려고 하고 있는 거야. 오! 세상에! 심장이 갈기갈기 찢겨 나가는 것 같아. 지금까지 이렇게 고통스러웠던 적은 없었어. 가슴과 머리가 터져버릴 것만 같아. 아니, 온몸이 너무나 아파. 이러다 죽어버릴 것만 같아."

주느비에브는 눈에 눈물이 그렁그렁 고였다. 드니즈 역시 안타까운 마음에 눈꺼풀이 축축하게 젖은 채 그녀에게 물었다.

"큰어머니도 무언가 알고 계신 거야?"

"응, 엄마도 벌써 눈치채신 것 같아. ……아버지는 걱정이 너무 많다 보니, 이 결혼을 미루는 게 날 얼마나 고통스럽게 하는지 깨닫지 못하셔. ……엄마는 나한테 이것저것 자꾸 물어보시더라고. 내가 점점 더 마르는 것 같아서 걱정이 많으시거든. 엄마 자신도 늘 아프니까 나한테 종종 이렇게 얘기하시지. '불쌍한 내 딸, 내가 널 이렇게 약하게 낳아놔서 정말 미안하구나.' 게다가 이곳에서는 제대로 자라기도 힘들어. 하지만 엄마가 보기에 아무리 그래도 내가 너무 마르는 것 같으니까……. 내 팔을 좀 봐, 이게 어디 정상으로 보여?"

주느비에브는 떨리는 손으로 다시 물병을 집어 들었다. 드니즈는 그녀가 물을 그만 마시도록 말리고자 했다.

"괜찮아, 목이 너무 말라서 그래. 신경 쓰지 마."

그때 가게 앞쪽에서 큰 소리로 말하는 보뒤의 목소리가 들려왔다. 충동을 참지 못한 드니즈는 바닥에 꿇어앉아 동기간의 정을 담아 두 팔로 주느비에브를 껴안았다. 그리고 그녀의 뺨에 입맞춤을 하면서, 모든 게 다 잘될 거라고 장담하듯 말했다. 콜롱방과 결혼을 하고 병도 나아 행복하게 살 수 있을 것이라며 그녀를 위로했다. 그리고 얼른 다시 몸을 일으켰다. 보뒤가 그녀를 부르고 있었기 때문이다.

"장이 왔다, 얼른 나와보렴."

정말 장이 와 있었다. 그는 저녁 시간에 맞춰 황망하게 오는 길이었다. 벌써 8시가 넘었다고 얘기하자, 그는 입을 벌린 채 멍한 표정을 지어 보였다. 그럴 리가 없다. 그는 주인집에서 곧장 이리로 온 참이었다. 그러자 다들 뱅센 숲에서 노닥거리다 왔나 보다며 그를 놀려댔다. 장은 누이 곁으로 와서는 조그맣게 속삭였다.

"내가 만나는 세탁부 여자가 세탁물을 다시 갖다 주러 가는 길이야. ……밖에 서 있는 삯마차에서 기다리고 있어. 얼른 100수만 좀 줘."

그리고 잠시 밖으로 나갔다가 다시 돌아와 식사를 했다. 보뒤 부인은 그에게 수프라도 먹여 보내야 한다며 극구 그를 붙들었다. 다시 나타난 주느비에브는 늘 그렇듯이 그 자리에 없는 듯한 얼굴로 말없이 자리를 지켰다. 콜롱방은 판매대 뒤에서 꾸벅꾸벅 졸았다. 저녁 시간은 그렇듯 우울하고 느릿하게 흘러갔다. 텅 빈 가게를 끝에서 끝으로 반복해서 오가는 보뒤의 발소리만이 그 시간에 약간의 활기를 부여해주었다. 단 하나의 가스등만이 불을 밝히고 있는 그곳에 나지막한 천장으로부터 어둠이 무덤의 시커먼 흙덩어리들처럼 우르르 쏟아져 내렸다.

그렇게 여러 달이 흘러갔다. 드니즈는 거의 매일 주느비에브의 기운을 북돋아주기 위해 잠깐씩이라도 그곳에 들렀다 가곤 했다. 하지만 보뒤 가족의 고통은 나날이 커져만 갔다. 맞은편에서 벌어지고 있는 공사는 그들에게는 끊임없이 불운을 일깨우는 고문 행위와도 같았다. 그들이 잠시 희망에 설레며 기대하지 않았던 기쁨으로 들떠 있을 때에도, 벽돌 더미를 부리는 요란한 소리나 돌 깎는 인부의 톱질 소리, 석공이 누군가를 부르는 소리는 그 즉시 그들에게 또다시 좌절감을 안겨주기에 충분했다. 게다가 그로 인해 온 동네가 들썩거렸다. 세 군데의 길을 가로막은 채 죽 둘러쳐진 나무판자 울타리 안쪽으로부터 열띤 움직임들과 부산함이 흘러나왔다. 건축가는 기존에 있던 건물들을 이용하면서도 건물 사방을 터서 새롭게 꾸몄다. 그 가운데에 난 너른 공간에는 교회만큼 거대한 갤러리를 조성했고, 뇌브생토귀스탱 가에 면해 있는 건물 정면 중앙에 주 출입구를 냈다. 그들은 무엇보다 시하층을 만드는 데 있어 커다란 어려움에 직면했다. 하수구로부터 물이 새어 들어오고, 객토(客土)에 인간의 뼈가 가득 들어 있었기 때문이다. 그런 다음, 우물을 뚫는 일은 인접한 주민들에게 크나큰 불안감을 안겨주었다. 지하 100미터 깊이로 파들어 간 우물에서는 분당 500리터의 물이 쏟아져 나올 것으로 기대되었다. 이제 건물 벽들은 2층 높이까지 올라와 있었다. 비계(飛階)*와 탑처럼 생긴 골조는 마치 섬 전체를 에워싸고 있는 듯했다. 건축용 석재들을 들어 올리는 윈치가 삐걱거리는 소리와 금속으로 된 바닥재들을 급작스럽게 내려놓는 소리, 곡괭이와 망치 소리를 동반한 일꾼들의 외침이 끊임없이 들려왔다. 하지만 무엇보다, 멈출 줄 모

*건축 공사 때에 높은 곳에서 일할 수 있도록 설치하는 임시 가설물로, 재료 운반이나 작업원의 통로 및 작업을 위한 발판이 된다.

르는 기계들의 진동이 주민들의 귀를 먹먹하게 했다. 또한 증기로 움직이는 기계들이 내는 날카로운 휘파람 소리가 허공을 찢으며 멀리까지 퍼져 나갔다. 게다가 조금만 바람이 불어도 구름 같은 석고 가루가 사방으로 흩날리면서 새하얀 눈처럼 인접한 지붕들 위로 내려앉았다. 보뒤 가족은, 석고 가루가 꼭꼭 닫아놓은 문틈마저 통과해 가차 없이 사방으로 스며들어, 가게에 쌓아놓은 천들 위로 내려앉은 다음 자신들의 침대에까지 파고드는 것을 막막한 심경으로 지켜보아야 했다. 그러면서 어쩔 수 없이 그 먼지를 들이마셔야 하고, 결국은 그로 인해 죽게 될 것이라는 생각은 그들로 하여금 하루하루를 더욱더 고통스럽게 느껴지도록 했다.

게다가 시간이 갈수록 상황은 더욱더 나빠졌다. 9월이 되자, 약속한 기한 내에 공사를 끝내지 못할 것을 우려한 건축가는 밤에도 일을 하기로 결정했다. 그리하여 강력한 빛을 발하는 전등*이 설치되었고, 소란은 밤까지 이어졌다. 일꾼들이 계속 교체되면서 망치질 소리가 끊이지 않았고, 기계들은 쉬지 않고 휘파람 소리를 뱉어냈다. 그들은 낮에 그랬던 것처럼 여전히 큰 소리로 외치면서 석고 가루 먼지를 일으켜 사방으로 퍼뜨렸다. 그러자 신경이 예민해질 대로 예민해진 보뒤 가족은 밤에도 잠자는 것을 포기해야만 했다. 침실에서조차 진동이 느껴지면서 기진맥진한 그들에게 밤에 들려오는 소음은 악몽 그 자체였다. 때로 열을 식히기 위해 잠자리에서 일어나 맨발로 커튼을 열어젖힐 때면, 그들은 눈앞에 보이는 광경에 경악을 금치 못했다. 칠흑 같은 어둠 속에서 '여인들의 행복 백화점'이 거대

*프랑스에서 전등이 처음 설치된 곳은 루브르 그랑 호텔이었다.

한 대장간처럼 환히 불타오르고 있었던 것이다. 그들은 그 속에서 자신들의 파국이 머지않았음을 확인할 수 있었다. 반쯤 올라간 벽들 한가운데 설치된 전등들이 커다랗게 뚫린 구멍으로 눈부신 푸른빛을 멀리까지 쏘아 보냈다. 그리고 새벽 2시, 3시, 4시를 알리는 종이 차례로 울렸다. 온 동네 사람들이 고통스러운 불면의 밤을 보내는 동안, 달빛 같은 조명으로 더 커 보이는 작업장이 거대하고 환상적인 모습을 띠는 가운데, 새로 올라간 순백색 벽들 위로 시커먼 그림자들과 분주하게 움직이는 일꾼들의 모습이 비쳤다.

보뒤가 이미 예고했던 대로, 인접한 거리의 소상인들 또한 엄청난 타격을 받았다. '여인들의 행복 백화점'이 새로운 매장을 열 때마다 주변 상점들이 하나둘씩 문을 닫았다. 재앙이 점차 멀리까지 퍼져 나감에 따라, 오랜 전통을 자랑하던 상점들마저 더 이상 견디지 못하고 무너져 내리는 소리가 들려왔다. 파사주 슈아쐬에 있는 란제리 가게의 마드무아젤 타탱은 파산을 선언했다. 장갑을 파는 키네트는 잘해야 앞으로 6개월을 버티기가 힘들 터였다. 모피상을 하는 방푸유 형제는 가게의 일부를 다른 사람에게 재임대해야만 했다. 편물점의 베도레와 그의 누이가 가이용 가에서 아직 버티고 있는 것은, 그나마 예전에 모아두었던 돈이라도 까먹을 수 있었기 때문이었다. 그리고 이제, 오래전부터 문을 닫을 것으로 예상되었던 상점들을 필두로 다른 곳들도 줄줄이 파산 대열에 동참하게 될 것이었다. 백화점에 새로 문을 연 잡화 매장은 생로크 가의 뚱뚱한 다혈질의 잡화점 주인 델리니에르의 목줄을 죄어왔다. 가구 매장은 피오와 리부아르에게 타격을 입혀, 파사주 생탄에 있는 그들의 상점들은 매일 파리를 날리다시피 했다. 주위에서는 잡화점 주인이 혈압이 올라 쓰러지지나 않을까 염려할 정도였다. 그는 '여인들의 행복 백화점'에서 자기가 파는 것과 똑같은 지갑을 30프로나 싸게 파는 것을 보고 길길이 날뛰었다. 그보다는 좀더 침착해 보이는 가구 상인들은 나사나 팔던 판매원들이 테이블과 옷장을 판다는 사실에 코웃음을 치는 척했다. 하지만 고객들은 이미 그들을 떠났고, 백화점 가구 매장은 대성공을 거두었다. 이제 모든 게 끝났음을 인정하고 대세에 굴복해야만 했다. 이들 외에도 앞으로 또 다른 상인들이 가게 문을 닫게 되리라는 것은 자명한 사실이었다. 이러다가는 머지않아 구역의 소상인들의 씨가 마르고 말 것이었다. 모두들 언젠가는 '여인들의 행복 백화점'이 구역 전체를 몽땅 집어삼키고 말 것이라고들 수군거렸다.

이제, 1천 명 가까운 직원들이 아침저녁 출퇴근 시마다 가이용 광장까지 길게 줄을 늘어서면, 지나가던 행인들은 걸음을 멈추고 마치 군대의 연대 행렬을 구경하듯 그들을 지켜보았다. 그럴 때마다 10여 분간 보도가 마비되다시피 했다. 그러면 주변 상점의 주인들은 문 앞에 선 채 그 광경을 지켜보며, 하나 남은 점원마저 먹여 살리기 힘든 자신들의 처지를 떠올리고는 한숨지었다. 백화점의 마지막 재고 조사 때 총매출액이 4천만 프랑에 이르는 것으로 밝혀지자 인근의 상점 주인들은 경악을 금치 못했다. 소문은 놀라움과 분노의 외침 속에서 입에서 입으로 빠르게 퍼져 나갔다. 4천만 프랑이라고! 자신들은 감히 꿈도 꾸어보지 못할 어마어마한 숫자가 아닌가? 물론, 막대한 경상비와 그들의 박리다매 시스템을 감안하면 순이익은 기껏해야 그것의 4프로 정도에 그칠 터였다. 하지만 그렇다고 해도 160만 프랑의 순이익은 엄청난 돈이었고, 그와 같은 거대 자본으로 사업을 할 때는 4프로의 순이익만으로도 충분히 만족할 수 있었다. 사람들은 무레의 초기 자본이던 50만 프랑이, 매년 이익금이 더해져 지금은 400만 프랑으로 불어나 있을 것으로 추측했다. 그것은 매장의 물품을 열 번쯤 회전시킨 금액이었다. 식사 후 드니즈 앞에서 계산에 열을 올리던 로비노는 압도된 표정으로 한동안 아무 말 없이 자신의 빈 접시를 내려다보았다. 그녀의 말이 옳았던 것이다. 자신들이 결코 따라잡을 수 없는, 새로운 상업이 지닌 강력한 힘은 바로 그렇게 끊임없이 자본을 굴리는 데서 비롯된 것이었다. 오직 부라 영감만이 계속해서 그 사실을 부인하면서, 꽉 막힌 벽창호처럼 고집스럽게 버티고 있을 뿐이었다. 저들은 도적놈들과 조금도 다를 바 없었다! 거짓말을 밥 먹듯이 하는 데다, 어느 날 아침 시궁창에서 얼마든지 건질 수 있는 엉터리 사기꾼들에 불과했다!

그사이 보뒤 가족은 '전통 엘뵈프'의 운영 방식을 조금도 바꾸지 않겠다는 공언에도 불구하고 경쟁에서 살아남기 위한 시도를 해나갔다. 고객들이 더 이상 그들을 찾지 않았으므로, 이젠 중개인을 내세워 그들이 고객을 찾아 나서기로 했다. 당시 파리 광장에는 명성 있는 재단사들과 연줄이 있는 중개인이 있었다. 그는 마음만 먹으면 나사와 플란넬을 판매하는 조그만 상점들을 위기에서 구할 수도 있었다. 그러다 보니 당연히 모두들 먼저 그를 차지하려고 서로 다투었고, 그는 몹시 중요한 사람처럼 어깨에 힘을 주고 다녔다. 그와 홍정을 끝낸 보뒤는 어느 날 그가 크루아데프티샹 가의 마티뇽 일가와 거래를 하려는 것을 알게 되었다. 그 후 또 다른 두 명의 중개인에게 차례로 사기를 당했고, 세 번째로 만난 중개인은 무능했다. 그렇게 그들은 강력한 충격 없이 서서히 죽어갔다. 고객들이 하나둘 떨어져 나가면서 빈 가게를 지키는 날이 늘어갔다. 그러다 어느 순간부터 갚지 못한 어음들이 쌓이기 시작했다. 그때까지는 그동안 저축해놓은 돈으로 버텼지만 이제부터는 빚으로 살아가야 할 판이었다. 12월이 되자, 갚아야 할 약속어음의 액수에 놀란 보뒤는 눈물을 머금고 가장 잔인한 희생을 감수하기로 했다. 랑부예의 시골집을 처분하기로 마음먹은 것이다. 그때까지 끊임없이 수리를 하느라 수많은 돈을 쏟아부은 집이었다. 게다가 그 돈을 회수하기 위해 세를 놓았지만 세입자들은 집세를 내지 않았다. 시골집을 판 것은 그의 삶의 유일한 꿈을 죽인 것과 마찬가지였다. 그는 소중한 사람을 잃은 것처럼 가슴으로 피눈물을 흘렸다. 게다가 지금까지 20만 프랑이 넘는 돈이 들어간 집을 고작 7만 프랑에 넘겨야 했다. 그나마 이웃에 있는 롬므 가족에게 팔 수 있었던 것을 다행으로 여겨야 했다. 그들은 자신들의 영역을 넓히고자 그 집을 인수하기로 마음먹었던 것이다. 그 7만 프랑은 보뒤 가족을 한동안 버틸 수 있게 해줄 터였다. 보뒤는 지금까지의 패배에도 불구하고 다시 싸워보고 싶다는 욕구가 마음속에 꿈틀거리는 것을 느꼈다. 어쩌면 이제부터라도 전략을 잘 세우면 이길 수 있을지도 모르지 않은가.

롬므 가족이 돈을 건네주기로 한 일요일, 그들은 '전통 엘뵈프'에서 다 함께 저녁 식사를 하기로 했다. 오렐리 부인이 첫 번째로 도착했다. 수석 계산원인 롬므는 오후 내내 음악에 정신이 팔려 뒤늦게 허둥지둥 모습을 나타냈다. 그들의 아들 알베르는 초대에는 응했지만 끝내 나타나지 않았다. 게다가 그것은 보뒤 가족에게는 고통스러운 저녁 시간이었다. 환기도 안 되는 비좁은 식당에서만 갇혀 지내다시피 한 그들은 자유분방한 삶을 사는 롬므 부부가 몰고 온 돌풍의 여파로 힘겨워했다.

오렐리 부인의 위풍당당한 태도에 주눅이 든 주느비에브는 식사 시간 내내 한마디도 하지 않았다. 콜롱방은 오렐리 부인이 클라라를 부리고 있다는 생각에 몸을 떨면서 존경스러운 눈빛으로 그녀를 바라보았다.

밤이 되자, 이미 잠자리에 든 아내와 달리 잠을 이룰 수 없었던 보뒤는 한참 동안 방 안을 서성였다. 날씨는 포근한 편이었고, 얼음이 녹을 때와 같은 축축함이 느껴졌다. 창문을 닫고 커튼을 쳐놓았음에도 불구하고 바깥의 맞은편 공사장으로부터 우르릉거리는 기계 소리가 들려왔다.

"내가 지금 무슨 생각을 한 줄 알아, 엘리자베스?" 보뒤는 혼잣말처럼 중얼거렸다.

"이런 생각을 하고 있었어! 롬므 일가가 아무리 돈을 많이 벌어도 난 그 사람들이 하나도 부럽지 않다고……. 그들이 성공했다는 건 나도 인정해. 그 부인이 하는 말 들었지? 올 한 해 동안에만 2만 프랑이나 벌었다고. 그래서 그 돈으로 불쌍한 내 집을 살 수 있었던 거라고. 하지만 그런 게 다 무슨 소용이냔 말이지! 난 내 피 같은 집을 잃었지만, 적어도 부인이라는 여자가 다른 사람들이랑 흥청망청 어울려 다니는 동안, 음악을 한답시고 황금 같은 주말을 홀로 보내는 짓 같은 건 안 하잖아. ……그래, 그 사람들은 결코 행복할 수가 없다니까, 절대로."

그는 자신이 치러야 했던 희생으로 인한 고통에서 아직 헤어나지 못하고 있었다. 또한 자신의 꿈을 사들인 사람들에 대한 원망을 깊이 간직했다. 그는 침대로 다가가서는 아내를 굽어보며 손짓으로 무슨 말인가를 했다. 그러다 창가로 되돌아가서는 잠시 아무 말 없이 작업장에서 들려오는 요란한 소리들에 귀를 기울였다. 그리고 또다시 새로운 시대에 대한 해묵은 비난과 절망적인 푸념을 늘어놓기 시작했다. 어떻게 이런 일이 있을 수 있는가. 점원이 가게 주인보다 돈을 더 많이 벌다니. 게다가 한낱 계산원이 가게 주인의 집을 사들이는 게 말이 되는가. 이젠 모든 게 끝이었다. 가족은 더 이상 존재하지 않았고, 사람들은 집에서 한데 모여 제대로 된 식사를 하는 대신 호텔에서 지내며 떠돌이 같은 생활을 했다. 마지막으로 그는 젊은 알베르가 천박한 여배우들하고 놀아나다가 랑부예의 집을 말아먹고 말 것이라고 예견하면서 장황한 넋두리를 끝냈다.

보뒤 부인은 베갯잇 색을 닮은 창백한 얼굴로 똑바로 누운 채 그의 말을 듣고 있었다.

"하지만 그 사람들이 당신한테 돈을 줬잖아요." 그녀는 그의 말에 부드럽게 응수했다.

그러자 보뒤는 아무런 대꾸도 하지 못하고 시선을 아래로 향하며 잠시 서성였다. 그리고 다시 얘기를 이어갔다.

"그래 맞아, 그들이 내게 돈을 줬지. 어쨌거나, 그 사람들 돈도 다른 사람들 돈이랑 똑같이 좋은 건 사실이지. ……우리 가게를 그들 돈으로 다시 일으켜야 한다는 게 참으로 기가 막히는군. 아! 내가 이렇게 늙고 기운이 빠지지만 않았더라면!"

또다시 한참 동안 정적이 흘렀다. 막연한 계획들이 나사 상인의 머릿속을 맴돌았다. 그의 아내는 여전히 똑바로 누운 채 천장을 응시하다가 불쑥 물었다.

"최근에 우리 애를 한 번이라도 주의 깊게 본 적 있어요?"

"아니, 그건 왜 묻지?"

"그렇군요! 좀 걱정이 되어서요. ……얼굴에 핏기도 없고, 뭔가 큰 걱정거리가 있는 것 같아요."

그 말에 깜짝 놀란 보뒤는 침대 앞으로 와서 섰다.

"저런! 뭐 때문에 그런 거지? ……아프면 진작 얘기를 했어야지. 내일 당장 의사를 부르도록 합시다."

보뒤 부인은 여전히 꼼짝도 하지 않았다. 그녀는 길게 느껴지는 1분이 지난 후 생각에 잠긴 듯한 얼굴로 이렇게 말했다.

"콜롱방하고 결혼시키는 얘기 말인데요, 빨리 해치우는 게 좋을 것 같아요."

그러자 보뒤는 그녀를 흘끗 쳐다보더니 다시 방 안을 오가기 시작했다. 그제야 무언가가 생각난 듯했다. 일개 점원 때문에 자신의 딸이 병이 났다는 게 말이 되는가? 그러니까 딸이 더 이상은 기다릴 수 없을 정도로 그를 사랑한다는 건가? 엎친 데 덮친 격이라고, 왜 이렇게 힘든 일들이 한꺼번에 몰아닥치는 것인가 말이다! 그는 이 결혼에 대해 요지부동의 생각을 가지고 있는 만큼, 그로 인해 더욱더 혼란에 빠져들었다. 결코 결혼처럼 중차대한 일을 이런 상황에서 떠밀리듯 해치울 수는 없었다. 하지만 딸의 건강에 대한 염려가 그의 마음을 흔들리게 했다.

"알겠소, 내가 콜롱방하고 얘기해보리다."

그는 더 이상의 말을 덧붙이지 않고 또다시 방 안을 서성였다. 그의 아내는 이내 눈을 감고 마치 죽은 사람처럼 창백한 얼굴로 잠들었다. 그는 여전히 방 안을 오갔다. 그러다 잠자리에 들기 전, 커튼을 열고 바깥을 흘끗 쳐다보았다. 길 반대편으로, 예전에 뒤비야르 호텔이었던 건물의 뻥 뚫린 창문들 사이로 작업장이 훤히 들여다보였다. 눈부신 전등 빛 아래 일꾼들이 분주하게 움직이고 있었다.

다음 날, 아침이 밝자마자 보뒤는 콜롱방을 중이층에 있는 비좁은 창고 구석으로 데리고 갔다. 그는 간밤에 자신이 할 말을 미리 생각해둔 터였다.

"이보게, 내가 랑부예의 집을 팔았다는 건 자네도 알고 있겠지. 그걸로 난 다시 시작해볼 생각이네. ……하지만 그 전에 자네하고 얘길 좀 해야 할 것 같아서."

그와의 대화에 접을 집어먹고 있던 청년은 거북한 표정으로 주인의 말을 기다렸다. 커다란 얼굴에 어울리지 않는 조그만 눈을 깜빡거리면서 입을 헤벌리고 있는 본새가 심리적으로 몹시 동요하고 있음을 잘 말해주고 있었다.

"이제부터 내가 하는 말을 잘 듣게." 나사 상인은 다시 얘기를 이어갔다.

"오슈코른 어른께서는 내게 번창하던 '전통 엘뵈프'를 넘겨주셨지. 그분 역시 과거에 피네 어른에게서 그런 상태로 사업을 물려받았었고……. 자네라면 내 마음을 이해할 수 있을 거라고 믿네. 난 이런 가보를 내 자식들에게 이렇게 초라한 꼴로 물려주는 비열한 짓을 할 수는 없었네. 그래서 자네와 주느비에브의 결혼을 계속 미루어왔던 거야. ……그래, 내가 고집을 부렸다는 건 인정하네. 난 과거의 영광을 되살려놓은 다음, 자네 코앞에 장부책을 내밀면서 이렇게 말하고 싶었거든. '자! 내가 이 사업을 물려받았을 때는 이만큼의 나사를 팔았었지. 그리고 내가 물러나기로 한 올해에는 그때보다 1만, 아니 2만 프랑어치를 더 팔았네.' ……한마디로 그건 내가 스스로에게 한 약속이자, 내가 이 가게를 말아먹은 게 아니라는 걸 입증하려는 아주 자연스러운 바람인 거야. 그러지 않으면 난 자네들 것을 훔치는 느낌이 들게 될 테니까."

그는 감정이 복받치는 듯 목이 메어왔다. 그래서 마음을 진정시키기 위해 코를 푼 다음 콜롱방에게 물었다.

"자넨 뭐 하고 싶은 말 없나?"

하지만 콜롱방은 아무런 할 말이 없었다. 그는 고개를 젓고는 여전히 기다렸다. 주인이 무슨 말을 하려고 하는지 짐작이 가는 터라 불안감이 점점 더 커져갔다. 주인이 원하는 것은 결혼을 서두르는 것이었다. 그걸 어떻게 거절할 수 있단 말인가? 그는 결코 그런 용기를 낼 수 없을 터였다. 하지만 간밤에 꿈을 꾸었던 그 여자는 어떻게 한단 말인가? 끓어오르는 욕망으로 몸이 타버릴 것만 같아 벌거벗은 채로 바닥에서 뒹굴기까지 한 것을 누가 알겠는가!

"하지만 이젠, 우리 숨통을 틔워줄 수 있는 돈이 생겼으니 이 얼마나 다행인가. 상황은 매일매일 더 나빠지고 있지만, 그래도 어쩌면 죽을힘을 다해 노력하다 보면……. 어쨌거나 난 자네에게 이 모든 걸 미리 말해두고 싶었네. 우린 모든 걸 걸고 도박을 하게 될 거야. 만약 패배하게 되면, 그땐! 우린 끝장이네. ……다만, 이 일로 인해 두 사람의 결혼을 또다시 미룰 수밖에 없게 됐네. 난 자네와 내 딸을 이런 싸움판에 홀로 뛰어들게 할 순 없어. 그건 너무 비겁한 짓이 될 걸세, 안 그런가?"

그러자 비로소 안도를 한 콜롱방은 멜턴 더미 위로 털썩 주저앉았다. 그의 다리는 여전히 떨리고 있었다. 그는 자신이 기뻐하는 속내가 드러날 것이 두려워 고개를 숙인 채 손가락으로 무릎을 두드렸다.

"자넨 뭐 하고 싶은 말 없나?" 보뒤는 다시 물었다.

아니, 그는 여전히 아무 말도 하지 않았다. 그는 아무 할 말이 없었다. 그러자 나사 상인은 다시 천천히 얘기를 이어갔다.

"난 자네가 상심할 줄 알고 있었네. ……하지만 용기를 내게. 그렇게 축 늘어져 있지만 말고 분발하란 말이야. ……무엇보다 난 자네가 내 입장을 이해해주길 바라네. 내가 자네한테 이런 짐을 떠맡길 수는 없지 않은가, 안 그런가? 그랬다가는, 자네에게 번창하는 사업 대신 파산이라는 짐을 물려주게 될지도 모른다고. 아니, 그런 건 비겁한 놈들이나 할 수 있는 짓거리네. ……물론 난 두 사람의 행복을 바라지만, 내 양심을 거스르면서까지 무언가를 할 수는 없네."

그는 한참 동안 그런 식으로 장황한 얘기를 늘어놓았다. 모든 걸 얘기하지 않고도 이해받을 수 있기를 바라면서 앞뒤가 맞지 않는 말들 속에서 무진 애를 쓰고 있었다. 그는 자신의 딸과 가게를 약속했고, 그의 융통성 없는 정직성은 그 둘을 아무런 흠이나 빚이 없는 완벽한 상태로 넘겨줄 것을 스스로에게 강요하고 있었다. 다만, 그는 지쳐 있었고, 그에게는 짐이 너무 무겁게 느껴졌다. 그의 머뭇거리는 목소리에서 무언가를 호소하고 있음을 느낄 수 있었다. 그는 입속에서 말들이 점점 더 엉키는 것을 느끼면서, 콜롱방으로부터 자신의 짐을 덜어줄 한마디 외침이 튀어나오기를 기다렸다. 하지만 여전히 아무런 말도 들을 수 없었다.

"나도 잘 알고 있네." 보뒤는 중얼거리듯 말했다.

"우리 같은 늙은이들은 열정이 부족할 수밖에 없지……. 자네 같은 젊은이라면 다시 일으킬 수도 있을 거야. 무엇보다 기운이 펄펄 넘치니까, 당연한 거지만……. 하지만, 아니, 난 그럴 순 없네, 절대로! 지금 이대로 이 모든 걸 자네에게 넘겨준다면, 자넨 훗날 분명 나를 원망하게 될 걸세."

그는 얘기를 멈추더니 몸을 떨었다. 그리고 콜롱방이 여전히 고개를 숙인 채 가만히 있자, 한동안 고통스러운 침묵이 흐른 끝에 세 번째로 물었다.

"자넨 뭐 하고 싶은 말 없나?"

마침내 콜롱방은 그를 쳐다보지도 않은 채 차분히 말했다.

"전 달리 드릴 말씀이 없어서요. ……어르신이 주인이시니 우리들보다 더 현명한 판단을 하실 거라 믿거든요. 어르신께서 그리 말씀하시니 우린 얌전하게 기다릴 밖에요."

더 이상 덧붙일 말이 없었던 보뒤는 여전히 콜롱방이 자신의 품으로 뛰어들면서 이렇게 외치기를 바라고 있었다. '어르신, 이젠 그만 쉬세요. 이제부터는 우리가 싸울 차례니까요. 가게를 지금 이대로 우리에게 넘겨주십시오. 우리가 기적을 일으켜 다시 살려내겠습니다!' 보뒤는 콜롱방을 쳐다보면서 수치심에 사로잡혔다. 그는 자신이 자식들을 속이려고 했다는 생각에 스스로를 자책했다. 그러면서 그의 안에서 상점 주인으로서의 오래된 편집광적인 정직성이 되살아났다. 이 신중한 청년의 생각이 옳았던 것이다. 사업에 감정 같은 것을 내세워서는 안 되는 법이다. 오직 숫자만이 중요한 것이다.

"내게 키스해주게, 내 사위." 그는 마무리하듯 말했다.

"내 얘긴 끝났네. 결혼 얘기는 1년 후에 다시 하도록 하지. 무엇보다, 가게 일이 우선이니까."

그날 저녁, 그들의 방에서 보뒤 부인이 남편에게 콜롱방과의 면담 결과를 물었을 때, 그는 끝까지 싸우겠다는 고집스러운 투지를 되찾은 듯 보였다. 그리고 콜롱방에 대한 극찬을 늘어놓았다. 그는 믿을 만하고, 확고한 생각을 지녔으며, 올바른 원칙에 따라 자라난 청년이었다. 따라서 '여인들의 행복 백화점'의 경박한 젊은 치들처럼 고객들과 시시덕거리는 일 같은 것은 절대 하지 않았다. 아니, 그는 그런 치들과는 달랐다. 정직하고, 가족과도 같으며, 증권거래소에서 도박을 하듯 판매를 두고 장난치지도 않았다.

"그래서, 결혼은 언제 하기로 했어요?" 보뒤 부인이 물었다.

"나중에, 내가 약속을 지킬 수 있을 때."

그러자 보뒤 부인은 미동도 하지 않은 채 담담하게 말했다.

"그 사이 우리 딸은 죽고 말 거예요."

그 말에 격분한 보뒤는 애써 흥분을 가라앉히며 말했다. 이런 식으로 자꾸만 자신을 몰아붙이면, 자신이 먼저 죽고 말 것이다! 일이 이 지경이 된 게 자신의 잘못이란 말인가? 자신은 딸을 사랑했다. 딸을 위해서라면 기꺼이 목숨도 내놓을 수 있었다. 하지만 안되는 장사를 억지로 잘 되게 할 수는 없는 게 아닌가. 주느비에브는 좀 더 현명하게 상황이 나아질 때까지 참고 기다려야 할 것이다. 이런 젠장! 콜롱방이 어디로 달아나기라도 한단 말인가. 딸에게서 그를 빼앗아 갈 사람은 아무도 없었다.

"정말 믿을 수가 없군! 그렇게 가정교육을 잘 받은 우리 딸이!"

보뒤 부인은 더 이상 아무 말도 하지 않았다. 그녀는 분명 주느비에브가 질투로 인해 극심한 고통을 겪고 있음을 알아차렸을 것이다. 하지만 감히 그 사실을 남편한테 털어놓을 수가 없었다. 여성 특유의 지나친 조심성 때문에 그에게 남녀 관계에 대한 미묘한 얘기를 할 수 없었던 것이다. 그녀가 아무런 반응을 보이지 않자, 보뒤는 작업장을 향해 허공에 주먹을 휘두르면서 그곳의 일꾼들에게 화풀이를 했다. 그날 밤 맞은편에서는 요란한 망치질 소리를 내며 철제 골조를 세우는 작업이 한창이었다.

드니즈는 '여인들의 행복 백화점'으로 다시 돌아가기로 했다. 직원을 줄여야만 하는 상황에 처하게 된 로비노 부부는 그녀를 어떻게 내보내야 할지 고민하고 있었다. 조금이라도 더 버티기 위해서는 모든 것을 그들 스스로 해결해야만 했다. 악에 받친 고장은 신용거래 기간을 더 늘리고, 심지어 자본금을 마련하도록 도와주겠다는 약속까지 했다. 하지만 겁을 집어먹은 로비노 부부는 모든 것을 절약하며 규모 있는 생활을 꾸려나가고자 노력했다. 지난 2주 동안 드니즈는 그들이 자신 앞에서 내내 불편해하는 것을 느꼈다. 그래서 다른 데 일자리를 구했음을 먼저 알려야 했다. 그러자 모두들 안도하는 한편, 서운함을 감추지 못한 로비노 부인은 보고 싶을 거라며 드니즈를 포옹했다. 그런 다음, 어디에서 일할 것인지를 묻는 로비노의 질문에 드니즈가 무레의 백화점으로 다시 돌아가기로 했다고 대답하자 그의 얼굴에서 핏기가 가셨다.

"물론 그래야겠죠." 그는 흥분하며 외쳤다.

부라 영감에게 그 소식을 알리는 것 역시 무척 힘든 일이었다. 하지만 그에게 알리지 않을 수 없었던 드니즈는 차마 입이 떨어지지 않아 한참을 머뭇거려야 했다. 그녀는 노인에게 크나큰 고마움을 느끼고 있었다. 그때 마침 부라 영감은 이웃 작업장에서 들려오는 요란한 소음으로 인한 분노를 가라앉히지 못하고 있었다. 게다가 건축 자재를 실은 마차들이 그의 가게 앞을 가로막고 있었다. 벽에서는 곡괭이 소리가 들려오고, 우산과 지팡이는 망치 소리에 맞춰 춤을 추었다. 철거 작업의 와중에서 고집스럽게 버티고 있는 누옥은 머지않아 둘로 갈라져 버릴 것만 같았다. 무엇보다 최악은, 기존에 존재하는 백화점 매장과 구 뒤비야르 호텔 건물에 열게 될 매장을 연결하기 위해 그 둘 사이에 있는 조그만 건물 아래로 지하 통로를 파기로 결정한 것이었다. 건물은 무레 & 컴퍼니 사에 속해 있었으므로, 임대차계약 조항에 따라 세입자는 보수 작업에 따른 불편을 감수해야 했다. 그리하여 일꾼들이 아침부터 몰려들자, 부라는 하마터면 심장마비로 쓰러질 뻔했다. 왼쪽, 오른쪽, 뒤쪽에서 그의 목을 죄어들어 오는 것만으로는 부족하단 말인가? 이젠 아래쪽에서까지 그를 공격해오면서 발밑에 있는 흙까지 먹어 치우려 하다니! 그는 석공들을 내쫓아 버리면서 소송을 제기하겠다고 으름장을 놓았다. 보수 공사라면 인정할 수 있다! 하지만 이건 아예 건물을 개조하는 게 아닌가. 동네 사람들은 아무것도 장담할 수는 없지만 그가 이길 거라고 생각했다. 어쨌거나 소송은 오래 끌 듯했고, 이웃 사람들은 언제 끝이 날지 모르는 대결에 흥미진진해했다.

마침내 드니즈가 부라 영감에게 떠난다는 얘기를 하려고 마음먹은 날, 그는 마침 자신의 변호사를 만나고 오는 길이었다.

"나쁜 놈들 같으니라고!" 그는 눈에 핏발이 선 채 소리쳤다.

"이젠 건물이 흔들려서 기초 공사를 다시 해야 한다고 날강도 같은 주장을 하다니……. 맙소사! 그 망할 놈의 기계들로 흔들어대는 것만으로는 부족하다 이거지! 그러는데 건물이 무너지지 않는 게 놀라운 거지!"

그러다 드니즈가 그곳을 떠나 1천 프랑의 기본급을 받는 조건으로 '여인들의 행복 백화점'에서 다시 일하기로 했음을 알리자, 너무나 놀란 부라 영감은 아무런 대꾸도 하지 못하고 주름진 두 손을 위로 치켜들면서 벌벌 떨었다. 그리고 격한 감정을 주체하지 못한 채 의자 위로 털썩 주저앉았다.

"자네가! 자네마저!" 그는 말을 더듬거렸다.

"그럼, 난 어떡하라고, 이제 나 혼자 남게 되는 게 아닌가 말이야!"

잠시 침묵이 흐른 후 그가 다시 물었다.

"그럼 꼬마는 어떡하고?"

"그라 부인이 다시 맡아주시기로 했어요. 동생을 무척 예뻐하셨거든요."

또다시 무거운 침묵이 이어졌다. 드니즈는 차라리 그가 길길이 날뛰면서 욕을 하고 주먹으로 테이블이라도 내려치기를 바랐다. 크나큰 충격을 받은 듯 풀이 꺾인 채 아무 말도 하지 못하는 노인의 모습은 그녀의 마음을 더 아프게 했다. 하지만 차츰 본래의 모습으로 돌아온 부라 영감은 다시 평소처럼 큰소리로 떠들기 시작했다.

"1천 프랑이라, 감히 거부할 수 없는 돈이겠지……. 다들 가라고, 가버리란 말이야, 나만 남겨두고. 그래, 나만 남겨두고, 알셌어! 난 마지막까지 결코 내 뜻을 꺾지 않을 테니까……. 가서 그들에게 전해. 빈털터리로 길바닥에 나앉는 한이 있어도 그들과 반드시 싸워 이길 거라고!"

드니즈는 월말이 되어서야 로비노의 가게를 그만둘 수 있었다. 그리고 무레를 다시 만나 모든 얘기를 끝냈다. 어느 날 저녁, 근처 문 앞에서 기다리고 있던 들로슈는 자기 방으로 올라가려는 그녀를 불러 세웠다. 막 소식을 전해 들은 그는 반가운 마음을 억누를 수 없어 한달음에 달려오는 길이었다. 백화점 전체가 그 얘기로 떠들썩했다. 한껏 들뜬 들로슈는 매장에서 나도는 소문들을 신이 나서 전했다.

"그거 알아요, 기성복 매장 여자들이 그 소식을 듣고 어떤 얼굴을 하고 있는지!"

그는 갑자기 화제를 바꾸었다.

"그런데 참, 클라라 프뤼네르 기억나죠? 놀라운 뉴스가 있어요! 사장이 그 여자랑 그렇고 그런 일이 있었다고 하더라고요. ……무슨 얘긴지 알죠?"

그러면서 그는 얼굴을 붉혔다. 드니즈는 얼굴이 창백해지면서 소리쳤다.

"사장님이요!"

"취향이 참 독특하지 않아요? 말상인 여자가 뭐가 좋다고……. 작년에 두 번이나 같이 잤다는 조그만 세탁부 여자는 그래도 예쁘기나 했지. 뭐 어쨌거나 다른 사람이 상관할 바는 아니지만요."

방으로 돌아온 드니즈는 정신이 아득해지는 것을 느꼈다. 너무 급하게 올라왔기 때문일 터였다. 창가에 기대서자 느닷없이 눈앞에 발로뉴의 한적한 시골길이 아른거리는 듯했다. 어릴 적에 방에서 바라보던 이끼 긴 자갈길이었다. 그곳으로 다시 돌아가, 적막하고 평화로운 시골에 꼭꼭 틀어박혀 살고 싶다는 생각이 절실하게 들었다. 파리 생활은 그녀를 힘들게 했다. 드니즈는 '여인들의 행복 백화점'이 지긋지긋하다고 생각했으면서도 그곳으로 다시 돌아가겠다고 한 자신이 이해가 되지 않았다. 또다시 예전처럼 고통받을 게 분명한데도. 벌써부터, 들로슈에게 얘기를 전해 들은 것만으로도 이유를 알 수 없는 불편한 느낌이 자신을 힘들게 하고 있지 않은가. 그러면서 갑자기 눈물이 솟구쳐 올라 창가를 떠나야 했다. 드니즈는 한참을 울고 난 후에야 다시 마음을 추슬러 용기를 낼 수 있었다.

다음 날, 점심시간을 이용해 로비노의 심부름을 가던 드니즈는 '전통 엘뵈프' 앞을 지나던 중에 콜롱방이 혼자 가게를 지키는 것을 보고는 안으로 들어갔다. 보뒤 가족은 점심 식사를 하는 중인 듯 조그만 식당 안쪽에서 포크 소리가 들려왔다.

"들어가도 됩니다." 콜롱방이 말했다.

"다들 식사 중이십니다."

드니즈는 조용히 하라고 하면서 그를 구석으로 데리고 갔다. 그리고 목소리를 낮추어 말했다.

"난 그쪽하고 말하려고 온 거예요. ……사람이 왜 그렇게 잔인해요? 주느비에브가 당신을 진정으로 사랑하고, 그 때문에 죽어가고 있다는 걸 몰라요?"

드니즈는 얘기를 하면서 전날 밤의 흥분이 되살아나 몸을 떨었다. 콜롱방은 예상치 않았던 그녀의 공격에 놀라 겁을 집어먹은 채 아무런 대꾸도 하지 못했다.

"내 말이 무슨 말인지 몰라요? 주느비에브는 당신이 다른 여자를 좋아하는 걸 알고 있다고요. 나한테 직접 얘기했단 말이에요. 그러면서 얼마나 슬프게 울었는지 몰라요. ……정말 딱해죽겠어요! 주느비에브가 그사이 얼마나 야위었는지 당신 눈엔 안 보여요? 앙상하게 마른 팔을 당신이 봤더라면! 정말 애처로워서 볼 수가 없을 정도라고요. ……말해봐요, 주느비에브를 저렇게 죽어가게 놔둘 거냐고요!"

그러자 당혹스러워하는 기색이 역력한 콜롱방이 마침내 얘기를 했다.

"너무 지나친 걱정을 하는 것 같군요. 내가 보기엔 아픈 것 같진 않던데……. 그리고 결혼을 미루는 건 내가 아니라 주인 어른이라고요."

드니즈는 그가 거짓말을 하고 있는 거라고 단호하게 쏘아붙였다. 콜롱방이 조금이라도 결혼을 원하는 모습을 보였다면, 큰아버지가 얼마든지 마음을 바꿀 수 있었을 터였다. 하지만 콜롱방은 주느비에브의 병세에 관해서는 일부러 모르는 척하는 게 아니었다. 그는 정말로 그녀가 서서히 죽어가고 있다는 사실을 알지 못했다. 그로서는 차라리 몰랐으면 좋았을 매우 불쾌한 사실을 알아버린 셈이었다. 모르고 있었다면, 그렇게 많이 자신을 자책하지 않아도 될 것이기 때문이었다.

"대체 누굴 위해 이러는 거죠?" 드니즈가 다시 물었다.

"당신은 지금 아무 가치도 없는 여자 때문에 공연한 헛수고를 하고 있는 거라고요! ……당신이 좋아한다는 그 여자가 어떤 사람인지 정말 몰라서 그래요? 난 지금까지 당신 마음을 상하지 않게 하려고 애썼어요. 그래서 자꾸만 물어봐도 웬만하면 대답을 피했던 거고요. ……그래요! 이젠 사실대로 말해주죠. 그 여자는 아무 남자하고나 놀아나는 여자예요. 당신 같은 사람은 안중에도 없다고요. 그러니까 당신은 결코 그 여자를 가질 수 없어요. 아니면, 다른 남자들처럼, 딱 한 번 스치듯이 가질 수 있을 뿐이라고요."

콜롱방은 창백한 얼굴로 그녀의 말을 듣고 있었다. 드니즈가 분노를 억누르며 그의 얼굴에 대고 가차 없이 한마디씩 내뱉을 때마다 그의 입술이 가늘게 떨렸다. 드니즈는 그에게 상처를 주고 싶어 하는 잔인함에 사로잡힌 채 자신도 모르게 흥분하고 있었다.

"그래도 내 말을 못 믿겠다면 말해주죠." 그녀는 악에 받친 듯 소리쳤다.

"그 여자는 지금 '여인들의 행복 백화점'의 사장님하고 놀아나고 있다고요!"

목이 멘 드니즈는 콜롱방보다 얼굴이 더 창백해졌다. 두 사람은 서로의 얼굴을 뚫어지게 바라보았다.

마침내 입을 연 콜롱방이 더듬더듬 말했다.

"난 그녀를 사랑합니다."

그러자 드니즈는 얼굴이 화끈거려왔다. 무엇 때문에 자신이 이 남자에게 이런 식으로 얘기하는 것일까? 왜 자신이 나서서 흥분하며 열을 올리는가? 그녀는 그에게 아무런 대꾸도 하지 못했다. 그의 단순한 말 한마디가 그녀의 마음속에 아득한 종소리처럼 울려 퍼지면서 그녀의 가슴을 먹먹하게 했다. '난 그녀를 사랑합니다, 난 그녀를 사랑합니다.' 그리고 그 소리는 점점 더 크게 울려 퍼졌다. 그가 옳았다. 그는 다른 여자와 결혼할 수 없었다.

드니즈가 뒤를 돌아보자, 주느비에브가 식당 입구에 서 있는 게 보였다.

"다들 그만두지 못해요!" 그녀는 재빨리 말했다.

하지만 이미 엎질러진 물이었다. 주느비에브는 그들의 말을 모두 엿들은 게 분명했다. 얼굴에 핏기가 하나도 없는 것이 그 사실을 말해주고 있었다. 바로 그때, 고객 하나가 문을 밀고 안으로 들어왔다. '전통 엘뵈프'의 마지막 남은 단골손님 중 하나인 부르들레 부인이었다. 그곳에서는 믿을 만한 제품을 구할 수 있었기 때문이다. 드 보브 부인은 이미 오래전에 유행을 좇아 '여인들의 행복 백화점'으로 옮겨 갔고, 마르티 부인 역시 맞은편 쇼윈도의 유혹에 홀딱 넘어가 발길을 끊은 지 오래였다. 주느비에브는 마지못해 고객에게 다가가 맥없는 목소리로 물었다.

"어떤 걸 찾으시나요?"

부르들레 부인은 플란넬을 보고 싶어 했다. 콜롱방이 상자에서 하나를 꺼내 오자, 주느비에브가 그것을 펼쳐 보여주었다. 그리고 두 사람은 냉랭한 기운이 감도는 가운데 판매대 뒤에서 가까이 붙어 서 있었다. 그사이 보뒤 부인은 계산대의 긴 의자에 가서 앉았고, 마지막으로 보뒤가 식당에서 나왔다. 하지만 그는 처음에는 판매에 관여하지 않았다. 단지, 드니즈에게 미소를 지어 보이고는 부르들레 부인을 바라보며 서 있었다.

"이건 별론데요. 좀 더 괜찮은 걸로 보여주세요."

콜롱방은 다른 것을 꺼내 왔다. 그러자 잠시 침묵이 흘렀다. 부르들레 부인은 천을 자세히 살펴본 다음 물었다.

"이건 얼마죠?"

"6프랑이요." 주느비에브가 대답했다.

그러자 부르들레 부인은 화들짝 놀라며 뒤로 물러섰다.

"6프랑이라고요! 하지만 저기 맞은편에서는 똑같은 걸 5프랑에 파는데요."

그러자 보뒤의 얼굴에 가벼운 경련이 일었다. 그는 어쩔 수 없이 끼어들었다. 아주 정중하게. 그건 아마도 고객이 잘못 알고 있는 것일 터였다. 이 제품은 원래 6프랑 50상팀은 받아야 하는 것이다. 그러니 똑같은 것을 5프랑에 판다는 것은 불가능했다. 그건 분명 다른 물건일 것이다.

"아뇨, 분명히 이거랑 똑같은 거였어요." 부르들레 부인은 그 방면에 일가견이 있다고 자부심을 가지고 있는 부르주아 여인네의 고집스러움을 드러내며 계속 우겼다.

"똑같은 천이었다고요. 어쩌면 이것보다 더 두꺼웠던 것 같기도 하고 말이죠."

그러자 분위기가 점점 더 험악해졌다. 보뒤는 얼굴이 붉으락푸르락해지면서도 애써 미소를 짓고 있었다. '여인들의 행복 백화점'을 향한 해묵은 증오심이 또다시 목구멍까지 차올랐다.

"분명히 말해두지만, 나한테 좀 더 잘해줘야 할 거예요. 그러지 않으면 나도 다른 사람들처럼 맞은편 백화점으로 가버릴 거라고요."

부르들레 부인의 말에 이성을 잃은 보뒤는 꾹꾹 참았던 분노를 한꺼번에 터뜨리며 길길이 날뛰었다.

"가시오! 맞은편으로 당장 가란 말이오!"

그러자 엄청난 모욕감을 느낀 부르들레 부인은 단번에 자리를 박차고 일어나 가버리면서 뒤도 돌아보지 않고 쏘아붙였다.

"안 그래도 그러려던 참이었네요."

그 광경에 모두들 경악을 금치 못했다. 주인의 격한 행동에 그들은 할 말을 잃었다. 보뒤 스스로도 방금 자신이 한 말에 놀라며 치를 떨었다. 오랫동안 차곡차곡 쌓였던 증오의 감정이 한꺼번에 폭발하면서 자신도 모르는 사이에 저절로 말이 튀어나왔던 것이다. 보뒤 가족은 두 팔을 축 늘어뜨린 채 그 자리에 꼼짝 않고 서서 길을 건너는 부르들레 부인을 눈으로 좇았다. 마치 그녀가 그들의 운을 몽땅 가져가 버리는 것만 같았다. 부르들레 부인이 차분한 걸음걸이로 '여인들의 행복 백화점'의 높다란 정문 아래를 통과해 수많은 사람들 속으로 잠겨들자, 그들 모두는 가슴 한쪽이 떨어져 나간 듯 크나큰 상실감을 느꼈다.

"저놈들이 또 한 명의 단골을 우리한테서 빼앗아 간 거라고!" 나사 상인이 중얼거렸다.

그는 드니즈를 돌아보면서, 그녀가 그곳에서 다시 일하게 된 사실을 언급했다.

"너도 마찬가지고. 저들은 우리한테서 널 다시 빼앗아 간 거야. ……네가 원한다면 가거라. 난 널 원망하지 않는다. 돈줄을 쥐고 있는 자가 이기는 법이니까."

그 순간 드니즈는 주느비에브가 콜롱방의 얘기를 듣지 못했기를 바라면서 그녀의 귀에 대고 속삭이고 있었다.

"그는 너를 사랑하고 있어. 그러니까 기운 내."

하지만 주느비에브는 몹시 고통스러운 목소리로 들릴락말락하게 말했다.

"왜 나한테 거짓말을 하는 거야? ……저길 봐, 또 저 위를 쳐다보고 있잖아. ……저들은 나한테서 저 사람을 훔쳐 간 거야. 우리에게서 다른 모든 걸 빼앗아 가버린 것처럼."

그녀는 계산대 긴 의자에 앉아 있는 엄마 옆으로 가서 앉았다. 보뒤 부인은 딸이 다시금 충격을 받은 것을 눈치챈 듯했다. 그녀의 눈길이 주느비에브에게서 콜롱방으로, 그리고 다시 '여인들의 행복 백화점'으로 차례로 옮겨갔다. 그랬다, 저 백화점은 그들에게서 모든 것을 빼앗아 갔다. 아비에게서는 재산을, 어미에게서는 자식을, 그리고 딸한테서는 10년 전부터 기다렸던 남편감을 앗아 갔던 것이다. 드니즈는 이 저주받은 가족에게 깊은 연민을 느끼면서 잠시 자신이 나쁜 짓을 하고 있는 건 아닌지 자문해보았다. 이 가엾은 가족을 짓누르는 거대한 기계에 자신이 힘을 보태려는 것은 아닐까? 하지만 드니즈는 자신이 어찌할 수 없는 거대한 힘에 이끌리는 것처럼 느끼면서, 자신이 잘못된 일을 하는 건 아닐 거라고 생각했다.

"자자! 기운들 내자고!" 보뒤는 스스로를 추스르기 위한 것처럼 말했다.

"그런다고 당장 죽는 것도 아니잖아. 고객 하나를 잃으면 둘을 새로 얻게 되는 법이라고……. 똑똑히 새겨들으렴, 드니즈야. 나한테는 너희들 주인 무례를 뜬눈으로 밤새우게 만들 7만 프랑이라는 돈이 있어. ……그러니까, 다들 힘내자고! 그렇게 장례식에 온 것처럼 우울한 얼굴들을 하고 있지 말고!"

하지만 그 어떤 말도 그들에게 웃음을 되찾아 주지는 못했다. 보뒤 자신도 또다시 망연자실한 채 맥을 놓았다. 그들 모두는 괴물에게 이끌리고 예속당한 것처럼 그곳으로 시선을 고정시킨 채 자신들의 불행을 곱씹었다. 이제 보수 작업이 모두 끝나 건물 정면을 가리고 있던 비계도 치워져 있었다. 그러자 거대한 건물 전체가 모습을 드러내면서 커다랗고 환한 유리창을 단 새하얀 벽이 보였다. 마침 통행이 재개된 도로에는 여덟 대의 마차가 줄지어 늘어서 있었고, 발송 부서 앞에서는 점원들이 차례로 짐을 싣고 있었다. 따사롭게 내리쬐는 햇빛 아래, 노란색과 붉은색으로 도드라지게 장식을 한 마차의 초록색 외판이 거울처럼 반짝이면서 '전통 엘뵈프' 깊숙한 곳까지 눈부신 빛을 반사시키고 있었다. 검정색 제복을 단정하게 차려입은 마차꾼들은 말의 고삐를 힘 있게 쥐었고, 한 팀을 이루는 한 쌍의 말들은 은빛 재갈을 흔들어댔다. 그러다 짐을 가득 실은 마차가 출발할 때마다, 포석이 깔린 도로 위로 우르릉거리는 소리가 낭랑하게 울려 퍼지면서 인접한 조그만 가게들까지 요동치게 했다.

하루에 두 번씩 어김없이 지켜봐야 하는 승리의 행렬 앞에서 보뒤 가족의 가슴은 갈가리 찢겨 나갔다. 아비는 저 끝없는 물건들의 물결이 대체 어디로 향하는 것인지 자문하며 점차 전의를 상실해갔다. 어미는 딸의 고통에 함께 병들어가며 눈물 가득한 눈으로 무심히 허공을 응시했다.

제9장

3월 14일 월요일, '여인들의 행복 백화점'은 그간의 확장 공사를 마치고 새롭게 문을 연 백화점에서 여름 신제품들을 대대적으로 선보였다. 행사는 사흘간 이어질 예정이었다. 밖에는 매서운 바람이 불고 있었다. 다시 겨울이 된 것 같은 날씨에 놀란 행인들은 외투의 단추를 채우며 걸음을 재촉했다. 그러는 동안, 인접한 상점들은 온통 술렁이고 있었다. 창문들마다 상인들이 창백한 얼굴을 기댄 채, 뇌브생토귀스탱 가에 새로 난 정문 앞에 처음으로 도착한 마차들의 수를 세는 게 보였다. 교회의 현관처럼 높고 깊은 정문 위에는 산업과 상업의 신상(神像)이 다양한 상징물 가운데서 서로 악수를 하고 있었다. 그 위로는 유리로 된 거대한 현관 지붕이 그 모두를 보호해주고 있었다. 새롭게 입힌 지붕의 금박이 환한 햇살처럼 거리를 밝혀주는 듯했다. 한층 더 선명해진 흰색이 돋보이는 건물은 오른쪽과 왼쪽으로 길게 뻗어나가다가 몽시니 가와 미쇼디에르 가 쪽으로 각각 꺾어지면서 섬처럼 보이는 거대한 블록을 이루었다. 크레디 이모빌리에의 건물이 들어설, 디스 데상브르 가에 면한

쪽만이 빠져 있을 뿐이었다. 상인들이 고개를 들어 병영처럼 길게 이어져 있는 건물 위쪽을 쳐다보자, 1층에서 3층까지 건물을 대낮처럼 밝혀주는 판유리 창문 너머로 산더미처럼 쌓여 있는 상품들이 눈에 들어왔다. 그 거대한 정육면체 모양의 백화점이 그들의 하늘을 가로막아 그들은 냉기가 감도는 조그만 상점 안쪽에서 추위로 오들오들 떨어야 했다.

그사이 무레는 아침 6시부터 나와 점검하며 직원들에게 마지막 지시를 내리고 있었다. 백화점 중앙으로는 정문의 축을 따라 널찍한 갤러리가 건물 끝에서 끝으로 이어져 있고, 그 양쪽으로 그보다 폭이 좁은 몽시니 갤러리와 미쇼디에르 갤러리가 나 있었다. 건물의 안뜰은 유리를 둘러 홀로 변모시켰다. 또한 철로 만든 계단이 아래층부터 위로 뻗어 있었고, 2층과 3층에는 역시 철로 만든 다리가 건물 양끝을 이어주고 있었다. 새로운 시대에 심취한 젊은 건축가는 똑똑하기까지 해서, 지하층과 모서리의 기둥에만 돌을 사용했고, 들보와 장선(長線)*을 지지해주는 기둥을 포함한 골조 모두를 철로 세웠다. 그리고 둥근 천장의 모서리와 내부를 나누는 벽에만 벽돌이 사용되었다. 그리하여 사방으로 확보된 너른 공간은 공기와 빛을 여유롭게 통과시켰고, 고객들은 대담하게 쭉 뻗은 트러스 아치형의 지붕 아래에서 여유롭게 오갈 수 있었다.** 마치 여성 고객이라는 신자들을 위한 경쾌하면서도 견고한 현대 상업의 대성당에 와 있는 듯했다. 아래층의 중앙 갤러리에서, 특별 세일 행사를 하는 정문 입구를 지나면, 넥타이, 장갑, 실크를 파는 매장이 차례로 나왔다. 몽시니 갤러리에는 리넨 매장과 면직물 매장이,

*천장을 지탱하기 위해 벽이나 들보 위를 수평으로 가로지르며 지지대 역할을 하는 골조의 한 형태.

미쇼디에르 갤러리에는 바느질 도구와 편물, 나사와 모직물 매장이 포진하고 있었다. 2층으로 올라가면, 여성 기성복 매장과 란제리 매장, 숄 매장, 레이스 매장과 그 밖의 새로운 매장들이 자리 잡고 있었다. 한편, 침구류와 카펫, 실내장식용 천들을 파는 매장과 부피가 크고 다루기 힘든 상품들은 3층으로 올려 보냈다. 이 시각 현재 백화점 매장의 수는 39개에 달했으며, 200명의 여성 판매원을 포함한 1800명의 직원이 일하고 있었다. 높다란 금속 천장 아래 낭랑한 소리가 울려 퍼지는 경쾌한 일상 속에서 새로운 세상이 움트고 있었던 것이다.

무레의 궁극적이고 유일한 야심은 여성을 정복하는 것이었다. 그는 여성이 자신이 이룩한 백화점의 왕국에서 여왕으로 군림할 수 있기를 바랐다. 여성을 위한 신전을 지어 바친 다음, 그곳에서 그녀를 자신의 뜻대로 좌지우지하기 위해서였다. 그것이 그의 전략이었다. 정중하고 세심한 배려로 여성을 취하게 한 다음, 그녀의 욕구를 부추겨 달아오른 욕망을 충족하게 만들었던 것이다. 그를 위해 그는 밤낮으로 새로운 전략을 구상하기 위해 머리를 짜내야 했다. 이미, 몸이 약한 여성들에게 계단을 오르락내리락하는 수고를 면해주기 위해, 벨벳으로 쿠션을 두른 엘리베이터*** 두 대를 설치했다. 그뿐 아니라, 무료로

**파리 지사 오스만에 의한 대대적인 도시 정비 사업이 진행되던 1882년 3월, 젊은 건축가 프란츠 주르댕은 졸라에게 편지를 보내, '돌을 아주 적게 씀으로써 더 많은 공간과 공기와 빛을 확보할 수 있는 건축'에 대해 강조한 바 있다. 하지만 실제로 이런 아이디어를 적극 반영한 건축물이 지어진 것은 이 소설의 시대 배경인 1860년대 후반이 아니라, 파리 만국박람회가 열린 1900년경이었다. 그 대표적인 예로는, 몽파르나스 기차역(지금의 오르세 박물관)이 있다.
***1867년 파리 만국박람회에서 최초로 수압식 엘리베이터를 선보인 것은 레옹 에두였다. 그가 고안해낸 엘리베이터는 1983년까지 에펠탑 3층에서 꼭대기 층까지 운행되었다.

시럽 음료와 비스킷을 제공하는 카페테리아와 독서실을 열었고, 지나치게 화려하고 거대한 화랑을 열어 그림 작품을 전시하기도 했다. 하지만 그의 아이디어 중에 가장 획기적인 것은, 구매 욕구가 별로 없는 여성들을 공략하는 방법이었다. 그는 아이를 통해 모성을 자극했다. 또한 넘치는 활력으로 모든 고객의 욕구를 분석해 어린 고객들을 위한 매장을 신설했다. 그리고 아기들에게 그림과 풍선을 나눠 줌으로써 지나가던 엄마들의 발길을 멈추게 했다. 물건을 산 고객들 모두에게 풍선을 제공하기로 한 것은 실로 기막힌 발상이 아닐 수 없었다! 이 빨간 풍선은 질 좋은 고무로 만들어졌으며, 표면엔 백화점 이름이 커다란 글씨로 적혀 있었다. 사람들이 저마다 풍선을 들고 파리의 거리를 활보하면서 생생한 광고를 하는 셈이었다.

그들이 내세우는 무엇보다 가장 강력한 무기는 광고였다. 무레는 카탈로그와 신문 광고, 포스터 등에만 연간 30만 프랑을 쏟아부었다. 여름 신제품의 판매를 위해 20만 부에 이르는 카탈로그를 제작해 그중 5만 부는 각 나라 언어로 번역해 외국으로 보냈다. 이젠 카탈로그에 삽화까지 곁들였고, 심지어 종이에 샘플을 붙여 함께 보내기도 했다. 여기저기서 넘쳐나는 광고는 온 세상 사람들에게 '여인들의 행복 백화점'의 존재를 각인시켰다. 건물들 담벼락이나 신문, 심지어 극장의 커튼에서까지도 그 이름을 만날 수 있었다. 무레는 여성은 본래 광고에 약한 존재이므로, 필연적으로 소문의 진원지로 향하게 되어 있다고 공언했다. 게다가 이제 그는 인간의 본성을 세심하게 분석하는 학자처럼, 여성에게 좀 더 높은 차원의 덫을 놓았다. 여성이 값싼 물건의 유혹을 이기지 못하고, 그것이 자신에게 이득이 된다고 스스로를 설득시키면서 필요 없는 상품을 구매한다는 사실을 간파해냈던 것이다. 그리하여 그러한 관찰에 근거해 가격 인하 시스템을 도입했다. 상품을 신속하게 회전시킨다는 원칙을 고수하기 위해, 팔리지 않은 물건들의 가격을 점차 낮추다가 손해를 보고서라도 팔아치우는 쪽을 택했던 것이다. 그는 여성의 심리를 한층 더 깊숙이 꿰뚫어 봄으로써, 위선적인 유혹의 최고봉이라고 불러도 손색이 없을 만한 '반품' 조치를 고안해냈다. "망설이지 말고 가져가세요, 부인. 그랬다가 혹시라도 마음에 들지 않으면 우리에게 다시 돌려주시면 된답니다." 그러자, 그때까지 마음을 정하지 못하고 있던 여성은 거기서 마지막 변명거리를 발견했다. 자신의 미친 짓을 번복할 수 있는 기회가 주어진 셈이었다. 따라서 이젠 아무런 거리낌 없이 물건을 구매할 수 있었다. 그렇게 해서, 반품 제도와 가격 인하 시스템은 새로운 상업이 추구하는 판매 방식의 전형으로 자리 잡게 되었다.

무엇보다 백화점 내부 배치에 관한 무레의 안목은 타의 추종을 불허했다. 그는 '여인들의 행복 백화점'의 어느 한 구석도 한가하게 보여서는 안 된다는 것을 천명했다. 어느 한군데도 빠짐없이 모든 곳에서, 북적거림과 몰려드는 사람들, 그리고 삶이 존재한다는 것을 보여주어야만 했다. 삶은 또 다른 삶을 끌어당기고, 새로운 욕구를 잉태하며, 그 욕구를 빠르게 전파시키기 때문이다. 무레는 그러한 법칙에 근거해 온갖 종류의 아이디어를 이끌어냈다. 우선, 사람들이 서로 떼밀듯이 힘들게 백화점 안으로 들어오게 해야 했다. 밖에서 보면 마치 무슨 소요라도 난 것처럼 보이게 해야 하는 것이다. 그러기 위해서 그는 정문 바로 아래에 세일 상품과 값싼 물건들로 넘쳐나는 상자와 바구니를 배치했다. 그리하여 얼마 되지 않는 사람들이 한데 몰려 입구를 가로막음으로써 백화점이 인산인해를 이룬 것처럼 보이게 했다. 실상은 기껏해야 반 정도밖에 차지 않았음에도 불구하고. 그런 다음, 갤러리를 따라 위치한 매장 중에서 한산한 매장을 눈에 잘 띄지 않게 하는 방법도 생각해냈다. 여름엔 숄 매장, 겨울엔 날염 사라사 매장이 대표적이었다. 그런 곳들을 붐비는 매장들 안쪽으로 배치해 언제나 시끌벅적해 보이게 했던 것이다. 또한 카펫이나 가구를 파는 매장처럼 고객이 비교적 드문 곳들을 3층으로 올려 보낸 것도 무레 단독으로 생각해낸 것이었다. 그런 매장들을 1층에 두었더라면 텅 비고 썰렁한 공간이 되었을 터였다. 할 수만 있다면, 그는 도로를 자신의 백화점 한가운데로 통과하게 하는 것도 마다하지 않았을 것이다.

이제 무레는 더 이상 영감이 떠오르지 않아 머리를 쥐어짜야 하는 지경에 이르렀다. 어느 토요일 저녁, 한 달 전부터 준비해온 월요일의 대대적인 세일 준비 작업을 마지막으로 점검하던 중, 그는 자신이 생각해낸 매장 배치가 적절하지 않다는 것을 순간적으로 깨닫게 되었다. 하지만 그것은 완벽한 논리에 따른 배치였다. 한쪽으로는 천들을, 다른 한쪽에는 기성복들을 배치해놓아 고객들로 하여금 혼자서도 얼마든지 찾아갈 수 있도록 해놓았던 것이다. 그는 오래전 에두앵 부인이 운영하던 조그만 상점의 무질서함 속에서부터 이런 식의 매장 배치를 꿈꾸어왔다. 그런데 막상 그렇게 하자 불안감이 그를 엄습했다. 그리고 느닷없이 직원들에게 외쳤다. "모든 것을 뒤집어엎으시오." 그리하여 그들은 남은 48시간 동안 매장 전체를 옮기다시피 했다. 놀라고 당황한 직원들은 이틀 밤과 일요일 하루 온종일을 엄청난 혼란 속에서 보내야 했다. 심지어 월요일 아침, 백화점 개장 한 시간 전까지도 상품들은 아직 제자리를 다 찾지 못하고 있었다. 사장이 정신이 나간 게 분명했다. 다들 그의 속내를 도무지 짐작할 수 없다는 듯 어이없다는 표정을 지어 보였다.

"자자, 서두르자고!" 무레는 자신의 기발한 생각에 만족해하는 듯한 차분한 표정으로 소리쳤다.

"저기 정장들은 위쪽으로 옮기고…… 중앙 계단 층계참의 일본 매장*은 진열이 마무리된 건가? ……조금만 더 애씁시다, 여러분, 잠시 후에 모두가 깜짝 놀랄 만한 매상고를 올리는 걸 보게 될 테니!"

부르동클도 이른 새벽부터 자리를 지키고 있었다. 그 역시 다른 직원들과 마찬가지로 주인이 무슨 생각을 하고 있는지 이해가 되지 않았다. 하지만 감히 물어볼 엄두를 내지 못한 채 불안한 눈빛으로 무레의 일거수일투족을 지켜보았다. 흥분 상태의 그를 건드렸다가는 어떤 일이 일어날지 잘 알기 때문이었다. 망설이던 부르동클은 마침내 결심을 한 듯 조심스럽게 물었다.

"세일 직전에 굳이 이렇게 모두 뒤집어엎을 필요가 있을까요?"

무레는 처음엔 아무런 대꾸 없이 어깨를 으쓱해 보이기만 했다. 그러다 부르동클이 재차 묻자, 답답하다는 듯 한꺼번에 쏟아내듯 말했다.

---

*19세기 중후반, 일본이 서구에 문호를 개방하면서 런던 만국박람회(1862년)와 파리 만국박람회(1867, 1878, 1889년), 그리고 개인 컬렉터들이 소장한 작품들을 통해 일본의 도자기와 부채, 우키요에 등이 유럽에 소개되었다. 이를 계기로 일본의 문화 및 예술에 대한 관심이 증대되었으며, 미술 작품뿐 아니라 일상 공예품에서도 일본 스타일이 크게 유행했다. 1872년, 프랑스의 미술 비평가 필리프 뷔르티는 이를 '자포니즘(Japonisme)'이라는 용어로 정의했다.

"그럼, 고객들이 모두 한군데만 들렀다 가도록 내버려두란 말인가, 지금? 내가 어리석었던 거야, 마치 수학자처럼 꽉 막힌 생각을 하고 있었던 거라고! 난 그로 인한 결과를 감당할 수 없었을 거네, 절대로……. 고객들을 한군데로만 몰아넣을 뻔했던 거라고. 안으로 들어온 고객이 곧장 자신이 원하는 매장으로 갈 수 있도록, 페티코트에서 드레스로, 드레스에서 외투로, 그렇게 정해진 순서대로 자신이 원하는 것만 살 수 있도록 말일세. 그러고는 곧바로 가버리는 거지, 다른 곳에서 헤맬 기회조차 주어지지 않은 채! ……우리가 애써 꾸며놓은 다른 매장들에는 눈길조차 주지 않고 말이지!"

"하지만," 부르동클은 자신의 생각을 얘기했다.

"이렇게 사방으로 매장을 흩어놓았으니, 고객을 매장마다 안내하려면 직원들이 꽤나 피곤하게 생겼네요."

무레는 그의 말을 부시하듯 또다시 어깨를 으쓱했다.

"그게 뭐 어쨌다는 거지? 그들은 아직 젊지 않나, 오히려 운동도 되고 좋지 뭘 그래……. 그리고 여기저기 많이 돌아다닐수록 좋은 거라고! 그럼 직원도 더 많아 보일 거고, 따라서 사람들도 더 몰려들게 될 테니까."

그러면서 자신만만한 웃음을 지어 보이던 그는 목소리를 낮추어 자신이 생각하는 바를 설명했다.

"내 말 잘 듣게, 부르동클! 내가 왜 이러는지 설명해줄 테니까. ……첫째는, 고객들을 사방으로 정신없이 오가게 만들면, 사람이 더 많아 보이게 하는 효과와 함께 그들의 판단력을 흐려놓을 수 있다는 거야. 두 번째는, 예를 들어 드레스를 사고 난 후 안감을 사고 싶어 하는 고객의 경우, 백화점 끝에서 끝으로 이끌려 다니다 보면 우리 백화점이 세 배는 더 큰 것 같은 착각이 들지 않겠나. 셋째는, 그런 와중에 고객들은 스스로는 발을 들여놓지 않았을 매장들을 어쩔 수 없이 통과하게 되면서 충동적인 구매 유혹에 무너지고 말 거라는 얘기지. 네 번째 이유는……"

그의 얘기에 귀를 기울이던 부르동클의 얼굴에도 미소가 번졌다. 그러자 무레는 흡족한 표정을 지으면서 하던 말을 멈추고 직원들을 향해 소리쳤다.

"수고했소, 여러분! 이제 재빨리 비로 한 번만 쓸어내면 모든 게 완벽해지는 거라고!"

그는 뒤를 돌아보다가 드니즈를 발견했다. 그때 마침 그와 부르동클은 기성복 매장 앞에 와 있었다. 매장을 둘로 나누어 드레스와 정장을 멀찌감치 3층으로 올려 보낸 참이었다. 매장에 제일 먼저 내려와 있던 드니즈는 새롭게 바뀐 매장 모습에 눈을 동그랗게 뜨면서 중얼거렸다.

"무슨 일이지? 매장을 옮기는 건가?"

무레는 그녀의 놀라는 모습을 즐기는 듯 보였다. 그는 이런 식의 극적인 효과를 야기하는 일들을 몹시 사랑했다. 드니즈는 2월 초부터 '여인들의 행복 백화점'에서 다시 일하기 시작했다. 놀랍게도 직원들은 친절하다 못해 정중하기까지 했다. 무엇보다 오렐리 부인은 그녀에게 무척 호의적인 태도를 보였다. 이제 마르그리트와 클라라는 체념한 듯했다. 심지어 주브 감독관마저도 예전의 좋지 못한 기억을 지우고 싶어 하는 것처럼 당혹스러운 얼굴로 연방 머리를 조아렸다. 무레가 뭐라고 한마디만 할라치면, 모두들 수군대면서 드니즈의 일거수일투족을 눈으로 좇았다. 모두가 대체로 친절한 가운데, 들로슈의 이상하게 슬퍼 보이는 얼굴과 그녀를 바라보는 폴린의 야릇한 미소만이 드니즈의 마음을 불편하게 했을 뿐이었다.

그사이, 무레는 여전히 환한 얼굴로 그녀를 주시하고 있었다.

"뭘 찾고 있는 건가요, 마드무아젤?" 마침내 그가 물었다.

미처 무레를 보지 못했던 드니즈는 얼굴을 살짝 붉혔다. 그녀는 이곳으로 다시 돌아온 이후, 그의 각별한 배려에 무척 고마워하고 있던 터였다. 왜 그러는지는 모르지만, 폴린은 그녀에게 사장과 클라라의 연애에 관한 얘기를 미주알고주알 들려주었다. 그가 클라라를 어디서 만난다는 둥 그녀에게 그 대가로 얼마를 주었다는 둥 수시로 되풀이해 얘기하면서, 무레에게 또 다른 애인이 있다는 말을 덧붙였다. 백화점에서는 이미 공공연하게 알려져 있는 데포르주 부인이 바로 그 여자였다. 폴린이 들려준 이야기들은 드니즈를 혼란스럽게 했다. 무레를 보자 다시금 예전에 느꼈던 두려움에 사로잡히면서, 그를 향한 고마움과 분노가 서로 충돌하는 데서 비롯되는 불편한 감정이 함께 느껴졌다.

"갑작스레 옮기니까 좀 정신이 없어서요." 그녀는 조그맣게 대답했다.

그러자 그녀에게 가까이 다가간 무레가 속삭이듯 말했다.

"오늘 저녁에 일이 끝나는 대로 내 사무실로 와요. 할 얘기가 있으니까."

당황한 드니즈는 아무런 대꾸도 하지 못하고 고개를 끄덕였다. 게다가 매장에 다른 판매원들이 출근해 있어 빨리 들어가봐야 했다. 무레의 말을 엿들은 부르동클은 웃으면서 그를 바라보았다. 하지만 두 사람만 있게 되자, 부르동클은 용기를 내어 무레에게 충고를 시도했다.

"또 저 여잡니까! 조심하십시오, 그러다 정말 심각해질 수가 있으니까요!"

그러자 무레는 자신의 감정을 데면데면해 보이는 외양 속에 감추면서 적극 변명을 했다.

"뭘 그렇게 예민하게 반응하고 그러나, 장난 좀 하는 걸 가지고! 나를 정복할 여자는 아직 태어나지도 않았다니까!"

마침내 백화점 개장 시각이 가까워오자 그는 서둘러 달려가 여러 매장들을 마지막으로 둘러보았다. 부르동클은 고개를 가로저었다. 순박하고 온순해 보이는 저 드니즈란 여자는 왠지 그를 불안하게 했다. 첫 번째는, 그녀를 갑작스레 해고함으로써 그의 승리로 끝났다. 하지만 그녀가 다시 나타나자, 부르동클은 그녀를 진정한 적으로 규정하고 또다시 묵묵히 그녀를 내칠 수 있을 때를 기다렸다.

무레를 뒤쫓아 간 부르동클은 아래층 생토귀스탱 홀의 정문 맞은편에서 소리치고 있는 그를 발견했다.

"다들 내 말을 뭘로 들은 거야! 내가 분명 파란색 양산들을 가장자리로 배치하라고 지시했을 텐데……. 이것들을 당장 다시 제자리로 갖다 놓지 못하겠나!"

그는 누구의 말도 들으려고 하지 않았다. 그리하여 점원 여럿이 달려들어 양산 배치를 다시 해야 했다. 고객들이 나타나기 시작하자, 그는 잠시 문을 닫도록 조치하기까지 했다. 그러면서 파란색 양산을 가운데 놔두고서는 백화점 문을 열지 않을 것이라고 엄포를 놓았다. 그는 자신이 생각한 그림을 망치는 것을 용납할 수 없었다. 진열에는 일가견이 있기로 정평이 난 위탱과 미뇨를 포함한 몇몇 판매원들이 달려와 그 광경을 지켜보면서 한숨을 내쉬었다. 하지만 그들은 서로 취향이 달라 사장의 뜻을 이해하지 못하는 척했다.

마침내 문이 다시 열리자 군중이 몰려들기 시작했다. 그러자 이른 시각부터 백화점이 가득 차기도 전에 입구에 사람들이 한꺼번에 몰려 난장판이 되는 바람에, 보도의 통행을 정리하기 위해 경관까지 등장하는 사태가 발생했다. 무레의 예상이 정확하게 맞아떨어졌던 것이다. 수많은 주부들과 빽빽하게 들어찬 프티부르주아 계층의 여성들*, 그리고 보닛을 쓴 여인네들** 이 길가에까지 수북이 쌓여 있는 특선 상품과 세일 상품, 자투리 천 들을 먼저 차지하려고 서로 몸싸움을 벌였다. 여인네들은 너 나 할 것 없이 손을 위로 뻗은 채 입구에 매달려 진열돼 있는 천들을 앞다투어 만져보았다. 그중에서도 7수짜리 캘리코, 9수짜리 그리자유***, 그리고 특별히 38상팀짜리 오를레앙스****는 가난한 이들의 지갑을 더욱더 얄팍하게 만들었다. 여인네들은 세일 상품들이 가득 들어 있는 상자와 바구니 주위에서 서로 가차 없이 떼밀고 몸을 마구 부딪치기를 서슴지 않았다. 10상팀짜리 레이스, 5수짜리 리본, 3수짜리 가터, 장갑, 페티코트, 넥타이, 양말과 면 스타킹 들이 게걸스러운 군중에게 먹혀버린 듯 차츰 줄어들더니 모두 어디론가 사라져버렸다. 추운 날씨에도 불구하고 길가에서 물건을 파는 판매원들은 숨 돌릴 시간조차 없었다. 한 임산부는 비명을 질렀고, 어린 두 소녀는 하마터면 숨이 막힐 뻔했다.

*서민 계층에 속하는 노동자의 아내보다는 상대적으로 좀 더 나은 삶을 살았던 이들로, 상점 주인의 아내와 같은 여성들을 가리킨다.
**당시 서민 계층에 속한 여성들은 주로 천으로 만든 머리쓰개 형태의 모자를 쓰거나 맨머리로 다녔다.
***그리자유는 '회색빛'을 뜻하는 말로, 양모와 면사를 섞어 짠 흰색과 검은색의 체크무늬 천을 가리킨다.
****면사(또는 견사)와 양모를 섞어 짠 영국산 직물을 가리킨다.

오전 내내, 아수라장 같은 풍경은 점차 그 도를 더해갔다. 오후 1시경에는 길게 늘어선 줄 때문에 도로가 막혀 마치 무슨 소요라도 일어난 것처럼 보였다. 그 무렵, 맞은편 보도에 서서 머뭇거리던 드 보브 부인과 딸 블랑슈를 본 마르티 부인이 자신의 딸과 함께 다가가 아는 체를 했다.

"맙소사, 저 사람들이 다 뭐람!" 드 보브 부인이 놀란 얼굴로 중얼거렸다.

"저 안에 들어갔다가는 깔려 죽기 딱 좋겠네. ……여기 오질 말았어야 하는데. 누워서 쉬다가 잠깐 바람이나 쐴까 하고 왔거든요."

"나도 그래요." 마르티 부인도 맞장구를 쳤다.

"남편한테 몽마르트르에 사는 그이 누나를 보러 가겠다고 약속했거든요. ……그런데, 지나던 길에 코르셋 끈이 필요한 게 생각나더라고요. 기왕이면 다른 데보다는 여기서 사는 게 낫지 않겠어요? 오! 난 한 푼도 허투루 쓰지 않을 거예요! 어차피 다른 건 필요한 것도 없고 말이죠."

하지만 그들의 눈길은 백화점 정문을 떠나질 못하고 있었다. 마치 군중이 일으키는 돌풍에 휘말려 휩쓸려버린 듯했다.

"아니, 아뇨, 난 안 들어갈 거예요. 무서워서요." 드 보브 부인이 중얼거렸다.

"블랑슈, 그냥 가자, 자칫하다 정말 깔려 죽을지도 몰라."

하지만 그녀는 목소리가 점점 작아지면서, 모두가 들어가는 그곳으로 자신도 가고 싶다는 욕망에 조금씩 굴복했다. 조금 전에 느꼈던 두려움마저 인산인해를 이루는 광경에 합류하고픈 갈망 속으로 어느새 녹아 없어져 버렸다. 마르티 부인 역시 저항하기를 포기하고 딸에게 거듭 말했다.

"엄마 옷을 꼭 잡으렴, 발랑틴……. 오! 정말 이런 건 처음 봐요. 가만있어도 저절로 밀려 들어가잖아요. 저 안에 대체 뭐가 있길래 저러는지 궁금해서 견딜 수가 없네요!"

사람들의 물결에 휩쓸린 여자들은 더 이상 뒤로 물러설 수 없었다. 강물이 계곡의 지류들을 끌어당기듯, 백화점 입구를 가득 메운 인파는 거리를 지나는 행인들과 파리의 사방 곳곳의 주민들을 빨아들였다. 줄을 선 여인네들은 숨이 막힐 정도로 바짝 붙어 선 채 아주 느리게 조금씩 앞으로 나아갔다. 그러는 동안, 서로를 지탱해주는 어깨와 배에서 부드러운 온기가 느껴졌다. 그녀들의 충족된 욕망은 그러한 힘겨운 전진마저도 기꺼이 즐길 수 있게 해주었다. 그런 상황은 오히려 여인네들의 호기심을 한층 더 자극했다. 실크로 우아하게 차려입은 여인들과 소박한 옷차림의 프티부르주아 여성들, 맨머리 차림의 여자들까지 뒤죽박죽으로 뒤섞인 채 모두가 그 열기에 들뜨고 흥분돼 있었다. 넘쳐나는 여인들의 가슴 아래 파묻힌 몇몇 남자들은 불안한 눈빛으로 주위를 두리번거렸다. 인파 속에 푹 파묻힌 한 유모가 데리고 있던 아기를 위로 번쩍 들어 올리자 편안해진 아이는 웃음을 터뜨렸다. 오직 마른 체격의 한 여성만이 옆의 여자가 팔꿈치로 자신을 찔렀다며 욕설을 퍼부어댔다.

"이러다 내 드레스가 남아날까 모르겠네." 드 보브 부인이 중얼거렸다.

차가운 공기로 인해 발갛게 된 얼굴로 말없이 기다리고 있던 마르티 부인은 백화점이 얼마나 더 커졌는지 보기 위해 발돋움을 한 채 다른 사람들 어깨 너머를 기웃거렸다. 그녀의 회색빛 눈동자는 환한 빛을 쏘인 고양이의 눈동자처럼 가늘어져 있었다. 얼굴은 충분히 휴식을 취한 것처럼 생기가 감돌고, 눈빛은 잠에서 막 깨어난 사람처럼 맑았다.

"휴! 드디어!" 마르티 부인은 한숨을 내쉬었다.

비로소 긴 대열에서 벗어난 그녀들이 들어간 곳은 생토귀스탱 홀이었다. 그곳이 텅 비어 있다시피 한 것을 본 그녀들은 무척 의아해하는 표정을 지었다. 이내, 거리의 겨울을 벗어나 봄 속으로 들어온 것처럼 안락한 느낌이 여인들을 감쌌다. 바깥에는 곧 소나기라도 쏟아질 듯 차가운 바람이 부는 반면, '여인들의 행복 백화점'의 갤러리에서는 벌써부터 화창한 계절이 그녀들을 반겨주었다. 얇은 천과 화사한 파스텔 톤 색조, 여름 신제품과 양산 들이 자아내는 전원 같은 경쾌한 분위기가 여인들의 몸을 따뜻하게 덥혀주었다.

"저기 좀 봐요!" 위쪽을 쳐다보던 드 보브 부인이 그 자리에 얼어붙은 듯 서서 외쳤다.

그녀의 눈길을 사로잡은 것은 무수한 양산들이 펼치는 향연이었다. 둥근 방패처럼 활짝 펼쳐놓은 양산들이 유리 천장에서부터 반짝반짝 윤이 나는 떡갈나무 쇠시리*에 이르기까지 홀을 온통 뒤덮고 있었다. 위층의 아치형 통로 주위에 매달린 양산들은 꽃줄 장식을, 기둥을 따라 길게 장식된 양산들은 화환을 떠올리게 했다. 갤러리의 난간과 계단 난간에는 촘촘하게 붙어 있는 양산들이 길게 이어진 띠처럼 보였다. 백화점 곳곳에 대칭을 이루며 정렬된 양산들은 붉은색, 초록색, 노란색으로 벽들을 알록달록하게 장식하고 있었다. 마치 커다란 베네치아식 초롱들이 거대한 규모의 축제를 위해 불을 밝히고 있는 것처럼 보였다. 홀의 사방 모서리에서는, 복잡한 무늬가 그려진 양산

---

*나무의 모서리나 표면을 도드라지거나 오목하게 깎아 모양을 낸 것.

들이 마치 39수짜리 별들처럼 담청색, 유백색, 연분홍색 등의 밝은 색조로 야등처럼 은은하게 빛나고 있었다. 그들의 머리 위로는, 자줏빛 하늘을 날아다니는 금빛 학들이 새겨진 거대한 일본풍 양산이 마치 불이라도 난 것처럼 불타오르고 있었다.

놀랍고 황홀한 느낌을 어떻게 표현해야 할지 몰라 잠시 머뭇거리던 마르티 부인은 짧은 탄성을 질렀다.

"마치 요정의 나라에라도 와 있는 것 같군요!"

그런 다음 이제 어디로 가야 할지 따져보았다.

"그러니까, 끈을 사려면 바느질 도구 매장으로 가야겠지…… 난 끈만 사고 바로 갈 거예요."

"나랑 같이 가요." 드 보브 부인이 말했다.

"그럼 되겠지, 블랑슈, 우린 여길 그냥 지나가기만 하는 거야, 그렇지?"

하지만 그녀들은 입구에서부터 길을 잃고 헤매기 시작했다. 왼쪽으로 꺾어지자, 예전에 바느질 도구 매장이 있었던 자리에 들어선 주름 장식과 장신구를 파는 매장과 맞닥뜨렸다. 지붕 덮인 갤러리 아래에서는 후덥지근한 열기가 느껴졌다. 군중의 발소리마저 빨아들이는 듯한 천들의 퀴퀴한 냄새가 가득 밴 공기로 인해 마치 온실에라도 들어와 있는 것처럼 끈적거리고 숨이 막혀왔다. 그러자 그들은 다시 정문 앞으로 되돌아갔다. 어느새, 여인과 아이 들이 또다시 끝이 보이지 않는 긴 행렬을 이루면서 차례로 백화점을 나서고 있었고, 그 위로 붉은색 풍선들이 구름처럼 떠다녔다. 대대적인 홍보를 위해 4만여 개의 풍선을 준비해 특별히 그것만을 나누어 주는 직원들을 배치해놓은 터였다. 풍선을 하나씩 받아들고 그곳을 나서는 사람들을 보고 있노라면, 보이지 않는 끈에 매달린 거대한 비누 거품이 공중에 둥둥 떠 있으면서 거기에 양산들의 강렬한 색깔이 반사되는 듯했다. 그로 인해 백화점 전체가 환히 빛났다.

"정말 엄청나군." 드 보브 부인은 감탄사를 연발했다.

"도무지 길을 찾을 수가 없으니 원."

하지만 사람들이 끊임없이 들락거리는 문 앞에서 정신없이 떼밀리며 마냥 서 있을 수는 없는 노릇이었다. 다행히 주브 감독관이 그들을 곤경에서 구해주었다. 그는 정문 앞에 버티고 서서 엄격하고 날카로운 눈빛으로 그곳을 통과하는 여자들을 주의 깊게 살폈다. 특별히 내부 치안을 담당하는 그는 물건을 훔치는 여자들을 기막히게 찾아내곤 했다. 특히 눈빛이 불안해 보이는 임산부를 계속 주시했다.

"바느질 도구 매장을 찾으시나요?" 그는 상냥하게 되물었다.

"왼쪽으로 가시면 됩니다! 편물 매장 뒤쪽입니다."

드 보브 부인은 그에게 인사를 했다. 뒤를 돌아본 마르티 부인은 딸 발랑틴이 온데간데없이 사라진 걸 알게 되었다. 그러다 한참 떨어진 생토귀스탱 홀 끝 쪽에서 딸을 발견하고는 질겁을 했다. 발랑틴이 19수짜리 여성용 크라바트가 산더미처럼 쌓여 있는 호객꾼의 매대 앞에서 넋을 잃고 있었던 것이다. 무레는 이처럼 외부 판매원의 직접 판매를 허용하고 있었다. 판매원은 큰 소리로 물건 값을 외치면서 고객을 유혹해 지갑을 비워냈다. 무레는 자신의 백화점을 홍보할 수만 있다면 수단과 방법을 가리지 않았다. 그러면서 상품은 품질로만 승부해야 한다고 믿는 일부 경쟁자들의 신중함을 비웃었다. 할 일 없고 입담 좋은 파리 사람으로 구성된 이런 특별 판매원들은 이런 식으로 조그맣고 값싼 물건들을 얼마든지 팔아치울 수 있었다.

"세상에! 엄마, 이 크라바트 좀 보세요. ……구석에 새가 수

놓아져 있어요." 발랑틴이 중얼거렸다.

제품 선전에 열을 올리던 판매원은 100프로 실크로 된 제품이라고 맹세하면서, 제조업자가 파산하는 바람에 싸게 처분하는 것이며, 이런 물건을 살 수 있는 기회는 결코 다시 오지 않을 거라고 설명했다.

"이런 게 19수밖에 안 된다니, 말도 안 돼!" 딸과 마찬가지로 매료된 마르티 부인이 말했다.

"까짓것! 두 개 정돈 사도 괜찮겠지. 그런다고 설마 죽기야 하겠어."

드 보브 부인은 경멸이 가득한 얼굴로 그녀들을 흘겨보았다. 호객 행위라면 딱 질색인 그녀는 누군가가 말이라도 걸라치면 재빨리 그 자리를 피했다. 그러자 마르티 부인은 몹시 놀라면서, 장사꾼의 허풍 섞인 사설을 그토록 싫어하는 것을 이해하시지 못하겠다는 표정을 지어 보였다. 그녀는 드 보브 부인과는 전혀 다른 유형의 여자였다. 마르티 부인은 누군가에게 강요당하듯 공공연한 제안의 유혹 속으로 빠져드는 것을 좋아했다. 이것저것 뒤적거리면서 쓸데없는 말로 시간을 낭비하는 것은 그녀에겐 포기할 수 없는 즐거움이었다.

"이제 얼른 끈을 사러 가자꾸나. ……더 이상 여기서 얼쩡거리면 안 될 것 같아."

하지만 마르티 부인은 스카프와 장갑 매장을 통과하는 동안 또다시 마음이 약해지는 것을 느꼈다. 은은한 불빛 아래, 시선을 잡아끄는 발랄하고 경쾌한 진열대가 지나가는 이들의 발길을 멈추게 하고 있었다. 대칭으로 배치된 판매대는 마치 화단처럼, 홀 전체를 온갖 종류의 꽃들이 화사하게 피어 있는 정통 프랑스식 정원으로 변모시켜 놓았다. 나무로 된 매대 위에 그대로 놓이거나, 상자와 칸막이 선반에서 쏟아져 내릴 것처럼 넘쳐나는 스카프들은 제라늄의 강렬한 붉은색, 피튜니아의 유백색, 국화의 황금빛 노란색, 버베나의 밝은 청색을 떠올리게 했다. 좀 더 위쪽으로는, 구리로 된 줄기 위에 또 다른 꽃들이 활짝 피어 있었다. 아무렇게나 내던져진 것 같은 숄, 펼쳐진 리본 등이 화려한 장식 띠처럼 길게 이어져 기둥 주위를 감고 올라가며 거울 속에서 무한 반복되면서 보는 이들의 눈을 어지럽게 했다. 하지만 그보다 더 사람들의 시선을 사로잡은 것은 오직 장갑으로만 이루어진 스위스풍 오두막집이었다. 그것은 장갑 매장의 미뇨가 이틀이나 걸려 완성한 걸작이었다. 우선, 검은색 장갑들로 아래층을 꾸미고, 담황색과 회녹색, 진한 붉은색 장갑들로 각각 창틀과 발코니와 지붕의 기와를 표현했다.

"부인께 어울리는 장갑을 좀 보여드릴까요?" 미뇨는 오두막집 앞에 꼼짝 않고 서 있는 마르티 부인을 향해 물었다.

"여기 1프랑 75상팀짜리 스웨덴산 장갑 좀 보시겠어요? 이 가격에 절대 만날 수 없는 기막힌 거랍니다."

그는 판매대 안쪽에 서서 끈질기고 공손한 호객 행위로 지나가는 여인네들을 성가시게 했다. 마르티 부인의 사양에도 아랑곳없이 떠벌리는 것을 멈추지 않았다.

"티롤산 장갑은 단돈 1프랑 25상팀이고요, 토리노산 아동용 장갑이랑 다양한 색깔로 수놓아진 것들도 있답니다."

"아뇨, 됐어요, 필요한 게 없어서요." 마르티 부인은 단호하게 말했다.

하지만 미뇨는 그녀의 목소리가 점점 작아지는 것을 느끼고는, 더 공격적인 방식으로 그녀의 눈앞에 수가 놓인 장갑을 들이밀었다. 그러자 마르티 부인은 더 이상 버티지 못하고 한 켤

레를 사고 말았다. 그리고 드 보브 부인이 미소를 지으며 바라
보자 얼굴을 붉히면서 말했다.

"그렇죠? 내가 좀 어린애 같죠? ……얼른 가서 코르셋 끈을
사고 여기서 나가지 않으면 정말 큰일 날 것 같아요."

하지만 불행히도 바느질 도구 매장에는 사람들이 잔뜩 몰려
있어서 도무지 차례가 오지 않았다. 10분 전부터 기다리고 있
던 두 여자가 짜증이 나기 시작할 무렵, 부르들레 부인이 아이
셋을 데리고 나타나 그들의 지루함을 덜어주었다. 부르들레 부
인은 예의 실용적이고 차분한 태도로 아이들에게 백화점을 보
여주기 위해서 왔다고 해명했다. 마들렌은 열 살, 에드몽은 여
덟 살, 뤼시앵은 네 살이었다. 아이들은 즐거운 듯 함박웃음을
터뜨렸다. 이거야말로 돈 안 드는 공짜 놀이라, 부르들레 부인
은 오래전에 아이들에게 백화점에 데려가 주겠다고 약속을 한
터였다.

"양산들이 정말 예쁘네요. 아무래도 붉은색으로 하나 사야
겠어요." 아무것도 하지 않고 한군데 머물러 있는 것을 견디지
못한 마르티 부인이 불쑥 말했다.

그녀는 14프랑 50상팀짜리 양산을 하나 골랐다. 그러자 나
무라는 듯한 눈길로 그녀를 지켜보던 부르들레 부인이 친구로
서 충고를 했다.

"그렇게 서둘러 살 필요가 있나요. 한 달만 기다리면 10프랑
에도 살 수 있을 텐데……. 난 그런 상술에 절대 넘어가지 않
을 거예요!"

그녀는 알뜰한 주부로서 자신이 아는 생활의 지혜를 줄줄이
늘어놓았다. 시간이 지나면 그들은 제품의 가격을 낮추게 되어
있으므로, 자신들은 기다리기만 하면 되는 것이다. 그녀는 절

대로 그들에게 이용당하지 않을 것이며, 오히려 그들의 파격적인 세일을 이용하는 것은 그녀 자신이었다. 그녀는 심지어 백화점에 무슨 대단한 유감이라도 있는 사람처럼, 그들에게 한 푼의 이익도 남겨주지 않을 거라고 자랑처럼 얘기하기까지 했다.

"그런데, 아이들에게 위층 독서실에서 그림책을 보여주기로 약속했거든요. ……시간이 괜찮으면 같이 안 가실래요?"

그러자 마르티 부인은 끈을 사는 것을 잊어버린 채 즉시 그러마고 했다. 드 보브 부인은 아래층을 더 돌아보기를 원했다. 그들은 위층에서 다시 만날 수 있기를 바랐다. 그리고 계단을 찾던 부르들레 부인은 엘리베이터를 발견하고는 재미 삼아 아이들을 안으로 밀어 넣었다. 마르티 부인과 발랑틴도 사람들이 꽉 들어찬 비좁은 안쪽으로 들어섰다. 그들은 벨벳을 두른 긴 의자와 거울, 그리고 세공된 청동 문에 정신이 팔려 엘리베이터가 부드럽게 움직이는 것조차 느끼지 못한 채 이층으로 올라갈 수 있었다. 게다가 레이스 갤러리에서는 또 다른 즐거움이 그들을 기다리고 있었다. 부르들레 부인은 카페테리아 앞을 지나면서 시럽 음료로 아이들의 목을 축이게 하는 것을 잊지 않았다. 카페테리아는 너르고 긴 대리석 테이블이 설치된 사각형의 방이었다. 양끝에는 가느다란 물줄기가 졸졸 흘러나오는 은빛 분수가 설치돼 있었다. 그 뒤쪽으로, 조그만 선반 위에 병들이 나란히 놓여 있었다. 세 명의 사환은 쉴 새 없이 컵들을 닦아 시럽 음료를 채워 넣었다. 그들은 목마른 고객들을 통제하기 위해, 극장 문 앞에서 그러하듯 벨벳이 씌워진 로프를 써서 사람들을 줄 세웠다. 카페테리아는 사람들로 미어터졌고, 줄을 선 고객들은 공짜 음료 앞에서 이성을 잃은 채 발을 동동 굴렀다.

"그런데, 다들 어디 있는 거지?" 마침내 혼잡함을 벗어난 부르들레 부인은 손수건으로 아이들을 닦아준 다음 큰 소리로 외쳤다.

그녀는 멀찌감치 떨어진 또 다른 갤러리 끝에 있는 마르티 부인과 발랑틴을 알아볼 수 있었다. 두 모녀는 페티코트 더미 속에 파묻힌 채 여전히 물건을 사들이고 있었다. 이젠 끝이었다. 엄마와 딸은 소비의 광적인 열기 속으로 휩쓸린 채 사라져 버렸다.

무언가를 읽거나 쓸 수 있도록 한 독서실에 마침내 도착한 부르들레 부인은 마들렌과 에드몽, 뤼시앵을 커다란 테이블 앞에 앉혔다. 그리고 직접 서가에서 사진 앨범을 골라 아이들에게 갖다 주었다. 기다란 방의 둥근 천장은 번쩍이는 금박 도금으로 사람들의 눈길을 사로잡았다. 방의 양끝에는 거대한 벽난로가 서로 마주 보고 있고, 화려한 액자 속에 담긴 보잘것없는 그림들이 벽을 빙 둘러 장식하고 있었다. 기둥들 사이로는 백화점 쪽으로 난 아치형 내닫이창*들이 보였고, 그 앞에는 마욜리카 도자기에 심긴 높다란 초록색 화초가 놓여 있었다. 잡지와 신문 들이 수북이 쌓여 있고, 문구류와 잉크병이 놓여 있는 테이블 주위로 사람들이 말없이 둘러앉아 있었다. 여자들은 장갑을 벗고, 종이를 집어 윗부분에 새겨진 백화점 이름과 주소를 지우고는 편지를 썼다. 몇몇 남자들은 소파에 엉덩이를 깊숙이 파묻고 몸을 뒤로 젖힌 채 신문을 읽었다. 하지만 아무것도 하지 않고 가만히 앉아 시간을 때우는 사람들이 대부분이었다. 매장들 속으로 사라진 아내를 기다리는 남편, 남몰래 연인을 기다리는 젊은 여성, 휴대품 보관소에 맡긴 짐처럼 나갈 때

---

*실내에 구석진 부분을 만들기 위해 벽면의 일부분을 내밀어 만든 창. 베이 윈도우라고도 한다.

찾아가기 위해 데려다 놓은 노부모 등 다양한 사연을 가진 사람들이 그곳에 모여 있었다. 그들은 소파에 앉아 나른한 모습으로 휴식을 취하면서 열린 창문과 갤러리 그리고 홀 안쪽을 흘끗거렸다. 멀리서 들려오는 웅성거림이, 펜이 사각거리는 소리와 신문이 바스락거리는 소리 속으로 잦아들었다.

"어머나! 이게 누구예요! 하마터면 몰라볼 뻔했네요!" 부르들레 부인이 반색하며 말했다.

아이들 근처의 한 여성이 잡지로 몸을 가리고 있었다. 기발 부인이었다. 그녀는 부르들레 부인을 만난 것을 별로 달가워하지 않는 듯했다. 하지만 이내 정색을 하고는, 아래층의 혼잡을 피해 잠시 쉬러 올라왔다고 설명했다. 부르들레 부인이 쇼핑을 하러 왔는지 묻자, 기발 부인은 철저한 이기주의가 번득이는 눈빛을 눈꺼풀 아래로 감추면서 심드렁한 얼굴로 대답했다.

"오! 아니에요. ……난 그 반대로 돌려주려고 왔답니다. 그래요, 포르티에르 말이에요. 지난번에 샀던 건데 마음에 안 들어서요. 그런데 사람이 너무 많아서 매장이 좀 한산해질 때까지 기다리는 중이랍니다."

그러면서 반품 제도의 편리함에 대해 입에 침이 마르도록 찬사를 늘어놓았다. 예전에는 물건을 사는 법이라곤 결코 없었던 그녀는 이젠 가끔씩 그 유혹에 넘어가기도 했다. 사실인즉슨, 그녀는 다섯 개 중에 네 개를 반품하곤 했고, 그런 그녀의 별스러운 구매 습관은 전 매장에 널리 알려져 있었다. 늘 못마땅해하면서, 산 물건을 며칠간 가지고 있다가는 하나씩 차례로 되돌려주곤 했기 때문이다. 기발 부인은 얘기하는 중에도 독서실 입구에서 눈을 떼지 못했다. 그러다 부르들레 부인이 아이들에게 사진을 설명해주기 위해 자리로 돌아가자 비로소 안도

하는 듯 보였다. 그와 동시에 무슈 드 보브와 폴 드 발라뇨스가 안으로 들어왔다. 자신의 예비 사위에게 백화점을 구경시켜주는 척했던 백작은 기발 부인과 재빨리 눈빛을 나누었다. 그리고 그녀는 그를 못 본 것처럼 다시 잡지를 읽는 척했다.

"아니! 폴 자네가 여길 어떻게!" 두 남자들 뒤에서 누군가가 소리쳤다.

무레였다. 그는 여기저기 매장들을 둘러보는 길이었다. 서로 악수를 한 다음 그가 즉시 물었다.

"드 보브 부인께서도 방문을 해주셨나요?"

"오! 아닙니다. 그러잖아도 아내도 무척 유감스럽게 생각하고 있습니다. 몸이 좀 안 좋거든요. 오! 걱정할 정도는 아닙니다."

그는 그제야 기발 부인을 알아본 것처럼 놀란 얼굴을 했다. 그리고 일행에서 벗어나 모자도 쓰지 않은 채 그녀에게로 다가갔다. 다른 두 남자는 멀리서 고갯짓으로 그녀에게 인사를 했다. 기발 부인 역시 놀라는 시늉을 했다. 그 모습을 지켜보던 폴의 입가에 야릇한 미소가 번졌다. 그는 마침내 모든 것을 이해할 수 있었다. 그리고 조그만 소리로 무레에게 설명했다. 리슐리외 가에서 우연히 그를 만난 백작은 그에게서 빠져나오려고 애쓰다가는, 마침내는 그를 '여인들의 행복 백화점'으로 데리고 오기로 마음먹었다. 이 모든 것을 반드시 봐야 한다는 핑계를 대고서였다. 기발 부인은 1년 전부터 백작에게서 돈과 쾌락을 동시에 취하고 있었다. 하지만 그에게 편지로 연락하는 일은 결코 없었으며, 언제나 교회나 박물관, 백화점 같은 공공 장소에서 만나서 약속을 잡곤 했다.

"두 사람은 매번 만날 때마다 호텔 방을 바꾸는 것 같더군."

발라뇨스가 조그만 소리로 말했다.

"요전 달에는, 감독 업무차 지방을 순회하던 백작이 하루걸러 부인에게 편지를 보냈지. 블루아, 리부른, 타르브 등지에서. 하지만 난 바티뇰에 있는 그럴듯한 호텔로 들어가는 그를 똑똑히 본 것 같거든. ……저기 백작을 좀 보라고! 관직에 있는 사람답게 여자 앞에서 정중하고 깍듯하게 구는 모습이 멋지지 않나! 저게 바로 옛 프랑스의 모습이라고! 옛 프랑스 말일세, 친구!"

"그런데 자네 결혼은 어떻게 된 건가?" 무레가 물었다.

폴은 백작에게서 눈을 떼지 않은 채, 여전히 돈 많은 숙모의 죽음을 기다리고 있다고 대답했다. 그리고 의기양양한 표정으로 말했다.

"내 말이 맞지? 자네도 봤지? 백작이 고개를 숙여서는 주소가 적힌 종이를 건네준 거. 게다가 저 여잔 세상에서 가장 고고한 것 같은 얼굴로 응하고 있군. 겉으론 무심한 척하면서 여우처럼 굴다니, 저 붉은 머리 여인은 정말 무서운 여잔 것 같아. ……재미있군! 자네 백화점에서는 참으로 흥미로운 일들이 많이 일어나는 것 같네! "

"그렇지!" 무레는 빙그레 미소를 지었다.

"그런데 말이지, 저 여인들은 지금 내 집에 와 있는 게 아니라네. 자기 집에 있는 거나 마찬가지라고."

그리고 내친김에 농을 늘어놓았다. 사랑은 제비와 같아서 백화점에 행운을 가져다준다. 그는 물론 물건을 사지 않고 매장을 어슬렁거리기만 하는 젊은 여성들이나, 그곳에서 남자를 우연히 만난 척하는 여인네들이 있다는 사실을 잘 알고 있다. 하지만 그런 여자들이 매상을 올려주진 않더라도, 매장 곳곳을 어슬렁거리면서 고객이 많아 보이게 함으로써 백화점에 활기를 더해주는 역할을 하는 것이다. 무레는 얘기하는 동안 자신의 친구를 독서실 입구로 데리고 갔다. 그들 맞은편으로는 거대한 중앙 갤러리가, 그리고 그들이 서 있는 곳의 아래쪽으로는 여러 개의 홀이 사방으로 나 있는 게 보였다. 그들이 등지고 있는 독서실에서는 차분한 분위기 속에 사각거리며 신경질적으로 펜을 놀리는 소리와 신문을 접는 소리가 들려왔다. 한 노신사는 '르 모니퇴르'*를 읽다가 잠이 든 듯했다. 무슈 드 보브는 예비 사위를 떼어내고 싶어 하는 명백한 의도로 그림 앞에서 마냥 시간을 끌고 있었다. 그렇게 정적이 흐르는 가운데 부르들레 부인만이 자기 집인 양 큰 소리로 아이들과 웃고 떠들었다.

"보라고, 여긴 저 여인들의 집이나 마찬가지라네." 무레는 매장마다 미어터지도록 몰려드는 여인들을 향해 팔을 크게 휘두르며 거듭 말했다.

바로 그 무렵, 군중 틈에서 외투가 벗겨질 뻔했다가 간신히 안으로 들어온 데포르주 부인이 첫 번째 홀을 가로지르고 있었다. 중앙 갤러리로 접어든 그녀는 눈을 들어 위를 쳐다보았다. 기차역의 중앙 홀을 연상시키는 너른 공간은 위쪽 두 개 층에 걸쳐 난간으로 빙 둘러져 있었다. 공중에 매달린 듯한 계단들이 공간을 가로질렀고, 허공에 떠 있는 다리들이 그것들을 이어주었다. 철제로 만든 이중 나선 계단은 대담한 곡선의 형태로 뻗어나가 수많은 층계참을 만들었다. 계단과 마찬가지로 철제로 만든 다리들은 허공에 높이 직선으로 곧게 뻗어 있었다. 이처럼 금속을 사용한 건축은 유리로 된 천장에서 비치는 새하얀 빛 아래 경쾌한 느낌이 강조되면서, 올이 성긴 레이스처럼

*'모니터'라는 의미로, 프랑스대혁명(1789년) 당시 창간된 신문이다. 1868년까지 제2제정의 관보로서 독점적인 지위를 누렸다.

빛이 자유롭게 통과할 수 있도록 설계돼 있었다. 마치 꿈속의 궁전을 현대식으로 실현해놓은 듯했다. 층을 쌓아가고, 매장을 늘리고, 다른 층과 다른 매장으로 통하는 출구를 무한히 늘려가는 현대판 바벨탑인 셈이었다. 게다가 철은 백화점 곳곳을 지배하고 있었다. 정직함과 용기를 지닌 젊은 건축가는 구태여 철에 도료를 칠해 돌이나 나무인 양 눈가림하려고 하지도 않았다. 아래층은, 상품을 돋보이게 하기 위해 장식은 최대한 간결하게 하고, 대부분을 통일시켜 중성적인 색깔로 마무리했다. 그리고 철근 골조가 위로 올라감에 따라 더 화려해진 기둥머리 장식과 꽃 모양 리벳, 조각 장식이 된 소용돌이 모양의 까치발*과 초엽(蕉葉)**이 눈에 띄었다. 마지막으로 맨 꼭대기에는, 금빛 물결과 금빛 수확물처럼 보이는 풍성한 금빛 가운데 초록색과 붉은색이 선명하게 두드러졌다. 심지어 천장의 유리까지도 온통 금으로 된 칠보 세공과 니엘로*** 상감으로 장식돼 있었다. 지붕 덮인 갤러리 아래, 둥근 천장의 모서리를 이루는 벽돌에도 밝은 색깔의 유약이 칠해져 있었다. 모자이크와 자기(磁器)도 장식의 한몫을 담당하면서 프리즈****의 분위기를 밝게 만들었고, 경쾌한 색조로 전반적으로 절제된 분위기에 흥을 돋우었다. 붉은색 벨벳으로 난간을 감싼 계단에는 갑옷의 강철처럼 윤이 나는 매끄러운 쇳조각을 띠 모양으로 장식해놓았다.

데포르주 부인은 새로 단장한 백화점에 이미 와본 적이 있었음에도 불구하고, 그날 중앙 홀을 뜨겁게 달구고 있는 엄청

---

*건축물의 한 부분을 지탱하기 위해 수직면에 대는 직각삼각형 모양의 나무나 돌 또는 금속으로 만든 것을 가리킨다. 브래킷이라고도 한다.
**들보나 코니스의 양끝을 지탱하기 위해 커다란 돌로 튀어나오게 만들어진 부분.
***은이나 동 따위를 용해해서 얻는 흑색의 물질, 금은 세공품의 상감에 쓰임.
****건축물의 외면이나 내면, 기구의 외면에 붙인 띠 모양의 장식물을 가리킨다.

난 인파에 놀라 걸음을 멈췄다. 아래층의 그녀 주위로 수많은 사람들이 밀물과 썰물처럼 끊임없이 오가면서, 그 엄청난 물살을 실크 매장에서도 느낄 수 있을 정도였다. 오후가 되자, 여전히 다양한 종류의 사람들이 뒤섞여 있는 가운데, 차츰 프티부르주아 계층의 여성들과 주부들 사이로 점점 더 많은 상류층 여성들이 보이기 시작했다. 그중에서 상중에 있어 커다란 베일로 얼굴을 가린 여인네들과, 길을 잃은 유모들이 아이를 보호하기 위해 팔꿈치를 너르게 휘저으며 앞으로 나아가는 모습이 자주 눈에 띄었다. 진열된 천들이 저마다 화려한 빛을 발하는 가운데, 얼룩덜룩한 모자를 썼거나, 금발 또는 검은 머리를 그대로 드러낸 여자들이 모두가 한데 뒤섞인 채 빛바랜 모습으로 거대한 바다를 이루며 갤러리의 끝에서 끝으로 떠밀리듯 나아갔다. 주위를 두리번거리는 데포르주 부인의 눈에 가장 먼저 들어온 것은 사방에 걸려 있는 커다란 현수막과 그 위에 쓰인 거대한 숫자들이었다. 현수막의 선명한 빛깔은 밝은 색상의 인도 사라사와 반짝이는 실크, 어두운 색의 모직 천 들을 배경으로 또렷하게 돋보였다. 리본 더미는 사람들의 얼굴을 가려버리고, 플란넬 벽은 갑(岬)처럼 툭 튀어나와 통행을 방해했다. 사방에 설치된 거울들은 백화점 내부를 더 넓어 보이게 하면서, 좌우가 바뀌어 보이는 얼굴과 어깨와 팔의 반쪽 등 군중의 일부와 진열대를 함께 비춰주었다. 한편, 왼쪽과 오른쪽 양옆으로 난 갤러리의 길게 뻗은 통로는 비로소 숨통을 틔워주는 듯했다. 새하얀 눈이 소복이 내려앉은 것 같은 리넨 매장, 안쪽으로 깊숙이 보이는 얼룩덜룩한 편물 매장 등이 몇몇 유리창에서 반사되는 빛 아래 아득하게 느껴지면서, 그곳을 오가는 사람들이 마치 인간 먼지처럼 느껴졌다. 이제 데포르주 부인이 눈을 들어 위쪽을 바라보자, 계단을 따라 올라가거나, 허공에 떠 있는 다리 위와 각 층의 난간 주위로 끊임없이 오가는 사람들의 모습과 함께 웅성거림이 전해져 왔다. 공중에 떠 있는 듯한 거대한 철골 사이의 공간으로 이동하는 사람들이 채색 유리 사이로 스며드는 희부연 빛 속을 움직이는 검은 그림자 무리처럼 보였다. 천장에는 금박을 입힌 거대한 샹들리에들이 매달려 있고, 수가 놓인 실크, 금실로 자수가 놓인 천과 카펫 들이 번쩍이는 깃발들처럼 난간을 뒤덮고 있었다. 또한, 난간의 한쪽 끝에서 다른 쪽 끝까지, 날아오를 것처럼 얇디얇은 레이스, 가느다란 떨림이 느껴지는 모슬린*, 승리의 기념품인 양 화려함을 과시하는 실크, 그리고 피날레를 장식하듯 반쯤 벌거벗은 마네킹의 우아함이 보는 이들의 눈을 현혹했다. 이러한 현란함에서 눈길을 돌려 더 높이 위쪽을 쳐다보면 마치 허공에 떠 있는 것 같은 침구류 매장이 보였다. 매트리스를 곁들인 조그만 철제 침대에 새하얀 커튼을 드리운 모습은, 위층으로 올라갈수록 점점 더 뜸해지는 고객들의 발소리를 들으며 잠들어 있는 기숙생들의 침실을 연상케 했다.

"아주 싸고 좋은 가터가 있는데 좀 보여드릴까요?" 데포르주 부인이 한군데 가만히 서 있는 것을 본 한 판매원이 물었다.

"100프로 실크로 된 건데 29수밖에 안 한답니다."

그녀는 감히 대답할 엄두가 나지 않았다. 그녀 주위로 호객꾼들이 큰 소리로 외쳐대면서 분위기를 점점 더 돋우고 있었다. 하지만 데포르주 부인은 길을 찾아가고자 했다. 알베르 롬

---

*평직으로 짠 무명은 면모슬린이라고도 한다. 고급 모슬린은 염색하거나 무늬를 찍어 블라우스·드레스 등에 사용하고, 흰 천 그대로는 속옷·시트·베갯잇·앞치마 등에 사용한다.

므의 계산대가 바로 왼쪽에 있었다. 예전에 그녀를 본 적이 있는 알베르는 반가운 웃음을 지어 보였지만 밀려드는 청구서에 파묻혀 자리를 떠날 수 없었다. 그의 뒤쪽에서는 조제프가 혼자서 물건을 포장하는 것에 힘이 부쳐하며 끈 통과 씨름을 하고 있었다. 그러자 데포르주 부인은 자신이 어디쯤 있는지 알 것 같았다. 실크 매장이 바로 앞에 있는 게 분명했다. 하지만 사람들이 급속도로 늘어나는 바람에 10분이나 걸려서 간신히 그곳으로 갈 수 있었다. 그사이 공중에는 실에 매달린 붉은색 풍선이 점점 더 많아졌다. 자줏빛 구름처럼 한데 모여든 풍선들은 서서히 문 쪽으로 날아가 계속해서 도시 곳곳으로 퍼져나갔다. 어린아이들이 조그만 손으로 실을 꼭 감아쥔 채 지나가는 바람에 데포르주 부인은 풍선과 부딪히지 않기 위해 고개를 숙여야 했다.

"아니! 이렇게 정신없는 데를 다 방문해주시다니요!" 데포르주 부인을 알아본 부트몽이 반갑게 소리쳤다.

이제, 매장 책임자인 부트몽은 가끔씩 차를 마시러 데포르주 부인의 집에 들르곤 했다. 무레가 그를 그녀의 집으로 데리고 가서 소개를 시켰던 것이다. 데포르주 부인은 그가 평범하지만 무척 사근사근하고 쾌활한 다혈질의 청년인 것을 알고는 반색하며 즐거워했다. 그런데 그저께 그는 무레가 클라라와 만나고 다닌다는 얘기를 아무런 뒷생각 없이 떠벌렸다. 그건 그저 웃고 떠들기를 좋아하는 젊은이의 객기에서 비롯된 행동일 뿐이었다. 그러자 끓어오르는 질투심으로 괴로워하던 데포르주 부인은 상한 자존심을 무심함으로 가장한 채 문제의 여자가 누군지를 알아내기 위해 이곳엘 왔던 것이다. 부트몽은 이름을 말하길 꺼려하면서 단지 기성복 매장의 판매원이라고만 밝혔다.

"혹시 뭐 필요하신 게 있나요?" 부트몽이 물었다.

"물론이죠. 안 그러면 여길 왜 왔겠어요. ……마티네*용 풀라르를 좀 볼 수 있을까요?"

문제의 여자를 꼭 보고 싶었던 데포르주 부인은 그에게서 판매원의 이름을 알아낼 수 있기를 바랐다. 부트몽은 즉시 파비에를 불렀다. 그리고 다시 그녀와 얘기했다. 파비에가 다른 고객을 응대하고 있었기 때문이다. 다름 아닌, 그녀의 삶에 관해서는 아무것도 알려진 것 없이, 그들 사이에서 단지 '어여쁜 부인'이라고만 불리며 가끔씩 화제에 오르는 미모의 금발 여성 고객이었다. 어여쁜 부인은 상중이었다. 저런! 대체 누가 죽은 거지? 남편, 아니면 아버지? 아버지는 아닌 듯했다. 그랬다면 지금보다 더 슬퍼 보였을 터였다. 그렇다면, 그녀는 화류계 여자가 아니라는 말이었다. 만약, 자신의 어머니를 애도하는 게 아니라면, 그녀에게는 진짜 남편이 있었던 것이다. 과중한 업무에도 불구하고 몇 분간 매장의 판매원들 사이에는 온갖 억측들이 난무했다.

"얼른얼른 서두르지 못하겠나, 정말 못 봐주겠군!" 고객을 계산대로 안내하고 돌아오던 위탱이 소리쳤다.

"저 부인만 나타났다 하면 정신들을 못 차리고 떠들어대니……. 저 부인은 자네 같은 사람은 안중에도 없다는 걸 알아야지!"

"관심 없기로 말하면 내가 더할 겁니다." 기분이 상한 판매원이 쏘아붙였다.

그러자 위탱은 고객을 더 존중하는 태도를 보이지 않으면

*프랑스어로 '아침나절'이라는 말뜻 그대로, 여자들이 아침에 입는 실내복을 일컫는다.

경영진에 그 사실을 알리겠다고 으름장을 놓았다. 온 매장이 똘똘 뭉쳐서 위탱이 로비노의 자리를 차지할 수 있게 해준 후부터, 그는 그 사실을 까맣게 잊어버린 듯 판매원들에게 까다롭고 엄격하게 굴기 시작했다. 호의적인 동료애를 내세워 그들을 선동했던 것과는 달리 참아줄 수 없을 정도로 위세를 부리는 위탱을 보면서 매장의 판매원들은 그에 맞설 인물로 파비에를 은밀하게 밀고 있었다.

"명심해, 앞으론 내게 말대꾸 같은 건 하지 않는 게 좋을 거야." 위탱은 단호하게 내뱉었다.

"무슈 부트몽이 풀라르를 보고 싶어 하시네, 경쾌한 디자인으로."

매장 한가운데에 전시된 여름용 실크 제품들은 은은한 빛 속에서 별이 떠오르듯, 밝아오는 새벽빛으로 홀을 밝혀주고 있었다. 연분홍, 은은한 노랑, 투명한 파랑 등은 이리스 여신*의 하늘하늘한 베일을 떠올리게 했다. 구름처럼 부드러운 풀라르, 나무에서 날아온 새의 솜털보다 더 가벼운 슈라, 중국인 처녀의 고운 살결보다 더 윤기가 흐르는 페킨. 일본에서 온 폰지, 인도산 터서와 코라.** 그리고 그에 뒤질세라, 줄무늬와 작은 체크무늬, 꽃무늬의 경쾌함을 뽐내는 프랑스산 실크 제품들. 보는 이들을 꿈꾸게 하는 다양한 문양과 색색의 실크 천들은, 5

---

*그리스신화에 나오는 무지개의 여신으로 신의 뜻을 인간에게 전달하는 사자로 여겨졌다.
**슈라는 가볍고 하늘하늘한 인도산 견직물이다. 페킨은 세로줄 무늬로 짠 베이징산 견직물로, 바탕과 줄무늬와의 색과 조직을 바꿔가며 대조를 강조하는 게 특징이다. 이와 같은 줄무늬를 '페킨 스트라이프'라고 한다. 폰지는 얇은 평직 견직물인 태피터의 한 종류이다. 터서는 인도가 원산지인, 작잠사로 짠 풀라르의 일종이고, 코라는 인도가 원산지인 순수한 견직물로, 천연 상태이거나 날염이 된 풀라르를 일컫는다.

월의 어느 날 아침, 화려한 주름 장식이 달린 드레스 차림으로 공원의 아름드리나무 아래를 거니는 여인들을 바라보고 있는 듯한 착각에 빠지게 했다.

"이걸로 할게요, 장미 꽃다발이 그려진 루이 14세로요." 마침내 데포르주 부인이 말했다.

그녀는 파비에가 천을 자르는 동안, 여전히 옆을 지키고 있는 부트몽에게 정보를 알아내기 위한 마지막 시도를 했다.

"여행용 외투를 보러 기성복 매장으로 올라갈 생각이에요. ……그런데, 그 여자가 금발이라고 했나요? 지난번에 얘기했던 그 여자 말이에요."

데포르주 부인의 집요한 관심에 불안해지기 시작한 매장 책임자는 미소를 지어 보이는 것으로 대답을 대신했다. 그런데 바로 그 순간 드니즈가 그들 앞을 지나쳐 갔다. 그녀는 메리노 양모 매장의 리에나르에게로 부타렐 부인을 안내하고 돌아오던 참이었다. 지방에 사는 부타렐 부인은 1년에 두 번씩 파리로 올라와, 생활비를 아껴 모아두었던 돈을 '여인들의 행복 백화점' 곳곳에 뿌리곤 했다. 위탱은 이미 데포르주 부인의 풀라르를 맡고 있는 파비에가 건수를 더 올리지 못하도록 그를 가로막고 나섰다.

"자넨 나설 필요 없어. 마드무아젤이 부인을 잘 안내해줄 거야."

드니즈는 당혹감을 감춘 채 물건과 매출 전표를 기꺼이 떠맡겠노라고 했다. 그녀는 위탱을 마주할 때마다 수치심이 느껴져 그를 똑바로 쳐다볼 수가 없었다. 그의 얼굴을 보면, 자신이 저지른 과거의 잘못이 떠오르는 것 같았기 때문이다. 오직 꿈속에서만 잘못을 저질렀을 뿐인데도.

"혹시, 저 아가씨, 일을 잘 못하던 그 아가씨 아닌가요? 그런데 그 사람이 다시 고용한 건가요?" 데포르주 부인이 부트몽에게 조그맣게 속삭이며 물었다.

"그럼 바로 저 여자겠네요, 그 이야기 속의 여자가!"

"그럴지도요." 매장 책임자는 사실대로 말하지 않기로 마음 먹고 여전히 미소를 지으며 대답을 얼버무렸다.

그러자 데포르주 부인은 드니즈를 앞세워 천천히 계단을 올라갔다. 올라가는 동안 위에서 내려오는 인파에 휩쓸리지 않기 위해 3초마다 멈춰 서야 했다. 백화점 전체가 살아 움직이듯 요동치는 가운데, 계단을 지탱하는 철제 받침대가 군중의 숨결에 반응하듯 발밑에서 들썩거리는 게 느껴졌다. 계단을 하나씩 디딜 때마다, 바닥에 견고하게 고정된 채 정장, 짧은 외투, 실내복 등의 의상을 걸치고 있는 마네킹을 만날 수 있었다. 마치 승리의 행진을 위해 군인들이 양 옆으로 늘어서 있는 것처럼 보였다. 마네킹마다 단검 자루처럼 보이는 조그만 나무 팔이 붉은색 멜텐에 박혀 있어, 마치 방금 벤 목의 상처에서 피가 흐르는 것 같은 광경을 연상시켰다.

마침내 2층에 도착한 데포르주 부인은 조금 전보다 더 많은 사람들이 한꺼번에 앞을 가로막는 바람에 한동안 오도 가도 못하고 서 있어야 했다. 그녀의 발밑으로는, 1층의 매장들과 곳곳에 넓게 퍼져 있는 수많은 인파가 보였다. 이제 아까와는 다른 광경이 눈앞에 펼쳐졌다. 개미 떼가 우글거리는 것 같은 부산스러움 속에서 코르사주마저 가려진 모습들이 조그만 얼굴들로 이루어진 바다를 연상시켰다. 흰색 현수막은 가느다란 선으로밖에 보이지 않았고, 리본 더미는 찌그러져 보였으며, 플란넬은 갤러리를 가로막고 있는 얇은 벽처럼 보였다. 난간을 뒤덮고 있는 카펫과 자수가 놓인 실크는 이제 그녀의 발밑에서 교회의 루드 스크린*에 매달려 있는 종교 행렬의 깃발처럼 느껴졌다. 시선을 좀 더 멀리 양쪽 측면 갤러리의 모퉁이로 향하자, 교회의 종탑에서 내려다보는 것처럼 이웃한 거리의 한 구석에서 검은 점처럼 움직이는 행인들이 언뜻언뜻 보였다. 하지만 무엇보다 그녀를 놀라게 한 것은, 정신없이 뒤섞인 화려한 색들의 향연으로 인해 눈이 부시고 피곤한 와중에 눈을 감으면, 밀물처럼 몰려오는 둔탁한 웅성거림과 그들이 몸에서 내뿜는 열기로 인해 군중이 더 잘 느껴진다는 사실이었다. 백화점 바닥으로부터 속옷, 목덜미, 스커트 그리고 머리카락에서 뿜어져 나오는 향기가 가득 밴 미세한 먼지와 여인의 체취가 위로 올라왔다. 여인의 육체를 숭배하기 위해 세워진 신전에서 피우는 향처럼 강렬하면서도 온몸을 휘감는 듯한 향기였다.

그사이, 무레는 여전히 발라뇨스와 함께 독서실 앞에 버티고 선 채 그 향기를 호흡하며 그에 취한 듯 거듭 강조했다.

"보게나, 여자들은 자기 집에 있는 거나 마찬가지라네. 난 여기서 케이크를 먹고 편지를 쓰면서 하루해를 다 보내는 여자들을 알고 있지. ……이제 그들을 재워주는 일만 남은 거라고."

그런 농담은 폴을 미소 짓게 했다. 그는 여전히 염세주의적인 권태로움 속에서, 하찮은 천 쪼가리 때문에 북새통을 이루며 법석을 떠는 여자들을 어리석은 존재로 치부했다. 심지어 자신의 동창생에게 안부 인사를 하러 왔다가, 교태를 부리는 여인들 무리에 둘러싸인 채 삶의 활기로 넘치는 그를 보고 기분이 상해서는 그대로 가버릴 뻔했다. 머리와 가슴이 텅 빈 수

---

*교회의 제단 부분과 중앙 홀을 분리하는 높은 주랑이나 칸막이를 가리킨다.

많은 여자들 중에서 그에게 존재의 어리석음과 허무함을 깨닫게 해줄 여인이 단 한 명도 없는 것일까? 그런데 바로 그날, 무레에게서는 평소의 당당함과 냉철함을 찾아볼 수 없었다. 평소에는 거대한 기계의 조종자와 같은 노련함과 침착성으로 여성 고객들에게 뜨거운 열기를 불어넣던 그였다. 그런데 이번에는 그 자신이 백화점을 뜨겁게 달구는 열정의 폭발 속으로 휩쓸려 들어간 듯 보였다. 그는 드니즈와 데포르주 부인이 함께 중앙 계단을 올라오는 것을 본 순간부터 자신도 모르게 자꾸만 손짓을 해대면서 큰 소리로 떠들기 시작했다. 그녀들이 점점 더 가까이 다가오는 것을 느낄수록, 그쪽으로 고개를 돌리지 않으려고 애쓰면서 더욱더 흥분하는 빛을 역력히 드러냈다. 그의 얼굴은 벌겋게 달아올랐고, 황홀경에 빠진 눈빛은 구매 유혹에 마침내 굴복하고 마는 여인네들의 눈빛을 닮아 있었다.

"이 정도년 도난 사고도 꽤 자주 일어나겠는걸." 인파 속에서 수상쩍은 낌새를 발견한 발라뇨스가 중얼거렸다.

그러자 무레는 두 팔을 크게 벌려 보이면서 말했다.

"자넨 아마 상상도 못할 걸세, 친구."

그는 얘기할 거리가 생긴 것에 반색하면서, 그간 일어났던 일들을 유형별로 상세하게 늘어놓기 시작했다. 우선, 상습적으로 물건을 훔치는 여자들이 있었다. 하지만 그런 여자들은 사실 별로 문제될 게 없었다. 이미 경찰에게 얼굴이 팔릴 대로 팔린 사람들이었기 때문이다. 그다음으로는, 병적인 도벽이 있는 여자들이 있었다. 백화점의 출현이 야기한 유혹의 극단적 결과물로, 정신병 전문의에 의해 새로운 신경증으로 분류된 욕망 도착증의 일종이었다. 게다가 임산부들에 의해 저질러지는 절도는 어느 한 물품에만 집중된다는 특징을 지니고 있었다. 언젠가는 경찰이 한 임산부의 집에서, 파리의 전 매장을 돌며 훔친 분홍색 장갑 248켤레를 찾아낸 적도 있었다.

"그래서 여기 있는 여자들이 그런 이상한 눈빛들을 하고 있는 거였군!" 발라뇨스가 혼잣말처럼 말했다.

"정신 나간 사람들처럼 탐욕스럽고 야릇한 얼굴을 하고 있는 여자들을 봤지. ……자네 백화점에선 참으로 좋은 걸 가르치고 있군그래!"

"말도 말게!" 무레가 대꾸했다.

"여길 아무리 자기 집처럼 느끼게 해준다고 해도, 물건들을 외투 아래 슬쩍 감춘 채 가버리는 걸 허용할 수는 없지 않겠나. ……그런 사람들 중에는 상류층에 속하는 여인들도 종종 있다니까. 지난주에는, 한 약사의 누이와 판사의 아내가 적발되었지. 지금 그 문제를 두고 원만히 해결을 보도록 애쓰고 있는 중이라네."

그는 잠시 얘기를 멈추고 주브 감독관을 가리켰다. 마침 주브는 아래층의 리본 매장에서 임산부를 몰래 뒤쫓고 있는 중이었다. 배가 잔뜩 부풀어 올라 마구 떼미는 사람들로 인해 힘들어하는 여자 옆에는 친구로 보이는 또 다른 여자가 바짝 붙어서 가고 있었다. 아마도 거센 충격으로부터 임산부를 보호하기 위해서인 듯했다. 임산부가 매장 앞에 멈춰 설 때마다 주브는 그녀에게서 눈을 떼지 않았다. 그사이, 그녀의 친구는 바로 옆에서 물건이 쌓여 있는 상자를 여유롭게 뒤졌다.

"오! 그는 어떻게든 잡아내고 말 거야." 그 광경을 지켜보던 무레가 다시 얘기했다.

"절도 수법을 모두 훤히 꿰고 있거든."

하지만 그는 떨리는 목소리로 억지웃음을 짓고 있었다. 바로 그때, 그가 몰래 계속 지켜보고 있던 드니즈와 데포르주 부인이 간신히 사람들 틈을 헤치고 나와 그의 바로 뒤를 지나갔다. 무레는 뒤로 돌아 자신의 고객에게 친구로서 조심스러운 인사를 건넸다. 모두가 보는 앞에서 여자를 멈춰 서게 해서 그녀의 평판을 위태롭게 할 수는 없었기 때문이다. 다만, 경계 상태에 있던 데포르주 부인은 드니즈를 흘끗 쳐다보던 그의 눈빛의 의미를 재빨리 감지할 수 있었다. 그러니까 이 젊은 여자가 그녀가 직접 확인하고자 했던 연적임이 분명했던 것이다.

그날, 기성복 매장의 판매원들은 우왕좌왕하며 정신을 차리지 못하고 있었다. 판매원 둘은 아파서 나오지 못했고, 부수석 구매상인 프레데릭 부인은 바로 전날 회계 창구로 가서 급여 정산을 요구하며 조용히 그곳을 그만두었다. '여인들의 행복 백화점'이 직원들을 단칼에 잘라내듯, 그녀 역시 한순간에 그들을 떠났던 것이다. 아침부터 매장에서는 정신없는 판매 일기 속에서도 그 일을 두고 내내 입방아를 찧었다. 무레의 일시적인 관심 덕분에 매장에 계속 남게 된 클라라는 프레데릭 부인의 행동이 '아주 멋지다'고 생각했다. 마르그리트는 부르동클이 몹시 화가 났음을 전했다. 한편, 오렐리 부인은 역정을 내면서, 적어도 자신에게는 미리 알려주었어야 하는 게 아니냐며 씩씩거렸다. 그녀로서는 대체 왜 그렇게까지 아무 말도 하지 않고 모든 걸 숨기는지 도무지 이해가 되지 않았다. 프레데릭 부인은 그 누구에게도 속내를 털어놓은 적이 없었지만, 다들 그녀가 레 알 부근에 있는 공중목욕탕의 주인과 결혼하기 위해 백화점을 그만둔 거라고 수군거렸다.

"부인께서는 여행용 외투가 필요하다고 하셨지요?" 드니즈는 데포르주 부인에게 의자를 권하면서 물었다.

"그래요." 데포르주 부인은 그녀에게 무례하게 대하기로 마음먹고 퉁명스럽게 대답했다.

매장의 새로운 실내장식은 호화로우면서도 엄격함을 느끼게 했다. 조각 장식이 된 높다란 떡갈나무 옷장과, 벽면 전체를 덮을 정도로 커다란 거울이 놓여 있었으며, 바닥에는 고객들의 끊임없는 발소리를 잦아들게 하는 붉은색 양탄자가 깔려 있었다. 드니즈가 여행용 외투를 찾으러 간 사이, 주변을 둘러보던 데포르주 부인은 거울에 비친 자신의 모습을 보게 되었다. 그리고 한동안 거울 속을 응시했다. 자신이 이제 늙어가는 것일까? 별 볼 일 없는 하찮은 여자 때문에 남자에게 배신을 당할 만큼? 거울은 부산스러움이 가득한 매장 전체를 비추고 있었다. 하지만 데포르주 부인의 눈에는 창백한 자신의 얼굴밖엔 보이지 않았다. 그녀는 바로 뒤에서, 클라라가 마르그리트에게 프레데릭 부인의 비밀스러운 행각에 대해 얘기하는 것도 듣지 못했다. 프레데릭 부인이 센 강 좌안에 사는 것처럼 보이게 하기 위해 아침저녁으로 일부러 파사주 슈아죌을 지나 멀리 돌아서 다녔다는 얘기였다.

"이게 우리가 가진 최신 모델들이랍니다." 드니즈가 말했다.

"색상은 다양하게 있고요."

드니즈가 네다섯 개의 외투를 펼쳐 보이자, 데포르주 부인은 경멸적인 표정으로 그것들을 쳐다보았다. 그리고 하나씩 살펴보면서 그때마다 점점 더 심한 말들을 쏟아냈다. 뭣 때문에 이런 주름을 잡아서 옷을 꼭 끼게 만든단 말인가? 그리고 이건, 어깨가 사각으로 재단된 본새가 마치 도끼로 잘라낸 것 같지 않은가? 아무리 여행을 떠난다고 해도 무슨 막사를 연상시키는 꼴로 옷을 입을 수는 없지 않은가?

"다른 걸 가져와 보세요, 마드무아젤."

드니즈는 전혀 언짢은 기색 없이 옷들을 펼쳤다가 다시 접기를 반복했다. 그런 그녀의 인내심과 차분함이 더욱더 데포르주 부인의 분노를 돋우었다. 그러면서 데포르주 부인의 시선은 계속해서 맞은편에 있는 거울로 향했다. 이제 그녀는 드니즈 가까이에 있는 자신의 모습을 보면서 비교를 하고 있었다. 자신을 두고 이런 하찮고 보잘것없는 여자를 좋아한다는 게 말이 되는가? 그러면서 처음 이 여자를 봤을 때의 기억이 떠올랐다. 마치 시골에서 거위를 치다 온 것처럼, 바보 같고 서툴기 짝이 없던 신참 판매원이었을 때였다. 물론 지금은, 실크 드레스를 단정하게 차려입고 새침한 모습을 하고 있는 게 그때보다는 나아지긴 했다. 하지만 자신에 비하면 여전히 초라하고 평범하기 그지없지 않은가!

"곧 다른 모델들을 보여드릴게요." 드니즈는 침착하게 말했다.

그녀가 돌아오자, 조금 전과 똑같은 장면이 반복되었다. 데포르주 부인은 이번에는, 천이 지나치게 무겁다거나 싸구려 같다는 이유를 들먹거렸다. 그러면서 몸을 돌려 오렐리 부인의 주의를 끌기 위해 언성을 높였다. 판매원이 질책을 당하게 하기 위해서였다. 하지만 드니즈는 매장에 다시 나온 이후 점차 모두의 신임을 얻어갔다. 이제 그녀에겐 이곳이 자기 집이나 마찬가지였으며, 심지어 수석 구매상은 그녀가 온화하면서도 단호한 성품과 상냥함과 자신감을 두루 갖춘 훌륭한 판매원임을 인정하기에 이르렀다. 따라서 오렐리 부인은 끼어들 생각이 없다는 듯 어깨를 으쓱해 보였을 뿐 아무 말도 하지 않았다.

"구체적으로 어떤 종류의 외투를 원하시는지 얘기해주시겠어요?" 드니즈는 그 어떤 것으로도 좌절시킬 수 없을 것 같은, 변함없이 공손한 태도로 다시 물었다.

"하지만 마음에 드는 게 아무것도 없잖아요!" 데포르주 부인은 역정을 내며 소리쳤다.

그러다 어깨에 누군가의 손길을 느끼고는 깜짝 놀라 얘기를 멈추었다. 마르티 부인이었다. 그녀는 낭비벽이 도져 온 매장을 훑고 다니던 참이었다. 크라바트, 수놓인 장갑, 붉은색 양산부터 시작해서 사들인 쇼핑 품목이 점차 늘어나자, 마지막으로 그녀를 응대한 판매원은 의자 위에 짐 꾸러미를 올려놓기로 마음 먹었다. 그러지 않으면 팔이 남아날 것 같지 않았기 때문이다. 판매원은 페티코트, 냅킨, 커튼, 램프, 바닥 깔개 등이 차곡차곡 쌓인 의자를 질질 끌면서 마르티 부인보다 앞서서 걸어갔다.

"어머나! 여행용 외투를 사려고요?" 마르티 부인이 물었다.

"오, 아니에요! 여긴 아주 끔찍한 것들밖에 없어서요." 데포르주 부인이 대답했다.

하지만 마르티 부인은 우연히 눈에 띈 줄무늬 외투를 마음에 들어 하는 눈치였다. 딸 발랑틴은 이미 그것을 자세히 들여다보고 있었다. 그러자 드니즈는 작년 모델인 그 외투를 팔아 치워버리기 위해 마르그리트를 불렀다. 동료의 눈짓에 마르그리트는 특별 세일 품목으로 그것을 소개했다. 150프랑에서 130프랑으로, 그리고 이젠 110프랑으로 두 번이나 가격 인하가 되었음을 강조하자, 마르티 부인은 더 이상 버티지 못하고 싼 가격의 유혹에 굴복하고 말았다. 그러자 그녀를 안내했던 판매원은 의자와 구매한 상품들의 매출 전표들을 그곳에 남겨두고 떠났다.

그사이, 부인네들 뒤쪽에서는 어수선한 분위기 가운데서도 프레데릭 부인에 관한 쑥덕공론이 계속되고 있었다.

"정말이에요? 프레데릭 부인한테 남자가 있다는 게?" 매장에 새로 들어온 조그만 체격의 판매원이 소곤거리며 물었다.

"남자가 목욕탕 주인이래잖아요, 맙소사!" 클라라가 흥분하며 대답했다.

"그래서 겉으로 조신한 척하는 과부들을 믿으면 안 되는 거라니까."

마르그리트가 외투의 매출 전표를 작성하는 동안, 마르티 부인은 뒤를 돌아보았다. 그리고 클라라를 향해 재빨리 눈을 찡긋하면서 데포르주 부인에게 나지막이 속삭였다.

"아세요? 무슈 무레의 새 애인이 바로 저 여자잖아요."

그러자 데포르주 부인은 깜짝 놀라는 얼굴로 클라라를 쳐다보다가 다시 시선을 드니즈에게로 향했다.

"아니, 그럴 리가요. 키 큰 여자가 아니라 작은 여자라고요!"

마르티 부인이 더 이상 자신의 말에 확신하지 못하는 듯하자, 데포르주 부인은 마치 하녀를 두고 경멸조로 얘기하는 상류층 여인처럼 더 큰 목소리로 덧붙였다.

"어쩌면 작은 여자랑 큰 여자 둘 다인지도 모르죠. 헤픈 여자들이 어디 한둘이어야 말이죠!"

그녀의 말은 드니즈의 귀에까지 들려왔다. 드니즈는 자신에게 이처럼 상처를 주는 낯선 여인을 순수하고 커다란 눈으로 올려다보았다. 그러면서 아마도 사람들이 종종 얘기하던, 사장이 밖에서 만난다는 그 여자 친구인 모양이라고 생각했다. 두 여자가 서로 마주보는 중에 드니즈의 눈빛에서 몹시 슬퍼 보이는 위엄과 순수한 솔직함이 느껴지자, 데포르주 부인은 당혹스러워하면서 서둘러 말했다.

"이제 더 이상 나한테 보여줄 게 없는 것 같으니 드레스하고 정장을 파는 데로 안내해주세요."

"좋은 생각이에요!" 마르티 부인이 외쳤다.

"나도 같이 갈게요. ……그러잖아도 발랑틴에게 필요한 정장을 하나 사야 하거든요."

마르그리트는 의자 등받이를 잡고 뒤로 젖힌 채 끌고 갔다. 계속 끌고 다닌 탓에 의자 뒷다리가 닳아 있었다. 드니즈는 데포르주 부인이 산 풀라르 몇 미터만을 들고 갔다. 드레스와 정장 매장이 백화점 반대편의 3층에 위치하고 있어 긴 여정이 그들을 기다리고 있었다.

그리하여 사람들로 붐비는 갤러리를 따라 기나긴 걷기 여행이 시작되었다. 맨 앞에 선 마르그리트는 의자를 작은 자동차처럼 끌면서 조금씩 길을 열어나갔다. 데포르주 부인은 란제리 매장에서부터 불평을 늘어놓기 시작했다. 고작 물건 하나를 사기 위해 10마일씩이나 걸어가야 하는 백화점이라니, 이 얼마나 우스꽝스러운 일인가! 마르티 부인 역시 피곤해죽겠다면서 투덜거렸다. 그러면서 한편으로는, 앞에 끝없이 펼쳐지는 상품들 속에서 서서히 기력이 소진돼가는 듯한 피곤함을 은밀히 즐기고 있었다. 무레의 기발한 전략이 그녀에게 완벽하게 먹혀들었던 것이다. 마르티 부인은 지나는 길에 있는 매장마다 발걸음을 멈췄다. 첫 번째로 걸음을 멈춰 선 곳은 신부 혼수를 파는 매장 앞이었다. 폴린이 내미는 슈미즈에 혹했던 때문이다. 그러자 마르그리트는 의자를 폴린에게 넘겨주었다. 데포르주 부인은 가던 길을 계속 감으로써 드니즈의 짐을 좀 더 빨리 덜어줄 수도 있었다. 하지만 그녀는 자신의 친구에게 조언을 하면서 일부러 시간을 지체했고, 그동안 드니즈가 바로 뒤에서 말

없이 인내하고 있다는 사실을 내심 즐기는 듯했다. 유아용품 매장에서는 모두들 감탄사를 쏟아냈지만 아무것도 사지는 않았다. 그러고 나자, 마르티 부인의 고질병이 다시 고개를 들기 시작했다. 그리하여, 검은색 새틴으로 된 코르셋, 철이 지나 할인된 가격으로 파는 장식용 모피 소맷부리, 그 당시 유행처럼 식탁보를 장식하는 데 쓰였던 러시아산 레이스를 차례로 사들였다. 그 모든 것들이 의자 위로 점점 더 높이 쌓여가자 의자에서 삐걱거리는 소리가 들려왔다. 짐 꾸러미가 갈수록 더 무거워짐에 따라 계속 바뀌면서 따라오는 판매원들도 점점 더 힘겨워했다.

"이쪽입니다, 부인." 드니즈는 매번 멈춰 설 때마다 한마디 불평 없이 친절하게 설명했다.

"이런 멍청한 짓이 또 어디 있담!" 데포르주 부인이 역정을 내며 소리쳤다.

"이런 식으로 대체 얼마나 더 가야 하는 거냐고. 왜 드레스하고 정장을 다른 기성복들하고 같이 팔지 않는 거지? 이게 무슨 낭비인지, 원!"

마르티 부인은 자신 앞에 늘어선 채 춤을 추고 있는 듯한 화려한 것들에 도취돼 눈이 풀려버린 모습으로 혼잣말처럼 중얼거렸다.

"맙소사! 이번에는 남편이 또 뭐라고 할까? ……부인 말이 맞아요, 이 백화점엔 질서라는 게 없어요. 길을 잃고 헤매다가 나처럼 바보짓을 하기 딱 좋게 돼 있잖아요."

널찍한 중앙 계단의 층계참에 이르러서는 의자를 통과시키는 데 무진 애를 먹어야 했다. 무레는 층계참에, 금빛 함석 받침대와 술잔, 반진고리, 리큐어* 진열장 등 각종 잡화들을 잔뜩 늘어놓았다. 층계참의 공간이 넓어 사람들이 지나치게 여유롭게 지나다닌다는 게 그 이유였다. 그는 자신이 부리는 한 판매원에게 조그만 테이블 위에 중국과 일본에서 온 진기한 물건과 자질구레한 값싼 실내장식품 등을 진열해놓고 팔 수 있도록 허가했다. 그러자 여인네들은 마음에 드는 물건을 서로 먼저 차지하기 위해 북새통을 이루었다. 자신의 시도가 예상외로 대성공으로 이어지자, 무레는 벌써부터 그런 방식의 판매를 늘릴 것을 꿈꾸고 있었다. 남성 판매원 둘이 의자를 3층으로 올리고 있는 틈을 이용해 마르티 부인은 그곳에서 상아로 된 단추 여섯 개와 실크로 된 장식용 생쥐, 유선칠보(有線七寶)** 장식이 된 성냥 케이스를 서둘러 샀다.

3층으로 올라간 일행은 또다시 마냥 걸어갔다. 아침부터 이런 식으로 계속 고객들을 따라다녀야 했던 드니즈는 온몸이 축축 늘어지는 것 같았다. 하지만 여전히 단정한 모습을 잃지 않은 채 공손하고 상냥한 태도로 그들을 대했다. 그녀는 실내장식용 천을 파는 매장에서 또다시 고객들을 기다려야만 했다. 근사한 크레톤***이 마르티 부인의 눈길을 사로잡았기 때문이다. 그런 다음, 가구 매장에 이르러서는 자수용 작업대가 그녀의 구매욕을 부추겼다. 그러자 마르티 부인은 손을 떨면서 데포르주 부인한테, 자신이 더 이상 돈을 쓰지 못하도록 말려달라고 웃는 얼굴로 애원하다시피 했다. 그런데 그 순간 우연히 만난 기발 부인이 그녀에게 좋은 핑곗거리를 만들어주었다. 그

*알코올에 설탕과 식물성 향료 따위를 섞어서 만든 혼성주의 하나.
**바탕 표면에 가는 금속조각으로 문양을 만들고, 그 사이에 유약을 발라 구운 것을 가리킨다.
***두툼하고 질긴 면직물로 의자 덮개, 커튼, 벽걸이 등의 실내장식용으로 주로 쓰인다.

들이 기발 부인을 만난 것은 카펫 매장에서였다. 그녀는 그곳에서 산 동양풍 포르티에르들을 모두 돌려주려고 온 참이었다, 5일 전에 사 갔던 것들을! 그녀는 키가 크고 건장한 판매원과 선 채로 얘기를 하고 있었다. 싸움꾼 같은 팔뚝을 지닌 청년은 아침부터 저녁까지 황소를 때려눕힐 정도로 무거운 물건들을 다루고 있었다. 그는 물론, 자신의 수당을 도로 거두어 가는 반품이 전혀 반갑지 않았다. 따라서 뭔가 수상쩍은 기미를 감지하고는 고객을 난처하게 만들려고 애썼다. 어쩌면 비밀스러운 무도회를 위해 카펫 상점에서 포르티에르를 대여하는 대신, '여인들의 행복 백화점'에서 산 것을 사용한 다음 다시 돌려보내는 게 아닌가 하는 의심이 들었기 때문이다. 알뜰한 부르주아 여인네들 사이에서 가끔씩 그런 일이 있다는 것은 익히 알려진 사실이었다. 만약 무늬나 색상이 마음에 들지 않아서 그러는 거라면 다른 것들을 보여줄 수도 있을 터였다. 그들은 입맛대로 고를 수 있는 다양한 종류를 구비해놓고 있었다. 하지만 판매원의 온갖 제안에도 기발 부인은 여왕 같은 당당한 태도와 물건들이 마음에 들지 않는다는 조용한 한마디로 그의 말을 일축했다. 그녀가 더 이상 다른 것을 보려고도 하지 않자, 판매원은 어쩔 수 없이 그녀의 요구를 들어주어야 했다. 물건을 이미 사용했음을 알게 되더라도 반품을 해주라는 지시를 받았기 때문이다.

그런 다음 세 여자가 함께 다른 데로 이동하는 중에, 마르티 부인이 전혀 필요하지도 않은 자수용 작업대를 다시 언급하며 못내 아쉬워하자 기발 부인은 차분하게 조언을 했다.

"그럼 이렇게 하면 되죠! 일단 샀다가 다시 돌려주는 거예요. ……아까 보셨잖아요? 그렇게 어려운 일이 아니라니까요.

……일단 부인 집으로 배달시키는 거예요. 그리고 거실에 놔 두고 보는 거죠. 그러다 싫증이 나면 돌려주면 되는 거라고요."

"정말 그러면 되겠네요!" 마르티 부인은 반색하며 소리쳤다.

"남편이 화를 심하게 내면, 몽땅 돌려주면 되고요."

그것은 그녀에겐 최상의 핑곗거리였다. 그녀는 이제 더 이 상 따지거나 망설이는 일 없이, 모든 걸 그대로 간직하려는 은 밀한 욕망과 함께 사들이고 또 사들였다. 마르티 부인은 한 번 산 물건을 되돌려주는 여자가 아니었다.

마침내 일행은 드레스와 정장 매장에 도착했다. 드니즈가 그곳 판매원에게 데포르주 부인이 산 풀라르를 전해주려고 하 자, 데포르주 부인은 생각이 바뀐 듯 밝은 회색의 여행용 외투 를 사기로 했음을 알렸다. 그리하여 드니즈는 그녀를 다시 기 성복 매장으로 안내하기 위해 웃는 낯으로 기다려야 했다. 드 니즈는 데포르주 부인이 오만한 고객의 변덕스러움을 과시하 며 자신을 하녀처럼 부리고 싶어 한다는 것을 느낄 수 있었다. 하지만 어떤 일이 있어도 자신의 의무를 충실하게 이행하기로 스스로에게 다짐한 터라, 가슴이 쿵쿵 뛰고 다친 자존심으로 인해 분노하면서도 여전히 차분함을 잃지 않고 기다렸다. 데포 르주 부인은 드레스와 정장 매장에서는 아무것도 사지 않았다.

"오! 엄마, 이 조그만 정장 좀 보세요. 치수만 맞으면 정말 사고 싶네요."

그러자 기발 부인은 마르티 부인에게 자신만의 노하우를 귀 띔해주었다. 백화점에서 파는 드레스가 마음에 들 경우에는, 일단 배달을 시켜 그 본을 뜬 다음 다시 반품시키는 것이 그녀 의 전략이었다. 그 말을 들은 마르티 부인은 기막힌 방법에 감 탄하면서 딸을 위해 정장을 샀다.

"정말 좋은 생각이에요! 부인은 정말 현명한 것 같아요."

그들은 의자를 그곳에 놔두고 가야 했다. 의자는 가구 매장의 자수 작업대 옆에 조난당한 배처럼 버려졌다. 짐의 무게가 너무 무겁다 보니 뒷다리들이 부러질 위기에 처했던 것이다. 그리하여 구매한 물건들을 모두 한군데의 계산대로 모아 발송 부서로 내려보내기로 얘기가 되었다.

그런 다음, 여자들은 여전히 드니즈의 안내를 받으면서 여기저기를 누비고 다녔다. 그리하여 모든 매장에서 그녀들을 다시 볼 수 있었다. 이제 계단과 갤러리에서는 그녀들의 모습밖엔 보이지 않았다. 그러면서 가는 곳마다 아는 얼굴들이 그녀들의 발길을 멈추게 했다. 그러다 독서실 부근에서 부르들레 부인과 그녀의 세 아이를 다시 만났다. 아이들의 팔에는 상자가 하나씩 들려 있었다. 마들렌은 그녀를 위한 드레스를 겨드랑이에 끼고 있있고, 에드몽은 새로 나온 모델의 신발을 들고 있었으며, 가장 어린 뤼시엥은 군모처럼 생긴 새 모자를 쓰고 있었다.

"너도 결국!" 데포르주 부인이 자신의 기숙학교 친구에게 웃으면서 말했다.

"아휴, 말도 마!" 부르들레 부인이 짜증이 묻어나는 목소리로 말했다.

"화가 나 죽겠다니까……. 이젠 아이들 장사까지 하다니 말이 되냐고! 내가 날 위해서는 아무것도 사지 않는다는 건 너도 잘 알 거야! 하지만 뭐든지 갖고 싶어 하는 아이들을 당해낼 재간이 있어야지. 난 그냥 아이들에게 구경이나 시켜주려고 왔던 건데, 아주 백화점을 다 거덜 내게 생겼지 뭐야!"

그때 마침, 여전히 그곳에서 발라뇨스, 무슈 드 보브와 얘기

438

를 나누고 있던 무레는 그녀의 말을 들으면서 흐뭇한 미소를 지어 보였다. 그를 알아본 부르들레 부인은 몹시 언짢은 마음을 감춘 채, 모성애를 이용하는 상술에 관해 웃으면서 불평을 늘어놓았다. 사람의 정신을 쏙 빼놓는 듯한 판매 전략에 넘어가고 말았다는 생각이 그녀를 화나게 했던 것이다. 반면에, 무레는 여전히 만면에 미소를 띤 채 정중하게 인사를 하면서 그러한 승리를 음미했다. 무슈 드 보브는 또다시 발라뇨스를 떼어놓으려고 애쓰면서, 기발 부인에게 다가가고자 그녀의 뒤를 따라갔다. 하지만 우글거리는 사람들에 진저리가 난 발라뇨스는 서둘러 백작 옆으로 다시 돌아왔다. 드니즈는 또다시 데포르주 부인 일행을 기다리기 위해 멈춰 서야 했다. 무레는 등을 돌리고 서 있는 그녀를 못 본 척했다. 그 순간, 데포르주 부인은 질투심 강한 여인의 민감한 직감으로 확신할 수 있었다. 무레가 백화점의 주인으로서 그녀에게 다가가 정중하게 의례적인 인사를 하는 동안, 데포르주 부인은 그의 배신의 증거를 어떻게 잡아낼 수 있을지를 궁리하고 있었다.

그사이, 앞쪽에서 기발 부인과 함께 걸어가던 무슈 드 보브와 발라뇨스가 멈춰 선 곳은 레이스 매장이었다. 그곳은 기성복 매장 가까이에 화려하게 꾸며놓은 공간으로, 조각 장식이 되어 있고 여닫이 서랍이 달린 떡갈나무 진열장이 설치돼 있었다. 붉은색 벨벳으로 감싼 기둥들 위로는 새하얀 레이스가 나선형으로 휘감겨 있었다. 그리고 길게 펼쳐진 기퓌르 레이스가 매장의 한쪽 끝에서 다른 쪽 끝까지를 장식하고 있었다. 판매대 위에는 발랑시엔, 말린, 니들 포인트 레이스* 등이 커다란

---

*통 모양의 실패인 보빈을 쓰지 않고, 그려진 무늬 위에 바늘로 수놓는 레이스를 일컫는다.

판지에 둥글게 감긴 채 진열돼 있었다. 매장 안쪽으로는 두 여성 고객이 연보랏빛 실크가 덮인 투명 진열판 앞에 앉아 있었다. 들로슈는 그 위로 샹티이 레이스로 된 삼각 숄을 펼쳐 보였다. 두 여자는 마음을 정하지 못한 채 아무 말 없이 숄을 구경하고 있었다.

"아니, 어떻게!" 발라뇨스는 몹시 놀라며 말했다.

"드 보브 부인께서 몸이 안 좋다고 하시지 않았나요. …… 그런데 저기 멀쩡하게 계시네요, 마드무아젤 블랑슈하고 함께 말이죠."

백작은 소스라치게 놀라며 기발 부인을 흘끗거리면서 말했다.

"맙소사, 정말 그렇군."

매장은 몹시 더웠다. 고객들은 숨 막힌 것 같은 창백한 얼굴이었지만 눈빛만은 반짝거렸다. 백화점의 모든 유혹적인 기운들이 이곳으로 한데 모여든 듯했다. 이곳은 여인들을 추락하게 만드는 외진 규방이자, 어떤 유혹에도 쉽게 무너지지 않는 여자들까지도 끝내 파멸시키고 마는 은밀한 장소였다. 여인네들은 넘쳐나는 레이스들 사이로 손을 찔러 넣은 채 황홀경에 빠져 몸을 떨고 있었다.

"아무래도 두 여성 분께서 공작님을 거덜 낼 것 같은데요." 발라뇨스는 그들의 만남을 무척 흥미롭게 지켜보며 말했다.

드 보브는 아내에게 한 푼도 주지 않는 만큼, 그녀의 양식을 믿어 의심치 않는 남편인 양 행세했다. 드 보브 부인은 딸과 함께 아무것도 사지 않으면서 온 매장을 훑고 다닌 끝에, 충족되지 못한 욕망으로 끓어오르는 상태로 이곳 레이스 매장에 이르렀다. 그러느라 진이 다 빠져버렸지만, 판매대 앞에서는 여전히 꼿꼿한 자세를 유지하고 있었다. 레이스 더미를 뒤지는 동안, 손에서는 힘이 빠져나가고 어깨까지 후덥지근한 열기가 올라왔다. 그러다 그녀의 딸이 고개를 돌리고 판매원이 잠시 멀어지는 순간, 순간적으로 그녀는 입고 있던 외투 아래로 알랑송 레이스 하나를 슬쩍 집어넣으려고 했다. 하지만 뒤쪽에서 경쾌하게 얘기하는 발라뇨스의 목소리가 들려오자 소스라치면서 레이스를 놓치고 말았다.

"우리한테 딱 걸리셨군요, 부인."

드 보브 부인은 잠시 동안 얼굴이 새하얗게 질린 채 아무런 대꾸도 하지 못했다. 그러다 이내 몸이 한결 나아져서 바람을 좀 쐬러 나왔다고 둘러댔다. 그녀는 자신의 남편이 기발 부인과 함께 있는 것을 보고는 정신이 번쩍 들어서는 매서운 눈초리로 그들을 쏘아봤다. 기발 부인은 서둘러 해명을 했다.

"데포르주 부인과 함께 있었는데, 이분들이 우연히 우리를 발견했지 뭐예요."

마침, 바로 그 순간 다른 여자들이 그곳에 도착했다. 무레는 그녀들과 담소를 나누면서, 일행이 그곳에 좀 더 머물도록 시간을 끌었다. 주브 감독관이 여전히 임산부와 그 친구를 몰래 뒤쫓아 가고 있는 광경을 보여주기 위함이었다. 레이스 매장에서 물건을 몰래 훔치다 적발되는 여자들이 얼마나 많은지 알면 놀라움을 금치 못할 터였다. 그의 말을 유심히 듣고 있던 드 보브 부인의 머릿속에 두 명의 경관이 양쪽에서 자신을 붙들고 가는 모습이 떠올랐다. 화려한 옷차림을 하고, 지위가 높은 남편을 둔 마흔다섯 살의 중년 부인. 하지만 아무런 회한도 느껴지지 않았다. 다만, 레이스 조각을 잽싸게 소맷자락에 집어넣었어야 했다는 생각이 들었을 뿐이다. 그사이 주브는 임산부를 체포하기로 결심했다. 현행범으로 잡지는 못했지만, 그가 못 보는 새에 재빨리 손을 놀려 주머니를 가득 채웠을 것으로 의심했기 때문이었다. 하지만 여자를 다른 곳으로 데려가 뒤지자 그녀의 몸에서는 아무것도 나오지 않았다. 크라바트나 단추 하나도 발견되지 않았다. 그러는 동안, 그녀의 친구는 사라지고 보이지 않았다. 그제야 그는 불현듯 깨달았다. 임산부는 그의 주의를 끌기 위한 미끼였을 뿐이며, 물건을 훔친 사람은 그녀의 친구였던 것이다.

여자들은 그 얘기가 재미있다는 듯 웃음을 터뜨렸다. 그러자 다소 자존심이 상한 무레는 서둘러 덧붙였다.

"이번에는 주브 감독관이 실수를 했지만, 다음번에는 이 치욕을 반드시 되갚아줄 겁니다."

"오! 내가 보기엔 그 사람은 그럴 위인이 못 되는 거 같던네." 발라뇨스는 결론짓듯 말했다.

"게다가, 왜 그렇게 많은 물건들을 진열해놓는 거지? 그러니까 도둑질을 당해도 싼 거야. 그런 식으로, 무방비 상태인 불쌍한 여자들 마음을 흔들어놓으면 안 되는 거라고."

그것은 백화점의 점점 더 뜨거워지는 열기 속에서 그날의 하이라이트처럼 울려 퍼지는 결정적인 한마디였다. 이제 여자들은 헤어져서, 또다시 복잡한 매장들을 통과해 각자의 길을 갔다. 시각은 오후 4시를 가리켰고, 백화점 정면에 난 커다란 내닫이창을 통해 비스듬하게 비치는 석양의 햇살이 홀의 유리창을 비스듬하게 밝혀주었다. 불타오르는 듯한 붉은색 빛 속에서, 아침부터 군중의 발걸음이 일으킨 자욱한 먼지가 금빛 안개처럼 위로 올라왔다. 불그레한 빛이 거대한 중앙 갤러리로 너르게 퍼져 나가자, 계단과 공중에 매달린 다리와 기퓌르

레이스를 연상시키는 철제 구조물들이 마치 불길 속에서 보이
듯 더욱더 또렷하게 부각되었다. 프리즈의 모자이크와 자기 역
시 반짝거렸고, 도료의 초록색과 붉은색은 풍성한 금빛에 반
사돼 한층 더 밝게 빛났다. 장갑과 크라바트로 만든 궁전, 리본
과 레이스 화환, 모직물과 캘리코의 높다란 더미, 경쾌한 실크
와 풀라르들로 활짝 피어난 알록달록한 화단, 이 모든 것이 불
타오르는 살아 있는 잉걸불을 연상케 했다. 거울들도 반짝거리
며 빛났다. 방패를 떠올리게 하는 둥근 양산들은 금속의 광택
을 거울 속에 비추고 있었다. 점차 길게 내리는 그림자들 너머
로 저 멀리 보이는 매장들 역시 햇빛을 받아 하얗게 보이는 군
중들로 붐비며 환하게 빛나고 있었다.

이제 파장이 가까워오자, 달아오를 대로 달아오른 분위기
속에서 여인들은 백화점의 주인으로 군림했다. 떼를 지어 몰려
온 무리가 그들이 정복한 영토에서 진을 치듯, 그녀들은 백화
점을 공격해 점령한 다음 상품들의 잔해 속에 자리를 잡았다.
귀가 먹먹해지고 지칠 대로 지친 판매원들은 이제 그녀들의 소
유물에 지나지 않았다. 여인들은 자신의 소유물에 군주의 절
대 권력을 휘둘렀다. 뚱뚱한 여자들은 사람들을 거칠게 떼밀었
다. 호리한 여자들은 자리를 차지하고 앉아 오만하게 굴었다.
모두들 자기 집인 양, 다른 이들에 대한 예의마저 잊은 채 고개
를 높이 쳐들고 마구잡이로 백화점을 거덜 냈다. 심지어 벽의
먼지까지도 남김없이 탈탈 털어 갈 듯 보였다. 부르들레 부인
은 자신이 쓴 돈을 만회하기 위해 세 아이를 다시 카페테리아
로 데리고 갔다. 아직 백화점에 남아 있던 고객들은 미친 듯한
식욕을 보이며 그곳으로 몰려들었다. 엄마들은 말라가*로 마른
목을 마음껏 축였다. 카페테리아가 문을 연 이후, 80리터의 시

럼과 70병의 와인이 소비되었다. 데포르주 부인은 여행용 외투를 사고 난 후, 계산대에서 무료로 나누어 주는 그림을 받았다. 그런 다음 백화점을 떠나면서, 어떻게 하면 드니즈를 자기 집으로 불러서 무레가 보는 앞에서 그녀에게 모욕을 줄 수 있을지를 궁리했다. 그때 두 사람이 어떤 얼굴을 하는지를 봄으로써 그들의 관계에 대한 확실한 증거를 포착하기 위해서였다. 한편, 무슈 드 보브는 끝내 기발 부인과 함께 인파 속으로 사라지는 데 성공했다. 그사이 드 보브 부인은 블랑슈와 발라뇨스가 뒤따르는 가운데 문득, 아무것도 사진 않았지만 붉은색 풍선을 받아 가야겠다는 생각을 했다. 그녀는 늘 그랬다. 결코 빈손으로 돌아가는 법이 없었다. 풍선으로 그녀의 건물 관리인의 어린 딸과 친해질 수도 있지 않겠는가. 풍선을 배포하는 곳에서는 4만 번째 풍선을 나누어 주었다. 이미 4만 개의 풍선이 백화섬의 더운 공기 속으로 날아올라 서내한 붉은색 풍선 구름을 이루면서, 이 시각, '여인들의 행복 백화점'의 이름을 하늘 높이까지 전파시키며 파리의 끝에서 끝까지를 떠다니고 있었던 것이다!

이제 시각은 오후 5시를 가리켰다. 일행 중에서 마르티 부인만이 딸과 함께 유일하게 판매의 마지막 열기 속에 남아 있었다. 그녀는 피곤해서 죽을 것 같으면서도, 너무나 강력한 끈으로 묶여 있는 것처럼 그곳을 벗어날 수가 없었다. 언제나 다시 제자리로 돌아오면서, 결코 충족되지 않는 호기심으로 아무런 목적 없이 이 매장에서 저 매장으로 곳곳을 누비고 다녔다. 이 시각은 광고에 현혹된 이들이 마침내 정신을 놓아버리고 마

---

*에스파냐 안달루시아의 말라가 주 일대에서 생산하는 달콤하고 부드러운 맛이 특징인 와인.

444

는 순간이었다. 6만 프랑을 투자한 신문 광고, 1만 프랑어치의 포스터, 시중에 배포된 20만 프랑어치의 카탈로그 들은 여인들의 지갑을 몽땅 비워낸 후에도 여진처럼 그녀들로 하여금 쉽사리 도취 상태에서 헤어나지 못하게 했다. 무레의 온갖 전략에 차례로 걸려든 여인들은 그 여파를 아직 떨쳐내지 못하고 있었다. 목이 쉬어버린 판매원들의 외침과 계산대에서 돈이 부딪치는 소리, 지하로 떨어져 내리는 짐 꾸러미 소리가 정신없이 들려오는 가운데, 마르티 부인은 호객꾼의 매대 앞에서 서성거리고 있었다. 그러다 또다시 아래층의 리넨과 실크, 장갑과 모직물 매장을 차례로 가로질러 갔다. 그런 다음, 공중에 떠 있는 듯한 계단과 철제 다리의 떨림에 몸을 내맡기면서 다시 위층으로 올라가, 기성복과 란제리, 레이스 매장으로 되돌아갔다. 그러고 나서 3층의 침구류 매장과 가구 매장을 다시 한 번 더 돌아보는 것도 거르지 않았다. 매장 곳곳에서, 위탱과 파비에, 미뇨, 리에나르, 들로슈, 폴린 그리고 드니즈를 비롯한 판매원들은 진이 다 빠져버려 다리가 후들거리는 데도 불구하고, 마지막 열기로 들뜬 여인들에게 최후의 일격을 가해 그녀들로부터 승리를 이끌어냈다. 아침부터 일기 시작한 고객들의 열기도 점점 더 뜨거워졌다. 사람들이 들었다 놓기를 반복한 천들로부터 여인들을 취하게 하는 향기가 퍼져 나가는 듯했다. 군중은 오후 5시의 불그레한 석양빛 아래 불타오르고 있었다. 이제 마르티 부인은 순수한 포도주를 마신 아이처럼 달아오르고 흥분된 얼굴을 하고 있었다. 아침에 그녀는 바깥의 차가운 공기로 인해 상큼하고 초롱초롱한 피부와 눈빛을 한 채 백화점으로 들어섰다. 하지만 끊임없이 요동치며 욕망을 자극하는 온갖 화려한 것들과 강렬한 색깔들로 인해 이제 그녀의 얼굴은 벌겋게 달아

올라 있었고 눈빛은 초점을 잃고 있었다. 마침내, 계산서의 숫자에 질겁한 마르티 부인이 집에 가서 대금을 치르겠다고 말하고 그곳을 나설 무렵에는 환자처럼 초췌한 얼굴에 퀭한 눈을 하고 있었다. 게다가, 여전히 미어터지는 입구를 통과하기 위해서는 또다시 한참을 씨름해야 했다. 여자들은 바겐세일 상품을 서로 먼저 차지하기 위해 무서운 기세로 달려들었다. 마침내 거리로 나선 마르티 부인은 잃어버렸던 딸을 다시 만나자 차가운 공기에 몸을 떨었다. 그리고 불안스러운 신경증을 유발하는 거대한 백화점의 모습에 두려움을 느끼며 한동안 그 자리를 떠나지 못했다.

저녁에 드니즈가 식사를 하고 돌아오자 사환 하나가 그녀에게 얘기를 전했다.

"마드무아젤, 사장님이 좀 보자고 하시는데요."

드니즈는 아침에 무레가 일이 끝나면 자신의 사무실로 오라고 했던 얘기를 깜빡 잊고 있었다. 그는 선 채로 그녀를 기다리고 있었다. 문이 열려 있어서 밀고 들어갈 필요도 없었다.

"우린 당신에 대해 만족하고 있소, 마드무아젤. 그래서 우리 나름대로 그에 대한 표현을 하고 싶어서 당신을 부른 거요. ……프레데릭 부인이 불미스러운 방식으로 우리를 떠났다는 것을 당신도 잘 알고 있을 거요. 당신은 내일부터 그 여자를 대신해서 부수석 구매상 자리를 맡게 될 거요."

드니즈는 그의 말에 깜짝 놀라며 그 자리에 얼어붙은 듯 서 있었다. 그리고 떨리는 목소리로 조그맣게 말했다.

"하지만, 사장님, 매장에는 저보다 먼저 온 동료들도 있는데요."

"그래서요? 그게 뭐 어쨌다는 거요?" 무레가 되물었다.

"당신은 그 누구보다 유능하고 성실한 사람이오. 그래서 난 당신을 선택했고, 그건 지극히 당연한 거요. ……그런데, 당신은 기쁘지 않은 거요?"

그러자 드니즈는 얼굴을 붉혔다. 처음에 느꼈던 두려움이 어느새 사라져버리면서, 행복한 느낌과 감미로운 당혹감이 동시에 몰려왔다. 그녀는 왜 이러한 뜻밖의 호의가 불러일으킬 구구한 억측에 먼저 신경을 쓰는 것일까? 드니즈는 그에게 감사하는 마음이 샘솟으면서도 당혹스러운 마음에 아무런 대답도 하지 못했다. 무레는 그런 그녀를 웃으면서 바라보았다. 실크 드레스 유니폼을 입고 있는 드니즈는 보석 하나 없는 소박하기 그지없는 차림새였다. 기품이 느껴지는 금발만이 그녀가 과시할 수 있는 유일한 화려함이었다. 드니즈는 그사이 더 세련되어지고, 피부는 더 뽀얘졌으며, 예전보다 더 섬세하면서도 진중해 보였다. 허약하고 하찮아 보였던 예전과는 달리 은밀하면서도 강렬한 매력을 풍기고 있었다.

"정말 고맙습니다, 사장님." 드니즈는 더듬거리며 말했다.

"어떻게 감사를 드려야 할지……"

하지만 그녀는 얘기를 계속할 수 없었다. 문간에 롬므가 서 있었던 것이다. 그는 건강한 손으로는 커다란 가죽 가방을 들고, 절단된 팔로는 커다란 서류 가방을 가슴에 꼭 껴안고 있었다. 그의 뒤에는, 아들 알베르가 팔이 떨어져 나갈 것처럼 무거운 돈 자루들을 들고 서 있었다.

"58만 7천 210프랑 30상팀입니다!" 순간, 힘없고 초췌해 보이던 그의 얼굴이 엄청난 돈에서 뿜어져 나오는 광채로 인해 햇살이 비추는 것처럼 환히 빛났다.

그것은 '여인들의 행복 백화점' 역사상 하루 매출액으로서는 유례가 없는 엄청난 금액이었다. 저 멀리, 롬므가 지나치게 무거운 짐이 실린 소처럼 힘겨운 걸음으로 천천히 거쳐 온 매장들로부터, 조금 전 자신들 앞을 지나쳐 간 최종 매출액의 엄청난 액수를 듣고서 놀라고 또 기뻐하는 사람들의 웅성거림이 들려왔다.

"정말 수고했소!" 무레는 환히 웃으면서 말했다.

"친애하는 무슈 롬므, 여기다 놓고 가서 푹 쉬도록 하시오. 몹시 피곤해 보이는군요. 이 돈을 중앙 회계 창구로 올려 보내리다. ……그래요, 그래, 몽땅 다 여기 내 책상 위에 놓고 가시오. 얼마나 많은지 쌓아놓고 감상할 수 있도록 말이오."

무레는 어린아이처럼 즐거워했다. 수석 계산원과 그의 아들은 책상 위에 돈 꾸러미를 내려놓았다. 가방에서는 낭랑한 금화 소리가 났고, 자루 두 개는 은화와 동화를 한참 동안 뱉어냈다. 서류 가방에서는 어음 뭉치가 삐져나왔다. 널찍한 책상의 한쪽이 온통 돈으로 뒤덮였다. 10시간 만에 거두어들인 엄청난 돈이 거대한 산을 이루고 있는 듯했다.

롬므와 알베르가 얼굴의 땀을 닦으면서 물러나자 무레는 잠시 동안 꼼짝 않고 선 채 멍하니 돈을 응시했다. 그러다 고개를 들자, 뒤로 물러나 있던 드니즈가 보였다. 그러자 그는 다시 미소를 지으면서 그녀에게 가까이 오도록 했다. 그리고 그녀가 한 주먹으로 쥘 수 있는 만큼의 돈을 주겠다고 말했다. 그의 농담 속에 담긴 것은 사랑의 거래였다.

"자 얼른! 가방 속에서 돈을 꺼내가 보란 말이오. 내가 장담하건대, 그렇게 작은 손으로는 기껏해야 1천 프랑도 못 가져갈 거요!"

하지만 드니즈는 또다시 뒤로 물러섰다. 그러니까, 그가 자신을 좋아한다는 말인가? 그 순간 드니즈는 비로소 깨달았다. 기성복 매장으로 다시 돌아온 이후부터, 그가 욕망으로 인해 점점 더 뜨거워지는 눈길로 자신을 바라보는 것이 그제야 생각 났다. 드니즈를 더욱더 당혹스럽게 한 것은, 자신의 가슴이 미친 듯이 뛰고 있다는 사실이었다. 그는 왜 자신이 고마운 마음으로 넘쳐나는 순간에, 그리하여 다정한 말 한마디만으로도 마음을 흔들리게 할 수 있는 순간에 돈을 들먹이며 자신의 자존심을 다치게 하는 것일까? 무레는 농담을 계속하면서 그녀에게로 점점 더 가까이 다가갔다. 그때, 무레에게는 불청객과도 같은 부르동클이 나타났다. 그날 하루 동안의 입장객 숫자를 알려주기 위해서였다. 그날, '여인들의 행복 백화점'을 찾아온 고객의 수는 무려 7만 명에 달했다. 드니즈는 또다시 무레에게 고맙다는 인사를 한 다음 서둘러 그곳을 나섰다.

제10장

8월의 첫 번째 일요일은 '여인들의 행복 백화점'의 재고 조사를 실시하는 날이었다. 작업은 그날 저녁까지 모두 마치기로 돼 있었다. 모든 직원들이 평상시처럼 출근해 문을 닫아놓은 채 텅 빈 백화점에서 아침부터 작업을 시작했다.

드니즈는 다른 판매원들처럼 8시에 매장으로 내려가지 않았다. 위층의 수선실로 올라가다가 발을 삐는 바람에 목요일부터 방에서 꼼짝도 하지 못하다가 이제야 좀 움직일 만했던 것이다. 오렐리 부인이 그녀를 지나치게 배려하는 탓에 서두르지는 않았지만, 드니즈는 매장에 내려가 보기로 마음먹고 힘겹게 신발을 신었다. 이제 여성 판매원들의 숙소는 몽시니 가에 면해 있는 새 건물의 6층에 자리 잡고 있었다. 복도 양쪽으로 난 60개의 방은 여전히 철제 침대와 커다란 옷장, 그리고 호두나무로 된 조그만 화장대만을 갖추고 있었지만 예전보다 지내기에 훨씬 안락했다. 이제 여성 판매원들은 청결과 우아함에 좀 더 많은 신경을 쓰면서, 비싼 비누와 고급스러운 리넨 제품을 사용했다. 그녀들의 상황이 점차 나아짐에 따라, 부르주아적 삶

450

으로 자연스럽게 상승해갔던 것이다. 비록 하숙집에서처럼, 아침저녁의 부산함 속에서 여전히 시끄럽게 문을 여닫는 소리나 욕설이 들려오긴 했지만. 드니즈는 이제 부수석 구매상의 자격으로 좀 더 너른 방들 중 하나에 머물렀다. 망사르드 지붕에 난 두 개의 창문이 거리에 면해 있는 방이었다. 이제 경제적인 여유가 생긴 그녀는 자신을 위한 호사를 허락하면서, 기퓌르 레이스 커버를 씌운 붉은색 솜털 이불을 덮고, 옷장 앞에는 작은 카펫을 깔아놓았다. 화장대 위에 놓인 두 개의 푸른색 유리 화병에서는 장미꽃이 시들어가고 있었다.

드니즈는 신발을 신고 방에서 걷는 연습을 했다. 아직 다리를 절뚝거리는 탓에 가구에 기댄 채 걸어야 했지만 다리의 근육을 풀어줄 수는 있을 터였다. 어쨌거나 저녁을 먹으러 오라는 보뒤 큰아버지의 초대를 사양한 것은 잘한 일이었다. 또한 다시 그라 부인에게 맡긴 페페를 큰어머니에게 데리고 와달라고 부탁하기를 잘했다는 생각이 들었다. 전날 그녀를 보러 왔던 장 역시 보뒤 큰아버지 집에서 저녁을 먹기로 돼 있었다. 드니즈는 다리를 쉬게 하기 위해 일찍 잠자리에 들 것을 다짐하면서 조심스럽게 걸음을 옮겼다. 그때, 관리인인 카뱅 부인이 노크를 하고는 야릇한 표정을 지으며 그녀에게 편지 한 통을 전해주었다.

관리인의 의미심장해 보이는 미소에 놀란 드니즈는 문이 다시 닫히자 서둘러 편지를 열어보았다. 그리고 의자 위에 털썩 주저앉았다. 그것은 무레의 편지였다. 그녀가 회복된 것을 기뻐하며, 저녁에 아래층으로 내려와 자신과 함께 식사할 것을 청하는 내용이었다. 외출하는 것은 드니즈에게는 아직 무리였기 때문이다. 편지의 어투는 친근하고 다정했으며 조금도 모욕적으로 느껴지지 않았다. 하지만 드니즈는 그 의미를 충분히 알고도 남음이 있었다. '여인들의 행복 백화점'의 직원이라면 누구나 다 그 초대의 진정한 의미를 잘 알고 있었다. 그에 관해서 전설처럼 떠도는 얘기가 있었던 것이다. 클라라도 사장과 함께 저녁 식사를 했으며, 그의 눈에 띈 모든 여자들이 다 그런 과정을 거쳐갔다. 저녁 식사 후에는, 익살맞은 점원들이 하는 말처럼 디저트가 기다리고 있었다. 그런 얘기들이 떠오르자, 드니즈의 새하얀 얼굴이 점차 발갛게 달아올랐다.

드니즈는 가슴이 쿵쿵거려와 두 무릎 사이로 편지를 떨어뜨리고는, 한쪽 창문에서 들어오는 눈부신 빛을 한동안 응시했다. 그녀는 잠이 오지 않는 밤에 바로 이 방에서 스스로에게 고백을 하곤 했다. 이제 그녀는 알고 있었다. 그가 지나갈 때 그녀의 가슴이 여전히 떨리는 것은 그를 두려워해서가 아니라는 사실을. 그녀가 예전에 그의 앞에서 느꼈던 거북함과 두려움은 사랑에 대한 무지에서 비롯된 것이었다. 어린아이 같은 순진함 때문에, 처음 느끼는 사랑의 감정을 혼란스럽게 받아들였기 때문인 것이다. 그녀는 이성적으로 따지려 들지 않았다. 다만, 그의 앞에서 처음 몸을 떨면서 말을 더듬었던 순간부터 지금까지 내내 그를 사랑해왔다는 사실을 느낄 뿐이었다. 그녀는 냉혹한 주인인 그를 두려워하던 순간에조차도 그를 사랑했다. 혼란스러운 마음으로 애정을 갈구하며 무의식적으로 위탱을 꿈꾸었을 때조차도 그녀가 사랑한 사람은 무레였던 것이다. 어쩌면 그가 아닌 다른 사람에게 자신을 내줄 수도 있었을 것이다. 하지만 그녀가 사랑한 단 한 사람은, 쳐다보는 것만으로도 그녀를 두렵게 했던 그 남자 무레였다. 이제 지나간 과거의 모든 일들이 창문을 비추는 환한 빛 속에서 차례차례 그녀의 눈앞을 지나갔다. 힘겨웠던 신입 시절, 어둠이 내린 튈르리 정원에서 함께 나무 아래를 여유롭게 거닐던 일, 그리고 그녀가 다시 돌아온 이후, 그녀를 바라보던 무레의 욕망 어린 눈빛. 그의 편지는 바닥에 떨어져 있었고, 드니즈는 여전히 햇빛이 가득 비치는 창문을 응시하고 있었다.

그러다 갑자기 누군가가 문을 두드리자, 그녀는 서둘러 편지를 주워 주머니 속에 집어넣었다. 폴린이었다. 핑계를 대고 매장을 빠져나와 잠시 얘기를 하기 위해 찾아온 것이었다.

"좀 괜찮은 거야? 요즘은 서로 얼굴 보기도 힘드네."

하지만 낮에 방에 올라오는 것과 다른 사람과 방에 함께 있는 것이 금지돼 있는 터라, 드니즈는 복도 끝에 있는 휴게실로 그녀를 데리고 갔다. 백화점 경영진은 여성 판매원들을 배려해, 그들이 밤 11시 취침 시간이 될 때까지 얘기를 하거나 일을 할 수 있도록 휴게실을 마련했다. 흰색과 금색으로 꾸며진 공간은 마치 호텔 로비처럼 정갈한 분위기였다. 중앙에는 조그만 원탁이 배치되어 있었고, 피아노와 새하얀 덮개가 씌워진 안락의자와 소파가 놓여 있었다. 처음에는 새로운 것에 대한 기대에 들떠 저녁 시간을 함께 보냈던 여자들은 이제는 서로 마주치기만 하면 즉시 거친 말들을 내뱉었다. 그녀들은 함께 살아가는 법을 배워야 했다. 그녀들이 꾸려나가는 조그만 공동체적인 삶에는 아직 조화가 부족했다. 그리하여 그곳에서는 더 이상 여자들의 모습을 찾아보기 힘들었고, 저녁마다 코르셋 매장의 부수석 구매상인 미스 파웰이 피아노로 쇼팽을 무미건조하게 연주할 뿐이었다. 그리고 시기심을 불러일으키는 그녀의 재능은 그나마 있던 여자들마저 쫓아버리는 결과를 초래했다.

"보다시피 많이 나아졌어. 안 그래도 매장에 가보려던 참이었거든." 드니즈가 말했다.

"아, 잘됐네!" 폴린이 대답했다.

"아무튼 자긴 참 대단한 것 같아! ……난 그럴 듯한 핑계만 있다면, 어떻게든 조금이라도 더 쉬려고 할 것 같은데!"

두 여자는 소파 위에 자리를 잡고 앉았다. 폴린은 자신의 친구가 기성복 매장의 부수석 구매상이 된 이후 다소 달라진 태도로 그녀를 대했다. 호의적인 우정을 넘어, 예전의 허약하고 존재감 없던 판매원이 성공을 향해 달려가는 모습에 놀라움과 존경심마저 느끼게 된 것이다. 하지만 폴린을 각별하게 생각하는 드니즈는 이제 200명에 달하는 여성 판매원들이 치열한 경쟁을 벌이는 속에서 오직 그녀에게만 속내를 털어놓았다.

"그런데 무슨 일 있는 거야?" 드니즈의 안색이 좋지 않은 것을 본 폴린이 활기찬 목소리로 물었다.

"아니, 아무 일 없어." 드니즈는 어색한 미소를 지으며 친구를 안심시켰다.

"아니, 있잖아, 분명 무슨 일이 있는 것 같은데……. 이제 날 못 믿는 거야? 그래서 더 이상 나한테 고민을 털어놓지 않기로 한 거야?"

그러자 터져버릴 것 같은 가슴을 진정시킬 수 없었던 드니즈는 마침내 그녀에게 솔직하게 털어놓기로 했다. 그리고 말을 더듬거리면서 그녀에게 편지를 내밀었다.

"이거 봐! 조금 전에 사장님이 나한테 보낸 편지야."

지금까지 그들은 서로 무레에 관해 터놓고 얘기한 적이 한 번도 없었다. 하지만 그 침묵은 그들이 비밀스럽게 그 생각을 공유하고 있음을 고백하는 것이나 다름없었다. 모든 것을 알고 있던 폴린은 편지를 읽고 난 후, 드니즈 옆으로 바짝 다가가 한 팔로 그녀의 허리를 감싼 채 부드럽게 속삭였다.

"드니즈, 우린 친구니까 솔직히 말해도 되겠지. 난 이미 예전에 그렇게 된 줄로 믿고 있었거든. ……내 말에 언짢아하진 마. 온 백화점 사람들이 다들 나처럼 믿고 있으니까. 생각해봐! 자길 그렇게 빨리 부수석 구매상 자리에 앉혀놓고는, 지금도 계속 자길 쫓아다니잖아. 그건 누구라도 알 수 있는 거라고!"

그리고 폴린은 드니즈의 뺨에 다정하게 입맞춤을 하고는 물었다.

"오늘 저녁에 갈 거지, 당연히?"

드니즈는 아무 말 없이 그녀를 바라보았다. 그리고 느닷없이 친구의 어깨에 머리를 기댄 채 울음을 터뜨렸다. 폴린은 깜짝 놀라며 말했다.

"이런, 진정해. 그렇게까지 민감하게 굴 필욘 없잖아."

"아냐, 아냐, 날 그냥 내버려둬." 드니즈는 더듬더듬 말했다.

"내가 지금 얼마나 불행한지 자긴 모를 거야! 이 편지를 받고 난 후부터, 난 아무 생각도 할 수 없어. ……날 그냥 울게 내버려둬, 그럼 좀 나아질 거야."

폴린은 드니즈가 왜 그러는지 이해할 수 없었지만, 몹시 측은한 생각에 그녀를 위로하고자 애썼다. 우선, 그는 이제 더 이상 클라라를 만나지 않았다. 밖에서 다른 여자의 집에 드나든다는 얘기가 있었지만, 그건 확실한 것도 아니었다. 게다가 그런 지위에 있는 남자를 질투해서는 안 되는 법이다. 그는 돈도 엄청나게 많고, 어쨌거나 사장이 아닌가.

드니즈는 폴린의 말에 귀를 기울이고 있었다. 지금까지 자신이 사랑에 빠졌다는 것을 알지 못하고 있었다 하더라도, 클라라의 이름과 데포르주 부인에 대한 언급이 자신의 심장을 쥐어쨌든 고통스럽게 하는 것을 느끼는 지금에 와서는 더 이상 그 사실을 의심할 여지가 없었다. 또다시 클라라의 악의적인 목소리와, 데포르주 부인이 부유한 여성의 경멸 가득한 몸짓으로 자신을 우습게 여기며 백화점 곳곳으로 끌고 다니던 기억이 생생하게 떠올랐다.

"그럼, 자기라면 갈 것 같아?" 드니즈가 물었다.

폴린은 조금도 생각지 않고 외쳤다.

"물론이지. 어떻게 안 갈 수가 있겠어!"

그리고 잠시 생각하더니 서둘러 덧붙였다.

"물론, 예전이라면 그랬을 거란 얘기야. 왜냐하면 난 이제 곧 보제랑 결혼할 거니까. 그러니까 그러면 안 되는 거잖아."

그녀의 말대로, 얼마 전에 '봉 마르셰'를 떠나 '여인들의 행복 백화점'으로 옮겨 온 보제는 이달 중순에 그녀와 결혼할 예정이었다. 부르농클은 사내 결혼을 전혀 반기지 않았다. 하지만 그들은 허가를 받아냈고, 보름간의 휴가도 요청할 생각이었다.

"그것 봐. 남자가 여자를 사랑하면 결혼해야 하는 거야. ……보제는 자기랑 결혼하잖아."

그러자 폴린은 웃음을 터뜨렸다.

"하지만, 자기랑 나랑은 경우가 다르지. 보제가 나랑 결혼하는 건, 그 사람이 보제이기 때문이야. 그는 나하고 수준이 같으니까. 그러니까 그건 자연스러운 거라고……. 하지만, 무슈 무레는 다르잖아! 무슈 무레가 어떻게 자기가 데리고 있는 판매원이랑 결혼할 수 있을 거라고 생각해?"

"오, 물론 안 되지! 물론 안 되겠지!" 드니즈는 질문의 불합리함에 발끈하며 외쳤다.

"그러니까 나한테 이런 편지를 보내면 안 되는 거였다고."

드니즈의 그런 주장은 결정적으로 폴린을 놀라게 했다. 다정함이 깃든 조그만 눈과 선이 굵은 얼굴에 모성적인 연민이 스쳐 갔다. 자리에서 일어난 폴린은 가라앉은 분위기를 띄우려는 듯 피아노 뚜껑을 열고는 한 손가락으로 '선한 왕 다고베르'*를 부드럽게 연주했다. 새하얀 덮개로 인해 한층 더 텅 비어 보이는 정갈한 공간으로 거리의 소음이 전해져 왔다. 멀리서, 완두콩을 사라고 외치는 행상의 단조로운 노랫가락이 들려왔다. 드니즈는 소파 깊숙이 몸을 파묻고 나무 받침대에 머리를 기댄 채 또다시 울음을 터뜨리면서 손수건으로 입을 가렸다.

"또!" 폴린이 뒤를 돌아보며 소리쳤다.

"자기 오늘 정말 자기답지 않게 왜 그러는 거야. ……그럴 거면 왜 날 여기로 데리고 온 거야? 방에 그냥 있는 게 나을 뻔했잖아."

폴린은 드니즈 앞에 꿇어앉아 그녀에게 훈계를 하기 시작했다. 지금 그녀의 처지를 부러워하는 여자들이 얼마나 많은 줄 아는가! 게다가 정 마음이 내키지 않는다면 그렇게까지 힘들게 고민할 필요도 없다. 그저 한마디로 싫다고 하면 그만인 것이다. 하지만 어떤 특별한 이유도 없이 일자리를 위태롭게 하면서까지 거절의 말을 하기 전에 다시 한 번 더 생각해보는 게 현명할 터였다. 그녀는 어차피 앞날을 함께하기로 약속한 남자도 없지 않은가. 게다가 그게 그렇게까지 끔찍한 일인가? 그러다 폴린이 설교를 멈추고 다시 쾌활하게 속삭이며 우스갯소리를 시도하는 순간 복도에서 발소리가 들려왔다.

폴린은 재빨리 문으로 달려가 바깥을 흘끗 보았다.

*19세기 당시 유행했던 풍자적인 노래로 프랑스대혁명 직전에 만들어졌으며, 실제로는 루이 16세를 패러디한 것이다.

"쉿! 오렐리 부인이야!" 그녀는 나지막이 말했다.

"난 이만 가봐야겠어. ……그리고 자긴 눈부터 좀 닦는 게 좋겠어. 다른 사람들까지 알게 할 필욘 없잖아."

혼자 남은 드니즈는 자리에서 일어나 남아 있던 눈물을 훔쳐냈다. 그리고 이런 모습으로 다른 사람의 눈에 띄게 될 것을 두려워하며, 여전히 떨리는 손으로 친구가 열어놓은 피아노 뚜껑을 닫았다. 그때, 오렐리 부인이 그녀의 방문을 노크하는 소리가 들리자 드니즈는 서둘러 휴게실을 나왔다.

"아니! 벌써 일어나다니!" 수석 구매상이 놀라며 소리쳤다.

"아직 이렇게 돌아다니면 안 돼요. 난 단지 마드무아젤이 좀 어떤지 보고, 매장에 내려오지 않아도 된다고 말해주려고 온 것뿐이라고요."

드니즈는 자신의 상태가 이제 많이 좋아졌으며, 무언가 하면서 다른 데 신경을 쓰는 게 자신한데도 더 좋을 거라는 말로 오렐리 부인을 안심시켰다.

"절대 무리하진 않을게요, 부인. 의자에 앉혀주시면 장부에 기재하는 일을 하도록 할게요."

두 사람은 함께 아래층으로 내려갔다. 오렐리 부인은 지극히 자상하게 드니즈를 자신의 어깨에 기대게 했다. 계속해서 흘끗거리는 걸로 봐서, 수석 구매상은 드니즈의 눈이 붉게 충혈된 것을 알아차린 게 분명했다. 그녀는 아마도 많은 것을 알고 있을 터였다.

그것은 누구도 예상치 못했던 승리였다. 드니즈는 마침내 매장 사람들의 마음을 사로잡는 데 성공했다. 10개월 가까이 동료들의 놀림감이 되어, 그들의 악의적 행동을 견뎌내며 살아남기 위해 발버둥 쳐야 했던 고통스러운 순간들이 지나고 난 후, 단 몇 주 만에 그들을 지배하면서 그들로 하여금 자신에게 복종하고 경의를 표하게 만들었던 것이다. 그녀를 향한 오렐리 부인의 급작스러운 호의와 배려는 드니즈가 동료들과 화해하는 데 큰 힘이 되어주었다. 모두들 수석 구매상이 사장의 심복처럼 그를 위해 미묘한 서비스를 제공하는 거라고 수군거렸다. 그녀가 드니즈를 유난히 각별하게 보살피는 것은, 그에게서 특별한 방식으로 부탁을 받았기 때문일 거라는 추측도 나돌았다. 하지만 그런 와중에서도 드니즈는 시기심 많은 동료들의 마음을 누그러뜨리기 위해 그녀만의 장점을 한껏 발휘하며 열심히 일했다. 갑작스레 부수석 구매상으로 임명된 것에 대해 뒷말이 나오지 않게 하기 위해서는 더 많은 노력을 해야만 했다. 매장의 여자들은 부당함을 외치며, 그것은 사장과의 디저트에서 얻어낸 것이라며 맹렬한 비난을 퍼부었다. 심지어 입에 담기 힘든 세세한 내용을 덧붙이기까지 했다. 하지만 마음속으로는 반감을 품고 있더라도, 드니즈에게 부여된 부수석 구매상의 지위를 무시할 수는 없었다. 드니즈는 가장 적대적인 사람들까지도 놀라 고개 숙이게 만드는 권위를 보여주었다. 그러자 이내, 새로 들어온 판매원 중에서는 그녀를 추종하는 이들까지 생겨났다. 그리고 마침내 그녀의 변함없는 온화한 품성과 겸손함은 모두의 마음을 움직였다. 마르그리트도 그녀의 편에 섰다. 클라라만이 드니즈를 가리켜 예전처럼 '머리도 안 빗는 여자'라는 말로 계속 비아냥거렸다. 클라라는 무레가 잠깐 동안 그녀에게 관심을 보이는 틈을 이용해, 일도 내팽개치고 거드름을 부리며 험담과 수다로 시간을 보냈다. 그러다 금세 싫증을 낸 무레가 더 이상 그녀를 찾지 않게 됐을 때에도 아무런 불평조차 하지 않았다. 자유분방하게 살아가는 삶에서는 질투라는 건 존재하지 않았다. 다만, 아무것도 하지 않을 수 있는 혜택을 누리는 것만으로도 만족해했다. 클라라는 사실 그런 골치 아픈 자리는 결코 받아들일 생각이 없었음에도 불구하고, 자신이 이 어받을 프레데릭 부인의 자리를 드니즈가 훔쳐 간 것으로 여기고 있었다. 그러면서도 이건 부적당한 처사라며 분개했다. 자신이 드니즈와 동등한 자격을 갖추고 있을 뿐만 아니라, 경력도 더 위라는 이유에서였다.

"저런! 꼭 애라도 낳은 것 같네." 드니즈를 부축하고 있는 오렐리 부인을 본 클라라가 중얼거렸다.

그러자 마르그리트가 어깨를 으쓱해 보이면서 말했다.

"그쪽한테는 이게 지금 웃음거리로 보이나 봐!"

시각은 9시를 가리키고 있었다. 밖에서는, 뜨거운 푸른 하늘이 거리를 달구는 가운데 삯마차들이 기차역을 향해 달려갔다. 나들이옷을 차려입고 긴 행렬을 이루며 교외의 숲으로 향하는 사람들도 보였다. 백화점에서는, 창문이 열려 있는 커다란 내닫이창을 통해 햇빛이 가득 비치는 실내에 갇힌 직원들이 막 재고 조사를 시작한 참이었다. 그들은 문손잡이를 모두 빼놓았고, 백화점 문이 닫힌 것에 놀란 행인들은 걸음을 멈추고 유리창으로 안을 들여다보았다. 무언가 굉장한 일이 일어나고 있는 듯했다. 갤러리들의 끝에서 끝으로, 각 층의 위에서 아래로, 직원들의 쿵쾅거리는 발소리가 들리면서 두 팔을 위로 치켜든 직원들이 보이고 그 머리 위로 물건 꾸러미들이 날아다녔다. 그러는 동안, 요란한 외침과 난무하는 숫자가 뒤섞인 소리가 거센 파도처럼 한꺼번에 일어났다가는 귀를 먹먹하게 하면서 잦아들곤 했다. 39개의 매장은 이웃한 매장들과는 상관없이 별도로 작업을 진행했다. 게다가 이제 겨우 선반에 있는 물건들에 관한 것만을 시작했을 뿐이다. 작업을 마치고 바닥에 내려놓은 천들은 아직 얼마 되지 않았다. 저녁까지 마치려면 기계가 더 뜨겁게 달아올라야 했다.

"좀 더 쉬지 않고 왜 내려왔어요?" 마르그리트가 드니즈를 보며 상냥하게 물었다.

"그러다 아픈 데가 도지면 어쩌려고요. 여긴 일할 사람이 충분한데."

"안 그래도 내가 그렇게 말했어." 오렐리 부인이 거들었다.

"그런데도 굳이 내려와서 우리를 돕겠다고 하지 뭐야."

그러자 여자들이 드니즈 주위로 모여드는 바람에 작업이 잠시 중단되었다. 그들은 그녀를 치켜세우면서, 그녀가 발목을 뺀 얘기를 흥미롭게 들으며 감탄사를 연발했다. 오렐리 부인은 그녀를 테이블 앞에 앉게 했다. 드니즈는 다른 사람들이 불러주는 품목들에 관한 것을 기록하는 일만을 맡기로 했다. 게다가 재고 조사를 하는 일요일에는 글을 쓸 수 있는 사람이라면 누구나 소집되었다. 감독관, 계산원, 서기, 그리고 사환까지도 모두 동원했다. 작업을 서둘러 마치기 위해 여러 매장에서 하루 동안 그러한 도움을 공유했다. 드니즈는 앞에 놓인 커다란 기록장을 들여다보고 있는 계산원 롬므와 사환인 조제프 가까이 자리를 잡고 앉았다.

"외투 다섯 벌, 나사, 모피 장식, 사이즈 3, 240프랑!" 마르그리트가 외쳤다.

"상동(上同) 넷, 사이즈 1, 220프랑!"

그들은 다시 작업을 시작했다. 마르그리트 뒤쪽에서는 판매원 세 사람이 옷장들을 비워낸 다음, 옷들을 분류해 한 무더기씩 그녀에게 건네주었다. 그리고 명세를 하나씩 불러주고는 테이블 위로 모두 던졌다. 그렇게 차곡차곡 쌓여가는 옷들은 거대한 더미를 이루었다. 롬므는 불러주는 것들을 기록하고, 조제프는 감사를 위한 또 다른 목록을 작성했다. 오렐리 부인은 판매원 세 사람의 도움을 받으며 실크로 된 옷들의 재고를 조사하고, 드니즈는 그것을 받아 적었다. 클라라는 재고 조사가 끝난 옷들을 잘 살펴, 가능한 한 자리를 적게 차지하도록 정돈해서 테이블 한쪽으로 쌓아 올리는 일을 맡았다. 하지만 그녀는 다른 데 정신이 팔려 있어 벌써부터 옷 더미를 무너져 내리게 했다.

"그런데 말이야, 그사이에 연봉은 좀 올랐어?" 클라라는 지난겨울에 새로 들어온 조그만 판매원에게 물었다.

"부수석 구매상 연봉이 2천 프랑이나 되는 거 알아? 수당까지 합치면 무려 7천 프랑 가까이 된다니까."

조그만 판매원은 로통드 코트를 계속 넘겨주면서, 연봉을 800프랑으로 올려주지 않으면 백화점을 그만둘 거라고 말했다. 임금 인상은 재고 조사가 끝난 다음 날 일제히 시행되었다. 지난 1년 동안의 총매출액 통계가 나오면, 각 매장의 책임자들은 전년도에 비해 늘어난 매출액에 대한 수당을 받게 돼 있었다. 재고 조사로 인해 시끌벅적한 가운데서도 쉬지 않고 열띤 뒷담화가 오갔다. 제품에 대한 사항을 하나씩 열거하는 사이사이에는 서로 돈에 관한 얘기만을 주고받았다. 들리는 말에 의하면, 오렐리 부인은 연수입이 2만 5천 프랑을 넘어섰다. 그런 액수의 돈은 판매원들을 흥분시키기에 충분했다. 드니즈 다음으로 인정받는 마르그리트는 연수입이 4500프랑에 달했다. 1500프랑의 고정급에 3천 프랑의 수당을 합친 액수였다. 반면, 클라라는 모두 합쳐도 2500프랑밖에 되지 않았다.

"난 연봉 인상 따위는 신경 안 써!" 클라라는 다시 조그만 판매원에게 말했다.

"우리 아버지가 돌아가셔서 유산을 물려받기만 하면, 다들 내 앞에서 끽소리도 못하게 될 테니까! ……하지만 딱 한 가지 날 짜증나게 하는 건, 저 보잘것없는 여자가 7천 프랑이나 받는다는 거야. 이게 말이나 되냐고! 안 그래?"

오렐리 부인은 위압적인 몸짓으로 뒤를 돌아보며 그들의 대화를 거칠게 중단시켰다.

"당장 조용히들 못하겠나, 아가씨들! 도무지 집중할 수가 없잖아!"

그리고 다시 소리치기 시작했다.

"복고풍 외투 일곱 벌, 시실리엔*, 사이즈 1, 130프랑! ……펠리스 세 벌, 슈라, 사이즈 2, 150프랑! ……잘 받아 적고 있나요, 마드무아젤 보뒤?"

"네, 부인."

그사이 클라라는 테이블들 위에 쌓여가는 한 아름의 옷들을 도맡아 정리해야 했다. 그녀는 옷들을 한쪽으로 밀어놓으면서 빈자리를 만들었다. 하지만 이내 그녀를 찾아온 한 남성 판매원 때문에 옷들을 다시 내팽개쳤다. 그는 장갑 매장의 판매원인 미뇨였다. 매장을 몰래 빠져나온 그는 클라라에게 20프랑을 빌려달라고 귓속말로 속삭였다. 그는 그녀에게 이미 30프랑을 빚지고 있었다. 경마에서 주급을 몽땅 날려버린 다음 날 빌린 돈이었다. 이번에는, 전날 받은 수당을 모두 탕진해버려 일요일에 쓸 돈이 단 10수도 남아 있지 않았다. 클라라는 10프랑

*올이 굵은 시칠리아산 실크.

밖에 가지고 있지 않았지만 기꺼이 빌려주었다. 그들은 잡담을 나누면서, 지난번에 부지발의 한 레스토랑에서 여섯 명이 함께 놀았던 얘기를 했다. 그때 참석한 여자들은 각자 자기 몫을 지불했다. 그 편이 더 나았다. 그러면 모두가 마음이 편했기 때문이다. 20프랑을 마저 채우기를 원한 미뇨는 롬프의 귀에 대고 무언가를 속삭였다. 기록하는 것을 잠시 멈춘 나이 든 계산원은 몹시 곤혹스러운 듯 보였다. 하지만 감히 거절할 생각을 하지 못하고 동전 지갑에서 10프랑짜리 동전을 찾았다. 그 바람에 마르그리트는 외치는 것을 중단해야 했고, 이에 놀란 오렐리 부인이 미뇨를 알아보고는 즉각 상황을 파악했다. 그리고 그를 호되게 꾸짖은 다음 매장으로 돌려보냈다. 그 누구도 자신의 판매원들이 일하는 것을 방해해서는 안 되었다. 사실, 오렐리 부인은 미뇨를 내심 두려워하고 있었다. 그는 그녀의 아들 알베르와 막역한 친구였다. 그녀는 그들이 함께하고 다니는 수상쩍은 짓거리들이 언젠가는 안 좋게 끝나게 될 것이라는 두려움을 갖고 있었다. 따라서 미뇨가 롬프에게서 10프랑을 받아들고 가버리자 남편에게 한마디 하지 않을 수 없었다.

"난 도무지 당신을 이해할 수가 없어요! 어떻게 저런 놈한테 매번 당하고만 있는 거냐고요!"

"하지만, 여보, 저 젊은이의 청을 어떻게 거절할 수 있겠소……."

그러자 오렐리 부인은 격렬하게 어깨를 으쓱해 보이면서 그의 말을 가로막았다. 그리고 판매원들이 그녀의 가족 간 다툼을 지켜보며 은근히 즐거워하자 다시 엄격한 모습으로 되돌아와 소리쳤다.

"이봐, 마드무아젤 바동, 지금 그렇게 한가하게 여유 부릴 때가 아닐 텐데."

"팔토 스무 벌, 이중 캐시미어, 사이즈 4, 18프랑 50상팀!"
마르그리트는 노래하는 듯한 목소리로 외쳤다.

롬므는 고개를 숙인 채 다시 기록을 해나갔다. 그는 차츰 연봉이 올라 이제 9천 프랑을 받고 있었지만, 여전히 자신의 세배 가까운 돈을 버는 아내를 향한 존중심을 잃지 않았다.

한동안 일이 잘 진행되었다. 숫자들이 공중을 날아다니고, 테이블 위에는 옷들이 수북하게 쌓여갔다. 하지만 클라라는 또다른 소일거리를 찾아냈다. 그녀는 샘플 발송 부서에서 일하는 젊은 여성을 좋아하는 사환 조제프를 짓궂게 놀려먹었다. 나이를 스물여덟 살이나 먹고, 마르고 얼굴빛이 창백한 그 여성은 데포르주 부인의 피후견인이었다. 데포르주 부인은 무레에게 감동적인 이야기를 늘어놓으면서 자신의 피후견인을 '여인들의 행복 백화점'의 판매인으로 취직시키고자 했다. 어머니를 잃은 젊은 여성은 푸아투의 오래된 귀족 가문인 퐁트나유 가의 마지막 후손으로, 아무것도 가진 것 없이 술주정뱅이 아버지와 파리에 오게 되었다. 그녀는 어려운 환경 속에서도 바르게 살아가는 여성이었지만, 불행하게도 배움이 부족해 가정교사나 피아노 선생 같은 직업을 구할 수가 없었다. 무레는 평소 누군가가 가난한 상류 계층 출신의 여자들을 추천하면 불같이 화를 내곤 했다. 그의 지론에 의하면, 그런 이들보다 더 무능력하고, 봐주기 힘들며, 불성실한 부류의 사람들은 없었다. 게다가 판매원은 원한다고 아무나 할 수 있는 일이 아니었다. 그것은 오랫동안 익히고 배워나가야 하는 복잡하고 섬세한 일인 것이다. 그러면서도 그는 데포르주 부인의 피후견인을 거두어, 판매 대신 샘플 발송 부서의 일을 하게 했다. 예전에도 이미 친구들의

청을 거절하지 못하고, 백작 부인 두 명과 남작 부인 한 명을
홍보 부서에 채용한 적이 있었다. 그들은 그곳에서 발송 물품
에 띠를 두르고 봉투에 주소를 적는 일을 했다. 마드무아젤 드
퐁트나유는 하루에 3프랑을 받았고, 그 돈으로는 아르장퇴유
가의 조그만 방에서 겨우 살아갈 수 있을 뿐이었다. 퇴역 군인
인 조제프는 무뚝뚝하고 말없는 겉모습 뒤로 따뜻한 마음을 지
닌 청년이었다. 그는 초라한 차림새로 슬픈 얼굴을 하고 있는
마드무아젤 드 퐁트나유에게 연민을 느꼈다. 그러면서, 겉으로
드러내지는 않았지만, 기성복 매장의 판매원들이 그를 놀릴 때
마다 얼굴을 붉혔다. 샘플 발송 부서는 기성복 매장 바로 옆방
에 있어서, 그녀들은 종종 문 앞에서 계속 서성거리는 그를 발
견할 수 있었다.

"조제프는 지금 마음이 콩밭에 가 있다니까." 클라라가 조
그맣게 말했다.

"계속 란제리 매장 쪽만 쳐다보고 있잖아."

마드무아젤 드 퐁트나유는 혼수품 매장의 재고 조사를 돕기
위해 차출돼 와 있었다. 그러자 그 매장 쪽을 끊임없이 흘끗거
리는 조제프의 모습에 판매원들은 웃음을 터뜨렸다. 그는 당황
하면서 다시 기록장에 얼굴을 파묻었다. 마르그리트는 목을 간
질이는 흥겨움을 애써 참느라 더욱더 크게 소리를 질렀다.

"재킷 열네 벌, 영국산 나사, 사이즈 2, 15프랑!"

로통드에 관한 내역을 소리쳐 불러주던 오렐리 부인은 목이
쉬어 있었다. 그녀는 못마땅한 표정을 지으며 위엄이 느껴지는
어조로 느릿하게 말했다.

"목소리 좀 낮추는 게 좋겠어, 마드무아젤. 여긴 시장이 아
니라고……. 그리고 여러분들 모두 제정신이 아닌 것 같군. 열

심히 일해도 시간이 부족할 판에 그런 유치한 짓거리로 시간을 낭비하고 있다니."

바로 그때, 옷 꾸러미에 제대로 신경을 쓰지 않고 있던 클라라 때문에 문제가 발생하고 말았다. 테이블 위에 쌓아둔 외투 더미가 무너져 내리는 바람에 다른 옷들까지 차례로 모두 바닥으로 떨어졌던 것이다. 카펫 위에는 떨어져 내린 옷들이 즐비하게 널려 있었다.

"꼴좋게 됐군, 그러게 내가 뭐랬어!" 수석 구매상은 잔뜩 열이 뻗쳐 소리쳤다.

"제발 정신 차리지 못하겠나, 마드무아젤 프뤼네르, 정말 더는 봐줄 수가 없군!"

그 순간 매장 전체에서 싸늘한 전율이 느껴졌다. 시찰을 돌고 있는 무레와 부르동클이 막 모습을 드러냈기 때문이다. 그러자 또다시 여기저기서 외쳐대는 목소리와 펜이 사각거리는 소리가 들려왔고, 클라라는 바닥에 널려 있던 옷들을 서둘러 주웠다. 사장은 직원들이 일하는 것을 방해하지 않았다. 단지, 그곳에 몇 분간 머무르면서 말없이 미소를 지어 보이기만 했다. 그러면서 승리자 같은 유쾌한 얼굴로 재고 조사를 지켜보는 그의 입술이 열에 들뜬 듯 가볍게 떨렸다. 그러다 드니즈를 알아보고는 하마터면 모두가 지켜보는 앞에서 놀라는 모습을 보일 뻔했다. 그새 벌써 다 나아서 내려온 건가? 오렐리 부인과 눈이 마주친 그는 잠시 머뭇거리다가 그곳을 떠나 혼수품 매장으로 향했다.

그사이 드니즈는 가벼운 웅성거림에 고개를 들었다. 그리고 무레를 알아보고는 다시 고개를 숙여 기록을 해나갔다. 판매원들이 규칙적으로 외치는 소리를 들으며 기계적으로 기록을 해나가는 동안 그녀의 마음속에는 다시 평온함이 찾아왔다. 그녀는 늘 처음에는 격한 감정에 자신을 내맡겼다. 그러면 주체할 수 없이 눈물이 쏟아지고 감상에 젖으면서 고통이 배가되었다. 그러다 차츰 다시 이성을 되찾으면서, 차분하고 아름다운 용기와 부드러우면서도 강인한 의지를 보여주었다. 이제 투명한 눈빛에 파리한 안색을 띤 그녀는 속마음을 꼭꼭 숨긴 채 오직 자신의 의지만을 따르기로 마음먹고 지극히 차분하게 일에 몰두했다.

시각은 10시를 가리켰고, 각 매장의 번잡스러움 속에서 재고 조사로 인한 소음이 점점 더 커져 갔다. 사방에서 끊임없이 들려오는 외침이 서로 교차하는 가운데 새로운 소식이 순식간에 놀라운 속도로 퍼져 나갔다. 아침에 무레가 드니즈를 저녁 식사에 초대하는 편지를 보냈다는 사실을 판매원 모두가 알게 되었던 것이다. 그것은 폴린의 경솔함이 초래한 결과였다. 그녀는 혼란스러운 상태로 위층에서 내려오다가 레이스 매장의 들로슈와 맞닥뜨렸다. 그리고 그가 리에나르하고 얘기하던 중인 걸 미처 알지 못한 채 그에게 자신의 속내를 털어놓았다.

"결국 올 것이 오고 말았어요, 무슈 들로슈……. 막 편지를 받았대요. 사장님이 오늘 저녁 식사에 초대를 했다는군요."

폴린의 말에 들로슈의 얼굴에서 핏기가 가셨다. 그 편지가 무엇을 의미하는지 잘 알고 있기 때문이었다. 그는 평소에도 종종 폴린에게 드니즈의 소식을 묻곤 했다. 두 사람은 매일같이 자신들의 친구인 드니즈에 관해 얘기할 때마다, 무레가 그녀에게 보이는 지극한 관심, 그리고 이 모든 것의 귀착점이 될 예의 저녁 식사 초대에 관한 얘기를 빼놓지 않았다. 게다가 폴린은 남몰래 드니즈를 좋아하고 있는 들로슈를 꾸짖었다. 그는 결코 그녀의 마음을 얻을 수 없을 것이기 때문이었다. 들로슈가 사장의 유혹에 넘어가지 않는 드니즈를 지지하는 말을 하자, 폴린은 어깨를 으쓱해 보이고는 말했다.

"다리가 많이 나아서 곧 내려올 거예요. 그러니까 그렇게 장례식에 온 것 같은 얼굴을 하고 있지 말라고요. 이 모든 건 그 애에게는 다시없을 행운이니까."

그리고 서둘러 자신의 매장으로 되돌아갔다.

"오라, 이제 알겠군!" 그들의 대화를 엿들은 리에나르가 혼잣말로 중얼거렸다.

"그러니까 다리를 삔 그 아가씨를 두고 하는 얘기겠다. ……자네가 엊저녁에 카페에서 서둘러 그 여자를 옹호하기를 잘한 것 같군!"

그러면서 그 역시 자기 매장으로 되돌아갔다. 그는 모직물 매장으로 가는 동안, 도중에 만난 네다섯 명의 판매원에게 편지 얘기를 전했다. 그리고 그로부터 10분이 채 안 되어, 그 소식은 백화점 전체로 퍼져 나갔다.

리에나르가 들로슈에게 마지막으로 한 말은 전날 저녁 생로크 카페에서 있었던 일을 언급한 것이었다. 이제 두 사람은 늘 꼭 붙어 다니는 사이가 되어 있었다. 부수석 구매상이 된 위탱이 방 세 개짜리 거처로 옮기자, 들로슈는 그가 살던 스미른 여관의 방으로 이사했다. 그리하여 이제 들로슈와 리에나르는 아침마다 '여인들의 행복 백화점'으로 출근을 함께하는 것은 물론, 저녁에도 서로를 기다렸다가 함께 돌아왔다. 나란히 붙어 있는 그들의 방은 똑같이 여관의 어두컴컴한 뜰 쪽에 면해 있었다. 마치 갱도처럼 좁은 그곳 뜰에서 올라오는 악취는 여관 전체를 오염시켰다. 그들은 서로의 차이점에도 불구하고 함께 잘 어울렸다. 한 사람은 자기 아버지에게서 받는 돈으로 아무런 걱정 없이 지냈고, 가난한 다른 한 사람은 어떻게 하면 돈을 아낄 수 있을까 늘 머리를 쥐어짜야 했다. 하지만 두 사람 다 판매원으로서 자질이 부족한 탓에 매장에서 빈둥거리며 시간을 보내는 일이 잦았고, 그 때문에 연봉 인상에서도 제외되었다는 공통점을 지니고 있었다. 두 사람은 백화점 일이 끝난 후에는 대부분의 시간을 생로크 카페에서 함께 보냈다. 낮 시간에는 텅 비어 있던 카페는 8시 반경부터는 가이용 광장에 면한 높다란 문에서 거리로 쏟아져 나온 판매원들의 물결로 넘쳐났다. 그때부터는, 파이프 담배의 짙은 연기 속에서 도미노 게임을 하는 이들의 웅성거림과 웃음소리, 시끄럽게 외쳐대는 소리가 여기저기서 터져 나왔다. 그러는 동안, 사방에서 맥주와 커피가 넘쳐흘렀다. 왼쪽 구석에 자리 잡은 리에나르는 비싼 걸 주문했고, 들로슈는 맥주 한 잔을 시켜놓고 네 시간을 보냈다. 들로슈는 바로 그곳에서 옆 테이블에 앉은 파비에가 드니즈에 관해 끔찍한 험담을 하는 것을 듣게 되었다. 그녀가 사장보다 앞서 계단을 올라가면서 치마를 걷어 올려 사장을 유혹했다는 얘기였다. 들로슈는 파비에의 뺨이라도 한 대 갈기고 싶은 마음을 간신히 억눌러야 했다. 그러다 드니즈가 밤마다 연인을 만나러 내려온다는 파비에의 주장에 분노가 폭발해 그를 거짓말쟁이라고 쏘아붙였다.

"이 더러운 인간 같으니라고! ……모두 거짓말이야, 저치는 지금 터무니없는 거짓말을 하고 있는 거란 말이야!"

그리고 흥분을 억누르지 못한 채 더듬거리는 목소리로 마음속에 감추고 있던 것들을 쏟아냈다.

"난 그녀를 잘 알아, 모든 걸 다 알고 있다고……. 그녀의 마음속에는 오직 한 남자밖엔 없었어. 그래, 무슈 위탱 말이야. 그리고 그는 아직 그 사실을 알아차리지도 못하고 있어. 그러니까 그녀의 손끝 하나라도 건드렸다고 자랑할 수조차 없다고."

그리하여 무레의 편지 얘기가 나돌 무렵에, 그들의 언쟁에 관해 과장되고 변질된 얘기는 이미 온 백화점 직원들을 즐겁게 해주고 있었다. 리에나르는 바로 실크 매장의 한 판매원에게 그 소식을 처음으로 전했다. 실크 매장에서는 재고 조사가 순조롭게 진행되고 있었다. 파비에와 또 다른 두 명의 판매원은 사닥다리 발판 위에 올라가 칸막이 선반을 비워내면서 제품을 하나씩 위탱에게 넘겨주었다. 테이블 위에 올라가 서 있던 위탱은 라벨을 확인하고 숫자를 외친 다음 천들을 바닥으로 던졌다. 바닥에는 마치 가을날의 밀물처럼 천들이 차곡차곡 쌓여갔다. 다른 판매원들은 기록을 하고, 알베르 롬므가 그들을 도왔다. 그는 간밤에 샤펠*의 한 싸구려 댄스홀에서 밤을 꼬박 새운 탓에 안색이 좋지 않았다. 뜨거운 푸른 하늘이 언뜻 보이는 홀의 유리 천장으로부터 한 무더기의 햇살이 쏟아져 들어오고 있었다.

"누가 블라인드를 좀 내리지 못하겠나!" 작업을 지켜보느라 정신없이 바쁜 부트몽이 소리쳤다.

"이러다 저놈의 햇빛 때문에 푹 익어버리고 말겠군!"

천을 꺼내기 위해 발돋움을 하던 파비에는 조용한 소리로 투덜거렸다.

"이렇게 화창한 날씨에 사람들을 가둬두다니 이래도 되는 거냐고! 게다가, 재고 조사 날에는 절대 비가 오는 법이 없더군!

*파리 북동쪽에 위치한 서민 구역으로, 졸라의 대표작 《목로주점》의 배경이 되었던 곳이다.

……온 파리 사람들이 나들이를 간다고 난리법석인 판에, 갤리선의 노예처럼 빗장을 건 감옥에 갇혀 있는 이 꼴이 뭐냐고!"

그는 천을 위탱에게 넘겨주었다. 라벨에는 제품이 판매될 때마다 줄어든 천의 길이가 표기돼 있었다. 그럼으로써 불필요한 작업을 줄일 수 있었다. 부수석 구매상은 큰 소리로 외쳤다.

"팬시 실크, 작은 체크무늬, 21미터, 6프랑 50상팀!"

위탱은 천을 바닥에 쌓여 있는 더미 위로 던지고는 파비에와 하던 얘기를 계속했다.

"그래서, 그 친구가 자네를 한 대 칠 뻔했다는 거야?"

"그렇다니까. 난 조용히 맥주를 마시고 있었을 뿐인데……. 그런데 나보고 거짓말쟁이라고 소리쳤던 그 친구만 우스운 꼴이 된 셈이지. 그 여자가 오늘 아침 드디어, 저녁 식사를 같이 하자는 사장의 편지를 받았다고 하더라고…… 벌써 백화점 전체에 그 소문이 쫙 퍼졌어."

"뭐라고! 그럼 두 사람 사이에 아직 아무 일이 없었다는 건가!"

파비에는 그에게 또 다른 천을 건넸다.

"그러게, 그거 이상하게 생각되지 않나? 난 그 두 사람이 이미 한참 전부터 그렇고 그런 사이였을 거라고 굳게 믿고 있었거든. 맹세라도 할 수 있다니까."

"상동, 25미터!" 위탱이 소리쳤다.

바닥으로 천이 떨어지는 소리가 둔탁하게 들려오는 가운데 파비에는 목소리를 낮추며 덧붙였다.

"그 여잔 그 미치광이 부라 영감 집에서 살 때도 흥청망청 돈을 잘만 쓰고 다녔다고 하더라고."

이제 백화점 전체가 작업을 계속하면서 그 일을 도마 위에 올려놓고 즐기고 있었다. 판매원들은 흥미로운 가십거리를 놓칠세라 뒤돌아선 채 귓속말로 젊은 여성의 이름을 수군거렸다. 외설적인 얘기에 자극받은 부트몽 역시 거기에 맞장구를 치고는, 자신의 농담에서 느껴지는 저질스러운 취향에 무안해하며 멋쩍은 웃음을 터뜨렸다. 그때 졸음에서 깨어난 알베르는 그로카유*에서 기성복 매장의 부수석 구매상이 두 군인 사이에서 걸어가는 것을 보았다고 주장했다. 그때 막 미뇨가 클라라에게서 빌린 20프랑을 가지고 내려왔다. 그는 잠시 걸음을 멈추고 알베르의 손에 10프랑을 쥐어주었다. 그리고 돈이 없어서 잠시 미루었던 그들만의 파티를 그날 저녁에 하기로 하고 약속 시간을 다시 정했다. 부족하긴 하지만 자금이 마련되었던 것이다. 그리고 예의 그 편지에 대한 얘기를 전해들은 미뇨가 지나치게 음란한 코멘트를 하는 바람에 부트몽은 그들을 자제시키지 않을 수 없었다.

"이제 다들 그만들 하라고. 그런 건 우리가 상관할 바가 아니잖나……. 자, 얼른 계속하게, 무슈 위탱."

"팬시 실크, 작은 체크무늬, 32미터, 6프랑 50상팀!" 위탱이 다시 소리치기 시작했다.

다시 사각거리며 기록을 해나가는 펜 소리가 들리면서 천들이 규칙적으로 바닥으로 던져졌고, 강물이 그곳으로 흘러들어가기라도 하는 것처럼 천으로 이루어진 못의 수위가 계속해서 높아졌다. 그리고 팬시 실크를 외치는 소리가 계속해서 들려왔다. 그러자 파비에는 조그만 소리로 팬시 실크의 재고가 엄청날 것이라고 얘기했다. 경영진이 어떤 얼굴을 할지는 불 보듯

*당시 앵발리드와 에콜 밀리테르(군사학교) 사이에 있었던 마을 이름.

뻔한 일이었다. 저 멍청한 부트몽은 파리에서 제일가는 구매상일지는 몰라도 판매에 있어서는 무능력하기 짝이 없었다. 그 말에 기분이 좋아진 위탱은 우호적인 눈빛으로 파비에의 말에 동의를 표하며 의미심장한 미소를 지어 보였다. 예전에 로비노를 내쫓기 위해 '여인들의 행복 백화점'에 부트몽을 끌어들였던 장본인인 위탱은 이젠 그의 자리를 차지하려는 목적으로 끈질기게 그의 입지를 약화시키는 공작을 펴나갔다. 그는 예전과 똑같은 싸움을 전개해나가는 중이었다. 매장 책임자들의 귀에 허위 비방을 슬쩍슬쩍 흘리는가 하면, 자신을 돋보이게 하기 위해 지나친 열정을 과시하면서, 엉큼한 마음을 상냥함으로 포장한 채 전쟁에서 승리하기 위한 온갖 전략을 펼쳐나갔다. 그러는 동안, 위탱은 파비에에게 다시 예전처럼 관대하게 대하면서 그의 지지를 얻고자 했다. 하지만 마르고 차가워 보이는 파비에는 어두운 얼굴로 부수석 구매상을 흘끗거리며 지켜보았다. 마치 작달막한 그를 몇 입에 집어삼킬 수 있을지 세고 있는 듯했다. 그의 얼굴에서는, 자신의 동료가 부트몽을 먹어치우기를 기다린 다음 자신이 그를 먹어치우고자 하는 속셈이 엿보였다. 위탱이 매장 책임자가 될 수 있다면, 자신 또한 부수석 구매상이 되지 못란 법이 없지 않은가. 그다음에는, 두고 보면 알 터였다. 그리고 백화점 전체를 들썩거리게 하는 열기에 휘말린 두 사람은 팬시 실크의 재고를 계속 외치는 사이에 연봉이 얼마나 될지 따져보았다. 부트몽은 올해 3만 프랑 정도를 받게 될 것이었다. 위탱은 1만 프랑을 넘어설 것이며, 파비에는 고정급과 수당을 합쳐 5500프랑 정도를 받을 것으로 예상되었다. 매년 매장의 총매출액이 증가함에 따라, 마치 전쟁 중인 장교들처럼 판매원들의 호봉도 올라가고, 그와 더불어 그들의 급여도 늘어났다.

"젠장맞을, 아직도 안 끝난 건가, 이 망할 놈의 실크는?" 부트몽이 불쑥 짜증 가득한 얼굴로 말했다.

"올해는 더러운 봄 날씨 때문에 쫄딱 망한 거야, 허구한 날 비만 내릴 게 뭐냐고! 그러니까 다들 검정 실크만 찾았던 거라고."

경쾌해 보이는 그의 커다란 얼굴이 다시 어두워졌다. 그는 바닥에 점점 더 높이 쌓여가는 실크 더미를 물끄러미 바라보았다. 위탱은 승리가 느껴지는 더 크고 낭랑한 목소리로 소리쳤다.

"팬시 실크, 작은 체크무늬, 28미터, 6프랑 50상팀!"

팬시 실크는 아직도 칸막이 선반 한 가득 남아 있었다. 파비에는 팔이 떨어져 나갈 듯 아파와 아까보다 속도를 늦추었다. 그는 마지막으로 남아 있는 천들을 위탱에게로 넘겨주면서 조그맣게 말했다.

"그런데 참, 얘기해준다는 걸 깜빡 잊고 있었네…… 문제의 기성복 매장 부수석 구매상이 한때 자네를 좋아했었다는 거 아나?"

그러자 위탱은 몹시 놀라는 듯 보였다.

"뭐라고! 그게 무슨 말이야?"

"그렇다니까, 그 덩치만 크고 멍청한 들로슈가 우리한테 직접 얘기해준 거라고…… 하긴 생각해보니까, 예전에 그 여자가 자넬 흘끗거리던 눈빛이 심상치 않긴 했어."

위탱은 부수석 구매상이 된 이후로 카페콩세르의 가수들 대신 가정교사들과 보란 듯이 어울려 다녔다. 그는 우쭐한 마음을 안으로 감춘 채 경멸적인 표정으로 대답했다.

"그렇게 깡마른 여자는 내 취향이 아니야, 친구. 그리고 사장처럼 아무 여자하고나 어울릴 순 없잖나."

그리고 잠시 얘기를 멈춘 다음 다시 외쳤다.

"흰색 푸드수아*, 35미터, 8프랑 75상팀!"

"아! 이제야!" 부트몽은 비로소 안도하면서 중얼거렸다.

하지만 어느새 두 번째 테이블이 차려졌음을 알리는 종이 울렸다. 자기 차례가 된 파비에가 발판에서 내려오자 다른 판매원이 그 자리를 대신했다. 파비에는 그사이에 바닥에 더 높게 쌓인 넘실대는 천들의 물결을 뛰어넘어야 했다. 이제, 각 매장마다 무너져 내린 건물의 잔해 같은 물건 더미들이 통로를 가로막고 있었다. 칸막이 선반, 상자, 옷장 등이 차례로 비워짐에 따라, 제품들이 다리 아래와 테이블 사이에 어지럽게 널린 채 점점 더 높이 쌓여갔다. 리넨 매장에서는 둔탁한 소리와 함께 캘리코 더미가 떨어져 내리는 소리가 들려왔다. 바느질 도구 매장으로부터는 상자들이 서로 가볍게 부딪치면서 나는 찰각거리는 소리가 선해서 왔다. 멀리서 무언가 우르릉거리며 굴러가는 듯한 소리는 가구 매장에서 나는 소리였다. 날카로운 고음과 걸걸한 저음의 목소리가 뒤섞여 합창을 하는 가운데, 공중으로 흩어지는 숫자들은 휙휙 휘파람 소리를 냈다. 마치 1월의 겨울날 숲 속에서 나뭇가지들 사이로 바람이 불 때처럼 딱딱거리는 소음들이 거대한 중앙 홀 전체로 울려 퍼졌다.

파비에는 마침내 물건 더미들 사이를 빠져나와 구내식당으로 향하는 계단을 올라갔다. 백화점을 확장하면서 구내식당은 새 건물의 5층으로 옮겨졌다. 서둘러 올라간 파비에는 그보다 먼저 올라간 들로슈와 리에나르를 만날 수 있었다. 그는 자기 바로 뒤에 서 있는 미뇨를 돌아보며 말했다.

*골이 지게 짠 견직물의 일종.

"굉장한데! 오늘이 재고 조사 날이 맞긴 맞나 보군. 마치 축제 음식처럼 푸짐한걸!" 주방 복도에서 메뉴가 적힌 칠판 앞에 서 있던 파비에가 소리쳤다.

"닭고기하고 얇게 저민 양 다리 고기라, 거기다가 기름에 익힌 아티초크라니! ……양 다리 고기는 별로 인기가 없게 생겼군!"

그러자 미뇨가 히죽거리면서 조그맣게 말했다.

"그럼 오늘은 닭고기가 대세인 건가?"

그사이 들로슈와 리에나르는 각자의 몫을 받아 들고 자리로 향했다. 파비에도 창구로 고개를 숙이며 큰 소리로 외쳤다.

"닭고기로 주세요."

하지만 그는 좀 더 기다려야 했다. 고기를 자르는 일을 맡은 사환 하나가 손가락을 베는 바람에 주방에 혼란이 일었기 때문이다. 파비에는 창구에 얼굴을 가까이 갖다 댄 채 주방 안쪽을 기웃거렸다. 주방에는 중앙에 놓인 화덕을 포함한 거대한 주방 기구들이 설치돼 있었다. 천장에는 레일이 두 줄로 고정돼 있어서 도르래와 체인을 이용해 장정 네 사람도 들어 올리지 못할 거대한 솥을 운반했다. 무쇠로 된 화덕의 검붉은 색과 대조되는 새하얀 유니폼을 입은 요리사들은 철제 사다리 위에 올라선 채 기다란 나무 손잡이가 달린 거품 걷기용 국자로 저녁 식사용 포토푀*를 살피고 있었다. 벽 쪽으로는, 순교자의 화형대를 연상시키는 거대한 그릴과 양고기 프리카세**용 냄비들, 접시를 데우는 거대한 기구, 그리고 끊임없이 흘러내리는 물로 채워지는 대리석 급수대가 설치돼 있었다. 그 왼편으로는, 수

---

*고기와 몇 가지 야채로 만든 프랑스식의 진한 수프.
**닭고기, 송아지, 양고기 등을 잘게 썰어 버터에 살짝 볶은 다음 야채와 크림소스를 넣어 끓인 것.

영장처럼 너른, 돌로 만든 개수대와 세척장이 보였다. 오른쪽
으로는 쇠꼬챙이에 낀 붉은색 고기가 언뜻 보이는 식료품 저장
고와, 제분기처럼 똑딱 소리를 내며 작동하는 감자 껍질 깎는
기계가 보였다. 몇몇 주방 보조원들이 깨끗이 다듬은 샐러드를
조그만 카트 두 대에 가득 나눠 담은 채 급수장 아래 서늘한 곳
으로 옮기고 있었다.

"닭고기 주세요." 기다리는 데 짜증이 난 파비에가 다시 소
리쳤다.

그리고 뒤를 돌아보며 조그맣게 덧붙였다.

"사환 하나가 손가락을 베었나 봐, 재수 없게시리……. 피
가 음식으로 들어가게 생겼잖아."

그러자 미뇨도 그 광경을 보고 싶어 했다. 기다리는 판매원
의 줄이 점점 더 길어지면서, 서로 떼밀거나 여기저기서 웃음
소리가 터져 나왔다. 창구에 고개를 내민 채 기다리던 두 젊은
이는, 고기 굽는 쇠꼬챙이와 비계를 끼우는 꼬챙이를 포함해서
아주 사소한 용구까지도 그 규모가 거대해진 팔랑스테르적 주
방 앞에서 서로의 생각을 주고받았다. 그곳에서는 매일 2천 명
분의 점심과 저녁 식사를 준비했다. 게다가 직원들의 숫자는
매주 증가 추세에 있었다. 주방은 마치 블랙홀처럼 하루 동안
에 1600리터의 감자와, 120파운드의 버터, 600킬로그램의 고
기를 집어삼켰다. 그리고 매 식사 때마다, 바의 긴 테이블 위에
놓아둔 세 개의 커다란 술통으로부터 700리터 가까운 포도주
가 쏟아져 내렸다.

"아! 이제야 나타나셨군!" 음식을 나눠주는 요리사가 커다
란 냄비를 가지고 나타나 파비에한테 닭다리 하나를 건넸다.

"닭고기요." 파비에의 뒤에 서 있던 미뇨가 말했다.

두 사람은 간이 바에서 각자 자기 몫의 포도주 병을 집어 접시에 올려놓고 구내식당으로 향했다. 그사이 그들 등 뒤에서는 '닭고기'라는 말이 쉴 새 없이 규칙적으로 들려왔다. 그 사이사이 요리사가 포크로 고깃덩어리를 찍어 올릴 때마다 나는 짧은 소리가 리듬을 부여해주었다.

직원용 구내식당은 점심과 저녁으로 세 번씩 테이블이 차려질 때마다 매번 500명분의 식기를 여유롭게 놓을 수 있을 정도의 거대한 공간이었다. 마호가니 식탁들이 방의 가로로 나란히 길게 놓여 있었고, 방의 양끝으로는 감독관과 매장의 책임자들을 위한 똑같은 모양의 식탁이 마련돼 있었다. 방의 중앙에는 추가 주문을 위해 카운터가 설치돼 있었다. 식당의 오른편과 왼편으로 난 커다란 창문에서는 새하얀 빛이 들어와 너른 공간을 환히 비추었다. 천장은 높이가 4미터나 되었지만, 다른 것들의 과도한 규모로 인해 상대적으로 짓눌려 보였다. 밝은 노란색의 유광 도료로 칠해진 벽에는 냅킨을 정돈해 두는 선반만이 유일한 장식처럼 붙어 있었다. 이 첫 번째 구내식당 옆에는 백화점의 사환과 마차꾼 들을 위한 식당이 마련돼 있었다. 그곳에서는 정해진 시간이 아니라 필요할 때마다 불규칙적으로 식사를 제공했다.

"이런! 미뇨, 자네도 닭다리군." 미뇨와 같은 식탁에 마주앉은 파비에가 말했다.

다른 판매원들도 그들 주위에 자리를 잡았다. 마호가니 식탁에는 예전과 달리 방수천이 깔려 있지 않아, 접시들을 내려놓을 때마다 갈라지는 듯한 소리가 났다. 파비에와 미뇨 주위에서는 연신 탄성이 터져 나왔다. 닭다리의 수가 실로 엄청났기 때문이다.

"다리밖에 없는 닭들이 이렇게 많다니!" 미뇨가 재치 있는 한마디를 했다.

그러자 몸통 부위만을 받은 사람들은 운이 없다면서 투덜댔다. 하지만 식당을 새로 꾸민 이후로 식사의 질은 예전에 비해 현저하게 개선되었다. 무레는 이제 더 이상 정해진 가격에 음식을 제공하는 도급업자에게 식당 운영을 맡기지 않았다. 그는 직접 식당을 운영하면서, 다른 매장들처럼 주방장과 부주방장, 그리고 감독관을 두어 하나의 조직화된 부서로 만들어나갔다. 직원들의 식사에 더 많은 투자를 할수록, 양질의 식사를 제공받은 직원들로부터 더 효율적인 노동을 이끌어낼 수 있음을 깨달았기 때문이었다. 그의 실용적인 인도주의적 발상은 오랫동안 부르동클을 당혹스럽게 했다.

"자, 어디 한번 맛 좀 볼까. 그래도 내 건 고기가 제법 연한 걸." 미뇨가 만족스러운 표정으로 말했다.

"빵 좀 이리로 줘봐!"

그러자 커다란 빵 덩어리가 식탁을 한 바퀴 돌았고, 마지막으로 빵을 자른 사람은 빵 껍질에 나이프를 꽂았다. 시간에 늦은 이들은 허겁지겁 서둘러 달려왔고, 아침나절의 고된 작업으로 인해 배가된 맹렬한 식욕이 구내식당의 끝에서 끝까지 기다란 식탁 위를 사정없이 휩쓸고 지나갔다. 포크가 접시에 부딪혀 달그락거리는 소리와 병이 비워질 때 나는 꾸르륵 소리, 컵을 급하게 식탁에 내려놓으면서 내는 쨍그랑 소리, 맷돌을 가는 듯 500개의 턱이 힘차게 음식을 씹는 소리 등이 모두 뒤섞여 점점 그 강도를 더해갔다. 그사이 몇몇 사람들이 간간이 시도하는 말소리는 음식으로 가득 찬 입속에 그대로 파묻혀 버렸다.

보제와 리에나르 사이에 앉은 들로슈는, 파비에가 몇 자리 건너 자신과 거의 마주 보는 자리에 앉아 있음을 발견했다. 두 사람은 서로에 대한 반감이 가득한 눈빛으로 서로를 노려보았다. 그들이 전날 다투었던 일에 대한 얘기를 들어 알고 있는 주변 사람들은 조그만 소리로 무슨 말인가를 숙덕거렸다. 그러다 들로슈의 불운에 대해 얘기하며 킥킥거리고 웃었다. 늘 배가 고픈 들로슈는 저주받은 운명의 장난인 양 언제나 가장 변변찮은 음식이 얻어걸리곤 했다. 이번에는 닭의 목과 몸통 찌꺼기가 그의 차지였다. 그는 다른 동료들이 자신에 대해 농을 하는 것을 묵묵히 듣고만 있었다. 그러면서 고기를 존중할 줄 아는 사람처럼 몹시 정교한 솜씨로 목의 껍질을 벗겨내며 커다랗게 자른 빵 덩어리를 삼켰다.

"왜 항의를 하지 않나?" 보제가 물었다.

하지만 들로슈는 어깨를 으쓱해 보이기만 했다. 그런 게 다 무슨 소용이란 말인가? 여태 그렇게 해서 잘된 적이 한 번도 없었다. 체념하고 순순히 받아들이지 않으면 상황이 더 나빠질 뿐이었다.

"혹시 실쟁이들이 이젠 자기들 클럽까지 만들어서 논다는 걸 알고 있나?" 미뇨가 뜬금없이 얘기를 꺼냈다.

"그래, 그렇다니까, 보빈* 클럽이라나 뭐라나……. 토요일마다 생토노레 가에 있는 한 술집에서 방을 하나 빌려서 어울려 논다고 하더라고."

그는 바느질 도구 매장의 판매원들에 관한 얘기를 하고 있었다. 그러자 그 식탁에 앉아 있던 모두가 즐거워했다. 모두들 음식을 먹는 사이사이, 우물거리는 목소리로 저마다 한마디씩

*프랑스어로 '실패'를 의미한다.

상세한 내용을 보냈다. 몇몇 열렬한 독서꾼들만이 신문에 코를 박은 채 말없이 읽기에 몰두하고 있었다. 판매원들 모두가 다음과 같은 사실을 인정하는 분위기였다. 해가 갈수록, 판매원들의 수준이 높아졌다. 이젠 절반에 가까운 이들이 독어나 영어를 구사할 줄 알았다.* 이제 멋을 아는 사람들은 더 이상 예전처럼 불리에**에 가서 소란을 피우며 놀거나, 카페콩세르를 전전하며 못생긴 여가수에게 야유하며 휘파람을 불어대는 일 같은 건 하지 않았다. 그 대신, 스무 명가량이 모여서 클럽을 만들었다.

"그치들도 리넨쟁이들처럼 피아노를 치고 논대?" 리에나르가 물었다.

"보빈 클럽에 피아노가 있냐고? 당연한 얘기 아닌가!" 미뇨가 큰 소리로 대꾸했다.

"그래서 연수도 하고 노래도 하면서 시간을 보내는 거지! …… 심지어, 바부라는 조그만 친구는 시까지 낭송한다고 하더군."

그러자 다들 화기애애한 분위기 속에서 바부라는 청년을 두고 우스갯소리를 해댔다. 하지만 요란한 웃음소리 뒤에는 그를 향한 존경심이 느껴졌다. 다음에는 화제가 보드빌 극장에서 상연 중인 연극으로 옮아갔다. 일부는 그 속에서 캘리코 판매원이 하찮은 역할을 맡은 사실에 대해 분개했다. 한편 품위 있는 집안의 가족에게 저녁 초대를 받은 일부는 저녁 몇 시에 일이 끝날 것인지를 걱정했다. 거대한 식당의 사방 곳곳에서 달

*1872년, 봉 마르셰 백화점에서는 점점 늘어나는 외국인 고객의 요구에 부응하기 위해, 직원들을 대상으로 영어와 독일어 무료 저녁 강좌를 개설했다.
**1847년, 롭세르바투아르 로에 있던 무도장을 사들인 프랑수아 불리에가 1천 그루의 라일락을 심어 클로즈리 데 릴라라는 이름으로 문을 연 무도회 공원. 그의 이름을 딴 불리에로 더 많이 알려져 있다.

그락거리는 그릇 소리가 점점 더 크게 들려오는 가운데 비슷한 대화들이 오갔다. 이제 그들은 식탁 위에 어지럽게 널려 있는 500여벌의 식기에서 올라오는 뜨거운 김과 음식 냄새를 밖으로 내보내기 위해 창문을 활짝 열어젖혀야 했다. 창문에 쳐놓았던 블라인드는 묵직한 8월의 햇볕을 받아 뜨겁게 달아올라 있었다. 거리로부터 뜨거운 바람이 불어왔고, 식당 천장을 노랗게 물들이는 금빛 반사광이 땀에 흠뻑 젖은 채 식사를 하는 이들을 불그레하게 물들였다.

"일요일에, 그것도 이런 날씨에 사람을 이렇게 가둬두어도 되는 거냐고!" 파비에가 또다시 투덜거렸다.

그의 발언은 그들의 관심을 다시 재고 조사로 향하게 했다. 판매원들은 그들 모두를 흥분시키는 영원한 주제인 연봉 인상 문제에 관해 너도나도 한마디씩 뱉어냈다. 닭고기가 나오는 날은 늘 이런 식이었다. 과도하게 흥분한 그들이 열띤 언쟁을 벌이는 탓에 소음이 견딜 수 없을 지경에 이르렀다. 사환들이 기름에 익힌 아티초크를 가지고 왔을 때는 자신이 하는 말조차 들리지 않을 정도였다. 해당 부서의 감독관은 매사에 관대하게 대처하라는 지시를 받은 터였다.

"그런데 참, 자네 그 얘기 들었나?" 파비에가 소리쳤다.

하지만 그의 목소리는 이내 소음에 파묻혀 버리고 말았다. 미뇨가 좌중을 향해 큰 소리로 물었다.

"혹시 아티초크 안 좋아하는 사람 있나? 내 디저트하고 아티초크를 바꿀 사람?"

그러자 잠시 침묵이 흘렀다. 모두들 아티초크를 좋아했다. 그날 점심은 다른 날에 비해 훌륭한 편이었다. 디저트로는 복숭아가 기다리고 있었다.

"사장이 오늘 저녁 식사에 그 여자를 초대했다네." 파비에는 오른쪽 옆자리에 앉은 동료에게 아까 하려던 얘기를 마저 했다.

"아니! 그걸 아직 몰랐단 말인가?"

그 얘기라면 그 식탁에 앉아 있는 사람들 모두가 익히 알고 있는 터였다. 심지어 아침부터 그 얘기만을 하느라 지친 기색이었다. 또다시 조금 전과 같은 우스갯소리들이 입에서 입으로 전해졌다. 들로슈는 몸을 파르르 떨면서, 똑같은 얘기를 계속 지껄여대는 파비에를 매섭게 쏘아보았다.

"사장이 아직 그 여자를 자기 걸로 만들지 못했다면, 이제 곧 그렇게 되겠지……. 하지만 그 여자한테는 그가 첫 남자는 아닐 거라고. 아! 물론 절대 아니지, 내가 100프로 장담한다니까."

"깡마른 여자를 좋아하는 남자들은 100수만 주면 그 여자랑 한 번 잘 수 있을 거야."

그러다 파비에는 갑자기 고개를 숙였다. 도저히 분을 참지 못한 들로슈가 자신의 마지막 포도주를 그의 얼굴에 뿌렸기 때문이었다. 들로슈는 벌게진 얼굴로 더듬더듬 말했다.

"이거나 받아라, 나쁜 놈! 이 비열한 거짓말쟁이 같으니라고! 어제 진작 네놈한테 이렇게 했어야 하는 건데!"

그러자 한바탕 소동이 일었다. 파비에 부근에 있던 사람들에게 포도주 몇 방울이 튀었고 파비에는 머리가 살짝 젖었을 뿐이었다. 들로슈가 포도주를 너무 세차게 뿌리는 바람에 포도주는 테이블 반대편으로 떨어졌다. 그러자 판매원들은 더욱더 흥분하며 막말들을 쏟아냈다. 저렇게까지 그 여자를 두둔하는 걸 보니, 그 여자랑 같이 잔 게 아닌가? 몹쓸 인간 같으니라고! 따귀라도 한 대 맞아야 정신 차리고 행실을 바르게 할 모양이군. 그러다 갑자기 누군가가 목소리를 낮추면서 감독관이 오고 있음을 알렸다. 자기들끼리의 싸움에 경영진을 끌어들일 필요는 없었다. 파비에는 이렇게 말하는 것으로 소란을 마무리했다.

"저치가 날 제대로 맞혔더라면, 내가 절대 가만두지 않았을 거야!"

그러자 여기저기서 들로슈를 놀려대는 소리가 들려왔다. 그러다, 여전히 몸을 부르르 떨고 있던 그가 당혹스러움을 감추기 위해 떨리는 손으로 빈 잔을 집어 들자 모두들 웃음을 터뜨렸다. 그는 서툰 몸짓으로 잔을 다시 내려놓고는 이미 먹어치운 아티초크의 잎을 빨기 시작했다.

"저 친구한테 물병을 좀 넘겨주게. 목이 타는 것 같으니까." 미뇨가 태연하게 말했다.

그러자 다들 더 큰 소리로 웃어젖혔다. 이제 모두들 식탁 위에 띄엄띄엄 쌓여 있는 접시 더미에서 깨끗한 접시를 가지고 왔다. 그러는 동안 사환은 바구니에 든 복숭아를 디저트로 나누어 주었다. 다들 배꼽을 잡고 웃고 있을 때 미뇨가 차분히 덧붙였다.

"각자 취향이 다른 것 아니겠나. 우리 친구 들로슈는 포도주에 절인 복숭아만을 먹는다네."

들로슈는 대꾸할 생각조차 하지 않은 채, 그들의 비아냥거림을 듣지 못한 것처럼 고개를 푹 숙이고 있었다. 그는 방금 자신이 한 행동에 대해 절망적이리만큼 후회하고 있었다. 그들의 말이 옳았다. 그가 무슨 자격으로 그녀를 두둔한단 말인가? 이제 그들은 온갖 추잡한 이야기들을 진실인 양 믿게 될 터였다. 그는 드니즈의 억울함을 증명하려고 하다가 오히려 그녀의 평판을 더 위태롭게 한 자신이 죽도록 미웠다. 늘 이런 식이었다.

이렇게 사느니 차라리 당장 죽어버리는 게 나을 것 같았다. 순간적인 충동에 이끌렸다가는 늘 바보 같은 짓을 저지르곤 했기 때문이다. 눈물이 왈칵 솟구쳤다. 온 백화점 사람들이 사장이 보낸 편지 얘기로 수군거리는 것도 따지고 보면 결국 그의 잘못 때문이 아니던가? 그들이 문제의 초대에 대해 추잡한 말들을 서슴지 않고 내뱉으면서 낄낄거리는 소리가 들려왔다. 들로슈는 오직 리에나르에게만 그 얘기를 전했을 뿐이다. 이제 그는 리에나르 앞에서 폴린이 얘기 하도록 내버려두었던 자신을 책망했다. 이 모두가 그의 경솔함에서 비롯된 것이었다.

"왜 그 얘기를 다른 사람들한테 전한 거지?" 마침내 그는 고통이 가득 묻어나는 목소리로 리에나르를 향해 중얼거렸다.

"그러면 안 되는 거잖나."

"난 아무 잘못 없다고!" 리에나르는 정색을 하며 말했다.

"난 한두 사람한테 말한 게 다라니까, 그것도 비밀을 쏙 지켜야 한다고 신신당부하면서……. 누가 이렇게 순식간에 소문이 퍼질 줄 알았냐고!"

그리고 들로슈가 물을 한 잔 마시려고 하자, 식탁에 앉아 있던 이들 모두가 또다시 웃음을 터뜨렸다. 이제 대부분 식사를 끝낸 판매원들은 식사 시간이 끝났음을 알리는 종이 울리기를 기다렸다. 일부는 나른하게 식곤증이 몰려오는 것을 느끼며 의자 뒤로 몸을 젖힌 채 멀리 떨어져 있는 동료의 이름을 부르기도 했다. 식당 중앙에 있는 커다란 카운터에서는 추가분을 주문하는 사람이 거의 없었다. 그날은 백화점에서 커피를 제공하는 터라 더 그랬다. 찻잔에서는 김이 모락모락 올라왔고, 푸르스름한 담배 연기처럼 떠다니는 아련한 증기 아래 땀에 젖은 얼굴들이 번들거렸다. 창문에 내려져 있는 블라인드에서는 일말의 미동조차 느껴지지 않았다. 그중의 하나를 다시 올리자, 한꺼번에 쏟아져 들어온 햇빛이 식당을 가로지르며 천장을 불타오르게 했다. 수많은 목소리들이 한꺼번에 벽에 부딪히면서 소란스러움을 더하는 바람에, 처음에는 문 가까이 있는 식탁에서만 종소리를 들을 수 있었다. 모두들 자리에서 일어나 밖으로 나가자, 마치 패주하는 군인들처럼 긴 행렬이 오랫동안 복도를 가득 메웠다.

그사이 들로슈는 여전히 계속되는 동료들의 농지거리를 피하기 위해 줄 맨 뒤쪽으로 처졌다. 보제는 그보다 앞서 식당을 나섰다. 보제는 대개 가장 마지막까지 남아 있다가 일부러 길을 돌아가 여성용 식당으로 향하는 폴린을 만나곤 했다. 그것은 업무 시간 중에 잠시라도 얼굴을 볼 수 있도록 그들이 생각해낸 방법이었다. 그날은, 두 사람이 통로 구석에서 진한 키스를 하고 있을 때 식사를 하러 올라온 드니즈가 그 광경을 목격하게 되었다. 그녀는 다리 때문에 아직 걷는 게 힘겨웠다.

"오, 이런!" 당황한 폴린은 얼굴이 벌겋게 달아오른 채 더듬거리며 말했다.

"우릴 봤다는 얘기 아무한테도 안 할 거지?"

커다란 팔다리와 우람한 체격의 보제는 조그만 어린아이처럼 떨면서 조그맣게 말했다.

"그랬다가는 우리 둘 다 당장 쫓겨나고 말 겁니다. ……그 꽉 막힌 사람들은 우리가 결혼하는 걸 알고 있으면서도 여기서 키스하는 걸 용납하지 않을 거라고요, 절대로!"

드니즈는 몹시 당혹스러웠지만 그들을 못 본 척했다. 보제가 서둘러 가버리자 이번에는 가장 늦게 자리를 뜬 들로슈가 나타났다. 그는 우물거리면서 변명을 늘어놓았지만, 드니즈는 처음에는 무슨 말인지 알아들을 수가 없었다. 들로슈는 폴린이 리에나르 앞에서 얘기를 했던 것을 언급하며 그녀를 원망했다. 그러자 폴린이 당황하는 것을 본 드니즈는 비로소 아침부터 사람들이 자기 뒤에서 수군거렸던 이유를 알 수 있었다. 편지 얘기가 나돌고 있었던 것이다. 그 사실을 알게 되자 처음 편지를 읽었을 때처럼 몸이 떨려왔다. 수많은 남자들이 벌거벗은 자신을 쳐다보고 있는 것 같았다.

"누가 그 사람이 거기 있는 줄 알았나 뭐." 폴린이 항변했다.

"게다가 그 편지가 뭐가 잘못됐다고……. 맘대로들 떠들라고 해요, 다들 배가 아파서 그런 거니까!"

"폴린, 난 자길 조금도 원망하지 않아……." 마침내 드니즈는 차분한 표정으로 말했다.

"자긴 사실대로 말한 것뿐인데 뭐. 난 편지를 받았고, 거기에 내답하는 건 내가 해야 할 일이니까."

그러자 들로슈는 상심한 얼굴로 자리를 떠났다. 그는 드니즈가 상황을 받아들여 결국은 저녁 초대에 응하고 말 것이라고 믿었다. 두 여자는 큰 식당 옆에 마련된 조그만 여성용 식당에서 식사를 했다. 여자들은 좀 더 좋은 서비스를 받으며 편안하게 식사를 할 수 있었다. 그런 다음 폴린은 아직 불편한 다리 때문에 힘들어하는 드니즈가 매장으로 내려가는 것을 도와야 했다.

아래층에서는 한껏 달아오른 오후의 열기 속에서 재고 조사가 더욱더 빠른 속도로 진행되었다. 아침에 작업이 조금밖에 진전되지 못했으므로 이제 박차를 가할 순간이 되었던 것이다. 저녁까지 일을 다 끝내기 위해서는 전력투구해야만 했다. 목소리가 더욱더 높아지면서, 선반을 비워내고 물건들을 아래로 던지는 팔의 움직임밖에는 보이지 않았다. 바닥에 차곡차곡 쌓여 카운터 높이까지 올라온 제품 더미와 꾸러미들 때문에 걷기조차 힘들 지경이었다. 물결처럼 보이는 머리와 휘두르는 주먹, 공중을 날아다니는 듯한 팔 들이 연출하는 광경이 안쪽 깊숙이 있는 매장들에까지 이어지면서 마치 엄청난 소요라도 일어난 듯 보였다. 폭발하기 직전의 기계처럼 마지막 열기가 온 매장을 뜨겁게 달구고 있었다. 문이 굳게 닫혀 있는 백화점 주위로는, 일요일의 숨 막히는 지루함 때문에 파리해진 낯빛의 산보객들이 길게 이어지는 쇼윈도를 따라 드문드문 지나갔다. 뇌브생토귀스탱 가의 보도에는, 맨머리에 남루한 옷차림을 한 키 큰 젊은 여성 셋이 멈춰 서서 안에서 무슨 일이 일어나고 있는지 보기 위해 쇼윈도에 얼굴을 바짝 갖다 대고 있었다.

드니즈가 기성복 매장으로 돌아오자 오렐리 부인은 마르그리트에게 옷의 명세를 호명하는 일을 일임했다. 이제 경영진의 감사를 받기 위한 준비 작업을 해야 했다. 그 작업은 조용한 곳에서 해야 했기에, 오렐리 부인은 드니즈를 데리고 샘플 발송 부서로 들어갔다.

"따라와요, 목록이 맞는지 대조해봐야 하니까…… 그리고 마드무아젤이 그 모두를 더하는 작업을 해줘요."

하지만 판매원들을 지켜보기 위해 문을 열어두어야 해서, 방 안쪽에서도 소음으로 인해 자기 말소리가 잘 들리지 않기는 마찬가지였다. 그곳은 의자 몇 개와 기다란 테이블 세 개가 달랑 놓여 있는 널찍한 사각의 방이었다. 구석에는 샘플을 자르기 위한 커다란 기계 칼들이 놓여 있었다. 모든 천들이 그곳을 거쳐 갔는데, 가는 끈 모양으로 잘려 프랑스 전역으로 보내지는 천들이 1년에 6만 프랑어치를 넘어섰다. 아침부터 저녁까지 기계 칼들이 작두 같은 소리를 내며 실크와 모직, 리넨 들을 조 그맣게 잘라냈다. 그런 다음에는 잘라낸 천들을 샘플북에 붙이 거나 꿰맸다. 두 개의 창문 사이에는 라벨을 만들기 위한 조그 만 인쇄기까지 갖추어져 있었다.

"목소리 좀 낮추지 못하겠어요!" 품목을 읽어내려 가는 드 니즈의 목소리가 제대로 들리지 않자 오렐리 부인이 가끔씩 바 깥을 향해 소리쳤다.

첫 번째 목록의 대조 작업이 끝나자, 그녀는 드니즈로 하여 금 테이블에 앉아 합산 작업에 몰두하도록 했다. 그리고 잠시 자리를 비웠다가는 곧 마드무아젤 드 퐁트나유를 데리고 돌아 왔다. 혼수품 매장에서는 더 이상 그녀를 필요로 하지 않아 그 들이 데려올 수 있었던 것이다. 그녀도 함께 합산 작업을 함으 로써 시간을 절약할 수 있을 터였다. 하지만 클라라가 비아냥 거리면서 후직 부인이라고 이름 붙인 마드무아젤 드 퐁트나유 가 나타나자 매장이 갑자기 시끌벅적해졌다. 모두들 킥킥대고 웃으면서 조제프를 놀려댔고, 고약한 말들이 문 사이로 전해져 왔다.

"다시 가지 않아도 돼요, 난 괜찮으니까요." 그녀를 측은하 게 여긴 드니즈가 다정하게 말했다.

"여기 앉아요. 잉크는 내 걸 같이 쓰면 돼요. 둘이서 한 병이 면 충분할 거예요."

마드무아젤 드 퐁트나유는 삶의 신산함에 찌들려 감사하다 는 말조차 제대로 할 줄 몰랐다. 평소 술을 마시는 습관 탓인지 수척한 얼굴은 납빛을 띠고 있었다. 오직 새하얗고 섬세한 손 만이 그녀가 고귀한 집안의 후손임을 말해주고 있었다.

그사이, 웃음소리가 갑자기 잦아들면서 우르릉거리는 엔진

소리처럼 작업이 재개되는 소리가 들려왔다. 무레가 다시 매장 순시를 나섰던 것이다. 매장 앞에 멈춰 선 그는 드니즈가 보이지 않자 깜짝 놀라며 눈으로 그녀를 찾았다. 그리고 몸짓으로 오렐리 부인을 불렀다. 두 사람은 함께 구석으로 가서는 잠시 동안 나지막한 소리로 무슨 얘긴가를 주고받았다. 무레는 드니즈에 관해 물어본 게 분명했다. 오렐리 부인이 눈짓으로 샘플 발송 부서를 가리키면서 그에게 무언가를 설명했다. 아마도 드니즈가 아침에 울었던 일을 보고하는 듯했다.

"수고했소!" 무레는 샘플 발송 부서에 더 가까이 다가가면서 큰 소리로 말했다.

"이제 목록을 보여주시오."

"이쪽으로 오시죠, 사장님. 소음을 피해 저기서 작업하고 있었거든요." 수석 구매상이 말했다.

무레는 그녀를 따라 옆방으로 들어갔다. 그들의 꿍꿍이속이 뭔지 금세 알아차린 클라라는 당장 침대를 가져다 대령하는 게 나을 거라며 혼잣말처럼 중얼거렸다. 그러자 마르그리트는 그녀의 정신을 다른 데로 돌려 입막음을 하기 위해 옷들을 더 빨리 그녀에게로 던졌다. 부수석 구매상이 동료로서 무슨 흠 잡힐 일이라도 했단 말인가? 그녀가 뭘 하든 다른 사람들이 이러쿵저러쿵 관여할 바가 아닌 것이다. 그러면서 매장 전체가 한마음이 되어 드니즈의 편을 들었다. 판매원들은 더 분주하게 움직였으며, 롬므와 조제프는 아무것도 못 들은 척 몸을 숙이고 작업에 몰두했다. 멀찌감치 떨어진 채 오렐리 부인의 술책을 주시하고 있던 주브 감독관은 상관의 즐거움을 존중하고자 하는 보초병처럼 규칙적인 발걸음으로 샘플 발송 부서 앞을 오갔다.

"사장님께 재고품 목록을 보여드리세요." 수석 구매상은 안으로 들어서며 말했다.

드니즈는 목록을 건네주고는 계속 무레에게 시선을 고정시키고 있었다. 그녀는 잠시 소스라치며 놀라는 듯 보였지만, 자신의 감정을 다스리며 창백한 낯빛으로 놀라우리만치 차분함을 유지했다. 무레는 잠시 동안 그녀에게 눈길조차 주지 않은 채 재고품 목록을 유심히 살피는 듯 보였다. 방 안에는 정적이 감돌았다. 그러자 오렐리 부인은 고개를 돌릴 생각조차 하지 않는 마드무아젤 드 퐁트나유에게로 다가가 그녀의 합산 작업이 불만스러운 듯 나직한 소리로 말했다.

"마드무아젤은 매장으로 가서 물건 정리하는 거나 도와주도록 해요. ……숫자하곤 별로 친하지 않은 것 같군요."

마드무아젤 드 퐁트나유가 자리에서 일어나 매장으로 되돌아가자 또다시 그녀를 두고 수군거리는 소리가 들려왔다. 조제프는 자신을 놀리는 듯한 여자들의 시선을 느끼면서, 비뚤어진 글씨로 목록을 적어나갔다. 클라라는 자신을 도와줄 사람이 생긴 것에 반색하면서도, 평소 백화점의 모든 여자들에 대해 갖고 있던 증오심으로 인해 그녀에게 빈정거렸다. 명색이 후작 부인이면서 저렇게 하찮은 남자의 사랑에 넘어가다니 그 얼마나 어리석은가! 그러면서 클라라는 그들의 사랑을 시샘했다.

"좋아요! 아주 좋군요!" 무레는 여전히 목록을 읽는 척하면서 거듭 말했다.

그사이 오렐리 부인은 이번에는 어떤 명목으로 자신이 그 방에서 나갈 수 있을지를 궁리하고 있었다. 방 안을 서성이던 그녀는 남편이 무슨 핑계라도 만들어 자신을 불러내지 않는 것에 분개하며 기계 칼 쪽으로 시선을 돌렸다. 그녀의 남편은 중요한 일에는 결코 도움이 되질 못했다. 연못을 옆에 놔두고도 목이 말라 죽을 정도로 융통성이라곤 없는 위인인 것이다. 물어 볼 게 있다면서 총기 있게 그녀를 불러낸 것은 마르그리트였다.

"알았어요, 바로 가죠." 오렐리 부인이 대답했다.

이제 그녀를 지켜보던 판매원들에게 정당한 핑계가 생김으로써 체면을 지킬 수 있게 된 수석 구매상은 마침내 무레와 드니즈를 홀로 남겨둔 채 밖으로 나올 수 있었다. 지극히 위엄 있는 얼굴로 당당하게 걷는 그녀 앞에서 여자들은 감히 웃을 엄두를 내지 못했다.

무레는 재고 목록을 천천히 테이블 위에 내려놓았다. 그리고 펜을 손에 든 채 가만히 앉아 있는 드니즈를 바라보았다. 그녀는 무레의 시선을 피하지 않았다. 다만 얼굴빛이 더 하얘졌을 뿐이었다.

"오늘 저녁에 와줄 거라고 믿어도 되겠소?" 그가 속삭이듯 물었다.

"아뇨, 사장님, 전 못 갈 것 같아요." 드니즈가 대답했다.

"동생들이 큰아버지 댁으로 오기로 했거든요. 함께 저녁을 먹기로 약속했답니다."

"하지만 당신 다리는 어쩌고! 아직 잘 걷지도 못하잖소."

"아니에요, 그 정돈 걸어갈 수 있답니다. 오늘 아침부터 많이 좋아졌거든요."

그녀의 차분한 거절 앞에서 이번에는 무레의 얼굴이 새하얗게 변했다. 마음속에서 끓어오르는 분노로 인해 입술이 씰룩거리며 일그러졌다. 하지만 그는 애써 감정을 숨기면서, 단지 자신이 부리는 판매원에게 관심을 보이는 자상한 주인으로서 얘기하는 척했다.

"내가 당신한테 간곡히 부탁한다면⋯⋯. 내가 당신을 얼마나 각별하게 생각하는지 잘 알고 있잖소."

드니즈는 사장을 향한 공손한 태도를 잃지 않았다.

"사장님께서 제게 베풀어주신 호의에 늘 감사하고 있습니다. 그리고 저를 초대해주신 것에도 감사드립니다. 하지만 다시 말씀드리지만, 전 그 자리엔 갈 수 없을 것 같습니다. 오늘 저녁엔 동생들이 절 기다리고 있거든요."

그녀는 짐짓 그의 속내를 모르는 척했다. 하지만 열려 있는 문 사이로 백화점 전체가 자신을 밀어붙이고 있음을 느낄 수 있었다. 폴린은 친구끼리 하는 말로, 그녀에게 바보라고 했다. 만약 사장의 초대를 거절한다면 다른 사람들은 모두 그녀를 비웃을 게 뻔했다. 두 사람을 홀로 놔두고 가버린 오렐리 부인, 점점 더 목소리를 높이고 있는 마르그리트, 언뜻 보이는 미동도 없는 신중한 롬므의 등, 그 모두가 그녀의 타락을 부추기고 있었다. 모두가 가세하여 그녀를 사장에게로 떠밀고 있었던 것이다. 열띤 재고 조사가 진행되는 동안 우르릉거리듯 아득하게 들려오는 소음들, 수많은 팔들이 이리저리 휘저은 수백만 개의 제품을 외치는 목소리들은 그녀에게 뜨거운 열정을 불어넣는 더운 바람처럼 느껴졌다.

그들 사이에 잠시 침묵이 흘렀다. 때로 무레의 목소리는 소음들로 뒤덮여 잘 들리지 않았다. 그 속에서 마치 전투에서 승리한 왕의 행운을 찬양하는 민중의 엄청난 환호가 들려오는 듯했다.

"그럼, 언제 올 수 있는 거요?" 그는 다시 물었다.

"내일?"

무레의 단순한 질문은 드니즈를 당혹스럽게 했다. 순간, 평정을 잃은 그녀는 더듬더듬 대답했다.

"잘 모르겠어요. ……아니, 전 갈 수 없습니다."

그러자 무레는 미소를 지으며 그녀의 손을 잡으려고 했다. 드니즈는 재빨리 손을 거두었다.

"대체 뭐가 그렇게 두려운 거요?"

다시 고개를 든 드니즈는 무레의 얼굴을 똑바로 응시하면서 예의 온화하고 당당한 표정으로 미소를 띤 채 말했다.

"전 아무것도 두렵지 않습니다, 사장님. ……다만, 제 마음이 시키는 대로 할 뿐입니다. 전, 사장님의 초대를 받아들일 수가 없습니다, 그뿐입니다!"

얘기를 마친 드니즈는 삐걱거리는 소리에 화들짝 놀랐다. 뒤를 돌아보자 서서히 문이 닫히는 게 보였다. 주브 감독관이 나서서 문을 닫았던 것이다. 문단속 역시 그의 임무에 속하는 것이었다. 그 어떤 문도 열린 채로 두어서는 안 되었다. 그런 다음 그는 또다시 엄숙한 얼굴로 망을 보기 시작했다. 그 누구도 무심하게 닫혀 있는 문에 신경 쓰지 않는 듯했다. 오직 클라라만이 마드무아젤 드 퐁트나유의 귀에 외설스러운 말을 속삭였다. 그러자 마드무아젤 드 퐁트나유의 얼굴이 시체처럼 새하얗게 변했다.

그사이 드니즈는 자리에서 일어났다. 무레는 떨리는 목소리로 나지막이 말했다.

"내 말 좀 들어봐요, 난 당신을 좋아하오. ……당신도 그 사실을 이미 오래전부터 알고 있었을 거라 믿소. 그러니까 나한테 아무것도 모르는 척하는 잔인한 장난 같은 것은 하지 마시오. ……그리고 나 때문에 겁먹을 것도, 아무것도 두려워할 필요도 없소. 난 이미 당신을 수없이 내 사무실로 부르고 싶었소.

그리고 내가 문만 잠그면 우린 단 둘이 있을 수 있었을 거요. 하지만 난 그러고 싶지 않았소. 그 대신, 당신도 보다시피 여기, 누구라도 들어올 수 있는 곳에서 당신하고 얘기하고 있는 거요. ……당신을 사랑하오, 드니즈."

드니즈는 그 자리에 선 채 창백한 얼굴로 무레를 응시하면서 그의 말을 듣고 있었다.

"말해보시오, 왜 내 초대를 거절하는 거요? ……당신은 필요한 게 없소? 당신한테는 동생들이 큰 부담이 될 텐데. 당신이 뭐든지 요청하거나 원하는 게 있다면……."

드니즈는 한마디로 그의 제안을 일축했다.

"아뇨, 말씀은 고맙지만 전 지금도 필요 이상으로 벌고 있습니다."

"하지만 나는 당신에게 자유를 선사해줄 수 있소. 즐겁고 화려한 삶을 살 수 있도록 말이오. ……당신이 실 집을 마련해주고, 당신이 얼마든지 쓸 수 있는 돈도 줄 거요."

"아뇨, 고맙지만 사양하겠습니다. 아무것도 하지 않고 사는 건 너무 지루한 삶이 될 것 같거든요. ……전 열 살도 되기 전부터 스스로 생계를 꾸려왔답니다."

이제 무레는 제정신이 아니었다. 그의 유혹에 넘어오지 않은 여자는 그녀가 처음이었다. 그동안 그는 몸을 숙여 여자를 줍기만 하면 되었다. 주변의 모든 여자들이 순종적인 하녀처럼 그의 입에서 나오는 변덕스러운 말 한마디를 기다렸던 것이다. 그런데 이 여자는 그럴 듯한 핑계조차 대지 않으면서 단번에 그를 거절했다. 오랫동안 억눌렸던 그의 욕망은 그녀의 저항에 더욱더 자극받아 이젠 달아오를 대로 달아올라 있었다. 어쩌면 그의 제안이 충분치 않아서인지도 몰랐다. 무레는 제안을 더 추가하면서 드니즈를 한층 더 몰아붙였다.

"아뇨, 안 되겠어요, 말씀은 감사하지만요." 그녀는 매번 조금도 흔들림이 없이 침착하게 대꾸했다.

그러자 무레는 더 이상 참지 못하고 고통스럽게 외쳤다.

"당신 눈에는 내가 고통받고 있는 게 보이지도 않소! ……
그렇소, 이러는 내가 바보 같아 보이겠지만, 난 지금 어린아이
처럼 사랑의 열병을 앓고 있는 중이란 말이오!"

눈물이 그의 눈가를 촉촉하게 적셨다. 두 사람 사이에는 또
다시 침묵이 흘렀다. 닫혀 있는 문 뒤에서 재고 조사의 소음이
약화된 채 여전히 들려왔다. 주인의 패배 앞에서 승리의 환호
마저 잦아들고 조심스러워지는 듯했다.

"하지만 그래도 난 당신을 원하오!" 무레는 드니즈의 두 손
을 덥석 잡으며 열정적인 목소리로 외쳤다.

드니즈는 그에게 손을 내맡긴 채 한동안 움직이지 않았다.
눈빛이 흐려지면서, 온몸에서 힘이 쭉 빠져나가는 것 같았다.
이 남자의 따뜻한 손으로부터 온기가 전해져 오면서 달콤한 나
른함이 그녀의 온몸을 가득 채웠다. 오, 맙소사! 그녀는 그를
진정으로 사랑하고 있었던 것이다. 두 팔로 그의 목에 매달린
채 그의 가슴에 얼굴을 파묻을 수만 있다면 얼마나 행복할까!

"난 정말 당신을 원하오, 이렇게 간절히." 그는 정신 나간 사
람처럼 외쳤다.

"오늘 저녁 당신을 기다리고 있겠소. 만약 당신이 오지 않으
면 조치를 취해……"

그러면서 그는 과격한 모습을 드러냈다. 드니즈는 조그맣게
소리를 질렀다. 손목에서 느껴지는 아픔이 그녀에게 다시 용기
를 되돌려주었다. 그녀는 몸을 떨면서 그에게서 벗어났다. 그

리고 잠시 흔들렸던 자신을 추스른 다음 더 강인해진 모습으로 그의 앞에 꼿꼿이 선 채 말했다.

"아뇨, 절 그냥 내버려두세요. ……전 클라라 같은 하룻밤 상대가 될 생각이 없어요. 그리고 사장님한테는 이미 좋아하는 여자가 있지 않나요? 그래요, 가끔씩 이곳에 오는 그 여자 분 말예요. ……그러니까 그분과 함께하세요. 전, 사장님을 다른 사람하고 나눠 가질 수 없으니까요."

그녀의 말에 무레는 충격을 받은 듯 잠시 아무런 대꾸도 하지 못했다. 지금 이 여자가 무슨 말을 하고 있는 건가? 대체 이 여자가 원하는 게 뭐란 말인가? 지금까지 그가 매장에서 고른 여자들 중에서 그에게 사랑받기를 기대했던 여자는 단 한 사람도 없었다. 평소의 그였다면 어이없어하며 코웃음을 치고 말았을 것이다. 하지만 부드러우면서도 당당한 그녀의 태도는 그의 마음을 결정석으로 흔들어놓고 말았다.

"사장님, 저 문을 다시 열어주세요. 이렇게 사장님과 단 둘이서만 있는 것은 옳지 못한 것 같습니다."

무레는 순순히 그녀의 말을 따랐다. 머릿속에서 윙윙거리는 소리가 들려오는 가운데, 혼란스러운 그의 마음을 내색하지 않기 위해 오렐리 부인을 불러 로통드의 재고가 많이 남은 것에 대해 역정을 냈다. 마지막 한 벌마저 모두 처분할 때까지 가격을 내려야 할 터였다. 그것은 백화점의 영업 규정에 속하는 것이었다. 예전 모델이나 빛이 바랜 천을 가지고 있으니 60프로의 손해를 감수하고라도 그 해에 모두 팔아치워야 했다. 그때 마침, 사장을 찾아다니던 부르동클은 닫힌 문 앞에서 그를 기다리고 있었다. 주브 감독관은 그의 귀에 대고 진지한 얼굴로 무슨 말인가를 속삭였다. 그러자 부르동클은 감히 안으로 들어

498

가 두 사람의 대면을 방해할 용기는 내지 못한 채 초조하게 무레를 기다렸다. 이게 말이나 될 법한 일인가? 하필 이런 날에 그런 하찮은 말라깽이 여자랑 이 무슨 짓이란 말인가! 그리고 마침내 문이 다시 열리고 무레가 나타나자, 부르동클은 재고가 엄청날 것으로 예상되는 팬시 실크에 관해 보고했다. 그것은 무레에게는 차라리 잘된 일인 것처럼 느껴졌다. 마음 놓고 화를 내며 소리칠 수 있었기 때문이다. 부트몽은 대체 뭐하는 사람인가? 그는 구매 수요보다 더 많이 사들이는 어리석음을 저지르는, 직감이 결여된 구매상을 결코 용납할 수 없다고 하며 매장에서 멀어져 갔다.

"사장님이 대체 왜 저러시는 거지?" 오렐리 부인은 그의 질책에 당황하며 중얼거렸다.

매장의 판매원들 또한 놀란 얼굴로 서로를 바라보았다. 6시가 되자 재고 조사가 마무리되었다. 밖에는 아직 해가 빛나고 있었다. 여름날의 금빛 햇살이 홀의 유리창들을 통해 비스듬하게 비쳤다. 무겁게 내려앉은 공기 속에서, 교외로 나갔던 가족들이 벌써부터 피곤해 보이는 기색으로 저마다 꽃다발을 손에 든 채 아이들 손을 잡고 하나둘씩 돌아오고 있었다. 이제 매장들은 차례차례 침묵 속으로 빠져들었다. 갤러리 안쪽에서 마지막 선반을 비워내는 몇몇 판매원들의 뒤쳐진 외침이 들려올 뿐이었다. 그리고 그 목소리들마저 잦아들면서 백화점은 완전한 침묵 속으로 가라앉았다. 이젠 낮 동안의 요란한 소리 대신, 무너진 건물의 잔해처럼 곳곳에 널브러져 있는 제품들 위로 엄청난 전율이 느껴질 뿐이었다. 이제 칸막이 선반과 옷장, 큰 상자, 조그만 상자 들이 깨끗이 모두 비워져 있었다. 단 1미터의 천도, 조그만 물건 하나도 제자리에 남아 있지 않았다. 거대한 백화점은 처음 내부 공사를 할 때처럼, 설비의 뼈대와 완벽하게 비워진 가구들만이 남아 휑한 모습을 드러내고 있었다. 이처럼 아무런 꾸밈없는 적나라한 매장의 모습은 바로 재고 조사가 완벽하고 정확하게 이루어졌음을 보여주는 증거였다. 바닥에는 1600만 프랑어치의 제품들이 차곡차곡 쌓여 밀물처럼 테이블과 판매대마저 집어삼키고 있었다. 그 속에 어깨까지 파묻힌 판매원들은 제품들을 다시 본래대로 진열하기 시작했다. 밤 10시까지 끝내는 것이 목표였다.

첫 번째 테이블에서 저녁 식사를 마치고 내려온 오렐리 부인은 각 매장들에서 방금 합산을 끝낸 한 해 동안의 총매출액이 얼마인지를 발표했다. 모두 합쳐 그 전해보다 1천만 프랑이 늘어난 8천만 프랑이었다. 팬시 실크만을 제외하고는 실질적으로 매출이 감소한 품목은 없었다.

"이런데도 사장님이 만족하지 못한다면, 대체 뭘 더 원하시는 건지 도무지 알 수가 없군." 오렐리 부인은 그렇게 덧붙였다.

"저길 보라고! 중앙 계단 위쪽에 혼자 서 있으시잖아, 화가 잔뜩 난 얼굴로."

판매원들은 그를 보기 위해 가까이 갔다. 무레는 어두운 얼굴로 자신의 발밑에 어지럽게 흩어져 있는 수백만 개의 제품을 내려다보고 있었다.

"부인, 전 이제 그만 가봐도 될까요?" 그때 드니즈가 다가와 물었다.

"다리 때문에 더 이상 할 수 있는 게 없을 것 같아서요. 오늘 저녁 동생들하고 큰아버님 댁에서 식사를 하기로 했거든요."

그러자 오렐리 부인은 놀란 얼굴로 그녀를 쳐다보았다. 그러니까 그녀는 사장의 제안을 거절했다는 얘긴가? 잠시 머뭇거리던 오렐리 부인은 드니즈에게 외출을 허락하지 않을 것처럼 퉁명스럽고 불만스러운 목소리로 대꾸했다. 클라라는 그럴 줄 알았다는 듯 어깨를 으쓱해 보였다. 그런 일에 신경 쓸 게 뭐 있겠는가! 뻔한 얘기가 아닌가, 그는 이제 더 이상 그녀를 원하지 않는 것뿐이다! 폴린은 들로슈와 함께 유아용품 매장 앞에 있을 때 그 일이 그렇게 끝났음을 알게 되었다. 그리고 들로슈가 기쁨을 감추지 못하는 것을 보자 벌컥 화를 냈다. 그런다고 해서 그에게 득이 될 게 뭐가 있단 말인가, 안 그런가? 자신의 친구가 어리석게도 굴러 들어온 복을 차버리는 것을 보는 게 그렇게도 좋단 말인가? 부르동클은 건드리면 폭발할 것처럼 잔뜩 역정이 난 얼굴로 홀로 서 있는 무레에게 감히 말을 걸 엄두조차 내지 못했다. 그리고 왠지 모를 불안감에 사로잡힌 채 그 역시 못마땅한 얼굴로 어수선한 매장들 사이를 서성였다.

그사이 드니즈는 계단을 내려가고 있었다. 난간에 기대어 천천히 왼쪽의 작은 계단 아래쪽에 이르렀을 때 킬킬거리며 떠들고 있는 한 무리의 판매원들이 그녀의 눈에 들어왔다. 자신의 이름을 들먹거리는 그들을 보며 드니즈는 그들이 아직도 자신의 일을 입방아에 올리고 있음을 알 수 있었다. 그들은 그녀를 미처 알아보지 못했다.

"참내! 그렇게까지 뺄 게 뭐가 있다고!" 파비에가 말했다.

"아주 지저분한 계집이라니까…… . 난 심지어 그 여자가 어떤 사내를 강제로 덮치려고 했던 것까지 알고 있단 말이지."

그러면서 그는 위탱을 바라보았다. 그때까지 위탱은 부수석 구매상으로서의 위엄을 지키기 위해 그들의 농지거리에 끼어들지 않은 채 그들에게서 떨어져 있었다. 하지만 다른 판매원들이 부럽다는 듯이 자신을 바라보는 것에 우쭐해져서는 중얼거리듯 한마디를 내뱉었다.

"말도 마, 그 여자가 얼마나 날 성가시게 했는지 자네들은 모를 거야!"

그 말에 엄청난 충격을 받은 드니즈는 난간을 꼭 붙잡고 서 있어야 했다. 그들은 비로소 그녀를 알아보고는 키득거리면서 각자 자기 자리로 돌아갔다. 그의 말이 옳았다. 그녀는 예전에 그를 마음에 두었을 때 자신이 얼마나 무지했었는지를 자책했다. 하지만 그가 어떻게 이렇게 비열하게, 자신에게 이런 모멸감을 안겨줄 수 있단 말인가! 드니즈는 극심한 혼란에 휩싸였다. 예전에는 이 하찮은 남자의 사랑을 갈구하며 그 앞에서 나약한 모습을 보였던 자신이, 조금 전엔 사랑하는 남자를 매몰차게 거부해버리다니, 어떻게 그런 일이 가능한 것일까? 그녀가 평소에 지녔던 분별력과 당당함은 자신조차 명확하게 이해할 수 없는 존재의 모순 속으로 가라앉고 말았다. 그녀는 서둘러 홀을 가로질러 갔다.

감독관 하나가 아침부터 굳게 닫혀 있던 문을 여는 동안 드니즈는 본능적으로 고개를 들어 위를 쳐다보았다. 그곳에 무레가 서 있었다. 그는 여전히 중앙의 너른 층계참에 버티고 선 채 갤러리를 굽어보고 있었다. 하지만 그는 재고 조사 따위는 이미 까맣게 잊은 지 오래였다. 그의 왕국도, 엄청난 재물로 터져나갈 것 같은 백화점도 안중에 없었다. 어제의 요란한 승리도, 내일의 거대한 부도 모두 사라져버렸다. 그는 절망적인 눈빛으로 드니즈를 좇고 있었다. 그러다 그녀가 백화점 문을 넘어서자 모든 것은 사라져버렸고, 사방은 캄캄한 암흑으로 변했다.

제11장

그날, 부트몽은 데포르주 부인 집에서 있을 오후 4시의 티타임에 제일 먼저 도착했다. 금박을 입힌 청동 장식과 화려한 실크 천들이 밝은 빛깔의 경쾌함을 느끼게 해주는 루이 16세풍의 커다란 응접실에는 아직 데포르주 부인만이 홀로 자리를 지키고 있었다. 초조한 얼굴을 하고 있던 그녀는 부트몽을 보자마자 자리에서 벌떡 일어나면서 물었다.

"어떻게 됐어요?"

"어떻게 됐냐고요! 어쩌면 부인께 인사차 들를지도 모른다고 했더니 사장님도 꼭 오시겠다고 약속했습니다."

"오늘 남작님이 오실지도 모른다는 얘기도 빼놓지 않고 전했나요?"

"물론이죠. ……그러잖아도 사장님도 그것 때문에 오시려고 하는 것 같던데요."

그들은 무레에 관한 얘기를 하고 있었다. 지난해 무레는 부트몽에게 갑작스럽게 친근감을 표시하더니 그와 함께 여가 시간을 보내기에 이르렀다. 그러면서 슬슬 싫증이 나기 시작한 데포르주 부인과의 관계에 약간의 신선함을 불어넣을 수 있는 충실한 자기편이 생긴 것에 만족감을 드러냈다. 그렇게 해서 실크 매장의 수석 구매상은 그의 주인과 아름다운 과부와 동시에 가까이 지내는 존재가 되었다. 그는 그들의 자잘한 청을 들어주기도 하고, 어느 한쪽과 다른 사람에 관한 얘기도 하면서 때로는 서로를 화해시키기도 했다. 데포르주 부인은 질투로 인해 이성을 잃은 나머지 부트몽이 당혹스러워할 정도로 그에게 자신의 속내를 고스란히 드러내 보였다. 평소 체면을 유지하는 데 뛰어난 기술을 보여주었던 사교계 여인의 신중함마저 내던진 듯 보였다.

데포르주 부인은 신경질적으로 소리쳤다.

"그를 데려왔어야죠. 그러다 내 계획에 차질이 생기면 어떡하려고 그래요."

"맙소사!" 부트몽은 사람 좋아 보이는 웃음을 지으면서 말했다.

"사장님이 요즘 계속 요리조리 빠져나가시는 걸 제가 무슨 수로 막을 수 있겠습니까. ……오! 하지만 사장님이 절 아주 많이 좋아하는 건 사실입니다. 그렇지 않다면 전 벌써 백화점에서 쫓겨났을지도 모르거든요."

그의 말대로, 마지막 재고 조사 이후 '여인들의 행복 백화점'에서의 그의 입지는 심각하게 흔들리고 있었다. 비가 많이 왔기 때문이라는 그의 항변에도 불구하고, 경영진은 그가 팬시 실크를 터무니없이 과도하게 사들인 것을 결코 용서하려 들지 않았다. 게다가 위탱마저 이 일을 빌미 삼아 매장 책임자들을 은밀하게 선동해 그를 몰아내려는 책략을 꾸미고 있어, 부트몽은 자신이 딛고 선 땅이 아래로 무너져 내리고 있음을 느끼고 있는 터였다. 무레는 이제 데포르주 부인과의 관계를 끝내는 데 방해가 되는 그를 거추장스러워하는 듯 보였다. 게다가 더 이상 아무런 이용 가치도 없는 부트몽과의 친근한 관계에도 싫증이 난 듯했다. 하지만 전략상 으레 그랬듯이, 그는 자신이 직접 나서는 대신 부르동클을 앞에 내세우는 방법을 택했다. 무레의 설명에 의하면, 이사회를 개최할 때마다 매번 부르동클과 다른 동업자들이 나서서 부트몽을 내보낼 것을 주장했고, 그럴 때마다 무레는 스스로 곤경에 처하면서까지 자신의 친구를 열렬히 감싸고돌았다.

"어쨌거나, 그가 오기를 기다려보는 수밖에요." 데포르주 부인이 말했다.

"이제 5시면 그 계집이 여기로 올 거예요. 그 두 사람을 내 앞에서 대면시킬 참이에요. 그들이 서로 꽁꽁 감추고 있는 속마음을 알아내고 말 거라고요."

그녀는 열띤 목소리로 자신이 미리 짜놓은 계획에 대해 설명했다. 그녀는 몸에 잘 맞지 않는 코트를 핑계 삼아 오렐리 부인에게 드니즈를 집으로 보내달라고 요청해놓은 터였다. 드니즈가 오면 그녀를 방 안쪽에서 기다리게 해놓고는 무레를 그곳으로 불러낼 생각이었다. 그런 다음 상황을 봐서 그다음 순서로 넘어갈 것이었다.

칠흑같이 새까만 턱수염이 난 귀염성 있는 얼굴에, 가스코뉴 지방의 뜨거운 피가 얼굴을 달아오르게 만드는, 놀기 좋아하고 말 많은 청년 부트몽은 데포르주 부인의 맞은편에 앉아 사교계 여자들은 별로 자신의 취향이 아니라는 생각을 하고 있었다. 그런 여자들은 한번 속내를 털어놓기로 작정하면 아무것도 거리낄 게 없는 듯했다. 물론, 그의 친구들의 애인이나 백화점에서 일하는 여자들은 그렇게까지 남에게 속사정을 얘기하는 법이 없었다.

"고정하세요, 부인." 그는 망설이던 끝에 마침내 솔직하게 말했다.

"대체 왜 그렇게 신경을 쓰고 그러세요? 두 사람 사이엔 정말 아무 일도 없었다니까요."

"내 말이 바로 그거라니까요!" 데포르주 부인은 더욱더 흥분하면서 소리쳤다.

"그 사람은 그 여자를 좋아하는 게 분명해요, 그 하찮은 계집을……. 난 다른 여자들 따윈 신경 쓰지 않아요. 오면가면 만나는 놀이 상대나 하룻밤 상대 같은 건 아무래도 상관없다고요!"

무레와 클라라와의 관계를 언급하는 그녀의 목소리에는 경멸이 가득 묻어났다. 누군가가 그녀에게 무레가 드니즈에게 거절을 당한 후 그 밀싱의 키다리 적갈색 머리 여자를 다시 찾기 시작했다고 일러주었던 것이다. 아마도 전략상의 이유인 듯했다. 그는 일부러 보란 듯이 그녀를 매장에서 계속 근무하게 하면서 그녀에게 선물 공세를 폈다. 게다가 그는 벌써 거의 석 달째 돈을 흥청망청 뿌려대면서, 오직 쾌락만을 추구하는 듯한 방탕한 생활을 이어가고 있었다. 그리하여 주위 사람들 모두가 그런 그를 두고 수군거렸다. 심지어 한 삼류 연극배우에게 저택을 사주기도 했으며, 동시에 변덕과 허영기가 심한 두세 명의 여자들에게 돈을 마구 퍼주기도 했다.

"이 모든 게 다 그 계집애 때문이라고요." 데포르주 부인은 흥분을 가라앉히지 못하고 외쳤다.

"그 계집이 자기를 안 받아주니까 다른 여자들하고 흥청망청 놀아나면서 자신을 망치고 있는 거란 말이에요. ……난, 그

의 돈 같은 건 필요 없어요! 그를 사랑할 수만 있다면 차라리
그가 가난한 게 더 좋다고요. 내가 그 사람을 얼마나 사랑하는
지 당신도 잘 알잖아요. 당신은 이제 그 사람 친구나 다름없으
니까요."

데포르주 부인은 곧 울음을 터뜨릴 것처럼 목이 멘 채 걸음
을 멈춰 섰다. 그리고 위로를 구하는 듯한 몸짓으로 부트몽에
게로 두 손을 내밀었다. 그건 사실이었다. 그녀는 무례의 젊음
과 그의 승리를 사랑했다. 지금까지 그 어떤 남자도 그녀의 육
체와 자존심을 동시에 전율케 할 정도로 그녀의 모든 것을 사
로잡았던 적은 없었다. 하지만 이제 와서 그를 잃을지도 모른
다는 생각이 들자, 마흔 살이 다가옴을 알리는 조종(弔鐘) 소리
가 들려오는 것 같았다. 앞으로 이처럼 대단한 사랑을 무엇으
로 대체할 수 있을 것인지를 생각하니 두려움이 몰려왔다.

"오! 난 복수하고 말 거예요. 그가 만약 나를 버린다면 절대
가만있지 않을 거라고요!" 그녀는 혼잣말처럼 중얼거렸다.

부트몽은 여전히 그녀의 손을 잡고 있었다. 데포르주 부인
은 아직 아름다웠다. 하지만 애인으로서는 몹시 성가신 존재일
것 같았다. 그는 이런 부류의 여자를 별로 좋아하지 않았다. 하
지만 그런 식으로 단순하게만 생각할 문제는 아니었다. 어쩌면
다소 성가신 것을 감수할 만한 가치가 있을지도 모르기 때문이
었다.

"그런데 혹시 독립할 생각을 해본 적은 없나요?" 데포르주
부인은 그에게서 손을 거두면서 불쑥 물었다.

부트몽은 잠시 놀란 표정을 지어 보이다가 대답했다.

"하지만 그러려면 엄청난 돈이 필요할 테니까요. ……그러
잖아도 작년에 그런 생각이 머리를 떠나지 않았었죠. 파리에는

한두 개 정도의 백화점을 더 채울 만큼의 고객들이 아직 존재한다고 확신하거든요. 다만, 지역을 신중하게 잘 선택하는 게 관건이 될 겁니다. '봉 마르셰'는 파리 좌안을, '루브르'는 중앙을 차지하고 있고, 우리 '여인들의 행복 백화점'은 서쪽의 부유한 구역에 들어서 있고요. 따라서 이제 남은 건 북쪽인데, 그곳에 '플라스 클리시'의 경쟁 상대가 될 수 있는 백화점을 세우는 겁니다. 게다가 이미 오페라 근처에 아주 근사한 곳을 봐두었고 말이죠……."

"그래서요?"

부트몽은 대답 대신 요란하게 웃기 시작했다.

"멍청하게도 글쎄 그 애길 아버지에게 하고 말았지 뭡니까……. 이 순진한 바보가 아버지한테 툴루즈에서 투자자를 찾아달라고 부탁을 한 겁니다."

그는 지방의 조그만 상점 구석에서 파리의 거대한 백화점들을 향해 분노를 뿜어내는 노상인에 대해 경쾌한 어조로 얘기했다. 자신의 아들이 1년에 3만 프랑을 번다는 사실에 기가 죽은 아버지 부트몽은 상업의 공창(公娼)이나 다름없는 백화점들에게 단 1상팀이라도 투자하느니 차라리 자신과 친구들의 돈을 빈자를 위한 구제원에 기부하겠노라며 열을 올렸다.

"게다가 한두 푼 가지고 될 일도 아니고요. 적어도 수백만 프랑은 있어야 하니까요." 그는 결론짓듯 말했다.

"그 돈을 구할 수 있다면요?" 데포르주 부인은 단지 그렇게만 말했다.

그러자 부트몽은 갑자기 심각해진 얼굴로 그녀를 쳐다보았다. 질투심이 끓어오른 여인의 순간적인 허언에 불과한 것일까? 하지만 데포르주 부인은 그에게 미처 질문할 틈도 주지 않은 채 덧붙였다.

"내가 당신한테 얼마나 관심이 많은지 잘 알잖아요. 그 문제는 나중에 다시 얘기하도록 하죠."

그때 대기실의 종이 울렸다. 데포르주 부인이 자리에서 일어나자, 부트몽은 자신들이 함께 있는 것을 누군가에게 들키기라도 한 듯 본능적인 몸짓으로 의자를 뒤로 밀었다. 두 개의 창문 사이에 매달린, 초록색 화초가 풍성하게 수놓인 벽걸이 천으로 인해 작은 숲 속을 연상시키는 응접실에는 한동안 침묵이 감돌았다. 데포르주 부인은 그 자리에 선 채로 문을 향해 귀를 기울이며 기다렸다.

"그 사람이에요." 그녀는 조그맣게 중얼거렸다.

곧이어 하인이 나타나 방문객이 왔음을 알렸다.

"무슈 무레, 무슈 드 발라뇨스 두 분이 오셨습니다."

그러자 데포르주 부인은 벌컥 화를 냈다. 그는 왜 혼자 오지 않은 건가? 자신과 단 둘이 대면하게 될 것이 두려워 친구를 불러낸 게 분명했다. 하지만 이내 만면에 미소를 띤 그녀는 두 남자에게 손을 내밀었다.

"요즘은 발길이 무척 뜸하시네요! ……무슈 드 발라뇨스도 그러시고요."

데포르주 부인의 가장 큰 고민거리는 나이가 들어가면서 살이 찌는 것이었다. 따라서 늘어나는 살집을 감추기 위해 검은색 실크 드레스로 몸을 꽉 죄고 있었다. 하지만 짙은 색 머리에 어여쁜 얼굴은 여전히 세련되고 사랑스러웠다. 무레는 그녀를 재빨리 훑어보고는 애써 친근한 어조로 말했다.

"부인의 안부를 궁금해할 필요가 없으니까요. ……부인은 언제나 생기가 넘치시는걸요."

"오! 사실 너무 건강해서 탈이긴 하죠. 하지만 그사이 내가 죽었더라도 당신은 그 사실을 알지 못했겠죠."

데포르주 부인 역시 그를 재빨리 살펴보았다. 눈가가 축 처지고 납처럼 창백한 낯빛을 띤 무레는 신경질적이고 지쳐 보였다.

"그런데 유감이군요!" 그녀 역시 애써 상냥한 척하며 얘기를 계속했다.

"난 당신의 그 찬사를 되돌려줄 수가 없을 것 같아서요. 오늘 저녁 당신은 상태가 별로 좋아 보이질 않네요."

"항상 일이 문제죠!" 발라뇨스가 옆에서 거들었다.

무레는 모호한 몸짓으로 대답을 대신했다. 그리고 부트몽을 막 알아보고는 반갑다는 듯 고개를 까딱했다. 그들이 요란한 친밀감을 과시하면서 어울려 다닐 때만 해도, 그는 일이 한창 바쁜 오후 시간에 수석 구매상을 매장에서 직접 데리고 나와 함께 데포르주 부인 집으로 향하곤 했나. 하시만 이제 그때와는 상황이 달라져 있었다. 그는 부트몽에게 나지막이 속삭였다.

"일찍부터 여길 와 있었나 보군. ……위에서 자네가 자리를 비운 걸 알고는 몹시 역정을 내는 것 같던데."

그는 마치 자신이 주인이 아닌 것처럼 부르동클과 또 다른 동업자들을 들먹였다.

"오, 이런!" 부트몽은 걱정스러운 얼굴로 중얼거렸다.

"그러게 말일세. 그리고 자네하고 할 얘기가 좀 있네. ……그러니까 내 용건이 끝날 때까지 기다리게. 그러고 나서 나하고 같이 가면 되니까."

그사이 데포르주 부인은 다시 자리에 앉았다. 그리고 드 보브 부인의 방문 소식을 전하는 발라뇨스의 얘기를 들으면서 눈으로는 계속 무레를 좇았다. 다시 입을 닫은 무레는 가구를 멍하니 바라보거나 천장을 살피는 척했다. 그러다 데포르주 부인이 오후 4시의 티타임에 남자들밖에 없다고 웃으며 투덜거리자 무심코 자신의 속내를 드러내 보였다.

"오늘 여기 오면 아르트만 남작을 만날 수 있을 줄 알았거든요."

그의 말에 데포르주 부인의 얼굴이 새하얗게 질렸다. 분명 그녀는 그가 자신의 집에 오는 유일한 이유가 남작을 만나기 위해서임을 이미 알고 있었다. 하지만 그 사실을 그렇게 노골적으로 드러낼 것까지는 없지 않은가. 그때 문이 열리더니 하인이 문 뒤에 서 있는 게 보였다. 데포르주 부인이 고갯짓으로 무슨 일인지를 묻자 그는 몸을 숙이면서 조그맣게 말했다.

"그 외투 건 때문입니다. 부인께서 그 마드무아젤이 오면 알려달라고 하셔서요. ……막 도착했습니다."

그러자 데포르주 부인은 모두에게 들리도록 목소리를 높이면서 말했다. 마치 질투로 인한 자신의 고통을 경멸적인 냉담함이 느껴지는 말 속에 담아내려는 듯했다.

"기다리라고 해요!"

"부인 방으로 안내할까요?"

"아뇨, 그럴 필요 없어요. 대기실에서 기다리라고 해요!"

그리고 하인이 물러나자, 그녀는 아무 일도 없던 것처럼 또다시 발라뇨스와 얘기를 하기 시작했다. 무슨 일인지 알지 못하는 무례는 예의 지치고 권태로운 표정으로 그들의 얘기를 무심하게 흘려들었을 뿐이다. 부트몽은 그 일에 신경이 쓰이는 듯 골똘히 생각에 잠겨 있었다. 그리고 곧 다시 문이 열리면서 두 여성이 안으로 들어섰다.

"글쎄 말예요," 마르티 부인이 수선스럽게 말했다.

"내가 마차에서 막 내리는데 마침 드 보브 부인이 아케이드*를 지나 이쪽으로 오고 있지 뭐예요."

"그게 말이죠," 드 보브 부인은 해명하듯 서둘러 말했다.

"날씨도 좋은 데다, 주치의가 산책을 자꾸만 권해서요……."

그리고 의례적인 악수가 오간 다음 데포르주 부인에게 물었다.

"혹시 하녀를 새로 채용하시는 건가요?"

"아뇨, 그런데 그런 건 왜 물으시죠?" 데포르주 부인이 놀라며 되물었다.

"아, 대기실에 웬 젊은 여성이 기다리고 있는 것 같아서요."

데포르주 부인은 웃음을 터뜨리면서 그녀의 말을 가로막고 말했다.

"부인 눈에도 그렇게 보였나요? 백화점에서 일하는 여자들은 어쩌된 게 죄다 하녀처럼 생겼다니까요. ……그래요, 외투 수선 때문에 내가 부른 여자예요."

그제야 의심쩍은 생각이 든 무레는 고개를 들어 그녀를 응시했다. 데포르주 부인은 애써 경쾌한 척하면서, 지난주에 '여인들의 행복 백화점' 기성복 매장에서 산 외투에 관해 얘기했다.

"어머나!" 마르티 부인이 놀란 얼굴로 물었다.

"그럼 이젠 소뵈르 네에서 옷을 맞춰 입지 않는 건가요?"

"물론, 여전히 그곳을 애용하죠. 다만, 경험 삼아 백화점에서 한번 사본 것뿐이에요. 게다가 처음에 산 여행용 외투는 그런대로 괜찮았거든요. ……그런데 이번 것은 영 잘못 샀지 뭐예요. 아무리 그럴 듯하게 얘기해도 당신 백화점에서 산 옷은

*리볼리 가 쪽으로 난 지붕 덮인 통로를 가리킨다.

도통 맵시가 안 나는 게 사실이에요. 오! 난 무슈 무레 앞에서도 얼마든지 솔직하게 얘기할 수 있답니다. ……백화점에서 품위 있는 여성에게 어울리는 옷을 찾기는 힘들 거라고요."

무레는 자신의 백화점에 대한 변명 같은 건 하지 않았다. 여전히 데포르주 부인을 응시하고 있던 그는 그녀가 설마 자신이 염려하는 그런 짓까지 하지는 않을 거라고 생각하면서 마음을 놓았다. 그러자 부트몽이 나서서 '여인들의 행복 백화점'의 입장에서 얘기하기 시작했다.

"우리 백화점에서 기성복을 사 입는 사교계 여성 분들이 자랑을 하고 다니지 않아서 그렇지, 그분들이 누군지 알면 놀라실걸요. ……우리에게 옷을 한번 주문해보시죠. 소뵈르에게 결코 밀리지 않는 솜씨와 절반밖에 안 되는 가격으로 부인을 만족시켜드릴 테니까요. 그런데 가격이 싸다고 해서 품질이 나쁠 거라고 단정하시다니요."

"그래서 거기서 산 옷이 별로던가요?" 드 보브 부인이 다시 물었다.

"그러고 보니 그 여자가 누군지 이제야 알 것 같아요. ……대기실이 좀 어두웠거든요."

"그래요, 나도 그 얼굴을 어디서 봤나 궁금했어요." 마르티 부인도 말을 거들었다.

"그럼 얼른 가보세요, 부인. 우리 때문에 볼일을 못 보시면 안 되잖아요."

그러자 데포르주 부인은 경멸적인 무관심을 드러내는 몸짓으로 심드렁하게 말했다.

"아뇨! 천천히 가봐도 돼요. 급할 거 없거든요."

여자들은 백화점에서 파는 옷들에 관한 수다를 계속했다.

그러다 드 보브 부인은 자신의 남편이 생로의 종마 사육장을 시찰하러 떠났다는 얘기를 전했다. 그러자 바로 뒤이어 데포르주 부인은 그 전날 기발 부인이 백모의 병환 때문에 프랑슈 콩테로 떠났다는 얘기를 전했다. 부르들레 부인은 그날 티타임에 참석할 수 없음을 알려왔다. 월말이면 항상 재봉사와 집에 틀어박힌 채 온 가족의 옷가지들을 손보느라 바쁘기 때문이었다. 얘기하는 내내 마르티 부인은 수심이 가득한 얼굴로 불안감을 감추지 못했다. 보나파르트 리세에서 남편의 지위가 심각하게 위협받고 있기 때문이었다. 바칼로레아 합격증을 돈으로 사고파는 수상쩍은 기관들에서 강의를 했다는 이유에서였다. 그는 집안을 망치는 아내의 낭비벽을 충족시키기 위해 이것저것 가리지 않고 닥치는 대로 돈을 벌어왔다. 그러던 어느 날 저녁, 학교에서 쫓겨날 것을 염려한 남편이 울고 있는 것을 본 마르티 부인은 교육부의 국장과 친분이 있는 친구 데포르주 부인에게 부탁을 하기로 마음먹었다. 얘기를 전해들은 데포르주 부인은 한마디 말로 그녀를 안심시켰다. 자신의 운명이 어찌될 것인지 불안해하는 무슈 마르티도 직접 찾아와 그 일로 데포르주 부인에게 감사 인사를 할 참이었다.

"오늘은 안색이 별로 안 좋아 보이시네요, 무슈 무레." 드 보브 부인이 무레를 보며 말했다.

"일 때문이죠, 뭐!" 발라뇨스는 아이러니가 느껴지는 무심한 태도로 반복해 말했다.

그러자 무레는 그때까지 멍하니 앉아 있던 것에 유감을 표하면서 자리에서 벌떡 일어났다. 그리고 평소처럼 여인들 가운데 자리를 잡고는 다시 예의 세련되고 활기찬 모습으로 되돌아갔다. 요즘 그의 주된 관심사는 겨울을 겨냥해서 출시된 신상품들이었다. 무레는 새로운 레이스 제품들이 대거 확보되었음을 알렸다. 그러자 드 보브 부인은 그에게 알랑송 레이스의 가격에 대해 물었다. 어쩌면 나중에 사게 될 수 있을지도 모르기 때문이었다. 지금으로서는, 마차 삯 30수도 아껴야 할 판이었다. 그녀는 백화점 쇼윈도 앞에서 한참을 서성이다가는 쓰린 가슴을 안고 집으로 돌아가야만 했다. 그곳에서 벌써 2년도 더 된 낡은 외투를 걸친 채, 눈앞에 있는 화려한 천들을 마치 여왕이라도 된 듯 자신의 몸에 걸쳐보는 상상을 했던 것이다. 그러다 문득 다시 정신을 차려 수선한 옷을 입고 있는 자신을 바라보면, 자신의 욕망을 결코 충족시킬 수 없으리라는 절망감이 들었고, 자신의 살갗에서 그 천들을 떼어내기라도 한 것처럼 속이 쓰려왔다.

"아르트만 남작께서 오셨습니다." 하인이 남작의 방문을 알렸다.

데포르주 부인은 무레가 그를 얼마나 반갑게 맞이하는지를 주목했다. 남작은 여인들에게 인사를 하고는 예사롭지 않은 눈빛으로 무레를 바라보았다. 그를 바라보는 알자스 출신 은행가의 커다란 얼굴에 간간이 환한 미소가 번졌다.

"여전히 천들 속에 푹 파묻혀 있으시군요!" 그는 미소를 띤 채 나직이 말했다.

그리고 그 집에 자주 찾아오는 손님으로서 거리낌 없이 물었다.

"대기실에 아주 매력적인 아가씨가 기다리고 있던데…… 누군가요?"

"오! 아무도 아니에요." 데포르주 부인은 퉁명스럽게 답했다. "백화점 점원이에요."

그때 반쯤 열려 있는 문으로 하인이 차를 내왔다. 그는 나갔다가 다시 들어와서는 조그만 원탁에 자기 찻잔과 샌드위치와 비스킷이 담긴 접시들을 내려놓았다. 초록색 화초들로 인해 한층 누그러진 밝은 빛이 가구의 청동 장식들과 실크 천을 경쾌하고 부드럽게 비추고 있었다. 그리고 문이 열릴 때마다 대기실의 어두컴컴한 구석이 언뜻언뜻 보였다. 오직 반투명 유리창으로 들어오는 빛만이 그곳을 비추고 있었다. 그곳의 어둠 속에서, 미동도 없이 인내하고 있는 누군가의 모습이 어렴풋이 보였다. 드니즈는 선 채로 기다리고 있었다. 가죽 커버가 씌워진 긴 의자가 놓여 있었지만 그녀는 여전히 선 채로 기다렸다. 자존심이 의자에 앉는 것을 허락지 않았기 때문이다. 드니즈는 모욕감을 느끼고 있었다. 그녀는 이미 30분 전부터 그곳에서 말 한마디 하지 않고 꼼짝 않고 서 있었다. 여인네들과 남작은 호기심 어린 눈으로 그녀를 뚫어지게 쳐다보면서 지나갔다. 응접실로부터 목소리들이 경쾌한 바람 소리처럼 전해져 왔다. 즐겁고 호사스러운 분위기 속에서 느껴지는 무심함이 그녀의 뺨을 후려갈기는 듯했다. 하지만 드니즈는 여전히 그 자리에서 한 발도 움직이지 않았다. 그러다 어느 순간, 열려 있는 문틈으로 무레를 보게 되었다. 그 역시 마침내 그녀가 거기 있다는 것을 알게 되었다.

"그대가 데리고 있는 판매원이오?" 아르트만 남작이 물었다.

무레는 당혹감을 애써 감추었다. 하지만 목소리가 떨리는 것을 어찌할 수는 없었다.

"그런 것 같군요. 하지만 누군지는 잘 모르겠습니다."

"기성복 매장에 있는 조그만 금발 아가씨예요." 마르티 부인이 서둘러 말했다.

"거기 부수석 구매상인 걸로 알고 있어요."

이번에는 데포르주 부인이 무레를 쳐다보았다.

"아!" 그는 그렇게만 대꾸했을 뿐이다.

그리고 프로이센 왕의 방문*으로 전날부터 파리에서 열리고 있는 축제 얘기로 화제를 돌리고자 했다. 하지만 남작은 영악하게도 백화점의 판매원 여자들 얘기로 다시 돌아갔다. 그는 단순한 궁금증을 핑계 삼아 무레에게 이것저것 질문을 해댔다. 그 여자들은 대체로 어디 출신들인가? 소문처럼 행실이 방탕한 게 사실인가? 그런 식의 얘기들이 줄줄이 이어졌다.

"정말로 그 여자들이 그렇게 조신한 편이라고 믿는 거요?" 남작이 반신반의하며 물었다.

무레가 판매원 여성들의 바른 몸가짐을 극구 강조하며 그녀들을 두둔하고 나서자 발라뇨스는 의미심장한 웃음을 지어 보였다. 그러자 부트몽이 주인의 구원병을 자청하고 나섰다. 맙소사! 판매원들 중에는 이런 사람도 있고 저런 사람도 있는 법이다. 행실이 난잡한 여자와 정숙한 여자가 섞여 있는 게 당연하지 않은가. 게다가 과거에 비해 그녀들의 도덕성 수준 또한 한층 높아졌다. 예전에는 대부분 가난하고 출신이 불분명한 여자들이 신상품점의 판매원으로 나서는 경향이 있었던 것도 사실이다. 하지만 지금은, 가령 세브르 가에 거주하는 상당수의 가정에서 '봉 마르셰 백화점'에서 일할 수 있도록 딸에게 필요한 교육을 시키는 실정이다. 한마디로, 자신이 마음먹기에 따라서 얼마든지 올바르게 처신하면서 살아갈 수 있는 상황이 된

---

*1867년, 프로이센의 왕 빌헬름 1세(재위 1861~1888년)가 파리에서 열린 만국박람회를 위해 파리를 방문한 일을 가리킨다.

것이다. 그녀들은 이제 더 이상 파리의 거리를 전전하는 일용직 노동자들처럼 먹는 것과 잠자리를 스스로 해결할 필요가 없다. 매일 식사와 잠자리를 제공받는 안정된 삶을 꾸려갈 수 있게 된 것이다. 물론, 그럼에도 불구하고 그녀들의 삶이 여전히 힘든 것도 사실이다. 그녀들에게 무엇보다 힘든 것은, 판매원과 품위를 갖춘 여성 사이에서 이도 저도 아닌 모호한 정체성으로 인한 혼란을 겪는 것이다. 그녀들은 종종 필요한 기본적인 교육조차 받지 못한 채 갑자기 화려한 삶 속으로 내던져지면서 이름조차 없는 별도의 계층을 이루게 된다. 그녀들의 비참함과 악덕은 바로 그런 상황에서 비롯되는 것이다.

"난 그 여자들이 정말 불쾌하고 맘에 안 들어……." 드 보브 부인이 열을 올리며 말했다.

"마음 같아서는 따귀라도 한 대 갈겨주고 싶을 때가 많다니까."

그러자 여인네들은 이구동성으로 그동안 쌓인 분노를 쏟아냈다. 고객과 판매원 들은 매장 앞에서 서로를 못 잡아먹어서 안달이었다. 그녀들은 돈과 미모를 사이에 두고 서로 치열한 경쟁을 벌였다. 판매원들은 잘 차려입은 여인네들의 몸가짐을 따라 하고자 애쓰면서 그네들에 대한 질투를 퉁명스럽게 표출했다. 행색이 초라한 프티부르주아 계층 여인네들의 판매원들에 대한 질투는 그 정도가 더 심했다. 가난한 고객들은 고작 10수짜리 물건을 사면서도, 자기 옷보다 더 화려한 실크 유니폼을 입고 있는 판매원들에게 하녀 같은 모멸감을 주고 싶어 했다.

"그런 얘긴 이제 그만해요!" 데포르주 부인이 마무리하듯 말했다.

"자기들이 파는 상품하고 다를 바 없는 하찮은 여자들 얘긴

그만두자고요!"

무레는 속마음을 감춘 채 억지로 웃어 보였다. 그를 계속 살펴고 있던 남작은 그의 엄청난 자제력에 감명을 받은 듯했다. 그리하여 그는 다시 화제를 바꾸어 프로이센 왕을 위해 열리는 축제에 관해 얘기하기 시작했다. 이는 근사한 축제가 될 것이며, 이번 기회를 이용해 파리의 모든 상인들이 그 혜택을 볼 수 있을 것이었다. 그사이 데포르주 부인은 입을 다문 채 곰곰 생각에 잠겼다. 드니즈를 대기실에서 더 기다리게 하고 싶은 마음과, 이제 그 사실을 알게 된 무레가 그대로 가버릴 것을 두려워하는 마음 사이에서 갈등하는 듯 보였다. 그리고 마침내 자리에서 일어나며 말했다.

"잠깐 실례 좀 해도 될까요?"

"물론이죠!" 마르티 부인이 말했다.

"자, 보세요! 제가 부인 대신 이렇게 손님들을 대접하고 있을게요."

그러면서 그녀는 자리에서 일어나 찻주전자를 들어 빈 찻잔들을 채웠다. 데포르주 부인은 아르트만 남작을 돌아보며 물었다.

"여기 좀 더 계실 수 있나요?"

"물론입니다, 무슈 무레하고 할 얘기가 좀 있어서요. 아마 부인의 작은 응접실이 다소 시끄러워질지도 모르겠군요."

그러자 데포르주 부인은 응접실을 나섰다. 그녀의 검정 실크 드레스가 문을 스치고 지나가자 가시덤불을 헤치고 나아가는 뱀처럼 사각거리는 소리가 났다.

남작은 부트몽과 발라뇨스에게 여인네들을 맡겨둔 채 즉시 무레를 다른 곳으로 데리고 갔다. 두 사람은 옆 응접실의 창가에 선 채 목소리를 낮추어 얘기했다. 새로운 사업에 관한 얘기였다. 무레는 오래전부터 그의 오래된 야망을 실현시키는 날을 꿈꾸어왔다. 몽시니 가에서 미쇼디에르 가, 뇌브생토귀스탱 가에서 디스 데샹브르 가에 이르기까지 마치 작은 섬처럼 보이는 구역 모두를 그의 '여인들의 행복 백화점'으로 가득 채우는게 그가 바라는 것이었다. 하나의 거대한 블록을 이루는 이 구역에서, 디스 데샹브르 가의 가장자리에는 그가 아직 소유하지 못한 너른 땅이 남아 있었다. 그 사실은 그의 완벽한 승리에 흠집을 내기에 충분했다. 그는 그곳에 거대한 건물을 세워 자신의 정복을 마무리하고 승리를 기념하는 피날레를 울리고 말겠다는 강박관념에 시달렸다. 그의 백화점 정문이 구 파리에 속하는 어두운 거리의 뇌브생토귀스탱 가에 위치하고 있는 한 그의 작품은 무언가가 빠진 듯 불완전해 보이기 때문이었다. 그는 환한 햇살을 받으며 세기말의 군중이 분주하게 오가는, 새로운 파리의 새 도로 위에 자신의 백화점 정문이 당당하게 위치하기를 바랐다. 자신의 작품이 상업의 거대한 궁전처럼 도시를 지배하고 압도하면서, 오래된 루브르 궁보다 더 크고 짙은 그림자를 멀리까지 드리울 수 있기를 원했다. 하지만 지금까지는 가장자리 땅을 따라 그랑 호텔과 경쟁할 호사스러운 호텔을 짓겠다는 애초의 계획에 집착하는 크레디 이모빌리에의 고집을 꺾지 못하고 있었다. 계획은 모두 세워져 있었고, 그들은 기초 공사를 하기 위해 디스 데샹브르 가의 철거 작업이 끝나기만을 기다리고 있는 실정이었다. 마침내, 무레는 부단히 애를 쓴 끝에 아르트만 남작을 거의 설득할 수 있었다.

 "그게 말이오, 그러잖아도 어제 이사회가 다시 열렸는데, 그 일로 당신한테 그 결과를 알려주려고 온 거요. ……그들은 아직 선뜻 결정을 내리지 못하고 있어요."

무레는 남작의 말에 신경질적인 반응을 보였다.

"정말 이해할 수가 없군요. ……대체 뭐라고들 하던가요?"

"맙소사! 내가 이미 당신한테 얘기했던 것과 똑같은 말들을 하더군요. 나 역시 아직 그런 생각을 하고 있고 말이오. ……당신이 새로 짓고자 하는 건물은 하나의 장식에 지나지 않아요. 당신이 기존에 소유하고 있는 백화점 건물의 10분의 1정도만을 더 늘리는 것에 불과하잖소. 그렇게 단순한 광고판에 지나지 않는 것에 그런 막대한 돈을 투자할 수는 없다는 얘기요."

그러자 무레는 벌컥 화를 내며 외쳤다.

"광고판이라고요! 단순한 광고판이라니! 적어도 이런 광고판은 돌로 만들어진 것이니, 우리 모두보다 더 오래 살아남을 건 확실하군요. 이 확장 공사로 인해 백화점의 총매출이 적어도 열 배는 늘어날 거라는 걸 왜 생각 못하시나요! 앞으로 2년 후면 투자액을 모두 만회할 수 있습니다. 지금은 비어 있는 땅에 불과한 곳이 앞으로 엄청난 수익을 안겨줄 수 있다면 그곳에 뭐가 들어서건 그런 게 뭐가 중요하냔 말입니다! ……우리 고객들이 더 이상 뇌브생토귀스탱 가의 비좁은 정문 앞에서 서로에게 떼밀리지 않고, 마차 여섯 대가 여유롭게 오가는 널따란 대로로 마음 놓고 몰려드는 광경을 목도하게 될 날이 머지않았다는 얘깁니다."

"그럴지도 모르지요." 남작은 미소를 띠면서 대꾸했다.

"하지만 전에도 말했던 것처럼, 내가 보기에 당신은 사업가라기보다는 몽상가에 가까운 것 같소. 크레디 이모빌리에의 이사진은 그대가 사업 영역을 지나치게 확장하려는 것에 위험 부담이 따른다고 판단하고 있어요. 따라서 당신 제안을 좀 더 신중하게 숙고하려는 것뿐이오."

"지금, 신중하게 숙고한다고 하셨습니까? 정말 이해할 수가 없군요. ……우리 백화점의 총매출액이 꾸준히 증가하고 있다는 것을 숫자가 충분히 보여주고 있지 않습니까? 무엇보다, 저는 50만 프랑의 자본금으로 출발해서 200만 프랑의 총매출을 이루어냈습니다. 자본금이 네 배나 회전을 한 것이지요. 그런 다음에는 매출이 400만 프랑으로 늘어났고, 그다음엔 무려 열 배나 늘어난 4천만 프랑의 총매출액을 기록했지요. 그런 식으로 점차 늘어난 총매출은 지난번 재고 조사 때는 무려 8천만 프랑에 달하는 것으로 확인되었습니다. 그에 비해, 600만 프랑에 불과한 자본금은 처음과 비교해볼 때 거의 늘지 않았다고 볼 수 있지요. 하지만 그 돈이 우리 매장에서는 열두 번도 더 상품으로 회전되었다는 건 놀라운 일이 아닌가요?"

그는 마치 호두 껍데기를 깨부수는 것처럼, 손바닥 위에 수백만 프랑을 올려놓은 양 오른손으로 왼손 손바닥을 치면서 목소리를 높였다. 그러자 남작이 그의 말을 가로막으며 말했다.

"알아요, 그건 나도 잘 알고 있소. ……하지만 언제까지나 그렇게 증가세가 지속될 거라고 생각하진 않겠지요?"

"왜 그럴 수 없다는 거죠?" 무레는 천진해 보이는 표정으로 되물었다.

"이런 추세가 멈출 만한 특별한 이유가 없지 않습니까? 자본금은 15배까지도 굴릴 수 있습니다, 이미 오래전에 제가 예고한 대로요. 심지어 어떤 매장에서는 25배, 30배까지도 가능합니다. ……그런 다음에는, 그래요! 그런 다음에는 그보다 더 많이 회전시킬 수 있는 방법을 찾아볼 수도 있습니다."

"그럼, 파리의 돈을 모두 다 마셔버릴 작정이오? 꿀꺽꿀꺽 물을 들이켜듯?"

"그럴지도 모르지요. 어차피 파리는 여인들의 것이 아닙니까? 그리고 여인들은 우리 발밑에 있다는 걸 이미 직접 확인하셨잖습니까."

남작은 무레의 어깨에 두 손을 올려놓으면서 아버지처럼 다정한 눈빛으로 그를 바라보았다.

"잘 알겠소! 당신은 정말 매력적인 친구요. 그래서 난 당신을 좋아하오. ……당신은 정말 사람 마음을 움직이는 대단한 재주를 지닌 것 같소. 곧 다시 이 문제에 관해 진지하게 논의해 보도록 합시다. 나 역시 그들을 설득시킬 수 있기를 바라니까. 어쨌거나 우린 지금까지 그대가 이룬 업적에 감탄을 금치 못하고 있는 게 사실이오. 그대가 투자자들에게 나누어 준 이익배당금은 증권거래소마저 경악게 했으니까……. 그러니까 어쩌면 당신 말이 맞을지도 모르겠다는 생각이 들어요. 그랑 호텔과 맞서고자 하는 위험스러운 생각보다는 효율적인 기계처럼 굴러가는 그대의 백화점에 돈을 더 투자하는 게 나을 거라는 생각 말이오."

그러자 무레는 다시 차분함을 되찾으면서 남작에게 감사 인사를 했다. 하지만 그의 태도에서 예전과 같은 열정을 찾아보기는 힘들었다. 남작은 그가 다시 은밀한 두려움에 사로잡히면서 대기실의 문 쪽으로 시선을 돌리는 것을 눈여겨보았다. 그 사이 발라뇨스는 두 사람이 더 이상 사업 얘기를 하지 않는 것을 알아차리고는 그들에게로 다가갔다. 그리고 그들 옆에 선 채, 남작이 과거 바람둥이의 기질을 드러내는 능글맞은 태도로 조그맣게 말하는 소리에 귀를 기울였다.

"그런데 말이오, 이제 그녀들이 반격에 나선 것 같소만?"

"그녀들이라뇨, 누굴 얘기하시는 건가요?" 무레가 당황한 기색을 보이며 물었다.

"물론 여자들을 말하는 것 아니겠소. ……여인들이 그대 발밑에 있는 게 지겨워진 모양이오. 이제 그대가 여자들 발밑에 있는 것 같으니까, 친구. 이런 게 바로 자업자득 아니겠소!"

남작은 무레에게 짓궂은 농담을 던지며 즐거워했다. 그는 이미 젊은 사업가의 요란한 애정 행각에 대해 소문을 들어 익히 알고 있던 터였다. 무레가 삼류 연극배우에게 저택을 사준 일과, 개인 룸이 딸린 레스토랑에서 만난 하룻밤 상대 여자들에게 엄청난 돈을 뿌려댄 일 등은 남작에게는 무레의 방탕한 과거의 삶에 대한 속죄처럼 여겨졌다. 거기에 남작 자신의 오래전 경험이 떠오르면서 그를 한층 더 즐겁게 했다.

"전 정말 남작님이 무슨 말씀을 하시는 건지 잘 모르겠습니다." 무레는 진지한 얼굴로 같은 말을 반복했다.

"이런! 다 알면서 왜 그러시오. 언제나 마지막에 가서 회심의 미소를 짓는 건 여자들이란 것을 명심하시오. ……그래서 난 당신 얘기를 들으면서 이런 생각이 들었더랬소. 과연 언제까지 저렇게 자신만만할 수 있을까? 겉으로는 큰소리를 치고 다니지만, 사실 그대는 여자라는 존재를 아직 잘 모르는 것 같았기 때문이오. 그런데 아니나 다를까, 결국 이렇게 되고 말았군요! 그러니까, 할 수 있을 때 여자들로부터 가능한 한 많은 것을 끌어내도록 하시오. 탄광에서 석탄을 캐내듯이. 그런 다음에는, 여자들이 당신을 이용하면서, 그동안 당신이 그녀들에게서 취했던 것을 모두 다시 토해내게 만들 테니까! ……하지만 조심하는 게 좋을 거요. 여자들은 당신이 그랬던 것보다 훨씬 더 많은 피와 돈을 당신한테서 앗아 갈 테니까."

그러면서 남작은 더 큰 소리로 웃어젖혔다. 그의 옆에 서 있던 발라뇨스는 아무 말 없이 히죽거릴 뿐이었다.

"그렇고말고요! 할 수 있을 때 뭐든 즐겨야지요." 남작의 얘기를 말없이 듣고 있던 무레는 애써 유쾌한 척하면서 자신의 속내를 털어놓았다.

"자고로 돈이란 건 쓰지 않으면 무용지물이니까요."

"아, 그 점에 관해서는 나도 전적으로 동감이오." 남작은 그의 말에 맞장구를 쳤다.

"할 수 있을 때 실컷 즐기길 바라오, 친구. 난 그대에게 훈계를 하거나, 우리가 그대에게 투자한 돈 때문에 염려하는 일 같은 건 하고 싶지 않소. 젊었을 때 마음껏 객기를 부리고 나면 스스로에게서 좀 더 자유로워질 수 있을 거요. ……다시 일어설 자신만 있다면, 한 번쯤 자신의 모든 것을 걸어보는 것도 나쁘진 않을 거라고 생각하오. ……하지만 돈이야 문제될 게 없다고 쳐도, 그보다 더한 마음의 고통이 따를 수도 있다는 게 문제라면 문제일 것이오."

잠시 얘기를 멈춘 그는 씁쓸한 웃음을 지어 보였다. 회의주의가 느껴지는 빈정거림 속에서 그가 오래전에 겪었을 마음의 고통이 묻어나는 듯했다. 남작은 두 남녀의 팽팽한 신경전이 어떻게 결론이 날지 몹시 궁금해하면서 무레와 데포르주 부인을 주시하고 있었다. 그는 두 사람이 위기 국면에 접어들었음을 느끼고 있었다. 아까 대기실에서 본 드니즈라는 여자에 관해 이미 얘기를 들어 알고 있던 터라, 앞으로 무슨 일이 일어날지 대략 짐작할 수 있었기 때문이다.

"오! 고통받는 건 제 전공이 아닙니다." 무레는 허세가 느껴지는 어조로 대꾸했다.

"돈으로 그 대가를 치른 것만 해도 이미 충분하니까요."

아르트만 남작은 잠시 아무 말 없이 그를 응시했다. 그리고 느릿한 말투로 덧붙였다.

"애써 나쁜 남자인 척할 필욘 없어요. ······그러다 돈보다 더한 것을 걸어야 할지도 모르니까. 어쩌면, 당신이 가진 가장 소중한 것을 걸게 될지도 모른다오, 친구."

남작은 발라뇨스를 향해 또다시 농담조로 말했다.

"그렇지 않소? 무슈 드 발라뇨스, 그럴 수도 있지 않겠소?"

"그렇다고들 하더군요, 남작님." 발라뇨스는 간결하게 대답했다.

바로 그때, 그들이 있던 응접실의 문이 열렸다. 무슨 말인가를 하려던 무레는 소스라치듯 가볍게 몸을 떨었다. 세 남자가 동시에 뒤를 돌아보자, 기분이 몹시 좋아 보이는 데포르주 부인이 문틈으로 고개를 내민 채 다급한 목소리로 외치는 게 보였다.

"무슈 무레! 무슈 무레!"

그러다 다른 사람들을 알아보고는 말했다.

"아! 여기들 모여 계셨군요. 괜찮으시면 무슈 무레를 잠시 모셔 갈게요. 조언이 좀 필요하거든요. 저한테 아주 끔찍한 외투를 파신 죄로 그 정도는 해주셔야 할 것 같아서요. 판매원이 너무 멍청해서 말이죠. ······뭐 하시나요, 이렇게 기다리고 있잖아요."

그는 어떤 일이 일어날지 짐작이 가는 상황 앞에서 몸을 사리며 머뭇거렸다. 하지만 빠져나갈 구멍을 찾을 수가 없었다. 아르트만 남작은 친근하면서도 놀리는 것 같은 태도로 그를 채근했다.

"뭐 하시오, 얼른 가보지 않고. 부인이 그대를 필요로 하고 있잖소."

　무레는 어쩔 수 없이 데포르주 부인을 따라갔다. 문이 다시 닫혔고, 장식 천으로 인해 잦아들긴 했지만 발라뇨스의 킥킥거리는 웃음소리가 들리는 것 같았다. 무레는 온몸의 기운이 빠져나간 듯 다리가 후들거려왔다. 데포르주 부인이 응접실을 뜬 이후, 그리고 드니즈가 대기실 한구석에서 질투에 사로잡힌 여인네의 손아귀에 들어가 있음을 알게 된 후부터 점점 커지는 불안감에 피가 마를 지경이었다. 그리하여 신경이 곤두선 채 초조해하다가는 멀리 어딘가에서 들려오는 울음소리 비슷한 소리에 몸을 떨기도 했다. 이 여자는 대체 무슨 말도 안 되는 짓거리로 그녀를 괴롭히려는 것일까? 여전히 그 자신을 놀라게 하는 그의 모든 사랑은 드니즈를 지지하고 위로하고자 하는 마음과 더불어 온통 그녀에게로 향하고 있었다. 그는 지금까지 이런 식으로, 고통 속에서 느껴지는 강렬한 마력에 이끌리듯 누군가를 사랑한 적이 없었다. 분주한 사업가로서의 사랑은, 기분 좋은 시간 때우기이거나 때로는 단지 자신에게 유익한 쾌락만을 추구하려는 계산적인 몸짓에 지나지 않았다. 남자의 정복욕을 불러일으키는 사근사근하고 아름다운 데포르주 부인조차 예외는 아니었다. 그는 대개 여자를 만날 때는 담담한 마음으로 그 집을 나와 독신으로서의 자유로운 삶에 만족해하며 아무런 회한이나 그리움 없이 편안하게 잠들곤 했다. 그런데 이젠 불안감에 사로잡힌 채 가슴이 뛰고, 마치 자신의 삶이 다른 누군가에게 속한 것처럼 더 이상 널찍하고 고독한 잠자리에서 모든 것을 잊고 편안하게 잠들 수가 없었다. 드니즈가 언제나 그를 따라다녔기 때문이다. 심지어 이 순간에도 그녀는 그를 온통 차지하고 있었다. 어떤 일이 일어날지 두려워하며 데포르주 부인을 뒤따라가는 무레의 머릿속은 드니즈를 곁에서 지켜주고 싶다는 생각으로 가득 차 있었다.

그들은 적막이 감도는 텅 빈 침실을 통과해 대기실로 향했다. 데포르주 부인이 먼저 문을 밀고 들어가자 무레도 뒤따라 안으로 들어갔다. 붉은색 실크로 장식된 꽤 널찍한 방에는 대리석으로 된 화장대와 커다란 거울이 달린 세 쪽짜리 옷장이 놓여 있었다. 창문이 뜰로 난 탓에 방 안은 이미 어둑했다. 옷장의 양 옆으로 니켈 도금 받침대가 뻗어 있는 두 개의 가스등에 불이 켜졌다.

"어디 이번에는 좀 나은지 보자고요." 데포르주 부인이 말했다.

방 안으로 들어서던 무레의 눈에 환한 불빛 아래 똑바로 서 있는 드니즈가 보였다. 그녀는 몸에 꼭 끼는 수수한 캐시미어 재킷에 검은색 모자를 쓴 차림으로 창백한 낯빛을 한 채 서 있었다. 한쪽 팔에는 데포르주 부인이 '여인들의 행복 백화점'에서 산 외투가 들려 있었다. 무레를 알아본 드니즈의 손이 파르르 떨려왔다.

"무슈 무레가 뭐가 잘못됐는지 얘기해주실 거예요." 데포르주 부인이 차갑게 말했다.

"자, 다시 해보죠, 마드무아젤."

드니즈는 데포르주 부인에게 다시 외투를 입혔다. 처음에는 외투의 어깨 부분에 핀을 꽂았지만 모양이 제대로 잡히지 않았다. 데포르주 부인은 몸을 돌려 옷장의 거울 앞에서 자신의 모습을 살피며 말했다.

"이게 괜찮다고 생각하세요? 솔직히 말해보세요."

"부인 말대로 정말 문제가 있는 것 같군요." 무레는 사태를 빨리 마무리 짓기 위해 서둘러 말했다.

"하지만 아주 간단하게 해결해드릴 수 있습니다. 마드무아젤이 부인의 치수를 재서 곧 새로 만들어드리도록 하지요."

"아뇨, 난 이걸로 하겠어요. 당장 필요하거든요." 데포르주 부인은 날카롭게 쏘아붙였다.

"그런데, 보다시피 가슴은 꽉 죄고 양 어깨에는 주름이 잡혀 있잖아요."

그리고 퉁명스럽게 덧붙였다.

"마드무아젤이 날 그렇게 쳐다본다고 해서 문제가 해결될 게 아니지 않나요! ……머리를 굴려서 해결책을 찾아내란 말이에요. 그게 당신이 할 일 아닌가요?"

드니즈는 아무런 대꾸 없이 다시 핀을 꽂기 시작했다. 양쪽 어깨를 오가느라 한참 동안 옷과 실랑이를 벌여야 했다. 심지어 외투 앞자락을 잡아당기느라 잠깐 몸을 낮추어 무릎을 꿇다시피 하기도 했다. 드니즈에게 자신을 내맡긴 채 위에서 그녀를 굽어보던 데포르주 부인은 성미가 까다로운 여주인 같은 얼굴을 하고 있었다. 그녀는 드니즈를 하녀처럼 부려먹을 수 있는 것에 만족해하면서 퉁명스러운 어조로 계속 지적을 해댔다. 그러는 동안 무레의 얼굴에 조금이라도 표정의 변화가 있는지를 곁눈질로 흘끔거리며 살폈다.

"이쪽에 핀을 꽂아야죠. 아니! 거기가 아니라 여기, 소매 옆에 말예요. 정말 무슨 말인지 못 알아들어서 이러는 거예요? ……아니, 그게 아니라니까요, 여기 다시 주름이 잡혔잖아요. ……제발 조심 좀 할 수 없어요? 이젠 핀으로 날 찔러 죽일 작정이에요?"

무레는 이 소란을 멈추게 하기 위해 두 번이나 개입하고자 했지만 헛수고였다. 자신이 사랑하는 여인이 모욕을 당하는 광경을 지켜보는 내내 그의 심장이 쿵쾅거리며 빠르게 뛰었다. 데포르주 부인의 생트집에도 불구하고 시종일관 침묵을 지키고 있는 드니즈를 보고 감동한 무레는 그녀를 향한 애정이 더욱더 깊어지는 것을 느꼈다. 드니즈는 그의 앞에서 이런 취급을 받는 것으로 인해 여전히 손이 떨렸지만, 용기 있는 여성으로서의 당당함을 잃지 않고 자신이 할 일을 묵묵히 해나갔다. 데포르주 부인은 자기 앞에서 두 사람이 서로의 감정을 드러내지 않으리라는 것을 깨닫자 다른 방법을 사용하기로 마음먹었다. 그리하여 무레가 자신의 연인임을 과시하기 위해 그에게 다정하게 미소를 지어 보였다. 그리고 핀이 다 떨어지자 보란 듯이 그를 향해 말했다.

"수고스럽지만 당신이 좀 가져다주시겠어요? 내 화장대 위의 상아로 된 상자 안에 보면 있을 거예요. ……그래요? 거기 없다고요? ……그럼 침실 벽난로 위에 보면 있을 거예요. 당신도 알잖아요, 거울 옆쪽으로 놓여 있는 상자 말예요."

그러면서 그녀는 무레가 그곳에 익숙하다는 사실을 과시하고자 했다. 그곳에서 밤을 보낸 남자로서, 빗과 솔이 어디 있는지도 그가 모두 알고 있음을 드니즈에게 보여주고자 했던 것이다. 무레가 핀을 한 줌 가져다주자, 데포르주 부인은 그를 자기곁에 계속 머무르게 하기 위해 핀을 하나씩 집으면서 그에게 다정하게 속삭였다.

"설마 내 등이 굽어서 그런 건 아니겠죠? ……당신이 내 어깨 좀 만져보실래요, 어떤지 보게요. 내 등이 정말 굽었나요?"

드니즈는 더욱더 창백해진 얼굴로 서서히 시선을 위로 향하더니 말없이 다시 핀을 꽂기 시작했다. 무레는 그녀의 여린 목덜미 위로 물결치듯 흘러내린 빽빽한 금빛 머리만을 볼 수 있을 뿐이었다. 하지만 가끔씩 머리가 들썩거릴 때마다 그녀의 불편한 심경과 수치심이 그에게까지 전해지는 듯했다. 이제 드니즈는 그를 더더욱 밀어낼 게 분명했다. 낯선 사람들 앞에서조차 자신들의 관계를 숨기려 하지 않는 그 여자에게로 그를 다시 되돌려 보내고 말 것이었다. 그런 생각이 들자, 무레는 손에 힘이 들어가면서 데포르주 부인을 한 대 치고 싶다는 생각이 들었다. 저 여자의 입을 어떻게 다물게 할 수 있을까? 그가 사랑하는 사람은 드니즈이며 이 순간에도 그에게는 오직 그녀만이 존재한다는 것을, 그녀를 위해서라면 과거의 하룻밤 사랑 같은 것은 모두 포기할 수 있음을 그녀에게 어떻게 전할 수 있을까? 거리의 여자라 할지라도 데포르주 부인처럼 함부로 친근함을 드러내며 천박하게 굴진 않을 터였다. 무레는 손을 거두면서 거듭 말했다.

"계속 이렇게 고집을 부리실 필요가 없을 것 같군요, 부인. 제가 보기에도 이 옷은 문제가 있는 게 분명하니까요."

숨 막힐 것 같은 눅눅한 공기 속에서 가스등 하나에서 나오는 쉭쉭거리는 소리만이 뜨거운 숨결처럼 무겁게 가라앉은 정적을 깨뜨리고 있었다. 옷장의 거울들에 빛이 반사돼 붉은색 실크 벽걸이 위로 환하게 비쳤고, 그 위로 두 여인의 그림자가 너울거렸다. 누군가가 뚜껑 닫는 것을 잊어버린 버베나 향수병으로부터 시들어가는 꽃처럼 어렴풋하고 아득한 향기가 풍겨 나왔다.

"이게 제가 할 수 있는 전부입니다, 부인." 마침내 드니즈는 다시 몸을 일으키며 말했다.

그녀는 완전히 진이 빠져 있었다. 마치 시야가 가린 것처럼 눈앞이 흐려져 두 번이나 핀으로 자신의 손을 찌르기까지 했다. 그도 혹시 데포르주 부인과 한편인 것은 아닐까? 자신에게 거부당한 데 대한 앙갚음으로, 다른 여자들이 그를 사랑한다는 걸 보여주기 위해 여기로 자신을 오게 한 것은 아닐까? 그런 생각이 들자 온몸의 피가 얼어붙는 것 같았다. 지금까지 살아오면서 이 순간처럼 엄청난 용기를 필요로 한 적은 없었던 듯했다. 먹을 빵조차 없었던 곤궁한 시절에도 이보다 더 가혹한 경험을 한 기억은 없었다. 이처럼 모욕을 당하는 것은 그래도 참을 수 있었다. 하지만 그가 다른 여자의 품에 안겨 있다시피 하는 모습을 지켜봐야 하는 것은 참으로 견디기 힘들었다. 마치 자신이 그 자리에 없는 것처럼!

데포르주 부인은 거울 앞에 서서 자신의 모습을 살펴보았다. 그리고 또다시 모욕적인 말들을 마구 뱉어냈다.

"마드무아젤, 지금 나하고 농담하자는 거예요? 아까보다 더 이상하잖아요. ……여기, 가슴이 꽉 눌린 게 안 보여요? 내가 무슨 유모도 아니고."

그러자 인내의 한계에 다다른 드니즈는 언짢은 기색으로 대꾸했다.

"그건 부인께서 다소 살집이 있으신 편이라 그런 겁니다. ……그렇다고 제가 부인 체격까지 바꿔드릴 수는 없지 않겠어요."

"살집이 있다, 살집이 있다." 이번에는 데포르주 부인이 새하얘진 얼굴로 드니즈의 말을 되씹었다.

"이 아가씨가 이젠 무례하기까지 하네. ……충고하건대, 다른 사람에 대해 이러쿵저러쿵하는 것은 하지 않는 게 좋을 거예요!"

두 여자는 똑바로 마주하고 선 채 부들부들 떨면서 서로를 뚫어질 듯 바라보았다. 이제 그들 사이에는 우아한 귀부인도, 백화점의 판매원도 더 이상 존재하지 않았다. 경쟁심으로 불타오르는 대등한 연적 관계의 두 여자가 있을 뿐이었다. 한 여자는 신경질적으로 외투를 벗어 의자 위로 던져버렸다. 다른 한 여자는 손에 쥐고 있던 핀들을 화장대 위로 아무렇게나 던져놓았다.

　　"놀라운 건, 무슈 무레가 이런 무례함을 용납한다는 사실이에요. ……난 당신이 직원들을 좀 더 까다롭게 교육시키는 줄 알았거든요."

　　예의 당당한 차분함을 되찾은 드니즈는 부드러운 어조로 데포르주 부인의 비아냥거림을 맞받아쳤다.

　　"사장님이 저를 계속 일하게 하는 건 제게 아무런 문제가 없기 때문입니다. ……전 사장님이 요구하신다면 부인께 사과할 용의가 있습니다."

　　무레는 무슨 말로 두 여자의 반목 상태를 끝낼 수 있을지 몰라 망연한 표정으로 그녀들의 얘기를 듣고만 있었다. 여자들의 끊임없는 애정과 따뜻한 보살핌을 필요로 하는 그는 자신의 삶에 혼란을 가져오는 여자들끼리의 다툼을 끔찍하게 싫어했다. 데포르주 부인은 드니즈를 결정적으로 망가뜨릴 수 있는 한마디를 그로부터 끌어낼 수 있기를 바랐다. 하지만 그가 계속 머뭇거리면서 아무 말도 하지 않자, 그녀는 결정적인 말로 그를 모욕했다.

　　"어쩔 수 없군요, 내 집에서 당신이 데리고 놀던 여자들이 날 모욕하는 것을 참아야 한다면 그래야 할 밖에요! ……그것도 거리의 시궁창에서 주워 온 하찮은 계집 하나 때문에 말이죠."

그러자 드니즈의 눈에서 솟구친 굵은 눈물방울이 양 볼을 타고 흘러내렸다. 그녀는 한참 전부터 간신히 울음을 억누르고 있었다. 하지만 참기 어려운 모욕 앞에서 더 이상 자신을 가눌 수가 없었다. 절망적인 가운데서도 무례하게 굴거나 의연함을 잃지 않고 말없이 울고 있는 그녀 앞에서 무레는 더 이상 머뭇거리지 않았다. 그의 마음은 한없는 애정과 함께 온통 드니즈에게로 향하고 있었다. 무레는 그녀의 두 손을 덥석 움켜쥐면서 떨리는 목소리로 말했다.

"얼른 여길 떠나시오, 내 사랑, 이 집을 잊어버려요."

그의 태도에 아연실색한 데포르주 부인은 분노로 목이 멘 채 그들을 노려보았다.

"잠깐만 기다려요." 무레는 손수 외투를 접으면서 말했다.

"이 옷을 도로 가져가요. 부인은 다른 데서 옷을 다시 사면 될 테니까. 그리고 부디 울지 마시오. 내가 당신을 얼마나 아끼는지 잘 알지 않소."

그는 드니즈를 문까지 배웅하고는 다시 문을 닫았다. 그녀는 한마디도 하지 않았다. 다만, 두 뺨이 발그레하게 달아올랐고, 동시에 감미로움과 달콤함의 눈물이 또다시 두 눈을 촉촉하게 적셨다.

분해서 씩씩거리며 어쩔 줄 몰라 하던 데포르주 부인은 손수건을 꺼내 입술을 세게 눌렀다. 그것은 상황의 역전이었다. 자신이 내민 덫에 스스로 걸려든 꼴이 되었던 것이다. 데포르주 부인은 질투심 때문에 괴로워하다가 상황을 너무 극단으로 몰고 간 것을 후회했다. 그런 하찮은 여자 때문에 남자에게 버림을 받다니! 그리고 그것도 모자라 그 여자 앞에서 무시당하기까지 하다니! 데포르주 부인은 빼앗긴 사랑보다는 다친 자존심으로 인해 더욱더 고통받았다.

"그러니까, 당신이 사랑에 빠졌다는 여자가 바로 저 여잔가요?" 두 사람만 남게 되자 그녀는 힘겹게 물었다.

무레는 즉시 대답하지 않았다. 그는 끓어오르는 분노를 가라앉히느라 창가와 문 사이를 계속 오갔다. 마침내 걸음을 멈춘 그는 아주 공손하게, 하지만 애써 냉담한 목소리로 간결하게 대답했다.

"그렇습니다, 부인."

대기실의 숨 막힐 것 같은 공기 속에서 가스등은 여전히 쉭쉭거리는 소리를 뱉어내고 있었다. 이제, 거울이 반사시킨 빛 속에는 춤추듯 너울거리는 그림자들은 더 이상 보이지 않았다. 텅 비어버린 것 같은 방은 무거운 슬픔 속으로 잠겨 들었다. 의자 위로 털썩 주저앉은 데포르주 부인은 가늘게 떨리는 손으로 손수건을 비틀면서 흐느끼는 중에 탄식을 뱉어냈다.

"맙소사! 난 왜 이다지도 박복할까!"

무레는 꼼짝 않고 선 채로 잠시 그녀를 응시했다. 그리고 말없이 그 자리를 떠났다. 그녀는 화장대 위와 마룻바닥에 흩어져 있는 핀 앞에서 홀로 조용히 흐느꼈다.

그가 작은 응접실로 되돌아가자 그곳에는 발라뇨스가 홀로 자리를 지키고 있었다. 아르트만 남작은 여자들 곁으로 돌아가 있었다. 아직 혼란스러운 감정을 떨쳐버리지 못한 무레는 응접실 안쪽에 있는 소파 위에 털썩 주저앉았다. 기진맥진한 그를 본 발라뇨스는 다른 이들의 호기심으로부터 친구를 보호하고자 그의 앞으로 와서 버티고 섰다. 처음에는 두 사람은 아무 말없이 서로를 응시했다. 그러다 무레가 동요하는 모습을 보는 것이 내심 즐거웠던 발라뇨스가 먼저 빈정거리는 어조로 물었다.

"그래, 여전히 사는 게 즐겁나?"

무레는 그가 무슨 말을 하려는 건지 즉시 이해하지 못했다. 그러다 예전에 삶의 공허함과 어리석음, 그리고 무의미한 고통에 대해 서로 얘기를 주고받았던 것을 떠올리면서 말했다.

"물론이지, 난 여태 지금처럼 삶을 충실하게 살았던 적이 없었네. ……오! 이보게 친구, 날 비웃지 말게나. 고통스러워 죽을 것 같은 순간조차 더없이 소중한 거니까 말일세!"

그는 눈물이 덜 닦인 얼굴로 목소리를 낮추면서 애써 경쾌한 목소리로 말했다.

"그래, 자넨 이미 다 알고 있겠지, 안 그런가? 두 여자가 조금 전에 내 마음을 갈기갈기 찢어놓은 걸 말이야. 하지만 그것조차 내겐 행복이라네. 사랑의 상처는 여인들의 부드러운 손길만큼이나 달콤한 거라고……. 지금 난 지쳤어, 더 이상 어찌해야 할지 모르겠네. 그래도 어쨌거나 내가 삶을 얼마나 사랑하는지 자넨 모를 거야! ……오! 난 그녀를 갖고 말 거야. 날 원하지 않는 그 조그만 여자를 반드시 차지하고 말 거라고!"

그러자 발라뇨스가 물었다.

"그런 다음에는?"

"그런 다음에는? ……당연히, 그녀를 내 걸로 만들어야지! 그걸로 충분한 것 아닌가? ……자넨 자신이 강하다고 믿고 있지. 왜냐하면 자넨 어리석은 짓도 하지 않고, 고통받는 것도 거부하니까! 하지만 자넨 스스로를 속이고 있는 거야, 그 이상도 그 이하도 아니란 말이네! ……자네도 한번 어떤 여자를 간절히 원해서 쟁취하는 기쁨을 누려보게. 그럼 그간의 모든 고통을 한순간에 보상받을 수 있을 테니까."

하지만 발라뇨스는 예의 회의주의적 논리를 더욱더 과장해 펼쳐 보였다. 어차피 돈이 모든 것을 해결해주지 못할 바에야 무엇 때문에 죽도록 일해야 한단 말인가? 그가 친구의 입장이라면, 수백만 프랑을 가지고도 자신이 간절하게 원하는 여자를 얻을 수 없음을 알게 된 순간부터 백화점 문을 닫고 편안하게 누워 쉴 궁리나 할 것 같았다. 그의 말에 귀 기울이고 있던 무레의 얼굴이 점차 굳어졌다. 그리고 다시 발라뇨스의 말에 격렬하게 반박했다. 그는 자신의 의지가 가진 전능함을 굳게 믿고 있었다.

"난 그녀를 원해, 반드시 갖고야 말 거라고! ……만약 그녀가 끝내 내 것이 될 수 없다면, 그 상처를 치유하기 위해 내가 어떤 작품을 만들어낼지 두고 보라고. 아주 근사한 것이 될 테니까. ……자넨 지금 내가 무슨 말을 하는지 잘 모르겠지만, 내 말을 이해할 수 있게 되면, 모든 행위는 그 자체로서 보상을 포함하고 있다는 것을 알게 될 걸세. 행동하고, 창조해내고, 현실과 맞서 싸우는 것은, 성패에 상관없이 그 자체로서 즐겁고 건강한 삶이라는 말이네!"

"스스로를 현혹하는 좋은 방법이군." 발라뇨스가 중얼거렸다.

"그럴지도! 난 나 자신이 무언가에 현혹되기를 바란다네. ……어차피 언젠가 한 번은 죽어야 하는 거라면, 지루해서 죽는 것보다는 무언가에 미쳐서 죽는 게 더 낫지 않겠나."

그들은 함께 웃음을 터뜨렸다. 그들의 대화는 오래전 학창 시절에 있었던 논쟁을 떠올리게 했다. 그러자 발라뇨스는 나른한 목소리로 세속적인 것들의 진부함에 관해 늘어놓기 시작했다. 정체돼 있는 삶의 무의미함을 힘주어 이야기하는 그의 목소리에서 일종의 허세가 느껴졌다. 그렇다, 그는 내무부에서 어제를 무료하게 보냈던 것과 마찬가지로 내일도 무료한 시간을 보내게 될 터였다. 지난 3년간 그의 급여는 고작 600프랑이 인상됐을 뿐이다. 3600프랑의 연봉으로는 괜찮은 시가 한 대 피우기도 힘든 실정이었다. 그에게 삶은 무의미함의 연속일 뿐이었다. 그것을 스스로 끝내지 못하는 것은 순전히 손가락 하나 까딱하기 싫어하는 게으름 탓이었다. 무레가 그에게 마드무아젤 드 보브와의 결혼에 관해 묻자, 발라뇨스는 여전히 죽기를 거부하는 숙모의 굳은 의지에도 불구하고 머지않아 결론이 날 것이라고 대답했다. 적어도 그는 그렇게 생각하고 있었다. 부모들은 이미 동의를 했고, 당사자인 그는 될 대로 되라는 식이었다. 어차피 자기 뜻대로 살 수 있는 것도 아닌데 애써 원하고 자시고 할 필요가 뭐 있겠는가? 그러면서 그는 자신의 장인이 될 무슈 드 보브를 예로 들었다. 드 보브는 기발 부인에게서 한순간의 쾌락을 충족시켜줄 나긋한 금발 여인의 역할을 기대하고 있었다. 또한 기발 부인은 마지막 힘을 다해 달리는 노마를 다루듯 채찍질로 그를 몰아치고 있었다. 자신의 남편이 생로에서 종마를 살피고 있을 거라고 드 보브 부인이 믿고 있는 동안, 기발 부인은 그가 베르사유에 얻어놓은 조그만 집에서 그를 마저 거덜 내고 있었다.

"어쨌거나 그가 자네보다 더 행복해 보이는군." 무레는 자리에서 일어나면서 말했다.

"오! 물론, 그렇고말고!" 발라뇨스도 그의 말에 동의했다.

"그나마 나쁜 짓을 할 때는 긴장감이라도 느낄 수 있을 테니까."

무레는 다시 평소의 모습으로 돌아와 있었다. 그는 그곳을 떠날 생각을 하고 있었지만 그렇다고 도망치듯 가버리고 싶진 않았다. 그는 차를 한잔 마시고 가기로 마음먹고, 친구와 농담을 주고받으면서 함께 큰 응접실로 향했다. 아르트만 남작은 그에게 데포르주 부인의 외투 문제가 잘 해결되었는지를 물었다. 무레는 자신으로서는 할 수 있는 게 없었다고 차분히 대답했다. 그러자 모두들 쯧쯧 혀를 찼다. 그리고 마르티 부인이 서둘러 그에게 차를 따라주는 동안, 드 보브 부인은 백화점에서 몸에 너무 꼭 끼는 옷들밖에는 구할 수 없다며 불평을 늘어놓았다. 마침내 그는 아직 자리를 지키고 있는 부트몽 옆으로 가서 앉을 수 있었다. 여자들은 더 이상 그들에게 신경을 쓰지 않았다. 자신의 거취 문제로 불안해하던 부트몽이 그 일에 관해 묻자 무레는 뜸 들이지 않고 그 자리에서 즉시 답변을 했다. 백화점의 경영진은 부트몽을 해고하기로 결정했다. 무레는 문장 하나를 말하는 사이사이에 차를 한 모금씩 마시면서 자신의 깊은 유감을 표시했다. 아! 그 문제를 두고 격렬한 언쟁이 오갔고, 격분하여 회의장을 뛰쳐나온 그는 아직도 그 충격에서 완전히 벗어나지 못하고 있었다. 하지만 어쩌겠는가? 일개 직원 하나 때문에 이사들과의 관계를 단절할 수는 없지 않겠는가. 그러자 얼굴이 새하얗게 질린 부트몽은 또다시 무레에게 감사를 표했다.

"외투에 정말 문제가 많은가 보네요." 마르티 부인이 말했다.

"데포르주 부인이 아직도 나타나지 않고 있는 걸 보면요."

과연, 그녀의 부재가 길어지자 모두들 당혹스러운 얼굴로 서로를 바라보았다. 그때 데포르주 부인이 다시 나타났다.

"부인도 결국 포기한 건가요?" 드 보브 부인이 경쾌한 목소리로 물었다.

"그게 무슨 말이죠?"

"무슈 무레가 부인의 외투를 수선할 수 없다고 얘기해주셨거든요."

데포르주 부인은 몹시 놀라는 표정으로 말했다.

"무슈 무레가 농담하신 거예요. 외투는 이제 아주 완벽해졌답니다."

그녀는 아주 차분한 얼굴로 미소까지 지어 보였다. 눈가를 물로 닦아냈는지, 눈물자국이 남아 있거나 눈이 충혈돼 있지도 않았다. 아직 몸 전체가 떨리면서 속으로는 피를 흘리고 있었지만, 가식적인 우아한 표정 뒤로 자신의 고통을 감출 줄 알았다. 데포르주 부인은 평소처럼 미소를 띤 채 발라뇨스에게 샌드위치를 권했다. 오직 그녀를 잘 알고 있는 아르트만 남작만이 그녀의 입가에 이는 가벼운 경련과 눈 깊숙한 곳에 남아 있는 어두운 불씨의 존재를 알아차릴 수 있었다. 그는 어떤 일이 있었는지를 충분히 그려볼 수 있었다.

"물론, 누구나 취향이란 게 있는 거니까요." 드 보브 부인도 샌드위치를 받아들면서 말했다.

"내가 아는 어떤 여자들은 리본 하나 사는 것도 '루브르 백화점'만 고집하더라고요. 또 어떤 여자들은 '봉 마르셰'에서만 쇼핑을 하고 말이죠. ……그런 게 다 개인의 취향에 따른 문제 아니겠어요?"

"'봉 마르셰'는 너무 촌스러워요." 마르티 부인이 혼잣말처럼 말했다.

"게다가 '루브르'는 어수선하기 짝이 없다니까요!"

여인네들은 이번에는 백화점 얘기로 화제를 돌렸다. 무슨 얘긴가를 하지 않을 수 없었던 무레는 여자들 가운데 자리를 잡고 공정한 평가를 내리고자 애쓰는 모습을 보였다. '봉 마르세'는 탄탄하고 훌륭한 백화점이지만, '루브르'가 좀 더 유행에 민감하고 세련된 고객층을 확보하고 있는 게 사실이었다.

"하지만 그대는 당연히 '여인들의 행복 백화점'이 더 좋은 백화점이라고 생각하고 있겠지요." 남작이 웃으면서 말했다.

"물론입니다." 무레는 차분히 대답했다.

"우린 고객을 사랑하니까요."

그곳에 모여 있던 여자들은 모두가 그의 말에 동의를 표했다. 그랬다, '여인들의 행복 백화점'에서는 끊임없이 여자들을 추어올리고 마음을 어루만짐으로써 그녀들에게 은밀한 성적 쾌감마저 느끼게 해주었다. 그런 숭배의 방식으로 가장 정숙하다고 자처하는 여인들의 마음까지도 움직일 수 있었던 것이다. 그의 백화점의 엄청난 성공은 바로 그런 거부할 수 없는 유혹에서 비롯된 것이었다.

"그런데 참, 제가 소개해드린 아가씨는 어떻게 하실 작정인가요, 무슈 무레? ……마드무아젤 드 퐁트나유 말예요."

데포르주 부인은 자신이 자유로운 영혼임을 보여주려는 듯 담담한 얼굴로 무레에게 묻고는 마르티 부인을 돌아보며 말했다.

"후작의 딸이랍니다. 안타깝게도 집안이 몰락하는 바람에 형편이 어려워졌지만요."

"하지만 그녀는 이미 단순한 샘플북을 만들면서 하루에 3프랑씩을 벌고 있지 않나요. 게다가 나중에 우리 백화점의 사환 한 사람과 결혼까지 시킬 생각이고요."

"어머! 말도 안 돼요!" 무레의 말에 드 보브 부인이 소리쳤다.

그러자 무레는 그녀를 쳐다보면서 예의 차분한 목소리로 응수했다.

"왜 그렇게 생각하시나요, 부인? 길거리에서 무능력한 불한당 같은 사내를 만나는 것보다 열심히 일하는 정직한 남자와 결혼하는 게 더 나은 거 아닌가요?"

이번에는 발라뇨스가 끼어들며 농담처럼 말했다.

"오늘은 이 친구를 더 자극하지 않는 게 좋을 것 같군요, 부인. 자칫하면 프랑스의 오래된 가문들이 모두 나서서 캘리코를 팔아야 한다고 주장할지도 모르니까요."

"하지만, 그렇게 되면 대부분의 집안은 적어도 떳떳하게 마지막을 장식할 수 있을 겁니다."

그러자 모두들 웃음을 터뜨렸다. 그의 말 속에 담긴 역설이 다소 지나치게 느껴졌기 때문이었다. 무레는 그가 노동의 고귀함이라고 부르는 것에 대한 찬사에 열을 올렸다. 그러는 동안, 드 보브 부인의 뺨이 발그레하게 달아올랐다. 허리띠를 졸라매야 하는 자신의 저시를 생각하자 수치스러움이 느껴졌기 때문이었다. 한편, 마르티 부인은 불쌍한 남편을 떠올리며 회한에 사로잡혀 그의 말에 고개를 끄덕였다. 바로 그때, 하인이 나타나 그녀의 남편이 그녀를 데리러 왔음을 알렸다. 닳을 대로 닳아 반들거리며 윤이 나는 얄팍한 프록코트 차림의 그는 삶이 힘겨운 탓인지 예전보다 더 마르고 얼굴도 더 까칠해 보였다. 그는 먼저 데포르주 부인에게 자신을 위해 교육부에 얘기를 해준 데 대한 감사 인사를 했다. 그런 다음, 마치 자신을 파멸시키고 말 절대 악과 마주친 사람처럼 두려움이 가득한 눈빛으로 무레를 흘끗 쳐다보았다. 그리고 무레가 자신에게 하는 말을 듣고는 경악을 금치 못했다.

"그렇지 않습니까, 무슈? 노동은 모든 것을 가능하게 해주지 않나요?"

"노동과 검약이 함께 필요한 것이죠." 무슈 마르티는 몸을 가볍게 떨면서 말했다.

"검약을 추가해주시면 좋겠군요, 무슈."

그사이 부트몽은 소파에 꼼짝 않고 앉아 있었다. 무레가 한 말이 아직까지 그의 귓전에 맴돌고 있었다. 마침내 자리에서 일어난 그는 데포르주 부인에게로 다가가 나지막이 속삭였다.

"조금 전에 그가 내게 해고 통지를 했습니다. 오! 아주 다정하게 말이죠. ……하지만 반드시 후회하게 될 겁니다! 방금 새로운 백화점 이름이 떠올랐어요. '카트르 세종'*이요. 그것도 오페라 바로 옆에 자리 잡을 거고요."

그러자 그를 바라보는 데포르주 부인의 눈빛이 어두워졌다.

"날 믿어요, 내가……. 잠시 기다려봐요."

그녀는 아르트만 남작과 창가의 구석진 곳으로 갔다. 그리고 즉시 본론으로 들어가, 파리에 새바람을 불러일으킬 수 있는 패기 넘치는 젊은이로 부트몽을 소개했다. 그러면서 백화점에서 독립해 자신의 이름으로 사업을 시작하고자 하는 그를 후원하는 문제를 언급하자, 더 이상 어떤 것에도 놀라지 않는 남작이라도 질겁하지 않을 수가 없었다. 데포르주 부인이 네 번째로 뛰어난 재능을 지닌 인물로 소개하는 부트몽의 얘기를 들으면서 자신이 우스꽝스럽게 여겨지기까지 했다. 하지만 그는 단칼에 거절의 말을 내뱉지는 않았다. '여인들의 행복 백화점'의 경쟁 상대를 구축한다는 발상이 꽤 마음에 들었던 것이다. 그는 은행업에서는 이미, 다른 이들을 견제하기 위한 목적으로 경쟁 상대들을 부추겼던 전력도 있었다. 게다가 이 일은 개인

---

*'사계절'이라는 뜻. 1865년, 봉 마르셰 백화점 실크 매장의 책임자였던 쥘 잘뤼조가 프랭탕(봄) 백화점을 설립했던 에피소드를 떠올리게 하는 대목이다.

적으로 그의 흥미를 돋우었다. 그는 제안을 검토해보겠노라고
약속했다.

"오늘 밤에 다시 얘기하도록 해요." 데포르주 부인은 부트몽
의 귀에 대고 속삭였다.

"9시경에 다시 오도록 하세요. 잊지 말고. ……남작은 우리
편이에요."

그 무렵 거대한 응접실은 목소리들로 가득 차 있었다. 여전
히 여자들 가운데 버티고 서 있던 무레는 평소의 활기 넘치는
매력적인 모습으로 되돌아가 있었다. 그는 자신이 천 쪼가리로
그들의 가산을 탕진시킨다는 비난을 경쾌한 어조로 일축했다.
그리고 구체적인 수치를 들어가며, 자신이 그들의 소비를 30프
로나 절감시키고 있음을 보여주고자 했다. 아르트만 남작은 무
레처럼 바람둥이였던 자신의 과거를 떠올리며 다정하고 감탄
어린 눈빛으로 그를 바라보았다. 자! 이제 두 사람의 결투는 데
포르주 부인의 패배로 끝났다. 그녀는 분명 무레가 기다리는 여
인이 아니었다. 남작은 대기실을 가로지르면서 언뜻 보았던 젊
은 여성의 수수한 모습을 떠올렸다. 그곳에서 인내하며 홀로 기
다리고 있던, 연약하면서도 강인함이 느껴지는 그녀의 모습을.

제12장

'여인들의 행복 백화점'의 새로운 건물 공사가 시작된 것은 9월 25일이었다. 아르트만 남작은 그의 약속대로 크레디 이모빌리에의 마지막 총회에서 프로젝트를 관철시켰다. 이제 무레는 마침내 자신의 꿈에 바짝 다가갈 수 있게 되었던 것이다. 백화점이 디스 데상브르 가로 확장되는 것은 그의 운이 활짝 피어나는 것과도 같았다. 그리하여 그는 그 초석을 놓게 된 것을 기념하고자 판매원들에게 특별수당을 지급하고, 저녁에는 고기와 샴페인을 제공했다. 공사 현장에서 주체할 수 없는 기쁨으로 내내 들떠 있던 무레는 돌을 덮은 흙을 흙손으로 다지면서 승리의 몸짓을 과시했다. 몇 주 전부터 그가 어떤 정신적인 고통으로 인해 안절부절못하고 있음은 누가 봐도 한눈에 알 수 있었다. 그러던 중에 찾아온 그의 승리는 그에게 한순간의 휴식을 제공하면서, 고통을 잠시나마 잊을 수 있게 해주었다. 오후 내내 그는 평소의 활기차고 경쾌한 모습을 되찾은 듯 보였다. 하지만 저녁 식사 시간에 직원들과 샴페인을 마시기 위해 구내식당 복도를 지나갈 때부터 또다시 열에 들뜬 듯 불안정한 모습을 보이기 시작했다. 그는 자신을 좀먹고 있는 숨겨진 고통으로 인해 초췌해진 얼굴로 힘겹게 웃어 보였다. 다시 병이 도졌던 것이다.

다음 날, 기성복 매장에서는 클라라 프뤼네르가 드니즈의 심기를 언짢게 하려고 애쓰고 있었다. 자신을 향한 콜롱방의 소심한 사랑을 알아차린 그녀는 보뒤 가족을 싸잡아 비아냥거리기 시작했다. 그리고 고객을 기다리면서 연필을 깎고 있는 마르그리트를 향해 소리쳤다.

"너도 알지, 맞은편 가게의 남자 말이야, 나한테 푹 빠져 있는……. 그 사람이 참 안됐다는 생각이 드는 거 있지. 온종일 개미 새끼 한 마리 얼씬하지 않는 컴컴한 가게 구석에 처박혀 지내니 말이야."

"그렇게 동정받을 처진 아닌 것 같은데." 마르그리트가 대꾸했다.

"그 남자, 주인집 딸하고 결혼하기로 돼 있는 걸로 알고 있거든."

"저런, 잘됐네! 그러니까 그를 더 빼앗고 싶어지는걸! …… 내가 그렇게 하고 말겠어, 반드시!"

클라라는 드니즈가 분노하고 있음을 간파하고는 더욱더 신이 나서 이죽거렸다. 드니즈는 그녀의 다른 짓거리들은 모두 참아줄 수 있었다. 하지만 죽어가는 자신의 사촌 주느비에브를 그런 잔인한 말로 조롱하는 것은 그녀를 결정적으로 분노케 했다. 그때 고객이 들어오자, 지하로 내려간 오렐리 부인을 대신해 매장을 책임지고 있던 드니즈는 클라라를 불러 지시를 내렸다.

"마드무아젤 프뤼네르, 잡담 그만하고 고객 응대에나 신경 쓰세요."

"전 잡담한 적 없는데요."

"경고하는데, 그 입 다무는 게 좋을 거예요. 그리고 당장 고객을 응대하세요."

클라라는 더 이상 대꾸할 엄두를 내지 못하고 순순히 지시를 따랐다. 드니즈가 차분한 목소리로 강경한 모습을 보일 때면 누구도 그녀에게 맞설 생각을 하지 못했다. 그녀는 온화함만으로도 강력한 권위를 보여주며 매장을 압도해나갔다. 드니즈는 잠시 말없이 다시 진지한 얼굴로 되돌아간 판매원들 사이를 오갔다. 마르그리트는 걸핏하면 심이 부러지는 연필을 다시 깎기 시작했다. 그녀만이 유일하게 부수석 구매상이 사장의 제안에 응하지 않는 것을 지지했다. 자신이 실수로 가졌다는 아이를 언급하지는 않았지만, 고개를 절레절레 흔들면서, 어리석은 짓이 야기할 난처한 일을 예상한다면 제대로 처신하는 게 좋을 거라고 주장했다.

"자기 화난 거야?" 드니즈 뒤쪽에서 누군가의 목소리가 들려왔다.

폴린은 어느새 매장을 건너와 있었다. 조금 전의 광경을 지켜본 그녀는 미소를 띤 채 나직하게 물었다.

"어쩔 수 없잖아." 드니즈도 조그맣게 대답했다.

"안 그럼 모두를 통제할 수가 없는걸."

폴린은 어깨를 으쓱하면서 말했다.

"그런 거 일일이 신경 쓸 필요 없어. 자긴 원하기만 하면 언제라도 우리의 여왕이 될 수 있잖아."

폴린은 친구가 무례를 거부하는 것을 여전히 이해하지 못했다. 8월 말에 보제와 결혼한 그녀는, 결혼은 정말 바보 같은 짓이라고 웃으면서 애기하곤 했다. 무시무시한 부르동클은 이제 그녀를 판매원으로서의 자질을 상실한 쓸모없는 사람으로 취급했다. 그녀는 무엇보다, 어느 날 아침, 둘 다 거리로 쫓겨나게 될 것을 두려워하고 있었다. 백화점의 경영진은 남녀의 사랑을 판매에는 아무런 도움도 되지 않는 치명적인 장애물로 여겼다. 폴린과 보제는 갤러리에서 마주칠 때마다 서로 모른 척하고 지나갈 정도였다. 폴린은 조금 전에도 가슴이 졸이는 경험을 했다. 수건 더미 뒤에서 보제와 얘기하는 것을 주브 감독관에게 들킬 뻔했던 것이다. 열띤 목소리로 드니즈에게 자신이 겪은 일을 들려준 폴린은 곧바로 이어 말했다.

"저기 봐! 날 계속 따라다니잖아. 내가 있는 쪽으로 저 커다란 코를 들이밀고는 킁킁거리는 것 좀 보라고!"

과연 새하얀 넥타이를 맨 주브 감독관은 레이스 매장 쪽에서 나와 무슨 꼬투리라도 잡으려는 듯 신경을 곤두세우고 있었다. 하지만 드니즈를 알아보고는 상냥한 표정을 지으며 아무것도 보지 못한 것처럼 그냥 지나쳐 갔다.

"휴, 살았다!" 폴린은 조그맣게 한숨을 내쉬었다.

"자기 덕분에 무사할 수 있었던 거야. ……저기 말이지, 혹시 나한테 무슨 안 좋은 일이 생기면 날 위해 한마디 해줄 수 있겠지? 이런, 그렇게까지 눈 동그랗게 뜨고 쳐다볼 필요 없잖아. 자기 말 한마디면 백화점 전체가 들썩일 거라는 건 누구나 다 아는 사실인데 뭐."

폴린은 서둘러 자기 매장으로 되돌아갔다. 드니즈는 친구의 다정하고도 의미심장한 말에 당혹스러움을 느끼며 얼굴을 붉혔다. 폴린의 말은 어느 정도 사실이었다. 드니즈는 주변 사람들이 자신에게 잘 보이려고 애쓰는 것을 보면서 자신이 지닌 영향력을 어렴풋이 느낄 수 있었다. 다시 매장으로 돌아온 오렐리 부인은 드니즈의 감독하에 매장이 차분하면서도 활기를 띠는 것을 보고는 그녀에게 다정한 웃음을 지어 보였다. 이제 무레는 오렐리 부인의 관심 밖이었다. 그녀는 언젠가 수석 구매상인 자신의 지위를 넘볼 수 있는 젊은 여성을 향한 호감이 날로 커짐을 느끼고 있었다. 이제 드니즈의 세상이 열리고 있었던 것이다.

　오직 부르동클만이 그녀를 향한 경계를 늦추지 않고 있었다. 그가 드니즈의 입지를 약화시키기 위해 은밀하게 이끄는 전쟁의 저변에는 기질적인 적대감이 자리하고 있었다. 그는 드니즈의 온화한 성정과 그녀가 지닌 매력을 눈엣가시처럼 못마땅해했다. 또한, 무레가 그녀에게 굴복하게 되는 날에는 그녀의 불길한 영향력이 백화점 전체를 위험에 빠뜨리기라도 할 것처럼 여기고 그녀를 그곳에서 몰아내고자 했다. 그는 자신의 주인이 부적절한 애정의 늪에 빠져 허우적거리는 동안 그가 지닌 예리한 사업적 감각을 잃어버릴 것을 두려워했다. 그렇게 된다면, 그동안 그가 여자들로 인해 벌어들인 것들을 이 한 여자로 인해 모두 잃고 말 것이었다. 이 세상 그 어떤 여자도 무레의 마음을 움직이지 못했다. 그는 여자들 덕분에 먹고사는 직업을 가진 남자로서 여성에게서 아무런 감흥도 느끼지 못한 채 경멸적인 태도로 여자들을 대했다. 단지 거래에 불과한 관계 속에서 자신의 속내를 거침없이 드러내 보여주는 여자들을 보면서 마지막 환상까지 모두 잃어버렸기 때문이었다. 7만여 명에 이르는 여성 고객들의 향기는 그를 취하게 하는 대신 그에게 견디기 힘든 두통만을 안겨주었다. 그는 집으로 돌아오자마자, 함께 어울리던 여자들에 대한 기억을 머릿속에서 말끔히 지워버렸다. 무레에게 점점 더 무시무시한 영향력을 발휘하는 조그만 판매원 여자에 대해 부르동클이 무엇보다 가장 염려하는 점은, 무레에 대한 그녀의 무관심과 거절이 진심으로 느껴지지 않는다는 사실이었다. 부르동클이 보기에 그녀는 하나의 역할을, 그것도 아주 영리한 역할을 하고 있었다. 만약 그녀가 처음부터 자신을 허락했다면, 무레는 아마도 그 다음 날에 이미 그녀를 잊었을 게 분명했다. 하지만 그녀는 그를 거부함으로써 그의 욕망을 더욱더 자극해, 그로 하여금 이성을 잃게 하고 온갖 어리석은 짓을 저지르게 만들었던 것이다. 세파에 닳고 닳은 여자나 교활한 창녀라 할지라도 이 순진해 보이는 여자와 별반 다르게 행동하진 않았을 터였다. 그런 이유로 부르동클은 그녀의 맑은 눈과 유순해 보이는 얼굴, 꾸밈없는 몸짓을 지켜보면서 왠지 모를 두려움에 사로잡히곤 했다. 마치 변장한 식인귀나, 여인이라는 이름의 신비한 수수께끼, 처녀의 모습을 한 죽음의 신을 눈앞에서 마주하는 느낌이었다. 순진함을 가장한 위선적인 여자의 계략을 어떤 방법으로 깨부술 수 있을 것인가? 부르동클은 어떻게 하면 드니즈의 술수를 간파해서 만천하에 그녀의 본색을 드러낼 수 있을지 골똘히 궁리했다. 그녀는 언젠가는 분명 실수를 저지를 것이고, 그녀가 남자와 함께 있는 현장을 잡게 된다면 또다시 예전처럼 그녀를 내쫓을 수 있을 것이었다. 그렇게 되면, 백화점은 마침내 기름이 잘 쳐진 기계가 작동하듯 아무런 문제없이 날로 번창할 수 있을 터였다.

"무슈 주브, 잘 살피시오." 부르동클은 주브 감독관에게 거듭 지시를 했다.

"그에 대한 보상은 내가 충분히 해줄 것이오."

하지만 이제 주브는 데면데면한 반응을 보일 뿐이었다. 여자 경험이 많은 그로서는, 앳된 얼굴로 언젠가는 이곳을 지배하는 여주인이 될 드니즈의 편에 서는 것이 현명하다고 판단했기 때문이었다. 감히 그녀를 건드릴 생각은 할 수 없었지만, 그녀는 그에게도 무척이나 매력적인 여성으로 여겨졌다. 과거에 그의 상사였던 군인은 그녀를 닮은 한 여자 때문에 스스로 목숨을 끊기까지 했다. 드니즈는 눈에 잘 띄지 않는 평범하고 여린 외모에 수수한 차림새였지만, 단 한 번의 눈길만으로도 남자들의 마음을 흔들어놓기에 충분한 매력을 지닌 여성이었다.

"그럼요, 물론입니다. 항상 잘 살피고 있습니다. 하지만, 맹세코 아무것도 찾아내지 못했습니다."

하지만 이미 그녀에 대한 온갖 소문들이 떠돌아다니고 있는 터였다. 드니즈 스스로도 찬사와 존중 뒤로 차마 입에 담기 힘든 험담과 비방이 난무하는 것을 주변에서 느낄 수 있었다. 이 시각에도 백화점 직원들 모두가 위탱이 그녀의 연인이었다고 수군거리고 있었다. 지금까지 그들의 관계가 지속되고 있다고 주장하지는 않았지만, 그들이 여전히 가끔씩 서로 만날 것으로 짐작했다. 들로슈 또한 그녀와 잠자리를 한 사이였다. 그리고 두 사람은 지금도 계속 어두컴컴한 구석에서 몰래 만나 몇 시간이고 정담을 나누곤 했다. 진정한 스캔들이 아닐 수 없었다!

"그러니까, 실크 매장의 수석 구매상과 레이스 매장의 그 청년에게서 무슨 수상한 점을 발견하지 못했다는 거요?" 부르동클이 거듭 물었다.

"네, 무슈, 아직 아무것도 발견하지 못했습니다." 감독관은 자신 있게 대답했다.

부르동클은 무엇보다 들로슈와 드니즈를 한데 옭아맬 심산이었다. 어느 날 아침에는 두 사람이 지하층에서 함께 웃고 있는 것을 목격하기도 했다. 적당한 때를 기다리는 동안 그는 드니즈를 자신과 동등한 적수로 취급했다. 이제 더 이상 그녀를 예전처럼 노골적으로 경멸하지도 않았다. 그는 10년간 무레와 함께 일했음에도 불구하고 그녀와의 시합에서 패하게 될 것을 두려워하고 있었다. 드니즈가 한순간에 자신을 침몰시킬 수 있을 만큼 강력하다는 것을 느꼈기 때문이었다.

"특히 레이스 매장 청년의 일거수일투족을 주시하도록 하시오." 그는 매번 주브 감독관에게 단단히 일러두었다.

"그 두 사람은 수시로 붙어 다니고 있소. 만약 둘이 함께 있는 현장을 보게 되면 내게 즉시 알리도록 하시오. 나머지는 내가 알아서 처리할 테니까."

그사이 무레는 피를 말리는 고통 속에서 하루하루를 보냈다. 어떻게 이런 일이 있을 수 있단 말인가? 그렇게 앳된 얼굴을 한 조그민 여자가 자신을 이토록 고통스럽게 하다니! 그는 드니즈가 '여인들의 행복 백화점'에 처음 왔을 때를 계속 떠올렸다. 낡아빠진 커다란 신발과 얇은 검정 드레스 차림에 야생녀 같았던 그녀를……. 촌스러운 모습에 말을 더듬는 그녀를 모두가 놀려댔고, 그 자신도 그녀가 못생겼다고 생각했다. 못생겼다고! 그런데 이제 그녀는 눈짓 한 번만으로도 그를 무릎 꿇게 할 수 있을 것 같았다. 이제 그의 눈에 비친 그녀는 반짝거리며 빛을 발하고 있었다! 오랫동안 백화점에서 가장 하찮은 존재로 무시당하면서 지속적으로 놀림과 따돌림을 당했던 그녀가 말이다. 그 또한 그녀를 마치 신기한 동물 구경하듯 바라보곤 했다. 그렇게 수개월 동안 그는 어린 소녀 같은 그녀가 어떻게 여인으로 변해가는지를 흥미롭게 지켜보고자 했다. 그런 속에서 자신의 마음을 조금씩 빼앗기고 있음을 미처 깨닫지 못한 채……. 그사이 그녀는 점차 존재감을 확립해가면서 어느덧 무시무시한 존재로 변해 있었다. 어쩌면 드니즈를 처음 본 순간부터 사랑했던 건지도 몰랐다. 그녀에게 연민의 감정만을 느끼고 있다고 생각했던 그때부터. 하지만 그녀에게 마음이 이끌리고 있음을 느끼기 시작한 것은, 튈르리 정원의 마로니에 아래에서 나란히 산책을 하던 그날 저녁부터였다. 그 순간, 새롭게 태어났던 것이다. 어린 소녀들이 까르르 웃는 소리와 멀리서 들려오는 분수의 물소리가 아직도 그의 귓가에 생생하게 들려오는 듯했다. 그사이, 포근함이 느껴지는 어둠 속에서 그녀가 말없이 그의 옆에서 걷고 있었다. 그런 다음에는, 더 이상 아무것도 기억나지 않았다. 온몸이 점점 뜨거워지면서, 그의 피와 존재 모두가 온통 그녀에게 속한 것만 같았다. 가냘프기 그지없는, 어린 소녀 같은 한 여자에게. 어떻게 이런 일이 가능한 것일까? 이젠 그녀가 가까이 지나갈 때마다, 그녀의 옷자락이 가볍게 스치는 것만으로도 그를 쓰러뜨릴 것 같은 강력한 기운이 느껴졌다.

그는 오랫동안 분노하고, 때로 자신에게 화를 내면서까지 이처럼 어리석은 집착 상태에서 벗어날 수 있기를 바랐다. 그녀가 대체 어떤 존재이길래 자신을 이처럼 꼼짝 못하게 묶어놓는 것인가? 처음에는 신발조차 변변히 없던 초라한 행색이 아니었던가? 그녀가 백화점에 들어오게 된 것도 사실상 동정심에 의한 것이었다. 적어도, 뭇 남자들의 마음을 흔들어놓을 만큼 기막히게 매력적인 여자이기라도 했다면! 그런데 이 조그맣고 별 볼 일도 없어 보이는 여자 때문이라니! 그녀는 한마디로, 아무도 특별히 주목하지 않을 만큼 유순하고 평범해 보이는 외모였다. 게다가 머리가 뛰어나게 좋은 것도 아니었다. 그는 드니즈가 판매원으로서 처음에 얼마나 서툴렀었는지를 기억해냈다. 그렇게 매번 그녀를 향해 분노를 쏟아놓고 난 후에는, 마치 자신의 우상을 모욕한 것에 대해 신성한 두려움을 느끼듯 마음속에 또다시 그녀를 향한 뜨거움이 솟구치곤 했다. 용기 있고 밝고 소박한 심성, 그리고 그녀의 온화한 성품에서 느껴지는, 사람의 마음속을 파고드는 미묘한 향기 같은 매력. 그녀는 여성으로서 바람직하게 생각되는 모든 것을 갖추고 있었다. 처음에는 그녀가 눈에 잘 안 들어올 수도, 그녀를 아무렇게나 대할 수도 있다. 하지만 곧 느릿하지만 거부할 수 없는 힘을 지닌 그녀의 마력이 조화를 부리게 된다. 그리하여 그녀가 한 번 웃어 보이기라도 하면, 그 사람은 영원히 그녀에게서 벗어날 수 없게 되는 것이다. 그러면 그녀의 새하얀 얼굴의 모든 것이, 연보랏빛 눈동자와 보조개가 팬 볼, 그리고 가운데가 살짝 들어간 턱이 미소를 짓는 것처럼 보인다. 그녀의 풍성한 금발도 고귀한 정복자와 같은 아름다움으로 빛을 발하는 듯했다. 무레는 자신의 패배를 인정했다. 드니즈는 아름다운 만큼 지혜로웠다. 그녀의 지혜로움은 그녀가 지닌 가장 고귀한 것들로부터 비롯되었다. 대부분이 하층민 출신인 백화점 판매원들이 점차 갈라져 떨어져 나가는 매니큐어처럼 피상적인 교육밖에는 받지 못한 반면, 드니즈는 가식적인 우아함과는 거리가 먼, 깊은 내면에서 우러나오는 매력과 멋을 지니고 있었다. 또한 좁다란 이마의 올곧은 윤곽은 그녀의 강인한 의지와 깔끔한 성격을 짐작게 했고, 그 속에는 오랜 경험을 통해 축적된 그녀의 폭넓은 영업 아이디어가 간직돼 있는 듯했다. 그는 그녀를 향해 분노를 토해내던 순간에 그녀를 모독했던 것에 대해 두 손 모아 용서를 구하고 싶은 심정이었다.

그런데 대체 무슨 이유로 그녀는 이토록 끈질기게 자신을 거부한단 말인가? 그는 그녀에게 수없이 애원하면서, 돈을, 그것도 많은 돈을 주겠노라며 금액을 점점 더 높여 제안했다. 또한 그녀가 야심이 크다고 판단해, 매장에 결원이 생기는 대로 즉시 수석 구매상으로 승진시켜줄 것을 약속하기도 했다. 그런데도 불구하고 그녀는 여전히 그를 거부하고 또 거부했다! 마치 전쟁이라도 치르듯 그를 아연실색게 하는 상황 속에서 그는 점점 더 끓어오르는 욕망을 억누를 수 없었다. 이건 그로서는 있을 수 없는 일이었다. 그 조그만 여자는 언젠가는 그를 받아들이게 될 것이었다. 그는 언제나 여자의 도덕성은 상대적인 것으로 여겼다. 이제 그에게는 오직 한 가지 목표만이 존재했다. 다른 것들은 그 절대적 필요 앞에서 모두 사라져버렸다. 그녀를 자신의 방으로 들여 자신의 무릎 위에 앉힌 채 그녀의 입술에 키스하는 것, 그것만이 그가 원하는 것이었다. 그런 광경을 떠올리는 것만으로도 온몸의 피가 요동치면서 몸이 떨려왔다. 그러면서 그는 자신의 무능함에 절망했다.

　이제 그의 하루는 언제나 변함없이 고통스러운 강박관념 속에서 흘러갔다. 그는 아침에는 드니즈의 모습을 떠올리며 잠에서 깨어났다. 밤에도 꿈속에서 그녀를 만났고, 아침 9시부터 10시까지 사무실의 커다란 책상에 앉아 어음과 우편환에 서명을 할 때에도 그녀는 그를 떠나지 않았다. 그가 기계적으로 일을 해나갈 때도, 그녀는 그의 곁에서 언제나 차분한 얼굴로 그에게 안 된다고 말하고 있었다. 그리고 10시에는 회의가 열렸다. 그것은 마치 각료 회의처럼 백화점의 12명의 투자자들이 참석하는 이사회로 그가 주관하는 것이었다. 거기서 그들은 구매와 상품 진열 문제 등을 논의했다. 그녀는 그곳에도 어김없이 와 있었다. 숫자들이 난무하는 가운데 그는 그녀의 부드러운 음성을 들을 수 있었다. 복잡한 재무 상황을 얘기하는 중에도 그녀의 환한 미소가 눈앞에 어른거렸다. 회의가 끝난 후, 의례적인 매장 시찰에도 그녀는 그와 함께했고, 오후에는 사장 집무실에서 2시부터 4시까지 그가 프랑스 전역의 제조업자, 주요 실업가, 은행가 그리고 발명가들을 맞이하는 동안 그의 소파 옆에서 머물렀다. 그사이, 끊임없이 오가는 부와 두뇌의 각축장 같은 그곳에서는 수백만 프랑이 미친 듯이 날뛰는 가운데, 파리의 시장에서 가장 커다란 규모의 거래가 짧은 대화 속에 이루어졌다. 그가 한 기업의 흥망을 결정하는 동안 잠시 그녀를 잊을 수 있었다고 할지라도, 그녀는 곧 다시 그의 눈앞에 나타나 그의 마음을 아프게 했다. 그러면 그는 맥 빠진 목소리로, 그녀가 자신을 원하지 않는데 이렇게 많은 재물들이 다 무슨 소용인지 자문했다. 마침내 5시가 되면 우편물에 서명을 해야 했다. 그리하여 그가 기계적으로 손을 움직이는 동안 그녀는 한층 더 위압적인 모습으로 그의 앞에 버티고 선 채 그의 모든 것을 지배했다. 밤이 되면, 끓어오르는 열정으로 내내 뒤척이는 고독한 순간에 그녀 혼자 오롯이 그를 독차지했다. 그리고 다음 날이 되면 다시 똑같은 하루가 되풀이되었다. 엄청난 격무로 가득 채워진 분주한 나날은 가냘픈 한 여자의 모습을 떠올리는 것만으로도 엉망이 되기 일쑤였다.

그가 그 어느 때보다 불행하게 느껴지는 시간은 일상적인 백화점 시찰을 하는 동안이었다. 이처럼 거대한 기계를 구축하고, 그렇게 만들어진 세계 위에서 군림하던 자신이 이젠 고통으로 조금씩 죽어가고 있다니. 단지, 한 조그만 여자가 그를 원하지 않는다는 이유만으로! 그는 그런 자신을 경멸하며, 자신의 고통으로 인한 열병과 수치스러움을 내내 달고 다녔다. 어떤 날은, 자신이 지닌 힘에 대한 역겨움이 몰려오면서 갤러리를 돌아보는 내내 욕지기가 느껴진 적도 있었다. 또 어떤 날은, 그의 제국을 더 확장해 그 위대함을 과시하게 되면, 그녀가 감탄과 경외심을 동시에 느껴 자신을 허락하게 되지 않을까 하는 생각을 한 적도 있었다.

지하층으로 내려간 그는 제일 먼저 컨베이어 벨트 앞에 멈춰 섰다. 여전히 뇌브생토귀스탱 가에 면해 있는 컨베이어 벨트는 그사이 확장돼, 그 위로 물건들이 끊임없이 통과했다. 마치 강바닥 위로 요란한 소리를 내며 급류가 흘러가는 듯했다. 전 세계에서 각 역으로 모여든 짐을 싣고 온 짐수레들은 줄지어 늘어선 채 쉬지 않고 짐을 부렸다. 탐욕스러운 백화점이 빨아들인 상자와 짐 꾸러미들이 쉴 새 없이 지하를 통과해 흘러갔다. 무레는 그의 백화점을 드나드는 엄청난 물건들의 거센 물결을 지켜보면서, 자신의 손안에서 많은 이들의 부와 프랑스 제조업의 운명이 좌지우지되고 있음을 자각했다. 그럼에도 불구하고, 자신이 부리는 한낱 판매원의 키스조차 마음대로 살 수 없다는 생각이 그를 더욱더 불행하게 느껴지게 했다.

그는 이번에는 검수처로 향했다. 이제 몽시니 가에 면해 있는 지하층 끝 부분으로 자리를 옮긴 검수처에는 채광 환기창을 통해 비치는 희미한 빛 속에 20개의 작업대가 길게 늘어서 있었다. 그 주위에서는, 분주하게 오가는 한 무리의 점원들이 상자를 비워내 물건을 확인한 다음 정가를 표시하는 작업을 반복했다. 가까이에서 컨베이어 벨트가 작동하면서 내는 우르릉거리는 소리가 끊임없이 들려오면서 목소리들을 압도했다. 각 매장의 책임자들은 무레를 붙들어 세우고는 문제를 해결해주고 최종 지시를 내려줄 것을 요청했다. 이 지하층 한쪽에서는 새틴의 은은한 광택과 리넨의 순결한 백색이 한데 어우러진 가운데, 엄청난 양의 모피와 레이스, 잡화, 동양의 포르티에르 들이 뒤섞여 부려졌다. 무레는 포장되지 않은 상태로 뒤죽박죽 내던져진 수많은 물품들 사이를 느린 걸음으로 통과해 지나갔다. 이제 저 위로 올려 보내진 물건들이 진열대 위에서 그 빛을 발하면서 매장들에 돈이 쇄도하게 될 것이었다. 백화점 전체를 가로지르는 판매의 광풍에 휩쓸리면서 진열되기가 무섭게 팔려나가게 될 터였다. 그는 드니즈에게 이 엄청난 제품 더미들 속에서 실크와 벨벳을 비롯해 그녀가 원하는 것은 무엇이든지 가져가도록 얘기했던 것을 떠올렸다. 하지만 그때도 그녀는 눈부신 금발로 도리질을 하면서 어김없이 그의 제안을 거절했다.

그다음으로 무레는 평소처럼 발송 부서를 둘러보기 위해 지하층의 또 다른 끝으로 향했다. 가스등이 비추는 통로가 길게 이어지면서 양 옆으로 나무 울타리 칸막이가 둘린 물품 보관 창고가 지하 상점 같은 모습을 드러냈다. 바느질 도구, 란제리, 장갑, 잡화 매장 등의 재고품들이 어둠 속에서 잠을 자는 듯 보였다. 좀 더 걸어가자, 세 개의 난방장치 중 하나가 보였다. 그곳에서 멀지 않은 곳에는 금속 케이스 중앙에 가스계량기가 들어 있는 소화전이 설치돼 있었다. 분류용 작업대 위에는 이미 위쪽에서 바구니로 쉴 새 없이 내려 보내는 짐 꾸러미와 상자, 통 들이 어지럽게 널려 있었다. 부서 책임자인 캉피옹이 그에게 진행 중인 작업에 대해 보고하는 사이, 그의 감독하에 있는 스무 명의 직원들은 파리의 구역 이름이 표시된 칸막이 보관함에 꾸러미들을 분류해 넣었다. 그런 다음 사환들이 밖에서 대기 중인 마차에 짐들을 실어 보냈다. 그곳에서는 서로를 부르는 소리, 거리 이름과 지시 사항을 외치는 소리 들로 인한 부산함과 흥분이, 닻을 올리기 직전의 여객선을 연상시켰다. 그는 한동안 그곳에 머무르면서, 백화점이 조금 전 지하의 반대편 끝에서 빨아들인 물건들을 또 다른 끝으로 뱉어내는 광경을 지켜보았다. 백화점을 관통해 흘러온 강물이 계산대 깊은 곳에 금을 내려놓은 다음, 이곳을 통해 밖으로 빠져나가는 것처럼 보였다. 말없이 그 모두를 지켜보던 그의 눈빛이 흐려졌다. 끊임없이 마차에 짐들을 실어 보내는 광경도 그에게 더 이상 아무런 감흥을 불러일으키지 못했다. 그의 머릿속은 여행에 대한 생각만으로 가득 차 있었다. 만약 그녀가 계속해서 자신을 거부한다면, 모든 것을 버리고 아주 먼 곳으로 떠나고 싶었다.

그는 이번에는 다시 위층으로 올라가 시찰을 계속했다. 평소보다 말을 더 많이 하면서 더 바삐 움직였지만, 머릿속에서 드니즈에 대한 생각을 떨쳐버릴 수는 없었다. 3층으로 올라간 그는 통신 판매 부서를 돌아보면서 트집거리를 찾았다. 그리고 자신이 구축해놓은 기계가 완벽하게 돌아가는 것에 대해 스스로에게 역정을 내기도 했다. 통신 판매 부서의 중요성이 날로 커지면서 이제는 200명의 직원이 그곳에서 일했다. 그들은 프랑스 전국 각지와 외국에서 몰려오는 편지들을 읽고 분류하는 일과, 주문한 상품들을 찾아 칸막이 분류함에 넣어두는 일을 나누어 처리했다. 게다가 편지가 매일 급속도로 늘어나는 바람에 더 이상 그 수를 세는 게 불가능해졌다. 대신 편지의 무게를 쟀는데, 이젠 하루에 100파운드의 편지를 받기도 했다. 그는 신경이 곤두선 채로 부서의 사무실 세 군데를 돌아보면서 책임자인 르바쇠르에게 편지의 무게에 대해 질문했다. 그들은 매일 평균 80파운드 내지 90파운드, 월요일에는 100파운드에 이르는 편지를 받았다. 그리고 그 수가 꾸준히 증가하고 있어, 그로서는 당연히 기뻐해야 할 일이었다. 하지만 그는 옆방의 포장팀이 상자에 못을 박느라 내는 요란한 소리에 몸을 떨었을 뿐이었다. 아무리 백화점을 샅샅이 누비고 다녀도 아무 소용 없었다. 그 어떤 것도 그의 머릿속을 꽉 채우고 있는 단 한 가지 생각을 떨쳐내게 해주지는 못했다. 톱니바퀴처럼 어김없이 굴러가는 시스템과 군대를 방불케 하는 수많은 직원들이 그의 눈앞을 차례로 지나가면서 그가 지닌 막강한 힘을 확인시켜줄수록, 그는 자신의 무력함으로 인한 수모를 더욱더 절실히 느낄 뿐이었다. 심지어 유럽 전역에서 주문이 몰려들어, 우편물을 운반하기 위한 특별 운반차가 필요한 실정이었다. 하지만 그녀는 여전히 고개를 가로저으며 그를 거부했다.

그는 이번에는 다시 아래로 내려가 중앙 회계 창구로 향했다. 그곳에서는 네 명의 셰산원이 거대한 두 개의 금고를 지키고 있었다. 작년 한 해 동안 그 금고들을 거쳐 간 돈은 8800만 프랑에 달했다. 그는 송장과 청구서를 확인하는 부서를 재빨리 둘러보았다. 가장 신중한 직원들 중에서 선별된 25명이 그곳에서 일하고 있었다. 그다음으로는 공제 업무를 담당하는 부서로 들어갔다. 그곳에서는 신입 회계원인 35명의 젊은이들이 매출 전표를 확인하고 판매원들의 수당을 계산하는 업무를 맡아 했다. 다시 중앙 회계 창구로 되돌아온 그는 금고를 보자 또다시 속이 쓰려왔다. 수백만 프랑어치의 재물들에 둘러싸여 있음에도 불구하고 그런 것들이 아무 소용 없다는 사실이 그를 더 미치게 했던 것이다. 그녀는 여전히 고개를 가로저으며 그를 거부했다.

그녀는 언제나 안 된다며 고개를 저었다. 매장마다, 갤러리에서도, 홀에서도, 백화점 어디에서나! 그는 실크 매장에서 나사 매장으로, 리넨 매장에서 레이스 매장으로 쉴 새 없이 옮겨 다녔다. 모든 층을 하나도 빠짐없이 오르면서 다리 위에서 잠시 숨을 돌리고는 다시 까다롭고 고통스럽게 시찰을 계속했다. 백화점은 그사이 엄청나게 규모가 커져 있었다. 그는 새로운 매장들을 열었고, 새로운 분야에도 진출했으며, 최근에는 자신의 제국의 영역을 새로운 산업에까지 확장했다. 하지만 그녀는 여전히 고개를 가로저을 뿐이었다. 이제 그의 백화점에서 일하는 사람들만으로도 작은 마을 하나를 가득 채울 수 있을 정도였다. 1500명의 판매원과, 다양한 분야에서 일하는 1천 명의 직원이 그곳에서 일했다. 거기에는 40명의 감독관과 70명의 계산원, 구내식당에서 일하는 32명과 10명의 홍보 담당 직원, 350명의 사환, 그리고 상주하는 소방관 24명이 포함돼 있었다.* 백화점 맞은편으로 몽시니 가에 위치한 호화로운 마구간에는 145필의 말이 대기하고 있었다. 이미 그 화려한 모양새로 파리에서 유명해진 운송 팀이었다. 백화점이 가이용 광장의 한 귀퉁이만을 차지하고 있던 초기에 동네 상인들의 신경을 거스르게 했던 네 대의 마차 대신, 이제 조그만 손수레들과, 말 한 마리가 끄는 마차, 두 마리의 말이 끄는 무거운 짐수레를 포함한 62대의 마차가 물건의 운송을 책임지고 있었다. 검은색 제복을 단정하게 차려입은 마차꾼들이 절도 있게 이끄는 마차들은 파리 전역을 누비고 다니면서 금빛과 자줏빛 바탕 위에 새겨진 '여인들의 행복 백화점'의 이름을 사방에 전파했다.

*1882년 당시, 봉 마르셰 백화점에는 36명의 매장 책임자와 152명의 여성을 포함한 2500명의 직원이, 루브르 백화점에는 350명의 여성을 포함한 2404명의 직원이 일했다.

심지어 성벽을 벗어나 교외를 달리기도 했다. 비세트르의 움푹 팬 길이나 마른 강의 둑길, 그리고 생제르맹 숲 속의 나무가 무성한 길에서도 그들을 만날 수 있었다. 때로 적막하고 햇볕이 내리쬐는 대로 끝 어딘가에서 느닷없이 마차가 나타났고, 마부는 신비스러운 고요함에 둘러싸인 자연에 번쩍거리는 광고판을 들이밀듯 화려하게 치장한 말들을 빠른 걸음으로 몰기도 했다. 그는 마차들을 더 멀리, 인접한 지방에까지도 보내고 싶어 했다. 그들이 경계선을 넘어 프랑스 전역의 도로 위를 달리는 소리를 들을 수 있기를 바랐다. 하지만 이제 그는 자신이 그토록 아끼는 말들을 보러 내려갈 생각조차 하지 않았다. 그녀가 여전히 그를 거부하는데 세상을 정복하는 게 다 무슨 소용이란 말인가.

그는 저녁에 롬므의 계산대 앞에 이르면, 계산원이 두꺼운 종이에 총내출액을 기록해 옆의 쇠꼬챙이에 꽂아둔 것을 습관적으로 쳐다보았다. 이제 하루 총매출액이 10만 프랑 이하로 떨어지는 적은 거의 없었다. 특별 기획전이 열리는 날에는 팔구십만 프랑까지 치솟기도 했다. 하지만 이런 숫자는 이제 더 이상 그의 귓전에 승리의 트럼펫 소리를 울리지 않았다. 그러기는커녕 그는 그 숫자를 확인한 것을 후회했다. 그로 인해 기분이 더 씁쓸해지면서, 돈에 대한 증오와 경멸심이 생겨났기 때문이다.

게다가 질투심이 그를 자극하여 무레의 고통은 날로 더 커져갔다. 어느 날 회의가 시작되기 전, 부르동클은 사무실에서 그에게 기성복 매장의 조그만 여자가 그를 조롱하고 있다는 식의 말을 꺼냈다.

"그게 무슨 말인가?" 무레는 창백해진 얼굴로 물었다.

"그렇다니까요! 그 여자가 여기 백화점에서 몰래 만나는 남자들이 있단 말입니다."

무레는 일그러진 얼굴로 애써 웃는 척하면서 다시 물었다.

"난 이제 그 여자한테 더 이상 관심 없네, 친구. 그러니까 편하게 얘기해도 되네. ……대체 누구라던가, 그 남자들이?"

"위탱입니다. 그리고 들로슈라고, 레이스 매장에 있는 덩치 크고 멍청한 놈도 있고요. ……아직 단정할 수는 없지만요. 제 눈으로 직접 확인한 건 아니거든요. 하지만 확인하고 자시고 할 필요도 없다니까요."

그리고 잠시 침묵이 흘렀다. 무레는 손이 떨리는 것을 감추기 위해 책상 위에 있는 서류들을 정리하는 척했다. 그러다 고개도 들지 않은 채 말했다.

"증거가 필요하네, 내게 증거를 가져오도록 하게. ……다시 말하지만, 난 이제 그 여자와는 아무 상관 없네. 이제 그 여자한테 싫증이 났거든. 하지만 우리 백화점에서 그런 일은 결코 용납할 수 없네."

부르동클은 간단하게 대답했다.

"걱정 마십시오. 조만간 증거를 가져다 드릴 수 있을 겁니다. 제가 계속 주시하고 있거든요."

그러자 무레는 결정적으로 마음의 평정을 모두 잃어버렸다. 그리고 다시는 이 얘기를 꺼낼 엄두를 내지 못했다. 그는 자신의 심장을 갈기갈기 찢어놓을 어떤 끔찍한 일이 곧 일어날 것 같은 두려움 속에서 하루하루를 보냈다. 그리고 그의 고통이 그를 무시무시한 인물로 바꾸어놓아 백화점 전체가 공포에 떨어야 했다. 그는 이제 더 이상 부르동클의 뒤에 숨지 않았다. 가슴속의 응어리를 풀기 위한 것인 듯 직원을 해고하는 일도 그가 직접 나서서 했다. 마치 자신의 유일한 바람조차 충족시켜줄 수 없는 자신의 막강한 힘을 남용하는 데서 위안을 찾으려는 것 같았다. 이제 그가 매장을 시찰할 시간이 다가오면 모두들 두려움에 떨었다. 그리고 그가 나타나면 매장에서 매장으로 공포의 전율이 퍼져 나갔다. 때마침 비수기인 겨울에 접어들자, 그는 매장을 싹쓸이하듯 대량 해고를 감행하면서 수많은 희생자들을 거리로 내몰았다. 그러면서 그의 머릿속에 가장 먼저 떠오른 생각은 위탱과 들로슈를 해고하는 것이었다. 하지만 그들을 내쫓으면 결코 진실을 알지 못할 것이라는 생각이 들었다. 그리하여 다른 이들이 그들 대신 그 대가를 치렀고, 직원들 모두가 불안 속에 지내야 했다. 밤이 되면, 홀로 있는 그의 눈가엔 눈물이 그렁그렁 맺혔다.

그러던 어느 날, 그동안 쌓인 그의 분노가 한꺼번에 폭발하는 사건이 발생했다. 감독관 하나가, 징갑 매장의 미뇨가 물건을 훔치는 정황을 포착했음을 주장했던 것이다. 그의 매장 앞에는 늘 거동이 수상한 여자들이 서성이곤 했다. 그리하여 그곳을 예의 주시하던 감독관은 옷 안쪽의 엉덩이와 가슴 부분에 60켤레의 장갑을 가득 채운 한 여자를 붙잡을 수 있었다. 그때부터 감시를 강화한 결과, 이번에는 키가 큰 한 금발 여성이 물건을 훔치는 것을 도와주는 미뇨를 그 자리에서 붙잡을 수 있었다. 여자는 '루브르 백화점'의 판매원으로 일하다가 해고된 터였다. 매장에서 물건을 빼내는 방법은 간단했다. 여자한테 장갑을 끼워주는 척하면서, 여자가 장갑을 옷 안에 채워 넣을 때까지 기다렸다가 함께 계산대로 가서 한 켤레 값만 지불하는 식이었다. 그리고 바로 그런 행각이 적발된 순간, 무레가 그곳에 있었다. 본래 그는 수시로 발생하는 그런 종류의 일에 직접 개입하는 것을 좋아하지 않았다. 아무리 백화점이 정확하게 굴러가는 기계와 같다고 할지라도, 일부 매장에서 불미스러운 일들이 발생하는 것을 근본적으로 차단할 수는 없었다. 매주 절도 문제로 직원을 내보내는 일이 일어나지 않은 적이 단 한 번도 없을 정도였다. 하지만 경영진조차 그런 절도 사건에 대해 가능한 한 침묵을 지키고자 애썼다. 그런 일로 경찰을 끌어들여 백화점의 명성에 치명적이 될 수 있는 결함을 스스로 드러낼 필요가 없다고 판단했기 때문이다. 하지만 그날, 분노를 터뜨릴 대상이 필요했던 무레는 새하얗게 질린 채 일그러진 얼굴로 떨고 있던 잘생긴 청년 미뇨에게 거친 말들을 마구 쏟아냈다.

"당연히 경관을 불렀어야 하지만 그러지 않은 것을 감사하게 생각해야 할 것이네." 그는 다른 판매원들이 지켜보는 가운데 소리쳤다.

"자, 이제 말해보게! 저 여자가 대체 누군가? ……자네가 솔직하게 털어놓지 않으면 당장 경관에게 알릴 것이네."

그들은 여자를 데리고 가서 두 여성 판매원이 지켜보는 앞에서 옷을 벗도록 했다. 미뇨는 겁에 질린 채 더듬거렸다.

"사장님, 전 정말 모르는 여잡니다. ……오늘 처음 본 여자입니다."

"내게 거짓말할 생각일랑 하지 않는 게 좋을 거야!" 무레는 더욱더 격노하면서 그의 말을 가로막았다.

"그런데도 여기서 그 누구도 우리에게 알릴 생각을 하지 않았다니! 다들 내 말 똑똑히 들으라고! 이처럼 대놓고 절도 행위가 판을 치다니 여기가 무슨 봉디 숲*이라도 되는 줄 아는

*파리 동쪽에 위치한 숲으로, 과거에 도적이 자주 출몰하는 곳으로 악명이 높았다.

가! 이젠 다들 여기서 나가기 전에 몸수색이라도 해야 할 판이 아닌가 말이야!"

그러자 여기저기서 웅성거리는 소리가 들려왔다. 장갑을 고르던 서너 명의 여성 고객들은 놀란 얼굴로 그를 쳐다보았다.

"다들 조용히 하지 못하겠나!" 그는 다시 언성을 높여 말했다.

"안 그러면 여기를 모두 쓸어버리고 말 테니까!"

그때 스캔들을 두려워한 부르동클이 달려와 무레의 귀에 무슨 말인가를 속삭였다. 자칫하면 문제가 심각해질 수도 있는 상황이었다. 부르동클은 무레에게 미뇨를 가이용 광장 쪽 정문 가까이 위치한 1층의 감독관 사무실로 데리고 가도록 권했다. 문제의 여성은 그곳에서 다시 태연하게 코르셋을 입고 있었다. 그녀의 입에서 나온 이름은 알베르 롬프였다. 또다시 추궁을 받은 미뇨는 어쩔 줄 몰라 하면서 흐느끼기 시작했다. 그는 아무런 죄가 없었다. 알베르가 그에게 자기 애인들을 보냈던 것이다. 처음에는 할인된 가격으로 구매할 수 있게 하는 식으로 편의를 봐준 것뿐이었다. 그러다 그 여자들이 물건을 훔친 것을 알게 되었을 때는 자신마저 의심받을 것이 두려워 백화점 측에 알릴 용기가 나지 않았다. 그렇게 해서 백화점의 경영진들은 기막히게 다양한 절도 방식에 대해 알게 되었다. 물건을 훔친 여자들은 카페테리아 옆, 초록색 화초들 사이에 화려하게 꾸며놓은 화장실로 가서는 페티코트 속에 그것들을 감추었다. 계산대로 고객을 안내한 판매원이 고의로 상품을 호명하는 것을 누락하는 경우도 있었다. 그런 다음 해당 금액을 계산원과 나누어 가졌다. 심지어 판매한 물건을 허위로 반품 처리해 환불된 돈을 가로채기도 했다. 퇴근 시에 허리춤에 물건을 감아서 프록코트 속에 숨기거나, 때로는 허벅지에 길게 늘어뜨린 채 가지고 나가는 방식은 너무나 잘 알려진 수법이라 새삼 언급할 필요도 없었다. 그렇게 해서 14개월 전부터 미뇨와, 그들이 이름을 밝히기를 거부하는 또 다른 판매원들이 알베르 롬므의 계산대에서 파렴치하고 수상쩍은 짓거리들을 자행했던 것으로 드러났다. 하지만 그로 인한 손실이 얼마인지 그 정확한 숫자는 결코 알 길이 없었다.

그사이, 그 소식은 매장들 사이로 순식간에 퍼져 나갔다. 불안해하던 직원들은 더욱더 몸을 떨었고, 스스로에게 당당한 이들도 대규모의 해고 사태를 겪게 되지 않을까 전전긍긍했다. 먼저, 감독관 사무실로 불려 들어가는 알베르가 목격되었다. 그런 다음에는, 시뻘게진 얼굴로 가쁜 숨을 몰아쉬는 롬므가 뇌출혈이라도 일으킨 것처럼 뻣뻣해진 목덜미를 잡고 안으로 들어갔다. 마지막으로 오렐리 부인이 소환되었다. 그녀는 수모를 당하면서도 고개를 높이 쳐들고 있었지만, 밀랍으로 만든 마스크처럼 번들거리는 투실투실한 얼굴이 새하얗게 질려 있었다. 그들 사이에 얘기가 길게 이어졌지만, 그 내용에 관해서는 그 누구도 자세히 알지 못했다. 다만, 기성복 매장의 수석 구매상이 얼굴이 돌아갈 정도로 아들의 뺨을 세게 때렸고, 정직한 계산원인 아버지 롬므는 눈물을 흘렸으며, 사장은 평소와는 전혀 다른 모습으로 죄인들을 반드시 재판정에 세우겠다며 상스러운 욕설을 늘어놓았다는 추측성 소문들이 무성했을 뿐이었다. 하지만 오직 미뇨만이 그 자리에서 즉시 해고 처리되었다. 알베르는 그로부터 이틀 후에 모습을 감추었다. 아마도 자신의 아들이 그 자리에서 즉시 쫓겨남으로써 가문의 명예에 먹칠을 하는 일이 없도록 오렐리 부인이 간청을 한 때문인 듯했다. 하지만 그렇게 마무리가 된 후에도 공포 분위기는 며칠 간 더 지속되었다. 그 일이 있은 후 무레는 무시무시한 눈빛을 한 채 백화점을 끝에서 끝까지 수시로 돌아보았다. 그러다 누군가가 고개를 들기라도 할라치면 그 자리에서 가차 없이 해고시켜버렸다.

"거기, 자네 지금 뭐하고 있는 거지, 파리가 몇 마린지 세고 있는 건가? ……당장 창구로 가시오!"

그리고 어느 날, 급기야 위탱의 머리 위에도 벼락이 내리치고 말았다. 이제 실크 매장의 부수석 구매상이 된 파비에는 수석 구매상인 위탱을 몰아내기 위해 그를 야금야금 먹어치우고 있었다. 경영진에게 은밀하게 그에 관한 보고를 한다든지, 매장 책임자가 과오를 저지르는 것이 현장에서 포착될 수 있는 기회를 만드는 식으로 끊임없이 계략을 꾸미는 일에 골몰했다. 그러던 어느 날 아침, 실크 매장을 지나던 무레는 검은색 벨벳의 판매 가격을 모두 고쳐 적고 있는 파비에를 보고는 놀라 걸음을 멈추었다.

"어째서 가격을 낮춰서 적고 있는 건가? 누가 그런 지시를 내렸지?"

그곳을 지나가는 사장의 주의를 끌기 위해 요란하게 법석을 떨고 있던 부수석 구매상은 그로 인해 닥칠 일을 예상하면서도 깜짝 놀라는 듯한 얼굴로 대답했다.

"무슈 위탱이 그렇게 하라고 했습니다, 사장님."

"무슈 위탱이라고! ……그는 대체 지금 어디 있나?"

판매원 하나가 발송 부서로 내려가 위탱을 찾아 데리고 오자 그들 사이에 옥신각신하며 격렬한 언쟁이 벌어졌다. 지금 이게 뭐하는 짓인가! 이젠 임의대로 제품 가격을 낮추기까지

하다니! 그러자 이번에는 위탱이 몹시 놀란 얼굴로 항변했다. 그는 단지 파비에와 가격을 낮추는 것에 관해 얘기를 했을 뿐 적극적으로 지시를 내린 것은 결코 아니었다. 그러자 파비에는 상관의 말을 반박할 수밖에 없는 입장에 놓이게 된 것을 유감스럽게 생각하는 듯한 표정을 지어 보였다. 그리고 그를 곤경에서 벗어나게 할 수 있다면 자신이 실수했음을 인정할 수도 있다고 말했다. 하지만 그의 말은 상황을 더 악화시켰을 뿐이었다.

"내 말 잘 들으시오, 무슈 위탱!" 무레가 소리쳤다.

"난 이런 식의 독단적인 행동을 결코 용납한 적이 없소. ……제품 가격을 결정하는 건 오직 경영진만이 할 수 있는 것이오."

그는 위탱에게 모욕감을 느끼게 하려는 의도가 담긴 거친 목소리로 질책을 계속했다. 사장의 그런 모습은 다른 판매원들을 놀라게 했다. 그런 얘기는 대개 조용한 곳에서 오가는 데다, 이 경우는 사실상 오해에서 비롯된 것일 수 있기 때문이었다. 그들의 눈에는 사장이 마음속 깊은 곳에 감추고 있던 악감정을 위탱에게 쏟아내고 있는 것처럼 보였다. 그는 마침내 드니즈의 애인으로 알려진 그 위탱이라는 남자가 과오를 저지르는 현장을 잡아낼 수 있었던 것이다! 그리하여 그에게 자신이 주인임을 단단히 느끼게 함으로써 다소 위안을 받을 수 있었다! 게다가 한술 더 떠서, 위탱이 가격을 인하한 것이 떳떳하지 못한 저의를 감추고 있음을 암시하기까지 했다.

"그러잖아도 이 제품의 가격을 인하할 것을 사장님께 건의하려던 참이었습니다. ……그래야 한다는 걸 사장님도 잘 알고 계시지 않습니까. 이 벨벳 제품은 판매가 아주 저조합니다."

무레는 마지막으로 다시 한 번 더 매몰차게 그의 말을 중단시키면서 단호한 모습을 보이고자 했다.

"알겠소, 그 문제는 다시 살펴보도록 하겠소. ……하지만 여기서 계속 일하고 싶으면 다시는 그런 식으로 행동하지 않는 게 좋을 거요."

그리고 뒤로 돌아 그 자리를 떠났다. 어이없어하며 씩씩거리던 위탱이 분풀이할 상대라고는 파비에밖에는 없었다. 그리하여 그를 향해 당장 사장의 얼굴에 사표를 던져버릴 거라며 큰 소리로 욕설을 퍼부었다. 그런 다음에는 다시는 그만둔다는 얘기를 꺼내지 않았다. 다만, 평소 경영진에게 엄청난 불만을 품고 그들을 비난하는 판매원들을 더더욱 부추겼을 뿐이었다. 파비에는 그의 입장을 십분 이해하는 척하면서 반짝거리는 눈으로 자신의 행동을 해명하기에 바빴다. 그는 사장의 질문에 대답을 했어야만 했다, 그렇지 않은가? 게다가 그깟 대수롭지 않은 일로 이렇게까지 소란을 피울 줄 누가 알았겠는가? 요즘 사장이 대체 왜 저러는지 그로서는 도무지 이해가 되지 않았다. 마치 정신 나간 사람처럼 흥분하며 난리를 치는 게 정말 이상하지 않은가 말이다.

"오! 난 사장이 왜 그러는지 잘 알지." 위탱이 말했다.

"그 기성복 매장의 헤픈 여자가 그를 열 받게 하는 게 내 책임이냔 말이지! ……이제 알겠나, 친구, 바로 그것 때문에 그러는 거라고. 그는 내가 그 여자하고 잤다는 걸 알고 있고, 그게 영 기분 나쁜 거지. 아니면, 그 여자가 날 여기서 내쫓고 싶어 하기 때문이거나. 나하고 마주치기가 불편해서겠지. ……맹세하건대, 나한테 걸리기만 하면 그 여자를 절대 가만두지 않을 거야."

그로부터 이틀 후, 꼭대기 층의 지붕 바로 아래 있는 수선실에 여공 한 사람을 추천하기 위해 올라갔던 위탱은 드니즈와 들로슈가 함께 있는 것을 발견하고는 소스라치듯 놀랐다. 복도 끝 쪽에 창문이 열려 있고, 두 사람은 창가에 기댄 채 나지막한 소리로 다정하게 얘기를 나누느라 뒤를 돌아볼 생각도 하지 않았다. 들로슈가 울고 있는 것을 본 위탱의 머릿속에 문득, 감독관으로 하여금 그들이 함께 있는 현장을 적발하도록 해야겠다는 생각이 떠올랐다. 그러자 그는 조용히 그 자리를 떠났다. 그리고 계단에서 부르동클과 주브와 마주치자 소화전의 문 한 짝이 떨어져 나간 것 같다고 둘러댔다. 그리하여 위층으로 올라간 그들은 두 사람이 함께 있는 광경을 목격하게 되었다. 먼저 그들을 발견한 부르동클은 그 자리에 멈춰 섰다. 그리고 그가 그들을 지키는 동안 주브 감독관에게 사장을 찾아 데리고 오도록 했다. 주브는 이런 일에 말려드는 게 몹시 껄끄러웠지만 그의 말에 따르지 않을 수 없었다.

두 사람이 있는 곳은 수많은 사람들이 북적거리는 '여인들의 행복 백화점'의 거대한 세상과는 동떨어진 듯한 후미진 곳이었다. 그곳에 가려면 복잡한 계단과 복도를 여러 번 거쳐야 했다. 수선실은 망사르드 지붕 밑의 다락방들로 이루어져 있고, 함석으로 된 커다란 내닫이창으로 비치는 햇빛이 길게 이어져 있는 방들을 밝혀주고 있었다. 가구라고는 기다란 테이블과 커다란 무쇠 난로 들이 전부였다. 그곳에서는 란제리 수선공, 레이스 수선공, 카펫 수선공, 기성복 수선공 들이 지냈는데, 1년 내내 숨 막히는 열기와 수선공들의 일감에서 풍기는 독특한 냄새가 뒤섞여 탁한 공기를 이루고 있었다. 수선실 옆쪽으로 난 기다란 복도를 따라가다가 기성복 수선공들이 있는 곳을 지나 왼쪽으로 꺾어져 계단 다섯 칸을 올라가면 예의 그 후미진 곳이 나왔다. 가끔씩 옷을 주문하기 위해 판매원이 수선실로 고객을 데리고 올 때면, 고객은 기진맥진해 숨을 헐떡거리면서, 길에서 적어도 수십 마일은 떨어진 곳에서 몇 시간 전부터 같은 곳을 빙빙 도는 것 같다면서 황당한 표정을 지어 보이곤 했다.

드니즈는 이미 수차례 그곳에서 자신을 기다리고 있는 들로슈와 맞닥뜨렸다. 부수석 구매상인 그녀는 수선실과 매장의 긴밀한 협업을 책임지고 있었다. 수선실에서는 옷의 샘플을 만드는 일과 수선만을 맡아 했다. 드니즈는 주문 사항을 전달하기 위해 수시로 그곳으로 올라갔다. 그럴 때마다, 그녀를 지켜보고 있던 들로슈는 핑계를 대고는 몰래 그녀를 뒤따라갔다. 그러다 기성복 수선실 앞에서 그녀와 마주치면 깜짝 놀라는 척했다. 그러면 드니즈는 웃음을 터뜨렸다. 그것은 마치 허용된 데이트와도 같았다. 길게 이어진 복도 옆쪽으로는 물탱크가 있었다. 금속으로 된 거대한 사각의 물탱크에는 6만 리터의 물이 저장돼 있었다. 그리고 지붕 위에는 똑같은 크기의 또 다른 물탱크가 있었다. 그곳에 오르기 위해서는 쇠로 된 사다리를 사용해야 했다. 들로슈는 피곤에 지친 커다란 몸을 쉬게 하기 위해 잠시 물탱크에 한쪽 어깨를 기댄 채 애기를 하고 있었다. 물탱크에서 나는 물소리가 마치 노랫소리처럼 신비스럽게 들리면서, 철판을 통해 음악적인 떨림으로 전해져 왔다. 무거운 적막감이 감돌고 있지만 드니즈는 불안한 얼굴로 뒤를 돌아보았다. 연노랑으로 칠해진 벽 위로 언뜻 그림자가 스치는 것을 본 듯했기 때문이었다. 하지만 이내 창문 밖 풍경에 이끌린 그들은 한동안 창가에 팔꿈치를 기댄 채 자신들의 고향 마을에 관한 추억을 되새기며 웃고 떠드는 가운데 잡다한 세상사를 잊을 수 있었다. 그들의 머리 위로 펼쳐진 중앙 갤러리의 거대한 유리 지붕은 멀리 떨어진 건물의 지붕들로 둘러싸여 있었다. 마치 암석으로 이루어진 해안을 연상시키는 광경이었다. 그 너머로 보이는 것이라고는 하늘이 전부였다. 끝없이 펼쳐진 하늘이 물이 고여 있는 호수 같은 유리 지붕 위로 구름의 움직임과 창공의 연푸른빛을 반사시켰다.

그날 그 시각에 들로슈는 발로뉴 얘기를 하고 있었다.

"내가 여섯 살 때 어머니는 날 짐수레에 태워 도시에 있는 시장에 데려가곤 하셨죠. 집에서 13킬로미터는 족히 떨어진 곳이었어요. 그래서 장에 가려면 브리크베크에서 늦어도 새벽 5시에는 출발해야 했죠. ……가는 길이 참 아름다웠어요. 혹시 가본 적 있나요?"

"네, 네." 드니즈는 먼 곳을 바라보며 느릿하게 대답했다.

"예전에 한 번 가본 적이 있어요, 아주 어렸을 적에. ……길 양쪽으로 잔디밭이 있었죠, 아마? 그리고 군데군데 양들이 한 쌍씩 짝을 지어, 묶여 있던 밧줄을 끌면서 돌아다니는 것도 봤고요……."

잠시 얘기를 멈춘 그녀는 엷은 미소를 띠면서 다시 이어 말했다.

"내가 살던 곳에는 곧게 뻗은 길이 수 마일에 걸쳐 길게 이어졌어요. 길 양쪽으로 무성한 나무들이 그늘을 드리웠고요. ……내 키보다 훨씬 큰 산울타리로 둘러싸인 목초지도 있었죠. 그곳에는 말과 소 들이 있었고요. ……조그만 강도 있었는데, 덤불 아래쪽으로 내가 잘 아는 곳에는 물이 아주 차가웠어요."

"우리 집 근처랑 똑같아요! 정말 똑같아요!" 들로슈는 반색을 하며 외쳤다.

"주변에는 온통 풀밭뿐이었죠. 산사나무랑 느릅나무로 둘러싸인 풀밭에서는 마치 자기 집 같은 편안함을 느낄 수 있었어요. 사방이 온통 초록색이었죠, 오! 여기 파리에서는 구경조차 하기 힘든 그런 초록색이요. ……맙소사! 방앗간에서 내려오는 길 왼쪽에 있던, 움푹 들어간 공터에서 얼마나 신나게 놀았는지 몰라요!"

그들의 목소리는 점차 잦아들었다. 두 사람은 햇살이 비추는 유리 호수를 넋 나간 듯 멍하니 바라보았다. 눈부신 호수의 표면으로부터 신기루가 솟아올랐다. 그들의 눈앞에 고향의 목초지가 끝없이 펼쳐졌다. 태양의 숨결에 젖어든 고향 마을, 지평선을 수채화처럼 섬세한 회색빛으로 물들이는 반짝거리는 수증기에 잠긴 코탕탱의 정경이 눈앞에 어른거렸다. 그들 아래쪽으로는, 거대한 철제 골조 아래 홀의 실크 매장으로부터 한창 가동 중인 기계의 떨림과 판매의 뜨거운 열기가 느껴졌다. 군중의 발소리와 판매원들의 분주함, 3만여 명의 인파가 서로 부대끼는 삶으로 인해 백화점 전체가 떨리고 있었다. 꿈속에 잠긴 두 사람은 건물 지붕마저 떨리게 만드는 은밀하고도 강력한 아우성을 느끼면서, 목초지 위로 불어와 커다란 나무들을 뒤흔드는 거센 바닷바람 소리를 듣고 있는 듯한 착각 속으로 빠져들었다.

"오! 마드무아젤 드니즈." 들로슈가 더듬거리며 말했다.

"내게 왜 그렇게 냉정하세요? ……내가 당신을 얼마나 좋아하는지 잘 알잖아요!"

그의 눈에 눈물이 맺혔다. 드니즈가 손짓으로 그의 말을 가로막으려 했지만 그는 격한 어조로 얘기를 계속했다.

"아뇨, 당신한테 다시 한 번 더 말하게 해줘요. ……우린 정말 함께 잘 지낼 수 있을 거예요! 고향이 같은 사람들끼리는 언제나 서로 할 얘기가 많을 테니까요."

그가 목이 메어 말을 잇지 못하자 드니즈는 마침내 차분히 대답할 수 있었다.

"이러면 안 된다는 걸 잘 알고 있잖아요. 이런 얘기는 다시 하지 않겠다고 내게 약속했었고요. ……난 그럴 수 없어요. 내가 당신을 좋아하는 건 사실이에요. 당신은 좋은 사람이니까요. 하지만 당신이 원하는 건 들어줄 수가 없어요."

"알아요, 나도 잘 압니다." 들로슈는 깊은 절망감이 느껴지는 목소리로 말했다.

"당신이 나를 사랑하지 않는다는 걸요. 오! 괜찮아요, 난 다 이해할 수 있어요. 아무것도 가진 게 없는 나를 당신이 좋아해주길 바랄 수는 없는 거니까요. ……그거 알아요? 지금까지 내 인생에서 가장 행복했던 순간은 주앵빌에서 당신을 만났던 그날 저녁이었어요. 기억나요? 캄캄해서 주위의 아무것도 보이지 않았을 때 우린 나무 아래를 함께 거닐었죠. 난 그날 잠깐 동안, 당신이 팔을 떨고 있는 것을 느끼고는 어리석게도 당신이 나를……"

하지만 드니즈는 또다시 그의 말을 가로막았다. 그녀의 예민한 귀가 복도 끝에서 부르동클과 주브가 내는 발소리를 감지했기 때문이었다.

"쉿, 들어봐요, 발자국 소리가 났어요."

"그게 아니에요." 들로슈는 그녀가 창가를 떠나지 못하도록 붙잡으면서 말했다.

"이 물탱크에서 나는 소리예요. 여기선 늘 이상한 소리가 들리거든요. 마치 이 안에 사람들이 들어 있는 것처럼 말이죠."

그는 소심하면서도 애정이 깃든 원망을 계속 늘어놓았다. 드니즈는 그의 말을 건성으로 들으면서, 사랑의 속삭임이 선사하는 달콤함에 취한 채 '여인들의 행복 백화점'의 지붕 위를 둘러보았다. 유리 지붕이 덮인 갤러리의 오른쪽과 왼쪽으로는 또 다른 갤러리와 홀들이 햇빛을 받아 빛나고 있었다. 그 양 옆으로는 창문이 달린 지붕 밑 방들이 병영을 닮은 모습으로 대칭을 이루며 길게 나 있었다. 금속 골조와 사다리, 다리 등의 레이스 같은 윤곽이 파란 하늘빛 속에서 두드러져 보였다. 구내식당 주방의 굴뚝은 공장의 굴뚝처럼 두꺼운 연기를 뿜어냈다. 하늘을 배경으로 무쇠 기둥 위에 우뚝 서 있는 커다란 사각 물탱크는 인간의 오만에 의해 높은 곳에 세워진 야만적인 건축물처럼 기이하게 보였다. 그리고 저 멀리서, 파리가 우르릉거리고 있었다.

탁 트인 공간과 백화점의 부속 건물을 둘러보며 골똘히 혼자만의 상념에 잠겼다가 문득 정신을 차린 드니즈는 들로슈가 자신의 손을 잡고 있음을 깨달았다. 하지만 그가 몹시 상심한 얼굴을 하고 있어서 차마 손을 거둘 수가 없었다.

"날 용서해줘요." 그가 나직이 말했다.

"이제 다시는 이런 일이 없을 거예요. 당신이 이런 날 벌하기 위해 내게서 멀어진다면 난 정말 불행해지고 말 겁니다. ……맹세코 당신한테 이런 얘기를 하려던 게 아니었어요, 정말이에요. 난 상황을 이해하고 올바르게 처신하기로 스스로에게 다짐했거든요."

그는 또다시 눈물을 흘리면서 떨리는 목소리를 애써 가다듬으며 말했다.

"난 인생에서 내 몫이 어떤 건지 잘 알고 있어요. 이제 와서 갑자기 운이 좋아질 거라고 생각하지도 않고요. 고향에서도, 파리에 와서도, 어디서건 두들겨 맞고 깨지는 인생인 거죠. 백화점에서 일한 지 4년이나 되었지만 매장에서도 아직 꼴찌를 면하지 못하고 있는 걸 보면 알 수 있죠. ……그래서 당신한테 나 때문에 마음 쓰지 말라는 얘기를 하려던 참이었어요. 이제 더 이상 당신을 성가시게 하는 일은 없을 겁니다. 그러니까 부디 행복하게 잘 지내세요. 다른 누군가를 사랑하면서요. 그래요, 그럼 나도 기쁠 겁니다. 당신이 행복하면 나도 행복해질 테니까요. ……당신의 행복이 곧 내 행복이니까요."

그는 더 이상 말을 잇지 못했다. 그리고 자신의 약속을 확인시키듯, 주인에게 충성을 맹세하는 노예처럼 엄숙하게 그녀의 손등에 입을 맞추었다. 그러자 몹시 감동을 받은 드니즈는 연민보다는 다정한 형제애가 느껴지는 말로 자신의 마음을 표현했다.

"가여운 사람!"

그 순간 두 사람은 전율을 느끼면서 뒤를 돌아보았다. 무레가 그들 앞에 버티고 서 있었다.

10여 분 전부터 주브 감독관은 그를 찾으러 사방을 헤매고 다녔다. 무레는 디스 데상브르 가에 새로 짓고 있는 건물의 작업장에 가 있었다. 그는 매일 그곳에서 한참을 머무르면서, 자신이 오랫동안 꿈꾸어 왔던 그 일에 관심을 기울이고자 애썼다. 작업장은 그에게는, 커다란 돌들로 건물 가장자리를 쌓아 올리는 석공들과 철제 골조를 세우는 철공들 가운데서 잠시나마 고통을 잊을 수 있는 도피처와 같은 곳이었다. 이미 지면 위로 올라가기 시작한 건물 정면은 거대한 입구와 1층의 내닫이창을 포함해 대략적인 윤곽을 드러내고 있었다. 그는 사다리를 타고 위로 올라가, 완전히 새로운 모습을 선보일 건물 장식에 관해 건축가와 의견을 나누었다. 그런 다음 철제 부품과 벽돌을 뛰어넘어 지하실까지 내려갔다. 그러는 사이, 판자로 둘러싸인 거대한 우리 같은 작업장 사방에서 들려오는 온갖 소음들, 우르릉거리는 증기기관 소리, 똑딱거리며 움직이는 윈치 소리, 요란한 망치 소리, 일꾼들의 외침 들이 그의 머리를 어지럽게 했다. 그는 하얀색 석고 가루와 검은색 줄밥을 뒤집어쓰고, 수도꼭지에서 튄 물에 발이 젖은 채로 작업장을 나섰다. 하지만 그곳에서도 그의 아픔을 치유할 수는 없었다. 뒤쪽에서 작업장의 소음이 점차 잦아듦에 따라 또다시 고통이 밀려오면서 그의 심장이 격렬하게 뛰기 시작했다. 그래도 그날은 잠시나마 유쾌한 시간을 보낼 수 있었다. 프리즈를 장식할 모자이크와 유약을 칠한 테라코타의 디자인을 살펴보느라 마음이 들떠 있었던 것이다. 바로 그때 주브 감독관이 나타나 가쁜 숨을 몰아쉬면서 그를 불렀다. 주브는 사방에 널려 있는 건축 자재들 때문에 자신의 프록코트가 더러워질까 봐 몹시 신경이 쓰이는 눈치였다. 무레는 처음에는 기다리라고 소리를 질렀다. 하지만 감독관이 조그만 소리로 무언가를 속삭이자, 다시 표정이 어두워져서는 불안해하며 그를 따라갔다. 이제 더 이상 아무것도 존재하지 않았다. 새 건물은 미처 다 올라가기도 전에 와르르 무너져 내렸다. 그의 자존심의 지고한 승리 따위가 다 무슨 소용이란 말인가! 나지막이 들려준 한 여자의 이름이 그를 이토록 고통스럽게 하기에 충분한 것을!

그가 위층으로 올라가자, 부르동클과 주브는 물러나는 게 좋겠다고 판단했다. 들로슈 역시 재빨리 그 자리를 떠났다. 오직 드니즈만이 평소보다 더 하얘진 얼굴로, 하지만 무레의 얼굴을 똑바로 응시하면서 그와 마주하고 서 있었다.

"마드무아젤, 날 따라오시오." 그는 엄격한 목소리로 말했다.

드니즈는 그를 뒤따라갔다. 그들은 아무 말 없이 두 개 층을 내려가 가구 매장과 카펫 매장을 통과해 지나갔다. 마침내 그의 사무실 앞에 이르자 무레는 문을 활짝 열어젖혔다.

"들어가시오, 마드무아젤."

문을 다시 닫은 그는 책상으로 가서 앉았다. 경영자의 새 사무실은 이전 것보다 한결 호화롭게 꾸며져 있었다. 초록색 벨벳 장식 천이 레프스를 대신하고 있었고, 상아로 장식된 서가가 벽의 한 면을 온통 차지하고 있었다. 하지만 벽에는 여전히 에두앵 부인의 초상화 외에는 아무것도 걸려 있지 않았다. 평온해 보이는 아름다운 얼굴의 젊은 여성이 금빛 액자 속에서 미소 짓고 있었다.

"마드무아젤." 마침내 그는 냉정하고도 엄격한 태도를 유지하려고 애쓰면서 말했다.

"우리가 용납할 수 없는 것들이 있다는 걸 잘 알 텐데요. 여기서는 지켜야 할 규율이란 게 있는……"

잠시 얘기를 중단한 그는 머릿속에서 적절한 말을 찾고 있었다. 그러면서 배 속에서부터 치밀어 오르는 분노를 밖으로 드러내지 않기 위해 부단히 애를 써야 했다. 어떻게 이럴 수가 있단 말인가! 그러니까 그녀가 좋아하는 남자가 그 청년이었단 말인가! 그 보잘것없는 판매원을, 매장의 만년 조롱거리인 그를 좋아하다니! 어떻게, 모든 것을 가진 주인인 자신을 제쳐두고, 아무것도 가진 것 없고, 매사에 서툴기 짝이 없는 그를 선택할 수가 있단 말인가! 그는 두 사람이 함께 있는 것을 자신의 두 눈으로 똑똑히 확인한 터였다. 그녀가 내민 손에 그 남자가 거침없이 키스를 퍼붓고 있는 광경을!

"난 지금까지 당신을 진심으로 배려했다고 생각하오, 마드무아젤." 그는 또다시 자제하려고 애쓰면서 얘기를 계속했다.

"그런데 이런 식으로 보상을 받게 될 줄은 정말 몰랐소."

드니즈는 문간에서부터 에두앵 부인의 초상화에 이끌렸다. 당혹감을 느끼면서도 거기서 눈을 떼지 못했다. 무레의 사무실에 들어올 때마다 그녀의 시선은 초상화 속 여인의 눈길과 마주쳤다. 드니즈는 에두앵 부인에게 일말의 두려움과 함께 깊은 호감을 느꼈다. 이번에는, 그녀가 마치 그곳에서 자신을 내려다보며 보호해주는 느낌이 들었다.

"죄송합니다, 사장님." 드니즈는 차분한 목소리로 대꾸했다.

"업무 중에 그렇게 얘기를 나눈 것은 제 잘못입니다. 그 일에 대해서는 진심으로 사과드립니다. ……그 사람이 저와 고향이 같다보니 그만……"

"그를 내쫓고 말겠소!" 무레는 분노를 참지 못하고 자신의 고통을 고스란히 담아 소리쳤다.

감정을 자제할 수 없었던 그는 규율을 어긴 판매원에게 훈계하는 경영자의 역할을 망각한 채 거친 말들을 마구 뱉어냈다. 도무지 부끄러움이라고는 모르는 것인가? 어떻게 그녀 같은 여자가 그런 남자에게 넘어갈 수 있단 말인가! 그는 그녀를 향해 입에 담기 힘든 비난들을 거침없이 쏟아내면서 위탱과 또 다른 남자들의 이름을 들먹거렸다. 드니즈에게는 변명할 틈조차 주지 않고 속사포처럼 쉴 새 없이 떠들어댔다. 그러면서, 백화점을 몽땅 쓸어버리고 그들 모두를 거리로 내쫓고 말 것이라고 엄포를 놓았다. 주브를 따라오는 동안 엄격하게 해명을 요구하리라고 다짐했던 무레는 질투에 눈먼 남자처럼 거친 행동을 서슴지 않았다.

"그렇소, 당신 애인들 말이오! ……다른 사람들이 누차 귀띔을 해주었지만 어리석게도 난 그걸 믿지 않았었소. ……그런데 나만 모르고 있었던 거요! 바보같이 나만 모르고 있었다고!"

드니즈는 아연실색한 채 멍한 얼굴로 그가 쏟아내는 끔찍한 비난의 말을 듣고 있었다. 처음에는 그가 무슨 말을 하는지 잘 이해하지 못했다. 맙소사! 그러니까 그가 자신을 몸가짐이 헤픈 여자로 생각하고 있다는 건가? 그러다 무레의 도가 지나치는 말 한마디에 드니즈는 아무런 대꾸 없이 문으로 향했다. 그리고 가지 말라는 그의 손짓에 그녀는 조용히 말했다.

"절 그냥 내버려두세요, 사장님. 전 갈 테니까요. ……방금 하신 말씀이 진심이라면, 1초라도 이곳에 더 머무를 이유가 없을 것 같군요."

그러자 무레가 달려와 문 앞을 가로막으며 말했다.

"적어도 뭐라고 변명이라도 해보란 말이오! ……아무 말이라도 좋으니까, 제발!"

드니즈는 차가운 침묵으로 일관하면서 똑바로 서 있었다. 그는 점점 더 안절부절못하면서 그녀에게 질문 공세를 퍼부었다. 드니즈의 위엄이 깃든 침묵은 그에게는 여전히 사랑의 전략에 익숙한 여자의 영악한 계산에서 비롯된 것으로 여겨졌다. 그렇지 않다면, 그를 이토록 의심에 시달리게 하고, 그 어느 때보다 더 그녀의 말을 믿고 싶게 만들면서, 결국에는 그녀의 발밑에 무릎 꿇게 만드는 연극을 할 수는 없었을 터였다.

"그러니까 내 말은, 당신이 아까 그랬잖소, 그가 당신 동향 사람이라고……. 그러니까 어쩌면 두 사람은 거기서부터 서로 알고 지냈을지도……. 부디, 두 사람 사이에는 아무 일도 없었다고 내 앞에서 맹세해주시오."

하지만 드니즈가 여전히 침묵으로 일관하면서 문을 열고 가버리려고 하자, 그는 자제력을 잃고 고통스러운 심경을 폭발시키고 말았다.

"맙소사! 당신을 사랑하오, 당신을 사랑한단 말이오. ……그런데 어째서 당신은 날 이토록 괴롭히는 것을 즐기는 것이오? 내겐 오직 당신밖에 없다는 게 당신 눈에는 보이지 않는 거요? 내가 당신하고 상관있는 사람들 얘기만을 하고 있다는 걸 모르겠소? 이제 내겐 당신이 이 세상 그 무엇보다 중요하다는 걸 진정 모른단 말이오? ……난 당신이 질투를 한다고 생각해서 평소에 좋아하던 것들도 모두 끊어버렸소. 당신도 내가 여자들을 많이 만나고 다닌다는 얘길 들었을 거요. 하지만 이젠 그런 생활도 모두 접었소. 이젠 외출조차 거의 하지 않고 지낸단 말이오. 그 여자 집에서도 내가 당신을 선택했었다는 걸 벌써 잊은 거요? 난 오직 당신에게만 전념하기 위해 그녀와도 모두 끝냈소. 그런데 난 아직 당신에게서 고맙다는 말 한마디, 다정한 말 한마디 듣지 못했소. ……그리고 행여 내가 그 여자를 다시 만날까 봐 걱정하는 거라면 마음을 놓아도 될 것이오. 그녀는 나한테 복수하려고, 내가 데리고 있던 직원한테 우리와 경쟁할 새 백화점을 열도록 부추기기까지 하니까……. 말해보시오, 이런데도 아직 당신 마음을 얻을 수 없다면 내가 어찌하면 되겠소? 당신 앞에서 내가 무릎이라도 꿇기를 바라는 거요?"

그는 그 지경까지 와 있었다. 자신의 판매원들에게는 작은 실수조차 허용치 않기로 소문난 그가, 일시적인 기분에 따라 그들을 거리로 내쫓기를 서슴지 않는 그가, 그중 한 여자에게 자신을 떠나지 말 것을, 비참함 속에 자신을 버려두지 말 것을 애원하는 지경에 이르렀던 것이다. 그러면서, 그녀가 가버리지 못하도록 문을 가로막고 서 있었다. 그는 그녀가 설령 거짓말을 하더라도 그녀를 기꺼이 용서하고 눈감아줄 수 있었다. 그리고 그가 말한 것은 모두 사실이었다. 그는 소극장의 무대 뒤나 밤늦게 식당에서 만나 잠시 즐기는 부류의 여자들에게 역겨움을 느끼게 되었다. 클라라도 더 이상 만나지 않았으며, 데포르주 부인의 집에는 발길을 끊은 지 오래였다. 이제 그 집에는 그 대신 부트몽이 이미 신문 광고 지면을 가득 채우고 있는 '까트르 세종 백화점'의 개장을 기다리면서 활개를 치고 다녔다.

"말해보시오, 내가 당신 앞에 무릎을 꿇으면 되겠소?" 그는 울고 싶은 것을 간신히 참느라 목이 멘 채 거듭 물었다.

그러자 드니즈 역시 혼란스러운 속내를 감추기 힘들어하며 손짓으로 그의 말을 가로막았다. 그녀를 향한 그의 고통스러운 열정은 그녀의 마음속 깊은 곳을 움직였다.

"이런 하찮은 일로 마음 쓰시지 않았으면 합니다, 사장님." 그녀는 마침내 그의 말에 대답했다.

"그런 허무맹랑한 소문들은 모두가 지어낸 얘기라는 걸 맹세할 수 있으니까요. ……조금 전에 보신 그 가엾은 친구도 저처럼 아무 잘못이 없는 건 물론이고요."

예의 당당함을 되찾은 그녀는 순수한 눈빛으로 똑바로 앞을 바라보며 말했다.

"알겠소, 난 당신을 믿소." 무레는 나지막이 말했다.

"당신 동료들은 아무도 내보내지 않을 것이오. 당신이 그토록 아끼고 보호하려는 사람들이니까……. 그런데 아무도 좋아하지 않는다면서 어째서 날 계속 밀어내는 것이오?"

그러자 드니즈는 갑작스레 당황하면서, 수줍고 불안해하는 처녀 같은 태도를 보였다.

"누군가를 마음에 두고 있어서 그런 게 아니오? 그렇지 않소?" 그는 떨리는 목소리로 다시 물었다.

"오! 솔직하게 얘기해도 괜찮소, 내가 당신 마음을 어떻게 할 수는 없는 거니까……. 누군가를 좋아하고 있는 게 맞는 거요?"

드니즈는 얼굴이 발갛게 달아오른 채 입 밖으로 튀어나오려는 말을 간신히 억눌러야 했다. 이제 더 이상 억제하기가 힘든 감정 때문에 이런 식으로 거짓말을 계속한다는 건 불가능해 보였다. 본래 거짓말을 끔찍이도 싫어하는 성격 탓에 얼굴에 진실이 그대로 드러나 보였기 때문이었다.

"네, 사장님." 그녀는 마침내 맥없는 소리로 솔직하게 대답했다.

"그러니까 이젠 절 좀 그냥 내버려두세요. 절 그만 힘들게 하시고요."

이젠 그녀가 고통스러워하고 있었다. 그를 이만큼 거부했으면 그걸로 충분하지 않은가? 얼마나 더 그녀 자신과, 때로 그녀에게서 모든 용기를 앗아 가는 애정의 숨결에 맞서서 싸워야만 하는 걸까? 그가 그녀에게 이런 식으로 얘기할 때면, 그리고 그토록 감정이 격해지면서 혼란스러워하는 그를 볼 때마다, 그녀는 자신이 왜 그를 거부하고 있는지도 더 이상 알지 못했다. 그렇게 한차례 갈등하고 난 후에야, 건강한 젊은 여성의 깊은 내면에서 비롯되는 자존심과 냉철함으로 다시 자신을 다잡으면서 처녀로서의 고집스러움을 유지할 수 있었다. 그녀가 자신의 뜻을 굽히지 않는 것은 행복을 추구하는 본능 때문이었다. 정숙한 여성으로 남고자 해서가 아니라, 지금의 평온한 삶을 유지하고자 하는 바람 때문이었다. 내일 어찌될지 모르는 불안한 삶 속으로 자신을 내던지는 것에 저항심이나 혐오감에 가까운 감정을 느끼지 않았다면, 분명 이 남자에게로 몸과 마음이 강렬하게 이끌린 채 그의 품속으로 주저 없이 뛰어들고 말았을 터였다. 연인은 그녀를 두렵게 했다. 그녀는 남자가 가까이 다가오면 미칠 것 같은 두려움으로 인해 얼굴이 창백해지는 그런 여자였다.

그사이, 무레는 몹시 낙담한 듯 우울하고 어두운 얼굴을 하고 있었다. 그로서는 도무지 이해할 수가 없었다. 다시 책상으로 돌아가 앉은 그는 서류를 뒤적거리다가는 이내 다시 내려놓고 말했다.

"더 이상 당신을 붙잡지 않겠소, 마드무아젤, 당신이 원하지 않는데 억지로 잡아둘 수는 없을 테니까."

"하지만 전 이곳을 떠나겠다고 얘기한 적은 없는데요." 드니즈는 미소를 지어 보이며 말했다.

"제가 떳떳하다는 것을 믿으신다면 전 이곳에 계속 남아 있을 겁니다. ……대부분의 여자들이 올바른 몸가짐을 지녔음을 믿으실 필요가 있을 것 같군요, 사장님. 분명히 말씀드리지만, 이 세상에는 그런 여자들이 많이 있답니다."

그렇게 말하면서 드니즈는 무심코 에두앵 부인의 초상화로 눈길을 돌렸다. 백화점이 아름답고 현명했던 부인의 피 위에서 번창했다는 이야기를 익히 들어온 터였다. 무레도 전율을 느끼면서 그녀의 눈길을 따라갔다. 마치 죽은 부인의 말을 듣고 있는 것만 같았다. 드니즈는 그녀가 늘 하던 말을 그대로 반복하고 있었다. 마치 그녀가 다시 살아 돌아온 것만 같았다. 그는 드니즈가, 자신이 잃어버렸던 여인이 지녔던 양식과 균형 잡힌 판단력을 지니고 있음을 느낄 수 있었다. 심지어 말을 아끼는 것과 온화함이 느껴지는 목소리까지 두 여자가 그대로 닮아 있었다. 그 사실에 충격을 받은 그는 더욱더 슬퍼 보이는 얼굴로 말했다.

"난 당신 것이라는 걸 잘 알거요." 그는 결론짓듯 나직이 말했다.

"당신 처분에 맡길 테니 날 당신 마음대로 하시오."

그러자 드니즈는 평소의 활기를 되찾은 듯 보였다.

"좋은 말씀이세요, 사장님. 여자의 의견은, 아무리 사소해 보이는 것이라 할지라도 귀담아들어서 나쁠 게 없지요. 그 여자가 일말의 지혜로움을 지니고 있다면 말이죠. ……만약 사장님을 제 마음대로 할 수 있다면, 전 사장님을 써 괜찮은 남자로 만들어드릴 수 있을 것 같은데요."

드니즈는 그녀의 매력을 한층 더해주는 순수한 표정을 지어 보이면서 농담을 던졌다. 그러자 이번에는 무레가 엷은 미소로 그녀의 말에 답했다. 그리고 그녀를 진정한 숙녀처럼 문밖까지 배웅했다.

다음 날, 무레는 드니즈를 수석 구매상으로 임명했다. 경영진은 드레스와 정장 매장을 둘로 나누어, 특별히 그녀를 염두에 둔 아동용 정장 매장을 기성복 매장 옆에 신설했다. 오렐리 부인은 아들이 해고된 이후 매일같이 두려움에 떨고 있었다. 그녀를 대하는 경영진의 태도가 차갑게 변한 데다, 부수석 구매상인 드니즈의 영향력이 날로 커지는 것을 실감하고 있었기 때문이었다. 그들은 무슨 핑계를 대서라도 자신을 내쫓고 그 자리에 드니즈를 앉히려고 하지 않을까? 얼마 전 롬므 왕조의 이름에 오점을 남긴 수치스러운 일로 인해, 두둑하게 부어올랐던 황제의 마스크 같은 오렐리 부인의 얼굴이 수척해져 있었다. 그날 이후, 그녀는 매일 저녁마다 보란 듯이 남편의 팔짱을 끼고 퇴근했다. 그들은 자신들의 불운이 제멋대로인 가정에서 기인한 것임을 깨닫고는 불행으로 인해 서로 가까워졌다. 오렐리 부인보다 더 큰 충격을 받은 불쌍한 롬므는 자신 또한 절도로 의심받지 않을까 병적으로 두려워하면서, 불구인 팔로 놀라운 묘기를 보여주듯 요란한 소리를 내며 매일 거두어들인 돈을 두 번씩 세곤 했다. 그러던 중에 드니즈가 아동용 정장 매장의 수석 구매상이 되자, 오렐리 부인은 크나큰 안도감과 함께 기쁨을 감추지 못한 채 그녀를 더없이 다정하게 대했다. 자신의 자리를 빼앗아 가지 않은 것은 참으로 고마운 일이 아닐 수 없었다. 이제 오렐리 부인은 드니즈를 자신과 동등한 존재로 취급하면서 그녀에게 한없는 애정을 표시했다. 마치 젊은 여왕을 방문하는 어머니 여왕처럼 보란 듯이 종종 이웃 매장으로 건너가 그녀와 얘기를 나누었다.

게다가 드니즈는 이제 절정기를 구가하고 있었다. 그녀의 수석 구매상 임명은 아직 남아 있던 주변의 말 많은 사람들의 입을 결정적으로 다물게 했다. 여전히 모이기만 하면 입이 근질근질해져서 구설을 늘어놓는 이들이 있긴 했지만, 모두들 드니즈 앞에서는 머리가 땅에 닿도록 고개를 숙였다. 기성복 매장의 부수석 구매상으로 승진한 마르그리트는 그녀에 대한 찬사를 늘어놓느라 입이 아플 지경이었다. 클라라 또한 자신은 감히 꿈도 꾸지 못할 행운을 꿰찬 드니즈 앞에서 마음속으로 존경심을 느끼며 그녀 앞에 고개를 숙였다. 하지만 드니즈의 승리는 무엇보다도 그녀를 우습게 보던 남자들 앞에서 더욱더 그 빛을 발했다. 주브 감독관은 이제 그녀 앞에서는 언제나 허리를 90도 각도로 숙이고 얘기했다. 위탱은 자신의 입지가 삐걱거리는 것을 느끼고는 불안감을 감추지 못했다. 그리고 부르동클은 마침내 그녀 앞에서 백기를 들고 말았다. 드니즈가 미소를 띤 평온한 얼굴로 주인의 사무실을 나온 다음 날, 이사회에서 무레가 새로운 매장을 개설할 것을 요구하자 그는 여성에 대해 신성한 두려움마저 느끼면서 자신의 패배를 인정해야 했다. 부르동클은 무레의 거부할 수 없는 매력 앞에서 자신을 낮출 줄 알았다. 때로 그의 엉뚱한 행동과 어리석은 애정 행각으로 인해 불안해지기도 하지만 부르동클은 언제나 그를 자신의 주인으로 인정했다. 이번에는, 여인이 승리자임을 받아들여야 했다. 그리고 그는 패배의 물결 속에 휩쓸려 나갈 때만을 기다리고 있었다.

하지만 드니즈는 빛나는 승리 가운데서도 여전히 평소와 다름없는 차분하고 매력적인 모습을 보여주었다. 그녀는 주위 사람들이 자신에게 보내는 존중의 표현에 깊이 감동받았다. 그러면서 그 모두를, 자신이 초창기에 겪었던 어려움과, 오랫동안 용기를 잃지 않고 인내한 끝에 쟁취한 승리에 대해 공감을 나타내는 것으로 받아들였다. 그리하여 그녀는 조금이라도 자신에게 호감을 표현하는 사람에게는 언제나 웃으면서 밝은 얼굴로 대했고, 그런 그녀를 진정으로 좋아하는 이들이 점차 늘어갔다. 그녀는 누구에게나 항상 다정하고 상냥하게 자신의 진심을 담아 얘기할 줄 알았다. 드니즈가 노골적으로 혐오감을 드러낸 사람은 오직 클라라뿐이었다. 예전에 농담처럼 예고한 대로 클라라가 어느 날 밤, 재미 삼아 콜롱방을 자신의 집으로 데리고 간 사실을 알게 되었던 것이다. 마침내 자신의 짝사랑을 이루게 된 사실에 이성을 잃은 콜롱방은 가엾은 주느비에브가 죽어가고 있는 동안 외박을 하기에 이르렀다. '여인들의 행복 백화점'에서는 모두가 그 일로 수군거리면서 흥미로워했다.

하지만 백화점 이외의 일로 인한 드니즈의 유일한 근심거리도 그녀의 한결같은 성정을 변화시키지는 못했다. 무엇보다 그녀가 자신의 매장에서 다양한 연령층의 아이들에게 둘러싸여 있는 것을 보면 누구나 감탄이 절로 터져 나왔다. 누구보다도 아이들을 사랑하는 그녀로서는 최적의 일터인 셈이었다. 때로는 그곳에서 50여 명의 여자아이와 그만큼의 남자아이들이 북적대기도 했다. 이제 막 멋 부리는 것에 대한 욕구가 움트기 시작한 아이들이 한꺼번에 정신없이 떠들어대기 시작하면 엄마들은 정신을 차리지 못했다. 그러면 드니즈가 상냥하게 미소 지으면서 어린 친구들을 의자에 나란히 앉혔다. 그러다 발그레한 피부와 귀여운 얼굴의 여자아이가 눈에 띄면, 그녀가 손수 드레스를 가져와 그 포동포동한 몸에 큰 언니처럼 조심스럽고 다정하게 옷을 입혀주기도 했다. 그러면 웅성거리는 목소리들 가운데서 해맑은 웃음소리와 가벼운 환호성이 터져 나왔다. 아홉 살이나 열 살가량 된 성숙한 여자아이 하나는 나사로 만든 재킷을 걸친 채 거울 앞에 서서 예뻐 보이고 싶은 욕구로 반짝이는 눈빛과 진지한 표정으로 이리저리 돌아보기도 했다. 판매대에는 다양한 종류의 옷들이 한가득 펼쳐져 있어 보는 이들의 눈길을 끌었다. 한 살에서 다섯 살 사이의 어린아이들을 위한 분홍색 또는 파란색의 인도산 면직물로 만든 옷, 부드러운 모직물로 된 세일러복 정장, 주름 스커트와 퍼케일*에 아플리

*평직 면포의 일종으로 날염된 것을 가리킨다. 올의 조직이 촘촘한 고밀도 직물의 하나로, 본래 인도에서 많이 생산했으며 18세기 이후 프랑스에서도 생산하기 시작했다.

케 장식이 된 블라우스, 루이 15세 스타일 정장, 외투와 재킷, 어린이다운 멋을 보여주는 조그맣고 다소 뻣뻣해 보이는 스타일의 옷 등이 뒤섞여 있었다. 그 광경이 마치 커다란 인형들의 옷장 속에 있는 옷들을 끄집어내 마구 흩뜨려놓은 것처럼 보였다. 드니즈는 주머니 속에 언제나 사탕 같은 것을 가지고 있다가, 빨간색 반바지를 사주지 않는다고 슬피 우는 아이들의 서운함을 달래주기도 했다. 그녀는 마치 자기 가족인 양 아이들과 자연스럽게 어울리는 가운데, 그녀 자신 또한 끊임없이 주위를 맴도는 순수하고 싱그러운 기운들로 인해 날로 더 젊어져 갔다.

이제 드니즈는 무레와 한참 동안 다정하게 대화를 나누는 일이 점차 잦아졌다. 지시를 받거나 보고를 하기 위해 그의 사무실에 갈 때마다 그는 그녀를 붙들고 이런저런 얘기를 했다. 그는 그녀의 얘기를 듣는 것을 좋아했다. 그러면 드니즈는 이런 것들이 바로 '그를 썩 괜찮은 남자로 만드는 것'이라고 웃으면서 농담처럼 얘기했다. 현명하고 사려 깊은 노르망디 출신 여성의 머리에서는 새로운 상업에 관한 다양한 아이디어와 계획들이 샘솟듯 쏟아져 나왔다. 이미 로비노의 가게에서 일할 때부터 드니즈의 머릿속을 스쳐 갔던 생각들로, 무레와 튈르리 정원을 산책하던 그 멋진 저녁에 그의 앞에서 그 일부를 피력한 바 있었다. 또한 어떤 일을 하거나 다른 사람이 일하는 것을 볼 때마다, 일의 체계를 세우고 그 메커니즘을 개선할 필요성에 관해 고민하곤 했다. 드니즈는 '여인들의 행복 백화점'에 들어온 이후 무엇보다 직원들의 불안정한 처지를 생각하며 몹시 마음 아파했다. 그들을 아무 때나 느닷없이 해고하는 것에 분노하면서, 그러한 방식은 백화점이나 직원들 모두에게 피해를 주는 졸렬하고 불공정한 처사라고 여겼다. 그러면서 매장들을 지나다가 새로 온 판매원과 마주칠 때마다 느껴지는 연민으로 인해 안타까운 마음을 금치 못했다. 다리는 멍들고 눈가는 언제나 눈물로 얼룩져 있으면서, 선임들의 괴롭힘 속에서 실크 드레스 아래 빈곤함을 감추고 지내야 하는 그녀들의 처지가 고통과 눈물로 점철되었던 자신의 예전 모습을 떠올리게 했기 때문이었다. 매 맞는 개처럼 비참한 삶은 우수한 자질을 지닌 이들마저 나락으로 빠뜨렸고, 그때부터 슬픈 삶의 행렬이 시작되었다. 그녀들 대부분은 경쟁에서 밀려나 마흔 살도 되기 전에 도태되어 잊히거나, 과도한 업무와 나쁜 공기로 인해 폐병이나 빈혈 등으로 고통받다 죽거나 거리에서 생을 마감했다. 그녀들 중 가장 운이 좋은 편에 속하는 이들은 결혼을 해서 지방의 조그만 상점 구석에 파묻혀 지내는 경우였다. 백화점들이 매년 되풀이하는 이런 끔찍한 육체의 소비가 과연 인간적이고 정당한 행위인 것일까? 드니즈는 감상적인 이유에서가 아닌, 경영자들의 이해관계에 기인한 논거에 따라 기계의 톱니바퀴에 비유한 논리를 펼쳐 나갔다. 기계가 굳건하게 작동하기를 바란다면 좋은 철을 써야 하는 법이다. 철이 부러지거나 혹은 누군가가 그것을 부러뜨린다면 기계가 멈출 수밖에 없으며, 그것을 다시 작동시키기 위해서는 엄청난 비용과 에너지가 낭비되는 것이다. 때로 스스로의 논리에 도취된 그녀는 거대하고 이상적인 백화점의 모습을 그려보기도 했다. 계약에 의해 미래를 보장받은 채, 각자가 이룬 성과에 따라 이익을 정확하게 배분받을 수 있는 상업의 팔랑스테르 같은 것이었다. 무레는 우울한 가운데서도 그녀로 인해 즐거워했다. 드니즈가 사회주의에 물들어 있다고 비난하면서, 그녀의 주장을 실행에 옮기는 것이 얼마나 힘든 일인지를 얘기하며 그녀를 당황케 하기도 했다. 그녀는 단순히 마음에서 우러나오는 대로 말했고 그러다가도 자신의 이상을 실현하는 데 중대한 결함이 도사리고 있다는 것을 간파하면 주저 없이 미래로 그 계획을 미루었다. 무레는 여전히 사랑의 열병에 시달리면서도, 백화점을 굳건히 하기 위한 개혁을 역설하는 확신에 찬 젊은 목소리에 마음이 동요되고 매료되었다. 농담을 하면서도 그녀의 이야기에 귀 기울였고, 점차 판매원들의 지위를 개선시켜 나갔다. 그리하여 대량 해고는 비수기에 휴가를 부여하는 시스템으로 대체되었고, 마침내는 강제된 실업 상태에서 최소한의 생계를 보장해주거나 퇴직 시에는 연금을 지불하는 공제조합이 설립되기에 이르렀다. 이 모든 것은 20세기의 거대한 노동조합의 탄생을 예고하고 있었다.*

드니즈는 과거에 자신이 입었던 상처를 치유하는 것에만 매달리지 않았다. 그녀는 섬세하고 여성적인 제안들을 내놓아 무레로 하여금 실현하게 함으로써 고객들에게 환영받았다. 또한 롬므가 오랫동안 꿈꾸어왔던 계획을 적극 지지함으로써 그에게 엄청난 기쁨을 안겨주었다. 그것은 백화점 직원들로 이루어진 직장 오케스트라를 설립하는 것이었다. 그로부터 석 달 후, 롬므는 120명의 회원을 이끄는 책임자로 임명됨으로써 평생의 꿈을 이룰 수 있었다. 그리고 '여인들의 행복 백화점'의 음악을 고객들과 전 세계에 소개하기 위한 연주회와 무도회가 백

---

*드니즈의 이러한 시도는 봉 마르셰 백화점의 마르그리트 부시코가 했던 시도를 연상시킨다. 백화점 설립자인 부시코는 공동 설립자인 아내의 발의로 1876년 7월 31일 직원들을 위한 공제조합을 만들었다. 그에 앞서 1872년에는 직원용 도서관을 열었으며, 음악과 펜싱 수업, 외국어 강좌를 개설했다.

화점에서 성대하게 열렸다. 그러자 신문마다 앞다투어 관련 기사를 실었고, 이러한 일련의 개혁에 반감을 품었던 부르동클도 그 엄청난 광고 효과 앞에서 고개를 숙여야 했다. 또한 직원들을 위한 오락실을 꾸며 두 개의 당구대와 트릭트* 테이블과 장기판을 설치했다. 저녁에는 백화점 내에서 영어와 독일어, 문법, 산술과 지리학 수업을 받을 수 있게 하고, 승마와 펜싱 강좌도 개설했다. 또한 직원들을 위한 도서관을 만들어 1만여 권의 책들을 비치해놓았다. 직원들이 언제라도 무료 진료를 받을 수 있도록 의사를 상주시켰으며, 목욕탕, 뷔페식당, 미용실도 갖춰놓았다. 이제 모든 삶이 그곳에 한데 모여 있었다. 직원들은 이제 백화점 밖으로 나가지 않고도 공부, 음식, 잠자리 그리고 옷까지 모든 것을 한꺼번에 해결할 수 있었다. '여인들의 행복 백화점'은 거대한 파리 한가운데서 기본적인 욕구와 오락거리를 자급자족해나갔다. 마침내 환한 빛 속으로 모습을 드러낸 오래된 거리의 진창 속에서 이토록 거대하게 자라난 노동의 도시가 빚어내는 북적거림은 파리 사람들의 커다란 관심사로 떠올랐다.

그리하여 이젠 드니즈에 관해 호의적인 의견들이 새롭게 생겨나기 시작했다. 자신의 패배를 인정한 부르동클이 주변 사람들에게 그녀를 무레의 침대로 보낼 수만 있다면 무슨 짓이든지 할 거라고 절망적으로 말한 것처럼, 그녀는 무레의 요구에 응하지 않았으며, 그녀가 지닌 강력한 힘은 그 사실로부터 비롯된 것임을 그 누구도 의심치 않았다. 그리고 그때부터 그녀는 '여인들의 행복 백화점'의 유명 인사가 되었다. 그들 모두는 익

*실내에서 두 사람이 하는 서양식 주사위 놀이인 백개먼의 일종.

히 잘 알고 있는 그녀의 온화한 성품과 더불어 그녀의 강인한 의지를 소리 높여 칭송하며 감탄 어린 눈길로 그녀를 우러러보았다. 이제 여기, 주인의 숨통을 죄면서 모든 여자들을 대신해 복수를 하는 여성이 나타났던 것이다. 그에게서 말뿐인 허황된 약속이 아닌 다른 것들을 이끌어낼 수 있는 여성이! 가난하고 불쌍한 이들을 조금이라도 존중받게 할 수 있는 여성이! 드니즈가 여리면서도 고집스러워 보이는 얼굴로, 부드러우면서도 강인한 표정으로 매장들을 통과할 때면, 모두들 그에게 미소 지으면서 그녀를 자랑스러워했다. 밖에 지나가는 사람들을 붙들고 그녀를 마구 자랑하고 싶어 할 정도였다. 드니즈 또한 행복감에 젖어 주위에서 점점 커져가는 호감의 물결에 자신을 내맡겼다. 세상에, 어떻게 이런 일이 있을 수 있단 말인가! 그녀는 초라한 차림새로 겁에 질린 채 무시무시한 기계의 톱니바퀴 가운데서 헤매던 자신의 예전 모습을 떠올렸다. 오랫동안 그녀는 자신이 아무것도 아닌 것 같은 느낌으로 지냈다. 스스로를, 세상을 으깨버리는 맷돌 아래 깔린 한 톨의 밀알에 지나지 않는다고 여겼다. 그런데 이제 그녀는 그 세상의 중심이 되어 있었다. 그 세상에서 가장 중요한 것은 바로 그녀였다. 그녀는 자신의 발밑에 무력하게 쓰러져 있는 거인을 말 한마디로 서두르게 하거나 속도를 늦출 수도 있었다. 하지만 그녀는 이런 것들을 원했던 게 아니었다. 다만, 아무런 목적이나 계산 없이 온화한 성품에서 비롯되는 매력만으로 여기까지 온 것이었다. 그녀가 지닌 절대적인 힘은 때로 그녀 자신을 불안하게 하거나 놀라게 했다. 대체 왜 다들 자기 앞에서 고개를 숙이는 것일까? 자신은 아름답지도 않고, 다른 사람들에게 강압적으로 군 적도 없었다. 그러다 그녀는 다시 마음이 차분해져서는 미소를 지어 보였다. 그녀 안에는 오직 선함과 양식, 그리고 그녀를 지탱하게 하는 힘인, 진실과 논리를 사랑하는 마음이 자리하고 있을 뿐이었다.

이제 특권을 지닌 존재로서 드니즈가 무엇보다 기뻤던 것은 폴린에게 도움이 될 수 있었다는 사실이었다. 그사이 임신을 한 폴린은 불안에 떨면서 지내야 했다. 보름 사이에 두 명의 판매원이 임신 7개월째에 백화점을 떠났던 것이다. 경영진은 임신 사실을 부적절하고 업무에 방해가 되는 것으로 간주했다. 부득이한 경우, 결혼은 허락하지만 아이를 낳는 것은 금지돼 있었다. 물론 폴린은 그나마 남편이 백화점에서 일을 하고 있긴 했다. 그럼에도 불구하고 그녀는 임신 사실을 들키지 않도록 극도로 조심을 했다. 하지만 매장에서 일하는 것에 지장이 없을 수는 없었다. 그녀는 해고당하는 것을 가능한 한 늦추기 위해 임신 사실을 감추려고 있는 힘껏 배를 졸라맸다. 예전에 해고당한 판매원 하나는 이처럼 배를 졸라맸다가 바로 얼마 전에 아이를 사산하고 말았다. 게다가 산모의 목숨 또한 보장할 수 없는 위태로운 상황이었다. 그사이 부르동클은 폴린의 얼굴이 납빛인 것을 수상히 여기면서, 고통스러운 듯 뻣뻣한 그녀의 걸음걸이를 주시했다. 그러던 어느 날 아침, 그가 혼수품 매장에 있는 그녀를 유심히 살피고 있을 때, 한 사환이 상자를 들어 올리다가 그녀와 몸을 세게 부딪치는 일이 발생했다. 그러자 폴린은 비명을 지르면서 두 손을 배로 가져갔다. 부르동클은 즉시 그녀를 데려가 사실을 고백하게 하고는, 그녀를 해고하는 문제를 이사회에 회부했다. 그녀에게 시골의 맑은 공기가 필요하다는 이유에서였다. 그녀가 배에 충격을 받은 일이 알려지고, 만약 그 일로 유산이라도 하게 된다면, 백화점의 명성에 먹칠을 하게 될 터였다. 이미 작년에 유아용품 매장에서도 그런 경우가 있지 않았는가. 문제의 이사회에 참석하지 못한 무레는 그날 저녁에야 자신의 의견을 내놓을 수 있었다. 하지만 그사이 드니즈가 재빨리 개입해 백화점의 이해에 관한 논리를 펼침으로써 부르동클의 입을 다물게 했다. 임산부를 해고함으로써 엄마들을 분노케 하고, 갓 출산한 젊은 산모들의 심기를 거스를 작정인가? 그러자 경영진은 곧바로 거창한 문구와 함께, 결혼 후 임신한 판매원이 매장에 계속 머무르는 것이 풍속을 거스른다고 판단되는 경우에는 전문 조산사의 보살핌을 받도록 할 것이라고 공표했다.

다음 날 드니즈는 의무실로 폴린을 보러 올라갔다. 배를 부딪친 충격으로 침대에 누워 쉬고 있던 폴린은 그녀의 양쪽 볼에 열렬하게 입을 맞추고는 말했다.

"정말 고마워! 자기가 아니었으면 난 벌써 여기서 쫓겨나고 말았을 거야. ……그리고 내 걱정은 하지 마, 의사가 아무 일도 없을 거라고 했으니까."

매장에서 잠시 빠져나온 보제도 침대 맞은편에 와 있었다. 그 역시 드니즈 앞에서 감격에 겨워 더듬거리며 감사 인사를 했다. 그는 이제 드니즈를 성공한 상류층 사람쯤으로 여겼다. 오! 혹시라도 누군가가 시기심에서 그녀에 관해 터무니없는 소문을 퍼뜨리고 다닌다면, 그 입을 당장 다물게 하고 말 것이다! 그러자 폴린은 다정하게 어깨를 으쓱해 보이면서 그를 돌려보냈다.

"당신은 어쩜 그런 바보 같은 소리를 해요. ……자, 이제 우리끼리 얘기 좀 하게 해줄래요?"

의무실은 기다랗고 햇볕이 잘 드는 환한 방에, 12개의 침대가 나란히 놓여 있고 새하얀 커튼이 쳐져 있었다. 그곳에서는 백화점에 입주해 사는 직원들 중에서 가족에게로 가고 싶어 하지 않는 이들을 돌보아주었다. 그날은 뇌브생토귀스탱 가로 난 커다란 창문 옆 침대에 폴린 혼자 누워 있었다. 두 여자는 순백색의 시트가 깔리고 은은한 라벤더 향이 풍기는 나른한 분위기 속에서 다정하게 소곤거리며 속내 이야기를 털어놓기 시작했다.

"어쨌거나 그 사람은 자기가 원하는 걸 모두 들어주잖아? ……그런데 왜 그렇게 그를 힘들게 하는 거야. 자기 너무 매정한 것 아니냐고! 기왕 얘기하는 김에 한번 속 시원히 말해봐. 정말 그 사람이 그렇게 싫은 거야?"

폴린은 침대 옆에 앉아 긴 베개에 팔꿈치를 괴고 앉아 있는 드니즈의 손을 꼭 쥐고 말했다. 드니즈는 갑작스럽고 직설적인 질문에 당황하면서 얼굴을 붉혔다. 그러면서 마음이 약해져 베개에 얼굴을 파묻은 채 오랫동안 꼭꼭 숨겨왔던 비밀을 털어놓았다.

"그 사람을 사랑해!"

폴린은 아연실색하며 소리쳤다.

"뭐? 그를 사랑한다고? 그런데 뭘 고민하는 거야. '네'라고 한마디만 하면 될 것을."

드니즈는 여전히 얼굴을 파묻은 채 고개를 절레절레 흔들면서 그럴 수 없다고 대답했다. 그 이유는 설명할 수 없었지만, 그녀는 그를 사랑하기 때문에 거부했던 것이다. 이런 말이 우습게 들릴 거라는 것은 그녀 자신도 잘 알고 있었다. 하지만 그녀는 그렇게 느끼고 있었고, 그런 자신을 바꿀 수는 없었다. 그러자 폴린은 점점 더 놀란 얼굴을 하다가는 마침내 그녀에게 물었다.

"그러니까 이 모든 게 그 사람이 자기하고 결혼하게 하려고 그랬던 거야?"

그 말에 드니즈는 단번에 몸을 일으켰다. 얼굴에는 당황한 기색이 역력했다.

"그 사람하고 결혼이라니! 오! 맙소사! 아니야, 절대 아니야! 맹세코 그런 걸 원한 게 아니야! ……절대로, 그런 의도로 그랬던 게 아니라고. 내가 거짓말을 얼마나 싫어하는지 자기도 잘 알잖아!"

"어쩌면! 자기 말이 맞을지도 모르지." 폴린은 차분히 대꾸했다.

"하지만 자기가 결혼하고 싶은 생각이 있었다고 하더라도 지금과 다르게 행동하진 않았을 거야. ……이 모든 건 언젠가는 끝나야 하는 거고, 그러려면 결혼밖에는 다른 방법이 없잖아. 자긴 다른 방법은 전혀 원치 않으니까……. 그리고 이건 친구로서 해주는 말인데, 다른 사람들도 모두 나하고 똑같은 생각을 하고 있다고. 그래, 모두들 자기가 그를 시장 앞에 데려가기 위해 안달 나게 하는 거라고 믿고 있단 말이야. 맙소사! 자긴 정말 도무지 속을 알 수가 없는 친구야!"

그리고 그녀는 드니즈를 달래주어야만 했다. 그녀의 친구는 또다시 베개에 얼굴을 파묻은 채 흐느끼면서 이곳을 떠날 것이라고 거듭 얘기했다. 사람들이 그녀 자신은 생각지도 않은 일들을 끊임없이 꾸며내면서 그녀를 비난하고 있었기 때문이다. 물론, 한 남자가 한 여자를 사랑하면 결혼하는 게 당연한 것이다. 하지만 그녀는 아무것도 요구하지 않았고, 계산 같은 것은 더더욱 하지 않았다. 다만, 다른 사람들처럼 그녀만의 슬픔과 기쁨 속에서 조용히 살아갈 수 있도록 자신을 그냥 내버려두도록 간청했을 뿐이다. 그녀는 이곳을 떠나고 말 것이었다.

그 시각, 아래층에서는 무레가 백화점을 가로질러 가고 있었다. 그는 또다시 작업장을 방문하면서 잠시 모든 것을 잊고자 했다. 그사이 몇 달이 흘렀고, 건물의 정면은 이제 통행인들의 눈길로부터 보호하기 위해 둘러쳐놓은 거대한 가리개 판자 뒤로 웅장한 윤곽을 드러내고 있었다. 대리석공, 도기 제조공, 모자이크 세공인을 포함한 한 무리의 장식가들은 작업에 몰두하고 있었다. 한편, 다른 한 무리는 정문 위쪽의 중앙 부분에 금박을 입히고, 아크로테리온* 위에는 프랑스의 주요 제조업 도시를 상징하는 조각상들을 올려놓을 좌대를 이미 고정시켜 놓았다. 아침부터 저녁까지, 고개를 치켜든 구경꾼들이 얼마 전에 새로 난 디스 데상브르 가를 따라 길게 늘어서 있었다. 아직 아무것도 볼 수 없었지만, 파리에 새바람을 불러일으킬 경이로운 새 건물을 향해 저마다 한마디씩 하기에 바빴다. 바로 이곳, 정신없이 돌아가는 작업장에서, 석공에 의해 시작된 그의 꿈을 마침내 완성시키려 하고 있는 장인들 틈에서, 무레는 자신이 지닌 막대한 부의 덧없음을 그 어느 때보다 절실히 느끼고 있었다. 그러다 느닷없이 드니즈 생각이 나면서 목이 메어왔다. 그녀를 떠올릴 때마다, 치유될 수 없는 질병으로 인한 통증처럼 뜨거운 열기가 끊임없이 그의 온몸을 훑고 지나갔다. 작업에 대한 만족감을 표현할 말을 끝내 찾지 못한 그는 눈물을 보이게 될까 봐 두려운 마음에, 승리에 대한 혐오를 뒤에 남겨둔 채 도망치다시피 그곳을 떠났다. 마침내 높다랗게 우뚝 서게 된 새 건물은 아이들이 쌓아 올리는 모래성처럼 작아 보

*박공의 양쪽 끝이나 위쪽에 조각 따위를 얹어놓는 받침대, 또는 그 위에 놓인 조각이나 장식을 가리킨다.

였다. 도시의 끝에서 끝까지 건물을 확장하고 하늘의 별만큼 높이 세운다고 해도, 오직 소녀 같은 한 여인의 '네'라는 말만이 채워줄 수 있을 마음의 빈 곳을 그것이 채워주지는 못할 터였다.

자신의 사무실로 돌아온 무레는 참았던 눈물을 터뜨리며 숨죽여 흐느꼈다. 대체 그녀가 원하는 게 뭐란 말인가? 그는 더 이상 그녀에게 돈 얘기를 꺼낼 엄두를 내지 못했다. 순간, 젊은 홀아비로서 느끼는 거부감 속에서도 결혼에 대한 막연한 생각이 그의 머릿속을 스쳐 갔다. 그는 자신의 무력함을 느끼면서 더욱더 우울함 속으로 빠져들었고, 눈물이 그의 양 볼을 타고 흘러내렸다. 그는 불행한 남자였다.

제13장

11월 어느 날 아침, 드니즈가 자신의 매장에 첫 번째 지시를 내리고 있을 때, 그녀를 찾아온 보뒤의 가정부는 주느비에브가 힘겨운 밤을 보냈으며 자신의 사촌을 즉시 보기를 원한다고 전했다. 얼마 전부터 눈에 띄게 쇠약해진 주느비에브는 그저께부터는 꼼짝 못하고 침대에 누워 지내고 있었다.

"곧 내려간다고 전해주세요." 드니즈는 몹시 걱정스러운 얼굴로 대답했다.

주느비에브를 결정적으로 쓰러뜨린 것은 갑작스러운 콜롱방의 실종이었다. 그는 처음에는 클라라가 장난처럼 던진 말에 외박을 하기 시작했다. 그런 다음에는, 순수하면서도 음험한 청년들이 그러하듯 격정에 사로잡혀서는 클라라의 순종적인 노예가 되어갔다. 그리고 어느 월요일, 그는 다시 돌아오지 않았다. 그리고 스스로 목숨을 끊으려는 사람처럼 세심하게 생각해낸 말들로 이루어진 작별 편지를 자신의 주인에게 보냈다. 어쩌면 이처럼 충동적인 행위의 저변에는, 그에게는 재난과도 같은 결혼으로부터 도망갈 수 있게 된 것을 기뻐하는 남자의 영악한 계산이 감추어져 있는지도 몰랐다. 보뒤의 나사 상점은 그의 미래만큼이나 삐걱거리고 있었다. 따라서 지금이 그에게 는 어리석은 짓을 핑계로 그 모두를 내팽개칠 수 있는 적기인 셈 이었다. 그리고 모두들 그를 치명적인 사랑의 희생자로 여겼다.

드니즈가 '전통 엘뵈프'에 도착했을 때는 보뒤 부인 홀로 자 리를 지키고 있었다. 그녀는 빈혈로 초췌해진 창백하고 조그만 얼굴로 계산대 뒤에 꼼짝 않고 앉은 채 가게에 감도는 정적과 공허감과 마주하고 있었다. 이제 더 이상 점원은 보이지 않았 다. 그 대신, 가정부가 먼지떨이로 칸막이 선반의 먼지를 털어 내고 있었다. 게다가 가정부조차도 청소부로 대체해야 할 형편 이었다. 천장에서는 시커먼 냉기가 내려왔다. 몇 시간이 지나 도록 이런 음울함을 떨쳐내게 할 고객은 그림자조차 찾아보기 힘들었다. 이미 한참 전부터 사람의 손길이 닿지 않은 물건들 에는 벽에 긴 초석들이 점차 침범을 헤왔다.

"무슨 일이에요, 큰어머니?" 드니즈가 서둘러 물었다.

"주느비에브의 상태가 많이 안 좋은가요?"

보뒤 부인은 곧바로 대답을 하지 않았다. 눈에 눈물이 가득 고인 채 멍하니 있다가는 잠시 후 더듬거리며 말했다.

"몰라, 아무도 내게 사실대로 말해주질 않아. ……아! 이제 다 끝났어, 다 끝난 거야……."

그리고 눈물에 젖은 눈으로 어두컴컴한 가게 안을 천천히 둘러보았다. 자신의 딸과 가게가 한꺼번에 떠나버리려는 것 을 예감하는 듯했다. 랑부예의 저택을 처분해 받은 7만 프랑 은 2년도 채 안 돼 경쟁의 깊은 구렁 속으로 흔적조차 없이 모 두 사라져버렸다. 이제 남성복과 벨벳 사냥복, 제복까지 취급 하는 '여인들의 행복 백화점'과 맞서기 위해 나사 상인은 엄청난 대가를 치러야 했다. 그리고 마침내는 그들이 야심 차게 내놓은 전혀 새로운 구색의 멜턴과 플란넬에 치명상을 입고 말았다. 그리하여 빚이 점차 늘어가자, 그는 최후의 수단으로 오래전 그들의 선조인 아리스티드 피네가 나사 전문점을 처음으로 열었던 미쇼디에르 가의 이 오래된 건물을 저당 잡히기로 결심했다. 이젠, 시간문제일 뿐이었다. 벌레가 갉아먹은 고대 건축물이 바람에 날려가듯, 천장이 내려앉고 건물이 모두 바스러져 가루가 되어 흩어져버릴 날이 머지않았던 것이다.

"네 큰아버지는 위층에 계신다." 보뒤 부인은 울먹이는 목소리로 말했다.

"각자 두 시간씩 교대로 지키기로 했거든. 누군가는 여길 지켜야 하니까. 오, 물론 혹시나 해서 그러는 거지만, 사실……"

그녀는 몸짓으로 말을 끝맺었다. 대대로 내려오는 가업에 대한 자존심 때문에 지금까지 동네에서 버티고 있는 것이지, 그것만 아니었다면 가게는 벌써 오래전에 문을 닫았을 터였다.

"그럼 전 위로 올라가볼게요, 큰어머니." 드니즈는 나사 천들조차 체념한 듯 보이는 절망적인 분위기를 느끼며 가슴이 메어졌다.

"그래, 올라가렴, 얼른 올라가봐. ……주느비에브가 널 기다리고 있단다. 밤새 널 찾았어. 너한테 할 얘기가 있는 것 같더구나."

하지만 바로 그때 보뒤가 위층에서 내려왔다. 누렇던 낯빛은 노여움으로 인해 푸르뎅뎅하게 변해 있었고, 눈에는 핏발이 서려 있었다. 그는 방을 나설 때처럼 여전히 숨죽여 걸으면서, 위층에 소리가 들릴까 봐 걱정하는 것처럼 나지막이 속삭였다.

"잠들었어."

그러고는 다리가 후들거려와 의자 위에 털썩 주저앉았다. 그리고 몹시 힘든 일을 하고 난 사람처럼 헐떡거리면서 무심한 몸짓으로 이마의 땀을 훔쳤다. 잠시 침묵이 흐른 후 보뒤는 드니즈를 돌아보며 말했다.

"조금 있다가 잠에서 깨어나면 그때 가서 만나보려무나. ……그 애가 자고 있을 때는 꼭 병이 다 나은 것 같다니까."

또다시 침묵이 흐르는 가운데 보뒤 부부는 한동안 서로를 응시했다. 그리고 나사 상인은 자신의 고통을 곱씹듯, 다른 누군가를 지칭하거나 염두에 둔 것이 아닌 말들을 나직한 소리로 중얼거렸다.

"맹세코, 그가 이럴 줄은 꿈에도 생각지 못했어! ……그는 내 마지막 희망이었어, 난 그를 내 아들처럼 키웠다고. 사람들이 내게 와서 '그들이 그마저 당신에게서 빼앗아 갈 거요, 그도 분명 유혹에 넘어가고 말 거란 말이오'라고 하면 난 이렇게 대답했을 거야. '그렇다면 이 세상에 더 이상 선한 신은 존재하지 않을 것이오!' 그런데, 그런 그가 파멸의 길을 자초하다니! ……아! 지지리 운도 없는 놈 같으니라고! 진정한 상인의 길을 걷던 그가, 내 머릿속 생각을 훤히 들여다볼 줄 알던 그가! 그것도, 창녀촌의 쇼윈도에서 벌거벗고 어슬렁거리는 여자나 다름없는 그 하찮은 계집 하나 때문에! ……아니, 이럴 순 없는 거야, 이건 말도 안 되는 거라고!"

고개를 절레절레 흔들던 그는 여러 세대에 걸쳐 고객들의 발밑에서 닳고 닳은 음습한 돌바닥을 물끄러미 응시했다.

"요즘 내가 무슨 생각을 하는 줄 아나?" 그는 목소리를 더 낮추며 말했다.

"우리에게 닥친 불행은 상당 부분 내 잘못이라는 생각이 들

때가 있다. 그래, 이 모든 건 다 내 탓이라고. 불쌍한 우리 딸이 저 위에서 저렇게 끙끙 앓고 있는 건 다 나 때문인 거야. 내가 저 아이들을 좀 더 빨리 결혼시켜야 했던 게 아닌지, 내 망할 자존심을 앞세우면서, 애들에게 망해가는 가게를 물려주지 않으려고 고집을 피웠던 내 잘못 때문이 아닌지……. 그랬다면 지금쯤 내 딸은 자기가 사랑하는 남자하고 살 수 있었을 거고, 어쩌면 두 사람의 젊음이 내가 이루지 못했던 기적을 만들어낼 수도 있었을 텐데……. 하지만 난 어리석은 늙은이였던 거야, 내가 멍청했던 거라고. 난 그런 일로 내 딸이 병이 날 거라고는 꿈에도 생각지 못했어. ……정말이야! 그는 정말 훌륭한 청년이었어. 진정한 장사꾼이다. 정직하고 순수하면서도 매사를 깔끔하게 처리할 줄 알았지. 난 그를 내 수제자처럼……"

다시 고개를 든 그는 자신을 배신한 점원을 떠올리면서 스스로를 변호하고 있었다. 드니즈는 그가 자책하는 것을 더 이상 듣고 있을 수가 없었다. 예전에는 위압적이고 당당한 주인으로 군림하던 그가 오늘날 이토록 초라한 모습으로 울먹거리는 것을 보자 분노가 복받쳐 올라 모든 것을 털어놓고 말았다.

"큰아버지, 그 사람을 애써 두둔하실 필요 없어요, 그러지 마세요. ……그 남잔 한 번도 주느비에브를 사랑한 적이 없어요. 큰아버지가 결혼을 서두르셨다면 아마 더 일찍 도망갔을 거라고요. 전 그 사람이랑 얘기도 해봤어요. 그는 불쌍한 주느비에브가 자기 때문에 고통받고 있다는 걸 진작부터 알고 있었어요. 그런데도 아랑곳하지 않고 떠나버린 걸 보세요. ……제 말이 거짓인지 아닌지 큰어머니께 여쭤보세요."

보뒤 부인은 아무 말 없이 고개를 끄덕이며 그녀의 말이 사실임을 확인시켜주었다. 그러자 나사 상인의 낯빛은 더더욱 창백해졌고, 계속 흘러내리는 눈물로 시야가 흐려졌다.

"그럼 그건 부전자전인 게로군. 그 아비도 평생 여자들 치맛자락만 쫓아다니다가 지난여름에 죽었다는 걸 보면."

그는 무심한 표정으로 가게의 어두컴컴한 구석을 빙 둘러본 뒤, 텅 빈 판매대와 물건이 가득 쌓여 있는 선반을 거쳐, 여전히 계산대 뒤에 꼼짝 않고 앉은 채 떠나버린 고객들을 헛되이 기다리고 있는 아내에게로 시선을 향했다.

"자, 이제 다 끝난 거야. 저들은 우리 밥줄을 끊어놓은 걸로도 모자라, 이젠 그들이 부리는 계집이 우리 딸까지 죽게 하고 있는 거라고."

그리고 한동안 누구도 입을 열지 않았다. 때때로 나지막한 천장 아래 숨을 막히게 하는 고요한 공기 속에서, 돌바닥까지 울리는 마차 바퀴 소리가 장례 행렬의 북소리처럼 울려 퍼졌다. 그리고 죽어가는 오래된 상점들의 음울한 슬픔이 느껴지는 가운데, 집 안 어딘가에서 무언가를 두드리는 것 같은 둔탁한 소리가 들려왔다. 잠에서 깨어난 주느비에브가 옆에 놓아둔 막대로 벽을 두드리는 소리였다.

"얼른 올라가보자고." 보뒤는 소스라치며 자리에서 일어나면서 말했다.

"다들 억지로라도 웃도록 해. 아이가 이런 사실을 알면 안 되니까."

그리고 그 자신도 계단을 오르면서 눈물 자국을 없애려고 눈을 세게 문질렀다. 위층으로 올라간 그가 문을 열자마자 맥없이 외치는 절망적인 목소리가 들려왔다.

"난 혼자 있기 싫어요. ……제발, 날 혼자 두지 마요. ……제발! 혼자는 무섭단 말예요……."

드니즈를 알아본 주느비에브는 비로소 진정하면서 환한 미소를 지어 보였다.

"정말 와주었구나! ……어제부터 내가 얼마나 기다렸는데! 난 너도 날 버린 줄 알았어!"

드니즈는 또다시 가슴이 미어졌다. 안뜰로 난 주느비에브의 방에는 햇빛이 희미하게 비치고 있었다. 보뒤 부부는 처음에는 아픈 딸을 도로에 면해 있는 자신들의 방에 머물게 했다. 하지만 맞은편에 있는 '여인들의 행복 백화점'을 바라보며 혼란스러워하는 그녀를 다시 자기 방으로 옮겨야 했다. 그곳에서 주느비에브는 어린아이처럼 쪼그라든 가냘픈 몸을 담요로 가린 채 누워 지냈다. 그 속에서 그녀의 몸을 떠올리는 것도, 심지어 그곳에 누군가의 몸이 있다는 것조차도 짐작하기 힘들 정도였다. 그녀는 폐병 환자의 뜨거운 열이 끓는 비쩍 마른 두 팔을 끊임없이 움직이면서 무의식적으로 초조하게 무언가를 찾고 있는 듯 보였다. 하지만 그녀의 열정이 담긴 듯한 묵직한 검은 머리는 왕성한 생명력으로 그녀의 불쌍한 얼굴을 갉아먹고 자라난 것처럼 숱이 더 빽빽해진 듯했다. 주느비에브의 얼굴에서는, 파리의 옛 상업과 함께 지하 묘지의 뒤안길로 밀려나 죽어가는 오래된 가문의 몰락의 고통이 엿보였다.

그녀를 지켜보던 드니즈는 연민으로 가슴이 찢어질듯 아파 왔다. 하지만 눈물을 쏟게 될 것이 두려워 아무 말도 하지 않고 서 있다가 조그만 소리로 대답했다.

"소식을 듣자마자 바로 달려온 거야. ……내가 뭐 도와줄 일 있어? 날 찾았다길래……. 내가 함께 있어줄까?"

가쁜 숨을 몰아쉬던 주느비에브는 두 손으로 여전히 구겨진 담요를 만지작거리면서 드니즈에게서 눈을 떼지 않고 말했다.

"아니, 고마워. 아무것도 필요 없어. ……그냥 너한테 작별 키스를 하려던 것뿐이었어."

그녀의 눈은 눈물에 젖은 채 퉁퉁 부어올라 있었다. 드니즈는 재빨리 몸을 숙여 주느비에브의 양 볼에 입을 맞추었다. 그러면서 움푹 들어간 주느비에브의 볼에서 뜨거운 열기가 자신의 입술로 전해지는 것이 느껴지자 몸을 떨었다. 주느비에브는 드니즈를 붙잡고는 절망감이 느껴지는 몸짓으로 힘껏 껴안았다. 그러는 사이, 그녀의 시선은 계속 자신의 아버지를 향했다.

"내가 같이 있어줄까?" 드니즈는 또다시 물었다.

"뭐 하고 싶은 거라도 있어?"

"아니, 그런 거 없어."

주느비에브는 목이 멘 채 넋 나간 듯 멍하니 서 있는 보뒤를 흘끗거렸다. 그제야 비로소 눈치를 챈 그는 아무 말 없이 그 자리를 떠났다. 곧이어 계단을 내려가는 묵직한 발소리가 들려왔다.

"말해줘, 그 사람 지금 그 여자하고 있는 거 맞지?" 주느비에브는 사촌의 손을 잡아 조그만 침대 옆에 앉게 하고는 즉시 물었다.

"맞아, 너랑 얘기하고 싶어서 부른 거야. 그 얘길 물어볼 수 있는 사람이 너밖에 없으니까……. 그런 거지, 지금 둘이 같이 사는 거 맞지?"

갑작스러운 질문에 당황한 드니즈는 백화점에 떠도는 소문을 사실대로 얘기할 수밖에 없었다. 느닷없이 나타난 남자한테 금방 싫증이 난 클라라는 벌써 그를 내쫓아 버린 터였다. 그러자 절망한 콜롱방은 가끔씩이라도 그녀를 볼 수 있게 해달라면서 순종적인 개처럼 구차스럽게 그녀를 졸졸 쫓아다녔다. 들리는 말에 의하면, 그는 '루브르 백화점'에 일자리를 알아보고 있는 중이었다.

"네가 그 사람을 이렇게 사랑하니까, 어쩌면 너한테로 다시 돌아올 수도 있을 거야." 드니즈는 죽어가는 사촌을 마지막 희망과 함께 잠들게 하기 위해 그렇게 다독거렸다.

"그러니까 빨리 낫도록 해. 그럼 그 사람도 자기 잘못을 뉘우치고 너랑 결혼할 거야."

주느비에브는 손짓으로 드니즈의 말을 가로막았다. 아무 말 없이 그녀가 하는 얘기에 애써 귀 기울이다가는, 온 힘을 다해 몸을 일으키고자 했지만 이내 다시 쓰러지고 말았다.

"아니야, 그런 말 하지 마, 다 끝났다는 걸 나도 잘 아니까……. 내가 아무 말도 하지 않는 건, 아버지의 울음소리가 들리고, 어머니를 더 아프게 하고 싶지 않아서야. 하지만 난 이제 곧 죽을 거야. 오늘 밤에 널 꼭 보려고 했던 건, 내일 날이 밝기 전에 죽을지도 몰라서야. ……맙소사! 그러고도 그가 행복하지 않다는 걸 생각하면!"

드니즈는 그녀의 말을 반박하면서 병세가 그렇게 심각하지는 않다고 단언했다. 그러자 주느비에브는 또다시 사촌의 말을 가로막으면서, 임박한 죽음 앞에서 더 이상 아무것도 감출 게 없는 처녀의 순결한 몸짓으로 덮고 있던 담요를 걷어 젖혔다. 그리고 배까지 훤히 드러낸 채 나직하게 말했다.

"나를 똑똑히 봐! ……이게 끝난 게 아니라고?"

드니즈는 전율을 느끼면서 침대에서 일어났다. 단 한 번의 입김만으로도 이 가련한 알몸을 부서뜨리고 말 것 같았다. 드니즈의 눈앞에 보이는 것은, 육체의 종말이자 기다림 속에서 닳아 없어진 약혼녀의 몸, 가녀린 유아 시절로 되돌아간 몸이었다. 주느비에브는 느릿한 몸짓으로 몸을 다시 덮으면서 말했다.

"잘 봤지, 난 이제 더 이상 여자가 아니야. 그런데도 그 사람을 원한다는 건 잘못인 거야."

두 사람은 더 이상 아무 말도 하지 않았다. 무슨 말을 해야 할지 몰라 말없이 서로를 바라보기만 했다. 그러다 먼저 입을 연 것은 주느비에브였다.

"이제 그만 가봐, 거기 그러고 섰지 말고. 넌 할 일이 많잖아. 그리고 와줘서 정말 고마워. 너무나 알고 싶었거든. 이젠 됐어. 그 사람을 다시 보거든 내가 용서했다고 전해줘. ……안녕, 사랑하는 드니즈, 내게 키스해줘. 이게 마지막이 될 테니까."

드니즈는 그녀의 말을 다시 반박하면서 볼에 입을 맞추었다.

"아니, 그렇지 않아, 제발 자학하지 마. 넌 빨리 병이 나을 궁리만 하면 되는 거야."

히지만 주느비에브는 고집스럽게 고개를 가로저을 뿐이었다. 그리고 미소를 지어 보였다. 그녀는 이제 때가 되었음을 확신하고 있었다. 그리고 드니즈가 문으로 향하자 서둘러 소리쳤다.

"잠깐만, 이 막대로 벽을 좀 두드려줘, 아버지가 올라오시게……. 혼자 있는 건 너무나 무섭거든."

잠시 후 보뒤가 조그맣고 음울한 방으로 다시 올라왔다. 그는 이곳에서 의자에 앉은 채 몇 시간이고 머무르곤 했다. 주느비에브는 애써 밝은 표정을 지으며 드니즈를 향해 소리쳤다.

"내일은 오지 않아도 돼. 그 대신, 일요일에 널 기다리고 있을게. 오후 내내 나하고 있어주면 좋겠어."

주느비에브는 다음 날, 4시간 동안 고통스럽게 숨을 몰아쉰 끝에 새벽 6시에 숨을 거두었다. 장례식은 토요일에 치러졌다. 시커먼 하늘이 찬 기운에 떨고 있는 도시를 짓누르는 듯 잿빛이 드리워진 날이었다. 새하얀 천을 늘어뜨린 '전통 엘뵈프'는 새하얀 점처럼 거리를 밝히고 있었다. 어둠 속에서 타오르는 초는 땅거미가 내릴 무렵의 별처럼 빛나고 있었다. 어린 소녀의 것처럼 작고 좁다란 관은 진주 화관과 커다란 흰 장미꽃 다발로 뒤덮인 채 건물 옆의 어두컴컴한 골목, 보도 가까이에 놓여 있었다. 도랑과 바짝 붙여 놓은 탓에 벌써부터 그 옆을 지나는 마차들에서 튄 흙탕물이 관을 감싼 천을 더럽혔다. 진흙탕이 된 도로를 끊임없이 오가는 행인들로 인해 온 동네가 습기로 눅눅해진 채 지하 저장고에서 올라오는 것 같은 음습한 냄새를 뿜어냈다.

드니즈는 큰어머니와 함께 있기 위해 9시부터 와 있었다. 하지만 장례 행렬이 출발하려고 하자, 이제 우는 것을 그친 보뒤 부인은 충혈된 눈으로 그녀에게 행렬을 따라가 큰아버지를 살필 것을 부탁했다. 절망감에 빠진 보뒤가 넋이 나간 채 침묵하고 있는 모습은 가족들에게 불안감을 안겨주었다. 드니즈가 밖으로 나가자 거리에는 이미 사람들이 잔뜩 모여 웅성거리고 있었다. 동네의 소상인들은 보뒤 가족에게 진심 어린 조의를 표하고자 했다. 주느비에브를 서서히 죽게 만든 원흉이라고 믿는 '여인들의 행복 백화점'에 그 책임을 묻는 일종의 시위를 하고 있는 셈이었다. 백화점이라는 괴물에 희생된 모든 이들이 그곳에 한데 모여 있었다. 가이용 가에서 편물점을 하는 베도레와 그 누이, 모피상 방푸유 형제, 잡화점 주인 델리니에르, 가구상 피오와 리부아르가 눈에 띄었다. 심지어, 이미 오래전에 파산해 동네에서 내쫓긴 후 각각 바티뇰과 바스티유에 있는 남의 가게에 새로 일자리를 구한 란제리상 마드무아젤 타탱과 장갑을 팔던 키네트도 보였다. 그들은 그 자리에 참석하는 것이 자신들의 의무라고 생각했다. 검정 옷으로 차려입은 그들은 실수로 늦어지고 있는 영구차를 기다리는 동안 진흙탕 속에서 서성이면서 증오가 가득한 눈빛으로 '여인들의 행복 백화점'을 노려보았다. 그들의 눈에는 백화점의 환한 유리창과 경쾌함이 넘치는 진열대가 길 맞은편에서 죽음을 애도하며 슬픔에 잠긴 '전통 엘뵈프'에 대한 모독처럼 여겨졌다. 호기심이 발동한 백화점의 몇몇 점원들은 유리창 너머로 밖을 흘끔거렸다. 하지만 거인은 전속력으로 달려가는 증기엔진처럼 자신이 도중에 야기하는 희생에는 무관심한 듯 예의 무심함을 잃지 않고 질주를 계속했다.

동생 장을 찾기 위해 사방을 두리번거리던 드니즈는 부라 영감의 가게 앞에 있는 그를 발견했다. 그녀는 장에게 큰아버지 옆에서 걷다가 그가 힘들어 보이면 그를 부축할 것을 당부했다. 몇 주 전부터 장은 무슨 걱정거리가 있는 것처럼 심각한 얼굴을 하고 있었다. 이제 그는 하루에 20프랑의 수입을 올리는 어엿한 남자로 장성해 있었다. 그날은 몸에 꼭 끼는 검은색 프록코트를 입고 몹시 의연하면서도 슬픈 표정을 짓고 있었다. 그의 그런 모습은 드니즈에게는 무척 뜻밖으로 다가왔다. 평소에 그가 그렇게까지 자신의 사촌에게 애정을 가지고 있었는지 미처 알지 못했기 때문이었다. 페페에게는 불필요한 슬픔을 안겨주지 않기 위해 그라 부인의 집에 머물게 했다. 그리고 오후에 동생을 데리고 와서 큰아버지와 큰어머니에게 인사를 하게 할 생각이었다.

그러는 동안에도 영구차는 여전히 도착하지 않았고, 드니즈는 양초가 타는 것을 바라보면서 크나큰 슬픔에 잠겨 있었다. 그러다 바로 뒤에서 낯익은 목소리가 들리자 소스라치며 놀랐다. 부라 영감이었다. 그는 길 맞은편 포도주 가게의 한 귀퉁이에서 장사를 하는 군밤 장수에게 손짓과 함께 말했다.

"이봐요, 비구루 영감, 내 부탁 좀 들어주시겠소? ……보시다시피 가게 문을 닫을 건데, 혹시 날 찾는 사람이 있으면 나중에 다시 오라고 좀 전해주구려. 하지만 어차피 별로 신경 쓸 일은 없을 거요. 올 사람이 아무도 없을 테니까."

그리고 다른 사람들처럼 보도 가에서 기다렸다. 드니즈는 불편한 마음으로 부라 영감의 가게를 흘끗 쳐다보았다. 그는 이제 가게를 포기한 듯 보였다. 진열대에는 군데군데 구멍이 난 우산들과 가스등 불빛에 시커멓게 그을린 지팡이들만이 볼품없이 어지럽게 흩어져 있을 뿐이었다. 그가 했던 가게의 장식들, 진열창의 연초록색 나무 테두리, 유리창, 금박을 입힌 간판 등 모든 것들은 갈라지고 더러워진 채, 무너져가는 건물 위에 덧칠을 한 허울뿐인 호사스러움이 빠르고 초라하게 퇴색해가는 광경을 보여주고 있었다. 하지만 부라 영감의 가게는 예전부터 존재했던 균열이 다시 나타나고, 금박 아래 습기로 인한 얼룩이 다시 밖으로 드러나는데도 불구하고 '여인들의 행복 백화점' 옆구리에 여전히 바짝 붙어 있었다. 갈라지고 썩어가면서도 떨어져 나가기를 거부하는 볼썽사나운 무사마귀처럼 고집스럽게 버티고 있었다.

"저런, 인정머리 없는 것들 같으니라고!" 부라 영감이 구시렁거렸다.

"이젠 불쌍한 아이를 데려가는 것조차 못하게 방해하는군!"

마침내 도착한 영구차가 '여인들의 행복 백화점'의 마차와 부딪혔던 것이다. 화려하게 치장된 두 마리의 말이 이끄는 마차는 광택제를 칠한 외판을 별처럼 반짝이면서 안개 속으로 빠르게 달려갔다. 그러자 노상인은 더부룩한 눈썹 아래 반짝이는 눈으로 드니즈를 흘끗 쳐다보았다.

달리던 중에 갑자기 멈춰 선 삯마차와 승합마차로 인해 정적이 흐르는 가운데 서서히 장례 행렬이 움직이면서 물웅덩이 가운데를 첨벙거리며 통과해 지나갔다. 새하얀 천으로 뒤덮인 관이 가이용 광장을 가로지를 때는 장례 행렬의 어두운 시선들이 또다시 백화점의 유리창 너머를 향했다. 오직 두 명의 여성 판매원만이 잠시 소일거리가 생긴 것에 즐거워하는 듯 창밖을 내다보러 달려왔다. 보뒤는 무겁고 기계적인 발걸음으로 영구차 뒤를 따라갔다. 그는 옆에서 걷고 있는 장이 자신을 부축하려고 하자 고개를 저으며 거절했다. 길게 줄지어 늘어선 조문객들 뒤에는 세 대의 장의 마차가 뒤따랐다. 뇌브데프티샹 가를 가로질러 갈 때는 로비노가 달려와 행렬에 합류했다. 그는 그사이 폭삭 늙어버린 듯 몹시 창백한 얼굴을 하고 있었다.

생로크에는, 상가가 복잡할 것 같아 곧바로 거기로 온 동네의 여성 소상인들이 잔뜩 모여 있었다. 이제 장례 행렬은 점차 시위의 형태를 띠어갔다. 장례 미사가 끝난 후 행렬이 다시 움직이기 시작하자 다시 모두들 그 뒤를 따라갔다. 생토노레 가에서 몽마르트르 묘지까지는 한참을 가야 했다. 장례 행렬은 다시 생로크 가를 거슬러 올라가 또다시 '여인들의 행복 백화점' 앞을 지나가야 했다. 가냘픈 처녀의 시신은 혁명의 시대에 총알을 맞고 쓰러진 첫 번째 희생자처럼 강박적으로 백화점 주위를 맴돌았다. 백화점 문 앞에는 붉은색 플란넬이 깃발처럼 바람에 펄럭이고 있었고, 진열된 카펫에는 커다란 장미꽃과 모란꽃 들이 핏빛으로 활짝 피어나 있었다.

그사이 드니즈는 마차를 타고 가고 있었다. 극심한 회의로

614

인해 마음이 혼란스럽고 슬픔으로 가슴이 미어져 더 이상 걸어갈 수가 없었다. 그때 장례 행렬은 디스 데상브르 가에 새로 올라간 건물 정면에 설치된 비계 앞에 멈춰 서 있었다. 혼잡한 공사 현장으로 인해 행렬이 지체되고 있었던 것이다. 드니즈는 뒤에 처져 있던 부라 영감이 발을 질질 끌면서 그녀가 혼자 타고 있는 마차 앞까지 와 있는 것을 보았다. 그는 결코 묘지까지 갈 수 없을 터였다. 노인은 고개를 들어 드니즈가 타고 있는 것을 보고는 마차에 올라탔다.

"이놈의 빌어먹을 무릎이 또 말썽을 부리는군." 부라 영감은 혼잣말처럼 중얼거렸다.

"그렇게 겁먹은 얼굴 하지 않아도 되네! ⋯⋯우린 자네를 두고 욕하는 게 아니니까!"

드니즈는 그가 예전처럼 자신한테 우호적이면서도 분노에 차 있는 것을 느낄 수 있었다. 노인은 웅얼거리듯 울분을 터뜨리면서 보뒤를 두고 감탄했다. 저 친구는 망치로 머리를 얻어맞은 것 같은 일을 겪고도 저렇게 꿋꿋이 버티는 걸 보면 정말 대단한 위인인 것 같아. 장례 행렬은 천천히 다시 움직이기 시작했다. 드니즈가 몸을 숙이자, 보뒤가 느릿하고 고통스러운 장례 행렬의 움직임에 박자를 맞추듯 무거운 발걸음으로 관 뒤를 고집스럽게 따라가고 있는 게 보였다. 드니즈는 다시 마차 좌석에 몸을 파묻은 채, 오랫동안 쓸쓸하게 흔들리는 마차의 리듬을 느끼면서 끝없이 이어지는 노상인의 불평을 들어야만 했다.

"이런 공공 대로는 경찰이 나서서 정리를 해줘야 하는 것 아니냐고! ⋯⋯저놈의 새 건물이 벌써 18개월째 이렇게 길을 막고 있는데. 그래서 요 며칠 전에도 그것 때문에 한 남자가 죽기까지 했다는데. 어쨌거나! 앞으로는 길을 넓히려면 그 위로 다리를 놓든지 해야 할 거라고…….* 듣자 하니 자네가 일하는 데는 직원이 2700명에, 올해 총매출액이 무려 1억 프랑이라던데……. 1억 프랑이라! 맙소사! 1억 프랑이라니!"

드니즈는 노인의 말에 아무런 대꾸도 하지 못했다. 장례 행렬은 마차들로 붐비는 쇼세당탱 가로 들어섰다. 부라 영감은 소리 내어 꿈을 꾸듯 멍한 눈빛으로 얘기를 계속 해나갔다. 그는 여전히 '여인들의 행복 백화점'의 승리를 이해하지 못했지만, 과거의 영업 방식이 더 이상 먹히지 않는다는 사실은 인정했다.

"로비노 그 친구도 참 딱하게 됐지 뭐야. 요즘 보면 꼭 물에 빠진 사람 얼굴을 하고 있더군. ……베도레 남매랑 방푸유 형제도 이제 더 이상은 버틸 여력이 없고, 나처럼 폭삭 주저앉은 꼴이 된 거야. 델리니에르는 아마도 머리가 터져 죽어버릴지도 몰라. 피오하고 리부아르는 얼굴이 누렇게 떴더라고. 허참! 우리가 대체 어쩌나가 이런 꼴이 됐는지. 새파란 어린 것 하나 때문에 늙은이들이 줄줄이 죽어나가다니 참으로 기막히지 않은가 말이야! 다른 사람들한테는 이렇게 줄지어 도산하는 광경이 한낱 구경거리에 지나지 않겠지만……. 게다가 앞으로도 문 닫을 가게들이 줄을 서 있단 말이지. 그 작자들이 백화점에다 꽃, 모자, 향수 그리고 신발 매장까지 낼 거라면서? 또 앞으로 뭐가 더 생겨날지 그걸 누가 알겠나? 그라몽 가에서 향수 가게를 하는 그로녜도 조만간 다른 곳으로 옮겨 가야 할 것이고, 앙탱 가의 신발 가게도 십중팔구는 그렇게 될 거야. 이제 이런 역병이 생탄 가까지 퍼져 나가면, 깃털 장식과 꽃을 파는 라카사

*실제로 이는 훗날 실현되었다. 오늘날 봉 마르셰 백화점과 갤러리 라파예트 백화점, 그리고 프랭탕 백화점에는 백화점 건물들 사이를 오갈 수 있도록 거리 위로 육교가 놓여 있다.

616

뉴도, 모자로 유명한 샤되유 부인의 가게도 2년 안에 모두 사라지고 말 거라고……. 그리고 나면 또 다른 상인들이 그 뒤를 이을 거고, 그렇게 계속 파산하는 이들이 생겨나겠지! 그러다 보면 결국 이 부근의 소상인들은 모두가 자취를 감추게 되고 말 거야. 캘리코들이 비누하고 갈로슈*까지 팔려고 마음먹는 걸 보면, 앞으로 감자튀김을 팔지 말란 법도 없는 거 아니냐고. 맙소사, 어쩌다 세상이 이렇게 미쳐 돌아가게 되었는지!"

그 무렵, 영구차는 트리니테 광장을 가로질러 가고 있었다. 드니즈는 어두컴컴한 마차 안 구석에서 행렬의 침울한 움직임에 몸을 내맡긴 채 노상인의 탄식을 듣고 있었다. 그러다 밖으로 시선을 향하자, 쇼세당탱 가를 벗어난 관이 어느새 블랑슈 가의 비탈길을 오르고 있는 게 보였다. 머리를 도끼로 얻어맞은 소처럼 넋 나간 표정으로 묵묵히 관을 뒤따라가는 보뒤의 뒤편에서는 도살장으로 향하는 무리의 발소리가 들려오는 듯했다. 궤멸된 온 동네 가게들의 망연자실함이 느껴지는 가운데, 파리의 시커먼 진흙탕 속을 철버덕거리며 지나가는 낡은 신발 소리와 함께 각자의 잔해를 질질 끌고 가는 듯한 소상인들의 신음이 그녀의 귓전에 울려 퍼졌다. 그사이, 부라 영감은 블랑슈 가의 가파른 언덕길로 인해 느려진 듯한 나지막한 목소리로 얘기를 계속했다.

"난 이미 끝난 몸이야. ……하지만 그치는 아직 내 손아귀 안에 있다고, 난 절대 놓아줄 생각이 없으니까. 그는 상소에서도 또다시 패했거든. 아, 물론 그 일 때문에 난 크나큰 대가를 치러야 했지. 2년 가까이 소송을 끌어오는 동안 소송 대리인과

*비 올 때 방수용으로 구두 위에 신는 오버슈즈를 일컫는다. 윗부분은 가죽이나 고무로, 신발창은 나무로 돼 있다.

변호사 비용만 해도 엄청났으니까! 어쨌거나 그들은 절대로 내 가게 아래로 지나가지 못할 거야. 판사들이 그런 공사는 정당한 사유가 있는 보수 작업이 아니라는 판결을 내렸거든. 건물 아래 지하에 특별한 조명 공간을 만들 생각을 하다니! 편물 매장하고 나사 매장을 이어주는 지하 통로를 만들어서 천들의 색깔을 비춰 볼 수 있게 할 거라나!* 어떻게 그런 터무니없는 발상을 할 수 있냐고. 그런데 그 작자는 여전히 분을 가라앉히지 못하고 있어. 모두들 자기가 가진 돈 앞에서 무릎을 꿇는데, 나처럼 하찮은 늙은이가 자신의 앞길을 가로막고 있다는 걸 용납하지 못하는 거지. ……하지만 절대 안 돼! 난 결코 허락할 수 없어! 내가 죽는 한이 있어도. 내가 집행관과 실랑이를 벌이자, 그 작자가 내 채권이 얼마인지를 조사했다고 하더군. 분명 나한테 나쁜 짓을 하려고 그랬을 거야. 하지만 그래 봤자 아무 소용 없어. 그가 날 어떤 말로 구워삶으려고 해도, 절대로 안 된다는 내 대답은 언제나 변함없을 테니까! 그건 무슨 일이 있어도 절대 달라지지 않을 거라고, 하늘에 맹세코! 저기 가고 있는 저 처녀처럼 관 속에 몸을 누이게 되는 한이 있더라도."

클리시 로에 이르자, 마차는 더 빨리 달리기 시작했다. 장례 절차를 빨리 해치우고 싶은 마음에 걸음을 서두르는 사람들이 가쁜 숨을 몰아쉬는 소리가 들려왔다. 부라 영감이 솔직하게 밝히지 않은 것은, 그가 처해 있는 극도로 빈곤한 상황이었다. 그는 무너져가는 조그만 가게를 지키기 위해, 쌓여가는 집행관

---

*이 대목 역시 젊은 건축가 프란츠 주르댕의 다음 아이디어에서 빌려온 것이다. "마지막으로, 외부로부터 들어오는 빛이 완전히 차단되고, 커다란 촛대와 샹들리에로 밝혀진 방은 대개 저녁에만 착용하는 의상의 천들이 어떤 효과를 일으키는지를 알게 해줄 것이다."

들의 지급거절증서*에도 끝내 고집을 부리느라 머리가 빙빙 돌 지경이었다. 그의 상황을 잘 알고 있는 드니즈는 마침내 침묵을 깨고 기도하듯 나직한 소리로 말했다.

"영감님, 이제 고집은 그만 부리세요. ······제가 어떻게든 알아서 해볼게요."

그러자 그는 격렬한 몸짓으로 단번에 그녀의 말을 가로막았다.

"그런 말 하지 말게, 이건 내 일이니까. ······자네가 행실 바른 여자란 건 나도 잘 알고 있네. 자네를 내 가게처럼 마음대로 팔고 살 수 있는 물건쯤으로 여기는 그 남자에게 자네가 절대 굽히지 않고 있다는 것도. 그런데 내가 만약 자네보고 그 사람을 받아주라고 한다면 자넨 나보고 뭐라고 할 건가? 어? 아마 당장 꺼지라고 하겠지. ······나도 마찬가지라네! 그러니까 내가 싫다고 하는데 자꾸만 내 일에 끼어들 생각 말란 얘기네."

마차가 묘지 앞에 이르자 그는 드니즈와 함께 마차에서 내렸다. 보뒤의 가족 묘지는 왼쪽의 첫 번째 길에 위치해 있었다. 장례식은 단 몇 분 만에 끝났다. 장은 입을 벌린 채 멍하니 묘혈을 바라보고 있는 큰아버지 보뒤를 부축해 다른 곳으로 데리고 갔다. 장례식에 참석한 조문객들의 행렬은 이웃한 무덤들 사이로까지 길게 이어졌다. 비위생적인 저층에 위치한 상점 구석에 틀어박혀 지내느라 얼굴이 핼쑥해진 상인들의 얼굴은 진흙 빛 하늘 아래 고통스러워 보이는 추한 모습들이었다. 관이 서서히 묘혈 속으로 내려가자, 붉은 반점이 난 뺨들은 창백해지고, 빈혈로 쪼그라든 코들은 아래로 향했으며, 분노로 노래

*지급을 위하여 어음이나 수표를 제시하였는데 지급이 거절된 경우에 그것을 증명하는 공정증서를 말한다.

지고 숫자와 씨름하느라 파리해진 눈꺼풀들은 다른 곳으로 향했다.

"우리도 언젠가는 모두 저 구덩이 속으로 뛰어들어 가야 할 것이야." 부라 영감은 그와 가까이 서 있던 드니즈를 향해 말했다.

"저기 누워 있는 젊은 처자는 저들이 죽음으로 내몰고 있는 우리 모두의 모습인 게야. ……오! 난 내가 지금 무슨 말을 하는 건지 아주 잘 알고 있어. 이제 한물간 과거의 장사꾼들은 저기 구덩이에 던져 넣는 흰 장미꽃과 같은 운명이라 이 말이지."

드니즈는 큰아버지와 동생 장을 장의 마차로 데리고 갔다. 오늘 하루는 그녀에겐 우울함과 슬픔으로 가득한 날이었다. 그녀는 무엇보다 장의 핏기 없는 얼굴에 내내 신경이 쓰였다. 그러다 그가 또다시 새로운 여자 문제를 언급하자 얼른 돈을 쥐어주면서 그의 입을 다물게 하려고 했다. 하지만 장은 고개를 저으면서 돈 때문이 아니라고 했다. 이번에는 정말 진지했다. 부유한 제과점 주인의 조카인 여자는 그가 주는 바이올렛 꽃다발조차 받지 않으려고 했다. 엎친 데 덮친 격으로, 오후에 그라 부인의 집에 페페를 데리러 간 드니즈에게 그라 부인은 페페가 너무 커서 더 이상 돌봐줄 수가 없음을 통고했다. 드니즈에게는 또 하나의 근심거리가 는 셈이었다. 기숙학교를 찾아 동생을 멀리 보내야 할지도 몰랐기 때문이다. 그녀는 페페를 데리고 가 보뒤 부부에게 인사를 하도록 했다. 장례를 치른 후 '전통 엘뵈프'를 둘러싸고 있는 음울한 고통이 그녀의 가슴을 찢어놓았다. 부부는 상점 문을 닫아놓고, 겨울날의 짙은 어둠에도 불구하고 가스등을 켜는 것조차 잊은 채 조그만 방 안쪽에 틀어박혀 있었다. 몰락해감에 따라 점점 더 비어가는 집에서 오직 그들 두 사람만이 서로 마주 보며 하루해를 보냈다.

그곳을 더욱더 깊은 어둠 속으로 몰아넣은 딸의 죽음은 습기를 잔뜩 머금은 오래된 대들보를 머지않아 주저앉게 만들고 말 최후의 일격과도 같은 것이었다. 자신들을 짓누르는 절망감에 사로잡힌 보뒤는 관을 뒤따를 때처럼 넋 나간 표정으로 말없이 식탁 주위를 계속 맴돌았다. 그의 아내는 피를 한 방울씩 지속적으로 흘리는 부상자처럼 창백한 얼굴로 의자 위에 털썩 주저앉은 채 아무 말도 하지 않았다. 그들은 페페가 차가운 그들의 뺨에 힘주어 키스를 할 때조차도 눈물을 흘리지 않았다. 드니즈는 그런 그들을 보며 숨죽여 눈물을 흘려야 했다.

그날 밤 마침 무레는 드니즈를 보고자 했다. 그가 출시하고 싶어 하는, 킬트*와 주아브** 스타일을 섞어놓은 듯한 아동용 의상에 관해 그녀와 상의하기 위해서였다. 여전히 연민으로 몸을 떨면서, 자신이 목격한 수많은 고통 앞에서 분노를 느낀 드니즈는 더 이상 자신의 감정을 억누를 수가 없었다. 그녀는 우선 부라 영감 얘기를 꺼냈다. 그들은 그 가련한 노인의 숨통을 죄어 파산시키려고 하고 있지 않은가. 하지만 무레는 우산 상인의 이름을 언급하자 불같이 화를 냈다. 그 정신 나간 노인네는 보기에도 흉한 하잘것없는 가게를 양도하지 않겠다고 버티면서, 그의 삶을 어렵게 만들고 그의 승리를 망치려 하고 있었다. 부라 영감의 가게는 무레 자신이 정복한 거대한 구역에서 유일하게 빠져 있는 곳으로, 벽에서 풀풀 날리는 석고 가루로 '여인들의 행복 백화점'을 더럽히고 있었다. 이제 그 일은 무레에게는 악몽으로 변하고 있었다. 드니즈가 아닌 다른 여자가

---

*전통적으로 스코틀랜드 남자들이 입던, 격자무늬의 모직으로 된 짧은 치마.
**알제리인으로 편성된 프랑스 경보병이 입던, 무릎 위까지 오는 짧은 반바지를 일컫는 말. 이러한 스타일로 만든 반바지를 총칭하기도 한다.

부라 영감을 두둔하는 말을 했다면 아마 당장 쫓겨나고 말았을 터였다. 무레는 그만큼 그의 누옥을 단번에 무너뜨리고자 하는 병적인 욕구에 시달리고 있었다. 대체 그 노인네가 원하는 게 뭐란 말인가? 수많은 건물의 잔해를 꼭 그렇게 자신의 백화점 옆에 쌓아두어야 하겠는가? 그의 가게는 사라져야만 했다. 백화점이 그곳을 반드시 지나가야만 했기 때문이다. 정신 나간 노인네한테는 안된 일이지만! 그러면서 무레는 자신이 했던 제안을 상기시켰다. 그는 보상금으로 무려 10만 프랑을 제시했다. 이만하면 꽤 엄청난 돈이 아닌가? 흥정 같은 것도 하지 않고, 상대방이 요구하는 금액을 줄 용의도 있었다. 하지만 그러려면 그쪽도 좀 협조적으로 나와서 자신이 작품을 마저 완성하도록 해주어야 하는 것 아닌가! 달리는 기관차를 세울 생각을 하다니 이게 말이 되는가? 시선을 아래로 향한 채 그의 말에 귀 기울이고 있던 드니즈는 감상적인 이유 외에는 달리 내세울 것이 없었다. 부라 노인은 이미 나이가 많으니 그가 죽고 난 후에 일을 추진할 수도 있지 않은가. 어쨌거나 이젠 파산을 했으니 그 때문에 죽을지도 몰랐다. 그러자 무레는 이젠 자신도 어찌할 수 없다고 잘라 말했다. 이사회에서 이미 그렇게 결정이 났고, 그 문제를 도맡고 있는 건 부르동클이었다. 드니즈는 부라 영감에 대한 연민으로 마음이 아팠지만 더 이상은 아무 말도 할 수 없었다.

한동안 고통스러운 침묵이 흐른 뒤 보뒤 가족에 관한 얘기를 먼저 꺼낸 것은 무레였다. 그는 우선 그들이 딸을 잃은 것을 몹시 안타깝게 생각한다는 말부터 시작했다. 그들은 아주 정직하고 선한 사람들이지만, 불운이 끈질기게 그들을 따라다니고 있었다. 그런 다음에 그는 다시 평소의 논리를 펴나갔다. 따지고 보면, 그들은 스스로 불행을 자초한 셈이었다. 그들처럼 다 쓰러져가는 초라한 가게에서 케케묵은 영업 방식을 고집해서는 안 되었다. 이러다 그들의 머리 위로 건물이 무너져 내린다고 해도 놀랄 것이 없었다. 게다가 그는 이미 수차례 그 사실을 예고한 바 있었다. 심지어, 그렇게 고리타분하고 우스꽝스러운 옛것만을 고집하다가는 결국 파국이 닥치고 말 것이라는 얘기를 보뒤에게 전하라고까지 하지 않았던가. 그리고 마침내 파국이 닥쳤고, 이 세상에서 그것을 막을 수 있는 사람은 아무도 없었다. 그렇다고 해서, 동네 상인들을 살리기 위해 무레 그에게 스스로 파산해달라는 식의 터무니없는 요구를 할 수는 없지 않은가. 게다가 설령 그가 '여인들의 행복 백화점'의 문을 닫는 미친 짓을 저지른다고 해도 그 옆에서 또 다른 백화점이 생겨나게 될 것이었다. 이미 사방에서 그런 기운이 움트고 있었기 때문이다. 무너져 내린 구시대의 잔해를 휩쓸고 지나가는, 세기의 광풍에 실린 노동자와 산업 왕국의 승리가 곳곳으로 퍼져나가고 있었다. 점차 감정이 고조된 무레는 자신의 의지와는 무관하게 생겨난 희생자들의 증오심과, 그의 주변 곳곳에서 들려오는 빈사 상태의 소상인들의 원성에 맞서 자신을 방어하느라 열변을 토해냈다. 시신은 껴안고 있는 게 아니라 땅속에 깊이 파묻어야 하는 것이다. 그는 손짓 한 번으로 단번에 낡은 상업의 시신을 쓸어내 공동묘지 속으로 던져버렸다. 곰팡이가 슬고 악취가 풍기는 구시대의 유해는 이제 새로운 파리의 찬란한 햇빛이 비추는 거리에서는 한낱 수치스러운 흉물일 뿐이었다. 아니, 그는 어떤 회한도 느끼지 않았다. 그는 단지 시대가 요구하는 일을 했을 뿐이다. 그녀 역시 삶을 사랑하고 대대적인 광고와 함께 이루어지는 대규모의 상거래에 대한 열정을 지닌 사람으로서 그 사실을 누구보다도 잘 알고 있지 않은가. 한참 동안 아무 말 없이 그의 말을 듣고 있던 드니즈는 혼란스러운 마음으로 그 자리를 물러났다.

그날 밤 드니즈는 잠을 거의 이루지 못한 채, 간간이 악몽을 꾸면서 밤새 몸을 뒤척였다. 꿈속의 그녀는 아주 어린 것 같았다. 그녀는 발로뉴에 있는 자신의 집 정원 안쪽에서, 파리를 잡아먹은 거미를 이번에는 새가 잡아먹는 광경을 지켜보면서 울음을 터뜨렸다. 그러니까 그게 정녕 사실이란 말인가? 세상을 살찌우려면 누군가의 죽음이 반드시 필요하다는 것이? 끊임없이 반복되는 파괴로 인해 생겨나는 납골당을 딛고 그 위에서 삶을 이어가도록 우리를 내모는 생존경쟁이라는 것이 존재한다는 게? 그런 다음 드니즈는 주느비에브가 잠들어 있는 지하의 가족 묘지 앞에 서 있는 자신을 발견했다. 어두컴컴한 비좁은 식당 안쪽에 우두커니 앉아 있는 큰아버지와 큰어머니도 보였다. 무거운 정적 속에서 무언가가 무너져 내리는 둔탁한 소리가 부동(不動)의 대기를 갈랐다. 세찬 물살에 침식당한 것처럼 부라 영감의 건물이 주저앉는 소리였다. 그런 다음, 더욱더 음산한 침묵이 흐른 뒤 또다시 무언가가 무너지는 소리가 연거푸 들려왔다. 로비노 부부와 베도레 남매, 방푸유 형제의 가게가 하나둘씩 삐걱거리더니 잇달아 쓰러졌다. 생로크 구역의 소상인들은 눈에 보이지 않는 곡괭이질 아래 갑작스레 짐수레를 비워내는 요란한 소리와 함께 차례로 자취를 감추었다. 그러자 드니즈는 엄청난 슬픔으로 인해 소스라치게 놀라며 잠에서 깨어났다. 맙소사! 이렇게 잔인한 일이 또 어디 있단 말인가! 눈물 흘리는 가족들, 길거리로 내쫓기는 노인들, 파산이 야기하는 온갖 비극들! 하지만 그녀는 아무도 구할 수 없었다. 그리고 이 모든 건 어쩔 수 없이 거쳐야 하는 과정이며, 내일의 파리가 건강하기 위해서는 고통이라는 밑거름이 필요하다는 생각이 들었다. 날이 밝아오면서 드니즈는 다시 차분함을 되찾았다. 체념과 커다란 슬픔으로 인해 내내 깨어 있다시피 하면서 창문 쪽으로 몸을 향한 채 누워 있는 동안 유리창 너머로 차츰 동이 터 오르는 게 보였다. 그렇다, 이 모든 것은 피로써 치러내야 하는 몫이었다. 모든 혁명은 순교자를 필요로 하며, 죽음을 딛고서만 앞으로 나아갈 수 있는 것이다. 피해 갈 수 없는 고통이자 각 세대가 치러내야 할 산고 앞에서, 그동안 드니즈가 느꼈던 두려움, 자신이 가까운 사람들의 파국에 일조를 함으로써 그들의 불행을 초래한 것이 아닐까 하는 생각은 그들을 향한 크나큰 연민으로 나타났다. 그녀는 가능한 모든 위로의 방식을 찾고자 애쓰면서, 적어도 자신과 가까운 이들의 치명적인 파국을 막기 위해 무엇을 할 수 있을지 오랫동안 궁리했다.

그러고 나자 이번에는 무레가 열정적인 모습과 다정한 눈빛으로 그녀 앞에 우뚝 서 있었다. 그는 물론 그녀의 청이라면 무엇이든 들어주었다. 그녀는 그가 합리적인 모든 배상 조건을 기꺼이 수락하리라는 것을 믿어 의심치 않았다. 드니즈는 이런저런 생각을 하면서 그를 판단하고자 했다. 이제 그녀는 그의 삶에 관해 많은 것을 알고 있었다. 지극히 계산적이었던 과거의 애정 행각들. 끊임없이 여자를 찾아다니면서 자신의 사업적 필요에 의해 애인을 만들고, 오로지 아르트만 남작과의 관계를 유지하기 위한 목적으로 데포르주 부인을 만나왔던 일. 그리고 클라라처럼 잠시 그를 스쳐 간 수많은 여자들. 돈 때문에 그의 순간적인 쾌락의 상대가 되었다가 다시 거리로 내팽개쳐진 여자들. 그러나 백화점의 온 직원이 수군대는 바람둥이로서의 여성 편력은 그의 천재적 사업 수완과 승리자로서의 당당한 매력 앞에서 묻히고 말았다. 그는 유혹 그 자체였다. 하지만 그가 예전처럼 냉정한 계산속과 함께 겉으로만 여자에게 다정다감한 척하는 이중적인 모습을 보인다면, 드니즈는 그를 결코 용서할 수 없을 것이었다. 이제 그녀 자신 때문에 고통받는 그를 보면서 그에 대한 원망 같은 것은 사라져버린 지 오래였다. 그러한 고통이 그를 성숙하게 만들었던 것이다. 과거에 여자를 우습게 여겼던 잘못을 그토록 가혹하게 속죄하느라 고통을 겪는 그를 보면서 드니즈는 그가 충분히 죗값을 치른 것 같다는 생각이 들었다.

바로 그날 아침, 드니즈는 무레로부터 보뒤 가족과 부라 영감이 파산을 하게 될 경우, 그녀가 정당하다고 판단되는 보상을 해줄 것을 약속받았다. 그리고 몇 주가 흘러갔다. 그녀는 거의 매일 오후 틈틈이 시간을 내서 큰아버지 보뒤를 보러 갔다. 그녀의 웃음과 당당한 용기로 그들을 위로하고 어두운 가게의 분위기를 밝게 만들기 위해서였다. 무엇보다 드니즈를 걱정시킨 것은 큰어머니의 건강이었다. 보뒤 부인은 주느비에브의 죽음 이후 창백한 낯빛을 띤 채 넋을 놓고 멍하니 있기가 일쑤였다. 마치 매 시간 조금씩 삶이 빠져나가는 듯 보였다. 그리하여 주위 사람들이 그녀에게 괜찮은지 물어올 때마다, 그녀는 놀란 얼굴로 자신은 아무렇지도 않으며 단지 피곤해서 그런 것뿐이라고 대답했다. 동네에서는 모두들 고개를 절레절레 흔들면서, 저 불쌍한 여인은 자신의 딸을 오랫동안 그리워하지 않아도 될 것이라고 수군거렸다.

그러던 어느 날, 드니즈가 여느 때처럼 보뒤의 가게를 막 나서는 순간, 가이용 광장의 모퉁이에서 누군가가 외치는 커다란 비명이 허공을 갈랐다. 곧이어 겁에 질린 얼굴을 한 사람들이 우르르 몰려가고, 느닷없이 두려움과 안타까움이 뒤섞인 바람이 불어 닥치면서 온 동네가 술렁거렸다. 바스티유와 바티뇰 사이를 오가는 갈색 승합마차 한 대가 뇌브생토귀스탱 가가 끝나는 곳에 있는 분수 앞에서 한 남자를 치었던 것이다. 마차꾼은 좌석에서 일어선 채 씩씩거리면서 놀라 뒷걸음질 치는 검은색 말 두 마리를 진정시키고 있었다. 그는 불같이 화를 내면서 거친 말을 마구 뱉어냈다.

"이런 젠장! 이런 제기랄! ……알아서 조심했어야지, 느려 터진 작자 같으니라고!"

승합마차는 그 자리에 멈춰 섰다. 모여든 사람들이 부상자를 둘러싸고 있었고, 우연히 그곳을 지나던 경관이 즉시 사고 현장으로 달려왔다. 마차의 좌석에 타고 있던 승객들 역시 일어나 피를 보기 위해 몸을 숙였다. 치밀어 오르는 분노로 목이 멘 마차꾼은 여전히 일어선 채로 승객들을 증인 삼아 격앙된 몸짓으로 자초지종을 설명했다.

"나 참, 기가 막혀서 원……. 왜 하필 내 마차 앞으로 뛰어드는 거냐고. 재수가 없으려니까 이젠 별일을 다 당하는군! 저 치가 저기서 아주 태연하게 서 있었다고요. 그러더니 내가 마구 소리를 질러댔는데도 막무가내로 마차 바퀴 아래로 뛰어든 거란 말입니다!"

그러자 이웃 상점의 진열창 앞에 서 있던 칠장이가 붓을 손에 든 채로 달려오면서 웅성거리는 소리 사이에서 날카로운 목소리로 외쳤다.

"그렇게 흥분할 것 없어요! 내가 이 두 눈으로 똑똑히 봤으니까, 저 남자가 바퀴 아래로 뛰어드는 걸, 맙소사! ……그랬다니까! 머리를 이렇게 들이밀면서. 세상 살기가 싫은 사람이 여기 또 하나가 더 있는 게지!"

그러자 경관이 조서를 꾸미는 사이, 구경꾼들이 너도나도 한마디씩 하면서 그가 자살을 하려고 했다는 사실에 모두 동의했다. 마차에 타고 있던 승객들 중에 얼굴이 새하얗게 질린 여인네들은 황망하게 마차에서 내려 뒤도 돌아보지 않고 그 자리를 떠났다. 승합마차의 바퀴가 남자의 몸 위로 지나가면서 둔탁한 덜컹거림과 함께 그들의 배 속을 흔들어놓았을 때의 충격을 그대로 간직한 채였다. 그사이, 드니즈는 평소처럼 넘치는 동정심에 이끌려 구경꾼들을 헤치고 앞으로 나아갔다. 그녀는 마차에 깔린 개나 쓰러진 말을 보거나, 지붕 잇는 일꾼이 지붕에서 떨어진 경우 등의 다양한 사고를 접할 때마다 그냥 지나치지 못하고 적극적으로 개입하곤 했다. 가까이 다가간 그녀는 프록코트가 진흙으로 더럽혀진 채로 의식을 잃고 쓰러져 있는 남자를 단번에 알아보았다.

"세상에, 무슈 로비노잖아." 드니즈는 기겁을 하며 힘겹게 소리쳤다.

그러자 경관은 즉시 그녀에게 부상자에 관한 사항들을 물어보았다. 그녀는 그의 이름과 직업 그리고 주소를 알려주었다. 마차꾼의 재빠른 대처 덕분에 승합마차가 방향을 바꾸어 로비노는 다리만 바퀴 아래 깔렸을 뿐이었다. 다만, 두 다리가 부러지지 않았을지 우려되는 상황이었다. 승합마차가 서서히 다시 출발하자, 선뜻 나선 네 남자가 부상자를 가이용 가의 약제사에게로 데리고 갔다.

"빌어먹을! 오늘 하루는 망쳤군." 마차꾼은 말들에게 채찍을 내리치며 투덜거렸다.

드니즈는 약국까지 로비노를 따라갔다. 의사를 찾고 있는 동안 약제사는 즉각적인 위험은 없다고 단언하면서, 부상자를 우선 가까운 자기 집으로 옮기는 게 좋을 것이라고 충고했다. 그사이 한 사람은 경찰서에 들것을 가지러 갔다. 그러자 드니즈는 그들보다 먼저 가서 로비노 부인이 마음의 준비를 할 수 있도록 해야겠다는 생각이 들었다. 하지만 그녀는 약국 문이 미어터지도록 모여 있는 구경꾼들 틈을 뚫고 나가느라 무진 애를 써야 했다. 죽음에 굶주린 사람들처럼 시시각각으로 사람들이 더 많이 모여들었기 때문이었다. 아이들과 부인네들은 발돋움을 하고 선 채 구경꾼들이 서로 거칠게 밀치는 와중에도 꿋꿋하게 버티고 있었다. 구경꾼이 하나씩 늘어날 때마다 새로운 사고가 추가되었다. 그리고 지금은 아내의 정부가 남편을 창문으로 집어던진 것이라는 얘기까지 등장한 터였다.

뇌브데프티샹 가에 이르자 드니즈는 실크 전문점 문 앞에 나와 있는 로비노 부인을 멀리서 알아볼 수 있었다. 그러자 우연히 그곳을 지나던 것처럼 가게 앞에 멈춰 서서는 잠시 이런 저런 얘기를 하는 척하면서 로비노 부인이 받을 충격을 약화시킬 방법을 궁리했다. 그들의 가게는 죽어가는 소상인의 최후의 결전에서 비롯된 혼란과 패배의 냄새를 짙게 풍기고 있었다. 그것은 두 경쟁자가 벌인 치열한 실크 전쟁의 예고된 결말이었다. '여인들의 행복 백화점'은 파리보뇌르의 가격을 또다시 5상팀 더 낮춤으로써 경쟁자에게 압승을 거두었다. 파리보뇌르가 4프랑 95상팀에 팔리기 시작하자 고장의 실크는 참패를 당하고 말았다. 두 달 전부터 로비노는 결정적인 파산을 막기 위해 미봉책에 의지해 하루하루 고통스러운 나날을 보내고 있었다.

"가이용 광장에서 남편분이 지나가시는 걸 봤어요." 마침내 가게 안으로 들어간 드니즈는 조그맣게 얘기를 꺼냈다.

왠지 모를 불안감 때문에 자꾸만 바깥으로 눈길을 향하던 로비노 부인은 재빨리 대꾸했다.

"아! 조금 전에 말이죠, 그렇죠? ······그렇잖아도 그이를 기다리고 있었거든요. 지금쯤은 올 때가 되어서요. 오늘 아침에 무슈 고장이 와서 함께 나갔거든요."

그녀는 여전히 매력적이고 세련되고 경쾌해 보였다. 하지만 임신 후반부에 접어들면서 몹시 피곤한 데다, 그녀의 온순한 성정과는 근본적으로 어울리지 않는 사업이 잘 풀리지 않아 그 어느 때보다 위축된 채 마음 불편한 나날을 보내고 있었다. 그녀는 이미 여러 차례 얘기했듯이, 이 모든 게 왜 필요한지 도무지 이해가 되지 않았다. 조그만 집에서 빵만 먹고 사는 한이 있어도 마음 편하게 사는 게 더 좋지 않은가?

"보나시피 이 지경까지 되고 말았어요." 그녀는 슬픔이 느껴지는 미소를 지으며 말했다.

"우리 사이에 감출 게 뭐가 있겠어요. ······장사가 너무 안 돼서 불쌍한 남편은 밤마다 잠도 잘 이루지 못해요. 그런데 오늘도 무슈 고장이 지불이 늦어지는 어음 때문에 그 사람을 힘들게 했으니······. 이렇게 여기 혼자 있으려니까 불안해서 죽을 것만 같아요······."

그러고는 다시 문으로 향하는 그녀를 드니즈가 붙잡았다. 드니즈는 멀리서 웅성거리는 소리를 막 들은 참이었다. 그리고 사고가 난 후부터 줄곧 옆에서 따라다니는 호기심 많은 구경꾼 무리와 함께 들것이 부인의 집으로 향하고 있음을 알아차렸다. 그러자 마음과는 달리 딱히 위로가 될 만한 말을 찾지 못한 드니즈는 바짝 타들어가는 입으로 서둘러 얘기를 해야만 했다.

"너무 걱정하지 않으셔도 돼요. 지금 당장 염려할 일은 없다고 했거든요. ……그래요, 무슈 로비노에게 안 좋은 일이 생긴 건 사실이에요. ……그래서 지금 모시고 오는 중이지만, 부디 너무 불안해하진 마셨으면 해요."

얼굴이 새하얗게 질린 로비노 부인은 아직 무슨 일인지 명확하게 깨닫지 못한 채 그녀의 얘기를 듣고 있었다. 거리는 사람들로 가득 찼고, 그 때문에 멈춰 선 삯마차의 마차꾼들은 욕설을 퍼부었다. 부상자를 데리고 온 남자들은 두 짝으로 된 유리문을 열기 위해 가게 문 앞에 들것을 내려놓았다.

"그건 사고였어요." 드니즈는 그가 다친 것이 자살 미수 때문이었음을 감추기로 마음먹고 얘기를 계속했다.

"남편께서 보도에 있다가 넘어지면서 그만 승합마차 바퀴 아래로 미끄러지는 바람에……. 그런데 천만다행으로 다리만 조금 다치셨어요. 그래서 지금 의사를 찾고 있으니 너무 걱정하지 않으셔도 돼요."

로비노 부인은 몸을 부르르 떨면서 두세 차례 알아듣기 힘든 외마디 소리를 질렀다. 그리고 더 이상 아무 말도 하지 않고 들것 옆에 주저앉아서는 떨리는 손으로 남편을 덮고 있는 천을 젖혔다. 그를 데리고 온 남자들은 의사를 찾게 되면 그를 다시 데려가기 위해 가게 앞에서 기다렸다. 이제 아무도 로비노를 만질 엄두를 내지 못했다. 그사이 의식을 되찾은 그는 조금씩 움직일 때마다 엄청난 고통으로 괴로워했다. 아내를 알아본 그의 두 뺨 위로 굵은 눈물이 흘러내렸다. 남편에게 키스를 한 로비노 부인은 눈물을 흘리면서 하염없이 그를 바라보았다. 바깥에서는 여전히 웅성거리는 소리와 함께, 무슨 좋은 구경거리라도 생긴 것처럼 반짝거리는 눈빛을 한 얼굴들이 모여들었다.

한 작업장에서 빠져나온 여공들은 안을 자세히 들여다보기 위해 서로 밀치느라 하마터면 유리문을 넘어뜨릴 뻔했다. 가게 문을 계속 열어두는 게 바람직하지 않다고 판단한 드니즈는 지나친 호기심을 차단하기 위해 함석으로 된 셔터를 내려야겠다는 생각을 했다. 그리고 직접 핸들을 돌리자, 톱니바퀴 장치에서 끼익 하는 구슬픈 소리가 나면서 셔터가 서서히 아래로 내려왔다. 마치 연극의 제5막이 끝나 무대 위로 내려오는 묵직한 커튼처럼 보였다. 드니즈가 안으로 들어와 조그맣고 둥근 문을 닫자, 셔터의 함석판에 뚫린 두 개의 별 모양 구멍 사이로 새어들어오는 희뿌연 빛 속에서 로비노 부인이 여전히 넋 나간 얼굴로 남편을 안고 있는 게 보였다. 파산한 가게가 소멸해버린 곳에는 오직 두 개의 별만이 남아, 신속하고 급격하게 재앙이 몰아닥친 파리의 거리 위에서 마지막 빛을 발하고 있는 듯했다. 마침내 로비노 부인이 다시 입을 열었다.

"오! 내 사랑…… 오! 내 사랑! ……오! 내 사랑……."

그녀는 그 말밖엔 하지 못했다. 로비노는 바닥에 꿇어앉아 부른 배가 들것에 짓눌린 상태로 몸을 뒤로 젖힌 아내를 보면서 숨이 막힐 것만 같았다. 격렬한 회한에 사로잡힌 그는 아내에게 솔직하게 사실을 털어놓았다. 몸을 움직이지 않을 때는 뜨거운 납덩이같은 다리의 감각밖에는 느껴지지 않았다.

"부디 날 용서해주오, 내가 잠깐 제정신이 아니었던 것 같소. ……소송 대리인이 고장 앞에서 내일 파산 공고를 할 거라고 하는 말을 듣자, 마치 사방이 불타오르는 것처럼 눈앞에서 불꽃이 춤을 추었소. ……그런 다음에는 아무것도 기억나지 않아. 미쇼디에르 가를 따라 내려오는 동안, 저 망할 백화점이 날 비웃는 소리가 들리는 것 같았다는 것 외에는……. 그랬소,

저 빌어먹을 거대한 백화점이 날 짓누르는 것 같았소. ……그
래서 승합마차가 모퉁이를 돌 때, 롬므의 잘린 팔이 떠오르면
서 나도 모르게 그만 마차를 향해 몸을 던지고 만 거요."

그의 아내는 남편의 끔찍한 고백이 이어지는 동안 서서히
바닥으로 무너져 내렸다. 맙소사! 그가 스스로 목숨을 끊으려
고 했다니. 충격을 이기지 못한 로비노 부인은 눈앞의 광경에
마음 아파하며 그녀를 굽어보고 있던 드니즈의 손을 꼭 잡았
다. 격해진 감정 때문에 진이 빠져버린 로비노는 또다시 의식
을 잃었다. 그런데 의사는 아직도 나타나지 않고 있었다! 두 사
람이 이미 온 동네를 누비고 다녔고, 그들 건물의 관리인도 의
사를 찾아 나선 터였다.

"너무 걱정 마세요, 곧 괜찮아지실 거예요." 드니즈는 흐느
껴 울면서 기계적으로 같은 말을 반복했다.

그러자 로비노 부인은 바닥에 주저앉아 들것의 막대 부분에
머리를 기댄 채, 남편이 누워 있는 천 끝에 뺨을 갖다 대고 속
내를 털어놓기 시작했다.

"오! 당신한테는 이런 얘길 해도 되겠죠. ……이이는 나 때
문에 죽으려고 했던 거예요. 남편은 수시로 내게 이렇게 말했
어요. 난 당신 돈을 훔친 거나 마찬가지야. 그 돈은 당신 거였
잖아. 그러면서, 밤에는 꿈에서까지 그 6만 프랑에 관한 악몽
에 시달리다가 땀에 흠뻑 젖은 채로 깨어나서는 무능력자라며
자신을 꾸짖곤 했어요. 사업에 소질이 없는 사람이 다른 이들
의 돈을 탕진시키는 건 죄악이라고 하면서요. ……남편은 항
상 초조해하면서, 근심 걱정으로 하루도 마음 편할 날이 없었
어요. 그러더니 심지어 헛것을 보는 지경에까지 이르렀죠. 난
무서웠어요. 남편은 누더기를 걸친 내가 거리에서 구걸을 하는

환상을 본 거예요. 이이는 날 지극히 사랑하고, 또 내가 항상 부유하고 행복하기를 바라거든요."

고개를 돌린 그녀는 남편이 눈을 뜨고 있는 것을 보았다. 그리고 울먹이는 소리로 얘기를 계속했다.

"오! 여보! 왜 그런 짓을 한 거예요? ……당신은 날 그렇게 속 좁은 여자로 생각했어요? 정말 난 아무 상관 없어요. 파산 같은 건 조금도 겁나지 않는다고요. 당신과 내가 함께 있을 수만 있다면 난 그걸로 충분히 행복할 수 있어요. ……그러니까 그 사람들보고 다 가져가라고 해요. 그리고 우린 더 이상 그들 얘기를 듣지 않아도 되는 곳으로 함께 떠나요. 당신은 어디서건 무슨 일이든 할 수 있을 거고, 우린 예전처럼 행복하게 살 수 있을 거예요."

그녀는 남편의 창백한 얼굴 옆에 이마를 떨구었고, 두 사람은 시련 속에서 더 깊어지는 애정을 느끼며 힌동안 서로 아무 말도 하지 않았다. 그들의 가게는 정적이 흐르는 가운데, 어슴푸레한 석양빛에 잠겨 나른함에 빠진 채 잠든 것처럼 보였다. 셔터의 얇은 함석판 너머로, 우르릉거리며 달리는 마차 소리, 거리를 오가는 행인들의 분주한 발소리와 함께 한낮의 활기찬 삶이 빠르게 지나가는 소리가 들려왔다. 그사이, 가게 현관으로 통하는 조그만 문을 수시로 들락거리며 바깥을 살피고 있던 드니즈는 재빨리 되돌아오면서 소리쳤다.

"의사가 왔어요!"

관리인이 데리고 온 의사는 예리한 눈빛을 지닌 젊은이였다. 그는 부상자를 침대에 눕히기 전에 먼저 진찰을 하기를 원했다. 다행히 한쪽 다리만, 즉 왼쪽 발목의 윗부분만 부러진 것으로 드러났다. 단순하게 뼈가 부러진 것이었으며 염려할 만한 어떤 합병증도 생기지 않을 터였다. 그런 다음 안쪽의 방으로 들것을 옮기려고 할 때 고장이 가게 안으로 들어왔다. 그는 마지막으로 애써보았지만 실패했음을 알리러 온 것이었다. 이젠 파산 선고를 피할 길이 없었다.

"그런데 무슨 일이죠? 무슨 일이 있었나요?" 그가 물었다.

드니즈는 그에게 간단하게 상황을 설명했다. 그러자 그는 당혹스러움을 감추지 못했다. 로비노는 힘없는 목소리로 그에게 말했다.

"당신을 원망하고 싶진 않지만, 이 지경이 된 데는 그쪽 책임도 어느 정도 있다는 생각이 드는군요."

"맙소사! 무슨 말을 그렇게 하는 거요, 친구!" 고장은 강하게 항변했다.

"이 싸움에서 이기려면 우리보다 더 강한 사람들이 필요했던 것뿐이오. ……지금 내 형편도 그쪽보다 나을 게 하나도 없다는 걸 잘 알지 않소."

남자들이 들것을 들어 올리자 로비노는 간신히 힘을 내어 다시 말했다.

"아니, 천만에요. 우리보다 훨씬 더 강한 사람들이라도 어쩔 수 없이 굴복하고 말았을 겁니다. ……부라 영감님이나 무슈 보뒤처럼 고집스러운 노인들이 어떻게 버티고 있는지는 이해할 수 있습니다. 하지만 우리처럼 빠르게 변해가는 새로운 세상을 받아들일 줄 아는 젊은 사람들에게는 전혀 다른 문제라고요! ……아뇨, 무슈 고장, 이젠 정말 다 끝난 겁니다."

그들은 그를 방으로 옮겼다. 로비노 부인은 비로소 골치 아픈 사업 문제에서 벗어날 수 있게 된 것에 기뻐하는 것처럼 들뜬 모습으로 드니즈의 볼에 키스를 했다. 그런 다음 드니즈와 함께 그곳을 나선 고장은 저 가엾은 로비노의 말이 옳다는 것을 인정했다. '여인들의 행복 백화점'과 맞서서 싸우려는 것은 어리석은 짓이었다. 그 역시, 그들과 다시 손잡고 일할 수 없다면 이미 망한 것이나 다름없었다. 전날만 해도, 그는 리옹으로 막 떠나려던 위탱과 은밀히 접촉해보았지만 절망감만 더 깊어졌을 뿐이었다. 그리하여 이젠 드니즈의 막강한 영향력에 관한 소문을 듣고 그녀의 관심을 끌고자 애쓰는 중이었다.

"뭐 어쩌겠나! 제조업자들에겐 안된 일이지만! 내가 다른 사람들을 위해 더 싸우다가 쫄딱 망하기라도 하면, 난 세상의 비웃음거리가 되고 말 거라고. 다른 제조업자들은 한 푼이라도 더 싼 물건을 만들려고 서로 아귀다툼을 벌이고 있는데……. 수석 구매상이 예전에 말한 대로, 이제 제조업은 더 체계화된 조직과 새로운 방식에 따른 발전 단계를 밟아나가기만 하면 되는 거 아니겠소. 그럼 모든 것을 순리적으로 해결할 수 있을 것이고 말이오. 고객을 만족시킬 수만 있다면 그걸로 충분하겠지요."

그러자 드니즈는 미소를 지어 보이면서 말했다.

"사장님을 찾아가셔서 그 얘기를 직접 하시는 게 좋을 것 같네요. ……그럼 그분도 좋아하실 거예요. 무슈께서 미터당 1상팀이라도 이익을 가져다줄 수만 있다면 그분은 어떤 유감도 갖지 않을 겁니다."

보뒤 부인이 세상을 뜬 것은 화창한 1월의 어느 날 오후였다. 그녀는 보름 전부터 가게에 내려오지 못했다. 그들은 사람을 고용해 대신 가게를 보도록 했다. 보뒤 부인은 베개로 허리를 받친 채 침대 한가운데에 기대앉아 하루해를 보냈다. 핏기라곤 없는 창백한 얼굴에는 반짝이는 눈만이 그녀가 아직 살아 있음을 말해주고 있었다. 그녀는 고개를 똑바로 돌려 창문의

조그만 커튼 너머로 길 맞은편 '여인들의 행복 백화점'을 고집
스럽게 바라보았다. 보뒤는 아내의 그런 강박관념과 절망적으
로 응시하는 시선으로 인해 고통스러운 나머지 그곳에 커다란
커튼을 쳐버리려고 했다. 하지만 그녀는 애원하는 몸짓으로 그
를 막으면서, 마지막 숨이 꺼질 때까지 그곳을 지켜보기를 고
집했다. 이제 거대한 괴물은 그녀에게서 모든 것을 앗아 가버
렸다. 그녀의 집도, 딸도, 그리고 그녀의 삶의 불꽃 또한 '전통
엘뵈프'와 함께 조금씩 꺼져갔다. 점차 줄어드는 고객처럼 그
녀를 마지막으로 지탱하던 삶의 기운 역시 조금씩 빠져나가고
있었던 것이다. 그리하여 마지막 순간 그녀의 몸속에는 미미한
숨결조차 남아 있지 않았다. 죽는 순간이 닥쳤음을 느낀 그녀
는 마지막 힘을 내어 남편에게 두 개의 창문을 활짝 열어줄 것
을 청했다. 포근한 날씨에 경쾌한 햇살이 '여인들의 행복 백화
점'을 금빛으로 물들이는 동안, 오래된 건물의 방은 어둠 속에
서 추위에 떨고 있었다. 보뒤 부인은 승리를 과시하는 기념물
인 듯한 백화점과, 투명한 쇼윈도 뒤로 수백만 프랑이 요동치
는 광경을 눈 속에 담으면서 한참 동안 그곳을 응시했다. 그러
다 서서히 눈빛이 창백해지면서 마지막 빛이 꺼지고 눈 속이
암흑으로 가득 찼다. 그때까지 여전히 크게 뜬 눈에는 굵은 눈
물방울이 가득 맺혀 있었다.

그리하여 동네의 파산한 소상인들은 또다시 장례 행렬에 참
석해야 했다. 모피상인 방푸유 형제는 12월에 만기가 도래한
어음을 간신히 막긴 했지만 다시 재기할 힘을 잃은 채 핏기 없
는 얼굴을 하고 있었다. 베도레는 스트레스로 위장병이 악화돼
지팡이를 짚고 걸어야만 했다. 델리니에르는 뇌졸중으로 한 차
례 쓰러진 적이 있었다. 피오와 리부아르는 인생이 끝장난 사

람들처럼 코를 땅에 박고 말없이 걸어갔다. 조문객들은 그 자리에 보이지 않는 사람들에 관해서는 얘기를 꺼낼 엄두를 내지 못했다. 다리 한 쪽이 부러진 채 침대에 누워 있는 로비노는 차치한다 하더라도, 키네트와 마드무아젤 타탱, 그리고 또 다른 이들이 잇달아 대재앙의 물결에 가라앉거나 휩쓸려갔다. 무엇보다 그들은 빠르게 퍼져 나가는 역병에 감염된 새로운 상인들에 대해 저마다 한마디씩 했다. 아직은 버티고 있지만, 머지않아 자신들을 강타하게 될 질병에 대한 두려움에 떨고 있는, 향수 가게 주인 그로녜, 모자 가게의 샤되유 부인, 꽃 가게 주인 라카사뉴, 구두 제조공 노 등이 그들이었다. 보뒤는 딸의 장례 때 그랬던 것처럼, 도끼로 머리를 얻어맞은 소처럼 넋 나간 표정으로 묵묵히 영구차를 뒤따라갔다. 첫 번째 장의 마차 안쪽에서는 부라 영감이 덥수룩한 눈썹과 눈처럼 새하얀 머리 아래 예리한 눈빛을 번득이고 있었다.

드니즈는 깊은 수심에 잠겨 있었다. 그녀는 보름 전부터 이런저런 걱정거리와 피곤한 일들로 지칠 대로 지친 상태였다. 페페를 기숙학교에 보내야 했고, 장은 제과점 주인의 조카에게 푹 빠져 그녀와 결혼하게 해달라며 드니즈를 달달 볶아댔다. 그런 다음에 이어진 큰어머니의 죽음은 드니즈의 진을 완전히 빼놓았다. 무레는 또다시 그녀에게 어떻게든 힘이 되어주고자 했다. 그러면서, 그녀가 자신의 큰아버지와 다른 지인들을 위해 하고자 하는 것은 그것이 무엇이든 들어주기로 거듭 약속했다. 그리고 어느 날 아침, 부라 영감이 거리로 내쫓기고, 보뒤가 끝내 가게 문을 닫기로 했다는 소식을 들은 드니즈는 또다시 무레를 찾아가 대화를 나누었다. 그리고 점심 식사를 한 후, 두 사람에게 힘이 될 수 있기를 바라면서 백화점 문을 나섰다.

부라 영감은 미쇼디에르 가의 보도 위에서 자신의 가게가 있던 건물을 마주하고 선 채 꼼짝 않고 서 있었다. 그 전날, 백화점 측은 무례의 소송 대리인이 생각해낸 교묘한 방법으로 그를 그곳에서 쫓아냈다. 우산 상인의 채권을 소유하고 있던 무레는 손쉽게 그의 파산 선고를 이끌어낼 수 있었고, 그런 다음에는 파산 관리인이 주관하는 경매에서 500프랑에 임대차계약을 사들였다. 그렇게 해서, 완고한 노상인은 10만 프랑에도 넘겨주지 않으려고 했던 것을 고작 500프랑에 포기해야만 했다. 게다가 철거꾼들을 데리고 온 건축업자는 그를 내보내기 위해 경찰까지 동원해야 했다. 물건은 경매로 팔려 나가고, 세입자들은 방을 비워줘야 했다. 하지만 그가 평소 잠을 자던 구석에서 꼼짝하지 않고 버티는 바람에, 일꾼들은 마지막 동정심에서 감히 그를 내쫓을 생각을 하지 못했다. 하지만 철거꾼들은 그의 머리 바로 위쪽에 있는 지붕부터 부수기 시작했다. 썩은 슬레이트 지붕을 들어내자 천장이 무너져 내리고 벽이 갈라졌지만, 그는 휑하게 드러난 낡은 골조 아래 쌓여 있는 건물 잔해 한가운데서 한 발자국도 움직이지 않았다. 그러다 경찰이 오자 그제야 그 자리를 떠났다. 하지만 인근의 가구 딸린 여관에서 밤을 보낸 그는 다음 날 아침 일찍부터 맞은편 보도에 다시 모습을 드러냈다.

"부라 영감님." 드니즈는 다정하게 그를 불렀다.

하지만 그는 그녀의 말이 들리지 않는 듯, 곡괭이로 누옥의 정면을 부수기 시작한 철거꾼들을 집어삼킬 것처럼 이글거리는 눈빛으로 노려보았다. 이제 뻥 뚫린 창문들 뒤로 건물 내부가 훤히 드러났다. 200년 동안 햇빛 한 자락 든 적 없는 초라하기 짝이 없는 방들과 시커먼 계단이 보였다.

"아! 자네였군." 마침내 드니즈를 알아본 그가 말했다.

"어떻소? 아주 일을 잘하고 있지 않소, 저 날강도 같은 놈들이!"

드니즈는 곰팡이가 슨 돌들이 떨어져 내리는 광경에서 시선을 떼지 못한 채, 오래된 누옥의 애처로운 운명 앞에서 안타까운 마음에 아무 말도 할 수가 없었다. 눈길을 위로 향하자, 그녀가 예전에 묵었던 방의 천장에 떨리는 손으로 쓴 것 같은 검은색 글씨가 아직 남아 있는 게 보였다. 촛불의 검댕으로 쓴 에르네스틴이라는 이름이었다. 그러자 곤궁했던 날들의 기억이 머릿속을 스쳐 갔다. 그러면서 그 고통스러웠던 시절에 대한 그리움마저 느껴졌다. 그사이 일꾼들은 벽 전체를 무너뜨리기 위해 아래쪽에 타격을 가하기로 했다. 그러자 벽이 흔들거렸다.

"저러다가 저 밑에 깔려서 몽땅 뒈지면 속이 시원하겠군!" 부리 영감은 적대적인 목소리로 중얼거렸다.

곧이어 엄청난 굉음이 들려왔다. 질겁한 일꾼들은 급히 거리로 몸을 피했다. 벽 전체가 무너져 내리면서 요란한 진동과 함께 건물의 잔해를 모두 덮어버렸다. 물론, 무너지고 갈라지는 와중에 낡을 대로 낡은 건물이 버텨낼 리 만무했다. 한 번 힘주어 미는 것만으로도 위에서 아래까지 단번에 쪼개지기에 충분했다. 진흙으로 만든 집이 비에 젖어 약해진 채 납작하게 주저앉아버리는 광경은 참으로 보기 딱했다. 이제 더 이상 벽면 하나도 남아 있지 않았다. 바닥에는 산산조각 난 잔해와 과거의 폐기물만이 수북이 쌓여 있었다.

"맙소사!" 노인은 건물이 무너져 내리면서 그의 배 속까지 울리게 한 것처럼 큰 소리로 외쳤다.

그는 크게 벌린 입을 한참 동안 다물지 못했다. 이렇게 빨리 끝나버릴 줄은 상상도 못했었다. 그는 '여인들의 행복 백화점' 옆구리에 수치스러운 혹처럼 붙어 있던 것이 떨어져 나가고 그 자리에 생긴, 활짝 열린 틈과 휑한 공간을 멍하니 바라보았다. 이제 그들은 마지막 방해꾼인 각다귀 한 마리를 마저 짓밟아버리고, 미미하기 짝이 없는 존재의 고집스러움에 결정적인 승리를 거두면서 마침내 섬 전체를 모두 점령해버렸던 것이다. 소리를 듣고 모여든 행인들은 낡은 건물이 하마터면 사람들을 죽일 뻔했다며 열을 올리는 철거꾼들과 함께 목소리를 높였다.

"부라 영감님." 드니즈는 그를 다른 곳으로 이끌면서 거듭 말했다.

"영감님을 이대로 가시게 하진 않을 거예요. 필요하신 건 뭐든지 해드릴 겁니다."

부라는 몸을 꼿꼿이 세우면서 말했다.

"난 필요한 게 없소. ……그들이 자네를 보낸 거지, 그렇지? 그렇다면, 가서 이렇게 전하게. 이 부라는 아직 얼마든지 일할 수 있다고, 그리고 그곳이 어디든 내가 원하는 곳에서 일할 거라고……. 정말 기가 막히는군! 사람을 죽여놓고 자선을 베푸는 꼴이라니, 참으로 편리하지 않은가 말이야!"

그러자 드니즈는 그에게 다시 간청했다.

"부탁이에요 어르신, 제발 제 청을 좀 들어주세요. 절 더 슬프게 만들지 마세요."

하지만 그는 덥수룩한 머리를 세차게 흔들면서 말했다.

"아니, 아니야, 이제 다 끝났어. 잘 있게. ……자넨 젊으니까 행복하게 잘 살길 바라네. 다만, 늙은이가 자신의 신념을 지키기 위해 떠나는 것을 막지는 말게."

그는 무너진 잔해 더미를 마지막으로 흘끗 쳐다보고는 힘겨운 걸음걸이로 그곳을 떠났다. 드니즈는 분주하게 오가는 행인들 한가운데 서서 그의 뒷모습을 지켜보았다. 그가 가이용 광장 모퉁이를 돌아서자, 그걸로 끝이었다.

드니즈는 잠시 허공을 응시하며 가만히 서 있었다. 그리고 자신의 큰아버지 가게로 들어갔다. 보뒤는 어두컴컴한 '전통 엘뵈프'에서 홀로 지내고 있었다. 가정부는 아침과 저녁에만 잠깐 와서는 식사를 준비하고, 그가 덧문을 올리고 내리는 것을 도와줄 뿐이었다. 그는 하루 종일 찾아오는 사람 하나 없는 처절한 고독 속에서 몸을 웅크린 채 시간을 죽였다. 어쩌다 한 번씩 고객이 찾아와도 물건이 어디 있는지조차 기억해내지 못했다. 그리고 정적이 깔린 희미한 빛 속에서, 장례 행렬 때처럼 무거운 발걸음으로 끊임없이 가게 안을 오갔다. 마치 자신의 고통을 달래서 잠재우려는 것처럼, 억지로라도 걸어야 한다는 강박적이고 병적인 필요에 의해 그러는 듯했다.

"좀 괜찮으세요, 큰아버지?" 드니즈가 물었다.

그는 잠시 걸음을 멈추었다가는 계산대에서 어두컴컴한 가게 안쪽으로 다시 가면서 말했다.

"그래, 그래, 난 괜찮아. ……고맙다."

드니즈는 그의 기운을 북돋아주는 말을 하고자 했지만 아무런 말도 떠오르지 않았다.

"조금 전에 소리 들으셨어요? 부라 영감님 가게 건물이 무너지는 소리요."

"그랬군! 그랬어." 그는 놀란 얼굴로 조그맣게 말했다.

"그게 그 소리였군. ……땅바닥이 흔들리는 게 느껴지더라고……. 난, 오늘 아침에 그들이 지붕 위에 올라가 있는 걸 보고는 문을 닫아버렸거든."

그는 이제 그런 것들에는 더 이상 관심 없다는 듯 의미를 알 수 없는 몸짓을 해 보였다. 그러면서 매번 계산대 앞으로 되돌아올 때마다 텅 비어버린 긴 의자를 물끄러미 바라보았다. 그의 아내와 딸은 낡은 벨벳이 깔린 긴 의자 위에서 함께 나이 들어가면서 대부분의 시간을 그곳에서 보냈다. 그는 가게 안을 끊임없이 오가는 동안 계산대 반대쪽으로 가게 될 때마다 어둠 속에 잠겨 있는 칸막이 선반을 응시했다. 그 속에 남아 있는 몇 점 안 되는 나사 천들에는 곰팡이가 슬어 있었다. '전통 엘뵈프'는 그와 마찬가지로 깊은 슬픔과 상실감에 빠져 있었다. 사랑하는 이들이 차례로 세상을 떠나고, 사업은 수치스러운 종말을 맞이하는 잇단 비극을 겪으면서, 죽어버린 가슴과 상처받은 자존심을 꺼안고 홀로 하루하루를 버텨내고 있었다. 보뒤는 눈을 들어 시커먼 천장을 쳐다보면서, 어둠에 잠긴 조그만 식당에서 들려오는 침묵에 귀를 기울였다. 그는 그 가족적인 구석진 공간에서 풍기는 퀴퀴한 냄새까지도 사랑했었다. 오래된 집에서는 숨소리 하나 들리지 않았고, 규칙적인 그의 발소리만이 낡은 벽들을 울렸다. 그는 마치 그가 사랑했던 것들의 무덤 위를 걷고 있는 듯했다.

마침내 드니즈는 그에게 하고자 했던 얘기를 꺼냈다.

"큰아버지, 언제까지 이렇게 지내실 순 없잖아요. 무언가 하셔야만 해요."

보뒤는 계속 걸으면서 대답했다.

"그렇겠지, 하지만 내가 뭘 할 수 있겠니? 가게를 팔려고 내놓았지만 아무도 보러 오지 않는걸. ……맙소사! 이러다가 어느 날 아침, 가게 문을 닫고 어디론가 훌쩍 떠나버릴지도 모르지."

이제 그는 파산을 두려워하지 않아도 되었다. 끈질기게 가혹한 운명 앞에서 채권자들이 그의 사정을 봐주기로 합의했던 것이다. 하지만 빚을 다 갚고 나면 그는 거리로 나앉게 될 터였다.

"그런 다음에는 어쩌시게요?" 드니즈는 그에게 말하기 힘든 제안을 어떻게 꺼내면 좋을지 몰라 조그만 소리로 물었다.

"글쎄다, 무슨 일이건 하게 되겠지."

그사이 걷는 코스를 바꾼 그는 이번에는 식당에서 앞쪽 진열창 사이를 오갔다. 그러면서 매번 우울한 눈빛으로 제품 진열도 제대로 돼 있지 않은 초라한 광경의 진열창을 응시했다. 이제 그는, 승리자처럼 의기양양하게 왼쪽 오른쪽으로 도로 양끝까지 길게 뻗어 있는 '여인들의 행복 백화점'에는 눈길조차 주지 않았다. 그것은 완전한 소멸과도 같았다. 그에게는 이제 분노할 힘조차 남아 있지 않았다.

"저기요 큰아버지," 드니즈는 마침내 곤혹스러운 표정으로 조심스럽게 운을 뗐다.

"어쩌면 일하실 수 있는 곳이 한 군데 있을 것 같아요."

그리고 잠시 얘기를 중단했다가 다시 우물우물 말했다.

"그래요, 큰아버지께 감독관 자리를 제안하라는 청을 받고 왔거든요."

"어디에서 말이냐?" 보뒤가 물었다.

"그게요, 저기, 맞은편에…… 우리 백화점에서요. ……별로 힘들이지 않으면서 6천 프랑을 받을 수 있는 일이에요."

보뒤는 갑자기 그녀 앞에 멈춰 섰다. 그녀가 걱정했던 것처럼 불같이 화를 내지는 않았지만 대신 얼굴에서 핏기가 싹 가셨다. 그는 자신에게 닥친 일들을 받아들여야만 한다는 씁쓸한 체념으로 인해 몹시 고통스러워 보였다.

"맞은편이라고, 맞은편이라고 했니, 지금……." 그는 더듬더듬 같은 말을 반복했다.

"넌 정말 내가 저기 맞은편으로 들어가길 바라는 거냐?"

그 순간, 드니즈 역시 그와 똑같은 감정을 느꼈다. 두 경쟁상대가 벌인 오랜 싸움과, 주느비에브와 보뒤 부인의 장례 행렬에 대한 기억이 다시 떠올랐다. '여인들의 행복 백화점'이 바닥에 쓰러져 있는 '전통 엘뵈프'의 목을 죄는 광경이 눈앞에 어른거렸다. 그러면서 자신의 큰아버지가 새하얀 넥타이를 매고 백화점 안을 활보하는 모습이 떠오르면서 그녀의 마음을 연민과 분노로 뒤흔들어 놓았다.

"이런, 드니즈야, 그게 지금 말이 된다고 생각하니?" 그는 부들부들 애처롭게 떨리는 두 손을 마주 잡으면서 그렇게만 말했다.

"아뇨, 아니에요, 큰아버지!" 드니즈는 공정하고 선한 마음을 지닌 존재로서 자신의 말에 분개하며 소리쳤다.

"그런 일은 있을 수 없어요. ……죄송해요, 제가 잘못했어요."

그가 다시 걷기 시작하자, 그의 발소리가 또다시 무덤처럼 텅 빈 가게 안에 울려 퍼졌다. 드니즈가 그곳을 떠난 후에도 그는 걷고 또 걸었다. 영원히 출구를 찾지 못한 채 제자리에서 맴도는 깊은 절망감처럼 고집스럽게.

드니즈는 그날 밤 또다시 잠을 이루지 못했다. 자신이 한없이 무력하게 느껴졌기 때문이다. 자신의 가족을 위해서 아무것도 해줄 수 없다는 사실이 그녀를 괴롭게 했다. 그녀는 끊임없이 새로 태어나기 위해서는 죽음이 요구된다는 삶의 냉엄한 논리를 마지막까지 똑똑히 지켜보아야만 했다. 그리고 그러한 투쟁의 법칙을 받아들이면서 더 이상 그것에 맞서서 싸우려고 하지 않았다. 하지만 한 여성으로서의 선한 마음은 빈민과 고통받는 사람들에 대한 깊은 애정으로 가득 차 있었다. 그녀 역시 수년 전부터 거대한 기계의 톱니바퀴에 휘말린 삶을 살고 있었다. 그녀 역시 그 속에서 피 흘리지 않았던가? 그녀 역시 상처받고 내쫓기고 모욕을 당하지 않았던가? 그녀는 지금도 여전히 자신의 의지와는 무관하게 어떤 일에 선택된 것 같은 생각이 들 때면 때로 섬뜩함이 느껴졌다. 왜 하필 그녀란 말인가, 이토록 여리고 가냘픈? 어째서 괴물이 위업을 이루고자 함에 있어서 그녀의 작은 손이 갑자기 이토록 중요하게 느껴진단 말인가? 모든 것을 휩쓸어가는 강력한 힘은 이제 모든 여인들의 복수를 위해 나타난 것 같은 그녀에게마저 그 무시무시한 손길을 뻗치고 있었다. 무레는 수많은 사람들을 압도하는 거대한 기계를 만들어냈다. 그리고 그 거친 작동 방식은 그녀를 분노케 했다. 그는 구역 전체를 파멸로 몰아넣으면서, 그곳의 상인들을 빈털터리로 만들고 그들의 목숨을 앗아 가기도 했다. 하지만 그럼에도 불구하고 그녀는 그가 만들어낸 작품의 위대함으로 인해 더욱더 그를 사랑했다. 패배한 이들의 신성한 고통 앞에서 느껴지는 분노로 끊임없이 눈물이 흐르는 가운데서도, 그의 힘이 날로 커지는 것을 지켜보면서 그를 향한 사랑 또한 점점 더 깊어져 갔다.

제14장

디스 데상브르 가는, 새하얀 백토로 칠해진 집들과 아직 마무리가 되지 않은 몇몇 건물의 비계가 눈에 띄기는 했지만, 새롭게 단장된 말끔한 모습으로 2월의 투명한 햇살 아래 길게 뻗어 있었다. 생로크의 오래된 구역의 습기 차고 그늘진 길을 가로질러 환히 뚫린 대로 한가운데를 한 무리의 마차들이 길게 늘어서서 승리자처럼 보무당당한 모습으로 달려갔다. 미쇼디에르 가와 슈아죌 가 사이에는 한 달간의 광고로 뜨겁게 달구어진 군중이 한꺼번에 몰려드는 바람에 엄청난 소란이 일기도 했다. 사람들은 '여인들의 행복 백화점'의 거대한 새 건물을 올려다보며 넋을 잃은 채 벌어진 입을 다물 줄 몰랐다. 백화점 확장을 기념하기 위한 개장식은 돌아오는 월요일에 백색 대전시회*와 함께 치러질 예정이었다.

*봉 마르셰 백화점의 창업자인 부시코는 1년 중 최대의 비수기인 2월에 계절과 상관없는, 백색 천인 리넨이나 면직물 등으로 된 시트, 식탁보, 셔츠, 속옷 등을 대대적으로 할인 판매했다. 부시코는 어느 겨울날 흩날리는 눈을 보면서 아이디어를 떠올려 '엑스포지시옹 드 블랑(백색 전시회)'으로 불린 대대적인 세일 행사를 기획해냈다. 《백화점의 탄생》, 가시마 시게루, 장석봉 옮김, 뿌리와 이파리, 2006)

내부 매장의 북적거림과 화려함을 예고하듯 현란한 색깔들로 꾸며진 거대한 진열대가 행인들의 시선을 잡아끌면서, 다양한 색채와 금빛이 두드러진 웅장한 건축물이 신선하고 경쾌한 모습으로 그들의 발길을 멈추게 하고 있었다. 1층은 쇼윈도의 천들이 죽어 보이지 않기 위해 간소한 장식으로 꾸며놓았다. 맨 아래쪽에는 바닷물을 연상시키는 초록색 대리석을, 모퉁이 기둥과 보조 기둥에는 검은색 대리석을 사용했다. 또한 금빛 카르투슈*로 경쾌함을 부여해 소박한 장식의 밋밋함을 보완했다. 그밖에는, 철제 틀을 끼운 판유리로만 사방을 둘러놓았다. 갤러리를 더 깊어 보이게 하면서, 길거리에서도 홀 전체가 훤히 들여다보이게 하기 위해서였다. 하지만 위쪽으로 올라갈수록 더욱더 화려한 색조들의 향연이 펼쳐졌다. 1층의 프리즈에는 모자이크와 붉은색과 파란색 꽃으로 된 화환, 그리고 제품들의 이름이 새겨진 대리석 판 들이 번갈아 이어지면서 기대한 백화점 내부를 빙 둘러 감싸고 있었다. 2층의 맨 아래쪽은 유약을 입힌 벽돌로 돼 있고, 그 위로는 또다시 커다랗게 뚫린 유리창이 나 있었다. 그 위쪽의 프리즈는 프랑스 도시들의 문장(紋章)이 새겨진 금빛 방패꼴 무늬와, 아랫부분처럼 밝은색 유약을 입힌 테라코타 모티브로 장식돼 있었다. 마지막으로 건물의 맨 꼭대기에는, 건물 전체에 꽃들이 만개한 것처럼 엔태블러처** 전체가 피어나는 듯 보였다. 또다시 등장한 모자이크와 자기는 좀 더 따뜻한 색조로 구성돼 있었고, 함석으로 된 처마

---

*장식 디자인에서 판지의 끝이 말려 올라간 것 같은 모양의 무늬로, 그 중앙에 문자나 문장(紋章) 등을 배치한다. 바로크 건축 장식으로 유행했다.
**기둥의 윗부분에 수평으로 연결된 지붕을 덮는 장식 부분을 가리킨다. 위로부터 코니스, 프리즈, 아키트레이브의 세 부분으로 이루어진다.

의 물받이에는 금박이 입혀져 있었다. 아크로테리온 위에는 프랑스의 대표적인 제조업 도시를 상징하는 조각상들이 푸른 하늘을 배경으로 섬세한 윤곽을 또렷하게 드러냈다. 하지만 무엇보다 호기심 많은 이들의 감탄을 자아낸 것은 개선문만큼이나 높은 웅장한 정문이었다. 그곳에도 역시 모자이크와 자기, 테라코타로 된 장식이 넘쳐났고, 그 위로는, 경쾌하게 웃는 한 무리의 큐피드가 여인에게 키스를 하고 옷을 입혀주는 모습을 우의적으로 표현한 조각상들이 새로 입힌 금박에 햇빛을 받아 환히 빛나고 있었다.

오후 2시경에는, 순찰 기병들이 군중을 흩어지게 하고 마차가 주차하는 것을 살펴야 했다. 이제, 유행을 좇아 아낌없이 소비하는 열혈 신자들을 위한 신전, 그들을 위한 궁전이 세워졌다. 그리고 그 웅장한 신전은 구역 전체를 굽어보면서, 그 거대한 그늘로 그곳을 모두 덮어버렸다. 부라 영감의 누옥을 무너뜨림으로써 옆구리에 생긴 상처는 벌써 깨끗이 아물어 더 이상 예전에 붙어 있던 혹의 흔적을 찾아볼 수 없었다. 네 군데의 거리로 난 백화점 건물의 네 면은 빈틈이 한군데도 없는 완벽한 한 덩어리를 이루었다. 맞은편의 '전통 엘뵈프'는 보뒤가 양로원으로 들어간 이후 아무도 열어볼 생각을 하지 않는 덧문 뒤로 무덤처럼 꼭꼭 닫힌 채로 남아 있었다. 삯마차의 바퀴에서 튄 흙탕물로 더럽혀진 덧문 위로 점차 포스터가 덧붙여지면서 문짝을 통째로 막아버리기에 이르렀다. 밀물처럼 몰려와 덧문의 흔적마저 덮어버리는 광고 전단지들은 노쇠한 상업의 관에 마지막으로 던져 넣는 한 줌의 흙과도 같았다. 행인들이 뱉은 침으로 더럽혀지고, 파리의 번잡함이 빚어낸 누더기로 얼룩진 진열창 한가운데는, 정복한 제국에 꽂아놓은 깃발처럼 2피트 크기의 글씨로 '여인들의 행복 백화점'의 대대적인 세일을 알리는 노란색 포스터가 새로 붙어 있었다. 이는 마치 연속적인 확장의 꿈을 이룬 거인이, 자신이 소박하게 태어났던, 그리고 훗날 목을 졸라 살해한 초라한 동네에 대한 수치심과 역겨움에 사로잡혀 그곳에 등을 돌린 것처럼 보였다. 거인은 진흙탕으로 뒤덮인 비좁은 거리를 뒤에 버려둔 채, 번들거리는 벼락부자의 얼굴로 환한 햇살이 비치며 북적대는 새로운 파리의 대로를 향해 미소 짓는 듯했다. 광고 전단지의 그림이 보여주듯, 이제 거인은 어깨로 구름을 뚫고 지나가는 동화 속의 식인귀처럼 몸집이 비대해져 있었다. 우선, 그림의 전경에 나와 있는 디스 데상브르 가와 미쇼디에르 가, 그리고 몽시니 가는 조그만 검은색 형상들로 붐비면서, 전 세계의 고객들이 몰려와도 될 만큼 엄청나게 널찍해 보였다. 공중에서 내려다본 건물 역시 과도하게 크게 묘사돼 있었다. 천상 부분에서는, 지붕 덮인 갤러리와 아래쪽에 중앙 홀이 있음을 짐작게 하는 유리 천장이 보였다. 또한, 끝없이 이어지는 호수 같은 천장의 유리와 함석이 한낮의 햇빛을 받아 빛났다. 그 너머로는 파리가 펼쳐져 있었다. 하지만 그것은 괴물한테 잡아먹혀 왜소해진 파리였다. 인접한 건물들은 초가집처럼 초라해 보였고, 굴뚝에서 나오는 희미한 연기처럼 잘게 흩어져버렸다. 기념물들도 형체가 흐릿해져 있었다. 노트르담은 두 개의 수직선처럼, 앵발리드는 '악상 시르콩플렉스'*처럼 뾰족한 지붕만 남은 것처럼 보였고, 저 멀리 렌즈콩만하게 보이는 팡테옹은 왜소한 자신을 부끄럽게 여기는 듯 보였다. 가루처럼 뭉개져 버린 듯한 지평선마저도 샤티용 언덕과

*프랑스어 모음자 위에 붙이는 기호의 하나(^).

파리에 붙어 있는 광대한 들판까지를 한데 담고 있는 한낱 사진틀처럼 보일 뿐이었다.

아침부터 몰려오기 시작한 고객은 시간이 갈수록 그 수가 점점 늘어났다. 지금까지 어떤 백화점도 이처럼 요란한 광고로 도시 전체를 들썩이게 한 적은 없었다. 이제 '여인들의 행복 백화점'은 포스터와 신문 광고를 비롯한 온갖 종류의 광고들에 매년 60만 프랑을 쏟아붓고 있었다. 또한 매년 40만 개의 카탈로그를 사방 곳곳으로 보냈으며, 샘플 발송에만 10만 프랑어치 이상의 천이 들어갔다. 그들은 우렁찬 청동 트럼펫 소리로 온 세상에 끊임없이 대대적인 세일 소식을 알리듯, 신문, 건물의 벽, 대중의 귀 등을 가리지 않고 무차별적으로 공략했다. 이제, 그 앞에 서기만 해도 압도당하는 것 같은 새 건물은 그 자체만으로도 살아 있는 광고판 역할을 하고 있었다. 다양한 색깔들과 금박 장식으로 이루어진 호사스러움, 여인들의 의상이 보여주는 한 편의 시를 고스란히 펼쳐 보이는 널따란 쇼윈도와 더불어 1층의 대리석 판부터 지붕 위에 설치된 아치형 함석판에까지, 그 위에 그림을 그리고 형상을 새기고 조각한 수많은 간판들이 행인들의 눈길을 잡아끌었다. 지붕 위의 금박으로 장식된 현수막에는, 당시 유행하던 색상들로 쓰인 백화점 이름이 푸른 하늘을 배경으로 선명하게 두드러져 보였다. 거기에 개장을 기념하기 위한 승리의 기념품과 깃발이 추가되었다. 백화점의 각 층마다 프랑스 주요 도시의 문장이 새겨진 깃발과 군기가 장식되었으며, 건물 꼭대기에서는 깃대에 꽂힌 외국의 국기들이 바람에 나부꼈다. 그리고 1층에서는, 쇼윈도 한가득 전시된 백색 제품들이 눈처럼 새하얀 색으로 보는 이들의 눈을 부시게 하고 있었다. 그곳은 온통 백색 일색이었다. 혼수품 일

체와, 왼쪽에 산처럼 쌓여 있는 침대 시트, 오른쪽에 각각 예배당과 피라미드를 연상시키는 모습으로 진열돼 있는 커튼과 손수건이 보는 이들의 눈을 혹사했다. 마치 눈이 내리듯, 입구에 매달아 흘러내리도록 진열해놓은 리넨과 캘리코, 모슬린 사이로는 푸르스름한 빛깔의 판지로 제작된 두 여인상이 서 있었다. 실물 크기로 만들어진 젊은 신부와 야회복 차림의 여인은 각각 레이스와 실크로 된 옷을 입은 채 그림 속에서 활짝 미소짓고 있었다. 계속해서 구경꾼들이 모여들었고, 감탄 어린 눈으로 바라보는 군중 속에서 욕망의 기운이 모락모락 솟아올랐다.

'여인들의 행복 백화점'을 둘러싼 사람들의 호기심은 파리 전체의 화제가 된 한 사건을 계기로 더욱더 자극되었다. 부트몽이 겨우 3주 전에 오페라 근처에 문을 연 '카트르 세종 백화점'에 화재가 났던 것이다. 신문들은 싱세한 상황 설명을 곁들여 기사를 쏟아냈다. 밤사이에 난 불은 가스 폭발이 그 원인이었으며, 겁에 질린 채 슈미즈 바람으로 뛰쳐나온 여성 판매원들에 대한 얘기와 그중 다섯 명을 부축해 불길에서 구해낸 부트몽의 영웅적인 행동에 대한 찬사가 이어졌다.* 게다가 엄청난 손실은 보험금으로 메울 수 있었으며, 입방아 찧기 좋아하는 사람들은 선전 효과 한번 끝내준다고 수군거리기도 했다. 하지만 지금으로서는, 세간에 떠도는 얘기에 부쩍 호기심이 발동한 사람들이 이제 대중의 삶에 매우 중요한 자리를 차지하

---

*1881년 3월 9일 프랭탕 백화점에서 일어났던 화재를 떠올리게 하는 대목이다. 불은 가스등 담당 직원의 실수로 일어났으며, 다음 날 파리 언론은 경영자의 용기에 대한 찬사를 쏟아내며 화재로 인한 피해액을 발표했다. 이듬해인 1882년 봄, 불탄 곳을 재건축해 새롭게 단장한 백화점의 개장식 또한 큰 화제가 되었다.

게 된 백화점에 심취해 또다시 '여인들의 행복 백화점'에 지대
한 관심을 보이고 있었다. 저 무레라는 남자는 참 운도 좋지 뭐
야! 파리 전체가 그의 행운에 찬사를 보내며 그의 건재함을 보
러 몰려들었다. 이젠 불마저 나서서 그의 앞에서 거치적거리는
경쟁자들을 대신 쓸어버리고 있지 않은가! 그는 벌써부터, 경
쟁 관계에 있는 백화점이 어쩔 수 없이 문을 닫음으로써 자신
의 백화점으로 몰려들게 될 인파를 떠올리며 분기별 순익을 예
측해보고 있었다. 그러다, 그가 행운의 일부를 빚지고 있는 데
포르주 부인이 그를 향해 복수의 칼을 갈고 있음을 느낄 때면
잠시 불안한 생각이 들었다. 또한, 돈을 가지고 장난을 치듯 양
쪽 백화점 모두에 투자한 아르트만 남작의 속을 알 수 없는 태
도에 화가 치밀기도 했다. 하지만 무엇보다 그를 화나게 한 것
은, 자신이 부트몽처럼 기발한 생각을 하지 못했다는 사실이었
다. 부트몽은 사람 좋아 보이는 얼굴로 마들렌 성당의 신부와
성직자들을 초청해 그의 백화점을 축복하게 했다.* 그것은 실
로 놀라운 의식이었다! 실크 매장에서 장갑 매장까지 성대한
종교 행렬이 이어졌고, 여인들의 속바지와 코르셋에까지 신이
함께했던 것이다. 그 의식이 화재를 막아주진 못했지만, 100만
프랑어치의 광고와 맞먹는 효과를 발휘했던 것이다. 무엇보다
사교계 여성 고객들에게 깊은 인상을 심어주었다. 그 일이 있
은 후부터 무레는 대주교를 초청할 꿈을 꾸고 있었다.

　어느덧 백화점 정문 위에 달린 시계에서 3시를 알리는 종이
울렸다. 오후가 되자, 10만 명가량의 고객들이 인산인해를 이
루면서 갤러리와 홀이 터져나갈 듯 보였다. 밖에는 디스 데상

---

*프랭탕 백화점 개장 날인 1865년 11월 3일, 마들렌 성당의 신부가 그곳을 축복하
는 의식을 거행했다.

브르 가의 끝에서 끝까지 마차들이 줄지어 서 있었다. 오페라 쪽으로는, 새로 뚫릴 대로의 출발점이 될 막다른 길에 빽빽하게 몰려 있는 사람들이 보였다. 평범한 삯마차부터 화려한 사륜마차*까지 뒤섞인 채, 마차꾼들이 바퀴 사이에서 기다리는 동안 말들은 햇빛을 받아 반짝이는 사슬 모양의 재갈을 흔들며 울어댔다. 사환들이 외치는 소리가 들려오고, 말들은 스스로 대열을 좁히면서 서로를 밀치는 가운데, 새로 도착한 마차들이 합류하면서 끊임없이 줄이 생겨났다. 질겁한 보행자들은 무리를 지어 교통섬으로 뛰어올랐고, 아득히 멀어지는 것 같은 곧게 뻗은 대로는 보도 위에 길게 늘어선 수많은 인파로 북적거렸다. 새하얀 건물들 사이로 군중의 아우성이 올라오고, 강물을 이루는 사람들의 물결이 부드럽고 거대한 숨결로 모두를 어루만지듯 광대하게 펼쳐진 파리의 도로 위로 넘쳐흘렀다.

드 보브 부인은 딸 블랑슈, 기발 부인과 함께 쇼윈도 앞에서 반만 만들어진 의상이 진열돼 있는 것을 들여다보고 있었다.

"오! 저것 좀 봐요. 리넨으로 만든 옷이 19프랑 75상팀이래요!"

사각의 상자들 안에는 실크 리본으로 묶어놓은 의상들이 파란색과 붉은색 수가 놓인 장식만 보이게끔 접혀져 있었다. 각 상자의 귀퉁이에는 공주처럼 우아하게 생긴 젊은 여성이 완성된 의상을 입고 있는 그림이 그려져 있었다.

"맙소사! 저건 딱 봐도 저 가격밖엔 안 돼 보이네요! 만지기만 해도 조각조각 떨어져 버릴 것 같잖아요!" 기발 부인이 중얼거렸다.

---

*상자형 객석이 달린 마차를 말 한 필이 끌던 것을 가리킨다.

두 여자는 드 보브가 통풍에 걸려 하루 종일 집의 소파에서 꼼짝 못하게 된 이후로 서로 가까운 사이가 되었다. 드 보브 부인은 차라리 자신의 집에서 그런 일이 있는 게 더 낫다고 생각하면서 남편의 정부를 묵인했다. 그런 와중에 약간의 돈을 챙길 수 있었기 때문이다. 남편 역시 그녀의 관용이 필요한 처지라 그녀가 자신의 돈을 슬쩍슬쩍 가져가는 것을 눈감아주었다.

"자, 얼른 들어가 보자고요. 부인 사위하고 저 안에서 만나기로 한 거 아닌가요?"

드 보브 부인은 길게 늘어선 마차들의 문이 차례차례 열리고 수많은 고객들이 쏟아져 내리는 광경에 넋이 나가, 기발 부인의 물음에 미처 대답을 하지 못했다.

"맞아요. 폴은 내무부 일이 끝나자마자 4시경에 독서실로 우릴 데리러 오기로 했답니다." 블랑슈가 대신 나른한 목소리로 말했다.

그들은 1달 전에 결혼을 했다. 발라뇨스는 프랑스 남부에서 3주간의 휴가를 보낸 후 막 직장에 복귀한 터였다. 블랑슈는 벌써부터 엄마를 닮아가는 듯, 결혼의 영향 탓인지 몸집이 불어나고 살이 부풀어 올라 있었다.

"저기, 데포르주 부인이잖아요!" 막 멈춰 선 사륜마차를 쳐다보고 있던 드 보브 부인이 외쳤다.

"오, 정말요?" 기발 부인이 나지막이 말했다.

"그렇게 온갖 일을 겪고 나서도……. 아직도 '카트르 세종'의 화재 때문에 눈물 흘리고 있을 줄 알았는데."

그것은 분명 데포르주 부인이었다. 부인네들을 알아본 그녀는 몸에 밴 사교계 여인의 세련된 태도 뒤로 자신의 패배를 애써 감추면서 경쾌한 얼굴로 다가왔다.

"그래요! 네, 내 눈으로 확인하고 싶었거든요. 내가 직접 봐야 하지 않겠어요? ……오! 사람들이 뭐라고 떠들어대건 무슈 무레와 난 여전히 좋은 친구랍니다. 내가 여기랑 경쟁하는 백화점에 관심을 좀 보여서 그 사람이 화가 났다고 사람들이 쑥덕대긴 하지만요. ……내가 그 사람에게서 용서할 수 없는 건 꼭 한 가지밖에 없어요. 그건 말이죠, 내가 돌봐주고 있는 마드무아젤 드 퐁트나유를 조제픈가 뭔가 하는 자기네 사환하고 억지로 결혼시켰다는 거예요."

"정말요! 정말 그랬어요? 세상에, 어떻게 그럴 수가!" 드 보브 부인이 거들었다.

"그렇다니까요. 그게 우리한테 한 방을 먹이려는 심산이 아니고 뭐난 말이죠. 난 그 사람을 누구보다도 잘 알아요. 그는 우리하고 함께 어울리는 여성들은 자기네 백화점 사환하고나 결혼하기 딱 알맞은 수준이라는 걸 말하고 싶은 거라고요."

그녀는 흥분한 어조로 얘기를 계속했다. 네 여자는 붐비는 입구 한가운데 버티고 서 있었다. 하지만 점차 몰려드는 인파가 그녀들을 휩쓸고 지나갔다. 그녀들은 물살에 몸을 내맡기기만 하면 되었다. 그러자 미처 의식하지도 못하는 새에 몸이 번쩍 들린 것처럼 정문을 통과하게 되었다. 서로의 말을 알아듣기 위해서는 더 큰 소리로 외쳐야만 했다. 이제 그녀들은 마르티 부인의 소식을 궁금해하고 있었다. 들리는 소문에 의하면, 불쌍한 무슈 마르티는 격렬한 부부 싸움 끝에 과대망상증에 걸리고 말았다. 그는 땅속에 묻힌 보물을 한 아름 파내거나 금광을 몽땅 캐내고, 다이아몬드와 온갖 보석들을 우마차에 한가득 싣는 환상에 사로잡혀 있었다.

"정말 안됐지 뭐야!" 기발 부인이 혀를 차며 말했다.

"돈 때문에 일개 가정교사처럼 정신없이 뛰어다니면서 자신을 혹사하더니! ……그런데 그 부인은 어떻게 됐대요?"

"이번에는 자기 숙부를 벗겨먹고 있는 중인 것 같더라고요." 데포르주 부인이 말했다.

"혼자되고 난 후 그 부인 집에 와서 머물고 있는 점잖은 노인넨데……. 안 그래도 마르티 부인이 여기로 오기로 했어요. 곧 보게 될 거예요."

순간, 놀라운 광경이 그들의 발걸음을 멈추게 했다. 광고에서 익히 떠들어댄 것처럼, 그들의 눈앞에는 세상에서 가장 큰 백화점이 펼쳐져 있었다. 이제, 거대한 중앙 갤러리는 건물을 관통하면서, 디스 데상브르 가와 뇌브생토귀스탱 가 양쪽으로 각각 입구가 나 있었다. 그 왼쪽과 오른쪽 양 옆으로는, 교회의 측랑처럼 생긴 폭이 좁은 몽시니 갤러리와 미쇼디에르 갤러리가 마찬가지로 두 군데 거리를 따라 중단됨이 없이 길게 이어져 있었다. 홀은 공중에 걸린 계단과 허공을 가로지르는 다리로 이루어진 철제 골조 속에서 일정한 간격을 두고 교차로처럼 확장되는 구조였다. 내부 구조도 예전과 달라져 있었다. 이제 바겐세일 상품을 위한 판매대는 디스 데상브르 가 쪽에, 실크 매장은 중앙에, 장갑 매장은 안쪽의 생토귀스탱 홀에 배치되어 있었다. 새로운 중앙 현관에서 위를 올려다보면, 3층의 한쪽 끝에서 반대쪽 끝으로 이전한 침구류 매장이 예전처럼 눈에 들어왔다. 이제 전체 매장 수는 무려 50개에 달했다. 새롭게 개장하는 몇몇 매장은 바로 그날 처음으로 영업을 시작했다. 비중이 지나치게 커진 일부 매장은 판매를 용이하게 하기 위해 둘로 나누었다. 사업의 규모가 점차 커짐에 따라, 새롭게 문을 연 백화점에 필요한 직원의 수는 3045명으로 늘어났다.

데포르주 부인 일행은 백색 대전시회가 펼쳐 보이는 경이로운 광경 앞에서 가던 발길을 멈추었다. 우선, 투명한 거울로 장식되고 바닥에 모자이크가 깔린 정문 입구의 홀에서는 염가 상품들을 위한 진열대가 탐욕스러운 군중을 유혹했다. 그런 다음, 눈부신 백색으로 꾸며진 갤러리들이 북극으로 향하는 통로로 그들을 이끌었다. 그곳에는 햇빛을 받아 빛나는 빙하가 늘어선 평원이 끝없이 펼쳐져 있었다. 흰 담비의 모피를 연상시키는 눈의 나라였다. 그곳에도 밖의 쇼윈도처럼 백색 천들이 진열돼 있었다. 하지만 거기서 더 나아가 거대한 공간의 끝에서 끝까지를 모두 활활 불태우는 새하얀 불꽃과 더불어, 더욱더 생생하며 거대한 규모를 자랑하는 백색의 향연이 그들 눈앞에 펼쳐지고 있었다. 눈앞에 보이는 것은 오직 백색, 백색뿐이었다. 각 매장마다 수북이 쌓여 있는 백색 제품들은 백색이 과도하게 넘쳐나는 한판 축제를 벌이는 듯 보였다. 백색의 별마다 지속적으로 빛을 쏘아 보내 보는 이들의 눈을 부시게 했다. 사방이 백색 천지인 곳에서는 뭐가 뭔지 잘 구분이 되지 않았다. 그러다 눈이 점차 그곳에 적응되어갔다. 왼쪽으로는, 갤러리 몽시니가 리넨과 캘리코로 이루어진 백색 갑(岬)과 침대 시트, 냅킨, 손수건의 백색 바위를 펼쳐 보였다. 바느질 도구 매장과 편물 매장, 모직물 매장이 들어서 있는 미쇼디에르 갤러리는 진주모 빛 단추로 만든 백색 건축물 모형과 백색 양말로 만들어진 거대한 장식물을 선보였다. 멀리서 비치는 한 줄기 빛이 백색 멜턴으로 뒤덮인 공간을 희부옇게 밝혀주고 있었다. 하지만 빛이 가장 강렬하게 퍼져 나오는 곳은 무엇보다도 리본과 숄, 장갑 그리고 실크로 장식된 중앙 갤러리였다. 판매대는 실크와 리본, 장갑 그리고 숄이 뿜어내는 백색 아래 파묻혀 더 이상 그 흔적을 찾아볼 수 없었다. 백색 모슬린으로 된 불룩한 주름 장식 리본은 군데군데 백색 풀라르로 매듭지어진 채 조그만 쇠기둥을 휘감아 올라가고 있었다. 계단은 온통 백색 휘장을 늘어뜨려 장식해놓았다. 피케*와 바쟁**으로 된 휘장이 번갈아 3층까지 난간을 따라 올라가면서 홀을 빙 둘러쌌다. 백색 천들이 위로 올라가는 모습은 마치 백조가 날갯짓을 하면서 날아올랐다가 사라지기를 반복하는 듯 보였다. 시선을 더 위쪽으로 향하면, 둥근 천장으로부터 새의 솜털 같은 새하얀 눈송이들이 떨어지는 게 보였다. 백색 담요와 백색 무릎 담요는 교회의 단기처럼 공중에 매달린 채 펄럭거렸다. 허공에 길게 늘어진 기퓌르 레이스가 흔들리는 모습은, 새하얀 나비들이 떼를 지어 윙윙거리는 모습을 연상시켰다. 사방에서 파르르 떨고 있는 레이스들은 어느 여름 하늘의 거미줄처럼 공중에 매달린 채 새하얀 숨결로 허공을 채우고 있었다. 무엇보다 경이로움의 극치를 보여준 것은, 중앙 홀의 실크 판매대 위쪽에 마련된 백색 종교를 위한 제단으로, 유리 천장으로부터 늘어진 백색 커튼으로 이루어진 장막이었다. 모슬린, 거즈, 섬세한 기퓌르 레이스로 된 커튼은 경쾌하게 흘러가는 물결을 떠올리게 했다. 자수가 화려하게 놓인 튈***과 은사가 수놓인 동양 실크로 짠 천은 신전과 규방을 동시에 연상시키는 거대한 장식물에 배경 역할을 하고 있었다. 그 모든 것은, 어느 날 신부의 순백색 베일을 쓰고 나타날, 전설 속의 전능한 백색 공주를 기다리는 거대하

*가로로 고랑이 지거나 무늬를 도드라지게 짠 면직물.
**씨실은 면사, 날실은 마사로 짠 능직면포.
***미세한 다각형의 그물 모양을 한 얇은 천으로 레이스의 일종이다. 베일이나 드레스 등을 만드는 데 쓰인다.

고 순결한 백색 침대를 연상시켰다.

"오! 정말 굉장하네요! 이런 건 난생처음 봐요!" 눈이 휘둥그레진 여인네들은 감탄사를 연발했다.

백화점 전체의 천들이 합창하는 백색의 노래는 아무리 들어도 지겹지가 않았다. 무레는 지금까지 이보다 더 엄청난 시도를 한 적이 없었다. 이번 백색 대전시회는 천부적인 진열 전문가인 그가 펼쳐 보이는 결정적인 한 방이었다. 백색의 홍수 아래, 선반에서 우연히 떨어져 내린 천들이 무질서하게 흩어진 것처럼 보이는 가운데, 일관된 조화로움이 전체를 지배했다. 백색은 태어나고 자라나 다양한 뉘앙스를 띠며 점점 그 영역을 넓혀가면서 꽃처럼 활짝 피어났다. 복잡한 관현악법으로 연주되는 대가의 푸가*가 지속적으로 전개되면서, 끊임없이 더 높은 곳으로 영혼을 날아오르게 하는 듯했다. 오직 백색들만이 존재했지만 결코 똑같은 백색이 아니었다. 백색들은 서로를 돋보이게 하거나 대립하고, 서로를 보완하기도 하면서 빛과 같은 광채를 뿜어냈다. 처음에는 캘리코와 리넨의 무광 백색, 플란넬과 나사의 은은한 백색에서 시작했다. 그리고 벨벳, 실크, 새틴과 함께 단계가 차츰 올라가면서 백색이 조금씩 불타오르다가는 주름진 천의 가장자리에 이르러 불꽃이 점차 잦아들었다. 그런 다음 마지막으로, 투명한 커튼과 함께 높이 날아오른 백색은 지극히 가벼워 아득하게 서서히 스러져버리는 듯한 모슬린, 기퓌르, 그리고 무엇보다도 튈과 더불어 순수한 빛으로 다시 태어났다. 동양 실크의 은빛 장식은 거대한 규방의 안쪽 깊은 곳에서 목소리를 높여 노래하고 있었다.

*하나의 테마가 다른 파트에 규칙성을 가지고 계속해서 모방, 반복되어 가며 고도의 대립 기법으로 구성되는 복사율의 악곡을 가리킨다.

그사이 백화점은 북적거리며 활기를 띠고 있었다. 사람들이 엘리베이터로 몰려들고, 카페테리아와 독서실은 미어터지는 사람들로 혼잡을 이루었다. 눈으로 뒤덮인 공간에서 수많은 사람들이 여행을 하고 있었다. 백색 속에 파묻힌 군중은 12월에 폴란드 호수에서 스케이트를 타는 사람들처럼 검게 보였다. 1층에서는, 썰물에 휩쓸린 것 같은 시커먼 사람들 속에서 여인들의 희열에 찬 섬세한 얼굴밖에는 보이지 않았다. 철제 골조의 들쭉날쭉한 틈 사이와 길게 이어진 계단을 따라, 그리고 공중에 걸린 다리 위로, 눈 덮인 산꼭대기에서 길을 잃고 헤매는 것처럼 끊임없이 위로 향하는 사람들이 보였다. 새하얗게 얼어붙은 정상을 마주하고 선 여행객들은 온실 같은 숨 막히는 열기에 화들짝 놀랐다. 웅성거리는 목소리들은 모든 것을 휩쓸고 지나가는 강물의 요란한 물소리를 떠올리게 했다. 천장에서는, 금으로 니엘로 상감을 한 유리창과 금빛의 원형 꽃 장식이 백색 대전시회의 알프스 산 위를 비추는 햇살처럼 빛나고 있었다.

"자자, 앞으로 좀 더 가보자고요. 언제까지 이러고 여기 서 있을 순 없잖아요." 드 보브 부인이 말했다.

그녀가 백화점 안으로 들어온 이후 정문 가까이 서 있던 주브 감독관은 그녀에게서 시종일관 눈을 떼지 않았다. 그녀가 뒤를 돌아보자 그들의 시선이 마주쳤다. 그리고 그녀가 다시 걸어가자, 주브 감독관은 몇 걸음 떨어져서는 더 이상 그녀에 대해 신경 쓰지 않는 척하면서 멀찌감치 그녀를 뒤따라갔다.

"어머나! 이것 좀 봐요!" 기발 부인은 첫 번째 계산대 앞에 또다시 멈춰 서면서 소리쳤다.

"정말 멋진 아이디어 아니에요? 이 바이올렛 말이에요!"

그녀는 '여인들의 행복 백화점'의 판촉용 고객 증정품에 대해 얘기하는 중이었다. 그것은 무레가 생각해낸 아이디어로, 그는 이미 신문을 통해 그 사실을 요란하게 선전해놓은 터였다. 그는 니스에서 백색 바이올렛 수천 송이를 사들여, 물건을 하나라도 구매하는 고객들에게 작은 꽃다발을 나눠 주는 행사를 대대적으로 벌였다.* 각 계산대 옆에서 제복을 입은 사환들이 감독관이 지켜보는 가운데 꽃을 나누어 주었다. 그러자 점차, 저마다 꽃을 들고 꽃향기를 백화점 곳곳에 퍼뜨리고 다니는 고객들로 인해 백화점 전체가 새하얀 결혼식을 치르는 듯 보였다.

"그래요, 좋은 아이디어네요." 데포르주 부인은 질투가 느껴지는 목소리로 조그맣게 대답했다.

그들 일행이 다른 곳으로 가려는 순간, 판매원 두 사람이 바이올렛을 두고 농담하는 소리가 들려왔다. 키가 크고 마른 남자는 깜짝 놀라는 표정으로 말했다. 그러니까 드디어 하기로 얘기가 된 건가? 사장하고 기성복 매장의 수석 구매상하고의 결혼 말이야. 그러자 통통하고 작은 남자는, 아무도 그 사실을 몰랐지만, 어쨌거나 꽃을 사들인 걸 보면 심상치가 않다고 맞장구를 쳤다.

"정말이에요? 무슈 무레가 결혼한다는 게?" 드 보브 부인이 놀라며 물었다.

"나도 금시초문이에요. 하지만 결국 그렇게 될 수밖에 없는 거 아닌가요." 데포르주 부인은 무심한 척하며 말했다.

드 보브 부인은 자신의 새 친구를 의미심장한 눈빛으로 쳐다보았다. 이제 두 여자는 데포르주 부인이 결별로 인한 신경

---

*1870년, 프랭탕 백화점에서 실제로 있었던 일에서 아이디어를 얻은 대목이다.

전을 벌이는 와중에도 '여인들의 행복 백화점'에 나타난 이유를 이해할 수 있었다. 아마도, 자기 눈으로 직접 확인하고 고통을 느끼고자 하는 주체할 수 없는 욕구 때문인 듯했다.

"난 부인하고 같이 갈게요." 호기심이 발동한 기발 부인이 말했다.

"드 보브 부인은 나중에 독서실에서 다시 만나면 되니까요."

"그래요! 그렇게 하면 되겠네요." 드 보브 부인이 그녀의 제안에 응수했다.

"난 2층에서 볼일이 있거든요. ……블랑슈, 얼른 가자꾸나."

그녀가 위층으로 올라가자 딸이 그 뒤를 따랐다. 그사이 주브 감독관은 드 보브 부인의 주의를 끌지 않기 위해 옆쪽 계단을 이용해 그녀를 뒤따라갔다. 다른 두 여자는 1층에 빽빽이 들어찬 인파 속으로 사라져갔다.

열띤 판매 열기로 북적거리는 가운데서도 판매원들은 사장의 연애담에만 관심이 있는 듯 그 문제를 놓고 이러쿵저러쿵 이야기꽃을 피웠다. 수개월 동안 드니즈의 오랜 저항으로 그들을 즐겁게 해주었던 두 사람의 줄다리기 관계는 갑자기 중대한 국면에 봉착하게 되었다. 바로 전날, 무레의 애원에도 불구하고 휴식이 절실히 필요하다는 이유로 드니즈가 '여인들의 행복 백화점'을 떠날 거라는 이야기가 나돌았기 때문이다. 그러자 판매원들의 의견은 둘로 나뉘었다. 그녀가 떠날 것인가? 떠나지 않을 것인가? 매장에서 매장으로, 오는 일요일까지 그녀가 떠날 것이라는 데 100수를 거는 이들이 생겨났다. 머리가 잘 돌아가는 친구들은 두 사람의 결혼 청첩장에 점심 내기를 걸었다. 하지만 그녀가 결국 떠날 거라고 믿는 이들은 뚜렷한 이유 없이 돈을 거는 무모한 짓을 저지르려 하지 않았다. 어쨌거나, 그녀는 사장의 끊임없는 구애에도 불구하고 끝끝내 자신을 지켜내는 강단이 있는 대단한 여자인 건 사실이었다. 한편, 사장은 엄청난 부와 자유로운 홀아비 생활로 무엇 하나 부족하지 않은 삶을 누리고 있는 인물이었다. 그런데, 그녀의 결정적인 마지막 요구는 그의 자존심에 흠집을 내기에 충분했다. 판매원들은 이구동성으로 그 조그만 판매원 여성이 기막히게 영악한 여자처럼 능수능란하게 두 사람의 관계를 이끌어왔다고 수군거렸다. 그리고 이젠 결정적인 카드를 사용하면서 그에게 마지막 선택을 강요하고 있었다. 나와 결혼해줘요, 안 그러면 당신을 떠나겠어요.

하지만 정작 드니즈 자신은 그런 생각을 해본 적이 없었다. 그녀는 어떤 요구나 계산 같은 걸 떠올려본 적조차 없었다. 그녀에게 떠나야겠다는 생각을 들게 한 것은 다름 아닌, 그녀의 행동에 대한 다른 사람들의 판단이었다. 그녀는 자신을 둘러싼 주변 사람들의 수군거림에 끊임없이 놀라면서 스스로에 대해 자문해보곤 했다. 자신이 진정으로 이 모든 것을 원했던 것일까? 자신이 정말 영악하게 남자에게 교태를 부리거나, 무언가를 욕심내는 것처럼 보였단 말인가? 그녀는 단지 이곳에 왔을 뿐이고, 누군가가 자신을 이토록 사랑할 수 있다는 사실에 그 누구보다 놀란 터였다. 그런데 왜 '여인들의 행복 백화점'을 떠나려는 자신의 결심에조차 어떤 저의가 담겨 있을 거라고들 생각하는 것일까? 자신이 이러는 건 지극히 당연한 것인데도! 그녀는 늘 신경이 곤두서 있으면서 견딜 수 없는 불안감에 사로잡혀 지내야 했다. 백화점 내에서 그칠 줄 모르고 계속 생겨나는 터무니없는 소문들과 집착에 가까운 무레의 뜨거운 애정 공세, 그리고 자기 자신과의 싸움 등으로 지칠 대로 지쳐 있는 상태였다. 그리하여 이젠 멀리 떠나야겠다고 마음먹었다. 그러지 않으면 언젠가는 그에게 굴복하고 말 것 같았고, 평생 동안 그 사실을 후회하면서 살게 될 것이 두려웠기 때문이다. 그런 그녀의 생각에 영악한 계산이 숨어 있다고 해도 그녀 자신은 그것을 알지 못했다. 그녀는 절망감에 사로잡힌 채, 남편감을 좇는 여자처럼 보이지 않기 위해서는 대체 어떻게 해야 하는지를 진정으로 알고 싶어 했다. 이젠 결혼에 대한 생각조차 그녀의 짜증을 돋우었다. 만약 그가 무모하게도 결혼을 감행할 생각을 하더라도, 그녀는 여전히 안 된다고, 언제나처럼 안 된다고 말하리라 결심했다. 고통받는 건 그녀 혼자로 충분했다. 어쩔 수 없이 그를 떠나야만 한다는 생각을 하자 눈물이 솟구쳤다. 하지만 그녀는 힘겹게 자신을 추스르면서, 그래야만 한다고, 그러지 않으면 자신에게는 더 이상의 휴식도 즐거움도 없을 것이라고 몇 번이고 되뇌었다.

드니즈의 사표를 받아든 무레는 자신의 감정을 드러내지 않으려고 애쓰며 차갑게 얼어붙은 듯 아무 말도 하지 않았다. 다만, 그녀가 그런 어리석은 짓을 저지르지 않도록 일주일간 생각할 수 있는 시간을 주겠노라고 담담하게 말했을 뿐이다. 일주일 후, 그녀가 그 얘기를 다시 꺼내며 백색 대전시회가 끝나는 대로 떠날 것이라는 단호한 의지를 거듭 밝히자 무레는 차분하게 그녀를 설득하고자 애썼다. 그녀는 스스로 복을 차버리려는 것과 마찬가지였다. 어디를 가더라도 이곳에서만큼 지위를 보장받지는 못할 터였다. 혹시라도 다른 곳에 자리를 봐두기라도 한 건가? 그는 언제나 그녀가 다른 곳에서 기대하는 만큼의 혜택을 제공할 준비가 돼 있었다. 드니즈는 자신이 다른 곳으로 일자리를 옮기려는 게 아니며, 다만 그동안 모아놓은 돈으로 우선 발로뉴에서 한 달간 휴식을 취할 생각이라고 대답했다. 그러자 무레는 다시 물었다. 단지 건강상의 이유로 그만두려는 거라면, 한 달 후에 '여인들의 행복 백화점'으로 다시 돌아오지 못할 이유가 없지 않은가. 드니즈는 그의 계속되는 질문에 몹시 당혹스러워하며 더 이상 아무런 대꾸도 하지 않았다. 그러자 그녀가 애인, 아니 어쩌면 남편감을 만나러 가는 건지도 모른다는 생각이 무레의 머릿속을 스쳐 갔다. 언젠가 저녁에, 그녀가 좋아하는 사람이 있다고 고백한 적이 있지 않았던가? 그 순간부터 그는 그녀가 혼란스러워하는 틈을 타 이끌어낸 고백을 심장에 꽂힌 비수처럼 마음속 깊이 품고 지냈다. 만약 그 남자가 그녀와 결혼하려 하고, 그런 이유로 그녀가 모든 깃을 포기하려는 거라면 그녀의 완강한 태도가 설명될 수도 있었다. 그렇다면 이젠 정말 끝이었다. 무레는 차가운 목소리로, 그녀가 떠나는 진짜 이유를 얘기해주지 않기 때문에 더 이상은 그녀를 붙잡지 않겠다고 말했다. 이렇게 힘들고 냉랭한 대화는 드니즈가 두려워했던 격렬한 장면보다 그녀를 더욱더 당혹스럽게 했다.

　드니즈가 백화점에서 남은 일주일을 보내는 동안, 무레는 시종일관 핼쑥하고 딱딱하게 굳은 얼굴로 지냈다. 매장을 지날 때에는 그녀를 보지 못한 척했다. 그는 그 어느 때보다도 초연한 태도로 일에만 몰두하는 듯 보였다. 그러자 또다시 판매원들 사이에 내기가 시작되었다. 오직 배짱이 두둑한 이들만이 두 사람의 결혼 청첩장에 점심 내기를 걸었다. 하지만 무레는 평소의 그와는 전혀 어울리지 않는 무심한 태도 뒤로 우유부단함과 고통에서 비롯되는 끔찍한 정신적 위기를 감추고 있었다. 그러다 분노가 폭발하면, 머리로 급격하게 피가 몰리면서 머리가 깨질 듯 아파왔다. 그럴 때마다 그는 드니즈의 외침을 묵살한 채 그녀를 으스러지게 품에 안는 꿈을 꾸었다. 그러고 난 후에는 다시 차분히 생각하려고 애쓰면서, 그녀가 그곳을 떠나지 못하게 하는 실질적인 방법을 찾고자 했다. 하지만 그는 자신이 가진 힘과 엄청난 재물이 아무 소용 없다는 사실에 분노하면서 끊임없이 자신의 무력함과 마주해야 했다. 그러면서 그의 저항에도 불구하고, 터무니없는 상념들 가운데 한 가지 생각이 점점 커져가면서 그의 마음속에 자리 잡기 시작했다. 에두앵 부인이 세상을 떠난 후, 그는 다시는 결혼하지 않기로 맹세한 터였다. 한 여자로 인해 첫 번째 행운을 거머쥔 이후, 이 세상 모든 여자들을 이용해 부를 이루겠다고 굳게 마음먹었기 때문이었다. 부르동클과 마찬가지로 그의 마음속에는 유행에 민감한 제품들을 취급하는 백화점의 주인은 독신이어야만 한다는 미신 같은 믿음이 굳게 자리 잡고 있었다. 끝없는 욕망을 지닌 여성 고객이라는 백성 위에 군림하는 남성의 왕국을 존속시키기 위해서였다. 그 왕국에 침입하는 여인은 그녀만의 향기를 뿜어냄으로써 다른 여인들을 몰아내게 될 것이었다. 무레는 이러한 반박할 수 없는 논리에 사로잡힌 채 그녀에게 굴복하기보다는 차라리 죽는 게 낫겠다는 생각을 했다. 드니즈가 바로 여성을 대표하는 복수의 화신이 아닐까 하는 생각이 들면서 그녀에게 순간적인 분노가 느껴지기도 했다. 그는 두려웠다. 자신이 그녀와 결혼하는 날엔 영원한 여성성에 의해 한낱 지푸라기처럼 꺾여버리면서, 수백만 프랑을 지닌 패배자가 되고 말 것이었다. 그리고 서서히 마음이 다시 약해지면서 자신이 결혼을 꺼려하는 이유를 되짚어보았다. 대체 무엇을 두려워한단 말인가? 그녀는 더없이 온화한 성품과 현명함을 겸비한 여성이었다. 그녀라면 아무것도 두려워할 필요 없이 자신을 내맡길 수 있을 것 같았다. 그는 지칠 대로 지친 상태에서 수없이 자신의 생각을 번복했다. 자존심은 상처를 더 긁어놓았고, 그가 마지막까지 양보해서 최후의 방법을 선택한다고 하더라도, 다른 사람을 사랑하는 그녀는 여전히 안 된다고, 절대로 안 된다고 할 게 분명했다. 이 생각은 얼마 남지 않은 그의 판단력마저 앗아가는 듯했다. 마침내 백색 대전시회 날 아침이 되었지만 그는 아직 아무런 결정도 내리지 못하고 있었다. 드니즈는 다음 날 떠날 예정이었다.

그날 오후 3시경, 평소처럼 무레의 사무실로 들어간 부르동클은 그가 책상 위에 팔꿈치를 올려놓은 채 두 주먹을 눈에 갖다 대고 있는 것을 발견했다. 그가 너무나 생각에 골몰해 있어 부르동클은 그의 어깨를 살짝 건드려야 했다. 무레가 눈물로 범벅이 된 얼굴을 들자 두 사람은 서로를 마주 보았다. 악수를 하기 위해 손을 뻗은 그들은 느닷없이 서로의 손을 세게 움켜쥐었다. 오랫동안 상업의 전쟁을 함께 치러온 두 남자 간의 진한 우정의 표현이었다. 게다가 한 달 전부터 부르동클은 태도가 완전히 달라져 있었다. 그는 드니즈에게 마침내 고개를 숙였고, 주인의 결혼을 은근히 부추기기까지 했다. 그것은 물론 첫 번째로는, 자신보다 우위에 있다고 여겨지는 힘에게 밀려나지 않기 위한 일종의 전략이었다. 하지만 거기에 더하여, 달라진 태도의 저변에는 해묵은 야심이 자리하고 있었다. 그는 자신이 오랫동안 섬겨왔던 주인을 집어삼키겠다는, 그동안 음흉스레 감추고 있었던 야망을 차츰 드러내기 시작했던 것이다.

그의 이러한 행태는 백화점 전체에 만연해 있는 것으로, 생존을 위한 치열한 싸움에서 살아남기 위한 데서 비롯된 것이었다. 지속적으로 사람들을 몰아내는 것은 주위의 판매를 촉진하는 결과를 가져왔다. 부르동클 역시 거대한 기계의 톱니바퀴 속으로 휩쓸려 들어갔다. 다른 이들을 먹어치우고 말겠다는 탐욕은 아래쪽에 있는 마른 이들로 하여금 위로 치고 올라가 살찐 이들을 몰아내게 만들었다. 다만 일종의 종교적 두려움, 행운의 힘에 대한 절대적인 믿음이 지금까지 그가 결정적으로 이빨을 드러내는 것을 자제하게 했을 뿐이었다. 이제 다시 나약한 어린아이가 되어버린 그의 주인은 어리석은 결혼으로 자신의 행운을 내동댕이치고 고객에 대한 마력을 망치려 하고 있었다. 그런데 무엇 때문에 그런 그를 막는단 말인가? 그가 결혼을 한다면 그는 끝난 것이나 다름없을 터였다. 자신은 그가 한 여자에게 정신이 팔려 있을 때 그 자리를 느긋하게 차지하기만 하면 될 것이었다. 따라서 부르동클은 오랜 동지에게 연민을 느끼며, 그에게 작별하는 마음으로 주인의 두 손을 힘주어 잡으면서 말했다.

"이럴수록 강해지셔야 합니다! ……그러지 말고 그분과 결혼하십시오. 그래서 이제 그만 매듭을 지으시란 말입니다."

무레는 이미 잠시 약한 모습을 보였던 자신을 수치스럽게 생각하고 있었다. 그리하여 자리에서 벌떡 일어나면서 항변했다.

"아니, 그건 절대 안 될 말이야. 그런 어리석은 짓을 저지를 순 없지. ……자, 얼른 매장이나 한 바퀴 돌아보자고. 잘되어가고 있겠지? 굉장한 하루가 될 걸세."

두 사람은 밖으로 나가 여느 오후처럼 백화점을 돌아보기 시작했다. 매장마다 넘쳐나는 인파로 북적거렸다. 부르동클은 아무렇지 않은 척하느라 안간힘을 쓰는 듯한 무례를 조심스럽게 흘끗거리면서 그의 입술을 유심히 살펴보았다. 그가 고통스러워하는 흔적이 조금이라도 엿보이는지 찾아내기 위해서였다.

과연, 판매는 극에 달한 채 무서운 속도로 달려가고 있었다. 증기를 힘껏 뿜어내며 힘차게 전진하는 거대한 배가 요동치듯 백화점 전체가 흔들리고 있었다. 드니즈가 맡고 있는 매장에서는 엄마 손에 이끌려온 수많은 소년 소녀들 때문에 정신을 차릴 수가 없을 지경이었다. 저마다 아이들에게 옷을 입혀보느라, 아이들은 옷의 홍수 속에 파묻혀 버렸다. 매장에서는 백색 제품들을 모두 꺼내놓았다. 마치 백색 파티라도 벌이듯 곳곳에 백색이 넘쳐났다. 추위에 떠는 큐피드 한 무리를 입히고도 남을 만큼의 백색 옷들이었다. 새하얀 나사로 만든 재킷, 피케와 네인숙* 또는 흰색 캐시미어로 된 드레스, 백색 세일러복, 그리고 백색 주아브까지 다양한 백색이 눈길을 끌었다. 매장 한가운데는, 아직 철이 되지도 않은 첫 번째 성찬식 의상을 위한 진열대를 배치해놓았다. 백색 모슬린으로 된 드레스와 베일, 백색 새틴 신발 들이 순수함과 천진한 기쁨을 나타내는 거대한 꽃다발처럼 경쾌하게 활짝 피어나 있었다. 부르들레 부인은 키 순서대로 앉혀놓은 세 아이 마들렌, 에드몽, 뤼시엥 앞에 서서는 막내를 꾸짖고 있었다. 드니즈가 뤼시엥에게 조그만 모직 모슬린 재킷을 입히려고 하자 아이가 발버둥을 쳤기 때문이었다.

"맙소사, 가만히 좀 있지 못하겠니? ……옷이 너무 꽉 끼는 것 같지 않아요?"

그녀는 판매원의 사탕발림에 절대 넘어가지 않는 여인의 예

---

*가볍고 결이 고운 모슬린의 일종.

리한 눈빛으로 천과 만듦새, 바느질 등을 꼼꼼히 살펴본 다음
말했다.

"아니, 괜찮을 것 같네요. 아이들 옷 한번 입혀보는 게 예삿
일이 아니라니까요. ……이번에는 여기 큰 딸내미한테 입힐
외투를 좀 보여주세요."

드니즈는 매장에 정신없이 몰려드는 사람들 때문에 판매에
일손을 보태야 했다. 그녀는 부르들레 부인이 요청한 외투를
찾던 중에 화들짝 놀라며 조그맣게 소리쳤다.

"어머나! 장이잖아! 이 시간에 네가 여길 웬일이야?"

동생 장이 꾸러미 하나를 손에 든 채 그녀 앞에 서 있었다.
그는 일주일 전에 결혼을 했다. 그리고 토요일에는 그의 아내
가 '여인들의 행복 백화점'에서 한참 동안 쇼핑을 했다. 장의
아내는 갈색 머리에 수심이 깃든 것 같은 얼굴을 한, 아담한 체
구의 매력적인 여성이었다. 신혼부부는 드니즈와 발로뉴에 함
께 가기로 돼 있었다. 진정한 신혼여행이자, 어린 시절의 추억
을 더듬으며 한 달간을 쉴 수 있는 절호의 기회였다.

"그게 말이지, 테레즈가 정신이 없다 보니 해야 할 일들을
깜빡 잊었지 뭐야. 바꿀 것도 있고, 살 것도 있는데……. 그런
데 엄청 바빠서 내가 대신 가지고 온 거야. ……어떻게 된 건지
내가 자세하게 설명해줄게."

하지만 페페를 알아본 드니즈는 그의 말을 가로막았다.

"세상에! 페페도 같이 왔잖아! 학교는 어떡하고?"

"어떻게 된 거냐면, 엊저녁에 저녁을 먹고 나서 차마 다시
기숙사로 데려다주질 못하겠더라고. 그래서 오늘 저녁에 데려
다주려고……. 페페는 우리가 발로뉴에 가 있는 동안 혼자 파
리에 남아 있어야 해서 무척 슬퍼하고 있어."

드니즈는 애타는 속마음을 숨긴 채 동생들에게 미소를 지어 보였다. 그리고 다른 판매원에게 부르들레 부인 응대를 맡기고는 다행스럽게 자리가 난 매장 한구석으로 동생들을 데리고 갔다. 드니즈가 어린아이들이라고 부르는 그들은 어느덧 청년으로 자라나 있었다. 이제 12살이 된 페페는 그녀보다 키도 크고 몸집도 좋았다. 하지만 여전히 말수가 적었고 안아주는 것을 좋아했으며, 중학교 제복을 입은 모습에서는 애교스러운 다정함이 느껴졌다. 어깨가 딱 벌어진 장은 드니즈보다 족히 머리 하나는 더 컸지만 여전히 여성스러운 곱상한 외모를 간직하고 있었다. 금발 머리는 어엿한 장인(匠人)의 풍모를 풍기듯 예술적으로 뒤로 빗어 넘겼다. 드니즈는 여전히 호리호리했고, 스스로 애기하듯 종달새처럼 몸집이 자그마했지만, 동생들을 엄마처럼 염려하며 챙겼다. 그들을 자신이 돌봐야 할 자식들처럼 여기며, 장이 바람둥이처럼 보이지 않도록 프록코트 단추를 다시 채워주거나 페페가 늘 깨끗한 손수건을 지니도록 신경 썼다. 그날은 페페의 눈이 부어 있는 걸 보고는 그를 조용조용 타일렀다.

"잘 생각해보렴, 애야. 학교를 빼먹을 순 없는 거잖니. 방학을 하면 널 꼭 데려가 주겠다고 약속할게. ……뭐 갖고 싶은 건 없니, 응? 아니면, 너한테 용돈을 좀 주고 갈까?"

그녀는 장을 돌아보며 말했다.

"넌 대체 왜 그러는지 모르겠구나. 우리가 거길 놀러 가는 것처럼 얘기해서 동생 마음을 아프게 하다니! ……제발 생각 좀 하고 살려무나."

그녀는 장이 자리를 잡을 수 있도록 자신이 저축한 돈의 절반에 해당하는 4천 프랑을 결혼 선물로 주었다. 막내를 중학교에 보내는 데도 목돈이 많이 들었다. 늘 그랬듯이 그동안 모은 돈이 모두 동생들 앞으로 들어갔다. 그들은 그녀가 살아가고 일하는 유일한 이유였다. 그녀는 결혼 같은 건 결코 하지 않겠노라고 마음속으로 거듭 다짐했다.

"그건 그렇고, 이 속에 테레즈가 샀던 연밤색 팔토가 있는데……"

자신이 온 이유를 설명하려던 장은 하던 얘기를 멈췄다. 이상한 느낌에 뒤를 돌아본 드니즈는 자신들 뒤에 서 있는 무레를 발견했다. 그는 아까부터 드니즈가 꼬마 엄마 노릇을 하는 모습을 지켜보고 있었다. 그녀는 두 동생을 꾸짖기도 하고 안아주기도 하면서 마치 아기 기저귀를 갈아주듯 그들을 다루었다. 부르동클은 판매 상황을 살피는 척하면서 옆으로 비켜나 있었다. 그러면서도 두 사람에게서 시선을 떼지 않았다.

"당신 동생들이군, 그렇지 않소?" 잠시 침묵을 지키던 무레가 먼저 입을 열었다.

그의 목소리는 차갑게 얼어붙어 있었다. 그는 이제 애써 엄격한 태도로 그녀를 대했다. 드니즈 역시 냉정하게 보이기 위해 안간힘을 썼다. 그녀는 얼굴에서 미소를 거두고는 대답했다.

"네, 사장님. ……얼마 전에 첫째가 결혼했거든요. 그런데 아내 부탁으로 몇 가지 살 게 있어서 동생이 절 찾아온 거랍니다."

그들을 유심히 살펴보던 무레는 다시 말했다.

"막내가 그사이 많이 컸군요. 오래전 어느 날 저녁에 튈르리 정원에서 당신과 함께 있던 걸 본 기억이 나는데."

그의 목소리가 느릿해지면서 가벼운 떨림이 느껴졌다. 드니즈는 숨이 막힐 것 같아 고개를 숙이고 페페의 벨트를 매만지는 척했다. 두 동생은 얼굴을 붉히면서 누이의 주인에게 미소를 지어 보였다.

"당신을 많이 닮았군요." 무레가 다시 말했다.

"아니에요! 저보다 훨씬 더 잘생겼죠!"

잠시 세 사람의 얼굴을 살펴보던 그는 또다시 무력감에 휩싸였다. 저토록 동생들을 사랑하다니! 그곳을 떠나려던 그는 몇 걸음 가다가 다시 돌아와서는 그녀의 귀에 대고 조그맣게 속삭였다.

"일이 끝나면 잠시 내 사무실로 올라오시오. 당신이 떠나기 전에 꼭 할 말이 있소."

그리고 이번에는 단호하게 멀어지면서 매장 시찰을 계속했다. 그리고 그의 마음속에서 다시 싸움이 시작되었다. 드니즈에게 만나자고 한 자신에 대해 이내 짜증이 치밀었던 것이다. 그녀가 동생들하고 있는 걸 보면서 무슨 충동에 사로잡혔던 것일까? 이건 미친 짓이었다. 그에게는 이제 그 어떤 것을 시도할 의지조차 남아 있지 않았다. 이제 마지막으로, 간신히 그녀에게 작별 인사를 할 수 있을 뿐이었다. 무레와 다시 합류한 부르동클은 아까보다 덜 불안해 보이는 얼굴로 여전히 흘끗거리며 그의 눈치를 살폈다.

그사이 드니즈는 부르들레 부인에게로 다시 돌아가 있었다.

"외투는 마음에 드시나요?"

"네, 좋아요, 아주 마음에 들어요. ……그런데 오늘은 그만 사야겠어요. 이 꼬맹이들 때문에 잘못하면 파산하게 생겼다니까요!"

그러자 드니즈는 매장을 슬그머니 빠져나와 장의 설명을 들은 다음 그를 데리고 해당 매장으로 향했다. 그러지 않으면 장은 분명 길을 잃고 헤매게 될 터였다. 우선 밤색 팔토를 바꾸러

가야 했다. 테레즈는 고민 끝에 같은 스타일, 같은 크기의 하얀색 팔토로 바꾸고 싶어 했다. 드니즈는 두 동생이 뒤따르는 가운데 꾸러미를 들고 여성 기성복 매장으로 향했다.

매장은 부드러운 색상의 옷들과 독특한 니트, 가벼운 실크로 만든 여름용 재킷과 망토를 진열해놓았다. 하지만 판매가 그다지 활기를 띠지 않아 매장은 비교적 한산한 편이었다. 그 사이 판매원들은 대부분 낯선 얼굴들로 바뀌어 있었다. 클라라는 한 달 전부터 어디론가 사라져버려 더 이상 보이지 않았다. 사람들은 그녀를 두고 어떤 구매상의 남편에게 납치를 당했거나 거리에서 방탕한 삶을 살고 있을 거라면서 수군거렸다. 마르그리트는 마침내 직물점 경영을 맡기 위해 조만간 사촌이 기다리고 있는 그르노블로 되돌아가기로 돼 있었다. 오직 오렐리 부인만이 고대의 대리석 상처럼 누렇게 뜬 황제의 얼굴을 한 채 둥그런 갑옷 같은 실크 드레스를 입고 변함없이 그곳을 지키고 있을 뿐이었다. 하지만 그녀의 아들 알베르의 못된 행실은 그녀를 피폐하게 만들었다. 그 아무짝에도 쓸모없는 놈 때문에 엄청난 경제적 손실을 입지만 않았더라면 그녀는 지금쯤 일을 그만두고 시골에서 여유로운 삶을 살고 있었을 터였다. 온갖 비행을 자행한 아들은 그녀가 레 리골에 애써 장만해놓은 집까지 하나도 남김없이 먹어치울 뻔했던 것이다. 그건 마치, 어미는 또다시 여자들끼리 우아한 놀이를 즐기고, 아비는 여전히 호른을 연주하느라 풍비박산된 가정이 벌이는 한 편의 복수극과도 같았다. 부르동클은 벌써부터 오렐리 부인을 못마땅한 눈으로 흘겨보곤 했다. 어째서 알아서 물러나지 않고 아직까지 자리를 지키고 있는지. 판매원으로서는 이미 한물간 사람이! 이제 롬므 왕조의 종말을 알리는 조종이 울릴 날이 머지않았던 것이다.

"어머나! 이게 누구예요." 오렐리 부인은 과도한 상냥함을 과시하며 드니즈를 반갑게 맞이했다.

"그래요? 이 팔토를 교환하려고요? 물론이죠, 당장 바꿔줄 게요. ……아! 수석 구매상 동생들이군요. 어느새 의젓한 청년 들이 다 되었네요!"

평소 자존심이 하늘을 찌르는 그녀였지만 드니즈 앞에서는 필요하다면 기꺼이 무릎이라도 꿇을 듯 보였다. 다른 매장과 마찬가지로 기성복 매장에서도 온통 드니즈의 사직에 관한 얘기뿐이었다. 수석 구매상은 그 사실에 누구보다도 크게 낙담하고 있었다. 과거에 자기 밑에서 판매원으로 있던 드니즈의 후광을 기대하고 있었기 때문이다. 오렐리 부인은 목소리를 낮추어 말했다.

"수석 구매상이 여길 그만둘 거라는 말이 있던데……. 아니겠죠, 사실이 아니죠?"

"사실이에요." 드니즈가 대답했다.

마르그리트는 그녀들의 말을 엿듣고 있었다. 그녀는 결혼 날짜를 잡은 이후 상한 우유 같은 얼굴에 예전보다 더 매사에 못마땅한 듯한 표정을 지으며 매장을 오갔다. 그녀는 드니즈에게로 다가오며 말했다.

"난 당신을 이해할 수 있어요. 자신을 존중하는 게 무엇보다 중요한 거죠, 안 그래요? ……서운하지만 작별 인사를 해야겠네요. 잘 가요, 친구."

그때 고객들이 들이닥치자 오렐리 부인은 마르그리트에게 판매에 신경을 쓰도록 단호히 지시했다. 그리고 드니즈가 직접 반품을 하려고 팔토를 집어 들자, 오렐리 부인은 그녀를 만

류하면서 보조원을 소리쳐 불렀다. 이 또한 드니즈가 무레에게 제안해 이루어진 개혁안 중 하나였다. 판매원들의 피로감을 줄이기 위해 고객이 구매한 물품을 들고 가는 여성 보조원을 두기로 했던 것이다.

"이분과 함께 가세요."

오렐리 부인은 보조원에게 팔토를 건네고는 다시 드니즈를 돌아보며 말했다.

"부탁인데요, 다시 생각해줄 순 없나요. 우리 모두 당신이 떠나는 것에 몹시 서운해하고 있답니다."

여자들로 넘쳐나는 곳에서 미소를 띤 채 기다리고 있던 장과 페페는 다시 누이를 뒤따라갔다. 이번에는 혼수품 매장으로 가서, 테레즈가 토요일에 여섯 벌을 사 갔던 슈미즈와 비슷한 것으로 다시 그만큼을 더 사야 했다. 하지만 란제리 매장에 이르자, 백색 대전시회로 인해 사방의 선반에서 하얀 눈이 내리는 바람에 앞으로 나아가는 데 무척 애를 먹어야 했다.

무엇보다 코르셋을 파는 매장에서 작은 소란이 일어 모여든 구경꾼들 때문에 혼잡이 더해진 때문이었다. 이번에 남편과 딸을 동반하고 남부에서 올라온 부타렐 부인은 아침부터 갤러리를 누비고 다녔다. 곧 결혼을 앞둔 딸을 위한 혼수품을 장만하기 위해서였다. 남편은 매장의 위치를 물었고, 그들 가족은 가도 가도 끝이 없는 듯한 백화점 안을 한참 동안 헤매야 했다. 그러다 마침내 란제리 매장에 이르렀다. 그런데 딸이 여성용 속바지를 꼼꼼히 살피는 동안 갑자기 엄마가 사라져버리는 일이 발생했다. 부타렐 부인이 불현듯 코르셋을 사고 싶다는 충동에 사로잡힌 때문이었다. 다혈질의 뚱뚱한 부타렐은 당황하면서 딸을 혼자 내버려둔 채 아내를 찾아 나섰다가 한 피팅룸에서 그녀를 발견했다. 그리고 그곳 담당자가 공손하게 권유하는 대로 그 앞에 앉아 기다렸다. 피팅룸은 반투명 유리로 막혀 있는 조그만 방들로 이루어져 있었다. 그곳에는 남자는 물론 남편조차 들어갈 수 없었다. 경영진이 과도하게 품위를 의식하여 내린 방침 때문이었다. 판매원들이 연방 그곳을 들락거리면서 문을 재빨리 여닫았고 그때마다 슈미즈와 페티코트 바람의 여인들 모습이 연상되었다. 살색이 허옇고 투실투실 살이 찐 여인들부터 마르고 빛바랜 상아색 피부를 지닌 여인들까지, 목과 팔이 훤히 드러난 여인들의 모습이 눈앞에 아른거렸다. 남자들은 의자에 일렬로 나란히 앉아 한결같이 지루한 표정으로 인내하며 기다렸다. 그곳이 뭐하는 곳인지 뒤늦게 알아차린 부타렐은 마구 화를 내면서 당장 아내를 만나야겠다며 언성을 높였다. 그들이 그녀에게 무슨 짓을 하고 있는지 알아야겠으며, 그가 없는 곳에서 아내가 옷을 벗게 하지는 않을 거라고 소리쳤다. 그들은 그를 진정시키려고 했지만 허사였다. 그는 그 안에서 외설스러운 일이 벌어지고 있다고 믿는 듯했다. 사람들이 수군거리며 웃고 있을 때 부타렐 부인이 밖으로 나왔다.

그제야 비로소 드니즈는 동생들과 함께 그곳을 지나갈 수 있었다. 여성용 란제리와 백색 속옷이 여러 매장에 걸쳐 잇달아 진열돼 있었는데, 코르셋과 버슬*은 진열대 하나를 가득 채우고 있었다. 손으로 박음질을 한 코르셋, 허리가 긴 코르셋, 고래수염을 넣은 코르셋, 그리고 무엇보다도 그날의 주력 전시품인, 부채꼴 모양으로 배색을 한 백색 실크 코르셋 들이 고루

*스커트의 뒷자락을 부풀게 하기 위해서 이용하는 허리받이로 17세기 말에 등장해 1860~1900년에 유행했다. 크리놀린(1권 89쪽 역주 참조)과 같은 역할을 했으며, 이로 인해 버슬 스타일이라는 말이 유행되었다. 프랑스어로는 '투르뉘르'라고 한다.

전시돼 사람들의 눈길을 끌었다. 머리도 다리도 없는 토르소 마네킹들이 줄지어 늘어서 있었고, 착 달라붙은 실크 아래로는 마네킹의 가슴이 비쳐 보였다. 불구의 몸으로 뿜어내는 마네킹들의 야릇한 관능미가 보는 이들을 압도했다. 그곳 가까이 있는 또 다른 진열대 위에는 꽃무늬가 새겨진 번쩍거리는 면직과 말총으로 된 버슬들이 마네킹들의 엉덩이를 거대하게 튀어나와 보이게 하면서 과장되게 외설스러운 느낌을 풍겼다. 그다음에는, 우아한 실내복*들의 행진이 시작되었다. 마치 한 무리의 사랑스러운 젊은 여성들이 매장에서 매장으로 차례로 옮겨 다니면서 새틴처럼 부드러운 살결이 드러날 때까지 하나씩 옷을 벗어놓은 것처럼 실내복들이 거대한 공간의 바닥에 흩뿌려져 있었다. 또한 섬세한 리넨 제품들도 있었다. 온통 백색으로 된 여성용 장식 소맷부리와 크라바트, 삼각 숄, 깃, 그리고 장식용 리본과 밑단 장식 등의 가벼운 장식품들도 다양한 구색으로 여심을 유혹했다. 마치 상자에서 빠져나온 새하얀 거품이 눈처럼 쌓여 있는 듯했다. 그 옆으로는 캐미솔, 조그만 코르사주, 마티네, 화장용 가운, 리넨과 네인숙, 레이스, 부드럽고 얇은 백색 천으로 된 긴 옷들 등, 그 모든 것들이 사랑을 나누고 난 다음 날 아침, 빈둥거리며 느지막하게 기지개를 켜는 듯 보였다. 그리고 마침내 속옷들이 차례로 그 모습을 드러냈다. 우선 다양한 길이의 백색 페티코트가 등장했다. 무릎을 꽉 죄는 페티코트, 옷자락이 바닥에 길게 끌리는 페티코트 등이 밀물처럼 몰려와 여성의 두 다리를 잠기게 하는 듯했다. 백색 퍼케일과 리넨, 피케로 만든 속바지는 그 속에서 남자가 엉덩이를 흔들며

---

*실내에서 착용하는 풍성한 일상복으로 프랑스어로는 '데자비예'라고 부른다. 파운데이션이나 란제리와 같은 속옷 또는 나이트가운 등이 있다.

춤을 출 수도 있을 만큼 통이 넓었다. 마지막으로 슈미즈의 차례였다. 밤에는 목 끝까지 단추를 채우고 낮에는 가슴을 드러내어 입는 슈미즈는 가느다란 어깨끈으로만 지탱되어 있었다. 단순한 캘리코, 아일랜드 리넨, 백색의 바티스트*로 된 슈미즈들은 마지막 순간에 여성의 가슴에서 엉덩이를 따라 길게 흘러내리는 백색의 베일이었다. 혼수품 매장에서는 여인들이 거리낌 없이 옷을 벗어젖혔다. 언제나 리넨으로 된 옷을 입는 프티부르주아 여성들부터 레이스 속에 파묻힌 부유한 여성들에 이르기까지 너나없이 속살을 훤히 드러냈다. 이곳은 대중에 공개된 규방과도 같았다. 주름과 자수, 레이스 등의 감춰진 화려함은 값비싼 판타지가 넘쳐나는 만큼 점점 더 관능적이고 퇴폐적으로 되어갔다. 이제 여인은 다시 옷을 입었다. 폭포수처럼 흘러내리던 백색 란제리의 물결은 보는 이를 전율케 하는, 여인의 신비스러움이 깃든 스커트 속으로 다시 숨어들었다. 양재사의 손에서 빳빳하게 만들어진 슈미즈, 상자 속에 접혀 있던 대로 주름이 진 차가운 속바지, 죽은 듯 진열대 위에 흩어지고 내던져져 차곡차곡 쌓인 퍼케일과 바티스트는 이제 사랑의 체취가 밴 향기롭고 뜨거운 육체의 온기로 인해 생생하게 살아나려하고 있었다. 밤의 기억으로 인해 신성함을 머금은 구름 같은 백색 란제리들이 살짝살짝 위로 들리는 순간과, 백색 가운데 언뜻언뜻 보이는 무릎의 분홍색 살갗은 세상 전체를 뒤흔들어놓기에 충분했다. 마지막으로 지나친 전시장에는 유아용 옷들이 진열돼 있었다. 그곳에서는 여인의 관능을 드러내는 백색이 어린아이의 순진무구한 백색과 맞닿고 있었다. 순결함과 기쁨

*얇고 흰 고급 삼베. 처음으로 만든 13세기의 프랑스인 바티스트 드 캉브레의 이름에서 그 명칭이 유래했다.

앞에서 연인은 어머니로 다시 깨어났다. 부드러운 촉감의 피케로 만든 배내옷, 플란넬 머리쓰개, 인형 옷처럼 앙증맞은 셔츠와 보닛, 세례용 드레스, 캐시미어로 된 겉싸개, 새하얀 깃털이 부드러운 비가 돼 내리는 듯한 신생아용 솜털 이불은 백색의 향연의 대미를 장식했다.

"그게 말이지, 끈으로 조이게 돼 있는 슈미즈라고 하더라고."

여자들의 속옷과 실내복의 홍수 속에 파묻힌 장이 반짝거리는 눈빛으로 말했다.

혼수품 매장에 이르자 드니즈를 알아본 폴린이 즉시 달려왔다. 그리고 드니즈가 필요한 게 뭔지 묻기도 전에, 백화점 전체에 나도는 소문에 흥분을 감추지 못한 채 조그맣게 속삭였다. 심지어 그녀의 매장에서는 판매원 두 사람이 드니즈의 거취를 두고 왈가왈부하며 언쟁을 벌이기도 했다.

"설마 정말로 가는 건 아니겠지? 자기가 떠나버리면 난 어떡하라고?"

드니즈가 다음 날 떠난다고 말하자 폴린은 서둘러 대꾸했다.

"아냐, 그럴 리가 없어. 말은 그렇게 하지만, 난 자기가 정말 떠날 거라고 생각지 않아. ……맙소사! 이제 애까지 생겼는데 자기가 날 부수석 구매상으로 승진시켜줘야지. 보제도 잔뜩 기대하고 있다고, 친구."

그녀는 확신에 찬 얼굴로 미소를 지어 보이고는 슈미즈 여섯 벌을 건네주었다. 그리고 장이 이번에는 손수건을 사러 가야 한다고 말하자 보조원을 소리쳐 불렀다. 기성복 매장의 보조원이 놓고 간 팔토와 슈미즈를 들고 가게 하기 위해서였다. 그러자 마드무아젤 드 퐁트나유가 급히 달려왔다. 얼마 전 조제프와 결혼한 그녀는 특혜를 받아 하급직인 보조원 자리에 배치되었다. 그녀가 입고 있는 작업복에는 어깨에 노란색 모직으로 숫자가 새겨져 있었다.

"이걸 가지고 수석 구매상을 따라가도록 해요." 폴린이 말했다.

그러고는 다시 드니즈를 돌아보며 나직이 속삭였다.

"그렇지? 부수석 구매상으로 승진시켜주는 거 맞지? 얘기 끝난 거야!"

드니즈도 웃으면서 농담처럼 약속했다. 그녀는 보조원과 함께 페페와 장을 데리고 그곳을 떠났다. 그들은 1층을 통과하는 중에 모직물 매장으로 들어섰다. 백색 멜턴과 플란넬이 갤러리 한쪽 구석을 가득 메우고 있었다. 매장을 맡고 있는 리에나르는 앙제에 있는 그의 아버지가 아무리 돌아오라고 얘기해도 듣지 않았다. 그는 그사이 중개업자로 변신해 대담하게도 '여인들의 행복 백화점'에 다시 나타난 잘생긴 미뇨와 한담을 나누고 있었다. 아마도 드니즈에 관해 얘기하던 중인 듯했다. 그녀가 나타나자 둘 다 하던 얘기를 멈추고는 서둘러 그녀에게 인사를 했다. 드니즈가 매장 사이를 통과해 지나갈 때마다 판매원들 사이에 동요가 일면서 모두들 그녀에게 경의를 표했다. 드니즈가 자신들의 미래라고 믿은 그들은 그녀가 무척 당당해 보인다며 수군거렸다. 그리하여 그녀를 두고 했던 내기에 아르장퇴유 포도주와 생선 튀김이 추가되었다. 드니즈는 맨 끝에 있는 손수건 매장으로 가기 위해 백색 갤러리로 들어섰다. 백색이 다시 길게 이어졌다. 백색 면포로는 마다폴람*, 바쟁, 피

*인도의 매더폴럼 원산의 두꺼운 평직 면포('마다폴람'은 프랑스어 식 발음).
**올이 성기고 투명한 모슬린의 일종.

케, 캘리코가 있었고, 마사(麻絲)로 된 백색 천으로는 네인숙, 모슬린, 타를라탄**이 보였다. 그런 다음에는, 거대한 더미로 쌓여 있는 리넨이 그들을 맞아주었다. 올이 굵거나 섬세한 것, 표백된 것과 목초지에서 천연 상태로 하얗게 만든 것 등이 다양한 폭으로 구색이 갖춰져 석조 건물의 블록처럼 번갈아 쌓여 있었다. 그리고 또다시 백색의 향연이 새롭게 펼쳐졌다. 가정용 리넨, 식탁용 리넨, 찬방용 리넨과 더불어 침대 시트, 베갯잇, 수많은 종류의 냅킨, 식탁보, 앞치마 그리고 행주까지, 백색의 홍수를 이루고 있었다. 드니즈가 지나가자 모두들 인사를 하며 양쪽으로 물러섰다. 보제는 리넨 매장으로 달려와 백화점의 너그러운 여왕을 맞이하듯 그녀에게 경의를 표했다. 마침내 새하얀 깃발로 장식된 침구 매장을 지나 손수건 매장에 이르렀다. 그곳의 기발한 장식은 보는 이들의 경탄을 자아냈다. 백색 기둥과 백색 피라미드, 백색 궁전의 복잡한 건축물들이 오직 손수건만으로 이루어져 있었다. 손수건은 론*, 캉브레의 바티스트, 아일랜드 리넨, 중국 실크 등으로 만들어졌으며, 모노그램이 새겨진 것, 도톰하게 자수가 놓인 것, 레이스 장식이 된 것, 성기게 감침질을 하거나 덩굴무늬로 가장자리가 장식된 것 등이 있었다. 다양한 종류의 백색 벽돌로 세워진 도시 전체가 새하얗게 달아오른 동양풍의 하늘 위로 신기루처럼 우뚝 솟아 있었다.

"아직 열두 장이 더 필요하다고 그랬지?" 드니즈가 동생에게 물었다.

---

*고운 면이나 아마사로 된 천으로 밀도가 성기고 매우 얇다. 청량감이 있어서 한랭사라고도 한다.
**프랑스에서 손수건으로 유명한 도시로, 슐레직(織)이라는 각종 직물이 생산되는 곳.

"숄레** 것으로 말이지?"

"응, 그런 것 같아. 이거랑 비슷한 걸로." 장은 꾸러미에서 손수건 하나를 꺼내 보여주면서 말했다.

장과 페페는 오래전 처음 파리에 도착했을 때 여행에 지친 상태에서 그랬던 것처럼 드니즈에게 바짝 몸을 붙인 채 그녀 곁을 떠나지 않았다. 드니즈에게는 자기 집처럼 익숙한 이 거대한 백화점이 그들에게는 현기증을 일으켰다. 그들은 그녀의 그늘 속으로 몸을 피하면서, 어린 시절로 되돌아간 듯 어린 엄마의 보호 아래로 들어갔다. 그들이 지나가자 모두들 세 사람을 눈으로 좇으면서, 가냘프면서도 진중한 젊은 여성의 뒤에 바짝 붙어 따라가는 커다란 두 청년에게 미소를 지어 보였다. 턱수염을 기른 장은 겁에 질린 모습이었고, 중학교 제복을 입은 페페는 당황스러운 표정을 짓고 있었다. 이제 세 사람은 모두 똑같은 색의 금발을 하고 있어, 매장의 판매원들은 그들이 지나갈 때마다 이구동성으로 속삭였다.

"저 청년들이 바로 수석 구매상 동생들이래. ……수석 구매상 동생들이래."

판매원을 찾고 있던 드니즈는 갤러리로 막 들어선 무레와 부르동클과 마주쳤다. 무레가 또다시 드니즈 앞에 멈춰 서서는 아무 말도 건네지 않고 있을 때 데포르주 부인과 기발 부인이 그 옆을 지나갔다. 데포르주 부인은 온몸이 부르르 떨려오는 것을 간신히 억눌렀다. 그리고 무레와 드니즈를 차례로 바라보았다. 그들 역시 동시에 그녀를 바라보았다. 서로 떼미는 군중 속에서 언뜻 주고받은 시선은 소리 없는 결말이자, 요란한 연애 사건의 진부한 결론이었다. 그사이 무레는 멀리 사라져갔고, 드니즈는 동생들과 매장 안쪽에서 여전히 자신을 응대해줄 수 있는 판매원을 찾고 있었다. 그녀를 뒤따라가는 보조원이 마드무아젤 드 퐁트나유임을 알게 된 데포르주 부인은, 어깨에 노란색 숫자를 새기고 거칠어진 얼굴이 흙빛이 된 채 하녀처럼 구는 그녀를 보며 한숨을 내쉬었다. 그리고 기발 부인에게 짜증 섞인 목소리로 푸념을 늘어놓았다.

"저 불쌍한 여자에게 저런 일을 하게 하다니……. 정말 모욕적이지 않나요? 명색이 후작의 딸인데! 자신이 거리에서 주은 여자 뒤를 개처럼 졸졸 쫓아가게 하다니!"

그녀는 흥분을 가라앉히려고 애쓰면서 무심한 척 덧붙였다.

"이제 실크 매장으로 가보죠, 뭘 진열해놨는지 보게요."

실크 매장은 눈처럼 새하얀 피부를 지닌 사랑에 빠진 여인이 누가 더 하얀지 경쟁이라도 하듯 온통 백색 휘장을 늘어뜨려 놓은 커다란 규방 같았다. 부드러운 벨벳 같은 허리와 고운 실크 같은 허벅지, 반짝이는 새틴 같은 목덜미까지, 사랑받는 뽀얀 우윳빛 육체의 모든 것이 그곳에 있었다. 벨벳은 기둥들 사이에 걸려 있었고, 이 유백색의 배경 위로 실크와 새틴의 금속과 도자기 같은 백색이 두드러져 보였다. 또한 푸드수아와 올이 굵은 시실리엔, 경쾌한 풀라르와 슈라가 아치형으로 늘어져 있으면서, 노르웨이 금발 미녀의 진중한 백색부터 적갈색 머리를 지닌 이탈리아나 에스파냐 미녀의 태양에 달궈진 투명한 백색까지를 고루 선보이고 있었다.

바로 그때 파비에는 '어여쁜 부인'을 위해서 백색 풀라르를 자르고 있었다. 판매원들은 매장의 단골인 우아한 금발 여인을 다만 그렇게 부를 뿐이었다. 그녀가 백화점을 드나든 지 수년이 되었지만 그녀에 대해서는 아무것도 알려진 게 없었다. 그녀의 삶과 주소, 심지어 이름조차 그 누구도 알지 못했다. 게다가 아무도 그런 것들을 알려고도 하지 않았다. 다만, 그녀가 백화점에 나타날 때마다 단지 홍밋거리로 이런저런 추측들을 늘어놓을 뿐이었다. 말랐다거나 살이 찐 것 같다, 간밤에 잘 잔 것 같다거나 밤늦게 잠든 것 같다는 식의 얘기였다. 알려지지 않은 그녀의 삶이나 밖에서 일어난 사건, 집안의 비극과 관련된 사소한 것 하나까지 모두 그들의 관심사가 되어 그들로 하여금 한참 동안 입방아를 찧게 했다. 그날, 그녀는 무척 즐거워 보였다. 그런 이유로, 그녀를 계산대까지 동반했다가 매장으로 돌아온 파비에는 그가 느낀 것을 위탱에게 얘기했다.

"어쩌면 재혼을 하는 건지도 몰라."

"그럼 그 여자가 과부였단 말이야?" 위탱이 물었다.

"그건 잘 모르겠지만…… 자네도 기억날 거야, 지난번에 부인이 상복 차림으로 왔던 것 말이야. ……그사이에 주식이라도 해서 돈을 벌었다면 모를까."

잠시 침묵이 흘렀다. 그리고 그는 결론짓듯 얘기했다.

"어쨌거나 나하고는 상관없는 일이지만. 여기 오는 여자들하고 좀 더 가깝게 지낼 수 있다면 좋을 텐데!"

위탱은 무언가를 골똘히 생각하는 듯 파비에의 말에는 아무런 대꾸도 하지 않았다. 그는 그저께 경영진과 격한 말이 오간 후 자신이 이제 끝났음을 느끼고 있었다. 백색 대전시회 행사가 끝난 후 해고를 당할 것이 확실시되었다. 이미 오래전부터 입지가 삐걱거리던 터였다. 마지막 재고 조사 때 그는 그에게 할당된 매출액에 한참 못 미치는 판매고를 올렸다는 이유로 경영진으로부터 호된 질책을 받았다. 거기에 더하여, 이번에는 그를 먹어치우고자 하는 다른 판매원들의 탐욕스러운 이빨이 서서히 그를 향하고 있음을 감지할 수 있었다. 거대한 기계가 요란하게 작동하는 중에 물밑에서 벌어지는 매장의 은밀한 전쟁이 그를 밖으로 몰아내고 있었다. 파비에가 음흉하게 공작을 꾸미는 소리와, 깊은 곳에서 숨죽이고 있는 거대한 아가리가 꿈틀대는 소리가 들려왔다. 파비에는 이미 수석 구매상으로의 승진을 약속받아 놓은 터였다. 이런 것들에 대해 익히 잘 알고 있는 위탱은 예전 동료의 뺨을 때리는 대신 이제 그를 매우 강력한 존재로 바라보았다. 위탱 자신이 로비노와 부트몽을 몰아내는 데 이용했던 파비에가, 평소에 그토록 조용하고 순종적으로 보이던 것과는 달리 그를 몰아내는 데 앞장섬으로써 그에게 놀라움을 안겨주었던 것이다. 위탱은 그런 그에게 존경심마저 느끼게 되었다.

"그건 그렇고, 그 여자가 여기 남게 될 거라는 걸 알고 있나?" 파비에가 다시 얘기를 꺼냈다.

"사장이 추파를 던지는 걸 봤거든. 난 그 여자가 여길 떠나지 않을 거라는 데 샴페인 한 병을 걸겠어, 기꺼이 말이지."

그는 드니즈에 관한 얘기를 하고 있었다. 매장에서 매장으로, 점점 더 늘어나는 인파 사이를 헤치고 소문이 눈덩이처럼 불어났다. 그중에서도 실크 매장은 유별난 관심으로 들끓었다. 비싼 내기가 걸려 있었기 때문이었다.

"이런 젠장!" 그제서야 꿈속에서 깨어난 듯한 위탱이 불쑥 내뱉었다.

"이럴 줄 알았으면 진작 그 여자하고 자두는 건데! ……그랬다면 지금쯤 이 꼴은 되지 않았을 텐데!"

그는 파비에가 웃는 것을 보고는 자신이 엉겁결에 털어놓은 사실에 얼굴을 붉혔다. 그리고 그 역시 웃는 척하면서 자신이 말한 것을 만회하기 위해, 그 여자가 경영진에게 자신을 깎아

내리는 말을 한 게 분명하다고 덧붙였다. 그러면서 누군가에게 분풀이할 필요성을 느낀 그는 몰려드는 고객들로 인해 정신을 못 차리는 판매원들에게 공연히 트집을 잡았다. 그러다 갑자기 그의 얼굴에 다시 미소가 번졌다. 천천히 매장을 통과해 지나가는 데포르주 부인과 기발 부인을 발견했기 때문이었다.

"오늘은 필요한 게 없으신가요, 부인?"

"아뇨, 괜찮아요. 그냥 돌아보는 중이에요. 오늘은 구경만 하러 왔거든요." 데포르주 부인이 대답했다.

위탱은 길을 계속 가려던 그녀를 붙잡고는 무언가를 속삭였다. 머릿속에 막 좋은 생각이 떠올랐던 것이다. 그는 데포르주 부인의 비위를 맞추면서 '여인들의 행복 백화점'에 관한 험담을 늘어놓았다. 그는 이제 이곳이라면 지긋지긋했다. 이렇게 문란한 일들이 벌어지는 것을 계속 참고 지켜보느니 차라리 여기를 떠나는 게 나을 디였다. 데포르주 부인은 반색하며 그의 말에 귀를 기울였다. 그녀는 자신이 그를 '여인들의 행복 백화점'에서 빼내는 거라고 생각하면서, '카트르 세종 백화점'이 다시 문을 열게 되면 그를 실크 매장의 수석 구매상으로 채용하도록 힘쓰겠다고 약속했다. 거래는 성사되었고, 두 사람은 또다시 무언가를 소곤거렸다. 그사이 기발 부인은 진열된 상품을 구경했다.

"바이올렛 한 다발 드릴까요?" 위탱은 테이블 위에 놓인 고객 증정용 꽃다발 서너 개를 가리키면서 큰 소리로 말했다. 그가 개인적으로 선물하기 위해 계산대에서 챙겨 온 것들이었다.

"오! 천만에요, 난 사양하겠어요!" 데포르주 부인은 뒤로 물러나면서 소리쳤다.

"난 그 사람들 파티에 끼어들고 싶지 않거든요."

그들은 공모자처럼 서로에게 눈짓을 찡긋해 보인 다음 또다시 입가에 의미심장한 웃음을 띤 채 헤어졌다.

그사이 어디론가 사라진 기발 부인을 찾던 데포르주 부인은 마르티 부인과 함께 있는 그녀를 발견하고는 놀라서 소리쳤다. 쇼핑중독 증세가 도진 마르티 부인은 딸 발랑틴과 두 시간 동안 백화점을 누비고 다니느라 지칠 대로 지쳐 반쯤 넋이 나가 있었다. 그녀는 우선, 하얀색으로 래커 칠을 한 가구들을 전시해, 널따란 소녀의 방으로 꾸며놓은 가구 매장부터 훑기 시작했다. 그런 다음에는, 백색 기둥들에 백색 장막을 늘어뜨려 장식해놓은 리본과 숄 매장, 바느질 도구 매장을 차례로 들렀다. 그다음으로 둘러본 장식 천 매장은 단추 판지*와 바늘 쌈지로 꼼꼼하게 만든 장식 주위를 새하얀 가장자리 술로 둘러놓았다. 편물 매장에서는, 붉은색 양말 바탕 위에 하얀색 양말로 거대하게 써넣은 3미터 높이의 '여인들의 행복 백화점' 이름 장식이 장관을 이루고 있었다. 그것을 보기 위해 몰려든 사람들로 숨을 쉴 수 없을 정도였다. 하지만 마르티 부인은 무엇보다 새로이 문을 연 매장에 광적인 관심을 나타냈다. 그녀가 개시를 하지 않고는 새 매장을 열 수 없다고 큰 소리를 치고 다닐 정도였다. 그리하여 서둘러 새 매장으로 가서는 일단 아무거나 사고 봤다. 2층의 새 공간에 자리 잡은 모자 매장에서는 진열장을 모두 비워내면서, 두 개의 테이블 위에 장식처럼 놓여 있는 자단나무 모자걸이 위의 모자들을 딸과 함께 차례차례 번갈아 모두 써보았다. 그곳은 장식 턱 끈이 달린 보닛과 토크를 비롯해 온통 하얀색 모자 천지였다. 그곳을 나선 마르티 부인은 이

*단추, 실 따위와 같은 작은 물품들을 단 사각형 판지를 가리킴.

번에는 1층 갤러리 안쪽으로 넥타이 매장 뒤에 자리 잡은 신발 매장으로 향했다. 바로 그날 처음 문을 연 매장에서 그녀는 병적인 욕망에 사로잡혀 진열장을 온통 뒤집어놓았다. 백조의 솜털로 장식된 백색 실크 슬리퍼와 루이 15세 스타일의 높은 굽이 달린, 백색 새틴으로 장식된 신발과 편상화 앞에서 정신을 차릴 수가 없었기 때문이었다.

"아! 부인, 정말 얼마나 근사한지 상상도 못하실 거예요!" 그녀는 말을 더듬기까지 했다.

"보닛이 종류별로 다 있는 거 있죠. 그래서 내 거랑 딸 것을 하나씩 샀답니다. ……그리고 신발들은 또 어떻고요, 안 그러니, 발랑틴?"

"정말 굉장했어요!" 발랑틴은 어느덧 성숙한 여인처럼 대담하게 얘기했다.

"부츠가 겨우 25프랑밖에 안 하는 거 있죠, 세상에! 그런 부츠가 어떻게!"

판매원 하나가 예의 의자를 끌면서 그들을 뒤따르고 있었다. 그 위에는 이미 사들인 물건들이 하나 가득 쌓여 있었다.

"남편분은 좀 어떠신가요?" 데포르주 부인이 물었다.

"그럭저럭요." 마르티 부인은 자신의 낭비벽을 비난하는 것 같은 급작스러운 질문에 당황하는 듯했다.

"그이는 아직 거기 있어요. 숙부님이 오늘 아침에 보러 다녀오셨을 거예요."

그녀는 하던 말을 중단하고 황홀경에 빠진 듯 외쳤다.

"저것 좀 봐요, 정말 사랑스럽지 않나요!"

앞으로 나아가던 여자들은 중앙 갤러리의 실크 매장과 장갑 매장 사이에 새로 문을 연 꽃과 깃털 장식 매장 앞에 이르렀다.

진열대의 번쩍이는 불빛 아래 떡갈나무처럼 키가 크고 굵은 거대한 백색 꽃다발이 한눈에 들어왔다. 맨 아래쪽 화단에는 바이올렛, 은방울꽃, 히아신스, 데이지 같은 은은한 하얀색 꽃다발들이 모여 있었다. 분홍빛이 살짝 섞인 흰 장미꽃과 진홍빛을 띤 백색 작약, 경쾌한 불꽃처럼 노란색이 방사상으로 섞여 있는 흰 국화꽃 다발은 위쪽으로 향해 있었다. 꽃들은 계속해서 위로 뻗어 올라가고 있었다. 신비스러운 대형 백합, 봄기운이 느껴지는 사과나무 가지, 향기로운 라일락 다발 등이 활짝 피어 있는 가운데 2층에 이르자, 백색 꽃무리가 내뿜은 숨결처럼 보이는, 타조 깃털 장식을 포함한 새하얀 깃털들이 보였다. 한쪽 구석에는 오렌지 꽃 장식과 화관이 펼쳐져 있었다. 은으로 만든 엉겅퀴와 이삭 같은 금속 꽃들도 있었다. 모슬린과 실크, 벨벳으로 만든 나뭇잎과 화관에는 고무방울로 된 이슬이 맺혀 있었다. 그 모든 것들 사이로는 모자 깃털 장식에 쓰이는 열대의 새들이 날고 있었다. 그중에서 검은색 꼬리가 달린 자줏빛 휘파람새와 배의 색깔이 무지개처럼 일곱 가지 색깔로 수시로 바뀌는 새들이 유난히 눈에 띄었다.

"난 이 사과나무 가지를 하나 살까 봐요." 마르티 부인이 말했다.

"정말 근사하지 않아요? ……이 조그만 새는 또 어떻고요. 발랑틴, 이것 좀 보렴. 오! 이것도 사야겠어!"

그사이 혼란스러운 인파 속에서 아무것도 하지 않고 서 있는 것에 짜증이 나기 시작한 기발 부인이 말했다.

"아무래도 안 되겠네요! 부인은 쇼핑을 계속하세요. 우린 이만 위층으로 올라가볼게요."

"어머나, 아니에요, 기다려요! 나도 같이 올라가요." 마르티 부인이 소리쳤다.

"위층에 향수 매장이 생겼잖아요. 거길 꼭 가봐야 하거든요."

전날 새로 생긴 향수 매장은 독서실 바로 옆에 위치해 있었다. 데포르주 부인은 계단의 혼잡을 피하기 위해 엘리베이터를 타자고 제안했다. 하지만 그 앞에 길게 줄 서 있는 사람들을 보고는 금세 생각을 바꾸었다. 마침내 위층으로 올라간 여자들은 카페테리아 앞을 지나갔다. 그곳은 몰려드는 인파로 인한 혼잡이 극에 달해 감독관이 그들의 왕성한 식욕을 억제시키면서 소그룹으로 나누어 고객을 입장시켜야 했다. 그리하여 카페테리아에 머무는 동안에도 여자들은 향수 매장에서 퍼져 나오는 향기를 맡을 수 있었다. 향주머니에서 풍기는 강렬한 향이 갤러리 전체를 향기롭게 했다. 향수 매장에서는 백화점이 특별히 내놓은 '행복 비누'를 서로 먼저 차지하려는 사람들로 북적거렸다. 유리 진열징 안과 크리스털로 된 신반 위에는 포마드와 크림 통, 가루분과 색조 화장품 상자, 기름과 화장수가 든 조그만 병이 가지런히 정렬돼 있었다. 특별히 따로 마련된 진열장에는 섬세한 솔과 빗, 화장용 가위, 조그만 휴대용 병 등이 들어 있었다. 판매원들은 재치를 발휘해 백색 자기로 된 통과 백색 유리병들로 진열대를 장식해놓았다. 무엇보다 여인들의 마음을 앗아 간 것은 매장 한가운데에 은으로 하얗게 꾸며놓은 분수였다. 풍성한 꽃무더기 위에 양치는 소녀 동상이 서 있고, 그곳에서 바이올렛 색 화장수가 계속해서 졸졸 흘러나오면서 물 소리가 금속 수반에 낭랑한 음악소리처럼 울려 퍼졌다. 그윽한 향기가 주위로 퍼져 나가자 지나가던 여인들이 그 물에 손수건을 적셨다.

"자, 이제 다 됐어요!" 마르티 부인은 로션과 치약, 화장품 등을 잔뜩 쓸어 담고는 말했다.

"얼른 드 보브 부인을 만나러 가요."

하지만 중앙 계단의 층계참에 이르자 제품 판매대가 또다시 그녀의 발길을 멈추게 했다. 과거 무레가 시험 삼아 조그만 테이블을 가져다 놓고 그 위에 몇몇 싸구려 실내장식품을 진열했던 데서 출발한 이 매장은 그 후 몰라보게 커져 있었다. 그 자신도 이처럼 엄청난 성공을 거두리라고는 생각지 못했던 것이다. 그처럼 작은 규모로 시작했던 매장은 거의 없었기 때문이었다. 그런데 이젠 오래된 청동 제품과 상아 세공품, 칠기 등으로 넘쳐나면서, 150만 프랑의 연매출을 올리는 곳으로 성장해 있었다. 그는 극동의 구석구석까지 손을 뻗치면서, 여행객들로 하여금 궁전과 신전 등을 세심하게 뒤져보도록 했다. 게다가, 매장의 수는 계속 늘어났다. 지난 12월에만 해도 겨울 비수기의 공백을 메우기 위해 매장 두 개가 더 신설됐다. 도서 매장과 어린이 장난감 매장이었다. 이들 매장 역시 더 성장해나감에 따라 부근의 상인들을 몰아내게 될 것이었다. 일본 매장이 파리의 예술적 취향을 지닌 고객들을 끌어모으는 데는 4년으로 충분했다.

이번에는, 이곳에서 아무것도 사지 않겠다고 맹세했던 데포르주 부인마저 우아한 세련미를 뽐내는 상아 세공품 앞에서 무너지고 말았다.

"이걸 집으로 배달해줘요." 그녀는 옆에 있는 계산대에 재빨리 말했다.

"90프랑이라고 했죠?"

그리고 마르티 부인과 딸이 싸구려 자기 그릇을 고르느라 정신이 팔려 있는 걸 보고는 기발 부인을 끌어당기며 말했다.

"독서실에서 기다릴 테니 그리로 오세요. ……난 좀 앉아서 쉬어야 해서요."

하지만 독서실로 간 그녀들은 서서 기다려야 했다. 신문이 가득 쌓여 있는 커다란 테이블 주위로는 빈자리가 하나도 없었다. 뚱뚱한 남자들이 배를 들이민 채 신문을 읽거나 몸을 뒤로 젖힌 채 죽치고 있었는데, 아무도 자리를 양보할 생각을 하지 않았다. 몇몇 여인네들은 모자에 달린 꽃으로 편지지를 가리려는 듯 종이에 코를 박은 채 편지를 쓰고 있었다. 게다가 드 보브 부인은 그곳에 없었다. 데포르주 부인이 짜증이 나기 시작할 때쯤 그 역시 아내와 장모를 찾고 있던 발라뇨스와 마주쳤다. 그는 인사를 하고는 말했다.

"두 사람 다 분명 레이스 매장에 있을 겁니다. 거기 무슨 꿀단지라도 감춰뒀는지 원……. 제가 가서 보고 오죠."

그는 가기 전에 그녀들을 배려해 의자 두 개를 가져다주었다.

레이스 매장은 시간이 갈수록 혼잡함이 더해갔다. 백색 대전시회는 그곳에서도 당당한 기세로 지극히 섬세하고 귀한 백색을 선보였다. 거침없는 욕망의 숨결을 뿜어내는 듯한 강렬한 유혹 앞에서 여인들은 정신이 혼미해졌다. 레이스 매장은 백색 예배당으로 변모해 있었다. 위쪽으로부터 흘러내리는 튈과 기퓌르는 새하얀 하늘을 이루고 있었다. 섬세한 그물 모양 레이스로 만들어진 구름 같은 베일이 아침 햇살의 빛마저 바래게 했다. 기둥 주위로는, 말린과 발랑시엔 레이스 밑단 장식과, 백색 전율과 함께 펼쳐진 무용수의 백색 스커트가 바닥에까지 길게 늘어져 있었다. 매장 곳곳에는 판매대 위마다 새하얀 눈이 소복이 내려 있었다. 숨결처럼 가벼운 에스파냐산 블롱드 레이스, 섬세한 망사에 커다란 꽃무늬가 수놓인 브뤼셀의 아플리케, 좀 더 점잖은 디자인의 니들 포인트 레이스와 베네치아산 레이스, 그리고 장엄하고 경건하기까지 한 화려함으로 빛나는 알랑송 레이스와 브루게 레이스가 모두 한데 모여 있었다. 마치 레이스의 신이 그곳에 백색 예배소를 마련해둔 듯했다.

딸과 함께 한참 동안 진열대 앞을 서성이던 드 보브 부인은 레이스에 손을 집어넣어 만지고 싶은 관능적인 욕구를 떨쳐내지 못하고 들로슈에게 알랑송 레이스를 보여줄 것을 요구했다. 그러자 그는 처음에는 모조품을 내놓았다. 하지만 그녀는 진짜 알랑송을 보고 싶어 했다. 그것도 미터당 300프랑짜리 조그만 장식품이 아닌, 1천 프랑짜리 고급 밑단 장식과 칠팔백 프랑씩 하는 손수건과 부채 같은 것을 원했다. 판매대는 이내 엄청나게 비싼 레이스들로 뒤덮였다. 매장 한구석에서는 주브 감독관이 한가로이 제품을 구경하는 척하는 드 보브 부인에게서 눈을 떼지 않고 있었다. 그는 사람들이 떼미는 가운데서도 꼼짝 않고 선 채 무심한 척 그녀를 계속 주시했다.

"혹시 니들 포인트로 된 둥근 장식 깃 있나요?" 드 보브 부인이 들로슈에게 물었다.

"있으면 좀 보여주세요."

그녀가 20분 전부터 붙들고 있던 들로슈는 당당하고 귀족적인 목소리로 말하는 그녀의 요구를 감히 거절할 엄두를 내지 못했다. 그럼에도 불구하고 그는 여전히 망설이지 않을 수 없었다. 백화점 측에서 판매원들에게 값비싼 레이스를 이처럼 쌓아놓지 말도록 주의를 주었기 때문이다. 게다가 지난주에만 해도 말린(malines) 레이스를 10미터나 도둑맞은 터였다. 하지만 드 보브 부인의 위압적인 태도에 굴복하고 만 그는 잠시 알랑송 레이스를 내버려둔 채 그의 뒤쪽 칸막이 선반에 넣어둔 둥근 깃을 꺼내러 돌아섰다.

"엄마, 이것 좀 보세요." 옆에서 저렴한 가격의 조그만 발랑시엔 레이스가 가득 담긴 상자를 뒤지던 블랑슈가 말했다.

"이걸로 베개 장식을 하면 예쁠 것 같아요."

드 보브 부인이 아무런 대꾸를 하지 않자 블랑슈는 나른한 얼굴로 엄마를 돌아보았다. 그러자 레이스 더미 속으로 두 손을 집어넣은 드 보브 부인이 재빨리 외투 소맷자락 속으로 알랑송 밑단 장식을 감추는 광경이 눈에 들어왔다. 하지만 블랑슈는 전혀 놀라는 기색 없이 자기 엄마를 가려주려는 본능적인 몸짓으로 그녀에게로 다가갔다. 그 순간, 주브 감독관이 급작스레 그녀들 사이로 끼어들었다. 그리고 몸을 숙이면서 드 보브 부인의 귀에 대고 공손한 어조로 속삭였다.

"부인, 저와 같이 좀 가주셔야겠습니다."

드 보브 부인은 순간 발끈하며 물었다.

"내가 왜 그래야 하죠?"

"저와 함께 가시는 게 좋을 겁니다, 부인." 감독관은 어조를 높이지 않으면서 거듭 채근했다.

드 보브 부인은 두려움으로 얼굴이 일그러진 채 재빨리 주변을 둘러보았다. 그리고 이내 체념을 하고는 그의 옆에서 고개를 뻣뻣이 들고 걸어갔다. 마치 보좌관에게 자신을 에스코트하는 영광을 베푸는 관대한 여왕 같은 자세였다. 그곳에 몰려 있던 고객 중 그 누구도 무슨 일이 일어나고 있는지 알아차리지 못했다. 그사이 둥근 깃을 꺼내 들고 판매대 앞으로 되돌아온 블로슈는 경악하며 입을 크게 벌린 채 드 보브 부인이 끌려가는 광경을 지켜보았다. 오, 세상에, 이럴 수가! 어떻게 저런 여인까지 그런 짓을 할 수 있단 말인가! 저토록 고상해 보이는 귀족 부인이! 그러니까 모든 여자들을 하나도 예외 없이 다 뒤져야 한다는 건가! 아무런 제재를 받지 않은 블랑슈는 납빛 같은 얼굴로 인파 속에서 걸음을 지체했다. 그러면서, 자기 엄마를 홀로 내버려둘 수 없다는 자식으로서의 의무감과 그녀와 함께 구금될지도 모른다는 두려움 사이에서 갈등했다. 그러다 그녀가 부르동클의 사무실로 들어가는 것을 보고는 주위를 서성이면서 문 앞을 지켰다.

그때 마침 부르동클은 그곳에 있었다. 무레가 머리를 써서 그를 막 떼어놓은 참이었다. 대개, 지체 높은 이들에 의해 저질러진 절도 행위에 대한 판결을 내리는 일은 그가 담당했다. 오래전부터 드 보브 부인을 눈여겨보던 주브는 부르동클에게 이미 그 사실을 언급해놓은 터였다. 따라서 감독관이 그에게 간단히 상황을 설명했을 때도 그는 조금도 놀란 기색을 보이지 않았다. 이미 별별 놀라운 경우를 모두 접해본 그로서는 비싼 천에 대한 욕망에 사로잡힌 여자는 못할 게 없다는 사실을 익히 알고 있는 터였다. 게다가 물건을 훔친 여인과 사장이 친분이 있음을 모르지 않는 터라 그 역시 최대한으로 예의를 갖추어 그녀를 대했다.

"부인, 우린 누구나 순간적으로 그런 실수를 할 수 있다는 것을 이해합니다. ……하지만 자신이 누구인지를 망각하는 그런 행위가 어떤 결과를 초래할 것인지를 잘 생각해보시기 바랍니다. 혹시라도 다른 사람이 부인이 그 레이스를 슬쩍하는 걸 봤더라면……"

하지만 드 보브 부인은 불같이 화를 내며 그의 말을 가로막았다. 아니, 자신을 도둑으로 몰다니! 대체 사람을 어떻게 보고

하는 말인가? 자신은 드 보브 백작 부인이며, 남편은 종마 사육장의 총감독관이자 법원에까지 영향력을 행사하는 사람이었다.

"알고 있습니다. 아주 잘 알고 있습니다, 부인." 부르동클은 조금도 동요하는 기색 없이 차분하게 대꾸했다.

"그런 분을 이렇게 만나 뵙게 되어서 크나큰 영광으로 생각하고 있습니다. ……그런데 먼저 몸에 지니고 계신 레이스를 좀 돌려주시죠."

드 보브 부인은 다시금 격렬하게 항의하면서 그가 더 이상 한마디도 하지 못하도록 했다. 화내는 모습조차 아름다운 그녀는 모욕을 당한 귀족 부인으로서 눈물을 보이는 것도 서슴지 않았다. 부르동클이 아닌 다른 사람이었다면 그런 그녀의 모습에 동요하면서 유감스러운 오해가 있었던 것으로 믿었을 터였다. 드 보브 부인은 자신이 당한 모욕을 되갚아주기 위해 이번 일을 법원까지 끌고 가겠다며 으름장을 놓았다.

"경고하는데, 조심하는 게 좋을 거예요, 무슈! 남편이 장관에게까지 이 일을 고할 수가 있으니까요."

"이런, 왜 이러십니까, 부인. 다른 부인네들보다 나을 것도 없으시군요." 부르동클은 짜증스러운 듯한 어조로 말했다.

"자꾸 이러시면 부인 몸을 뒤져볼 수밖에요. 달리 방도가 없군요."

하지만 드 보브 부인은 여전히 기세를 누그러뜨리지 않은 채 오만하고 자신감 넘치는 태도로 말했다.

"그래요, 얼마든지 뒤져보시죠. ……하지만 다시 경고하지만, 자칫하면 이 백화점이 망할 수도 있으니 알아서 하세요."

주브는 코르셋 매장으로 가서 여성 판매원 두 명을 데리고 왔다. 그는 부르동클에게 드 보브 부인의 딸이 문 앞에서 기다리고 있음을 알리면서, 물건을 훔치는 걸 보진 못했지만 그녀 역시 붙잡아두어야 하는 건 아닌지 물었다. 언제나 양식에 맞게 행동함을 자처하는 부르동클은 도의를 내세우며 딸을 안으로 들일 수는 없다고 단호하게 말했다. 자신의 딸 앞에서 엄마가 수치심으로 얼굴을 붉히게 할 수는 없다는 이유에서였다. 그리고 두 남자가 옆방에 가 있는 동안, 판매원들은 백작 부인의 드레스를 벗겨 가슴과 엉덩이까지 샅샅이 살펴보았다. 그리하여 드레스 소맷자락에 감춘, 1천 프랑어치의 알랑송 레이스 밑단 장식 12미터 외에도, 옷 밑에 납작하게 집어넣어 온기가 느껴지는 손수건과 부채 그리고 크라바트를 찾아냈다. 모두 합쳐 1만 4천 프랑어치나 되는 엄청난 물건들이었다. 드 보브 부인은 1년 전부터 격렬한 욕구를 떨쳐내지 못하고 이처럼 물건을 훔치기 시작했다. 시간이 흐르면서 그 정도가 점점 심해진 도벽은 그녀의 삶에 없어서는 안 될 관능적 쾌락의 원천이 되었으며, 그녀에게서 신중함과 양식마저 모두 앗아 갔다. 또한 수많은 사람들의 눈앞에서 그녀의 이름과 자존심, 남편의 높은 지위까지 위태롭게 만들 수 있는 만큼, 더욱더 강렬하게 그녀의 욕구를 충족시켜주었다. 이제는 남편이 그녀에게 돈을 마음대로 가져가게 하는데도 그녀는 주머니에 돈을 가득 넣은 채 절도 행각을 계속했다. 과거에 백화점의 무지막지한 화려함의 유혹 속에서 충족되지 못한 욕구로 인해 정신이 피폐해진 채 여전히 욕망에 휘둘리며 단지 훔치기 위해 훔치는 것을 멈추지 않았다. 그건 마치, 단지 사랑하기 위해 사랑을 하는 것과 다를 바 없었다.

"이건 함정이라고요!" 드 보브 부인은 부르동클과 주브가 안으로 들어오는 것을 보며 소리쳤다.

"누군가 내 옷 속으로 이 레이스들을 집어넣은 게 분명해요. 오! 정말이에요, 신 앞에서 맹세할 수 있어요!"

이제 그녀는 의자 위에 털썩 주저앉은 채, 지나치게 조여 맨 드레스 때문에 숨 가빠하며 분을 못 이긴 듯 눈물을 펑펑 쏟아냈다. 부르동클은 판매원들을 내보낸 다음 다시 차분한 목소리로 말했다.

"부인, 우린 부인의 집안을 존중하는 차원에서 이 유감스러운 사태가 더 이상 확대되지 않도록 조용히 묻어두고자 합니다. 하지만 그 전에 다음과 같이 적힌 서류에 서명을 하셔야겠습니다. '나는 여인들의 행복 백화점에서 레이스를 훔쳤음을 밝힙니다.' 레이스에 관한 구체적인 사항과 날짜도 적어야 합니다. ……그리고 빈자들을 위한 구제금으로 2천 프랑을 가져오시는 즉시 이 서류를 돌려드릴 것입니다."

드 보브 부인은 자세를 바로 하면서 또다시 그에게 대들었다.

"난 그런 종이쪽에 절대 서명할 수 없어요, 죽는 한이 있어도."

"부인이 죽는 일은 없을 겁니다. 다만, 경관을 부를 것임을 아셔야 할 겁니다."

그러자 차마 눈뜨고 봐주기 힘든 끔찍한 장면이 연출되었다. 드 보브 부인은 부르동클에게 욕설을 퍼부으면서, 이처럼 여성을 고문하는 건 남자로서 비열하기 짝이 없는 짓이라며 말을 더듬거렸다. 유노 여신 같은 미모와 당당한 풍채를 지닌 그녀는 한낱 저잣거리의 생선장수 여인네처럼 거친 말들로 분노를 마구 쏟아냈다. 그런 다음에는 그들의 측은지심을 유발하고자 그들 어머니를 들먹거리며 애원을 하거나, 심지어 그들 앞에 무릎을 꿇고 빌겠다는 얘기까지도 서슴지 않았다. 하지만 그런 일에 이미 익숙해질 대로 익숙해진 그들이 아무런 반응을 보이지 않자 다시 주저앉아 떨리는 손으로 글을 적어나갔다. 펜은 말들을 뱉어냈다. '나는 여인들의 행복 백화점에서 레이스를 훔쳤음을……' 분노를 담아 세게 힘주어 눌러쓴 말들은 얇은 종이를 뚫어놓을 뻔했다. 드 보브 부인은 목멘 소리로 되풀이해 말했다.

"이제 됐나요, 무슈. 이젠 만족하나요. ……난 강요에 의해 쓴 것뿐이라고요."

부르동클은 집어 든 종이를 조심스럽게 접어 그녀가 보는 앞에서 서랍 속에 넣어 잠그면서 말했다.

"보시다시피 여기 이런 서류가 수북이 쌓여 있습니다. 당신네 여자들은 여기에 서명하느니 차라리 죽는 게 낫겠다고 말들은 하지만, 막상 자신들이 남긴 연애편지를 찾으러 오는 사람은 극히 드물죠. ……어쨌거나 이건 부인을 위해 잘 보관해두겠습니다. 이게 2천 프랑의 가치가 있다고 생각되면 언제라도 찾으러 오시면 됩니다."

흐트러졌던 옷매무새를 마저 가다듬은 드 보브 부인은 자신이 한 짓에 대한 대가를 치르고 나자 평소의 당당함을 되찾은 듯 보였다.

"이제 나가도 되나요?" 그녀는 간결하게 말했다.

부르동클은 벌써 그녀를 잊은 듯했다. 주브의 보고를 받은 그는 들로슈를 내보내기로 결정했다. 그렇게 빤히 눈앞에서 계속 물건을 도둑맞다니 그런 멍청한 작자가 어디 있단 말인가. 그런 판매원에게 고객에 대한 권위 있는 태도를 기대하기란 무리였다. 드 보브 부인의 거듭된 질문에 두 남자가 나가도 좋다며 고갯짓을 해보이자 그녀는 잡아먹을 듯한 눈빛으로 그들을 쏘아보았다. 그리고 그때까지 억누르고 있던 욕설 중에서 멜로 드라마적인 외침이 입 밖으로 튀어나왔다.

"천한 것들 같으니라고!" 드 보브 부인은 그렇게 소리치며 문을 쾅 하고 닫았다.

그사이 블랑슈는 부르동클의 사무실 앞을 서성이고 있었다. 안에서 무슨 일이 일어나고 있는지 모르는 상태에서 주브 감독관과 판매원 두 사람이 오가는 것을 지켜보며 혼란에 빠진 그녀는 헌병과 중죄 재판소, 감옥을 떠올리고 있었다. 그러다 화들짝 놀라며 입을 크게 벌리고 멍한 표정을 지어 보였다. 발라뇨스가 그녀 앞에 서 있었던 것이다. 결혼한 지 한 달밖에 안 되는 블랑슈는 아직 남편에게 편하게 말을 놓지 못했다. 발라뇨스는 기겁하는 그녀를 보고는 그 역시 놀라며 물었다.

"어머님은 어디 계신 거요? ……서로 실수로 헤어진 거요? ……이런, 말 좀 해봐, 사람 불안하게 만들지 말고."

그 순간 어떤 그럴싸한 거짓말도 떠오르지 않은 블랑슈는 절망적인 심정으로 속삭이듯 말했다.

"엄마가, 엄마가…… 물건을 훔쳤어요."

이게 대체 무슨 일이란 말인가! 도둑질이라니! 그는 마침내 사태를 파악할 수 있었다. 그는 아내의 부어오른 얼굴, 겁에 질려 창백해진 그녀의 얼굴을 보며 아연실색했다.

"레이스를, 이렇게, 소맷자락 속으로 집어넣어서요." 그녀는 더듬거리며 얘기를 계속했다.

"그럼 당신은 어머니가 그러는 걸 봤다는 거야? 그런데 그냥 보고만 있었다는 건가?" 그는 자신의 아내가 공범이라는 것을 느끼자 온몸의 피가 얼어붙는 것 같았다.

그들은 하던 얘기를 중단해야 했다. 지나가던 사람들이 흘 끗거리며 돌아보았기 때문이다. 발라뇨스는 두려움으로 인해 머뭇거리느라 잠시 꼼짝 않고 서 있었다. 이럴 땐 뭘 어떻게 해 야 하지? 그가 마침내 결심을 하고 부르동클의 사무실로 들어 가려던 찰나 갤러리를 지나가던 무레가 그의 눈에 들어왔다. 발라뇨스는 아내에게 기다리라고 말하고는, 자신의 오랜 친구 의 팔을 붙잡고 중간중간 끊어지는 말로 그에게 사실을 알렸 다. 무레는 서둘러 자신의 사무실로 친구를 데리고 가서는 앞 으로의 일에 대해 안심을 시켰다. 그가 이 일에 개입할 필요는 없다고 하면서, 앞으로 어떻게 일이 전개될 것인지에 대해 설 명했다. 그는 이런 일이 일어날 것을 오래전부터 예상하고 있 던 것처럼 조금도 놀란 기색을 보이지 않았다. 하지만 발라뇨 스는 자신의 장모가 당장 체포되는 위기를 면한 것에는 안심 하면서도 이 사건을 결코 담담하게 받아들이지 못했다. 소파 에 몸을 깊숙이 파묻은 그는 이제 차분히 생각할 여유가 생기 자 자신의 운명에 대해 한탄을 늘어놓기 시작했다. 어떻게 이 런 일이 있을 수 있단 말인가? 그러니까 자신이 도둑놈 집안과 결혼을 했다는 말인가? 부친이 원하는 대로 서둘러 치렀던 어 리석은 결혼의 대가가 이런 것이었다니! 무레는 자신의 감정 을 통제하지 못하고 병든 어린아이처럼 흐느끼는 친구를 바라 보면서 염세주의를 토로하던 그의 예전 모습을 떠올렸다. 그는 삶의 궁극적인 허무함을 강조하면서, 인생에서 그나마 조금이 라도 흥미로운 것은 나쁜 짓밖에는 없다고 수없이 주장하지 않 았던가? 무레는 친구의 마음을 풀어주기 위해 그에게 농담하 듯, 이럴 때일수록 무심함을 잃지 말 것을 충고했다. 그러자 발 라뇨스는 벌컥 역정을 냈다. 그는 위협받은 자신의 철학을 만회할 자신감을 완전히 잃어버린 듯했다. 그가 받은 부르주아적 교육은 그로 하여금 장모를 향해 의분을 터뜨리게 했다. 그는 자신이 평소 거리를 두며 냉소를 금치 않았던 삶의 아이러니를 직접 접하게 되면, 그 즉시 예의 과장된 회의주의자의 모습을 벗어버리고는 상처받고 고통스러워했다. 이건 너무나도 끔찍한 일이었다. 그의 집안의 명예를 진창 속으로 처박는 것과 다를 바 없었다. 마치 세상이 무너져 내리는 것 같았다.

"이런, 이제 그만 진정하게나." 친구를 측은하게 여긴 무레가 말했다.

"자네한테는 뭐든지 일어날 수도, 아무것도 일어나지 않을 수도 있다는 말 같은 건 하지 않겠네. 그런 말이 지금의 자네를 위로해줄 수 있을 것 같진 않으니까. 하지만 내 생각으로는, 이렇게 분개만 하고 있지 말고 드 보브 부인에게로 가서 그녀에게 자네 팔을 빌려주는 게 훨씬 더 현명한 처사일 것 같네. ……그런데 참으로 아이러니하지 않나! 하찮은 세상사 앞에서 냉정하고 경멸적인 태도로 일관하던 자네가 이런 모습을 다 보이다니!"

"그거야, 나하곤 상관없을 때나 그렇지!" 발라뇨스는 천진스레 외쳤다.

하지만 그러면서도 즉시 일어나 옛 친구의 충고를 따랐다. 갤러리로 다시 돌아간 두 사람은 부르동클의 사무실에서 막 나오던 드 보브 부인과 마주쳤다. 그녀는 당당한 태도로 사위의 팔짱을 꼈다. 그리고 무레가 정중하고 공손한 태도로 인사를 하자 한술 더 떠서 떠들어댔다.

"그 사람들이 내게 사과를 하더군요. 그런 끔찍한 오해를 하다니 정말 기가 막혀서 원……."

블랑슈도 그들과 합류해 뒤에서 걸어갔다. 그들은 서서히 인파 속으로 사라져갔다.

그러자 혼자 남은 무레는 생각에 잠긴 얼굴로 다시 백화점을 가로질러 갔다. 그의 마음을 찢어놓는 싸움을 잠시 잊게 해주었던 광경은 이제 그를 다시 끓어오르게 하면서 최후의 일전에 대한 마음을 다잡게 해주었다. 그러면서 머릿속에서 일련의 일들이 어렴풋이 서로 연관지어졌다. 가엾은 드 보브 부인의 절도 행각과 유혹자의 발밑에 쓰러지고 정복당한 여인들의 마지막 광기는 그에게 당당한 복수의 화신 같은 드니즈의 모습을 떠올리게 했다. 그녀가 의기양양한 승리의 미소를 지으며 구두 뒤축으로 자신의 목덜미를 누르는 광경이 떠올랐다. 그는 중앙 계단 꼭대기에 멈춰 선 채 거대한 중앙 홀에서 자신의 신도인 여성들이 부산스럽게 서로를 떼밀고 있는 광경을 한참 동안 지켜보았다.

이제 어느덧 6시가 가까워지고 있었다. 날이 점차 저물어감에 따라 갤러리 내부는 홀 안쪽부터 빛이 옅어지기 시작하면서 서서히 어둠으로 뒤덮였다. 그리고 아직 완전히 잦아들지 않은 빛 속에서 전등*이 하나둘씩 켜지기 시작했다. 불투명한 백색 전구는 멀리 떨어져 있는 매장의 판매대에까지 강렬한 빛을 쏘아 보냈다. 석양마저 가려버리는 창백한 별처럼 지속적으로 비추는 새하얀 빛이 보는 이들의 눈을 부시게 했다. 전등이 모두 켜지자, 군중의 환호하는 웅성거림이 들려왔다. 백색 대전시회는 새로운 조명 아래 찬란한 피날레를 이루며 몽환적인 화려함을 띠었다. 과도하게 넘쳐나는 백색마저 또 하나의 빛으로

---

*백화점의 전기 조명은 1880년경부터 시행되었다. 여기서도 졸라는 이 소설의 시대배경(1864~1869년)과 맞지 않는 의식적인 시대착오적 오류를 범했다.

타오르는 듯했다. 백색 노래가 새벽을 밝히는 새하얀 빛 속으로 날아올랐다. 몽시니 갤러리의 리넨과 캘리코에서는 동녘 하늘을 밝히는 최초의 빛 한 줄기와도 같은 백색 빛이 뿜어져 나왔다. 미쇼디에르 갤러리를 따라 난 바느질 도구와 장식 천, 잡화와 리본 매장에서는 진주모 빛 단추와 은도금이 된 청동 장식, 진주 장신구들이 저 먼 곳의 언덕에서 전해져 오는 듯한 희부연 빛을 발하고 있었다. 하지만 불타오르는 것처럼 강렬한 백색을 노래하는 곳은 중앙 홀이었다. 기둥 주위를 휘감아 올라가는 백색 모슬린 주름 장식 리본과 계단에 늘어뜨려진 백색 바쟁과 피케, 깃발처럼 허공에 매달린 백색 담요, 공중에 길게 늘어진 채 흔들리는 백색 기퓌르와 다양한 레이스는 꿈속의 천상으로, 신비스러운 왕녀가 결혼식을 올리는 눈부신 백색으로 가득한 천국을 향해 날아오르는 듯 보였다. 중앙 홀의 실크 판매대 위에 백색 커튼으로 만들어진 장막은 그녀가 머무를 것 같은 거대한 규방이었다. 백색 거즈와 퇼은 그 빛나는 백색으로 뭇 사람들의 시선으로부터 신부의 백색 순결을 보호해주는 듯했다. 그곳에는 오직 눈부신 백색의 빛만이 존재했다. 그것은 모든 백색이 하나로 녹아든 백색, 무수한 별들이 눈이 되어 쏟아져 내리는 듯한 백색 빛이었다.

무레는 백색의 향연이 펼쳐지는 가운데 자신의 여성 신도들을 계속 지켜보고 있었다. 희뿌연 배경 위로 시커먼 그림자들이 또렷하게 두드러져 보였다. 오랫동안 격류에 휩쓸려 기진맥진한 채 우왕좌왕하는 군중 사이를 빅 세일의 마지막 열기가 현기증을 일으키며 훑고 지나갔다. 이제 매장을 가득 메웠던 사람들은 하나둘씩 백화점 문을 나서기 시작했고, 풀어 헤쳐진 천들이 판매대 위에 여기저기 널려 있는 사이로 계산대의 짤랑거리는 금화 소리가 들려왔다. 약탈당하고 능욕당한 고객들은 혼란스러움을 느끼며 거리로 나섰다. 그들의 욕망은 충족되었지만, 수상쩍은 호텔 구석방에서 유혹에 굴복했을 때와 마찬가지의 은밀한 수치심 또한 느껴졌다. 그는 그런 식으로 여인들을 소유했다. 끊임없이 물건을 공급해 가득 쌓아두고, 가격 인하와 반품 제도, 대대적인 광고를 고안해내고, 그의 매력을 십분 발휘하는 식으로 그녀들을 자신의 뜻대로 좌지우지해온 것이다. 또한 엄마들의 마음까지 사로잡아 독재자처럼 거칠게 그녀들 위에 군림하며 그 변덕스러움으로 가정을 파괴하기도 했다. 그가 창조해낸 것들은 새로운 종교를 일으켰다. 그의 백화점은 흔들리는 믿음으로 인해 신도들이 점차 빠져나간 교회 대신, 비어 있는 그들의 영혼 속으로 파고들었다. 여인들은 공허한 시간을 채우기 위해 그의 백화점을 찾았다. 그리하여 예전에는 예배당에서 보냈던 불안하고 두려운 시간들을 그곳에서 죽여나갔다. 백화점은 불안정한 열정의 유용한 배출구이자, 신과 남편이 지속적으로 싸워야 하는 곳이며, 아름다움의 신이 존재하는 내세에 대한 믿음과 육체에 대한 숭배가 끊임없이 다시 생겨나는 곳이었다. 그가 백화점 문을 닫는다면 거리에서 폭동이 일어날지도 모를 일이었다. 고해실과 제단을 박탈당한 독실한 신자들이 절망적으로 외치게 될 것이기 때문이었다. 10년 동안 점점 더 화려해진 배경 속에서, 늦은 시각에도 불구하고 거대한 철근 골조 사이로, 공중에 걸린 계단과 다리를 따라 걸음을 지체하는 여인네들이 보였다. 맨 꼭대기 층까지 올라간 마르티 부인과 딸은 가구 사이를 헤매고 있었다. 아이들의 성화를 못 이긴 부르들레 부인은 잡화 매장 앞을 쉽사리 떠나지 못했다. 드 보브 부인은 블랑슈가 뒤따르는 가운데 여전히 발라뇨스의 에스코트를 받으면서 매장마다 멈춰 서서는 예의 당당한 표정으로 천들을 응시하는 대담함을 보여주었다. 욕망으로 들썩거리며 삶의 활기로 터져나갈 듯한 코르사주의 물결 속에서, 어느 왕녀의 대중적인 결혼식에라도 참석한 듯 저마다 활짝 핀 바이올렛 다발을 손에 든 수많은 고객들 중에서 마지막까지 무레의 시선을 붙든 것은 데포르주 부인의 평범한 코르사주였다. 그녀는 기발 부인과 장갑 매장에서 지체하고 있었다. 그에게 느끼는 원망과 질투에도 불구하고 다른 여자들과 똑같이 물건을 사들이는 그녀의 모습을 보면서 그는 다시 한 번 더 자신이 여인들의 주인임을 느꼈다. 휘황찬란하게 빛을 발하는 전기 조명 아래서, 그는 여인들을 자신의 재물을 불려주는 가축처럼 다루며 그녀들의 위에서 군림하고 있었다.

무레는 골똘히 생각에 잠긴 모습으로 서로 떼미는 인파에 몸을 내맡긴 채 기계적으로 갤러리를 따라 걸어갔다. 그러다 고개를 들자 새롭게 문을 연 모자 매장 앞에 와 있었다. 매장의 유리창들은 디스 데상브르 가를 향해 나 있었다. 그는 그곳 유리창에 이마를 기댄 채 잠시 숨을 돌리면서 백화점 출구 쪽을 바라보았다. 저물어가는 해가 새하얀 건물들의 지붕을 황금빛으로 물들였고, 이 아름다운 날의 푸른색 하늘은 순수한 숨결 같은 상쾌한 바람에 그 열기가 식으면서 점차 빛이 바래갔다. 도로 위로 이미 땅거미가 내린 가운데 '여인들의 행복 백화점'의 전등들은 지속적으로 빛을 뿜어내는 별처럼 멀리 지평선까지 빛을 비추었다. 하나둘씩 어둠에 잠기기 시작한 마차들이 오페라와 증권거래소 쪽을 향해 세 줄로 길게 늘어선 채 고객들을 기다리고 있었다. 아직 이따금씩 환한 빛이 반사되는 마차의 마구와 불 켜진 초롱, 은빛으로 반짝이는 재갈이 보는 이들의 시선을 끌었다. 제복을 차려입은 사환의 목소리가 울려 퍼질 때마다, 삯마차가 한 대씩 앞으로 나와 객석 문을 열어 고객을 태우고는 이내 낭랑한 말발굽 소리와 함께 빠른 속도로 멀어져 갔다. 이제 줄이 점차 줄어들면서, 마차 문이 닫히는 소리, 채찍 소리, 마차 바퀴 사이로 넘쳐나는 행인들의 웅성거림이 뒤섞인 가운데 도로 한쪽 끝에서 다른 쪽 끝까지 여섯 대의 마차가 나란히 달려갔다. 마치 요란하게 수문이 비워지듯 백화점을 빠져나온 고객들이 다시 도시의 사방으로 끊임없이 퍼져 나갔다. 그사이, '여인들의 행복 백화점' 소속 마차들은 커다란 금빛 글씨로 쓴 광고판을 달고 하늘 높이 매단 깃발을 펄럭이며 붉게 물든 석양빛을 배경으로 여전히 강렬한 빛을 뿜어냈다. 비스듬한 조명 속에서 그 위용을 뽐내는 마차들은 광고의 괴물을 연상시켰다. 날로 그 규모가 확장되는 거대한 팔랑스테르가 멀리 떨어진 교외의 숲까지 파리의 온 지역을 집어삼키는 듯했다. 짙은 어둠에 잠겨 인파가 점차 줄어드는 거리를 서둘러 달려가는 마지막 마차들을 부드러운 거인의 숨결로 어루만지면서, 이제 저녁의 평온함 속에서 거대해진 도시, 파리의 영혼이 잠들려 하고 있었다.

한동안 멍하니 허공을 응시하던 무레는 엄청난 무언가가 그의 안을 훑고 지나가는 것을 느꼈다. 승리가 안겨주는 짜릿함에 전율하면서 그가 집어삼킨 파리와 그에게 정복당한 여인들을 떠올리자 느닷없이 온몸에서 한꺼번에 맥이 빠져버리는 것 같았다. 굳건했던 의지마저 흔들리면서 그 자신보다 더 강력한 힘에 의해 내동댕이쳐지는 듯했다. 그것은 승리 속에서 정복당하고 싶어 하는 불가해한 욕구이자, 세상을 정복한 후에 한 어린아이의 변덕에 고개를 숙이는 전사 같은 엉뚱한 태도였다.

수개월 전부터 자신과 싸워왔던 그가, 그날 아침까지만 해도 자신의 정념을 마음속 깊이 묻어두겠노라고 맹세를 거듭했던 그가, 느닷없이 아찔한 현기증과 함께 그것에 굴복하며 그동안 어리석은 짓이라고 믿어왔던 행동을 할 거라는 사실에 행복해하다니……. 순식간에 내려진 결정은 시시각각으로 그 중요성이 더 커져가면서, 그로 하여금 이 세상에서 그보다 더 유익하고 절실한 일은 없는 것 같은 생각이 들게 했다.

그날 저녁, 마지막 식사 순서가 끝난 후 그는 자신의 사무실에서 기다렸다. 자신의 행복을 걸고 도박을 하는 청년처럼 바짝 긴장한 채 몸을 떨다가는, 가만히 앉아 있을 수가 없어 계속 문간으로 되돌아가 바깥에서 들려오는 소리에 귀를 기울였다. 각 매장마다 판매가 끝난 후 엉망으로 흐트러진 천들의 잔해 속에 어깨까지 파묻힌 판매원들이 물건을 정리하느라 분주한 손길을 놀리고 있었다. 어디신가 발소리가 들려올 때마다 그의 가슴이 쿵쾅거리며 빠르게 뛰었다. 그러다 어느 순간 동요하며 문을 향해 달려갔다. 멀리서 조그맣게 들려오던 둔탁한 발소리가 점차 가까워지고 있었던 것이다.

그것은 그날 거두어들인 돈을 들고 오는 롬므의 느린 발걸음 소리였다. 그날은 동화와 은화가 너무 많아 몹시 무거운 탓에 사환 두 명을 동반해야 했다. 롬므의 뒤로 조제프와 그의 동료가 마치 석고가 가득 든 것 같은 거대한 자루를 등에 매고 낑낑거리며 따라왔다. 롬므는 어음과 금화가 든 자루와 종이가 비집고 나온 서류 가방을 한 손에 들고 조그만 가방 두 개를 목에 건 채 맨 앞에서 걸어갔다. 그 무게 때문에 자꾸만 잘린 팔쪽으로 몸이 기울었다. 그는 백화점 안쪽에서부터 땀을 흘리고 헐떡거리면서, 점점 더 크게 환호하는 판매원들 사이를 느릿한 걸음으로 통과해 지나갔다. 장갑 매장과 실크 매장의 판매원들은 웃으면서 그의 짐을 덜어주겠노라고 나섰고, 나사 매장과 모직물 매장에서는 그가 발을 헛디뎌 매장들 곳곳에 금화를 뿌려주면 좋겠다며 농을 했다. 그는 한 층을 더 올라가 다리를 통과한 다음 또다시 올라가 철근 골조 주위를 빙 돌아갔다. 리넨 매장과 편물 매장, 바느질 도구 매장의 판매원들은 공중을 여행하는 엄청난 재물을 향해 황홀한 눈빛을 보내며 벌어진 입을 다물지 못했다. 2층에 이르자, 기성복과 향수, 레이스와 숄 매장의 판매원들은 마치 전능한 신이 지나가는 것처럼 일렬로 선 채 경건한 자세를 취했다. 그들 사이의 웅성거림이 점차 커져가며, 마치 황금 송아지를 향해 경배하는 민족의 함성처럼 멀리까지 울려 퍼졌다.

그사이 무레는 사무실 문을 열어놓았다. 롬므와 그 뒤로 비틀거리는 두 사환이 보였다. 그는 몹시 숨차하면서도 아직 남아 있는 기운을 모아 큰 소리로 외쳤다.

"100만 247프랑 95상팀입니다!"*

마침내 100만 프랑을 달성했던 것이다. 무레가 오랫동안 꿈꾸어왔던 대로 단 하루 만에 100만 프랑을 벌어들였던 것이다! 하지만 그는 화가 난 것 같은 몸짓으로 짜증스럽게 대꾸했다. 마치 어느 성가신 사람이 그의 기다림을 방해하기라도 한 것처럼 실망스러운 표정을 지어 보이기까지 했다.

"100만 프랑이라, 수고했소! 거기 놓고 가시오."

롬므는 그가 그날 거두어들인 돈을 중앙 회계 창구로 올려보내기 전에 책상 위에 모두 쌓아놓고 보는 걸 즐긴다는 걸 알

*백색 제품의 대대적인 판매는 1866년 봉 마르셰 백화점 총매출액의 반 이상을 차지했으며, 한 해 중 가장 중요한 상업적 사건으로 기록되었다.

고 있었다. 100만 프랑은 책상을 뒤덮으면서 서류를 찢고 잉크병을 넘어뜨릴 뻔했다. 자루에서 쏟아져 나오고, 조그만 가방이 뱉어낸 금화와 은화, 동화는 엄청난 더미를 이루었다. 고객들의 손을 막 떠나온 날것 그대로의 돈, 아직 생생한 온기가 남아 있는 돈 더미였다.

주인의 미적지근한 반응에 상심한 계산원이 물러나려고 할 무렵 부르동클이 경쾌하게 소리치면서 안으로 들어섰다.

"자! 드디어 해냈습니다! ……우리가 해냈다고요, 총매출 100만 프랑 달성 말입니다!"

그는 열에 들뜬 듯 골똘히 생각에 잠긴 무레를 보고 금세 상황을 파악하고는 흥분을 가라앉혔다. 그리고 순간적으로 얼굴이 환해지면서 눈을 반짝거렸다. 그는 잠시 침묵을 지키다가 먼저 얘기를 꺼냈다.

"드디어 결심을 하셨군요, 그렇죠? 오, 잘하신 겁니다! 선진심으로 사장님의 뜻을 지지합니다."

그러자 무레는 느닷없이 그의 앞에 버티고 서서는 몹시 화가 났을 때처럼 무시무시한 목소리로 말했다.

"이런, 친구, 오늘은 지나치게 즐거워 보이는군. ……내가 그 속을 모를 거라고 생각하나? 자넨 내가 이제 끝났다고 생각하겠지. 그래서 음흉한 이빨을 드러내 보이는 게 아닌가. 하지만 결코 자네 뜻대로 되진 않을 걸세. 난 그리 호락호락 당할 위인이 아니란 말이네!"

뭐든지 알아맞히는 무시무시한 남자의 직설적인 공격에 당황한 부르동클은 더듬거리며 반박했다.

"무슨 그런 말씀을? 지금 농담하시는 거죠? 제가 사장님을 얼마나 존경하는지 잘 아시지 않습니까?"

"거짓말 말게!" 무레는 더욱더 격한 어조로 매섭게 쏘아붙였다.

"내 말 잘 들으라고. 우린 지금까지 어리석게도 결혼이 우리를 망칠 거라는 맹목적인 믿음에 사로잡혀 있었어. 하지만 결혼은 건강한 삶을 유지하는 데 꼭 필요한 힘과 질서를 부여해 주는 거야! ……그래! 맞아, 난 그녀와 결혼할 거야. 그리고 누구 하나라도 이상한 소리를 하면 모두 내쫓아 버리고 말 거야. 모두! 우선 부르동클 자네부터 창구로 가게, 지금 당장!"

그는 손짓 하나로 부르동클을 해고했다. 부르동클은 여인의 결정적인 승리로 인해 자신이 단죄되고 깨끗이 정리되었음을 깨닫고는 말없이 그 자리를 물러났다. 바로 그 순간 드니즈가 들어오자 무레는 당황한 얼굴로 깊은 존중심을 나타내듯 그녀를 향해 고개를 숙였다.

"아! 마침내 와주었군요!" 그는 다정한 말로 그녀를 맞이했다.

드니즈는 혼란스러운 심경으로 인해 창백한 낯빛을 띠고 있었다. 방금 마지막으로 겪은 슬픈 일 때문이었다. 들로슈로부터 그가 해고당했음을 전해 들었던 것이다. 그녀가 그를 위해 선처를 부탁해보겠다며 붙잡으려고 하자, 그는 끝끝내 자신의 불운을 들먹이며 그대로 사라져버리기를 원했다. 더 이상 머물러서 뭐하겠는가? 자신의 불운으로 행복한 사람들까지 불편하게 할 필요가 없지 않은가? 드니즈는 눈물에 젖은 얼굴로 그에게 누이처럼 다정하게 작별 인사를 했다. 그녀 역시 모든 걸 잊고 싶다는 생각을 하지 않았던가? 이제 모든 게 끝나려 하고 있었다. 그녀는 이제 얼마 남지 않은 힘을 모두 모아서 이별에 필요한 용기를 낼 수 있기를 바랄 뿐이었다. 잠시 후, 마지막으로 꿋꿋하게 자신의 마음을 안으로 숨길 수만 있다면 멀리 떠나 홀로 실컷 흐느껴 울 수 있을 것이었다.

"사장님께서 절 보자고 하셔서요." 그녀는 차분하게 말했다.

"그러지 않아도 그동안 베풀어주신 친절에 감사드리고자 찾아뵈려고 했답니다."

사무실로 들어서자 무레의 책상 위에 쌓여 있는 100만 프랑이 한눈에 들어오면서 그녀의 마음을 또다시 아프게 했다. 그녀의 머리 위로는 마치 그 광경을 내려다보고 있는 듯한 금빛 액자 속의 에두앵 부인이 언제나처럼 환한 미소를 짓고 있었다.

"우릴 떠나겠다는 결심은 여전히 변함없는 거요?" 무레는 떨리는 목소리로 물었다.

"네, 사장님, 그래야만 합니다."

그러자 그는 그녀의 두 손을 감싸 쥐면서, 오랫동안 스스로에게 강요했던 냉담한 태도를 벗어던진 채 더없이 다정한 어조로 물었다.

"드니즈, 내가 당신과 결혼하겠다고 한다면 그래도 떠날 거요?"

드니즈는 즉시 두 손을 빼고는 크나큰 고통에 짓눌리듯 격렬하게 외쳤다.

"오! 사장님, 제발 부탁이에요. 그런 말씀일랑 하지 마세요! 더 이상 절 고통스럽게 하지 마세요! ……전 그럴 수 없어요! 그럴 수 없다고요. ……그런 불행한 일을 피하기 위해 떠나려는 걸 신께서도 아실 거라고요!"

그녀는 사이사이 끊어지는 말로 계속해서 자신의 입장을 옹호했다. 자신은 이미 백화점 직원들의 쑥덕공론에 충분히 휘말리지 않았는가? 그는 진정 자신이 다른 사람들과 그에게 행실 나쁜 여자로 여겨지길 원하는 것인가? 아니, 그럴 수는 없었다. 자신은 굳건하게 버티면서, 그가 그런 어리석은 짓을 저지르지 못하도록 막을 것이었다. 고통스러운 표정으로 그녀의 말을 듣고 있던 무레는 열렬하게 거듭 외쳤다.

"내가 원하는 거요. ……내가 원하는 거란 말이오."

"아뇨, 그건 절대 안 될 말이에요. ……그럼 제 동생들은 어떡하고요? 전 절대로 결혼하지 않기로 맹세했어요. 사장님한테 두 아이를 떠맡길 수는 없는 것 아닌가요?"

"그들은 내 동생이기도 할 거요. ……부디 날 받아주시오, 드니즈."

"아뇨, 안 돼요, 오! 제발 절 좀 그냥 내버려두세요. 절 더 이상 괴롭히지 마시고요!"

그는 점차 절망 속으로 빠져들었다. 마지막 장해물은 그를 미치게 했다. 어떻게 이럴 수가 있는가! 이 같은 제안에도 여전히 자신을 거부하다니! 3천 명에 달하는 직원들이 엄청난 재물을 두 팔에 하나 가득 안고 분주하게 움직이는 소리가 그의 귓가에 아득하게 전해져 왔다. 저기 놓여 있는 100만 프랑이 다 무슨 소용이란 말인가! 삶의 아이러니가 그를 비웃는 듯 그 돈은 그에게 고통을 안겨줄 뿐이었다. 그는 당장이라도 그 돈을 모두 길가에 내던지고 싶었다.

"그렇다면 떠나시오!" 그는 흐르는 눈물을 주체하지 못하고 외쳤다.

"당신이 사랑하는 그 남자에게로 가버리란 말이오. ……그래서 이러는 게 아니오? 당신은 내게 이미 그 사실을 귀띔했었소. 진작 그걸 기억해서 당신을 더 이상 괴롭히지 말아야 했소."

깊이 절망하는 그의 모습에 충격을 받은 드니즈는 더 이상 아무 말도 하지 못했다. 가슴이 찢어지는 것처럼 아파왔다. 드니즈는 그에게로 달려가 어린아이처럼 그의 가슴에 얼굴을 파묻은 채 그와 함께 흐느끼며 더듬더듬 말했다.

"오! 그래요, 내가 사랑하는 사람은 바로 당신이에요!"

'여인들의 행복 백화점'으로부터 마지막 웅성거림이 들려왔다. 먼 곳에서 군중이 보내는 환호성이었다. 액자 속의 에두앵 부인은 여전히 환한 미소를 짓고 있었다. 무레는 책상 위에 흐트러져 있는 100만 프랑 더미 위에 털썩 주저앉았다. 돈은 이미 그의 안중에 없었다. 그는 드니즈를 꼭 안고 놓아주지 않았다. 미친 듯이 힘주어 그녀를 안으며 그녀의 귀에 대고 속삭였다. 그녀는 이제 떠나도 되었다. 한 달 동안 발로뉴에서 휴식하면서 소문을 잠재운 다음 그가 직접 그녀를 데리러 갈 것이었다. 그리하여 그 누구보다 강력해진 그녀를 그의 팔에 끼고 보란 듯이 당당한 모습으로 되돌아올 것이었다.*

*소설의 행복한 결말은 역사적으로도 그 전례를 찾아볼 수 있다. 쿠앵 드 뤼 백화점의 경영자인 라리비에르는 란제리 매장 수석 구매상과 결혼했다. 또한 1869년에 사마리텐 백화점을 세운 코냐크는 1872년 봉 마르셰 백화점의 정장 매장 수석 구매상인 마리루이즈 제이와 결혼했다.

여인들의 욕망과
판타지가 넘실대는
곳에서 꽃핀
동화 같은 사랑

박명숙(번역가)

현명한 소비는 현명한 생산보다 훨씬 더 어려운 기술이다.
_존 러스킨, 《나중에 온 이 사람에게도(Unto This Last)》

〈나는 쇼핑한다, 고로 나는 존재한다(I shop, therefore I am)〉
_바바라 크루거의 작품 제목

'루공-마카르' 총서와 《여인들의 행복 백화점》

《여인들의 행복 백화점(Au Bonheur des Dames)》은 스무 권으로 이루어진 에밀 졸라의 역작 '루공-마카르(Rougon-Macquart)' 총서의 열한 번째 작품이다. 작품 이야기를 하기에 앞서 먼저 '루공-마카르' 총서에 관한 간략한 설명이 필요할 듯하다.

19세기는 '현대사회의 거울'로서의 소설이 요구되던 시대였다. 독자들은 자신들이 살고 있는 시대를 사실적으로 그려내는 소설에 심취했으며, 스탕달은 소설이 한 시대의 사회적·정치적 현실을 있는 그대로 엄격하게 비추는 '거울'이 되어야 한다

주장했다. 졸라는 왕정복고기와 7월 왕정 시기의 사회 풍속도를 그린 발자크의 '인간극(La Comédie humaine)'에서 영감을 얻어, '진실을 정확하게 아는 데서만이 좀 더 나은 사회가 탄생할 수 있다'는 믿음으로 자신이 살고 있는 제2제정 시대의 사회를 거대한 벽화 속에 담아내고자 했다. 하지만 그는 발자크나 스탕달과는 달리, 유전과 같은 법칙에 근거한 순수한 자연주의자이자 생리학자로서 글을 쓰고자 했다. 즉, 타고난 유전적 기질이 환경에 의해 어떻게 변화되어 가는지를 보여주고자 했던 것이다.

환경과 유전의 법칙에 따른 결정론을 주장하던 졸라는 1878년 프랑스의 생리학자 클로드 베르나르의 《실험의학연구서설(Introduction à la médecine expérimentale)》(1865)을 접한 이후 그 영향으로, 작가는 '관찰자(observateur)'로서의 입장에서 한발 더 나아가 '실험자(expérimentateur)'로서의 역할에도 충실해야 한다는 주장을 펴게 된다. 결정론에 따른 유전의 법칙이 여러 세대에 걸쳐 이어지면서 각기 다른 환경과 상황 속에서 어떤 식으로 발현되는지를 보여주어야 한다는 것이다.

한편 발자크가 훗날 자신의 작품 전체에 '인간극'이라는 총서명을 붙인 것과는 달리, 졸라는 이미 오랜 준비 작업을 거쳐 '루공-마카르' 총서의 큰 틀과 내용을 미리 정해놓았으며, 총서의 첫 번째 권인 《루공 가의 운명(La Fortune des Rougon)》(1871) 서문에서 총서가 어떻게 시작되었는지를 다음과 같이 밝히고 있다.

나는 한 사회에서 소수의 사람들로 이루어진 한 가족이 열 명, 스무 명으로 점차 퍼져 나가면서 어떻게 변화해 가는지를 그려 나가고자 한다. 그들은 언뜻 보기에는 서로가 아주 달라 보이지만, 면밀히 분석해보면 서로가 모두 긴밀하게 연관되어 있음을 보여주고자 하는 것이다. 유전은 중력처럼 고유의 법칙을 지니고 있기 때문이다.

'루공-마카르' 총서는 졸라가 어린 시절에 살았던 프랑스 남부의 엑상프로방스를 모델로 설정한 가상의 도시 플라상을 근거지로 하고 있다. '제2제정하의 한 가족의 자연사와 사회사'라는 부제가 말해주듯이, 이 총서에는 나폴레옹 3세가 지배하던 제2제정 시기(1852~1870년)를 배경으로 '루공'과 '마카르' 가족의 5대에 걸친 역사가 담겨 있다. 소위 말하는 적법한 가족인 루공가가 나폴레옹 3세가 일으킨 1851년 12월 2일의 쿠데타에 편승해 권력을 잡게 되면서, 사생(私生) 가족 마카르 가가 가진 것들을 빼앗고 그들을 역사의 가장자리로 밀어내는 이야기로부터 시작해, 1870년 제2제정 붕괴에 이르기까지의 두 가문의 역사를 그리고 있는 것이다. 다양한 배경과 소재, 1200여 명에 이르는 등장인물로 이루어진 총서는 가히 19세기 후반 프랑스 사회의 벽화라고 해도 과언이 아니다.

졸라는 약관 28살이던 1868년경부터 구체적인 구상과 준비 작업을 거쳐, 1870년부터 첫 번째 이야기《루공 가의 운명》을 〈르 시에클(Le Siècle)〉지에 연재하기 시작했다. 그리하여 1871년, 첫 번째 권이 출간되기 시작해 마지막 권인 《파스칼 박사(Le Docteur Pascal)》(1893)로 끝을 맺을 때까지 장장 22년 동안 20권의 소설을 펴냈다. 대략 사오백 쪽에 이르는 장편소설들을 평균 9개월마다 한 권씩 펴냈다고 하니 그 열정과 노력에 어찌 감탄하지 않을 수가 있을까.

졸라는 총서 집필을 시작하기 전 1868년과 1869년 사이에

이 장대한 역사의 밑그림인 '계통수(系統樹, l'arbre généalogique)'를 작성했다. 계통수는 그 후, 1878년과 1889년에 두 번의 수정을 거친 다음《파스칼 박사》의 출간 시에 결정적인 버전으로 발표되었다. 계통수를 통해 독자들은 '루공-마카르' 총서에 등장하는 인물들이 서로 어떻게 얽혀 있는지 한눈에 파악할 수 있다. 이는 물론 졸라 자신의 작품 구상을 위한 토대가 되기도 했지만, 총서를 읽는 독자들을 배려하는 작가로서의 친절한 팬 서비스라고 보아도 무방할 것이다. 이 책에서는 한발 더 나아가 각 인물들이 총서의 어떤 작품들에 등장하는지 쉽게 알 수 있도록 따로 표기를 곁들여 독자들의 이해를 돕고자 했다(774쪽 계통수 참조).

《여인들의 행복 백화점》은 총서를 이루는 스무 권의 작품 중에서도 여러 가지 면에서 '유일함'을 지닌 소설이다. 무엇보다도 이 작품은 세계 문학 사상 아마도 유일무이하게, 백화점이 배경의 역할에 머무르는 것을 뛰어넘어 이야기를 이끌어가는 실질적인 주인공으로 기능하는 소설일 것이다.《여인들의 행복 백화점》은 당시《목로주점(L'Assommoir)》(1877)과《나나(Nana)》(1880) 등의 성공으로 이미 대가의 반열에 올라 있던 졸라가 처음으로 사회의 진보라는 문제에 관해 적극적인 관심을 드러내며, 자본주의의 메커니즘을 소설의 가장 강력한 장치로 활용한 작품이다. 그리고 그의 소설들 중 유일하게 해피엔딩으로 끝맺을 뿐아니라, 삶과 행위의 기쁨을 그리고자 하는 작가의 적극적인 의지가 반영된 작품이기도 하다. 이는 졸라가 주창한 자연주의 소설의 경향이나, 그의 작품 전반에 스며 있는 삶의 비참함과 빈곤, 우울함 등과는 궤를 달리하는 것이다. 그는 소설을 집필

하기 전 작가 노트에 '철학의 철저한 변화'와 더불어 다음과 같은 의지를 기록해놓았다.

더 이상의 염세주의는 없다. 삶이 어리석고 우울한 것이라고 결론내리지 말자. 그 반대로, 삶은 끊임없이 움직이고 있으며, 강력하고도 즐거운 것을 탄생시키고 있음을 얘기하자. 한마디로, 행동과 정복 그리고 노력의 시대와 함께하면서 이 시대를 표현하도록 하자. 그런 다음, 그 결과로써 행위의 즐거움과 삶의 기쁨을 보여주도록 하자.

《여인들의 행복 백화점》은 졸라의 작품 중 가장 시의성이 강한 소설이다. 그런데도 지금까지 국내 번역은 물론 우리 독자들에게 거의 알려져 있지 않았다는 점이 놀라울 뿐이다. 고전이라고 일컫는 대부분의 작품들이 인간의 본질과 본성을 이야기하고 있음을 새삼 들먹이지 않더라도, 이 책을 읽는 독자라면 누구나 이 소설이 이야기하고 있는 것이 바로 오늘의 우리들이라는 사실을 인정하지 않을 수 없을 것이다. 소설의 배경(1864~1869년)이 아닌 출간연도(1883년)를 기준으로 보더라도, 130여 년 전의 파리에 지금과 별반 다르지 않은 '현대적' 백화점이 존재했다는 점과, 그 속에서 벌어지는 일들, 인간 군상의 모습들이 지금과 거의 다르지 않다는 점은 그 사실만으로도 독자들에게 신선한 놀라움을 선사하기에 충분할 것이다.

작품의 구상과 집필 배경 : 새로운 세계의 탄생을 몸으로 체험하다

졸라의 '루공-마카르' 총서를 읽으면서 누릴 수 있는 호사 중의 하나는 총서의 시대 배경인 제2제정 시대의 사회와 삶의 한 단면을 마치 시간 여행을 떠난 것처럼 생생하게 그려볼 수 있다는 점이다. 우리에게 잘 알려진 졸라의 대표작《목로주점》과 《제르미날(Germinal)》(1885)은 각각 파리 변두리 노동자의 삶과 프랑스 북부 탄광촌의 삶을 현미경을 들이대듯 세밀하게 묘사하고 있다. 《파리의 배 속(Le Ventre de Paris)》(1873)은 지금은 파리 외곽으로 옮겨간 '레 알(Les Halles)'의 거대한 시장 풍경을, 《인간 짐승(La Bête Humaine)》(1890)은 초창기 철도 노동자들의 삶을 그리고 있다.

누구보다도 자신이 살아가는 시대의 삶과 그 혁신에 많은 관심을 기울였던 작가 졸라는 19세기 중반 무렵부터 하나둘씩 생겨나기 시작한 새로운 상업의 전당인 백화점에서 당시의 상업과 소비문화를 혁신적으로 바꿔놓을 수 있는 현상을 간파했다. 전 유럽이 사회개혁과 그에 대한 비전으로 들끓던 대변혁의 시대였던 19세기에 산업혁명과 맞물려 발전하기 시작한 백화점은 자본주의의 발흥에 따른 다양한 현상들을 집약적으로 보여줄 수 있는 사회의 축소판이었다. 그 속에는 고객과 판매원의 관계, 판매원들 간의 치열한 생존경쟁, 소비자이자 노동자로서의 여성의 역할, 부르주아 계층을 중심으로 하는 당시 사람들의 생활상과 유행, 패션과 소비문화, 광고와 건축 등의 다양한 삶과 사회의 면모가 포함되어 있었기 때문이다. 한마디로 백화점은 힘차게 태동하기 시작한 현대 사회의 모습을 한눈에 파악할 수 있는 얼굴인 셈이었다.

하지만 졸라가 어느 날 갑자기 백화점에 관한 소설을 써야겠다고 마음먹었던 것은 아니다. 그는 현대적 상업의 출현과 백화점이라는 현상이 아직 초기 단계에 있을 때부터 그 영향을 몸소 체험했다. 1858년, 엑상프로방스를 떠나 파리로 온 졸라는 당시 한창 진행되고 있던 도시 정비 사업으로 하루가 다르게 변화하는 파리의 모습에 깊은 인상을 받게 된다. 1853년부터 1869년까지 파리 지사를 지낸 조르주 외젠 오스만 남작은 나폴레옹 3세의 지시로 '오스만화(Haussmannization)'로 불린 도시 현대화 프로젝트를 탱크 같은 추진력으로 밀어붙였다. 그 결과, 도시의 상하수도가 대대적으로 정비되고, 복잡하고 불결했던 구 시가지를 허문 자리에 생제르맹 대로와 생미셸 대로를 포함한 대로들이 뚫렸으며, 개선문 광장을 비롯한 주요 광장들, 파리 오페라 극장과 센 강의 다리들, 도심의 공원 등이 만들어졌다. 그리하여 파리 건축물의 약 60퍼센트가 모습을 바꾸면서 오늘날 우리가 보는 파리의 모습이 완성되었던 것이다. 당시 발표된 수많은 소설들에 그 이야기가 등장했으며, 그러한 도시의 일대 변혁은 졸라의 《목로주점》, 《파리의 배 속》, 《쟁탈전(La Curée)》(1872) 그리고 《여인들의 행복 백화점》과 같은 작품들에서 소설의 배경 또는 그 이상의 역할을 하고 있다. 1852년 '봉 마르셰 백화점'을 필두로 한 현대식 백화점들의 출현은 무엇보다도 이 도시 현대화 프로젝트에 직접적인 영향을 받았다.

프랑스의 앙시앵레짐하에서는 소매업이 엄격히 나라의 통제를 받았으며, 왕정복고기(1814~1830년)까지만 해도 전형적인 소매점의 형태는 '부티크(boutique)'였다. 이 소설의 1장에서 보뒤는 드니즈에게 '여인들의 행복 백화점' 역시 처음에는 부티크로 출발했음을 설명하고 있다.

들뢰즈 형제가 처음 저곳을 세웠을 때는 뇌브생토커스탱 가로
겨우 진열창 하나가 나 있었을 뿐이었어. 조그만 벽장 같은 데에
사라사 두 점과 캘리코 세 점을 진열해놓으면 꽉 찼었지. 가게
안에서 몸을 돌리기도 힘들 정도로 작았다니까……. (48쪽)

이러한 부티크의 모습은 발자크가 1829년에 발표한 짧은 소설
《털실 감는 고양이 그림이 있는 상점(La Maison du chat-qui-pelote)》과
1837년에 발표한 《세자르 비로토(César Birotteau, maître-parfumeur)》
에 잘 나타나 있다. 당시의 부티크는 지금의 우리가 떠올리는
세련되고 화려한 모습의 상점이 아니라, 《여인들의 행복 백화
점》에 등장하는 보뒤의 '전통 엘뵈프'처럼 어둡고 우중충한 곳
에 얼마 되지 않는 물건들을 아무렇게나 쌓아놓고, 인근에 사
는 소수의 단골들만을 상대로 비싼 값을 불러 흥정을 거쳐 파
는 식으로 영입을 하는 곳이었다. 자연주의 작가 루이 데프레
즈는 졸라가 1864~1869년을 배경으로 하는 소설에서 이처럼
1820~1830년대식의 상점을 등장시켜 백화점과 대립하는 모
습을 그렸다는 점을 지적하기도 했다. 실제로 《여인들의 행복
백화점》에서 보뒤는 자신이 부티크 상인들의 전형적인 영업 방
식을 고수하고 있음을 당당하게 밝히고 있다.

진정한 상인이 갖추어야 할 덕목은 많이 파는 것이 아니라 얼
마나 비싸게 파는가 하는 것이었다. (43쪽)

그러다가 왕정복고기 후반 무렵부터는 당시 유행하던 의류품
을 주로 취급하는 '마가쟁 드 누보테(Magasin de nouveautés, 신상품점)'
가 생겨나기 시작했다. 마가쟁 드 누보테와 훗날 '그랑 마가쟁

(Grand Magasin, 백화점)'이 커나갈 수 있었던 것은 당시 섬유 산업의 발달에 힘입은 바 컸다. 천연 염색에 비해 월등하게 비용이 적게 드는 인공 염색기술과 직물 제조방식의 발전과 더불어, 급속도로 진행된 도시화로 인한 대도시의 발달과 철로로 인한 운송수단 덕분에 현대적 상업이 비약적으로 발전할 수 있었던 것이다.

또한 19세기 전반에 등장한 도시 건조물의 하나인, 아케이드형 쇼핑 공간인 '파사주(Passage)'는 마가쟁 드 누보테와 함께 새로운 형태의 상업을 이끌어내면서 앞으로 등장할 백화점의 잠재 고객과 소비 행태를 형성하는 데 커다란 역할을 하게 된다. 여기에 산업혁명으로 인한 급격한 공업사회로의 이행으로 제품의 대량생산이 가능해진 점, 기름등과 비할 수 없는 조명을 제공하는 가스등의 발명, 도시 현대화 프로젝트로 새로 뚫린 널찍한 대로들과 승합마차의 등장으로 인해 도심으로의 이동과 접근성이 좋아진 점, 백화점의 주 고객층이던 중상류 부르주아 계층의 경제력이 커지면서 잠재구매력이 증가한 점, 거기에 철도의 확장으로 지방과 파리가 연결된 점 등은 백화점의 발달을 더욱더 가속화시켰다.

그리하여 1852년에는 아리스티드 부시코가 세계 최초의 현대식 백화점인 '봉 마르셰'의 영업을 시작했고, 1855년에는 '루브르', 1869년에는 '사마리텐', 1893년에는 '갤러리 라파예트' 백화점이 차례로 문을 열었다.

또한 1840년경부터 대량으로 발간되면서 광고로 수입을 올렸던 값싼 대중지의 발달 또한 현대적 상업의 발전을 부추겼다. 1862년부터 4년간 아셰트 출판사에서 일하면서 발송 업무를 거쳐 홍보 책임자로 일했던 졸라는 신문을 가득 메우는 '광고의 범람'을 매일같이 접했다. 그리고 훗날 그는 그것을 소설의 주요 소재로 사용했다. 《여인들의 행복 백화점》에서는 카탈로그, 포스터, 신문 광고, 홍보용 풍선, 백화점 이름을 매단 배달용 마차 등 온갖 형태의 광고가 백화점의 힘을 과시하는 수단으로 쓰인다. 디스 데상브르 가가 새로 뚫리면서 무레가 백화점 건물을 확장했듯이, 졸라가 근무했던 아셰트 출판사도 생제르맹 대로가 뚫리면서 건물을 확장해 나갔다. 이처럼 졸라는 현대적 상업의 발달에 중요한 역할을 했던 사건들을 가까이에서 접하면서 당시의 사회·경제적 변화와 축을 같이하는 거대 상업의 발달과 백화점의 메커니즘을 보여주는 소설을 쓰고자 마음먹게 되었고, 훗날 그의 소설에 자신의 개인적인 경험과 관찰의 결과물들을 적극 반영했던 것이다.

1880년 2월, 정기 간행물 《르 볼테르(Le Voltaire)》는 작가 졸라가 '최근 몇 년간 파리인들의 일상을 바꾸어놓은 거대한 현대적 백화점'을 소재로 하는 소설을 쓸 것이라는 계획을 알렸다. 하지만 그런 예고는 너무 앞선 것이었다. 그해 졸라는 절친한 친구 뒤랑티와 그의 문학적 멘토였던 플로베르, 그리고 그가 사랑했던 어머니를 차례로 잃는 슬픔을 겪었다. 게다가 《여인들의 행복 백화점》에 앞서서 주인공 옥타브 무레의 이전 삶을 그린, 총서의 열 번째 작품 《살림(Pot-Bouille)》(1882)을 써야 했다.

두 소설에서 옥타브 무레라는 인물이 공통적으로 등장하긴 하지만, 《여인들의 행복 백화점》과 《살림》은 서로 연관된 작품들이라기보다는, 각각 제2제정하의 신흥 부르주아 계층의 부정적이고 긍정적인 면을 보여주는, 동전의 양면과 같은 작품들로 보아야 할 것이다. 졸라는 1880년 한 해 동안 한꺼번에 겪었던 개인적인 슬픔을 떨쳐내고, 에너지가 넘치고 부와 번영을 이끌어내는 능력을 지닌 새로운 계층의 힘을 그리고자 했다. 이러한 작가의 의지가 반영되어 탄생한 옥타브 무레는 그의 염세적인 친구 발라뇨스와는 달리, 새로운 시대의 힘을 믿고, 모든 변화에 열려 있으며, 행동하는 즐거움과 삶의 기쁨으로 넘쳐흐르는 인물로 그려진다.

졸라의 다른 작품들처럼 이 소설 역시 다양하고 방대한 자료 수집과 치밀한 현장 답사를 통한 직접적인 관찰을 바탕으로 탄생한, 다큐멘터리적인 면모를 다분히 지닌 작품이다. 졸라는 그의 부인이 단골로 다니는 '봉 마르셰'나 '루브르' 그리고 '플라스 클리시' 백화점에서 한 달 내내 하루에 대여섯 시간씩 머무르며 자료를 수집했다. 계절과 시간에 따라 달라지는 백화점 안팎의 모습, 백화점의 혁신적인 건축 양식과 실내장식, 백화점 운영원칙과 다양한 부서들의 기능, 백화점을 움직이는 판매원들과 또 다른 직원들의 업무, 매장들의 분위기와 판매원들 간의 관계, 다양한 쇼핑객들의 모습과 고객과 판매원과의 관계, 당시 백화점에서 행해지던 각종 세일 행사 등이 모두 졸라의 작가 노트에 기록되어 있던 것들이다.

또한 그의 직접적인 관찰로는 알아낼 수 없었던 정보들은 '봉 마르셰'와 '루브르' 그리고 '생조제프' 백화점에서 일하는 매장 책임자나 예전 직원 또는 여성 판매원, 건축가, 변호사, 신문 등을 통해 다방면으로 수집했다. 그렇게 수집된 자료는 무려 384쪽에 달했으며, 그 정보들은 고스란히 대작가 졸라의 손을 거쳐 《여인들의 행복 백화점》이라는 값지고 흥미로운 소설로 탄생되었다.

욕망을 창출해내는 공간, 백화점 : '욕망의 대중화'를 이루어내다

"물건을 팔 줄 아는 사람은 자신이 팔고 싶은 걸 파는 겁니다!
그게 바로 우리의 성공 비결인 것이지요." (130쪽)

무레는 '여인들의 행복 백화점'을 증축·확장하기 위한 자본
을 확보하고 사업적 동맹을 맺기 위해 아르트만 남작을 설득하
던 중에 이렇게 외친다. 무레의 말에는 당시 '필요의 경제'에서
'욕망의 경제'로 이행하던 시대의 소비문화와 대중의 라이프스
타일이 역설적으로 잘 반영되어 있다. 그의 말은 뒤집어 생각
하면 즉, '소비자는 자신이 사고 싶지 않은 것을 사게 된다'는
의미와도 같기 때문이다. 《백화점의 탄생》(가시마 시게루, 1991)이
라는 책에 보면 이런 대목이 나온다.

> 봉 마르셰의 취급품목이 이처럼 다양해진 것과 관련해 특히 주
> 목해야 할 대목은 공급이 반드시 소비자의 수요에 부응하는 행
> 태로 일어나지는 않았다는 점이다. 즉, 비단이라면 비단을 사
> 러온 여성 손님이 이를테면 장갑이나 망토도 사고 싶어 해서
> 그런 물건을 취급하는 매장을 만드는 식으로 일이 진행된 게
> 아니라는 얘기이다. 물론 정장 신사복처럼 사회적 수요의 증가
> 와 공급의 증가가 맞아떨어지면서 매장과 물건의 종류가 확대
> 된 예도 있다. 그러나 대부분은 거꾸로 장갑이나 망토가 놓여
> 있으니 그것도 사고 싶어지는 식으로, 먼저 공급이 있고 그에
> 따라 수요가 생겨나는 형태로, 늘 공급 쪽이 주도권을 잡고 욕
> 망을 발굴해내고 있었다.

《여인들의 행복 백화점》9장에서 여름 신제품의 대대적인 세일을 위한 준비 작업을 진두지휘하던 무레는 "자신이 생각해낸 매장 배치가 적절하지 않다는 것을 순간적으로 깨닫게 되었다. 하지만 그것은 완벽한 논리에 따른 배치였다. 한쪽으로는 천들을, 다른 한쪽에는 기성복들을 배치해 놓아 고객들로 하여금 혼자서도 얼마든지 찾아갈 수 있도록 해놓았던 것이다." 그리고 그는 직원들에게 느닷없이 모든 것을 뒤집어엎을 것을 지시한다. 이런 그를 이해하지 못하고 황당해하는 직원들에게 무레는 이렇게 설명한다.

> "내 말 잘 듣게, 부르동클! 내가 왜 이러는지 설명해줄 테니까. ……첫째는, 고객들을 사방으로 정신없이 오가게 만들면, 사람이 더 많아 보이게 하는 효과와 함께 그들의 판단력을 흐려놓을 수 있다는 거야. 두 번째는, 예를 들어 드레스를 사고 난 후 안 감을 사고 싶어 하는 고객의 경우, 백화점 끝에서 끝으로 이끌려 다니다 보면 우리 백화점이 세 배는 더 큰 것 같은 착각이 들지 않겠나. 셋째는, 그런 와중에 고객들은 스스로는 발을 들여놓지 않았을 매장들을 어쩔 수 없이 통과하게 되면서 충동적인 구매 유혹에 무너지고 말 거라는 얘기지." (398~399쪽)

아! 백화점이라는 곳에 들어가서 충동구매를 한 번쯤 해보지 않은 여자들이 어디 있을까? 독자들이 《여인들의 행복 백화점》을 읽는 동안 다양한 쇼핑객들의 모습에서 자신을 발견하는 일은 그리 어렵지 않을 듯싶다.

비좁고 우중충한 공간에 오직 한 가지 상품만을 판매하던 부티크는 일단 들어가면 상인과 흥정을 거쳐 물건을 사지 않고는 마음대로 나올 수 없었다. 시쳇말로 바가지를 쓸 각오를 하고 들어가야만 했던 것이다. 위에서 언급한 보뒤의 말처럼, 부티크의 상인들은 물건을 비싸게 파는 것을 상인이 갖춰야 할 덕목이자 기술로 여겼다. 그도 그럴 것이, 얼마 되지 않는 물건을 몇 안 되는 고객을 상대로, 그것도 대부분 외상으로 거래하며 먹고살자면 되도록 이득을 많이 남겨야만 했을 터였다.

그러다가 왕정복고기 후반 무렵부터 생겨나기 시작한 마가쟁 드 누보테는 '폐쇄된 공간의 호사스러운 개방성'을 강조하며 널찍하고 개방적인 공간에 다양한 제품들을 갖추고, 정가제 실시, 현금 판매, 바겐세일 도입 등, 오늘날의 우리에게는 당연하게 여겨지는 것들을 도입하며 기존의 부티크와 차별화를 이루고자 했다. 하지만 마가쟁 드 누보테에서 파는 물품은 면제품과 나사를 비롯한 천들과 단순한 기성복, 여성용 장신구, 모피 등이 고작이었으며, 이곳도 일단 가게 안으로 들어가면 아무것도 사지 않고 나오기가 여전히 힘들었다.

백화점의 역사를 이야기하기 위해서는 '봉 마르셰 백화점'의 창립자 아리스티드 부시코를 언급하지 않을 수 없다. 《여인들의 행복 백화점》의 실질적인 모델이었던 '봉 마르셰 백화점'을 세운 부시코는 노르망디의 모자 행상인이었다. 열아홉 살이던 1829년 파리로 올라온 그는 바크 가에 있던 '프티 생토마'라는 마가쟁 드 누보테에 점원으로 취직했다. 그곳에서 영업 능력을 인정받아 매장 책임자가 된 부시코는 1845년 '프티 생토마'가 문을 닫자 실업자가 되었다가, 세브르 가와 바크 가의 모퉁이에 '봉 마르셰'라는 이름의 마가쟁 드 누보테를 연 비도 형제를 만나 그곳에 채용되면서 현대적 상업 방식을 마음껏 펼쳐 보이게 된다. 자유 입점, 정가제 실시, 박리다매, 반품제도, 세분화된 상품진열, 통신판매, 바겐세일 도입, 판매원들에게 매출액에 따른 수당 지급 등등, 사실상 지금의 백화점 영업방식과 조금도 다를 바 없는 것들이 이미 160여 년 전에 시행되었던 것이다. 부시코의 뛰어난 경영 수완에 매료된 비도 형제는 그에게 공동경영을 제의했고, 1852년, 지금까지 이어 내려오는 '봉 마르셰 백화점'이 창립되었다.

한편 1855년부터 1900년까지 다섯 차례에 걸쳐 개최된 파리 만국박람회는, 새로운 대량소비 사회에서는 몸의 욕구 못지않게 대중의 '상상력의 욕구'를 충족시키는 게 중요하다는 점을 일깨워주었다. 이러한 '욕망의 대중화'를 기치로 내걸고 가시화한 곳이 바로 백화점이었다. 프랑스어로 '싼 값'과 '좋은 거래'라는 의미를 동시에 포함하고 있는 '봉 마르셰(bon marché)' 백화점의 이름이 시사하듯, "많이 팔기 위해서는 싸게 팔아야 하고, 싸게 팔기 위해서는 많이 팔아야 한다." 이것은 백화점이 내세우는 가장 기본적인 판매 원칙의 하나였다.

그리하여 백화점은 앞다투어 경쟁적으로 여성의 마음을 빼앗고자 애썼다. 화려한 쇼윈도로 여성을 현혹시킨 다음, 사시사철 이어지는 바겐세일의 덫으로 그녀를 유혹했다. 그러면서 여성의 육체 속에 새로운 욕망을 주입시켰다. 그 모든 것은 여성이 필연적으로 굴복할 수밖에 없는 거대한 유혹으로 다가왔다. 처음에는 알뜰한 주부로서 구매를 시작했다가 점차 허영심이 발동하면서 마침내 유혹에 홀딱 넘어가고 마는 식이었다. 백화점은 엄청난 물량의 판매를 통해 호화스러움을 대중화시키고 무시무시한 세력으로 소비를 촉진했다. (133쪽)

대부분 중상류 부르주아 계층(졸라 식으로 표현하면, '모자를 쓴 여인들')으로 이루어진 백화점의 고객들 중에는, 호화스러움을 싼 값에 사고자 하는 부유한 여성들과 '호화스러움의 환상'을 사고자 하는 중산층 여성들이 모두 포함되어 있었다. 이제, 쇼핑과 더불어 오락과 볼거리를 함께 제공하는 '스펙터클한 공간'으로 기능하게 된 백화점은 물질적 욕구와 상상적 욕구의 결합을 가능하게 하면서, 과거에 예술과 종교가 채워주었던 갈망과 욕구를 대신 충족시켜주는 '현대적 상업의 대성당'이자, 소비의 궁전과 신전으로서의 역할을 톡톡히 해냈던 것이다. 그들이 파는 것은 한낱 상품이 아니라 여인들의 꿈과 갈망, 소비계급의 대부분을 차지하는 중상류 부르주아 계층의 다양한 라이프스타일이었으며, 호화스러움의 구매를 통한 신분 상승에의 환상이었다.

그가 창조해낸 것들은 새로운 종교를 일으켰다. 그의 백화점은 흔들리는 믿음으로 인해 신도들이 점차 빠져나간 교회 대신, 비어 있는 그들의 영혼 속으로 파고들었다. 여인들은 공허한 시간을 채우기 위해 그의 백화점을 찾았다. 그리하여 예전에는 예배당에서 보냈던 불안하고 두려운 시간들을 그곳에서 죽여나갔다. 백화점은 불안정한 열정의 유용한 배출구이자, 신과 남편이 지속적으로 싸워야 하는 곳이며, 아름다움의 신이 존재하는 내세에 대한 믿음과 육체에 대한 숭배가 끊임없이 다시 생겨나는 곳이었다. 그가 백화점 문을 닫는다면 거리에서 폭동이 일어날지도 모를 일이었다. 고해실과 제단을 박탈당한 독실한 신자들이 절망적으로 외치게 될 것이기 때문이었다. (707쪽)

여기서 한발 더 나아가, '여성 고객은 숄이 필요해서 산 것이 아니라, 무언가를 사고 싶어서 우연히 고급 숄을 골랐던 것이다'(《백화점의 탄생》 중)라는 말처럼, 여성들로 하여금 '무언가를 사고 싶게 만드는 것', '여자들의 욕망에 불을 지핌'으로써 구매욕을 창출해내는 것, 그것이 바로 무레가 원하는 것이었다. 《여인들의 행복 백화점》의 전략 상품인 '파리보뇌르'를 밑지고 판다고 불평하는 동업자 부르동클에게 무레는 자신의 의도를 다음과 같이 설명한다.

> 제품 하나당 고작 몇 상팀 정도 손해를 보겠지, 그래. 그런데, 그다음을 생각해봤나? 그로 인해 수많은 여자들이 몰려와서는, 산더미처럼 쌓여 있는 우리 제품 앞에서 넋을 잃고 정신없이 지갑을 열게 된다면, 그건 반대로 우리한테 축복이 되는 거라고. 결코 손해 보는 장사가 아니란 말일세. 중요한 건, 친구, 여자들의 욕망에 불을 지펴야 하는 거라고. 그러기 위해서는, 고객들을 유혹하는 미끼 역할을 할 대박 상품이 필요하단 말일세. (71~72쪽)

결국, 백화점을 찾는 사람들은 상품이 아닌, 자신의 욕망과 환상의 충족에 대한 값을 치르는 것이라고 보아도 그리 틀린 말이 아닐 것이다.

《여인들의 행복 백화점》 속에 나타난 사랑과 에로티시즘

앞에서도 언급한 것처럼, 졸라는 작품을 구상하던 중 작가 노트에 《여인들의 행복 백화점》의 주제를 다음과 같이 규정지었다. "현대적 활동을 그린 시(詩). 행위의 즐거움과 삶의 기쁨." 그리고 이렇게 덧붙였다. "여자를 이용하던 옥타브는 결국 여성에게 굴복한다. 하지만 이 모든 것은 아주 경쾌하게 진행된다." "이 소설이 삶의 기쁨을 노래한다는 것을 잊지 말자." 그동안 진창 같은 삶의 황폐함과 절망만을 이야기한다는 비난과 험담에 직면해온 자연주의 작가 졸라는, 《여인들의 행복 백화점》을 집필하기 직전에 연이어 겪었던 고통스런 사건들과 쉼 없이 지속된 집필활동으로 지친 자신을 달래려는 듯, 기쁨과 즐거움, 삶의 적극적인 의지가 반영된 작품을 쓰기로 마음먹었다. 그리하여 그에 걸맞은 주인공들을 등장시키기 위해서 그간 고수해왔던 자연주의 소설의 법칙을 어느 정도 어길 수밖에 없었다. 말하자면, 자연주의 작가로서 일종의 반칙을 저지른 셈이었다. 그 사실은 무엇보다 이 소설의 두 주인공인 옥타브 무레와 드니즈 보뒤의 캐릭터에 잘 나타나고 있다.

우선, 앞에서도 얘기했듯이 옥타브 무레는 《여인들의 행복 백화점》 바로 이전의 작품 《살림》에도 등장하고 있는 인물이다. 《여인들의 행복 백화점》 1장에서도 언급되듯이, 그는 '여인들의 행복 백화점'이 아직 조그만 부티크에 불과했을 때 에두앵 부인 밑에서 부르동클과 함께 점원으로 일했다. 그러다 에두앵 부인의 마음을 사로잡아 주인인 그녀와 결혼하기에 이르렀고, 곧이어 그녀가 죽자 유일한 상속인으로서 막대한 재산을 물려받아 백화점의 주인이 된다. 그는 큰 키에 희멀건 피부, 그리고 벨벳처럼 부드럽고 오래된 금빛을 띤 눈을 지녔다. 또한 천재적인 사업 수완과 감각, 대담함, 사람들을 압도하는 매력을 지닌 남자였다. 게다가 "모든 여자들은 그의 손아귀 안에 있었다. 그녀들은 그에게 속했지만, 그는 그 누구의 것도 될 수 없었다"는 오만함까지 갖추고 여자를 우습게 보는 남자였다. 이쯤 되면 시쳇말로 '나쁜 남자'의 전형이라고 보아도 손색이 없을 것이다. 거기다가 그는 졸라 작품에 등장하는 대부분의 주인공들과는 달리, 신경증을 지녔던 그의 어머니의 유전적 결함을 물려받지도 않았다. 자신이 창조해낸 '완벽하고도 이상적인' 주인공에게 그러한 흠을 물려주고 싶지 않았던 졸라는 주느비에브와 같은 조연급 인물에게 그녀의 어머니에게서 물려받은 결함을 떠넘겼다.

이런 '나쁜 남자'의 마음을 쥐고 흔들며 그를 사랑의 포로로 만들었던 드니즈 역시 졸라가 창조해낸 이상형의 여자다. 동정녀 마리아처럼 처녀성과 모성을 동시에 지닌 그녀는 수많은 남자들의 이상형인, 아내와 누이, 어머니의 품성을 고루 갖추고 있다. 눈길을 잡아끄는 두드러진 미모의 소유자는 아니지만, 환하게 웃을 때마다 드러나는 은근한 매력과 온화함, 소박한 심성, 이성적인 사고력, 남의 고통을 외면하지 못하는 자애로움과 어떤 어려움에도 굴하지 않는 용기와 강인한 의지를 지녔다. 또한 세파에 찌들지 않은 순박함과, 백화점의 세속적인 화려함과 대조되는 야성미를 느끼게 하는 탐스러운 머리를 가지고 있다. 젊은 작가 루이 데프레즈가 출간된 소설을 읽고 졸라에게 편지로 밝혔듯이, 드니즈는 도무지 어떤 결함이라곤 찾아보기 힘든 지극히 이상적이고 완벽한 여성인 셈이다. 길거리와 일상의 삶에서 만날 수 있는, 작가의 관찰에 의해 탄생한 인물이라기보다는, 논리와 이상에 의해 구체화된 전형적인 인물인 것이다. 졸라가 훗날 연인 잔 로즈로와의 사이에서 태어난 딸에게 드니즈라는 이름을 붙여준 것을 보면, 자신이 창조해낸 드니즈라는 인물에 얼마나 애착을 가졌었는지 짐작할 수 있을 것 같다.

고아가 된 드니즈가 시골에서 상경해 백화점 점원으로 들어가, 어린 동생들을 돌보며 온갖 역경을 헤치고 백화점 사장인 무레의 마음을 독차지하고 백화점의 여왕으로 우뚝 서는 과정을 따라가노라면 얼핏 어린 시절에 접했던 캔디나 신데렐라 같은 캐릭터들이 떠오를 것이다. 또한, 요즘의 트렌디 드라마 같은 데에서 자주 접할 수 있는 현대판 동화 같은 러브 스토리와 겹쳐지기도 한다.

그런데 이 두 사람의 사랑에는 빠져 있는 게 있다. 바로 '관능'과 '에로티시즘'이다. 무레는 자신의 백화점에서 판매원으로 일하는 드니즈를 지켜보면서, 처음에는 동정심 정도로 여겼던 마음이 점차 연민으로, 그리고 애정으로 변해가는 것을 느끼게 된다. 처음에는 평범하기 짝이 없으며 나약하고 가냘픈 한낱 시골 처녀쯤으로 여겼던 드니즈가 어느 순간부터 여인의 향기를 풍기는 매력적인 여자로 느껴지면서, 그녀에게 연인이 있을지도 모른다는 생각을 하게 되고, 그러자 "자신이 가장 애지중지하던 새가 부리로 자신의 살을 쪼아 먹는 느낌"을 갖기도 한다. 그리고 드니즈를 간절히 원하면서 온갖 애정 공세를 펼치는데도 불구하고 그녀가 계속 자신을 거부하자 몸이 달아오를 대로 달아올라, "그녀를 자신의 방으로 들여 자신의 무릎 위에 앉힌 채 그녀의 입술에 키스하는 것", 그것만을 원하게 된다. 그가 평소에 여자들을 어떻게 대해왔는지 생각해본다면 이런 무레의 모습은 지극히 예외적이라고 볼 수 있다. 이런 그의 모습에서는 관능적 욕구보다는 한 남자의 '순수한' 사랑이 느껴지기 때문이다.

이 소설 속에 나타난 관능과 에로티시즘은 무레-드니즈 커플이 아닌, 여성 고객들과 상품들, 그중에서도 실크와 레이스를 중심으로 하는 화려한 천들, 그리고 백화점이라는 공간과의 사이에 집중되어 있다. 일종의 '페티시즘(물신숭배)'이 이야기 전체를 관통하면서 두 연인의 사랑에서 관능의 빛을 바래게 하고, 여자-남자의 애정구도가 아닌 여자-물신(物神)의 구도로 이야기를 이끌어가는 것이다. 여인들은 백화점의 남자 판매원에게는 아무런 이성적인 감정을 느끼지 못하는 반면, 그녀들의 판타지와 소유욕을 자극하는 수많은 천들 앞에서는 유혹을 이기지 못하고 마르티 부인처럼 가산을 탕진하거나 드 보브 부인처럼 도벽의 늪에 빠지기까지 한다.

> 실크 매장 역시 여인네들로 대성황을 이루었다. 특히 위탱이 진열하고 무레가 대가의 숨결을 불어넣은 내부 진열대 앞에는 진귀한 제품들을 앞다투어 구경하려는 여자들로 발 디딜 틈이 없었다. 홀 가운데 마련된 전시장에서는, 유리 천장을 받치고 있는 조그만 쇠기둥 주위를 감은 천들이 폭포수처럼 아래로 흘러내려 표면에 거품이 이는 물웅덩이를 이루며 바닥으로 넓게 퍼져 나가고 있었다. [……] 그들은 쏟아져 내리는 폭포수 같은 광경을 마주하면서, 그와 같은 화려함의 격류에 휘말릴 것을 두려워하는 속내를 감춘 채 다른 아무것도 생각지 않고 그 속으로 뛰어들고 싶다는 강렬한 욕망에 부대끼고 있었다.
>
> (179~180쪽)

무레는 이러한 여자들의 속성과 욕망을 간파해내는 데 그치지 않고, 그 자신이 '여자'가 되어 "정중하고 세심한 배려로 여성을 취하게 한 다음, 그녀의 욕구를 부추겨 달아오른 욕망을 충족하게 만든다." 여성으로 하여금 "자신이 이룩한 백화점의 왕국에서 여왕으로 군림할 수 있게 하는 것", 그것은 여자를 "자신의 뜻대로 좌지우지하기 위한 그의 전략"이었다.

그는 여자였다. 여인네들은 자신들의 깊숙한 내밀함을 간파해내는 섬세한 감각을 지닌 그에게 온통 까발려지고 지배당하는 듯했다. 그리하여 그에게 매료된 채 기꺼이 자신들을 내맡겼다. 반면 무레는 여자들이 자신의 손아귀에 있음을 확신한 순간부터 거친 태도로 그녀들 위에 군림하면서 천들을 지배하는 전제 군주처럼 굴었다. (146쪽)

"우린 고객을 사랑하니까요."
　그곳에 모여 있던 여자들은 모두가 그의 말에 동의를 표했다. 그랬다. '여인들의 행복 백화점'에서는 끊임없이 여자들을 추어올리고 마음을 어루만짐으로써 그녀들에게 은밀한 성적 쾌감마저 느끼게 해주었다. 그런 숭배의 방식으로 가장 정숙하다고 자처하는 여인들의 마음까지도 움직일 수 있었던 것이다. 그의 백화점의 엄청난 성공은 바로 그런 거부할 수 없는 유혹에서 비롯된 것이었다. (541쪽)

이처럼 그는 수많은 여자들 위에서 군림하며 그녀들의 "피와 살"로 이루어진 왕국을 세우는 데 성공했지만, 조그맣고 가냘프고 별 볼 일도 없어 보이는 한 여자의 마음을 얻지 못하자 그 모든 것이 무의미함을 느끼고 자신이 이룩한 승리에 혐오감마저 느끼는 지경에 이른다. 엄청난 부와 성공 앞에서 그 모든 것에 아랑곳없이 오직 한 여자의 사랑만을 갈구하는, 사랑의 포로가 된 한 남자의 모습을 어떻게 이보다 더 절절하게 표현해낼 수 있을까?

그녀가 여전히 그를 거부하는데 세상을 정복하는 게 다 무슨 소용이란 말인가. (562쪽)

마침내 높다랗게 우뚝 서게 된 새 건물은 아이들이 쌓아 올리는 모래성처럼 작아 보였다. 도시의 끝에서 끝까지 건물을 확장하고 하늘의 별만큼 높이 세운다고 해도, 오직 소녀 같은 한 여인의 '네'라는 말만이 채워줄 수 있을 마음의 빈곳을 그것이 채워주지는 못할 터였다. (599~600쪽)

하지만 그들의 사랑은 단지 두 남녀의 결합만으로 그치는 게 아니다. 처음에는 "그녀를 어린아이처럼 다루어오면서, 한 여자가 파리라는 도시에서 어떻게 성장하고 타락해 가는지에 대한 짓궂은 호기심과 그의 세속적인 노련함에서 비롯된 충고를 하기도 했던" 무레는 점차 그녀의 지혜로움에 이끌리기 시작했고, 그녀가 지닌 고귀한 것들, "그녀의 깊은 내면에서 우러나오는 매력과 멋, 그리고 오랜 경험을 통해 축적된 그녀의 폭넓은 영업 아이디어"에 매료되면서 드니즈를 자신의 실질적인 동반자이자 사업 파트너로 인정하기에 이른다. 그리하여 무레는 그녀가 백화점의 시스템과 운영 방식, 그리고 직원들의 복지에 관해 내놓는 개선책과 아이디어에 귀 기울이며 그것들을 적극 반영해 '여인들의 행복 백화점'이 인간적인 면모를 갖추도록 변모시켜 나간다. 여자들을 자신의 욕망을 이루기 위한 수단이

나 도구쯤으로 여기던 남자가 자신의 패배를 인정하고, 여성을 탐욕의 대상이 아닌 자신과 동등한 동반자로 인정하는, 진정한 사랑에 눈뜨기 시작한 것이다. 이처럼, 파리의 거대한 현대식 백화점의 주인으로 대변되는 자본가와 그 백화점의 판매원인 한 여성 노동자 사이의 결합은 단순한 동화 같은 사랑을 넘어서는 지극히 '현대적'인 로맨스다.

이제 그들의 사랑은 '여인들의 행복 백화점'에서 대대적으로 펼치는 '백색 대전시회'에서 활짝 피어나면서 소설의 피날레를 화려하게 장식한다.

…… 불타오르는 것처럼 강렬한 백색을 노래하는 곳은 중앙 홀이었다. 기둥 주위를 휘감아 올라가는 백색 모슬린 주름 장식 리본과 계단에 늘어뜨려진 백색 바쟁과 피케, 깃발처럼 허공에 매달린 백색 담요, 공중에 길게 늘어진 채 흔들리는 백색 기퓌르와 다양한 레이스는 꿈속의 천상으로, 신비스러운 왕녀가 결혼식을 올리는 눈부신 백색으로 가득한 천국을 향해 날아오르는 듯 보였다. 중앙 홀의 실크 판매대 위에 백색 커튼으로 만들어진 장막은 그녀가 머무를 것 같은 거대한 규방이었다. 백색 거즈와 튈은 그 빛나는 백색으로 뭇 사람들의 시선으로부터 신부의 백색 순결을 보호해주는 듯했다. 그곳에는 오직 눈부신 백색의 빛만이 존재했다. 그것은 모든 백색이 하나로 녹아든 백색, 무수한 별들이 눈이 되어 쏟아져 내리는 듯한 백색 빛이었다. (706쪽)

'현대적 상업의 대성당', '소비의 신전이자 궁전'인 백화점에서 펼쳐지는 백색의 향연은 '여성성에 바치는 숭배의식'이며, 가톨릭 의식에서 순결한 처녀성을 상징하는 백색의 세속화 의식이다. 그리고 뭇 여인들을 대표해, 온통 백색 실크와 레이스로 장식된 거대한 규방을 차지하게 될 여성은 이제 당당히 백화점의 여왕으로 군림하게 된 드니즈라는 데에 아무런 이견이 없을 것이다. 졸라는 당시 종교적, 문학적 도덕성이라는 미명 아래 '육체'와 '욕망의 충족'을 금기시했던 가톨릭 교단과 문단을 비웃듯, 화려하고도 서정적이며, 강렬하고도 은밀한 메타포와 이미지들을 마음껏 구사하며, '종교와 욕망의 세속화'를 담은 이야기를 한 편의 미려한 산문시로 창조해냈다. 마치 하나의 백화점이자 만물상처럼, 당시 사회와 삶의 모습들을 고루 그려낸 졸라의 '루공-마카르' 총서 중에서 《여인들의 행복 백화점》이 우뚝 돋보이는 또 하나의 이유가 바로 거기에 있다.

행동하는 작가 에밀 졸라를 존경하고 그의 작품 세계를 사랑하는 불문학 전공자이자 번역가로서 작품을 기획하고 번역하는 내내, 그의 숨겨진 보물 같은 작품 '여인들의 행복 백화점'을 국내 처음으로 번역하여 독자들에게 소개하는 것에 대한 무한한 자부심과 보람, 그리고 책임감을 느꼈다. 이 책이 독자들로 하여금 에밀 졸라라는 대작가와 그의 작품들에 관심과 애정을 갖도록 하는 계기가 될 수 있다면 역자로서 그보다 더한 보람은 없을 것 같다. 또한 이처럼 소중한 작품을 단번에 알아보고 번역·출간할 수 있게 해주신 시공사와, 귀한 도판과 함께 꼼꼼하고 정성스런 작업으로 멋진 책으로 세상에 나올 수 있게 해주신 편집부에 깊은 감사를 드린다.

4월 2일 파리에서 이탈리아인 토목기사 프란체스코(프랑스 이름: 프랑수아) 졸라와 가난한 직공의 딸 에밀리 졸라(결혼 전 성: 오베르) 사이에서 출생.	1840
가족과 함께 엑상프로방스로 이사. 아버지가 댐과 도수로 건설 공사를 맡음.	1843
아버지가 폐렴으로 사망하여 극심한 생활고에 처하게 됨.	1847
✝2월 혁명으로 루이 필립의 7월 왕정이 종식되고, 루이 나폴레옹 보나파르트의 제2공화국이 수립됨. 루이 나폴레옹 보나파르트가 프랑스 최초의 대통령으로 선출.	1848
✝12월 2일 루이 나폴레옹 보나파르트가 황제가 되기 위해 쿠데타를 일으킴.	1851

*당시의 시대상과 밀접한 관련이 있는 작품인 《여인들의 행복 백화점》의 이해에 도움이 되는 사건이나 에밀 졸라의 생애와 관련이 있는 사건들은 ✝표시를 하여 연보에 추가하였습니다.

엑상프로방스의 부르봉 중학교에서 장 바티 **1852**
스탱 바유와 폴 세잔을 알게 됨. 빅토르 위
고와 알프레드 드 뮈세에 심취하기 시작.
✝아리스티드 부시코가 세계 최초의 현대식
백화점 '봉 마르셰'를 세움. 12월 2일 제2제
정 선포. 루이 나폴레옹 보나파르트가 나폴
레옹 3세가 됨.

✝1853년에서 1869년까지 나폴레옹 3세의 **1853**
명을 받은 파리 지사(知事) 오스만 남작에
의해 오늘날 파리의 모습을 갖추게 한 대대
적인 도시 정비 사업이 단행됨.

✝알프레드 쇼샤르가 '루브르 백화점'의 전 **1855**
신인 '갤러리 뒤 루브르'의 영업을 처음 시
작함. 샹젤리제에서 첫 번째 파리 만국박람
회가 개최됨.

프로방스를 떠나 어머니가 있는 파리로 감. **1858**
가난으로 힘겹게 생활하며 생루이 고등학
교에서 학업을 계속함. 바유, 세잔과 편지를
주고받음.

8월과 11월 두 차례 연이어 대학 입학 자격시 **1859**
험인 바칼로레아에 실패한 후 학업을 포기.

일거리를 찾지 못해 어렵게 생활함. 세잔과 **1860**
함께 화가들과 친분을 쌓음. 몰리에르, 몽테 **~**
뉴, 셰익스피어, 상드, 미슐레 등을 탐독함. **1861**

프랑스 국적 취득. **1861**

아셰트 출판사의 발송 부서에 취직. **1862**
✝오페라 극장의 건축이 시작됨. 생미셸 대
로가 개통됨.

신문에 처음으로 콩트와 기사 발표. 저널리 **1863**
스트로서 활동하기 시작.

아셰트 출판사의 홍보 책임자가 되면서 출판사와 관련된 신문사 사람들, 작가들과 다양한 친분을 쌓게 됨. 스탕달과 플로베르에 심취함. 사실주의 작가들, 화가들과 가깝게 지냄.《니농에게 주는 이야기》발표. ✝런던에서 최초로 '국제노동자협회'가 결성됨.《여인들의 행복 백화점》의 이야기가 시작되는 해.	1864	《니농에게 주는 이야기》
리옹의 〈르 프티 주르날〉과 〈르 살뤼 퓌블릭〉에 정기적으로 사설을 기고함. 자전적 중편소설《클로드의 고백》발표. 연극을 위한 습작을 함. 훗날 아내가 될 가브리엘 알렉상드린 멜레를 처음 만남. ✝쥘 잘뤼조가 '프랭탕 백화점' 개장.	1865	《클로드의 고백》
아셰트 출판사를 그만두고 시사평론가, 수필가, 평론가 등으로 활동. 〈레벤느망〉지의 사설에서 마네의 예술을 열렬히 옹호. 평론집《나의 증오》와 예술론집《나의 살롱》, 소설《죽은 여인의 소원》을 발표. 세잔을 비롯한 화가들과 벤쿠르에 머무름.	1866	《나의 증오》 《나의 살롱》 《죽은 여인의 소원》
최초의 자연주의 소설《테레즈 라캥》과 연재소설《마르세유의 신비》발표. 센 강 좌안의 바티뇰에 정착. ✝파리 만국박람회 개최.	1867	《테레즈 라캥》 《마르세유의 신비》
서문이 추가된《테레즈 라캥》재판 출간. 소설《마들렌 페라》발표. 공화파 신문인 〈라 트리뷴〉에 기고. 샤를 르투르노의《정념의 생리학》과 프로스페르 뤼카스 박사의《자연 유전의 철학적·생리학적 개론》을 읽고 훗날 '루공-마카르 총서'(부제: 제2제정하의 한 가족의 자연사와 사회사)의 마지막 권《파스칼 박사》의 영감을 얻음. 라크루아 출판사와 '한 가족의 역사'라는 가제를 붙인 열 권짜리 루공-마카르 총서에 대한 계약을 맺음. 발자	1868	《마들렌 페라》

크의 작품을 다시 읽고 다양한 과학서를 탐
독하면서 총서 집필 준비를 해나감. 마네가
자신의 예술을 옹호해준 답례로 졸라의 초
상을 그려줌(370쪽 참조).

루공-마카르 총서의 첫 번째 권《루공 가의 | 1869
운명》집필 시작. 플로베르와 친교를 맺음.
✝《여인들의 행복 백화점》이야기가 끝나는
해. 디스 데샹브르 가가 개통됨. 세브르 가
에 '봉 마르셰 백화점' 신관 건축이 시작됨.
오페라 구역의 '라 페 백화점' 오픈. '사마리
텐 백화점'이 영업을 시작함.

가브리엘 알렉상드린 멜레와 결혼. 여러 군 | 1870
데의 공화파 신문에 사설을 기고함. 신문 창
간과 행정 참여 등의 뜻을 품고 마르세유와
보르도로 떠남.《루공 가의 운명》이 〈르 시
에클〉지에 처음 연재되기 시작함.
✝ 보불전쟁의 발발과 스당 전투의 참패로
제2제정이 무너짐. 제3공화국이 신포되고
국민방위군 정부 성립.

파리로 돌아와 여러 신문에 파리 코뮌에 관 | 1871 | 《루공 가의 운명》
한 글을 기고함.《루공 가의 운명》출간. 〈라 | | (루공-마카르 1)
클로슈〉지에 총서의 두 번째 작품《쟁탈전》
을 연재하던 중 검열 당국에 의해 중단됨.
✝ 파리 코뮌(3월 18일~5월 28일). '피의 일주
일'이라고 불린 시가전 끝에 코뮌이 붕괴됨.

공화파 신문들에 왕정주의를 반대하는 기 | 1872 | 《쟁탈전》
사들을 기고함. 루공-마카르 총서의 내용을 | | (루공-마카르 2)
추가하여 판권을 샤르팡티에 출판사와 새로
운 조건으로 다시 계약함. 투르게네프, 알퐁
스 도데와 친분을 맺음.《쟁탈전》출간.
✝ '봉 마르셰 백화점' 신관 개장.

《파리의 배 속》발표.《테레즈 라캥》을 각 | 1873 | 《파리의 배 속》
색, 상연하였으나 실패함. | | (루공-마카르 3)

《플라상의 정복》과 《니농에게 주는 새로운 이야기》 발표. 희곡 〈라부르댕 가의 상속자들〉 실패함. 마네 덕분에 알게 된 말라르메, 모파상과 가까이 지냄.	1874	《플라상의 정복》 (루공-마카르 4) 《니농에게 주는 새로운 이야기》
《무레 신부의 과오》 발표. 투르게네프의 소개로 상트페테르부르크의 잡지 《유럽의 메신저》에도 시사평론을 기고함.	1875	《무레 신부의 과오》 (루공-마카르 5)
《외젠 루공 각하》 발표. 과격한 성향의 공화파 신문 〈르 비앙 퓌블릭〉에 《목로주점》 연재 시작되나 6개월 후 중단됨. 문학잡지 《라 레퓌블리크 데 레트르》에 다시 연재 시작함.	1876	《외젠 루공 각하》 (루공-마카르 6)
《목로주점》 출간. 출간 즉시 센세이션을 불러일으키며 엄청난 상업적 성공을 거둠(3년 후 100쇄 돌파). 폴 알렉시스, 레옹 에니크, 앙리 세아르, 모파상, 위스망스가 트라프 레스토랑에 졸라와 에드몽 드 공쿠르, 플로베르를 초대함으로써 자연주의 학파의 탄생을 알림.	1877	《목로주점》 (루공-마카르 7)
《목로주점》의 대성공으로 파리 근교의 메당에 저택을 구입. 그때부터 파리와 메당을 오가며 대부분의 작품을 그곳에서 집필(현재 그 저택은 졸라 박물관이 됨). 《사랑의 한 페이지》 출간. ✝ 파리 만국박람회 개최.	1878	《사랑의 한페이지》 (루공-마카르 8)
《목로주점》을 각색해 랑비귀 극장에서 상연해 대성공을 거둠. 〈르 볼테르〉지에 《나나》 연재 시작.	1879	
《실험소설론》, 졸라와 알렉시스, 에니크, 세아르, 모파상, 위스망스 등이 참여한 자연주의 작가들의 소설 모음집 《메당의 저녁》과 《나나》 출간. 절친한 친구였던 뒤랑티와 플로베르 그리고 어머니가 연이어 세상을 떠나 깊은 상실감에 빠짐.	1880	《실험소설론》 《메당의 저녁》 《나나》 (루공-마카르 9)

	1881	《자연주의 소설
평론 모음집 《자연주의 소설가들》,《연극에		가들》《연극에
서의 자연주의》,《문학 자료들》 발표. 소설		서의 자연주의》
집필에 전념하기 위해 더 이상 신문 사설 등		《문학 자료들》
을 쓰지 않기로 함.		
✝'프랭탕 백화점'이 화제로 불탐. 즉시 보		
수 공사가 시작되어 1882년에 완성됨.		

《살림》 발표. 〈르 피가로〉지에 발표한 시사
평론을 모은 《캠페인》, 단편집 《뷔를르 대
위》 발표. 친구인 폴 알렉시스가 졸라의 전
기를 출간하여 더욱 유명해지고 작품들이
외국에까지 점점 더 널리 알려짐.

1882 《살림》
(루공-마카르 10)
《캠페인》
《뷔를르 대위》

《여인들의 행복 백화점》이 〈질 블라스〉지에
연재, 출간됨. 연극으로 각색된 《살림》이 상
연되어 대성공을 거둠.

1883 《여인들의 행복
백화점》
(루공-마카르 11)

《삶의 기쁨》과 단편집 《나이스 미쿨랭》 발
표. 광산 노동자들에 관한 소설을 쓰기 위해
1878년 광산 노동자들이 파업을 했던 앙쟁
광산에서 자료 수집을 함. 〈질 블라스〉지에
《제르미날》 연재 시작.

1884 《삶의 기쁨》
(루공-마카르 12)
《나이스 미쿨랭》

《제르미날》 출간. 평단으로부터는 걸작이라
는 찬사를 받았으나 검열 당국은 소설의 연
극 상연을 금지함.

1885 《제르미날》
(루공-마카르 13)

《작품》 발표. 졸라의 오랜 친구 세잔은 소설
의 주인공이 자신을 모델로 한 것이라고 생
각하고 졸라와 절교 선언. 다음 작품 《대지》
를 준비하기 위해 보스 지방 여행.

1886 《작품》
(루공-마카르 14)

《대지》 발표. 도데와 공쿠르 형제의 은밀한
부추김을 받은 자연주의 성향의 젊은 작가
다섯 명이 〈르 피가로〉지에 졸라에 반대하
는 공개서한 형식의 '5인 선언서'를 발표함.
그들은 졸라의 작품이 저속하고 진지함이
결여돼 있으며, 졸라가 돈벌이를 위해 똑같

1887 《대지》
(루공-마카르 15)

은 것을 계속 우려먹는다고 비난. 졸라는 이
일에 대응하지 않음. 언론은 대부분 그를 옹
호함. 이 일로 공쿠르 형제, 도데와 졸라는
서로 소원해짐. 《쟁탈전》을 각색한 5막짜리
연극 〈르네〉가 초연됨.

《꿈》 발표. 《제르미날》이 검열 때문에 순화되어 무대에 오르고 이에 기분이 상한 졸라는 연극 상연에 참석을 거부함. 레지옹 도뇌르 슈발리에(기사, 5등급) 훈장을 받음. 침모로 들어온 스물한 살의 잔 로즈로에게 반해 연인 관계가 됨. 이 무렵부터 사진에 지대한 관심을 갖기 시작해, 1900년 파리 만국박람회를 면밀하게 촬영한 르포르타주를 비롯해 19세기 후반의 귀중한 기록이 되는 사진들을 남김.	1888	《꿈》 (루공-마카르 16)
잔 로즈로가 졸라의 딸 드니즈를 낳음.	1889	
《인간 짐승》 발표. 아카데미프랑세즈 회원으로 처음 입후보함. 그 후, 1897년까지 여러 차례에 걸쳐 입후보를 거듭하지만 끝내 회원으로 받아들여지지 못함.	1890	《인간 짐승》 (루공-마카르 17)
《돈》 발표. 문인협회 회장에 만장일치로 선출됨. 그 후 1900년까지 거듭 피선되며 저작권 보호를 위해 힘씀. 《꿈》이 알프레드 브뤼노 작곡의 오페라로 각색돼 성황리에 초연됨. 잔 로즈로가 아들 자크를 낳음. 아내 알렉상드린이 졸라의 외도를 알게 돼 불화가 심해짐. 하지만 절대 가정을 버리지 않겠다는 졸라의 말에 상황을 받아들이고, 훗날 졸라 사후에 두 자녀를 졸라의 호적에 올림 (알렉상드린과 졸라 사이엔 자녀가 없었음).	1891	《돈》 (루공-마카르 18)
《패주(敗走)》 출간, 엄청난 판매부수를 기록함. 8월과 9월에 루르드와 프로방스, 이탈리아를 여행함.	1892	《패주》 (루공-마카르 19)

《파스칼 박사》출간. 불로뉴 숲의 샬레 데 | 1893 | 《파스칼 박사》
질에서 루공-마카르 총서의 완간을 축하하 | (루공-마카르 20)
는 성대한 연회가 열림. 당시 교육부 장관이
던 레이몽 푸앵카레는 졸라에게 레지옹 도
뇌르 오피시에(장교, 4등급) 훈장 수여. 하지
만 1898년 드레퓌스 사건으로 1년 형을 선
고받음에 따라 훈장 수훈자 자격이 정지되
고 다시는 복권되지 못함. 단편소설 〈방앗간
의 공격〉이 브뤼노의 음악으로 오페라 초연.

3부작 '세 도시 이야기' 중 첫 번째 권《루르 | 1894 | 《루르드》
드》발표.
✝프랑스 육군 대위였던 유대인 알프레드
드레퓌스가 간첩이라는 누명을 쓰고 종신유
형을 선고받음. 이듬해 그는 강제로 불명예
전역된 뒤, 프랑스령 기아나의 '악마의 섬'
으로 유배당함.

'세 도시 이야기' 두 번째 권《로마》발표. | 1896 | 《로마》
소설 집필에 전념하기 위해 사설 등을 기고
하지 않겠다는 다짐을 깨고 당시 사회에 팽
배했던 반유대주의에 반대하는 '유대인들을
위하여'를 비롯한 글들을 차례로 〈르 피가
로〉지에 기고.
✝피카르 대령이 드레퓌스가 무죄이며, 에
스테라지 소령이 진범임을 알아냄.

드레퓌스의 무죄를 확신한 졸라는 사법 당 | 1897
국의 잘못을 밝히고 드레퓌스 사건의 재심
을 요구하는 언론 캠페인을 벌임.

진범인 에스테라지가 형식적인 재판을 거 | 1898 | 《파리》
쳐 무죄로 풀려나는 것을 본 졸라는 〈로로
르〉지에 당시 대통령이던 펠릭스 포르에게
보내는 공개서한 형식의 〈나는 고발한다〉를
발표. 이로 인해 대중이 사건의 전모를 알
게 되고 프랑스 전역이 정치적·이데올로기
적 논쟁에 휘말리게 됨. 국방부로부터 명예

훼손죄로 고발당하고, 여러 차례 재판을 거쳐 베르사유의 최고법원으로부터 1년 형과 벌금형을 선고받고 런던으로 망명. '세 도시 이야기' 세 번째 권 《파리》 출간.

11개월의 망명 생활을 끝내고 다시 프랑스로 돌아옴. 새로운 연작소설 '네 복음서'의 첫 번째 권 《풍요》 발표. ✝ 드레퓌스 사건의 재판이 재기되어 드레퓌스는 또다시 유죄선고를 받지만 사면됨.	1899	《풍요》
✝ 드레퓌스 사건과 관련된 모든 사실에 대한 사면법이 공포됨.	1900	
'네 복음서'의 두 번째 권 《노동》 출간. 좌파와 프랑스 사회당의 장 조레스를 비롯한 평단의 열렬한 찬사를 받았으며, 여러 노동자 단체들이 《노동》의 출간을 기념하는 연회를 베풂.	1901	《노동》
메당에서 여름을 보내고 9월 28일에 파리로 돌아와 다음 날 가스중독으로 사망. 반(反)드레퓌스 파에 의한 암살이라는 설이 분분함. 10월 5일에 거행된 그의 장례식에서 아나톨 프랑스는 아카데미프랑세즈의 이름으로 "그는 한때 인간의 양심을 대표하는 인물이었다"라는 조사를 읽음. '네 복음서'의 마지막 권 《정의》는 초안 상태로 남게 됨.	1902	
드레퓌스 사건에서 영감을 받은 '네 복음서'의 세 번째 권 《진실》이 사후 출간됨.	1903	《진실》
✝ 드레퓌스 무죄 선고, 복권되어 육군에 복직함.	1906	
졸라의 유해가 국립묘지 팡테옹으로 이장됨.	1908	

〔왼쪽 위〕 아버지 프란체스코 졸라, 어머니 에밀리 졸라, 어린 졸라로 이루어진 졸라 가족의 초상. 작자 미상, 1846년, 메당의 졸라 박물관 소장.
〔왼쪽 아래〕 열여덟에서 스무 살 무렵의 청년 졸라.
〔오른쪽〕 1870년 루공-마카르 총서를 시작할 무렵의 졸라.

1868년 마네가 그린 졸라 초상화. 1865년 살롱전에 〈올랭피아〉를 출품한 마네는 관람자들과
비평가들에게 저급한 나체화라는 격렬한 비난을 받았다. 이때 졸라는 유일하게 그를 지지해
주었는데, 후일 마네는 이에 대한 답례로 졸라의 초상화를 그려주었다. 졸라 뒤로 일본의 풍
속화인 우키요에와 문제의 그림 〈올랭피아〉가 보인다.

[왼쪽 위] 1874년의 알렉상드린 졸라(졸라의 아내).
[오른쪽 위] 만돌린을 켜는 잔 로즈로(졸라의 연인).
[아래] 졸라와 잔 로즈로, 딸 드니즈와 아들 자크.

[위] 1898년 드레퓌스 사건 때의 졸라.
[아래] 〈법정을 나서는 졸라〉. 드레퓌스 사건으로 베르사유 최고법원에서 1년 형과 벌금형을
선고받고 법정을 나서면서 군중에게 수모를 당하는 졸라의 모습을 벨기에의 상징주의 화가
앙리 드 그루(1866~1930)가 그렸다.

〔위〕 1902년 졸라의 장례식에서 아나톨 프랑스가 조사를 읽는 모습. 그는 이렇게 말했다.
"에밀 졸라는 우리 모두에게 이 시대의 양심이 무엇인지를 보여주었다."
〔아래〕 클리시 광장을 지나는 졸라의 장례식 행렬.

[왼쪽] 1871년 루공-마카르 총서의 첫 번째 작품 《루공 가의 운명》에 실린, 총서에 대한 졸라의 자필 서문.
[오른쪽] 1892년에 작성된 루공-마카르 가문의 계통수.

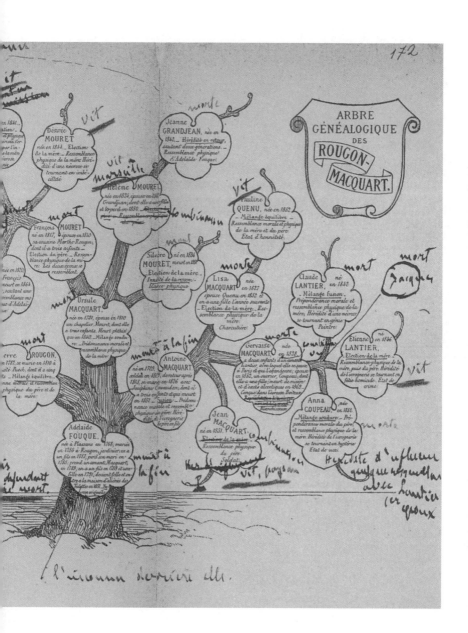

Étalages

—

Des jupons plissés montrant la broderie. Des faveurs bleues qui les tiennent. Grande étiquette sur papier gris-bleu 7 fr. 50. —

Articles de voyage. —

Les pendus sont retenus par une barre de cuivre. — Grande étiquette.

En bas des pièces d'étoffe, des lainages de couleur, sont posées debout : un ruban de papier glacé les tient. Dans au dessus des carrés d'étoffe bouillonnée, font miroiter la couleur. Des pièces debout, des pièces en long.

Les robes mi- confectionnées sont dans des boîtes plates, posées debout. La robe pliée montre la broderie ou le plissé. Des rubans ou des faveurs la lient. La gravure est dans l'angle à droite, en haut —

Toujours de grandes étiquettes sur les étoffes. Une profusion de grandes étiquettes.

[왼쪽] 《여인들의 행복 백화점》 육필 원고.
[오른쪽] 졸라가 직접 그린 '여인들의 행복 백화점' 매장 구조도.

[위] 건축 중인 오페라 극장의 모습. 1864년.
[왼쪽 아래] 공사 중인 오페라 대로.
[오른쪽 아래] 공사 중인 오페라 대로.

'여인들의 행복 백화점'의 모델이 되었던 봉 마르셰 백화점에서 발간한 수첩의 머릿그림. 1911년. 위쪽은 창업자인 아리스티드 부시코, 마르그리트 부시코 부부의 모습. 아래쪽은 1863년, 1873년, 1910년 백화점의 전경을 나타낸 것.

VUE GÉNÉRALE DES MAGASINS DU BON MARCHÉ

[위] 1888년 판 수첩의 머릿그림. 양쪽으로 길게 뻗은 백화점 건물과 몰려드는 군중으로 인해 혼잡을 이루는 광경.
[아래] 1896년 판 수첩의 머릿그림. 파리의 스카이라인을 왜소하게 보이도록 만드는 거대한 백화점 전경.

[위] 봉 마르셰 백화점 초기 모습.
[아래] 라 페 백화점 광고 포스터. 1875년.
[오른쪽] 신축된 봉 마르셰 백화점의 중앙 계단을 나타내는 석판화. 1878년.

〔왼쪽 위〕 봉 마르셰 백화점 백색 대전시회 기간의 풍경. 1887년.
〔오른쪽 위〕 봉 마르셰 백화점 백색 대전시회 카탈로그 표지. 1914년.
〔아래〕 봉 마르셰 백화점 실크 갤러리 풍경. 1879년.

[위] 봉 마르셰 백화점에서 열린 겨울 콘서트. 1887년.
[왼쪽 아래] 봉 마르셰 백화점 독서실 풍경. 1907년.
[오른쪽 아래] 봉 마르셰 백화점 직원들을 위한 주방과 식당 풍경. 1901년.

[위] 봉 마르셰 백화점 통신 판매 부서 풍경. 1887년.
[아래] 봉 마르셰 백화점 판매원들의 모습.

루브르 백화점 지하에 위치한 물품 창고를 그린 판화.

[왼쪽] 루브르 백화점의 엘리베이터를 묘사한 석판화. 1877년.
[오른쪽] 당시 봉 마르셰 백화점의 경쟁 상대였던 마가쟁 드 누보테 '오 파라디 데 담'의 광고
포스터. 1856년.

770

플라스 클리시 백화점의 광고 포스터. 1880년.

〈여인들의 행복 백화점〉. 소설에 나오는 봄철의 빅 세일 광경을 그린 알베르 로비다(1848~1926)의 풍자화.

[왼쪽 위] 아돌프 도베르뉴가 묘사한, 프랭탕 백화점에서 물건을 고르고 있는 여인들. 1890년.
[오른쪽 위] 〈봉 마르셰〉. 펠릭스 발로통의 1898년 작품.
[아래] 플라스 클리시 백화점의 백색 대전시회 광고 포스터.

루공-마카르 가문의 계통수

졸라는 루공-마카르 총서를 쓰기 전인 1868년과 1869년 사이에 두 가문의 혈연관계를 보여주는 나무 형태의 '계통수'를 작성했다(375쪽 참조). 그 후 몇 번의 수정을 거친 다음 1893년 총서의 마지막 작품을 출간하면서 계통수의 최종본을 발표했다. 이 도표는 계통수를 알기 쉽게 정리한 것이다. 루공 가와 마카르 가 인물들에는 붉은색 숫자로 루공-마카르 총서 번호를 병기하여 어떤 작품에 등장하는지 표시했다.

루공-마카르 총서

마카르

위르�윌 마카르
1791~1840
1
+ 무레

앙투안 마카르
1789~1873
1, 4, 20
+ 조제핀 가보당

프랑수아
무레
1817
~1864
1, 4

엘렌 무레
1824~
1, 8, 20
+ 그랑장

실베르
무레
1834
~1851
1

리자 마카르
3, 12
1827~1863
+ 크뉘

제르베즈 마카르
1828~1869
1, 3, 7, 13

+ 오귀스트
랑티에(정부)

+ 쿠포(남편)

장 마카르
1831~
1, 15, 19, 20

데지레
무레
1844~
1, 4, 5, 20

잔 그랑장
1842
~1855
8

폴린 크뉘
1852~
3, 12, 20

클로드 랑티에
1842~1870
1, 7, 3, 12, 14
+ 크리스틴 알그랭

자크 랑티에
1844~1870
17

에티엔
랑티에
1846~
1, 7, 13, 20

안나 쿠포(나나)
1852~1870
7, 9
+ 어떤 친척

자크루이 랑티에
1860~1869
14

루이 쿠포
1867~1870
9

11 《여인들의 행복 백화점(Au Bonheur des Dames)》
(1883)
12 《삶의 기쁨(La Joie de Vivre)》(1884)
13 《제르미날(Germinal)》(1885)
14 《작품(L'OEuvre)》(1886)
15 《대지(La Terre)》(1887)

16 《꿈(Le Rêve)》(1888)
17 《인간 짐승(La Bête humaine)》(1890)
18 《돈(L'Argent)》(1891)
19 《패주(敗走, La Débâcle)》(1892)
20 《파스칼 박사(Le Docteur Pascal)》(1893)

옮긴이 **박명숙**

서울대학교 사범대학 불어교육과를 졸업하고 프랑스 보르도 제3대학에서 언어학 학사와 석사 학위를, 파리 소르본 대학에서 프랑스 고전주의 문학을 공부하고 '몰리에르' 연구로 불문학 박사 학위를 받았다. 서울대학교와 배재대학교에서 강의했으며, 현재 출판 기획자와 불어와 영어 전문번역가로 활동 중이다. 파울로 코엘료의 『순례자』, 에밀 졸라의 『목로주점』 『제르미날』 『여인들의 행복 백화점』 『전진하는 진실』, 오스카 와일드의 『거짓의 쇠락』 『심연으로부터』 『오스카리아나』 『와일드가 말하는 오스카』, 조지 기싱의 『헨리 라이크로프트 수상록』, 플로리앙 젤러의 『누구나의 연인』, 티에리 코엔의 『나는 오랫동안 그녀를 꿈꾸었다』, 프랑크 틸리에의 『뫼비우스의 띠』, 카타리나 마세티의 『옆무덤의 남자』, 장 필리프 투생의 『마리의 진실』 『벌거벗은 여인』, 도미니크 보나의 『위대한 열정』 등의 책을 우리말로 옮겼다.

여인들의 행복 백화점

초판 1쇄 발행일 2018년 1월 31일
초판 4쇄 발행일 2022년 6월 10일

지은이 에밀 졸라
옮긴이 박명숙

발행인 윤호권
사업총괄 정유한

편집 조예원 **디자인** 전경아 **마케팅** 명인수
발행처 ㈜시공사 **주소** 서울시 성동구 상원1길 22, 6-8층(우편번호 04779)
대표전화 02-3486-6877 **팩스(주문)** 02-585-1755
홈페이지 www.sigongsa.com / www.sigongjunior.com

ISBN 978-89-527-7981-6 03860

*시공사는 시공간을 넘는 무한한 콘텐츠 세상을 만듭니다.
*시공사는 더 나은 내일을 함께 만들 여러분의 소중한 의견을 기다립니다.
*잘못 만들어진 책은 구입하신 곳에서 바꾸어 드립니다.